D1668945

Frances Patton Statham

Nathalie
Sklavin der Liebe

Aus dem Englischen übertragen
von Elsbeth Kearful

BASTEI
LÜBBE

BASTEI-LÜBBE-TASCHENBUCH
Band 10970

Titel der Originalausgabe:
JASMINE MOON

1. Auflage 1979
2. Auflage 1980
3. Auflage 1982
4. Auflage 1988

Der Preis dieses Bandes versteht sich einschließlich
der gesetzlichen Mehrwertsteuer

1

»Entweder Sie heiraten Robert Tabor, oder Sie müssen in das Kloster nach New Orleans zurück.«

»Nathalie wurde leichenblaß. Sie trat einen Schritt auf den Mann zu, der diese Worte gesprochen hatte, und streckte ihm mit unbewußt flehentlicher Gebärde die Hände entgegen.

»Das kann doch nicht sein!« sagte sie mit zitternder Stimme. »Papa Ravenal würde mich doch niemals zwingen, jemanden zu heiraten, den ich gar nicht kenne.«

Einen Augenblick lang nahm das strenge Gesicht des Mannes einen weicheren Ausdruck an. »Es tut mir leid, aber es besteht kein Zweifel an den Bestimmungen des Testaments Ihres Siefvaters.«

Dann redete er, ebenso barsch wie vorher, weiter: »Sie vergessen wohl, daß Robert Tabor schon lange, bevor Monsieur Ravenal Ihre Mutter kennenlernte, als Erbe eingesetzt war. Da Sie nicht einmal blutsverwandt mit ihm sind, sollten Sie doch froh sein, daß er auch Sie als seine Stieftochter wohl versorgt wissen wollte.«

»Und wenn ich mich weigere, Robert Tabor zu heiraten, hat er dann keine weitere Vorsorge für mich getroffen?«

»Nein, Miß Boifeulet«, antwortete der Notar. »Wenn Sie seinem letzten Wunsch nicht entsprechen sollten, müssen Sie ins Kloster zurück. Sie können nicht allein hierbleiben.«

In den samtenen, dunkelbraunen Augen Nathalies schimmerten Tränen, aber sie fuhr sich mit der Hand über das Gesicht, um den Aufruhr ihrer Gefühle zu verbergen.

Der Notar wartete ungeduldig, während sie aus dem Fenster des Salons starrte. In der sich ausbreitenden Stille bemühte sie sich verzweifelt, zu einer Entscheidung zu kommen.

Draußen warf die Septembersonne ihre erbarmungslosen

Strahlen auf das ausgedörrte Land. Die Hitze stieg sichtbar in heißen Dämpfen aus der satten Erde empor und durchdrang den selten benutzten Salon des schönen alten Herrenhauses in Carolina.

Nathalie nahm die prächtige Magnolienallee vor dem Fenster nicht wahr. Sie strich gedankenverloren mit dem Finger über die gebeizte Holzleiste zwischen den Bleiglasscheiben. Bewußt war sie sich nur der Hitze und des Problems, das ihr so plötzlich den Tag verdorben hatte.

Schließlich wandte sie sich um und sagte: »Und wie denkt Monsieur Tabor darüber? Eine Frau zu heiraten, die er noch nie gesehen hat?«

»Robert Tabor ist zu dieser Heirat bereit. Er hat schon seine Unterschrift für eine Ferntrauung geleistet.«

»Ferntrauung?« wiederholte Nathalie fassungslos. »Wollen Sie damit sagen ...«

»Er wünscht, daß die Trauung so bald wie möglich stattfindet, hat aber vor, noch eine Weile in Paris zu bleiben.«

Der Notar bemerkte ihren erstaunten Blick und beruhigte sie schnell: »Obwohl er sich vertreten läßt, wird die Eheschließung völlig legal sein. Alles, was Sie tun müssen, ist, ebenfalls den Vertrag zu unterschreiben. Dann wird die Hochzeit ausgerichtet, und Sie werden Herrin auf der Midgard-Plantage sein.«

Nathalie brachte kein Wort heraus. Sie fühlte sich wie benommen; unfähig, zu protestieren. Sie hätte die Wahl, hatte er gesagt, aber das stimmte nicht. Wer wäre denn aus freien Stücken bereit, für immer hinter Klostermauern zu leben?

Ihr Schweigen wurde als Zustimmung ausgelegt, und der untersetzte Mann führte sie zu dem Sekretär und reichte ihr den Federkiel zur Unterzeichnung des höchst amtlich aussehenden Papiers.

Es schien ihr, als ob die Hand einer Fremden die Buchstaben ihres Namens schrieb: Nathalie Boisfeulet. Als sie die Unterschrift geleistet hatte, sagte der Notar lächelnd: »Ich glaube, Sie haben den besseren Weg gewählt, meine Liebe. Und jetzt, wo wir Ihre Zustimmung haben, können wir Roberts Instruktionen ausführen.«

Er nahm die Urkunde und verließ hastig den Salon. Er wollte unbedingt vor dem späten Nachmittag nach Charleston zurück, bevor die Moskitoplage einsetzte. Es war für die Gesundheit des jungen Mädchens nicht gut, während der Malariazeit auf der in der Ebene gelegenen Plantage zu bleiben, aber Robert hatte keine Anweisung gegeben, sie in der Stadt unterzubringen. Die Sache mit der Ferntrauung mußte man so schnell wie möglich hinter sich bringen.

Noch lange, nachdem er gegangen war, blieb Nathalie im Salon. Unbeweglich saß sie in dem mit blauem Samt bezogenen Sessel und starrte auf das gestickte Polster der Fußbank, die rechts vor dem Kamin stand – das Geschenk für Papa Ravenal, an dem sie im vergangenen Jahr so eifrig gearbeitet hatte.

Wie stolz sie gewesen war, als sie endlich ihr Monogramm und das Datum auf das rotblaue, kreisförmige Muster gestickt hatte: *N.B 1808.* Die Stickerei hatte sie viele Stunden gekostet, aber zu Weihnachten war sie damit fertig geworden. Und Papa Ravenal hatte sich so darüber gefreut? Doch nun würden seine von der Gicht geplagten Füße die Fußbank nie wieder benutzen ...

»Mama, was soll ich nur tun?« flüsterte Nathalie schließlich verzweifelt vor sich hin. Aber niemand hörte sie, niemand konnte ihr raten. Und es war auch schon zu spät. Sie hatte ihren Namen neben den Robert Tabors unter den Ehevertrag gesetzt.

Nathalie stand auf der obersten Treppenstufe, während Feena die Schleppe ihres Hochzeitskleides zurechtzupfte, das aus elfenbeinfarbenem Satin im Empirestil gearbeitet war. Glücklicherweise verbarg der Schleier – ein Familienerbstück aus feinster Alençonspitze – die störrische Haltung ihres Kinns und das zornige Funkeln in ihren dunkelbraunen Augen.

Voll Empörung dachte Nathalie an die Worte, die an jenem schicksalhaften Septembernachmittag gefallen waren. Auch jetzt noch war sie ebensowenig wie damals mit dem Gedanken versöhnt, Robert Tabor heiraten zu müssen.

Robert Tabor! Beim bloßen Gedanken an ihn schauderte es

ihr. Ein Schmuggler, ein Pirat. So hatte Papa Ravenal ihn genannt, weil er gegen das Embargo-Gesetz verstoßen und mit Reis und Baumwolle auf verbotenen ausländischen Märkten Handel getrieben hatte. Und doch hatte Papa die ganze Zeit den Plan gehegt, sie mit ihm zu verheiraten. Das hatte er gemeint, als er ihr sagte, er habe sein Testament geändert, um ihre Zukunft zu sichern. Damals war ihm Nathalie dankbar gewesen für seine Großzügigkeit, aber jetzt ...

»Man wartet auf Sie, Miß«, flüsterte Feena.

Nathalie blickte hinunter. Am Fuß der Treppe stand der Notar in korrekter Nachmittagskleidung, in Gehrock und enganliegenden Hosen.

Die Ermahnung der Zofe bewirkte, daß Nathalie sich zögernd in Bewegung setzte. Sie schritt die Treppe hinunter, und als sie die unterste Stufe erreicht hatte, streckte der Notar ihr seine fleischige Hand entgegen.

»Sie sehen bezaubernd aus, meine Liebe! Wie schade, daß Ihr Bräutigam Sie jetzt nicht sehen kann!«

»Danke, Monsieur«, murmelte sie und schämte sich plötzlich ihrer feindseligen Haltung. Schließlich war nicht der Notar schuld daran, daß diese Hochzeit stattfand und Robert Tabor selbst es nicht für nötig gehalten hatte, zu diesem Anlaß zurückzukehren.

Sie gingen durch die Halle auf die Flügeltür des Salons zu. Neben dem mit Magnolienzweigen und gelbem Jasmin geschmückten Kamin standen zwei Männer. Als Nathalie näher kam, blickten sie auf.

Der in ein weißes Meßgewand gekleidete Priester blieb stehen, aber der große, dunkelhaarige Fremde trat auf Nathalie zu und stellte sich neben sie. Die Zeremonie begann.

Nathalie sah den Fremden nicht an und sprach ihr Gelübde mit leiser Stimme. Die tiefe Stimme des Mannes antwortete mit den Worten, die eigentlich von Robert Tabor hätten gesprochen werden müssen. Erst als ihr der schwere goldene Ring über den Finger gestreift wurde, blickte Nathalie auf und bemerkte den bewundernden Blick in den Augen des Mannes.

»Kraft meines Amtes erkläre ich nun Robert Lyle Tabor und

Nathalie Boisfeulet für Ehegatten. Was Gott zusammengefügt hat ...«

Weit, weit weg von der Plantage in Carolina entwand sich Robert den anmutigen weißen Armen, die ihn umschlungen hielten, und stieg aus dem Bett.

»Warum diese Eile, *chéri?*« fragte die Frau protestierend. »Es ist doch noch früh!«

Geschickt entzog er sich den schlanken Händen, die ihn ins Bett zurückzuziehen versuchten. Kopfschüttelnd sagte er zu der rothaarigen Schönheit: »Sei doch nicht so unersättlich, Liebes! Bin ich nicht den ganzen Nachmittag bei dir gewesen?«

Robert begann, sich anzukleiden und warf dabei einen schnellen Blick auf die Uhr. Halb sieben. Hektor würde schon seit einer ganzen Weile auf ihn warten. Der Gedanke an den Grund der Verabredung mit seinem Vetter machte ihn nicht eben glücklich: die Feier seiner Ferntrauung. Als er sich ausrechnete, wie spät es jetzt in Carolina war, kam er zum Schluß, daß es dort früher Nachmittag und er somit ein verheirateter Mann war.

»Möchtest du meine erste Gratulantin sein, Babette?« fragte er trocken. »Ich bin seit einer halben Stunde verheiratet.«

Ihre langen, dunklen Wimpern senkten sich über ihre kohlschwarzen Augen, und sie fragte mit unsicherer Stimme: »Diese Ehe ... wird sie unser Verhältnis beeinflussen?«

Ein spitzbübisches Grinsen erhellte das Gesicht des gutaussehenden Mannes, während seine goldbraunen Augen herausfordernd auf den weichen, weißen Körper starrten, den die blauseidene Decke nur teilweise bedeckte.

»Erst wenn ich mich entschließe, nach Hause zu gehen«, antwortete er.

»Und wann wirst du das tun, Robert?« Sie reckte sich wie ein zufriedenes Kätzchen und sah ihn kokett an.

»Wenn Paris mich nicht mehr amüsiert«, erwiderte er und beugte sich zu ihr hinab, um sie leicht auf die Lippen zu küssen.

Sie umarmte ihn lachend und versuchte, ihn zu sich herunterzuziehen, aber wieder entzog er sich ihrer Umarmung.

Seufzend fand Babette sich damit ab und lehnte sich in die Kissen zurück. Sie konnte sich nicht sattsehen an Roberts muskulösem Körper, der bald unter Hemd, Hose und Jacke verschwand. Wie eine Krone umrahmte sein blondes Haar die wohlgeformte Stirn. Während sie ihn noch betrachtete, erzitterte sie in der Erinnerung an die gerade erlebte Ekstase.

»Kommst du morgen wieder?« fragte sie, als er sich fertig angekleidet hatte.

Er nickte, machte die Tür hinter sich zu und war verschwunden.

Einen Augenblick lang lauschte Babette seinen Schritten nach. Dann setzte sie sich auf, drehte langsam ihr Handgelenk und betrachtete lächelnd das Smaragdarmband, das dunkelgrüne Funken sprühte.

Robert trat aus dem Haus hinaus auf die Straße, wo eine Kutsche wartete. Die beiden Rappen stampften nervös mit den Hufen und schnoben durch die Nüstern, während der Kutscher sich bemühte, sie ruhig zu halten.

Als Robert in die Kutsche stieg sagte der weißhaarige Mann, der darin saß: »Du hast dich verspätet!«

»Die Liebe richtet sich nicht immer nach der Uhr, Hektor«, entgegnete Robert fröhlich, dann verdüsterte sich sein Gesicht. »Nur die Ehe tut das«, fügte er hinzu, »Und ich glaube, jetzt habe ich schon Onkel Ravenals dürre Stieftochter am Hals.«

Hektor runzelte unmutig die Stirn und wollte gerade etwas erwidern, als das plötzliche Anrucken der Kutsche der Unterhaltung ein Ende bereitete. Die Pferdehufe klapperten über das Kopfsteinpflaster, als die Kutsche um die Ecke der Rue de la Victoire bog. Dann verlangsamten die Pferde das Tempo, und bald hielt das Gefährt vor einem schwacherleuchteten Café.

»Ah, Monsieur Tabor, was für eine angenehme Überraschung!« Der Besitzer des Cafés wischte sich die Hände an der Schürze ab, hinter der sich seine ungeheure Leibesfülle verbarg, begrüßte die beiden elegant gekleideten Herren und führte sie an den anderen Gästen vorbei zu einem Tisch außer Hörweite des lauten Stimmengewirrs, das in dem vorderen Teil des Raumes herrschte.

Flink wischte er mit dem Schürzenzipfel über die beiden Holzstühle und wartete, um die Bestellung entgegenzunehmen.

»Warum sind alle so aufgeregt, Adolphe?« erkundigte sich Robert.

Der Mann warf einen verstohlenen Blick über die Schulter und erwiderte mit gedämpfter Stimme: »Haben Sie nicht gehört, Monsieur, daß Kaiser Napoleon sich von seiner Josephine scheiden läßt, weil sie ihm keinen Thronerben schenken kann?«

»Dann stimmt also das Gerücht, das gestern umging«, sagte Robert nachdenklich.

»Ja, Monsieur.« Dann beugte sich Adolphe zu ihnen hinunter, um ihnen noch eine Neuigkeit mitzuteilen. »Man sagt, er habe schon eine andere Gemahlin gewählt: die junge Erzherzogin Marie Louise von Österreich.«

Plötzlich interessiert, fragte Hektor: »Ist das nicht Marie Antoinettes Nichte?«

»Großnichte«, korrigierte ihn der Cafébesitzer. »Und in Wien wird eine Ferntrauung stattfinden, genau wie bei ihrer Großtante, als sie mit dem Kronprinzen vermählt wurde.«

Robert runzelte die Stirn, während Hektor, der merkte, daß Robert sich nicht äußern wollte, Adolphe in ein Gespräch über die auf der Karte angebotenen Speisen verwickelte.

Als man schließlich eine Wahl getroffen und Adolphe sich entfernt hatte, meinte Hektor: »Anscheinend machst du es genau wie die königlichen Hoheiten, Robert, mit deiner Ferntrauung.«

»Aber im Gegensatz zu Napoleon habe ich mir meine Braut nicht selbst erwählt«, antwortete Robert mit bitterer Miene.

Hektor wechselte schnell das Thema, und bald darauf wurde das Essen aufgetragen: Dicke, saftige Würstchen, Camembert und frisches Brot. Als die erste Flasche Wein geleert war, bestellte Robert sogleich eine zweite.

Während beide eine Weile befangen schwiegen, schaute Hektor sich um und hörte der lebhaften Unterhaltung um sie her zu. Robert dagegen zeigte keinerlei Interesse für die lauten Debatten und schien alles, außer dem Glas in seiner Hand, vergessen zu haben.

Während er auf das Glas starrte, funkelten seine braunen Augen plötzlich zornig auf, und er preßte wütend die Lippen zusammen.

»Bei Gott, das soll sie mir büßen!« stieß er dann hervor. Überrascht von diesem plötzlichen Gefühlsausbruch, blickte Hektor seinen Vetter an, die in diesem Augenblick einem kämpferischen jungen Jupiter glich.

»Damit meinst du wohl deine Frau«, sagte er über das Stimmengewirr hinweg. »Aber diese Einstellung ist falsch. Die Entscheidung hat dein Onkel getroffen. Das arme Mädchen hatte vielleicht weniger Möglichkeiten, sich gegen diese Heirat zu wehren, als du. Du hattest schließlich die Wahl!«

»Die Wahl?« entgegnete Robert höhnisch. »Mit leeren Taschen? Und nachdem das Schiff und die Ladung von den Engländern konfisziert waren? Nein, Hektor, ich hatte keine andere Wahl, als diese ... diese Nathalie zu heiraten, oder ich hätte nie etwas von meinem Erbteil erhalten!«

»Nun, du hast diesen Entschluß gefaßt, und jetzt ist es zu spät, einen Rückzieher zu machen«, meinte Hektor trocken.

»Herrgott, wie mich das fuchst! Ich, Robert Tabor, wurde zu einer Ehe mit einer Frau gezwungen, die ich nie gesehen habe.«

Mit finsterer Miene suchte Robert, die Aufmerksamkeit des Cafébesitzers auf sich zu lenken, und als ihm das gelungen war, bestellte er noch eine Flasche Wein.

»Meinst du nicht, daß du für heute abend genug getrunken hättest«, ermahnte ihn Hektor.

Robert ignorierte die Bemerkung, und als die Flasche gebracht wurde, füllte er sein Glas erneut mit dem goldschimmernden Wein. Gleich darauf glättete sich seine Stirn. Er kniff die Augen zusammen, und sein Mund verzog sich zu einem kalten, boshaften Lächeln. Er hob sein Glas und sagte: »Nun, meine kleine Nathalie Boisfeulet Tabor, ich glaube, wenn ich mit dir fertig bin, wirst du den Tag verfluchen, an dem du Onkel Ravenal dazu herumgekriegt hast, sein Testament zu ändern!« Dann leerte er das Glas in einem Zug.

Hektor erschrak zutiefst und hoffte inbrünstig, daß die junge Braut wenigstens einigermaßen hübsch war. Zumindest hübsch genug, um Robert von seiner Wut und von seiner kleinen Pariser Freundin abzulenken, von der er sich natürlich würde trennen müssen, wenn er von Paris nach Carolina zurückkehrte.

»Kommst du jetzt mit, Robert? Ich muß gehen«, sagte er in dem Bestreben, Robert von der Flasche Wein wegzulocken.

»Nein. Geh du nur vor. Ich bleibe noch ein wenig.«

Lange nachdem Hektor gegangen war, saß Robert da und grübelte über die Vorfälle auf seiner letzten Schiffsreise nach, die ihn gezwungen hatten, die testamentarischen Bestimmungen seines Onkels anzunehmen.

Jedes kleinste Detail fiel ihm wieder ein; jede noch so geringfügige Begebenheit. In Gedanken befand er sich wieder in dem Versteck an der Mündung des St.-Mary-Flusses, fühlte sich wieder umgeben von der tiefen Dunkelheit, spürte wieder den salzigen Geruch des Marschlandes, während das Schiff sanft auf den Wellen schaukelte.

»Sie kommen später als verabredet, warum wohl wieder?« sagte er zu dem wettergebräunten, muskulösen Matrosen, der neben ihm stand. Der Mann antwortete nicht sofort und sagte dann schließlich mit gedämpfter Stimme: »Vielleicht mußten sie vor der Insel Ossabaw oder Sapelo eine Zeitlang vor Anker gehen wegen des Sturms. Vielleicht hatten sie Angst vorm Gewitter. Aber sie kommen bestimmt bald, wo der Sturm jetzt vorbei ist. Matthew hat Sie noch nie im Stich gelassen.« Er spuckte seinen Kautabaksaft in das tiefe, schwarze Wasser der einsamen Bucht.

»Hoffentlich kommen sie noch vor Sonnenaufgang, sonst können sie gleich wieder umkehren.«

»Meinen Sie, die Sache könnte gefährlich werden?«

»Nicht gefährlicher als sonst, Muley«, murmelte Robert, während sich das Schiff auf dem sanft schwappenden Wasser wiegte.

Robert lauschte angespannt in die Nacht hinein, ob sich irgend etwas Verräterisches bewegte. Er schlug nach einer Mücke, die ihm um den Kopf surrte, erwischte sie aber nicht. Die Luftfeuchtigkeit war fast unerträglich. Nicht die kleinste Brise wehte an dieser Küste zwischen Georgia und Spanisch-

Florida. Es war zum Ersticken heiß.

»Hab' gehört, die englischen Matrosen hätten vorige Woche wieder 'n Schiff aufgebracht«, berichtete Muley. »Fünf Matrosen soll'n verhaftet worden sein. Wär'n angeblich Deserteure von englischen Schiffen. Einer davon war Lonnie Spinks. Dabei stammt der doch von Sullivan's Island. Das hört man dem doch gleich an, wenn er den Mund aufmacht! Hätte jeder Idiot merken müssen, daß er kein Tommy ist!«

»Eben!« knurrte Robert. »Aber ist denen doch ganz egal. Man könnte meinen, wir wären immer noch Kolonie und der Unabhängigkeitskrieg hätte nie stattgefunden.«

»Die Engländer sind nicht die einzigen, die sich was einbilden. Die Franzmänner sind auch ziemlich mies.«

Plötzlich verstummte das Zirpen der Grillen. Ein Frosch stieß ein zufriedenes Quaken aus. Gleich darauf ertönte ein anderes Geräusch: Das Quietschen von Staken, mit denen ein Floß stetig durch das seichte Sumpfwasser getrieben wurde.

Robert legte dem Matrosen die Hand auf den Arm. Beide wandten den Kopf in die Richtung, aus der das Geräusch kam. Wie gebannt standen sie und warteten, während das Quietschen allmählich lauter wurde.

Leise pfiff Robert den Anfang eines auf der Plantage seines Onkels beliebten Sklavenliedes: »Zitternde Frau und zitternder Mann ...« Er lauschte auf Antwort. Deutlich klang es über das Wasser: »Gott wird dich halten mit zitternder Hand.« Erleichtert atmete Robert auf.

Die Flöße kamen in Sicht und mit ihnen ihre Fracht: riesige Baumwollballen und Reisfässer, Schmuggelware, die man durch den Kranz goldener Inseln, der sich vor der Küste hinzog, transportiert hatte. Im Schatten der Insel Amelia, der Bastion für Piraten und Kaperschiffe, lag Roberts Schiff sicher vor Anker und wartete auf die restliche Fracht.

»Ein Floß ist untergegangen im Sturm«, sagte Matthew zerknirscht, als er vor Robert stand. »Hinten bei Sapelo.«

»Ist einer ertrunken, Matthew?« fragte Robert. Der Neger schüttelte den Kopf. »Nein, Käpt'n. Hab' Claudius gesagt, er schon zweimal Glück gehabt, weil er kann schwimmen.«

»Und mein Onkel? Wie geht's dem?« erkundigte sich Robert.

»Krank mit Fieber«, antwortete Matthew. »Frau sagt, Nathalie ihn gut pflegen, aber er ganz schlimm krank. Wann Sie kommen nach Haus', Master Robert?«

Roberts Miene verfinsterte sich, und er sagte mit schneidender Stimme: »Mein Onkel hat mich nicht im Zweifel darüber gelassen, daß er mich erst wiederzusehen wünscht, wenn ich mein ›gesetzwidriges Verhalten‹ aufgegeben habe.« Dann brach er das Gespräch ab, er hatte es eilig.

Als die Fracht umgeladen war, verschwanden die Männer mit ihrem Floß in Richtung Norden.

Kurz vor Sonnenaufgang setzte die »Carolana« unter portugiesischer Flagge Segel und hielt auf die offene See zu.

Robert stand auf dem Achterdeck. Mit den Augen suchte er das leuchtendblaue Wasser nach britischen Fregatten ab. Er genoß die Gefahr, in der er als Blockadebrecher schwebte. Doch ihn lockte auch der Riesenprofit, der ihm sicher war, sobald er die Fracht sozusagen vor Napoleons Haustür ablieferte.

Am dritten Tag auf See rief der Wachtposten plötzlich: »Segel in Sicht!«

Robert, der sich gerade in der Kapitänskajüte etwas ausgeruht hatte, ergriff schnell seine Hose, streifte sie über und rannte zum Deck hinauf. Muley stand an der Reling und beobachtete durch das Fernglas die näher kommenden Schiffe.

»Wie viele kannst du ausmachen, Muley?« fragte Robert seinen Ersten Maat.

»Drei, glaube ich, Sir.«

»Britische?«

»Kann ihre Flagge noch nicht erkennen. Werden aber wohl britische sein, Sir.«

Er reichte Robert das Fernglas, damit auch er die winzigen Punkte am Horizont betrachten konnte.

Bis Mittags war der Wind zu einer sanften Brise abgeflaut, und die Segel mußten mit Wasser benetzt werden, damit man bei der Flaute überhaupt noch Fahrt machen konnte. Aber die anderen

Schiffe waren nun doch deutlich zu erkennen.

»An die Riemen, Muley!« befahl Robert.

Doch das Schicksal meinte es nicht gut mit ihm und seiner Mannschaft. Zwei Stunden später schaffte es die wendigste der britischen Fregatten, eine Salve nach Lee abzufeuern und die »Carolana« zum Beidrehen zu zwingen.

Wäre es nur ein Schiff gewesen, Robert hätte sich erfolgreich zur Wehr setzen können. Er hätte auch den Kampf aufgenommen, wenn es nur um ihn allein gegangen wäre, obwohl es geradezu selbstmörderisch gewesen wäre, sich mit gleich drei Fregatten einzulassen, deren sämtliche Geschütze auf die »Carolana« gerichtet waren.

Als die Abenddämmerung über dem Meer hereinbrach, waren Robert und Muley in Fesseln, die die »Carolana« war samt ihrer Fracht im Besitz der Briten und befand sich auf dem Weg nach England.

Sir George Cockburn, dem Robert so oft entkommen war, hatte ihn schließlich in die Falle gelockt, und die »Carolana« gehörte nun zu den fünfhundert Schiffen, die Cockburn aufgebracht hatte ...

Robert schüttelte sich, als er an die schlimmen Tage dachte, die er auf seinem eigenen Schiff als Gefangener hatte verbringen müssen. Man hatte ihn nicht nur wie einen Schwerverbrecher angekettet, sondern auch noch auf halbe Ration gesetzt. Doch zu guter Letzt war er seinen Feinden doch entwischt.

Einen Becher Rum hätte er dafür gegeben, wenn er das Gesicht von Sir George hätte sehen können, als dieser bemerkte, daß er, Robert, geflohen war. Gleich in der ersten Nacht war das gewesen, nachdem das Schiff im Hafen von Liverpool vor Anker gegangen war. Er hoffte bloß, daß man seinen Helfer nicht erwischt hatte, einen amerikanischen Matrosen, den die Briten gepreßt hatten. Es tat ihm nur leid, daß Muley nicht hatte mit ihm fliehen können.

»Ich kann nicht schwimmen, verdammt noch mal!« hatte er Robert erklärt. »Aber das soll Sie nicht von der Flucht abhalten. Machen Sie sich aus dem Staub, so schnell Sie können!«

Langsam fand Robert wieder in die Gegenwart zurück. Das

Café war nun fast leer. Er umklammerte noch fester sein Glas und verzog den Mund zu einer bitteren Grimasse. Er hatte sein Schiff verloren, seinen Ersten Maat, seine Fracht und seinen Profit. Und was hatte er statt dessen erworben? Eine Frau, die er gar nicht hatte haben wollen, und die darauf wartete, daß er nach Carolina zurückkäme.

Carolina! Wie anders als New Orleans und mein geliebtes Bayouland ist es doch, dachte Nathalie, als sie auf dem Weg zum Herrenhaus an den Feldern der Plantage vorbeieilte.

Feena würde sie, wie üblich, wegen ihres Zuspätkommens ausschimpfen, aber das machte nichts. Ihr Kleid verfing sich an einem Zaun, und sie hörte es reißen. Na also, noch ein Grund zum Schimpfen!

Mon Dieu, je suis ... Nein, ich muß versuchen, englisch zu denken! befahl sie sich schnell. Aber es war so leicht, in ihre Muttersprache zurückzuverfallen und zu vergessen, daß sie nicht mehr im Vieux Carré von New Orleans lebte.

»Ich bin jetzt Carolinerin«, sagte sie voll Abscheu vor sich hin. »Ich bin keine Französin mehr, das darf ich nicht vergessen.«

Durch die Seitentür schlüpfte sie ins Haus und lief die Treppe hinauf. Oben war schon ein warmes Bad für sie vorbereitet. Mit Marceys Hilfe badete sie schnell, zog frische Unterwäsche an und saß dann wartend vor dem Toilettenspiegel, als Feena das Zimmer betrat.

Unwillig ruckte sie mit dem Kopf, während Feena mit kräftigen Bürstenstrichen ihr welliges, schwarzes Haar in eine einigermaßen ordentliche Frisur zu formen versuchte.

»Miß Nathalie, hören Sie doch auf, die Stirn zu runzeln und den Kopf hin und her zu drehen. Jeden Augenblick kann Ihr Mann eintreffen. Sie müssen jetzt wirklich anfangen, sich wie eine verheiratete Dame zu benehmen!«

»Aber Feena, ich sehe einfach nicht ein, warum ich mich jeden Nachmittag feinmachen und mit gefalteten Händen im Salon sitzen muß. Es ist so langweilig! Ich würde viel lieber bei den Kindern mithelfen.«

17

»Wenn Ihre Mama – Gott hab' sie selig! – wüßte, daß Sie sich ständig mit schwarzen Babys abgeben, – würde sie aus dem Grab auferstehen und mich dafür umbringen. Ich hätte Ihnen das nie erlauben dürfen!«

»Hör auf damit, Feena! Du weißt genausogut wie ich, daß ich viel Gutes tue. Seit ich mich um die Kleinen kümmere, sind sie viel gesünder. Weißt du nicht mehr, daß im vorigen Herbst die Hälfte an Ruhr gestorben ist? Dieses Jahr waren es nur zwei.«

»Trotzdem«, entgegnete Feena störrisch. »Es schickt sich nicht für die Herrin einer großen Plantage. Monsieur Robert wird der Sache ein Ende machen, wenn er nach Hause kommt.«

»Zum Teufel mit Robert Tabor!« rief Nathalie hitzig.

Der Tadel, der Feena schon auf der Zunge lag, blieb unausgesprochen, weil in diesem Augenblick das Herannahen einer Kutsche auf der Auffahrt zur Midgard-Plantage zu hören war.

»Schnell, Miß Nathalie! Das muß Monsieur Robert sein!«

»Woher willst du das denn wissen, Feena? Du hast ihn doch auch noch nie gesehen!«

Nathalie ließ sich Zeit. Sie hörte, wie die Haustür geöffnet und wieder geschlossen wurde, und sie vernahm die tiefe Stimme eines Mannes, der mit Bradley, dem alten Butler, sprach.

Sie strich sich die Rüschen ihres rostroten Seidenkleides glatt. Obwohl sie sich Feena gegenüber, die seit ihrer Geburt als Kinderfrau um sie gewesen war, keß und unbekümmert gegeben hatte, zitterte sie innerlich, als sie langsam die Treppe hinabstieg.

Wie würde er wohl sein, ihr Ehemann? Und wie alt? Sie wußte so wenig von ihm …

Lautlos durchquerte Nathalie in ihren weichen Ziegenlederschuhen die Halle. Der Mann stand mit dem Rücken zu ihr vor der Tür, die zum Salon führte.

»Monsieur Tabor?« fragte sie kaum hörbar.

Der weißhaarige Mann wandte sich um und betrachtete das zierliche junge Mädchen, das scheu auf ihn zukam.

Überrascht von dem mitleidigen Blick in seinen Augen, blieb Nathalie zögernd stehen. Er war doch viel älter, als sie erwartet hatte.

»Ich bin Nathalie«, sagte sie und streckte ihm die Hand entgegen.

»Und ich bin Ihr Vetter Hektor«, stellte er sich vor, nahm ihre kleine Hand und führte sie an die Lippen.

Nathalie seufzte erleichtert auf. Also doch nicht ihr Mann! Sie schenkte ihm ein warmes, freundliches Lächeln, wodurch ihre gleichmäßigen weißen Zähne und das spitzbübische Grübchen in ihrer rechten Wange zum Vorschein kamen.

»Entschuldigen Sie bitte, aber im ersten Augenblick dachte ich, Sie wären mein Mann Robert Tabor.«

»Ich habe Ihren Mann zum letztenmal vor einem Monat in Paris gesehen. Das war kurz vor meiner Abreise. Wenn er gutes Wetter hat, müßte er in ungefähr zehn Tagen in Charleston ankommen.«

»Sie Sie hergekommen, um mir das von ihm auszurichten?«

Er suchte krampfhaft nach einer Antwort. Wie konnte er diesem ausgesucht schönen, zarten Mädchen nur beibringen, daß Robert ihm überhaupt keine Grüße an sie aufgetragen hatte? Ob er ihr vielleicht eine vorsichtige Andeutung über Roberts Einstellung machen sollte? Oder würde das die Sache nur verschlimmern?

»Nathalie ...« Er suchte verzweifelt nach Worten, doch plötzlich verstand sie seine Verlegenheit, und ihre braunen Augen verdüsterten sich.

»Er läßt mir nichts ausrichten«, sagte sie mit tonloser Stimme.

»Nun ja, das war eigentlich zu erwarten. Welcher Mann möchte schon eine Frau aufgezwungen bekommen?«

Sie blickte Hektor starr an, und in ihren Augen schimmerten Tränen. Dann fuhr sie fort: »Er ist übrigens nicht der einzige, der enttäuscht ist, Vetter Hektor. Wissen Sie, ich war auch nicht glücklich über das Testament meines Stiefvaters. Wenn meine Mama noch lebte ...«

Sie wischte sich die Tränen aus den Augen.

»Wußten Sie, daß ich zurück ins Kloster hätte gehen müssen, wenn ich mich geweigert hätte, ihn zu heiraten?«

»Nein, das wußte ich nicht«, antwortete er leise.

»Ist er ... ist Robert sehr wütend?«

Er konnte ihr keinen Trost spenden. »Ja, das ist er, Nathalie. Aber sobald er Sie sieht, wird sein Zorn bestimmt verfliegen.«

Später, in der Nacht, drehte sich Nathalie schlaflos von einer Seite auf die andere. Sie konnte es gut verstehen, daß Robert wütend war. Er hatte immer als Papa Ravenals Erbe festgestanden und hatte sicher nie im Traum daran gedacht, daß dieser sich noch auf seine alten Tage verlieben und heiraten würde. Und noch dazu ihre Mama.

Nathalie, diese stolze kreolische Schönheit, hatte romantische Vorstellungen von der Ehe. Sie hatte immer nur von einer Liebesheirat geträumt. Sie war von New Orleans her an heißblütige Männer gewöhnt, die sich ihre Frauen notfalls durch ein Duell erkämpften. Sie konnte sich nicht mit dem Gedanken abfinden, mit einem Mann verheiratet zu sein, der sie gar nicht wollte.

Wie oft hatte Feena früher zu ihr gesagt: »Dein zukünftiger Mann muß einmal ein Hüne sein, der sein Schwert schwingen kann, um dich zu erobern, Kleines. Und du«, fügte sie grinsend hinzu, »wirst an so einem Mann gewiß deine Freude haben!«

Viele Jahre lang hatte Nathalie sich auf ihren sechzehnten Geburtstag gefreut. Dann würde sie in einem wunderschönen weißen Kleid in einer Loge im Theater von New Orleans sitzen und in die Gesellschaft eingeführt werden. In der Pause würden junge Männer in die Loge kommen, um ihr vorgestellt zu werden, und anschließend würden ihre Eltern sie zum Souper ausführen. Sie würde Einladungen zu großen Bällen erhalten und von Freiern umschwärmt sein.

Aber alle diese Träume waren nie Wirklichkeit geworden. Ihr Vater war gestorben, und Mama hatte wieder geheiratet und war aus New Orleans weggezogen.

Nathalie war nicht in die Gesellschaft eingeführt worden. Niemand hatte sich ihretwegen duelliert. Wie ein Möbelstück war sie aus dem Besitz eines Mannes einem anderen übereignet worden, der sie nur des Erbes wegen geheiratet hatte.

Oh, warum hatte Papa Ravenal nur nach New Orleans kommen und sich in ihre Mama verlieben müssen? Und aus welchem Grund hatte er sein Testament geändert, so daß sie entweder Robert Tabor heiraten oder für immer ins Kloster gehen mußte?

Robert Tabor lag nicht das geringste an ihr, das hatte Hektors Besuch ihr eindeutig klargemacht. Was sollte sie bloß tun? In zehn Tagen würde er in Midgard eintreffen.

»Feena, du mußt mir helfen!« flüsterte sie vor sich hin, sie hatte das Gefühl, daß Feena sie nicht gehört hatte.

Am Abend nach Hektors Besuch saß Nathalie im Garten und lauschte auf die Geräusche um sie her.

Im Dunkeln hatte die Midgard-Plantage etwas Unheimliches an sich. Im Osten und Süden bildete »Emmas Sumpf« die Grenze zu Midgard, und im Westen schnitt der Fluß es von der übrigen Welt ab. Fester Boden war nur auf dem höhergelegenen Gelände hinter der Plantage zu finden, wo dichte Kiefernwälder standen.

Nathalie konnte sich noch gut daran erinnern, welche Angst sie vor den dunklen Schatten und dem Dunst, der über dem Sumpf lag, empfunden hatte. Das war vor gut einem Jahr in der Abenddämmerung gewesen, als sie zum erstenmal über die Biffers Road nach Midgard fuhr, nachdem sie aus der Klosterschule entlassen worden war.
Papa Ravenal hatte ihre Angst bemerkt und ihr die Geschichte der Plantage erzählt, die sein Großvater nach einer skandinavischen Sage benannt hatte. Die Geschichte hatte Nathalie gefesselt, und sie hatte eine Zeitlang ihre Angst vergessen.

»Das feste Land oder die Erde, genannt Midgard, entstand der Sage nach aus den Augenbrauen des Riesen Ymir mitten in einer Schlucht«, hatte Papa Ravenal erklärt. »Es war dem Himmel durch eine Brücke verbunden, die Bifröst hieß. Darauf befinden wir uns jetzt, auf dem kleinen Streifen festen Bodens, der sich durch den Sumpf zieht.«

Nathalie hatte aus der Kutsche geschaut. Die Straße war nur wenig breiter als das Gefährt, und auf beiden Seiten erstreckte sich schwarzes modriges Wasser. Moos hing von den untersten Zweigen der Zypressen herab und streifte die Kutsche.

»Der Sage nach«, setzte Papa Ravenal seine Erzählung fort, »war das Land umgeben vom Blut und Schweiß des Riesen. Seine Zähne wurden zu Klippen, seine Knochen zu Hügeln, und sein Haar verwandelte sich in Bäume und Dickicht.

Die Negersklaven konnten die skandinavischen Namen nicht aussprechen. So wurde aus »Ymirs Sumpf« mit den Jahren »Emmas Sumpf«, und aus »Bifröst Road« wurde Biffers Road«. Zum Glück kann man »Midgard« leichter aussprechen. So hat wenigstens die Plantage ihren ursprünglichen Namen behalten.«

Sobald sie das Haus erblickte, war es Nathalie nicht mehr unheimlich zumute. Nach der dunklen Biffers Road war sie auf die grüne Lichtung und auf den atemberaubenden Anblick der hellen Sonnenstrahlen gar nicht gefaßt, die das aus Sandsteinen erbaute Herrenhaus in goldenes Licht tauchten. Es war, als ob jemand eine viereckige Öffnung in die Dunkelheit geschnitten hätte, um das Licht einfallen zu lassen.

Und als sie schließlich im Haus waren, konnte Nathalie es gar nicht abwarten, es zu erforschen. Sie eilte von der großen Halle nach rechts in das Speisezimmer und von dort aus in die Bibliothek und den Salon und die anderen Zimmer. Aber sobald die Sonne untergegangen war, empfand sie wieder die gleiche Angst wie zuvor.

Trommelschläge versetzten sie wieder in die Gegenwart zurück. Immer wilder klang das Trommeln durch die Oktobernacht, und Nathalie hörte auch Menschen tanzen und singen. Sie runzelte die Stirn. Feena betätigte sich offenbar wieder einmal als Hexe. Aber konnte man ihr das übelnehmen? Ihre Liebestränke, Amulette und Zaubersprüche waren sehr begehrt.

Die Neger auf Midgard waren von Furcht und Aberglauben besessen. Sie fürchteten sich vor allen möglichen Nachtgeistern, und keinen von ihnen konnte man dazu bewegen, nach Sonnenuntergang auch nur in die Nähe eines Friedhofs zu gehen. Feena fertigte Amulette für sie an, so daß der Hiddle-diddle-dee, der Plateye oder der meistgefürchtete Nachtgeist, der Buffler, ihnen nichts anhaben konnten. Kein Wunder also, daß sie praktisch den Rang einer Königin unter ihnen einnahm.

Nathalie hatte es bis heute nicht vergessen, wie zornig ihre Mama eines Abends gewesen war, als sie Feena in einem mit Hahnenblut bespritzten Kleid erwischt hatte. Sie hatte die Amulette und Fetische einfach zu übersehen versucht, aber die Zauberkünste konnte man nicht so einfach ignorieren. Ihretwegen gab es sogar ein Gesetz, das die Einfuhr von Sklaven von der Insel Martinique verbot, weil dort die Hexerei am weitesten verbreitet war.

»Wenn ich dich noch einmal dabei erwische, Feena, verkaufe ich dich!« hatte Mama gedroht.

Eine Zeitlang war Feena vorsichtig gewesen. Aber nachdem Mama am Fieber gestorben und Papa Ravenal auch krank geworden war, hatten die Beschwörungen wieder angefangen. Der Aufseher, ein alter und verkrüppelter Mann, war machtlos dagegen, denn das Kommando hatte jetzt Moses, der schwarze Vorarbeiter, an sich gerissen, und alle wußten, daß er Feenas Mann war.

Nathalie seufzte. Die Plantage brauchte einen energischen Herrn. Das Trommeln hörte auf, und die Nacht wurde still. Nathalie spürte eine unheimliche Macht in der Luft und schauderte zusammen. Sie blickte auf und sah, daß Feena auf sie zukam. Plötzlich empfand sie Angst vor dieser schwarzen Frau, die sie von Kindheit an kannte.

»Verlaß das Herrenhaus, Nathalie Boisfeulet«, sagte Feena wie in Trance, »bevor dein Mann kommt. Versteck dich in dem Häuschen unten am Fluß, beim Landungssteg. Dort wird dein Mann dich die Liebe lehren. Aber sei auf der Hut! Die Gefahr folgt dir ...«

Von panischem Entsetzen überfallen, sprang Nathalie auf und ergriff die Flucht. Sie rannte ins Haus und hinauf ins Schlafzimmer. Dort warf sie sich aufs Bett und weinte sich in den Schlaf.

Als sie erwachte, war es schon heller Tag. Die Sonne schimmerte durch die grünen Blätter des Magnolienbaums, der den Ostflügel des Hauses in Schatten tauchte. Was in der Nacht so unheimlich gewirkt hatte, sah nun wieder völlig normal aus. Nathalie lächelte Feena zu, die, wie immer, mit der heißen Schokolade und der Brioche, die Nathalie so gern zum Frühstück aß, vor dem Fußende des Bettes stand.

Nathalie mußte über sich selbst lachen, als sie sich erinnerte, wie sie sich in der vergangenen Nacht gefürchtet hatte. Als ob Feena ihr oder Robert mit ihren Zaubersprüchen etwas anhaben könnte! Aber je mehr sie an das Häuschen dachte, desto freudigerregter wurde sie. Ihr kam eine Idee, die immer festere Gestalt annahm. Wenn sie bei der Ankunft ihres Mannes angeblich auf Reisen war, in Wirklichkeit aber in dem kleinen Haus wohnte, würde sie ihn von dort aus unbemerkt beobachten und herausfinden können, was für ein Mensch er eigentlich war, bevor sie ihm gegenübertrat.

Papa Ravenal hatte das kleine Haus als Atelier für Mama gebaut, damit sie ungestört malen konnte. Robert wußte nichts von seiner Existenz, und dank seiner versteckten Lage würde er wohl kaum dorthin kommen.

»Feena!« rief sie aufgeregt. »Komm schnell! Wir ziehen in das Häuschen am Fluß. Aber das darf niemand erfahren.«

Während der folgenden Tage hatten Nathalie und Feena alle Hände voll zu tun, um das kleine Haus wieder bewohnbar zu machen. Niemand kreuzte ihren Weg, wenn sie heimlich Essen und Bettzeug dorthin trugen, oder sah sie beim Fensterputzen oder beim Polieren der alten Möbel.

Das Häuschen war so angelegt worden, daß jede Brise vom Fluß ungehindert dorthin drang, und es war zu Lebzeiten ihrer Mutter Nathalies Lieblingsversteck gewesen. Nun hatte sie es monatelang gemieden, weil es zu viele schmerzhafte Erinnerungen barg. Aber während sie und Feena es lüfteten, die Fenster putzten und alles zum Einzug vorbereiteten, erfüllte sie plötzlich das Gefühl des Friedens und des Glücks – fast als ob Mama im Zimmer vor ihrer Staffelei säße und eines ihrer geliebten Landschaftsbilder malte.

Die Staffelei mit einem fast vollendeten Gemälde stand noch immer in der Ecke. Nathalie stellte sie in den Schrank. Aber von dem Gemälde mit seinen schönen, leuchtenden Farben wollte sie sich nicht trennen. Es war ein Teil ihrer Mama, den sie nicht einfach in den Schrank verbannen konnte. Sie hängte es auf, trat dann einen Schritt zurück und betrachtete es voll Bewunderung. Es stellte das Herrenhaus dar in genau dem Licht, in dem Nathalie es zum erstenmal hatte vor sich liegen sehen, als sie von »Emmas Sumpf« her darauf zugefahren war. Also war auch ihre Mama davon beeindruckt gewesen, so sehr, daß sie dieses Licht, das plötzlich auf das Dunkel folgte, auf der Leinwand festzuhalten versucht hatte.

Wie sehr Papa Ravenal Mama geliebt haben mußte! dachte Nathalie, daß er ein so wunderschönes Atelier für sie gebaut hatte. Dabei hatte er sich ihr hier nie aufgedrängt, sie nie in ihrer Versunkenheit gestört.

Zwei Zimmer waren es, und ein Verbindungsgang zu der separat liegenden Küche. Darüber hinaus gab es eine Veranda, auf der gerade ein Schaukelstuhl Platz hatte – ein krasser Gegensatz zu der Eleganz des Herrenhauses, aber urgemütlich.

Zum erstenmal seit dem Tod ihrer Mutter fühlte sich Nathalie ein wenig glücklich. Müde von des Tages Arbeit, streckte sie sich auf dem weichen Federbett aus. Die Augen fielen ihr zu, und gleich darauf war sie eingeschlafen.

»Miß Nathalie!« riß eine Stimme sie aus ihrem Schlummer. »Es ist schon fast dunkel. Er wird Zeit, zum Herrenhaus zurückzugehen.«

Feena stand über Nathalie gebeugt und rüttelte sie an den Schultern. Zunächst wußte sie gar nicht, wo sie sich befand. Dann erkannte sie das Schlafzimmer in dem Häuschen am Fluß. Mit einem ihr unerklärlichen Gefühl der Trauer richtete sich Nathalie auf, zog die Schuhe, die ihr im Schlaf von den Füßen gefallen waren, wieder an und kehrte mit Feena ins Herrenhaus zurück.

Zwei Tage vor Robert Tabors vermutlicher Ankunft legte Nathalie ihre Reisekleidung an und ließ ihren Koffer hinuntertragen. Sie hatte sich alles genau überlegt. Sie würde die Kutsche in dem Fichtenwald verstecken, das Pferd auf das Weideland oberhalb des Sumpfes bringen und dann warten, bis sie den Mut aufbrachte, als Herrin in das große Haus einzuziehen.

Sie nahm den Brief, den sie ihrem Mann geschrieben hatte, und ging hinunter, um Bradley, den Butler, von ihrer Abreise zu unterrichten. Nathalie wußte, daß er nie mit den Landarbeitern sprach. Sollte einer von ihnen die versteckte Kutsche entdecken, würde Bradley bestimmt nichts davon erfahren.

Nathalie erklärte ihm, ihre kranke Kusine Marianne habe nach ihr geschickt, übergab dem weißhaarigen Alten den Brief für Robert und sagte: »Wenn Sie nichts Gegenteiliges von mir hören, Bradley, bin ich in zwei Wochen wieder hier.«

»Sehr wohl, Miß Nathalie. Hoffentlich geht es ihrer Kusine bald besser. Ich werde es Mister Robert ausrichten, wenn er kommt.«

2

Das Schiff fuhr in den Hafen ein, und wie immer, wenn er nach Charleston kam, empfand Robert Tabor eine Mischung von Stolz und Erregung.

Knarrend und quietschend ging das Schiff mit einem Ruck vor Anker. Robert lehnte an der Reling und beobachtete die Ankunft des Bootes, das ihn an Land bringen würde. Er brannte darauf, von Bord zu kommen.

Fünf Jahre war er nun fortgewesen, und nichts hatte sich geändert. Die gedehnte Sprechweise derjenigen, die Befehle erteilten; die kräftigen Muskeln der Arbeiter, die in der Herbstsonne glänzten; der Geruch nach Schweiß, Sackleinen und Baumwolle, vermischt mit dem durchdringenden Gestank von Fisch, der zu lange in der Sonne gelegen hatte. So manchen hätte der Gestank angewidert, aber in Robert Tabor weckte er Erinnerungen an glückliche Tage.

Ich war zu lange weg! dachte er schuldbewußt.

Sowie das Boot ihn an Land gebracht hatte, mietete er sich eine Kutsche und befand sich bald auf dem Weg zum Planter's

Hotel. Er konnte es kaum abwarten, Charleston und die Plantage wiederzusehen. Aber es gab noch viel zu erledigen, bevor er die Weiterreise nach Midgard antreten konnte. Ein Brief seines Kommissionärs hatte ihn davon überzeugt, daß er sich einen neuen Aufseher würde suchen müssen. Luke Hinson war einfach zu alt für diesen Posten und als Aufseher nicht länger tragbar. Doch diese Angelegenheit war nur eins der vielen Probleme, die Robert lösen mußte.

Die Kutsche hielt, er stieg aus und betrat den mit Backsteinen gepflasterten Gehsteig vor dem Hotel. Auf dem Weg zur Eingangstür brachte ihn ein Zuruf zum Stehen:

»Robert Tabor! Ist es die Möglichkeit? Der verlorene Sohn kehrt heim!«

Robert wandte sich um: »Arthur Metcalfe, alter Freund! Wie geht's, wie steht's?«

Robert war sichtlich erfreut, Arthur Metcalfe wiederzusehen. Sie drückten einander die Hand und klopften sich gegenseitig auf die Schulter.

»Komm, Robert, du mußt einen mit mir trinken und erzählen, was du getrieben hast.«

»Ich bin ganz vom Salzwasser verkrustet«, wandte Robert ein. »Nur auf ein Glas, dann muß ich mich erst mal waschen und umziehen. Ich komme mir vor, als hätte ich einen Monat lang in Pökellake gelegen.«

»Schön, Robert, einverstanden. Das Gefühl kenne ich. Aber wir essen zusammen, darauf bestehe ich. Bei einem Glas kann man nicht alles erzählen, was man in fünf Jahren erlebt hat.«

Eine gute Stunde später saßen Robert und Arthur im Speisesaal des Hotels beisammen. Beide verzehrten mit bestem Appetit Krabbensuppe und die Paella à la Charleston, eine ganz besondere Mischung aus Reis, Muscheln und Fisch, die es nirgends sonst gab. Anschließend unterhielten sie sich in Ruhe bei einem ausgezeichneten Madeirawein, bis die Kerzen auf ihrem Tisch heruntergebrannt waren.

»Du hast also geerbt, nicht wahr?« fragte Arthur gut gelaunt.

»Stimmt, Arthur. Onkel Ravenal hatte immer vor, mir Midgard zu vermachen.«

»Aber was ist nach dem Tod deines Onkels aus der Tochter seiner verstorbenen Frau geworden, die bei ihm wohnte? Lebt sie jetzt wieder bei ihren Verwandten in New Orleans?«

»Nein, Arthur. Soviel ich weiß, hält sie sich immer noch in Midgard auf. Die Verwandten ihrer Mutter sind nach Frankreich zurückgegangen. Sie hat hier überhaupt keine Angehörigen mehr.«

»Dann bis du jetzt für sie verantwortlich?

»Mehr oder weniger«, antwortete Robert trocken.

»Könnte interessant werden, besonders, wenn sie eine solche Schönheit ist wie ihre Mutter.«

»Das ist mir im Moment egal.« Robert wollte das Thema wechseln, damit Arthur nicht erfuhr, daß er Nathalie geheiratet hatte, ohne sie je gesehen zu haben. »Viel wichtiger ist mir, daß ich einen guten Aufseher brauche. Luke Hinson muß sich aufs Altenteil zurückziehen. Er kann schon seit einem halben Jahr seine Arbeit kaum noch verrichten. Wer weiß, was für eine Mißwirtschaft da schon getrieben wird.«

»Vielleicht kann ich dir helfen. Du erinnerst dich doch sicher noch an Alistair Ashe, oder?«

»Gregory Ashes jüngeren Bruder?«

»Genau den! Ich habe gehört, Gregory hätte ihn aus dem Haus geworfen. Er hatte sich wohl ein bißchen zu gut mit Gregorys Frau verstanden. Im Grund ein Jammer, denn Alistair kennt sich mit der Bewirtschaftung einer Plantage viel besser aus als sein älterer Bruder. Er besitzt keinen Penny und würde bestimmt sofort gern bei dir als Aufseher anfangen. Sein einziger Fehler ist seine Arroganz, aber damit könntest du dich vielleicht abfinden, wenn seine Arbeit zufriedenstellend ist.«

»Wo hast du ihn denn zuletzt gesehen?«

»Gestern auf der Börse. Er ist bestimmt noch in der Stadt.«

Drei Tage später befand sich Robert auf dem Weg nach Midgard. Alles war geregelt. Er hatte Alistair Ashe eingestellt, der noch eine Woche in Charleston zu tun hatte und dann seinen Posten bei ihm antreten würde. Robert hatte auch mit seinem Kommissionär gesprochen und erfahren, zu welch günstigen Bedingungen die letzte Baumwoll- und Reisernte verkauft und der Erlös schon an seine Bank überwiesen worden war. Alles in allem war er in bester Stimmung, so daß er sogar gewillt war, seiner unbekannten Frau gegenüber versöhnlich zu sein. Vielleicht würde es sogar ganz nett sein, eine Frau um sich zu haben und sich von ihr bedienen zu lassen ...

In dieser Stimmung befand er sich, als er die Magnolienallee entlangritt, in die Auffahrt einbog und schließlich vor der von Glyzinien umrankten Veranda des Herrenhauses anhielt.

»Willkommen daheim, Mister Robert!« Der alte Butler lächelte so breit, daß seine Zahnlücken zu sehen waren. »Hab schon Ihren Lieblingsweinbrand im Salon bereitgestellt!«

Als Bradley den Weinbrand einschenkte, fragte Robert wie beiläufig: »Ist meine ... Frau da, Bradley?«

»Nein, Mister Robert. Sie mußte verreisen.« Er holte den versiegelten Umschlag von dem silbernen Tablett auf der Kommode und überreichte ihn Robert.

Der nahm den Brief und betrachtete ihn stirnrunzelnd. Dann brach er das Siegel und las:

»Monsieur Robert!
Meine Kusine Marianne ist erkrankt und hat nach mir geschickt. Es tut mir leid, Sie bei Ihrer Heimkehr nicht begrüßen zu können. Ich komme in zwei Wochen zurück.
Ihre gehorsame Frau
Nathalie«

»Kusine! Daß ich nicht lache!« Robert zerknüllte den Brief. Sie war weggelaufen aus Angst, ihm gegenübertreten zu müssen. Das mit der Kusine war schlichtweg gelogen.

Seine versöhnliche Stimmung war wie weggeblasen. Erst hatte Nathalie ihn zur Ehe gezwungen, und beleidigte ihn nun auch noch durch ihre absichtliche Abwesenheit bei seiner Heimkehr. Wenn sie nur ein bißchen Verstand besaß, würde sie bleiben, wo sie war. Niemand durfte Robert Tabor ungestraft beleidigen!

Nathalie blieb am Abend mit Feena in dem Häuschen am Fluß

und wagte nicht einmal, eine Kerze anzustecken. Sie mußte von nun an unbedingt vorsichtiger sein, denn fast hätte Robert Tabor sie heute entdeckt, als sie gerade von der Kinderkrippe zurückkam, wo das Fieber von neuem ausgebrochen war.

Sogar in der Kinderkrippe hatte sich die Kunde von der Heimkehr des neuen Herrn schnell verbreitet. Deshalb hatte sie schnellstens ihr Versteck aufgesucht.

Wie hätte sie ahnen können, daß er, wie von Furien gehetzt, auf sie zureiten würde? Wenn er nicht über den Zaun gesetzt und nach links abgeschwenkt wäre, hätte er sie entdeckt.

Als er an ihr vorbeiritt, konnte sie nur einen flüchtigen Blick auf sein Gesicht werfen; aber das hatte ihr schon genügt. Er war ein richtiger Teufel ... und sie war seine Frau!

Am frühen Morgen kleidete Nathalie sich sorgfältig für ihre Arbeit in der Kinderkrippe an. Sie zog eins ihrer einfachen Kattunkleider an und band eine saubere weiße Schürze um. Das Haar steckte sie zu einem Knoten, wie sie es früher zu tun pflegte, wenn sie den Nonnen im Kloster bei der Krankenpflege geholfen hatte. Es machte ihr nichts aus, daß ihr Kleid nicht besser als das der Hausmädchen war oder daß der Haarknoten in New Orleans als Kennzeichen einer Farbigen galt. Sie war die Spitzen und Seidenkleider leid, die sie jeden Nachmittag getragen hatte, während sie im Salon auf die Heimkehr ihres Mannes wartete.

Ihr Mann ... Ob er sie womöglich heute entdecken würde? Es war sehr unwahrscheinlich, daß er auch nur in die Nähe der Kinderkrippe kam, besonders jetzt, wo dort Fieber herrschte. Außerdem würde er sicherlich keinen Blick an sie in dem einfachen Kleid verschwenden. Nein, sie war nicht in Gefahr. Auch ihre sonnengebräunte Haut würde ihr zugute kommen. Wie oft hatte Mama sie ermahnt: »Vergiß deinen Sonnenschirm nicht, Nathalie, sonst hält man dich morgen für einen Mischling!«

Sie ging über den Hof, zwängte sich durch das Gewirr von Eibenhecke und Geißblattranken, hinter dem sich das Häuschen verbarg, ging an den Pappeln am Flußufer entlang zu dem sich schlängelnden, sandigen Weg, der die Pfade der Feldarbeiter kreuzte, wo die Babys der arbeitenden Mütter gehütet wurden.

Jenny und Tassy waren gute Betreuerinnen und hatten Nathalies Anweisungen schnell verstanden. Aber wenn sie nicht da war, wurden sie leicht wieder nachlässig. Außerdem machte sie sich Sorgen um den kleinen Cassius, dessen Stirn sich gestern so heiß angefühlt hatte.

Viele Stunden später gelang es ihr schließlich, Cassius mit einem französischen Wiegenlied in den Schlaf zu singen. Sie deckte ihn sorgfältig zu, und als sie sich aufrichtete und zur Tür hin wandte, sah sie, daß Robert Tabor dort stand und sie anstarrte. Vor Schreck stockte ihr der Herzschlag.

»Monsieur!« stammelte sie. »Das Fieber ... Es ist zu gefährlich hier!«

Er schien sie gar nicht gehört zu haben. Er trat näher an sie heran, ohne sie aus den Augen zu lassen.

»Wie heißt du?«

»Lalie, Monsieur, ich heiße Lalie.« Sie schauderte, weil ihr klar war, daß sie sich fast verraten hätte. Sie konnte ihm jetzt nicht in die Augen sehen und starrte auf den Lehmboden.

Er legte ihr die Hand unters Kinn, hob ihren Kopf und blickte ihr ins Gesicht.

Heiße Röte stieg ihr ins Gesicht, als er mit der anderen Hand ihren Knoten löste, so daß ihr langes, schwarzes Haar bis zur Taille herabfiel.

»Und habe ich dich auch geerbt, Lalie?« fragte er.

Die Frage ließ sie erstaunt auffahren. Hielt er sie etwa für eine Sklavin wie die anderen? Aber natürlich, sie war ja genauso gekleidet wie sie!

»Ja, Monsieur«, antwortete sie schnell mit leiser, verschämter Stimme und bemühte sich, ihre Erleichterung, daß er sie nicht erkannt hatte, zu verbergen.

Er blieb noch einen Augenblick stehen, dann drehte er sich um und verließ die Holzhütte.

Nachdem sie den ersten Schreck überwunden hatte, packte Nathalie die Wut. Woher nahm er sich das Recht, sie zu begutachten wie eine Sklavin bei der Versteigerung? Sie fühlte sich zutiefst gedemütigt. Vor allem aber war ihr klar, daß er sie nach diesen prüfenden Blicken bestimmt wiedererkennen würde, wenn sie ihren rechtmäßigen Platz als Hausherrin einnahm.

Sie stahl sich aus der Hütte und ging zum Häuschen am Fluß zurück. Ihre Empörung und Angst wuchsen mit jedem Schritt. Sie würde in Zukunft vorsichtiger sein müssen.

Robert saß allein beim Abendessen. Die schöne Sklavin Lalie ging ihm nicht aus dem Kopf. Seine Frau hatte sie offenbar aus New Orleans mitgebracht, da sie französisch sprach. Schade, daß ein so hübsches Mädchen Negerblut in den Adern hatte! dachte Robert. Aber viel konnte es nicht sein, da ihre Haut ziemlich hell war.

Er starrte auf den leeren Platz am anderen Ende des Tisches, an dem eigentlich seine Frau hätte sitzen sollen, und fühlte sich verhöhnt. Als er an ihren Brief dachte, übermannte ihn der Zorn. Er sprang auf und ging auf die Veranda hinaus.

Die Abenddämmerung war hereingebrochen. Wie sehr es das vermißt hatte: den süßen Duft des Jasmins und das letzte Tageslicht, das nur zögernd der sich ausbreitenden Dunkelheit wich. In manchen anderen Ländern gab es dieses lange Zwielicht nicht. Dort schienen die Tage widerspruchslos den dunklen Nächten zu weichen.

Das Land mit seinen dunklen Schattentupfern auf dem saftigen Grün der fruchtbaren Erde war wunderschön, und nun gehörte es ihm.

Robert stieg die Stufen der Veranda hinab und ging zu den Feldern. Die Feldarbeiter hatten Feierabend. Die Baumwollfelder, die noch nicht ganz abgeerntet waren, begannen schon braun zu werden. Wenn die letzten weißen Fruchtkapseln von den Stengeln abgestreift waren, würden die Pflanzen untergepflügt werden, um der nächsten Frühjahrssaat Platz zu machen.

Gedankenverloren pflückte er einen der Stengel ab, als er plötzlich vor sich eine Gestalt umherhuschen sah. Mit dem abgebrochenen Stengel in der Hand stand er da und versuchte zu erkennen, wer es war. Kein Zweifel, es war die Sklavin Lalie, die gleich darauf im Gebüsch verschwand. Robert rührte sich nicht von der Stelle, sondern blickte der entschwindenden

Gestalt nach und zupfte geistesabwesend die reifen Samenhaare aus der Fruchtkapsel.

Am nächsten Tag machte Robert sich auf den Weg zur Kinderkrippe, aber es war Tassy, die ihn an der Tür begrüßte, nicht Lalie. Robert warf einen Blick in den Raum und sah das Kopftuch auf dem Schaukelstuhl liegen, das Lalie am Tag zuvor über dem langen, gelackten Haar getragen hatte. Der Stuhl schaukelte noch ein bißchen und stand dann still, so als sei jemand eilig aufgestanden, fast als hätte man die darin Sitzende gewarnt und zur Flucht veranlaßt.

Stirnrunzelnd verließ er die Hütte. Mit langen Schritten ging er an den Feldern vorbei zum Fluß hin.

Das Abendessen nahm er wieder schweigend und allein ein. Außer ihm war nur der kleine Negerjunge da, dessen Aufgabe es war, mit langen Truthahnfedern die Fliegen vom Tisch zu vertreiben. Den Butler Bradley hatte Robert weggeschickt. Nun saß er bei einem Glas Wein, während die Bewegungen des Federwedels immer langsamer wurden.

Schließlich stand er auf und reckte sich. Ein langer Abend lag vor ihm. Es war noch ziemlich früh, und er konnte sich noch nicht entspannen. Die gründliche Inspektion der Plantage hatte ihn nicht ermüdet, aber jetzt gab es nichts mehr für ihn zu tun, und er wußte nicht, womit er sich die Zeit vertreiben sollte.

Seine Koffer waren schon alle ausgepackt bis auf den kleinsten, in dem sich Bücher befanden, die er kürzlich gekauft hatte. Er hatte versucht, diejenigen zu ersetzen, die in der Kapitänskajüte der »Carolana« geblieben waren. Da er nichts Besseres zu tun hatte, beschloß er, die Bücher auszupacken und sie in der Bibliothek einzuräumen.

Er stieg die Treppe hinauf und ging ins Schlafzimmer. Am Fuß des einen der beiden großen Betten stand der verschlossene Koffer.

Als er darauf zuging, fiel ihm plötzlich ein merkwürdiger Geruch auf, durchdringlich und ekelerregend. Seltsam, daß er ihn vor dem Abendessen nicht bemerkt hatte! Er beugte sich über das Bett, wo der Geruch am stärksten war, und schlug die Bettdecke zurück. Nichts! Dann schob er die Hand zwischen

Kopfkissen und Matratze, bis er an etwas stieß. Es war ein kleiner Beutel, oben zugenäht. Es wußte sofort, was es war. Er starrte den Beutel angeekelt an, weil er sich denken konnte, was darin war: wahrscheinlich Katzenaugen, Erde vom Friedhof und andere Absonderheiten, an die er lieber nicht denken mochte. Laut fluchend schleuderte er den Beutel aus dem offenen Fenster. »Verdammter Hokuspokus!« schrie er hinterher.

Soweit er wußte, hatte es solche Zaubereien früher nie auf Midgard gegeben. Der Schuldige ist sicher ein neuer Sklave! dachte Robert und stürmte wütend die Treppe hinunter, um den Missetäter ausfindig zu machen.

Aber nicht die Sklaven wollte er bestrafen, sondern seine Frau, Nathalie Boisfeulet, die bestimmt dahintersteckte. Sie würde schon merken, wer Herr im Hause war, wenn sie seine Hand an ihrer Kehle spürte! Sie würde ihm nie wieder trotzen!

Auf dem Weg zu den Sklavenhütten legte sich sein heißer Zorn allmählich. Statt dessen meinte er, eine Stimme leise flüstern zu hören: »Lalie, Monsieur. Ich heiße Lalie.«

Mein Gott! Er brauchte eine Frau, eine Frau wie Lalie, sanft und begehrenswert. Bevor er recht wußte, was er tat, befand er sich auf dem Pfad, der zum Fluß führte. Er hatte Lalie vom ersten Augenblick an begehrt. und daß sie versucht hatte, ihm aus dem Wege zu gehen, machte sie nur noch begehrenswerter. Sie hatte nicht bemerkt, daß er ihr an jenem Nachmittag gefolgt war, als sie – ständig um sich schauend – von der Kinderkrippe zum Fluß ging. Fasziniert hatte er auf ihren wippenden Rock geschaut und hatte sich Mühe geben müssen, nicht zu ihr hinzulaufen.

Sie war so zierlich und anmutig in ihren Bewegungen. Aber ihre scheuen braunen Augen, die ihn zunächst an die samtigen Stiefmütterchen im Garten erinnerten, hatten im nächsten Moment verführerisch aufgefunkelt.

Golden schien der Herbstmond über der Landschaft, während sich Robert dem Häuschen am Fluß näherte. Die Luft war wie elektrisch geladen. Es war die Zeit der Herbstbalze, von den Indianern die Jahreszeit des irren Mondes genannt.

Plötzlich fiel Robert ein anderes Herbsterlebnis ein. Er hatte einmal beobachtet, wie eine schöne junge Ricke, von einem liebestollen Bock verfolgt, mit einemmal stehenblieb und zurückblickte. Ihre klaren, dunklen Augen hatten Lockung und Verheißung ausgedrückt. Verspielt war sie dann weitergelaufen, bis der Bock mit ihr im Unterholz verschwand.

Und nun war die Ricke in Gestalt der schönen Lalie wieder da, und er, Robert Tabor, war der liebestrunkene Bock, der ihr folgte. Er begehrte sie voll wilder Leidenschaft. Als er schließlich das kleine Haus erreicht hatte, war er nur noch von dem Verlangen nach ihr erfüllt. Keinen Augenblick dachte er daran, wie ungewöhnlich es war, daß sie offensichtlich nach Belieben kommen und gehen konnte und ganz allein in dem Häuschen am Fluß wohnte. Ihn verlangte nur danach, ihre weichen Lippen und ihren zarten Körper zu spüren.

Feena, die ihn von ihrem Versteck in den dichten Geißblattranken aus beobachtete, bemerkte er nicht. Sie lächelte still vor sich hin und huschte in die Küche, die von dem eigentlichen Wohnhaus getrennt war. Dort legte sie sich auf die Lagerstatt in der Ecke. Sie war zufrieden und überzeugt, daß ihre Zauberei gewirkt hatte.

Robert stieg die Stufen zur Veranda hinauf, war mit wenigen Schritten an der Tür und stieß sie auf.

Nathalie, schon im langen weißen Nachthemd, wandte den Kopf bei dem Geräusch. Als sie Robert sah, wich sie zurück, so daß die Lampe in ihrer Hand zu flackern begann.

»Monsieur Tabor!« rief sie erschrocken. »Was suchen Sie hier in meinem Haus?«

»In deinem Haus, Lalie? Verrate mir doch mal, wieso dir etwas von meiner Plantage gehören kann!«

»Es ... es gehört mir nicht, Monsieur«, stammelte sie. »Es gehört Ihnen – wie alles hier. Aber meine ... Mutter durfte es benutzen, als sie noch lebte.«

»Hatte mein Onkel sie vielleicht besonders gern?«

»Ja, Monsieur.«

»Und du hast auch davon profitiert, wie ich sehe«, erwiderte er sarkastisch. Als er ihren entsetzten Gesichtsausdruck sah, fuhr er fort: »Hab keine Angst! Ich kann genauso großzügig sein wie mein Onkel – dir gegenüber.«

Als sie nicht antwortete, sprach er weiter: »Eigentlich habe ich eine Frau. Aber sie hat es vorgezogen, bei meiner Heimkehr nicht anwesend zu sein. Wahrscheinlich ist sie sowieso prüde und häßlich. Du kannst mir also die Zeit vertreiben, während sie verreist ist. Das tust du doch gern, oder?«

»N … nein, Monsieur«, wehrte sie ihn mit erstickter Stimme ab, und wich noch weiter von ihm zurück.

Er lachte auf, kalt und hart. »Komm her, Lalie!« befahl er. Aber Nathalie rührte sich nicht.

Mit einem Satz war er bei ihr, nahm ihr die Lampe aus den zitternden Händen und stellte sie auf einen Tisch. Dann riß er Nathalie an sich.

Sie versuchte vergeblich von ihm loszukommen. Robert hielt sie eisern fest.

»Bist du noch unberührt, Lalie?« fragte er schließlich sanft.

Sie konnte nur stumm nicken und dabei starr auf seine Stiefel blicken. Vormals blank geputzt, waren sie nun mit dem Staub der Felder bedeckt. Seine Hand fand ihre Wange und strich ihr die langen, seidigen, schwarzen Haarsträhnen aus dem Gesicht. »Dann werde ich heute nacht sanft mit dir umgehen. Aber nur heute nacht, denn ich wette, du bist dazu ausersehen, leidenschaftlich geliebt zu werden.«

Bei diesen alarmierenden Worten entwand sich Nathalie seinem Griff und wollte fliehen. Aber er schlang von hinten den Arm um ihre Taille und zog sie an sich. Dann beugte er sich über sie und strich mit seinen Lippen über ihren zarten Nacken.

»Nein!« rief sie protestierend und drehte den Kopf zur Seite, um seinen sinnlichen Lippen zu entgehen.

Er lachte und lockerte seinen Griff. Nathalie entschlüpfte seinen Armen und lief weg. Sie kam aber nur bis zur Schlafzimmertür. Dort holte er sie ein und verstellte ihr den Weg.

»Du glaubst also, du könntest mir entkommen?« fragte er.

»Bitte«, flehte Nathalie mit zitternder Stimme, »lassen Sie mich gehen!«

»Nein, Lalie, du bleibst hier, denn du wirst heute nacht mir gehören.«

Seine finstere Miene jagte ihr Angst ein; er erdrückte sie fast in seinen Armen. Verzweifelt schrie sie auf und wehrte sich, als er sie hochhob und auf das Bett legte. Sofort setzte sie sich auf und sah sich nach einem Fluchtweg um. Aber mit strenger Stimme verbot er ihr, sich von der Stelle zu rühren.

Ängstlich geduckt saß sie im Halbdunkel da und sah zu, wie er sein schneeweißes Hemd auszog und seine breite, mit blonden Haaren bewachsene Brust entblößte.

Noch nie hatte Nathalie die Burst eines weißen Mannes gesehen. Sie kannte nur die vor Schweiß glänzenden schwarzen Körper der Sklaven, die auf den Feldern arbeiteten. Fast gegen ihren Willen starrte sie auf ihn, hypnotisiert von seiner Nacktheit. Als Schatten auf der gegenüberliegenden Wand erschien sein Körper doppelt so groß.

Aber Robert war noch nicht fertig mit dem Auskleiden. Er begann, seine enge Hose auszuziehen. Nathalies dunkle Rehaugen wurden immer größer, dann schaute sie schnell weg vor Verlegenheit.

Dunkle Röte schoß ihr ins Gesicht. Ihr Körper wurde ganz heiß, und sie zitterte vor Angst. Sie saß zusammengekauert da und bedeckte die Augen mit den Händen.

Als sie seine Finger auf ihrem Arm spürte, zuckte sie zusammen. Als ob er Mitleid mit ihr hätte, zog Robert sie sanft an sich und beruhigte sie mit zärtlichen Worten.

»Ich tue dir nicht weh, Lalie«, versprach er. »Ich will dich nur lieben. Wehr dich nicht! Bleib nur ruhig in meinen Armen liegen, bis du dich an das Gefühl gewöhnt hast, von einem Mann in den Armen gehalten zu werden.«

Sich darein zu fügen, von einem Mann in den Armen gehalten zu werden und zwischen ihr und seinem nackten Körper nur der dünne Stoff ihres Nachthemdes? Nein, daran würde sie sich nie gewöhnen! Auf das Schlimmste gefaßt, lag sie in seinen Armen und wartete, daß er sie weiter bedrängen würde, doch das tat er merkwürdigerweise nicht.

Langsam entspannte sie sich. Roberts warmer Atem auf ihrem Hals wirkte beruhigend auf sie. Vielleicht würde er einschlafen und sie in Ruhe lassen ...

Müde von des langen Tages Arbeit in der Kinderkrippe,

schloß Nathalie die Augen und lauschte dem Zirpen der Grillen vor dem Fenster. Das weiche, vertraute Bett war so angenehm. Die goldenen Strahlen des Herbstmondes fielen auf die Fensterbank des Schlafzimmers, und Nathalie, eingelullt vom Murmeln des Flusses, verfiel in einen leichten Schlummer.

Das sanfte Streicheln in dem gleichen Rhythmus wie ihre Atemzüge empfand sie im Unterbewußtsein als wohltuend, und sie schmiegte den Kopf in das weiche Kissen. Dann aber wurde das Streicheln schneller, fordernder und riß Nathalie aus ihrem Schlaf.

Robert! Was sie auf ihrem Körper fühlte, waren Roberts Hände. Ihre Muskeln verkrampften sich, und sie ergriff die großen, kräftigen Hände, um sie von ihren Brüsten zu stoßen, doch die ließen sich nicht beirren.

»Nein!« keuchte Nathalie, aber unerbittlich wurde ihr Nachthemd aufgeknöpft. Als das Gewand ihr von den Schultern glitt, versuchte sie vergeblich, sich an dem weißen Stoff festzuklammern. Geschickt wurde er ihren Fingern entwunden und auf den Boden geworfen.

Nun lag nicht einmal der dünne Stoff zwischen ihren Körpern. »Bitte!« protestierte sie noch einmal. »Sie wissen ja gar nicht, daß ich Ihre F...«

Roberts Küsse schnitten ihr das Wort ab. Nathalie zitterte. Ihre Brüste stemmten sich gegen seine behaarte Brust, ihre Beine waren mit seinen verschlungen, während sein Mund die Süße des ihren suchte.

Zutiefst verzweifelt erkannte Nathalie, daß ihr Geständnis nichts nützen würde. Hatte er als Ehemann nicht auch das Recht, genau das zu tun, was er jetzt tat? Nein, sie würde ihm nicht die Genugtuung verschaffen, ihm einzugestehen, daß sie seine verhaßte Frau war. Womöglich würde es ihr dann noch schlimmer ergehen. Besser, er erfuhr es nicht.

In ihrer Verzweiflung, sich von ihm zu befreien, stieß ihm Nathalie instinktiv das Knie in den Magen. Robert stieß einen lauten Fluch aus. Er zwängte seine Knie zwischen ihre Schenkel und drückte sie auseinander. »Du willst also kämpfen, wie?« fragte er mit seltsam triumphierender Stimme. »Gut so! Es macht nämlich gar keinen Spaß, mit einer schlaffen Puppe ins Bett zu gehen.«

Seine Worte machten sie wütend, und als er ihren Mund wieder mit Küssen bedeckte, biß sie ihn. Plötzlich packte er sie fester. Sein Körper lag schwer auf ihr, daß sie kaum noch atmen konnte. Sie Lippen ließen die ihren nicht los, und sie spürte einen salzigen Blutgeschmack auf der Zunge.

»Du kleine Hexe!« murmelte er, hob den Kopf und starrte auf sie nieder. »Du dachtest wohl, du könntest mich mit dem Unschuldsblick deiner braunen Augen hinters Licht führen? Aber ich habe dich durchschaut, kleine Wildkatze! Du brauchst die starke Hand eines Mannes!« Seine Stimme war heiser vor Begierde. »Es wird mir das größte Vergnügen bereiten, dich heute nacht zu zähmen.«

Als Nathalie am nächsten Morgen erwachte, hielten Roberts Arme sie noch immer umschlungen. Sie sah ihr züchtiges, weißes Nachthemd auf dem Fußboden liegen und wurde von tiefer Scham ergriffen. Behutsam, um ihn nicht zu wecken, schob sie Roberts Arm von ihren Brüsten.

Sie war jetzt nicht nur nach dem Buchstaben des Gesetzes seine Frau, aber er wußte nichts davon. Nun würde es noch mehr Mut erfordern, ihm das zu gestehen.

Sie starrte auf diesen blondhaarigen Riesen neben ihr. Sein Körper war nur teilweise von der gemusterten Steppdecke bedeckt.

So war es also, wenn man zur Geliebten des Plantagenbesitzers erkoren wurde! Ihr Körper war grün und blau und ... geschändet.

Sie haßte ihn. Jawohl, sie haßte ihn! Er hatte sich auf sie gestürzt und ihr keine Zeit gelassen, sich an ihn zu gewöhnen, Vertrauen zu ihm zu fassen. Die Empfindungen einer Sklavin bedeuteten ihm nichts. Er war nur auf die Befriedigung seiner Lust bedacht.

Ein Gemisch von Furcht, verletztem Stolz, Haß und Groll erfaßte sie und vergiftete ihre Seele gegenüber diesem Mann, der sie ohne Rücksicht auf ihre Wünsche oder Gefühle begehrt und genommen hatte.

Kein Wunder, daß grausame Herren oft Angst hatten, daß man ihnen Glassplitter ins Essen gemischt hatte. Es war schon mehr als einmal vorgekommen, daß Hausdiener sich auf solche Art gerächt und ihre Herren langsam hatten verbluten lassen.

Natürlich war es Sünde, Robert ein ähnliches Schicksal zu wünschen. Trotzdem hätte Nathalie ihm sein schändliches Verhalten liebend gern heimgezahlt.

Wenn sie wie andere Frauen mehr Übung darin hätte, Männern den Verstand zu rauben, würde es ihr das größte Vergnügen bereiten, Robert dazu zu bringen, sich unsterblich in sie zu verlieben, um ihn dann verächtlich abzuweisen.

Seufzend über ihr Unvermögen rückte Nathalie von Robert weg und wollte aus dem Bett steigen, als sie von starken Armen festgehalten wurde.

»Noch nicht, Lalie! Bleib hier!«

Sie funkelte ihn mit ihren dunklen Augen an. »Monsieur, morgens muß man … gewisse Dinge erledigen.«

Lachend ließ er sie los. »Dann geh, aber komm bald zurück!«

Froh, von ihm wegzukommen, hob Nathalie das Nachthemd auf, hielt es sich vor und nahm schnell ein Kleid und ein Hemd aus dem Kleiderschrank. Dann verließ sie das Zimmer.

Leise machte sie die Haustür hinter sich zu. Ihr Ziel war ein versteckter Schlupfwinkel am Fluß, nicht weit von dem Häuschen entfernt. Sie hatte nicht die Absicht, bald zurückzukehren. Robert sollte nur warten und sich fragen, wo sie geblieben sei. Er würde bestimmt bald die Geduld verlieren, und dann würde er das Häuschen am Fluß verlassen.

Nathalie legte das Kleid ab und watete, nur mit dem Hemd bekleidet, in das kühle Wasser. Hierher kam nie jemand, denn es war Nathalies ganz persönliches Versteck an einem der vielen Seitenarme des Ashley. An einer seichten Stelle setzte sie sich und plätscherte mit den Händen im Wasser. Ihr dunkles, welliges Haar fiel ihr weit über die Schultern. Feena würde schelten, weil ihr Haar naß geworden war; aber das war ihr gleichgültig. Sie wollte alles, was Robert berührt hatte, reinigen.

Eine Wasserspinne kroch neben ihr über das Wasser. Ihr Körper glitzerte in der Morgensonne. Nathalie verhielt sich ganz ruhig, bis die Spinne weitergekrabbelt war.

Stirnrunzelnd dachte sie an Feena. Warum war sie ihr nicht in der Nacht zu Hilfe geeilt, sondern hatte sie Robert schutzlos ausgeliefert? Aber im Grunde wußte Nathalie, warum Feena nicht gekommen war. Robert war Herr auf Midgard. Sein Wort war Gesetz. Mit einem Fingerschnipsen hätte er Feena weggeschickt, und sie hätte wohl oder übel gehorchen müssen. Nein, Feena konnte ihre Probleme nicht lösen. Sie mußte schon selbst einen Weg finden, um Robert zu entkommen. Aber sie wußte, daß sie mit dem bißchen Geld, das sie gespart hatte, nicht weit kommen würde. Es reichte nicht einmal für eine Übernachtung in Charleston, geschweige denn für die Reise nach New Orleans. Warum hatte sie sich nicht doch für das Kloster entschieden, statt Robert Tabor zu heiraten?

»Also hier versteckst du dich!«

Robert stand am Ufer. Amüsiert betrachtete er Nathalies Kleid, das an einem Busch an Ufer hing. Als er bemerkte, wie sie bei seinem Anblick aus der Fassung geriet und ihn sichtlich verstört ansah, lachte er und meinte: »Ich störe wohl? Betrachtest du etwa auch diese kleine Bucht als dein Eigentum, Lalie?«

»Die kleine Bucht gehört Ihnen, Monsieur. Ich fühle mich hier nur wohl, wenn Sie nichts dagegen haben.« Nathalie war bis zum Hals untergetaucht und wagte sich nicht zu bewegen, solange Robert sie anschaute.

Plötzlich verschwand er hinter dem Busch, und Nathalie dachte, er wäre fortgegangen. Erleichtert legte sie sich auf den Rücken, ließ sich vom Wasser tragen und starrte hinauf in den blauen Himmel.

Im nächsten Augenblick spritzte das Wasser neben ihr hoch auf, so daß sie aus dem Gleichgewicht geriet und unterging. Prustend kam sie wieder an die Oberfläche und sah zu ihrem Entsetzen Robert neben sich.

»Du hast doch nichts dagegen, daß ich mich zu dir geselle?« spottete er.

»Die Frage kommt wohl etwas zu spät, Monsieur!« antwortete

sie spitz und schüttelte sich das Wasser aus dem Haar.

»Soll das heißen, daß du tatsächlich etwas dagegen hast?«

»Darum haben Sie sich doch heute nacht auch nicht gekümmert. Warum halten Sie es heute für nötig zu fragen?«

Das amüsierte Lächeln verschwand aus seinem Gesicht, und mit tödlich-sanfter Stimme entgegnete er: »Ich glaube, du hast zu lange zuviel Freiheit genossen. Anscheinend hast du vergessen, daß du meine Sklavin bist. Ich hoffe, du vergißt das nicht wieder, und antwortest mir, wie es sich gehört!«

Nathalie senkte den Blick. Sie zitterte plötzlich vor Kälte. »Es ... tut mir leid, Monsieur. Ich wollte nicht ... respektlos sein«, stammelte sie.

Er hob mit der Hand ihr Kinn und zwang sie, ihn anzusehen. Dann lächelte er wieder. »Du bist jung, Lalie, und sprichst oft voreilig. Doch da du zur Einsicht gekommen bist, können wir uns gemeinsam im Wasser vergnügen.«

Mit tränenfeuchten Augen sah sie ihn angsterfüllt an.

»Warum bist du nicht zurückgekommen?« fragte er.

Ich ... ich wollte ein Bad nehmen, Monsieur.« Nathalie zitterte immer noch und sagte mit bebender Stimme: »Ich friere. Wenn Sie erlauben, möchte ich gern aus dem Wasser gehen und mich anziehen.«

»Tu das«, antwortete er barsch und schwamm jäh davon.

Während sie aus dem Wasser watete, war sie sich des nassen Hemdes, das ihr am Körper klebte, peinlich bewußt. Sie holte ihr Kleid von dem Busch, zog es mit klammen, zitternden Händen über den Kopf und lief zu dem Häuschen am Fluß zurück.

»Sie werden sich noch den Tod holen, Miß, wenn Sie nicht vorsichtiger sind!« schalt Feena, während sie Nathalie aus den nassen Kleidern half.

»Wenn ich tot bin, brauche ich wenigstens nicht mehr Robert Tabors Anmaßung zu erdulden.«

»Aber er ist Ihr Mann, Miß, selbst wenn er es noch nicht weiß.« Feena sah sie mit zusammengekniffenen Augen an. »Sie haben es ihm doch heute nacht noch nicht gesagt, Miß?«

»Ich wollte es, aber er ... er ...«

»Ich verstehe«, unterbrach Feena sie und rieb ihr das Haar

trocken. »Trotzdem ist es besser, wenn er es vorerst noch nicht erfährt. Er soll Sie erst einmal lieben.«

»Aber wenn ich nun nicht will, daß er mich liebt?«

Dann werden Sie es sehr schwer haben, Miß. Keine Frau möchte, daß ihr Mann sie haßt. Eine Ehe ist schon so schwierig genug.«

»Aber ich weiß nicht, wie ich es anstellen soll, daß er mich liebt.«

»Er hat doch heute nacht Gefallen an Ihnen gefunden?«

»Feena, du machst mich ganz verlegen! Ich will nicht darüber sprechen.«

Den ganzen Tag dachte Nathalie über Feenas Worte nach. In der Kinderkrippe war sie mit ihren Gedanken nicht bei der Arbeit, obwohl sie die Kinder mit Tassys Hilfe gut versorgte.

Seit Robert sie in der kleinen Bucht allein gelassen hatte, hatte er sich nicht mehr sehen lassen. Angstvoll überlegte sie, ob er am Abend wohl wieder plötzlich bei ihr erscheinen würde und wenn ja, wie sie sich verhalten sollte.

Nach der Tagesarbeit holten die Mütter ihre Babys wieder ab. Als die Kinderkrippe leer und auch Tassy gegangen war, blieb Nathalie nichts anderes übrig, als zu ihrem Häuschen zu gehen.

Sie lag schon im Bett, als sie seine Schritte hörte. Die Buchstaben in dem Buch, in dem sie las, verschwammen ihr vor den Augen, und sie ließ es sinken.

Als Robert sie mit einem Buch im Bett liegen sah, blickte er sie verwundert an. Nathalie wußte sogleich warum: Sklavinnen konnten im allgemeinen nicht lesen! Schnell schlug sie das Buch zu und ließ es auf den Fußboden fallen.

Robert grinste. »Hör nur nicht meinetwegen auf zu lesen! Oder hast du dir die Bilder angesehen?«

Sein neckender Ton mißfiel ihr, aber sie war froh, einen Ausweg gefunden zu haben und nickte demütig.

»Woher hast du das Buch, Lalie?« verlangte Robert zu wissen, da er dachte, daß sie sich vielleicht regelmäßig Bücher aus der Bibliothek nahm, ohne zu fragen.

»Es gehört m ... Es gehört Ihnen, Monsieur«, antwortete sie hastig.

Doch er hatte bemerkt, daß sie sich gerade noch gefangen hatte, und trat an die andere Seite des Bettes. »Ich sehe, du lernst, die Wahrheit zu sagen, Lalie«, sagte er, nahm das Buch und schlug es auf. *Geneviève Boisfeulet* stand darin. Lalie hatte es also wohl hier in dem kleinen Haus gefunden. Er blätterte ein bißchen in dem Buch und hob dann erstaunt die Brauen. Er starrte erst Lalie und dann das Buch in seiner Hand an. In dem Buch waren gar keine Bilder, es war in lateinischer Sprache geschrieben!

Robert setzte sich auf die Bettkante und blickte Nathalie fragend an. Sie drückte sich in die Kissen aus Furcht vor dem bohrenden Blick der goldbraunen Augen. Als er ihre Angst bemerkte, wurde sein Blick weicher. Er legte seine Hände beruhigend auf ihre Schultern, doch sie zuckte vor Schmerz zusammen. Ihre Schulter hatte sich im Laufe des Tages immer mehr verfärbt und war an den Stellen rot angeschwollen, wo Roberts Hände sich hineingepreßt hatten, um sie sich gefügig zu machen.

Ihr leises Aufstöhnen entging ihm nicht. Er schob ihr das Nachthemd von der Schulter. Stirnrunzelnd strich er sanft über die Schwellungen. Dann schob er das Nachthemd schnell wieder zurück.

»Du hättest dich gestern nacht nicht so wehren sollen, Lalie! Du siehst, du tust dir nur weh. Und ich will dir gar nicht weh tun.«

Ihren Augen war anzusehen, daß sie ihm nicht glaubte, aber sie sagte nichts.

»Wir wollen vergessen, was zwischen uns geschehen ist. Ich will sanft mit dir umgehen Lalie, und dich so lieben, wie ich vorgehabt hatte. Dann wirst du Gefallen an meiner Liebe finden, glaub mir!«

»Nein, niemals!« widersprach sie heftig.

Ihre Antwort amüsierte ihn sichtlich. »In Gedanken bist du immer noch Jungfrau, Lalie, wenn auch nicht in Wirklichkeit, und das ist eine echte Herausforderung.«

Er strich mit den Lippen über ihre Brust und fragte sanft: »Wie sollen wir es nun halten? Noch einmal ein Kampf, bei dem du dir nur weh tust, oder willst du dich von mir in der Liebe unterweisen lassen?«

»Ich ... Ich will mir nicht wieder weh tun«, sagte Nathalie mit noch immer furchtsamer Stimme.

»Dann wehr dich nicht, Lalie!«

Auf dem Nachttisch brannte die Lampe, und bei ihrem Schein zog Robert Nathalie langsam das Nachthemd aus. Sie hatte sich noch immer nicht daran gewöhnt, von den Händen eines Mannes berührt zu werden. Sie schloß die Augen, und es überlief sie ein Zittern, aber sie wehrte sich nicht.

Er küßt ihre glatte Haut, streichelte ihre Brüste. Nathalie erstarrte, und ihre Hände verkrampften sich.

»Entspann dich, Lalie!« befahl er. Sie hob zitternd die Augenlider, aber ihre Hände blieben zu Fäusten geballt.

»Nimm mich in die Arme!« gebot er ihr und öffnete ihre kleinen Fäuste.

Nathalie gehorchte und spürte, wie sich seine Lippen leicht auf die ihren legten. Immer wieder berührte er ihre Lippen sanft mit den seinen. Doch sie empfand nichts als Abscheu. Muß eine Ehefrau das jede Nacht von ihrem Mann erdulden? fragte sich Nathalie. Wenn das so war, war es wirklich kein Wunder, daß so viele Frauen dahinsiechten: zu Tode geliebt von ihren Männern. Im Geiste sah sie diese Inschrift auf dem Grabstein einer biederen Matrone. Bei dem Gedanken mußte sie unwillkürlich kichern. Robert unterbrach seine Liebkosungen und sah sie mit gerunzelter Stirn an. »Findest du meine Liebkosungen komisch, Lalie?« fragte er ungehalten.

Da er offensichtlich glaubte, sie lache über ihn und weil sie Angst hatte, er könnte ihr das heimzahlen, erwiderte sie schnell: »Nein, Monsieur. Ich habe mir nur gerade überlegt, ob man vielleicht zu ... zu Tode geliebt werden kann.«

Völlig verdutzt entgegnete Robert:

»Glaubst du etwa, du selbst wärst in Gefahr, zu Tode geliebt zu werden?«

»Ich hoffe nicht. Ich möchte nämlich sehr alt werden.«

Robert setzte sich auf und fuhr sich mit der Hand durch das zerzauste Haar. Seine Leidenschaft war merklich abgekühlt.

»Dann möchte ich dir den guten Rat geben, dich nicht über einen Mann lustig zu machen, wenn du mit ihm ins Bett gehst.«

Er schleuderte die Steppdecke beiseite, sprang aus dem Bett und stürmte ins Nebenzimmer. Nathalie, die sich gar nicht bewußt war, was sie angerichtet hatte, griff nach ihrem Nachthemd, um ihre Blöße zu bedecken. Das Öl der Lampe brannte aus; das Zimmer war in Dunkelheit gehüllt. Aber Robert kam nicht zurück.

Zwei Tage lang sah Nathalie ihn nicht. Sie hatte seinen Unmut erregt, und der Gedanke flößte ihr mehr Furcht ein als seine Leidenschaftlichkeit.

Sollte sie ihm sagen, wer sie in Wirklichkeit war? Sie entschied sich schnell dagegen. Sie hatte Angst, es ihm zu sagen. Er war so wütend gewesen, als er sie verließ. Es würde ihr bestimmt noch viel schlimmer ergehen, wenn er in seiner jetzigen Stimmung herausbekam, wie sie ihn getäuscht und sich vor ihm versteckt hatte.

Nathalie wog das Für und Wider ab und gelangte zu keiner Entscheidung. Schließlich verdrängte sie das Ganze und begab sich auf die Suche nach zwei langen Bambusstangen. Mit diesen und einer Schachtel voller Heimchen machte sie sich dann auf den Weg zum Fluß.

Der hohe Stamm einer umgestürzten Zypresse war vom Wasser bedeckt.

Nathalie befestigte ein Heimchen an ihrem Angelhaken und warf die Leine aus, die sie an der Bambusstange befestigt hatte. Wenn sie Glück hatte, konnte sie mit Feena zum Abendbrot Fisch essen.

Der alte Korken schwamm eine Weile auf der Wasseroberfläche und ging dann unter. Mit einem Ruck zog Nathalie die Leine hoch. Ein mittelgroßer Barsch hing daran und zappelte wie wild. In diesem Augenblick erschien Feena. Als sie bemerkte, daß Nathalie es nicht fertigbrachte, den Fisch anzufassen, löste sie ihn vom Haken und legte ihn in den Korb, den Nathalie neben der Zypresse ans Wasser gestellt hatte.

Dann nahm sie die zweite Angelrute und setzte sich zu Nathalie, deren unglücklicher Gesichtsausdruck ihr nicht entging. »Moses sagt, Monsieur Robert ist sehr schlecht gelaunt. Wissen Sie, warum, Miß?« fragte sie.

»Nein, Feena. Ich glaube zwar, ich habe ihn erzürnt, aber ich weiß nicht recht womit.«

Feena nickte. »Kann sein, daß Sie das getan haben, aber dann müssen Sie es wiedergutmachen, Miß.«

»Aber wie? Was kann ich denn machen, Feena?«

»Es wird uns schon was einfallen, keine Angst!«

Feena erzählte ihr nicht, was sie am Tag zuvor getan hatte. Sie hatte Roberts Tischwein nämlich einen Liebestrank beigemischt. Weder er noch der Butler Bradley hatten es gemerkt. Feena lächelte zufrieden, als sie daran dachte, wie Robert das Glas geleert hatte, während sie von draußen durch die Eßzimmertür lugte, um sicherzugehen, daß er es auch wirklich trank.

Schweigend saßen sie und Nathalie am Ufer, bis sie vier Flußbarsche neben dem alten Zypressenstamm gefangen hatten. Als Nathalie ihre Angel noch einmal auswarf, fiel ein Schatten über das Wasser. Sie wandte sich um und blickte in die topasfarbenen Augen ihres Mannes.

Als Feena ihn ebenfalls bemerkte, hob sie hastig den Korb mit den Fischen aus dem Wasser und erklärte: »Ich geh' jetzt und mache unser Essen.« Schnell ging sie davon und ließ Nathalie mit Robert allein.

»Guten Tag, Monsieur«, sagte Nathalie höflich. Sie war fest entschlossen, sich ihre Furcht vor ihm nicht anmerken zu lassen.

»Guten Tag, Lalie. Wie ich sehe, hast du auch diesmal einen meiner alten Lieblingsplätze entdeckt!«

»Haben Sie früher hier geangelt?« fragte sie erstaunt.

»Ja, als Junge, und habe auch so manchen Fisch gefangen. Offenbar scheinen sich Fische von so einem Baumstamm, der halb im Wasser liegt, angezogen zu fühlen.«

»Das stimmt«, pflichtete Nathalie ihm bei. »Möchten ... möchten Sie vielleicht Ihr Glück noch einmal mit Feenas Angelrute versuchen, Monsieur?«

Ein jungenhaftes Grinsen huschte über sein Gesicht, als er die lange Bambusrute vom Boden aufhob. »Und was benutzt du als Köder?«

»Heimchen, Monsieur. Da drüben in der Schachtel.« Nathalie zeigte auf die Schachtel, und Robert ging hinüber und nahm sich eins heraus. Bald waren seine und Nathalies Angelschnüre dicht nebeneinander, und es breitete sich eine friedliche Stille um sie aus.

Robert hatte das Glück, den größten Fisch dieses Nachmittags zu fangen, was Nathalie nur recht war, denn das strenge Gesicht ihres Mannes wurde mit zunehmender guter Laune wesentlich sanfter.

Als Robert so neben dem Mädchen in dem einfachen Kattunkleid saß, war er beeindruckt von seiner Schönheit und Natürlichkeit, die bar jeglicher Koketterie war. Ohne sich dessen bewußt zu sein, war Nathalie auf aufreizende Weise manchmal Kind und dann wieder ganz Frau. Er vergaß die Angelrute in seiner Hand, starrte sie an und überlegte dabei, wie seine hochmütige Frau wohl aussehen mochte.

Voller Abscheu dachte er an sie. Seine Augen verengten sich zu Schlitzen. Nathalie Boisfeulet! Schon der Name klang hochtrabend. Wut stieg in ihm hoch und er zwang sich, nicht mehr an seine Frau zu denken, sondern sich auf den Fisch zu konzentrieren, der auf seinen Köder zuschwamm.

Nathalie stand auf, hielt die Angelrute fest und wartete darauf, daß der Kork unterging. Doch Roberts aufmerksame Blicke machten sie nervös, und sie zog zu heftig. Die Schnur schnellte hoch, und der kleine Fisch, der einen Augenblick lang daran gehangen hatte, fiel mit einem Plumps ins Wasser zurück. Der plötzliche Ruck hatte zur Folge, daß sich die Schnur in ihrem Haar verfing. Abwehrend hob sie die Hand an den Kopf mit dem Erfolg, daß die scharfe Spitze des Angelhakens sich in ihre Hand bohrte. Nathalie schrie auf, und Robert stand sofort bei ihr.

»Halt still, Lalie! Du machst es ja nur noch schlimmer.«

Sie stand wie erstarrt, während Robert behutsam die Schnur entwirrte und den Haken aus ihrer Hand zog. Dann drückte er die Wunde gegen seine Lippen, saugte das Blut aus und spuckte es auf den Boden.

Nathalies ernste braune Augen blickten ihn dabei wie gebannt an. Ihre Hand blieb eine Zeitlang in seiner liegen. Sie war wie willenlos, spürte keinerlei Verlangen, ihre Hand der seinen zu entziehen. Sie war wie eine Marionette, die auf die Befehle ihres Herrn wartet. Das einzige, was ihr bewußt war, waren seine Augen, die tief in die ihren blickten. Sie rang nach Luft, und dadurch wurde der Bann plötzlich gebrochen. Brüsk entzog sie ihm ihre Hand, und aus Roberts topasfarbenen Augen schwand der zärtliche Blick.

»Angelhaken sind gefährlich, Lalie«, schalt er sie. »Du mußt in Zukunft vorsichtiger sein.«

»Es tut mir leid, Monsieur. Ich bin nicht immer so ... unvorsichtig.«

»Du hast noch einmal Glück gehabt, weil die Wunde stark geblutet hat. Aber nun komm! Die Sonne ist schon untergegangen, es ist Zeit, nach Haus zu gehen.«

Er nahm die Bambusruten, wickelte die Schnüre darum und steckte die scharfe Spitze der Angelhaken in den jeweiligen Korken. Nathalie hatte Schwierigkeiten mit ihm Schritt zu halten, aber er schien es nicht zu bemerken. Er ging ihr voraus mit den beiden Angelruten in der Hand und hielt den großen Fisch bei den Kiemen.

Als sie zu dem kleinen Haus kamen, drang ihnen von der Küche her, in der Feena gerade das Abendessen zubereitete, der Geruch von gebratenem Fisch entgegen.

Robert legte die Angelruten auf die Veranda. Nathalie war unschlüssig, ob sie ins Haus gehen sollte oder nicht, und wartete darauf, daß Robert ging. Aber er blieb, wo er war, und heftete den Blick auf Nathalie.

»Fischgeruch ist wirklich etwas Köstliches, wenn man Hunger hat.« Seine Stimme klang fast bittend.

»Soll Feena auch Ihren Fisch zubereiten?« fragte sie.

Robert blickte auf den Fisch in seiner Hand. »Ja, das wäre sehr schön«, erwiderte er lächelnd und ging mit ihr zur Küche hin.

Seit der Begegnung am Fluß und auch noch während des Abendessens, das sie zu zweit in der Stube des Häuschens einnahmen, war Nathalie wie von einem Traum umfangen. Die Grenze zwischen Phantasie und Wirklichkeit schien verwischt.

Eigentlich hätte sie doch Angst haben müssen vor dem Mann, dessen Existenz allein sie mit Schrecken erfüllt hatte von dem Augenblick an, in dem sie gelobte, ihn zu ehren und ihm zu gehorchen. Nun sah sie sein Gesicht und seine Hände dicht vor sich. Doch ihre Angst hatte sich plötzlich gelegt.

»Du bist sehr schön«, flüsterte er ihr ins Ohr und zog sie an sich.

Es war schon sehr spät, und sie saß still auf seinem Schoß, als ob das die natürlichste Sache der Welt wäre. Bei seinen Küssen empfand sie ein seltsam angenehmes Gefühl, und als er aufhörte, war sie fast enttäuscht.

Sie glitt von seinem Schoß, und Robert hielt sie nicht zurück. Sie ging ins Schlafzimmer und nahm die Bürste, um sich das lange Haar zu glätten, das von seinen Zärtlichkeiten zerzaust war. Es fiel ihr über die Schultern bis zur Taille hinab. Ihre Mutter hatte das gleiche Haar gehabt: glänzend und dicht, samtig schwarz. Als Nathalie sich im Spiegel betrachtete, erinnerte sie sich daran, wie peinlich es ihr gewesen war, als sie eines Tages vor der offenen Tür des Schlafzimmers ihrer Eltern gestanden und Papa Ravenal dabei beobachtet hatte, wie er mit geradezu sinnlichen Bürstenstrichen das Haar ihrer Mama gebürstet hatte. Es war ihr wie ein heidnischer Ritus vorgekommen und hatte sie unangenehm berührt.

In diesem Moment kam Robert ins Schlafzimmer. Er nahm die Bürste, und bald reflektierte der Spiegel genau jene heidnisch-sinnlichen Bewegungen, die das Verlangen eines Mannes nach einer Frau verraten. Nathalie fühlte ihre Haut unter den zärtlichen Bürstenstrichen prickeln. Sie sah im Spiegel nur Robert und seine liebevoll auf sie gerichteten Blicke. Sie konnte es nicht länger ertragen. Hastig stand sie auf und nahm ihm die Bürste aus der Hand. »Danke, Monsieur«, sagte sie und legte die Bürste auf den Tisch. Er ergriff ihre Hand, hob sie an die Lippen und küßte ihr die Handfläche. Als er dann die kleine Wunde sah, meinte er stirnrunzelnd: »Ein Schandfleck für solche vollkommene Schönheit!«

»Davon ist bald nichts mehr zu sehen«, antwortete sie mechanisch.

Völlig verwirrt von ihren widerstreitenden Gefühlen, protestierte sie nicht, als Robert sie auf den Arm nahm und zum Bett trug. Diese magische Anziehungskraft, die im Laufe des Tages immer stärker geworden war, erschien ihr schicksalhaft. Sie konnte sich ihr einfach nicht mehr entziehen. Die Qualen der letzten Tage verlangten nach Linderung.

Sie war jetzt Roberts heißbegehrte Frau. Irgendwie war das wie ein Wunder. Nathalie lag in seinen Armen, vergaß ihre anfängliche Furcht und erwiderte seine Küsse.

»Lalie«, stöhnte er leise. »Oh, Lalie!«

Diesmal war es ganz anders. Seine sanften Liebkosungen weckten ihre Leidenschaft. Ihre Herzen schlugen im gleichen Takt, und Robert flüsterte ihr zärtliche Worte ins Ohr. Robert war ihre Welt und nur er brachte ihr körperliche Erfüllung. Nach einer Weile stieß er einen Schrei höchster Lust aus. Dann entspannte sich sein Körper, und seine Brust hob und senkte sich wieder langsamer.

»Robert«, flüsterte sie zärtlich. Sie hatte ganz vergessen, daß eine Sklavin natürlich niemals wagen würde, ihren Herrn mit dem Vornamen anzureden. Aber war er letzten Endes nicht ihr Mann und ihr Herr? Ihr Herr und Gebieter, dem zu gehorchen sie als treue Ehefrau versprochen hatte?

»Du bist leidenschaftlicher, als ich es mir je erhofft oder erträumt hatte«, murmelte er. Sein Kopf lag auf ihrer Brust, und seine leisen, regelmäßigen Atemzüge erfüllten sie mit einem Gefühl des Friedens. Es würde nun alles gut werden. Sie konnte ihm jetzt die Wahrheit gestehen. Nathalie schlief ein; ihr Gesicht war noch immer von dieser Nacht der Liebe gerötet.

Die Morgensonne weckte sie. Als sie die Augen öffnete, sah sie Robert, der sie mit stolzer Besitzermiene anlächelte.

Sie erwiderte sein Lächeln und kuschelte sich an seinen warmen Körper. Er lachte. »Siehst du, Lalie, ich habe dir ja gesagt, daß du zur Liebe bestimmt bist!« neckte er sie.

Von nun an würde sie sich nicht mehr in dem Häuschen am Fluß zu verstecken brauchen. Sie brannte darauf, ins Herrenhaus zurückzukehren und den ihr zustehenden Platz an Roberts Seite einzunehmen, ihre schönen Seiden- und Spitzenkleider zu tragen und endlich Herrin auf Midgard zu sein.

Mit ihren großen, dunkelbraunen Augen blickte sie Robert ernst an, aber sie wußte nicht, wie sie ihr Geständnis beginnen sollte.

»Monsieur«, begann sie unsicher, »was hätten Sie getan, wenn Sie heute morgen beim Erwachen an meiner Stelle ... Ihre Frau neben sich vorgefunden hätten?«

Robert lachte höhnisch und erwiderte barsch: »Ich hätte sie wahrscheinlich erwürgt und mich dann der Gerechtigkeit und Milde meiner Standesgenossen ausgeliefert.«

»Dazu wären Sie wirklich fähig?« fragte sie entsetzt. »Ihre Frau zu erwürgen?«

»Sie hat mir einen Brief geschrieben, und dann ist sie einfach auf und davon. Würde es ihr nicht ganz recht geschehen?«

»Aber vielleicht hat sie ...«

»Ich wünsche nicht darüber zu sprechen, Lalie. Erwähne nie wieder ihren Namen!«

Angesichts dieser feindseligen Haltung wagte Nathalie nichts mehr zu sagen. Es war also schwieriger, als sie angenommen hatte, und wenn sie schließlich ihr Geständnis ablegte, würde er ihr nicht so leicht vergeben.

Nathalie war verzweifelt. Sie sah dem neuen Tag nun nicht mehr selbstsicher entgegen und fürchtete sich noch mehr vor dem Mann, dessen Zorn sich so plötzlich über jeden ergoß, der sich ihm widersetzte.

Der neue Aufseher war angekommen. Robert hatte nun tagsüber viel zu tun, aber abends ging er immer zu dem Häuschen am Fluß und zu Lalie. Er wußte jetzt genau, wie sie auf ihn reagierte, und entflammte eine solche Leidenschaft in ihr, daß sie sich am Morgen oft ihrer Lust schämte.

Die Tage vergingen wie im Fluge. Immer mehr bedrückte es Nathalie, daß sie Robert bald gestehen mußte, daß sie seine Frau und nicht seine Sklavin war. Sie konnte sich seinen Zorn und seine Verachtung gut vorstellen. Was für ein schrecklicher Beginn für eine Ehe! Aber sie mußte ihm die Wahrheit sagen. Sie konnte nicht länger warten, weil es allmählich Zeit wurde, daß Roberts Frau, Nathalie Boisfeulet Tabor, von ihrer Reise zurückkehrte.

Morgen packe ich meine Sachen und ziehe ins Herrenhaus zurück! beschloß sie, zitterte aber vor Furcht bei dem Gedanken.

Zum erstenmal in seinem Leben verstand Robert Tabor sich selbst nicht mehr. Noch nie hatte er sich so stark zu einer Frau hingezogen gefühlt wie zu dieser hellhäutigen Lalie. Es war fast, als ob sie ihn verhext hätte. Er konnte kaum noch essen und schlafen, weil er immerzu an sie denken mußte.

Er hatte gar nicht gewußt, daß er zu solch starken Gefühlen überhaupt fähig war, und sich deshalb nur entschlossen, eine Fremde zu heiraten. Damals hatte er gedacht, daß eine Frau sich kaum von der anderen unterscheide und daß es ziemlich egal wäre, welches Mädchen er zur Frau nähme. Es störte ihn lediglich, zu dieser Heirat gezwungen worden zu sein.

Während er sich bemühte, zwischen Pflicht und Leidenschaft einen scharfen Trennungsstrich zu ziehen, schritt er in der Bibliothek auf und ab.

Es war ihm klar, daß seine Liaison mit Lalie seiner selbst, des Herrn von Midgard, unwürdig war. Er hatte sie zu seiner Geliebten gemacht und ihr Widerstand war ihm gleichgültig gewesen. Natürlich stellten viele Plantagenbesitzer ihren Sklavinnen nach, aber das war keine Entschuldigung. Seine Frau, die stolze Nathalie Boisfeulet, würde in ein paar Tagen heimkehren, und er würde Kinder mit ihr zeugen müssen, um für seinen Besitz einen Erben zu haben. Doch schon jetzt stand Lalie wie ein Keil zwischen ihm und seiner Frau.

Seltsam, daß Lalie und Feena so ganz von den anderen Sklavinnen getrennt lebten, und daß die alte Feena das Mädchen so streng behütete, als wäre es ihre Tochter.

War sie vielleicht Lalies Mutter und ein Weißer ihr Vater? Das wäre eine Erklärung für ihre Wachsamkeit und Fürsorglichkeit.

Aber dann fiel Robert ein, was Lalie am ersten Abend gesagt hatte, daß nämlich sein Onkel ihre Mutter besonders gern gehabt hätte. Doch vielleicht hatte sie ja auch gelogen.

Aber zum Glück war sein Onkel nicht ihr Vater, sonst wäre sie keine Sklavin. Robert grübelte weiter über Lalies Herkunft nach, kam jedoch zu keinem Ergebnis. Plötzlich hörte er, daß jemand die Treppe hinaufschlich. Feena! Was hatte sie hier im Haus zu suchen?

Robert verließ die Bibliothek, stieg leise die teppichbelegten Stufen der Treppe hinauf und folgte Feena, die inzwischen sein Schlafzimmer betreten hatte.

»Du bist also die Schuldige!« rief er gleich darauf aus.

Feena drehte sich erschrocken um und fuhr dann blitzschnell mit der Hand unter das Kopfkissen, um etwas aus dem Bett zu nehmen. Aber er ergriff im Nu ihre Hand und entwand es ihr.

»Deine üblen Fetische und Zauberkünste dulde ich nicht in meinem Haus und auch nicht auf der Plantage, Feena!« schrie er sie an. »Du weißt, was ich befohlen habe und was dich erwartet, wenn du nicht gehorchst. Du wirst ausgepeitscht und eingesperrt. Warum widersetzt du dich meinen Befehlen?«

»Wegen ... wegen Lalie, Monsieur«, stammelte sie.

Wenig später saß Robert in der halbdunklen Bibliothek und wartete auf seinen Aufseher. Er hatte das Gesicht in den Händen vergraben und seine ganze Haltung verriet, daß er zu einer schrecklichen Entscheidung gekommen war.

»Sie haben nach mir geschickt, Herr?«

Robert hob das Gesicht und blickte seinen Aufseher an. Dann sagte er langsam mit belegter Stimme: »Ja, ich habe einen Auftrag für dich. Es handelt sich um eine gewisse Lalie ...«

3

Die Morgensonne fiel auf die blauweiße Steppdecke am Fuße des Bettes. Nathalie reckte sich, öffnete die Augen und betrachtete das Licht- und Schattenspiel.

Es war spät. Die Sonne stand schon hoch am Himmel. Normalerweise schlief Nathalie nicht so lange. Sie sprang aus dem Bett, zog sich eilig an und bürstete sich nur flüchtig das Haar.

»Feena?« rief sie. »Feena, wo bist du?«

Keine Antwort.

Nathalie ging durch den Verbindungsgang in die Küche. Aber Feena war nicht in der Küche. Das Feuer war nicht angezündet.

Sie runzelte die Stirn. Es sah Feena gar nicht ähnlich, es ihr zu überlassen, sich das Frühstück selbst zuzubereiten.

Das Bett in der Ecke, in dem Feena gewöhnlich die Nacht verbrachte, war unberührt. Hatte Feena diese Nacht gar nicht hier geschlafen?

Nun, das war jetzt nicht so wichtig. Für Nathalie war es Zeit, zum Herrenhaus zurückzukehren. Sie brauchte sich auch nicht um die in dem Fichtenwald versteckte Kutsche zu kümmern oder ihre Reisetasche mitzunehmen. Die könnte man später abholen lassen, wenn sie Robert erst einmal gestanden hatte, wer sie war. Sie brauchte auch nun nicht mehr so zu tun, als wäre sie verreist gewesen.

Seufzend machte Nathalie die Tür hinter sich zu.

Als sie sich einen Weg durch die Eiben- und Geißblatthecke bahnte, sah sie plötzlich einen Mann vor sich stehen.

»Heißt du Lalie?« fragte er und versperrte ihr den Weg.

Seine Augen jagten ihr Angst ein. Sie waren fast farblos und stechend mit kleinen Pupillen, die sie zu durchbohren schienen. Ihre Angst verstärkte sich. Sie drehte sich um und wollte fliehen, doch er packte sie am Arm und hielt sie fest. »Du läufst mir nicht davon, du hochmütiges Dirnchen!« rief er und lachte rauh.

»Lassen Sie mich los!« stammelte Nathalie.

Seine Augen verengten sich und sein Griff wurde noch fester. Sie versuchte, sich ihm zu entwinden und herrschte ihn an:

»Wenn Sie mich nicht sofort loslassen, bekommen Sie es mit Monsieur Tabor zu tun!« Ihre braunen Augen funkelten vor Zorn, obwohl sie immer noch Angst verspürte.

Doch er lachte nur und antwortete: »Monsieur Tabor hat mich je selbst zu dir geschickt!« Seine Stimme klang spöttisch, und es war ihm anzusehen, wie sehr er diese Szene genoß.

»Wer sind Sie denn, daß Monsieur Tabor Sie zu mir schickt?« fragte sie verwirrt.

»Der neue Aufseher, Alistair Ashe. Es wäre besser, wenn wir beide unserem Herrn gehorchten. Also los, komm!«

Zögernd folgte ihm Nathalie aus dem Heckenlabyrinth zu dem Weg, der daran entlangführte und an dessen Biegung eine Kutsche stand.

»Wohin fahren wir?« fragte Nathalie beim Anblick der Kutsche.

»Ich soll dich zu deinem … Herrn bringen«, antwortete er und hob sie in die Kutsche. Nathalie war noch immer mißtrauisch und ließ ihn nicht aus den Augen, als er den beiden Pferden einen leichten Schlag mit den Zügeln gab, damit sie anzögen. Sie fuhren über den Sandweg, der zwischen den Feldern hindurchführte. In der Ferne waren die Arbeiter bei der späten Baumwollernte. Aber statt auf das Herrenhaus zuzufahren, lenkte der Aufseher die Kutsche in Richtung Biffers Road.

»Sie fahren in die falsche Richtung!« protestierte Nathalie.

Ohne sie anzusehen, antwortete Ashe: »Monsieur Tabor ist nach Charleston gefahren. Wir sollen uns dort mit ihm treffen.«

Schweigend nahm Nathalie diese Auskunft hin und hörte nur auf das Quietschen der Räder. Aber sie spürte genau, daß etwas nicht stimmte.

Hinter den Bäumen versteckt, saß Robert auf seinem Pferd und schaute der Kutsche nach, bis sie hinter einer Biegung der Biffers Road verschwunden war.

Zorn und Schmerz kämpften in ihm, während er, wie von Furien gejagt, aus dem Wald hinaus und auf das Herrenhaus zugaloppierte. Dort angekommen stolperte er wie blind ins Wohnzimmer und griff nach der Weinbrandflasche. Mit zitternden Händen schenkte er sich ein Glas ein, drehte es einen

Moment in der Hand und leerte es mit einem Zug. In ohnmächtiger Wut schleuderte er das Glas dann gegen den Kaminsims. Das kostbare alte Kristall zersprang in tausend kleine Splitter. Die Karaffe zerschlug er nicht, sondern nahm sie mit hinauf ins Schlafzimmer, das er den ganzen Tag lang nicht mehr verließ.

Kein Sonnenstrahl drang durch die dichtbelaubten Bäume entlang »Emmas Sumpf«. Nathalie hatte das Gefühl, als trieben die Dämonen dort ihr Unwesen, während die Kutsche auf der schmalen Straße durch das Dunkel fuhr. Plötzlich war ein klagender Vogelschrei zu hören, und gleich darauf schwang sich ein Vogel mit lautem Flügelschlag in die Lüfte.

Nathalies Angst verwandelte sich in Panik. Eigentlich war sie nicht abergläubisch und fürchtete sich nicht vor dem sogenannten Todesvogel. Aber schließlich hatte sie diesen schrecklichen, klagenden Schrei in der Nacht gehört, als ihre Mutter starb, und auch an dem Tag, an dem sich ihr Pferd das Bein gebrochen hatte und erschossen werden mußte. Bradley und Feena hatten vielsagend mit dem Kopf genickt. Der Schrei des Vogels bedeutete Unglück, wie sie sagten. Alle auf der Midgard-Plantage glaubten das, außer ihr, Nathalie. Und doch …

Robert hatte sie nie aufgefordert, ins Herrenhaus zu kommen. Es war also völlig unwahrscheinlich, daß er nach ihr schickte, um sich in Charleston mit ihr zu treffen. Noch ganz im Bann des grauenhaften Vogelschreis wurde Nathalie klar, daß der Aufseher gelogen hatte. Er brachte sie von Robert fort und nicht zu ihm hin, wie er behauptet hatte. Aber warum? Sie wußte keine Antwort auf diese Frage. Sie wußte nur eins: Sie mußte irgendwie aus der Kutsche herauskommen. Es durfte nicht geschehen, daß dieser Mann sie fortbrachte, bevor sie Robert die Wahrheit gesagt hatte…, daß sie seine Frau war und keine Sklavin.

Alistair Ashe mußte seine ganze Aufmerksamkeit auf die schmale Straße konzentrieren, um nicht aus der Spur zu kommen. Er fuhr langsamer, und Nathalie nahm die Gelegenheit sofort wahr. Sie sprang aus der fahrenden Kutsche und fiel in den Graben, der mit schwarzem Sumpfwasser angefüllt war.

Ashe schrie etwas, aber sie ignorierte es. Taumelnd stand sie auf, raffte ihre nassen Röcke, kletterte aus dem Graben und begann zu laufen. Kaum hatte sie einige Schritte zurückgelegt, hörte sie, wie die Kutsche mit einem lauten Fluch angehalten wurde; dann war das Getrampel von Stiefeln auf dem Sandboden zu hören. Aber sie rannte weiter, ohne sich umzusehen. Plötzlich wurde sie von einer Hand an der Schulter gepackt und zurückgerissen.

»Robert, Robert!« schrie sie in höchster Verzweiflung. Sie versuchte, sich loszureißen, verlor dabei jedoch das Gleichgewicht und stürzte mit dem Gesicht nach unten zu Boden. Im nächsten Moment lag der Mann mit seinem ganzen Gewicht auf ihr. Ihr Gesicht wurde in den Sand gedrückt, so daß sie kaum noch Luft bekam.

Sie glaubte, ersticken zu müssen, aber da wurde sie mit einemmal umgedreht. Doch Ashe ließ sie nicht los, er hielt sie an den Armen fest. Nathalie sah seine farblosen, grausamen Augen über sich und hörte ihn höhnisch sagen: »glaubst du etwa, Robert Tabor würde dir zu Hilfe kommen? Wo er doch selbst Befehl gegeben hat, dich zu verkaufen?«

Nein, das konnte nicht wahr sein? Robert würde nie so grausam sein, sie zu verkaufen! Nathalie rang nach Luft. Die Lungen taten ihr weh durch Sauerstoffmangel, und sie hatte das Gefühl, von dem Gewicht des Aufsehers zerquetscht zu werden. Er strich ihr mit einer Hand den Sand aus dem Gesicht. »Mein Gott, bis du schön!« murmelte er. »Ich verstehe nicht, wie Mr. Tabor so dumm sein kann, dich zu verkaufen.«

Er strich ihr über die Wange und dann mit einem Finger über ihre Unterlippe. Da öffnete Nathalie den Mund und biß ihn so fest sie konnte in den Finger. Er zog die Hand mit einem Fluch zurück. »Das wirst du bereuen!« stieß er zwischen zusammengebissenen Zähnen hervor.

»Bitte!« flehte Nathalie. »Bringen Sie mich zu Mr. Tabor. Er weiß nicht, wer ich in Wirklichkeit bin. Ich bin keine Skl ...«. Seine Lippen verschlossen ihr hart und schmerzhaft den Mund.

Plötzlich war vom nahen Sumpf her das Läuten einer Kuhglocke zu hören. Dann ertönte eine laute Stimme. Offenbar hatte sich eine Kuh in das von Schlangen wimmelnde Wasser verirrt.

»Komm zurück, du Satansbraten!« hörte man rufen.

Alistair Ashe war gestört. Er hob den Kopf und lauschte. Nathalie öffnete den Mund, um Hilfe herbeizurufen, aber sie war nicht schnell genug. Bevor sie noch einen Laut von sich geben konnte, hielt ihr Ashe die Hand auf den Mund.

Neben ihnen tauchte planschend die Kuh auf.

Ashe hatte die Gelegenheit, Nathalie zu bestrafen, verpaßt. Zornig zog er das Mädchen hoch und zerrte sie in die Kutsche, wobei er seine Hand nicht von ihrem Mund nahm.

Jeden weiteren Versuch Nathalies, Hilfe herbeizurufen, verhinderte Ashe kurzerhand dadurch, daß er ihr einen plötzlichen Schlag auf das Kinn versetzte.

Langsam verlor sie das Bewußtsein.

Nathalie kam wieder zu sich, als sie ihren Aufseher sagen hörte: »Es war gar nicht so einfach, sie herzubringen. Ich mußte ein wenig nachhelfen. Robert Tabor möchte sie so rasch wie möglich verkaufen.«

Nun stand sie unter den marmornen Arkaden der Meeting-Strasse.

Rauhe, fachmännische Hände faßten ihr ins Gesicht und befühlten ihren Körper. Der Auktionator, ein Experte auf seinem Gebiet, war schnell mit seinem Urteil fertig. Er ließ Nathalie los und sagte zu Alistair Ashe, ohne sich um die neben ihm Stehende zu kümmern: »Für die könnte dein Herr viel mehr bekommen, wenn er nur warten wollte, bis wir genügend Reklame gemacht hätten! Heute werden nicht viele Käufer kommen. Und da kann man die Preise nicht so in die Höhe treiben!«

»Glaub' nicht, daß es ihm ums Geld geht!« erwiderte der Aufseher. »Tu mal lieber, was er will, und stelle sie heute noch auf der Auktion zur Schau.«

Der Auktionator nickte und rief nach seinem Helfer.

Bis jetzt hatte der Aufseher das Ende des Lederriemens, den man Nathalie um das Handgelenk gebunden hatte, in der Hand gehalten. Nun bekam der Gehilfe des Auktionators den Riemen und zog die Widerstrebende hinter sich her.

»Nein!« rief Nathalie, die nun wieder klarer denken konnte, protestierend. Sie war verzweifelt. »Bitte, hier liegt ein Mißverständnis vor. Ich muß mit Monsieur Tabor sprechen!«

Niemand kümmerte sich um ihre Bitte.

Mit ihrer ganzen Kraft versuchte Nathalie, sich dem Mann, der sie hinter sich her zog, zu widersetzen. Sie versetzte ihm Fußtritte gegen die Schienbeine, aber er lachte nur über ihr Temperament und zog sie weiter bis zu dem Holzblock, an den die Sklaven angekettet wurden.

Nathalie wurde auch angekettet. Sie waren aufgereiht wie Perlen an einer Kette: schwarze, glänzende Perlen an einer riesig langen Kette – manchmal unterbrochen von einer helleren Perle, einem Mulatten.

Alistair Ashe verschwand, und Nathalie blieb zurück auf dem Sklavenmarkt; öffentlich zur Schau gestellt, um dem Höchstbietenden zugeschlagen zu werden!

Langsam versammelte sich eine Menschenmenge. Beim Anblick des dunkelhäutigen Mädchens mit den bis zur Taille reichenden Haaren begannen die Zuschauer auf dem Marktplatz, erregt zu flüstern.

Nathalie hob voller Scham über diese rauhe Behandlung nicht einmal die Augen. Auch das Mädchen, das neben ihr angekettet war, sah sie nicht an.

»Nimm den Kopf hoch, du!« rief jetzt der Auktionator und stieß Nathalie mit dem Stiel seiner langen Peitsche in den Rücken. »Und sei nicht so lahm! Sonst denken die Käufer noch, daß du kränklich bist. Und so einen Eindruck kann ich weiß Gott bei meinem Geschäft nicht gebrauchen!«

Nathalie hob den Kopf und sah, wie die neugierigen blauen Augen eines Mannes sie anstarrten. Er stand neben der Auktionstribüne und sah aus wie jemand, der viel in der freien Luft arbeitet. Er wirkte derber als die Plantagenbesitzer, die herumsaßen und auf den Beginn der Auktion warteten.

Entsetzt bemerkte Nathalie, wie jetzt der Fremde auf sie zukam, um sie herumging und sie aus verschiedenen Blickwinkeln abschätzt. Sie kannte diesen Typ aus New Orleans: ein

Hinterwäldler oder Trapper, der jedes Jahr den Mississippi hinauffuhr und versuchte, als Pelzjäger oder Händler sein Glück zu machen.

Voller Scham senkte Nathalie wieder den Kopf, aber da wurde er ihr schon unsanft hochgehoben. Der Mann blickte ihr sogar unverschämt in den Mund, um sich vom Gesundheitszustand ihrer Zähne zu überzeugen. Dann faßte er sie an und zog ihr das Kleid von der Schulter.

Doch da schob sich die Peitsche des Auktionators zwischen ihn und Nathalie. »Ansehen können Sie sie, soviel Sie wollen, Mister. Aber die Kleine hier in aller Öffentlichkeit ausziehen – das geht nicht. Sie können sie ja hier in der Kabine genau beaugenscheinigen, bevor die Versteigerung losgeht! Aber dann ist mein Gehilfe dabei.«

»Nicht nötig, Monsieur! Hab' schon mehr als genug gesehen«, antwortete der Mann. Seine Aussprache verriet, daß er Franzose war.

Der Auktionator ging weiter. Der Fremde blieb noch vor Nathalie stehen und fragte: »Wie heißt du?«

»Lalie, Monsieur«, antwortete sie, und ihre Stimme zitterte.

Er lächelte und sagte, mehr zu sich selbst, als zu Nathalie: »Du sprichst also französisch!« Mit federnden Schritten ging er zu den Stuhlreihen zurück und setzte sich an das Ende einer Reihe.

Die Versteigerung begann.

Es wurde zuerst schleppend geboten, und viele Sklaven gingen zu einem ziemlich niedrigen Preis weg. Für eine ältere Frau wurde gar nichts geboten; sie wurde in ihre Zelle bis zur nächsten Auktion zurückgebracht.

Schließlich blieb nur noch Nathalie übrig.

»So, meine Herren, und hier haben wir nun noch ein herzhaftes Stück Weiberfleisch!« leierte der Auktionator mit öliger Stimme herunter. »So etwas ist bei uns noch nie bei einer Versteigerung angeboten worden! Sehen Sie nur – die glatte Haut, die weißen Zähne und diesen vollkommenen Körper! Ihr früherer Besitzer liegt leider im Sterben, sonst hätte er sich nie zu diesem Verkauf bereit gefunden. Sie spricht englisch und französisch – fließend! Sie ist einfach die ideale ... Haussklavin für ein vollblütiges Mannsbild!«

Die Zweideutigkeit dieser Anpreisung wurde mit unterdrücktem Gekicher der Zuschauerschaft quittiert.

»Fünfhundert Dollar!« kam das erste Gebot vom Ende der Reihe. »Meine Herren!« rief der Auktionator mit gespieltem Entsetzen. »Wie kann es jemand wagen, so eine mickrige Summe zu bieten!«

»Tausend!« kam eine andere Stimme aus den hinteren Reihen.

»Die erbärmliche Summe von eintausend Dollar ist geboten!« verkündete der Auktionator.

»Fünfzehnhundert!« rief der Mann am Ende der Reihe rasch.

Der Auktionator atmete erleichtert auf. Er sagte zwar nichts, sah aber sehr zufrieden aus. Er ging federnd auf Nathalie zu und zog sie an den Rand der Tribüne. Langsam drehte er sie nach links und nach rechts, damit die Männer sie besser begutachten könnten.

»Mal 'n bißchen munterer, Mädchen!« zischte er ihr ins Ohr und faßte sie hart am Arm.

Haßerfüllt funkelten ihn Nathalies dunkelbraune Augen an. Sie entwand sich seinem Griff und trat zurück. Jeder ahnte, daß sie sich nichts von ihm bieten lassen würde. Ihre plötzliche Bewegung brachte die Kette an ihrem Knöchel zum Klirren.

Der Auktionator lachte nur und wandte sich wieder an das Publikum: »Eine ungezähmte Wildkatze! Schön heiß für kalte Nächte! Meine Herren, bieten Sie weiter!«

Das Geschäft ging also doch noch ganz gut an diesem Nachmittag. Ihm lag gar nichts daran, die Auktion schnell über die Bühne zu bringen, denn selbst die ältesten Pflanzer und Aufseher sahen jetzt interessiert aus. Wenn ihnen das Wasser im Munde zusammenlief, würde sich der Preis ganz schön in die Höhe treiben lassen, das kannte der Auktionator. Der Trapper am Ende der Reihe wurde sichtlich unruhiger.

»Zweitausend!« bot der Mann aus den hinteren Reihen, aber schon hielt ein anderer dagegen: »Dreitausend!«

Der Auktionator schaute erwartungsvoll zu dem Trapper hinüber und bemerkte mit Vergnügen, wie dessen Gesicht vor Ärger rot anlief.

»Dreitausend sind geboten!« rief der Auktionator. »Wer bietet mehr?«

»Dreitausendfünfhundert«, rief der Trapper wütend.

»Dreitausendfünfhundert! Wer bietet viertausend für dieses gesunde, herrlich gebaute Mädel?«

Einen Augenblick lang herrscht Stille. Dann bot ein Mann aus der ersten Reihe lässig: »Viertausend.«

Da bot also noch jemand mit. Die beiden Höchstbietenden würden sich ärgern? Der Auktionator stand breitbeinig da und ließ sich seine Befriedigung nicht anmerken. Er blickte ins Publikum, dann auf Nathalie und trat ein paar Schritte zur Seite.

Kopfnickend wiederholte er mechanisch das letzte Gebot: »Viertausend! Viertausend sind geboten!«

»Sechstausend Dollar!« rief der Mann mit dem französischen Akzent. Er stand auf und ließ seinen Blick über die Menge schweifen. Ob wohl jemand wagen würde, ihn zu überbieten?

Stimmengemurmel und Kopfschütteln folgten. Keiner wollte diese ungeheure Summe überbieten.

Dem Auktionator war es recht, daß er nun zum Schluß kommen konnte. Das war ja viel mehr, als er eine Woche zuvor für einen gelernten Handwerker erzielt hatte, viel mehr auch als für den Vorarbeiter am Vortag. Er wiederholte also das Gebot: »Sechstausend Dollar zum ersten!«

Pause.

»Sechstausend Dollar zum zweiten! Und ... zum dritten!«

Sofort stand der Trapper auf, um Nathalie in Empfang zu nehmen; aber der Auktionator nahm ihn erst einmal in sein Büro mit, um die Formalitäten zu erledigen.

Für den Kaufbrief, den der Trapper nun in der Hand hielt, hatte er einen großen Teil des Geldes ausgeben müssen, das er im vergangenen Jahr mit den Pelzen verdient hatte. Aber das war das Mädchen wert! Besser, dachte er, als den Winter einsam und allein zu verbringen! Außerdem war am Oberlauf des Mississippi noch ein Vermögen in Pelzen zu machen.

Der Auktionator löste die Kette von Nathalies Knöchel und übergab das verzweifelte dunkeläugige Mädchen seinem neuen Herrn, dem Trapper Jacques Binet.

Obwohl Robert Tabor in den nächsten Tagen von Sonnenaufgang bis Sonnenuntergang arbeitete, verging ihm die Zeit nur sehr langsam. Am schlimmsten waren die Abende. Er bemühte sich, Lalie und das Haus am Fluß zu vergessen, aber die Erinnerung an die Liebesnächte dort zehrte an ihm. Er sehnte sich schmerzlich nach dem Körper der schönen Sklavin, die er nie wiedersehen würde.

Auf der Plantage waren Ordnung und Disziplin eingekehrt. Tabors Aufseher, Alistair Ashe, hatte gute Arbeit geleistet.

Während Robert über die Plantage und seine Arbeit nachdachte, fiel ihm plötzlich Feena ein. Es dürfte für sie eine heilsame Lektion gewesen sein, dachte er, aber jetzt will ich Anweisung geben, sie freizulassen.

Am Nachmittag desselben Tages ging Robert, um nach den Reisfeldern zu sehen. Man war zwar dabei, die morschen Schleusentore durch neue zu ersetzen; aber die dunklen Wolken, die ein Gewitter verhießen, beunruhigten ihn. Es wäre katastrophal, wenn der Sturm losbräche, bevor die Reparaturarbeiten abgeschlossen wären.

Er stieg von der Veranda hinab und ging auf die Pferdeställe zu. Da stellte sich ihm Feena plötzlich in den Weg.

»Monsieur Robert, wo ist Miß Lalie? Ich habe sie schon überall gesucht!«

Er bemerkte, wie verängstigt sie war, und schämte sich zuerst. Aber dann wurde er zornig. Nun wollte er verletzen, weil er sich verletzt fühlte.

»Heute nacht wird sie einen neuen Herrn mit ihren Reizen beglücken, Feena. Vor drei Tagen ist sie in Charleston verkauft worden.«

Sie starrte ihn so ungläubig an, als hätte sie etwas Ungeheures hören müssen. Sie konnte kaum sprechen.

»Sie haben Miß Lalie ... verkauft?«

»Ja, Feena. Und damit dürfte das Ende eurer Zaubersprüche und Hexenkünste gekommen sein!«

Feena brach in laute Klagerufe aus und schlug sich mit den Fäusten auf die Brust. »Schluß damit, Feena!« rief Robert. »Soll ich dich noch einmal bestrafen?«

In einem Gemisch aus Englisch und Französisch redete sie heftig auf ihn ein. Er konnte nur hin und wieder ein paar Wörter verstehen, aber ihm wurde klar, daß sie ihn verfluchte.

»Miß Nathalie, meine kleine Lalie! Sie haben Ihre eigene Frau verkauft!«

Robert wurde totenblaß. Er mußte sich an dem Pfahl festhalten, an dem sonst die Pferde angebunden wurden. Er war bis ins Herz getroffen.

»Meine Frau Nathalie und Lalie...? Lalie ist wirklich meine Frau?« fragte er mit heiserer Stimme.

»Ja, Monsieur. Sie haben Ihre eigene Frau verkauft!«

Niedergeschmettert sank Feena zu Boden. Sie wimmerte und wiegte sich hin und her. Nathalie verkauft – das war die Hölle!

In wilder Verzweiflung machte sich Robert Tabor auf den Weg nach Charleston. Er trieb sein Pferd so sehr an, daß das Tier das Tempo nicht lange beibehalten konnte. Er hatte sich nicht einmal Zeit zum Umziehen genommen. Er dachte nur an Lalie und daran, wie grausam er sie verraten hatte.

Würde sie ihm je vergeben können? Er dachte an ihre sanften, klaren, ängstlichen Augen. Großer Gott! Hatte der Gedanke an die Ehe mit ihm ihr einen solchen Schrecken eingeflößt, daß sie zu diesem Versteckspiel greifen mußte?

Am ersten Abend hatte sie versucht, ihm etwas mitzuteilen; aber er hatte nicht zugehört. Wie unausstehlich arrogant war er gewesen! Als ob sie irgend etwas mit diesen lächerlichen Hexenkünsten, mit denen Feena ihn beeinflussen wollte, zu tun gehabt hätte!

Es fing an zu regnen, aber Robert verschwendete keinen Gedanken an seine durchnäßte Kleidung. Er dachte nur an Lalie. Eifersucht und Verzweiflung zerrissen ihm das Herz. Sie war doch viel zu schön, um als gewöhnliche Sklavin verkauft zu werden. Bestimmt hatte sie irgendein Kerl gekauft, um sie zu seiner Geliebten zu machen. Lalie bei einem anderen! Lalie vielleicht in diesem Augenblick den Begierden eines grausamen Herrn ausgeliefert? Er konnte es nicht ertragen.

Als Robert Tabor unter den Arkaden des Sklavenmarktes angekommen war, ging er sofort auf den Auktionator zu.

»Womit kann ich Ihnen dienen, Mister Tabor?« fragte der Auktionator nach der Begrüßung. »In wenigen Minuten beginnt der Verkauf. Es sind ein paar recht gute Arbeiter darunter: kräftige Landarbeiter, ein paar Mulatten, die sich gut als Hausdiener eignen, sogar ein Maurer ...«

Robert Tabor hob die Hand, um ihn zum Schweigen zu bringen. Breitbeinig, arrogant und selbstbewußt stand der Auktionator vor der traurigen, aneinandergeketteten Menschenschlange.

»Mein Aufseher hat Ihnen doch vor drei Tagen eine ... Sklavin zum Verkauf gebracht.«

»Ja, 'ne richtige kleine Wildkatze und schön dazu! Sagte dauernd, es wäre alles ein Irrtum. Aber das konnte sie mir nicht erzählen. Ich hatte ja die Papiere mit Ihrer Unterschrift.«

Tabor zuckte zusammen, sagte aber ruhig: »Ich ... ich habe es mir anders überlegt. Ich möchte sie zurückhaben.«

»Tut mir leid, Mister Tabor, aber das geht nicht. Sie ist noch am selben Nachmittag verkauft worden, ganz, wie Sie es wünschten. Das Geld liegt in meinem Büro für Sie bereit.«

Robert war von dieser Auskunft betroffen, bemühte sich aber, ruhig zu bleiben, und fragte weiter: »Wer hat sie denn gekauft? Wo kann ich den Käufer finden?«

»Ihre erste Frage kann ich beantworten, die zweite leider nicht. Ein französischer Trapper hat sie gekauft. Der konnte sein Glück gar nicht fassen! Aber ich habe keine Ahnung, wohin er mit ihr gegangen sein könnte. So viel ist jedenfalls sicher«, meinte er zweideutig, und lachte »weit ist er nicht gekommen an diesem ersten Abend! So wie der die Kleine angeschaut hat, möchte ich wetten: Bis zum nächsten Bett!«

Robert empfand einen Schlag. Dann fragte er: »Und wie heißt der Mann?«

»Moment mal! Ich seh' mal eben nach!«

Der Auktionator blätterte in seinem Rechnungsbuch und fand schließlich die Eintragung von der betreffenden Auktion.

»Da haben wir's! Sklavenmädchen Lalie – verkauft an Jacques Binet. So hieß der Mann: Jacques Binet, Trapper.«

Tabor drehte sich um und ging. »Nun warten Sie doch, Mister

Tabor! Wollen Sie denn Ihr Geld nicht mitnehmen?«

Aber Robert Tabor ging einfach weiter.

Mit hängenden Schultern, erschöpft und enttäuscht, kam er spät abends auf der Midgard-Plantage an.

Er hatte die ganze Stadt nach dem Trapper abgesucht, aber der war verschwunden. Er hatte Charleston verlassen – mit Lalie!

Drei Tage! Drei Tage Vorsprung hatte er, und es würde noch einige Zeit dauern, bis Robert die nötigen Vorräte beisammen und einen Führer gefunden hätte, mit dessen Hilfe er die Fährte aufnehmen könnte.

Warum nur hatte Alistair Ashe nicht auf sie gehört, als sie sich gewehrt hatte? Und warum hatte Alistair ihm nichts davon gesagt?

Er wußte, er würde Alistair Ashe keinen Tag länger als unbedingt nötig als Aufseher behalten können. Nie wieder würde er den Aufseher ansehen können, ohne dabei an Lalie zu denken und wie er sie zum Sklavenmarkt gezerrt hatte – gefesselt – geschunden!

Er würde Ashe zwei Monatslöhne auszahlen und ihn entlassen. Er wollte ihn nie wiedersehen!

4

Fast eine Tagesreise von Midgard entfernt saß Hektor in seiner Bibliothek. Er stierte vor sich hin. Sein rechter Arm tat ihm weh; er bewegte ihn hin und her, um die Durchblutung zu fördern. Gleichzeitig öffnete und schloß er die Hand. Er bemühte sich, seine verspannten Nackenmuskeln zu lockern. Er versuchte auch, die tiefen Falten in seinem Gesicht zu glätten, denn er hatte automatisch die Stirn gerunzelt, als er an das zarte junge Mädchen dachte, das nun Robert Lyle Tabors Frau war.

Es ist ein Zeichen, daß ich alt werde, dachte er, wenn ich mir solche Sorgen mache. Seit einer Woche hatte er sich seltsam bedrückt gefühlt. Er konnte unternehmen, was er wollte, er konnte dieses Gefühl der Angst einfach nicht abschütteln. Es heftete sich an ihn wie ein ungebetener Gast, schweigend, bedrückend, aber ihn immer stärker bedrohend ...

Er hatte zu wenig zu tun, um Geist und Körper ausreichend zu beschäftigen. Deswegen hatte er auch Zeit, um sich Sorgen zu machen um Robert Tabor und seine junge Braut.

Manchmal bedauerte es Hektor, daß er sich nicht wiederverheiratet hatte, und daß er keine Söhne hatte, denen er Reiten oder Schießen beibringen konnte. Und beinahe tat es ihm leid, daß er einen so fähigen Aufseher hatte, der die Plantage so vorzüglich verwaltete. Hektor kam sich manchmal recht überflüssig vor. Wenn er plötzlich nicht mehr da wäre, würde ihn niemand vermissen. Die Arbeit auf der Plantage würde weitergehen.

Er reckte sich und fuhr sich mit der Hand durch sein dichtes Haar.

Hatte Robert sich damit abgefunden, nun eine Frau zu haben? Hatte sein Zorn sich gelegt, als er das schöne Geschöpf sah, das sein Onkel Ravenal für ihn bestimmt hatte?

Immer wieder mußte er an Robert und Nathalie denken, und jedesmal wurde ihm dabei unbehaglich zumute. Er erinnerte sich an Roberts heftigen Zorn und er dachte an den vertrauensvollen Blick der braunäugigen jungen Nathalie. Ihre Augen waren wir die einer jungen Ricke, die den Jäger nicht wahrnimmt, der schon wartend am Rand des Waldes steht.

Mit sich selbst unzufrieden, stand Hektor auf. Er würde nach Midgard hinüberreiten, um sich ein Bild machen zu können von dem, was dort vorging. Dann würde er endlich aufhören, sich unnötige Sorgen zu machen.

Er war überrascht, als es an der Tür klopfte. Er erwartete keine Gäste. Er horchte auf die Stimmen im Flur. Plötzlich wurde die schwere Eichentür der Bibliothek aufgestoßen, und Robert stand vor ihm.

»Robert, mein Junge! Was für eine nette Überraschung ...«

Die Begrüßungsworte erstarben ihm auf der Zunge. Sein Lächeln verlöschte, als er Roberts Ausdruck bemerkte. Er sah gehetzt und wie zerstört aus.

Etwas Furchtbares mußte passiert sein. In der gespannten Atmosphäre, die der Besucher heraufbeschworen hatte, unterdrückte Hektor sein eigenes Unbehagen und bemühte sich, ruhig zu bleiben.

»Was ist passiert, Robert?«

Offenbar hatte er etwas Falsches gefragt. Hektor hätte sich selbst ohrfeigen können, als er bemerkte, daß seine Frage es Robert noch schwerer machte, sich zu beherrschen.

»Komm doch erst einmal, und wärm dich auf! Es ist ungewöhnlich kühl für die Jahreszeit geworden, nicht wahr? Ich fürchte, wir bekommen einen strengen Winter.«

Robert drehte Hektor den Rücken zu und stellte sich vor den Kamin.

»Banks!« rief Hektor dem Diener zu, der, auf Befehle wartend, in der Tür stand. »Bringen Sie uns einen Weinbrand! Der wird uns beiden guttun.«

Hektor redete weiter, um Robert Zeit zu geben, sich zu fangen. Schließlich saßen sie, mit großen Kognakgläsern in der Hand, einander gegenüber. Mit einer Kopfbewegung schickte Hektor den Diener aus dem Zimmer und sprach erst wieder, als er die Tür hinter sich geschlossen hatte.

»Und jetzt erzähl mir, was passiert ist, Robert!«

»Hektor, diese Woche war für mich die Hölle!« Roberts Stimme war leise und seltsam heiser.

»Inwiefern, Robert,«

»Ich ... ich weiß gar nicht, wo ich anfangen soll!«

»Hat es etwas mit deiner Frau zu tun?« fragte Hektor. Plötzlich empfand er wieder sehr stark das alte Unbehagen.

»Ja! Und wenn du erst einmal weißt, was ich getan habe, wirst du sicherlich nie wieder etwas von mir wissen wollen!«

»Das möchte ich bezweifeln, Robert. Ich weiß, du kannst sehr jähzornig sein; aber ich kann mir nicht vorstellen, daß du dich zu etwas hättest hinreißen lassen, was nicht wiedergutgemacht werden könnte.«

»Hektor, ich habe Tod und Verderben über mein ganzes Leben gebracht!« stieß Robert in seiner Qual hervor. »Seit ich wieder im Land bin, ist alles schiefgegangen. Die Babys der

Sklaven auf Midgard sterben am Fieber. Zwei Sklaven sind mir weggelaufen. Ich habe mich mit meinem Aufseher überworfen. Und, was am schlimmsten ist, ich habe meine Frau zugrunde gerichtet.

Entsetzt fragte Hektor: »Was meinst du damit, Robert?«

Fast schluchzend antwortete dieser: »Nathalie hatte ganz offensichtlich Angst vor der Heirat mit mir, und das mit gutem Grund, weiß der Himmel! Als ich auf Midgard ankam, fand ich einen Brief von ihr vor, in dem sie schrieb, sie sei verreist, um eine kranke Kusine zu pflegen. Aber wir wissen doch beide, daß sie gar keine Kusine hat ...

Weil sie nicht wußte, wohin, versteckte sie sich also auf der Plantage; aber ich dachte, sie hätte mich verlassen. Und ich nahm mir vor, daß sie mir für diese Beleidigung büßen sollte. Dann tauchte eine junge Sklavin auf, Lalie. Jedenfalls hielt ich das Mädchen für eine hellhäutige Sklavin. Sie war so schön! Jetzt weiß ich natürlich, wie dumm es von mir war, Nathalie für eine Sklavin zu halten.«

Hektor, der sich gar nicht vorstellen konnte, wie diese Situation zustande gekommen war, unterbrach ihn: »Das verstehe ich nicht. Du hast Nathalie für eine Sklavin gehalten? Hielt sie sich denn in einer Sklavenhütte versteckt?«

»Nein! Sie hielt sich in dem kleinen Haus am Fluß auf. Aber als ich sie das erstemal sah, arbeitete sie in der Kinderkrippe der Sklaven. Sie war genau wie die anderen gekleidet und versorgte die Sklavenbabys. Trotzdem war es blöd von mir, nicht zu merken, wer sie in Wirklichkeit war!«

Robert Tabor zog eine höhnische Miene. »Du weißt ja, wie stolz die Schönen von Charleston auf ihre helle Haut sind! Sie gehen nie ohne Sonnenschirm in die Sonne. Es kam mir überhaupt nicht in den Sinn, daß meine fern-angetraute Frau so unkompliziert sein und einfach ihre Haut der Sonne aussetzen könnte! Ich mußte doch annehmen, sie sei genau wie andere Frauen, nur auf ihr Aussehen bedacht!«

Robert war entschlossen, die Geschichte dem Vetter von Anfang an zu beichten und alle Schuld auf sich zu nehmen. Hektor saß da, hörte ihm geduldig zu und nahm nur gelegentlich einen Schluck von dem Weinbrand.

Er hatte ein ungutes Gefühl, weil er genau wußte, daß Robert nicht allein schuld hatte. Er selbst war nach Midgard gefahren, um Nathalie vor Robert zu warnen! So trug auch er mit an der Schuld. Wenn er ihr nicht Angst vor Robert eingeflößt hätte, hätte sie sich sicherlich nicht vor ihrem Ehemann versteckt.

»Ich habe ganz Charleston nach ihr abgesucht«, fuhr Robert fort. »Der einzige Hinweis, den ich habe, ist eine Unterhaltung, die ein Trapper gehört hat. Der Mann, der sie kaufte, dieser Jacques Binet, soll nach dem Westen zu den Pelzhändlern unterwegs sein.«

»Und du willst nach ihr suchen, Robert?« fragte Hektor.

»Ja, selbstverständlich! Obwohl ich weiß, daß sie wohl nun die Geliebte eines anderen ist. Sie kann nie wieder meine Frau sein, Hektor, aber ich will sie nach Midgard holen und dafür sorgen, daß es ihr an nichts fehlt.«

Bei diesen Worten zuckte Hektor zusammen. Dieser verfluchte Taborsche Stolz! Robert hatte viel davon mitbekommen. Dieser Stolz würde ihn und seine Frau ein Leben lang unglücklich machen ...

»Aber es war nicht Nathalies Schuld, Robert. Ich muß bekennen, daß ich ein paar Tage nach meiner Rückkehr aus Paris nach Midgard gefahren bin. Wenn ich Nathalie nicht davor gewarnt hätte, was nach deiner Heimkehr passieren würde, hätte sie keine Angst bekommen und sich versteckt.«

Robert nahm dieses Geständnis mit Erstaunen zu Kenntnis; aber dann wies er jegliche Schuld Hektors von sich.

»Aber du hast nicht den Befehl gegeben, sie zu verkaufen! Dafür trage ich allein die Schuld.«

Verstört starrten sich die beiden Vetter an.

»Machst du dich schon bald auf den Weg?«

»Ja«, antwortete Robert. »Sobald mein Führer, ein Catawbaindianer, eintrifft. Wenn ich durch das Gebiet der Sioux reisen muß, ist es sicherer, einen mit den Sioux verwandten Indianer bei mir zu haben.«

Hektor faßte einen plötzlichen Entschluß. »Robert, ich komme mit!« rief er spontan aus.

Hektor und Robert nahmen Zimmer im Planter's Hotel. Sie brauchten mehrere Tage, um das Nötige für ihre Reise nach dem Westen zusammenzustellen. »Rennender Wolf«, der Catawbaindianer, war angekommen und wartete nun darauf, daß Robert den Befehl zur Abreise geben würde.

Hektor saß in seinem Hotelzimmer und starrte die Landkarte an, die er vor sich auf dem Tisch ausgebreitet hatte. Er wartete, und solange er nichts zu tun hatte, bedrückten ihn quälende Gedanken.

Sie hatten vor, zunächst nach Nordwesten zu reisen, nach St. Louis, der Hauptstadt des nördlichen Distrikts im Louisiana-Territorium. Dort, am Tor zum Westen, würden sie sicherlich jemanden finden, der ihnen Auskunft über Jacques Binet geben könnte.

Aber wenn sich der Trapper nun geirrt hatte? Wenn Binet nun direkt nach Norden, nach Kanada weitergezogen wäre? Was dann?

Wenn sie Nathalie nicht vor Ausbruch der eisigen Jahreszeit fanden, wären sie gezwungen, auf das Frühlingstauwetter zu warten, bevor sie die Suche fortsetzen könnten.

Würden sie sie überhaupt finden? Es schien fast unmöglich. Hektor dachte daran, welchen Gefahren Nathalie in der weiten, fremden Wildnis ausgesetzt sein würde. Feindliche Indianer, wilde Tiere, Überschwemmungen und nicht zuletzt der Mann Jacques Binet bedrohten sie. Mit allem würde sie es bestimmt nicht aufnehmen können …

Das Geräusch von Schritten auf der Treppe erlöste ihn glücklicherweise von seinen lähmenden Grübeleien.

Robert kam ins Zimmer und warf ein Paket auf den Stuhl. »Ich bringe gute Nachrichten, Hektor«, verkündete er mit erleichterter Stimme. »Ich habe gerade erfahren, daß Jacques Binet und ein Mädchen, auf das Nathalies Beschreibung paßt, vorigen Freitag auf der »Jasmine Star« eine Passage nach New Orleans gebucht haben. Der Mann in dem Schiffahrtsbüro sagte mir, Binet wolle zunächst Freunde in New Orleans aufsuchen und dann den Mississippi hinauffahren.«

Hektors traurige Miene erhellte sich. Er lächelte.

»Das ist wirklich eine gute Nachricht, Robert! Jetzt wissen wir wenigstens, in welche Richtung wir uns wenden müssen.«

Robert beugte sich über die auf dem Tisch ausgebreitete Karte. »Die Route von Charleston nach New Orleans ist schwierig und langwierig. Wenn wir Glück haben, läuft die »Jasmine Star« einmal auf eine Sandbank auf. Das würde sie noch mehr aufhalten.«

Mit zusammengekniffenen Augen studierte Robert die eigene Reiseroute. »Der direkteste Weg führt von Charleston nach Arkansas Post, direkt nach Westen, wo der Arkansas in den Mississippi mündet. Der wäre kürzer als unsere ursprüngliche Reiseroute. Vielleicht holen wir sie eher ein, als wir gedacht haben!«

Hektor beugte sich über den Tisch und folgte mit dem Blick Roberts Finger, wie er an der Route von Charleston bis zur Mündung des Arkansas entlangfuhr.

Am nächsten Tag standen drei Männer im Morgengrauen vor Browns Pferdeställen. Sie waren alle sehr verschieden, aber jeder von ihnen wirkte auf seine Art wild entschlossen.

Exotisch sah der große, stolze Catawbaindianer in hirschlederner Hose und Jacke aus, mit Mokassins an den Füßen und mit einer blauen Feder in seinem langen, glänzend schwarzen Zopf. Er hatte eine längliche Kopfform; denn nach alter Catawbasitte hatte man ihm als Kind den Kopf so stark eingebunden, um diese Form zu erzielen. Die Catawbas gehörten zu einer Nebenlinie der gefürchteten Sioux, ein fast ausgestorbener, kriegerischer Stamm, der entlang dem breiten Catawbafluß auf wilde Tiere und Feinde Jagd machte.

Hektor und Robert wirkten wie Vater und Sohn. Sie hatten den gleichen Körperbau, die gleiche stolze Haltung, aber der größte Unterschied zwischen den beiden, von Hektors weißem Haar einmal abgesehen, lag in ihren Gesichtskonturen: diejenigen Hektors waren weich, Roberts dagegen scharf und kantig.

In dem schwachen Licht, das die Laterne an der Hauswand auf die Gruppe warf, hätte man Robert für eine steinerne Statue halten können, wenn nicht das Aufblitzen seiner topasfarbenen Augen bewiesen hätte, daß er aus Fleisch und Blut war.

Plötzlich kam Bewegung in die starre Gruppe. Die Pferde und ein Mann mit einer schwankenden Laterne in der Hand erschienen auf der Bildfläche.

»Sieht ganz so aus, als ob Sie jetzt alles beisammen hätten für Ihre Reise nach Arkansas, Mister Tabor! Die Packpferde sind bis an die Ohren beladen! Schätze, Ihr indianischer Freund weiß, wo es hingeht. Wird Sie ja wohl nicht in'n Hinterhalt locken zu seiner Siouxsippe?« scherzte der Pferdestallbesitzer Brown lachend.

Der Indianer wandte dem Mann den Kopf zu; man merkte ihm nicht an, ob er die scherzenden Worte verstanden hatte.

Robert lächelte, hob grüßend die Hand zum Abschied und durchritt die Gasse in einem plötzlichen Galopp.

Sie ritten einen ganzen Tag. Außer dem Stolpern eines Packpferdes passierte ihnen kein Mißgeschick. Sie ließen die weiten Felder der Ebene hinter sich, ritten durch das Land, das Robert Tabor seit seiner Kindheit vertraut war. Das Land, wo er wilde Truthähne und Rehe gejagt hatte. Das war zwar schon lange her, aber das Gebiet hatte sich erstaunlicherweise kaum verändert, abgesehen von ein paar Hütten hier und dort und von ein paar Äckern, die von einigen aus Charleston ausgewanderten Pionieren angelegt worden waren.

Sie ritten, bis die Sonne unterging. Schließlich hielten sie an und schlugen ein Lager auf, brachten die Pferde in einem provisorischen Pferch unter und entzündeten ein Feuer für das Abendessen.

Als Robert, Hektor und »Rennender Wolf« am Lagerfeuer saßen und den starken, schwarzen aromatischen Kaffee schlürften, rieb sich Hektor den vollen Magen und seufzte zufrieden. »Ich bin ja nur froh, daß du endlich eine Pause zum Übernachten gemacht hast, Robert. Wenn wir so weitermachen, sind wir im Nu am Mississippi.«

»Soll das ein Vorwurf sein? »fragte Robert.

»Mir ist alles recht so«, antwortete Hektor schnell. »Ich dachte nur an die Pferde.« Er zwinkerte dem schweigsamen Indianer zu.

Hektor hielt absichtlich eine leichte Unterhaltung in Gang, weil er sich denken konnte, was Robert durch den Kopf ging.

Der Trapper würde ja auch irgendwo übernachten ... und Nathalie würde ihm das Bett wärmen!

Robert durchschaute Hektors Beweggründe und versuchte, auf seinen leichten Ton einzugehen; aber man merkte ihm an, wie bedrückt er im Grunde genommen war.

Schließlich versiegte die Unterhaltung, und die Männer fingen an, Vorbereitungen für die Nacht zu treffen.

»Rennender Wolf« hatte sein Lager in einigem Abstand von den beiden Weißen aufgeschlagen. Aus seinem Gürtel zog er den Skalp eines Shawnee, kämmte ihn, wie er das jeden Abend tat, und versteckte ihn dann sorgfältig unter der hirschledernen Jacke neben sich. Dann legte er sich mit dem Kopf nach Osten, um gegen böse Geister gefeit zu sein, und schlief ein.

Robert ahnte, daß er eine schlaflose Nacht vor sich haben würde. Trotzdem nahm er machanisch seinen Sattel und trug ihn ins Zelt, dann wickelte er sich in eine seiner rauhen Wolldecken und streckte sich auf den frischen Fichtenzweigen aus, mit denen der Boden bedeckt war.

Mit dem Kopf auf dem Sattel lag er nun da und ließ die Ereignisse des Tages an sich vorüberziehen. Sie hatten noch manche Meile zurückzulegen, bevor sie den Mississippi erreichen würden: durch Georgia, Alabama und das Mississippi-Territorium. Obwohl an diesem ersten Tag alles glattgegangen war, war er nicht so naiv, anzunehmen, daß der Rest der Reise ebenso leicht sein würde. Es würden Schwierigkeiten auftauchen –, dessen war er sicher!

Er machte die Augen zu, und schon sah er Nathalie vor sich, so sehr er sich auch dagegen sträuben mochte. Sie sah ihn mit ihren geheimnisvollen, dunkelbraunen Augen an, nicht anklagend, eher ängstlich. Dann weiteten sich ihre Augen vor Schmerz und Schande, und Robert ballte die Fäuste vor Verzweiflung und ohnmächtiger Wut.

Nun kamen seine Gedanken nicht mehr zur Ruhe. Schließlich drückte er sich die Hände auf die Augen, um nicht mehr das Bild sehen zu müssen, wie Jacques Binet seine Nathalie in die Arme nahm und sie liebte ...

Lange Zeit konnte er nicht einschlafen.

Robert wachte von dem Gezwitscher eines Vogels auf dem Baum auf, unter dem er geschlafen hatte. Er horchte auf die anderen Geräusche: das Wiehern der Pferde, das Rascheln der Blätter im Wind und das Tapsen kleiner Tiere, die durch den Wald huschten. Des Indianers Lagerstatt war leer; Hektor lag noch friedlich schnarchend da.

Allmählich veränderte sich der Horizont, die Sonne schien vorsichtig durchzubrechen. Ein Felsen blitzte plötzlich rotgolden auf; dann herrschte wieder Dunkelheit.

Robert reckte sich und blieb dann zufrieden noch ein paar Minuten lang liegen. Hin und wieder sah er eine Spur von Licht, bis schließlich unvermittelt das goldene Sonnenlicht durchbrach und alles in blendendes Licht tauchte.

Robert blinzelte und wandte den Kopf. Dann stand er auf, faltete seine Wolldecke zusammen und trug seinen Sattel in den provisorischen Pferch.

Da hörte er Hektor rufen: »Robert, bist du wach?«

»Ich bin hier, am Lagerfeuer! Das Frühstück ist gleich fertig!«

Hektor war steif nach der Nacht auf dem Boden. Er kam humpelnd auf das Feuer zu. Der Indianer stellte sich ein, und nachdem die Männer gegessen hatten, beluden sie die Packpferde und ritten in den neuen Tag hinein.

Die Gegend wurde jetzt gebirgiger; die Sonne verschwand von Zeit zu Zeit hinter Wolken. In der Ferne hörte man es donnern, als ob ein Riese seinem Zorn Ausdruck gäbe.

»Heute wacht dein Donnergott auf«, sagte Robert zu dem indianischen Führer.

Und wirklich schien der Gott erzürnt zu sein; denn in diesem Augenblick ergoß sich ein gewaltiger Regen über den roten Lehmboden des Tales und füllte jede Erdspalte mit Feuchtigkeit.

Stunde um Stunde, Tag für Tag ritten sie nun durch den anhaltenden Regen. Die anschwellenden Bäche waren eine ständige Gefahr, und die von den Regengüssen aufgeweichte Erde verwandelte sich in ein rotes, saugendes Ungeheuer, vor dem die Pferde erschraken, wenn sie bis zu den Kniegelenken im Schlamm versanken.

Manchmal fragte sich Robert, ob es nicht doch richtiger gewesen wäre, per Schiff nach New Orleans zu fahren wie der Trapper, anstatt über Land zu reiten. Bei dem jetzigen Tempo würden sie nicht viel Zeit sparen, und die Probleme wuchsen mit jedem Tag.

Einen Teil ihrer Vorräte hatten sie schon verloren. Eines der Packpferde war in einen Strudel geraten und hatte sich in wahnsinniger Angst von seiner Last befreit. Alles war weggeschwemmt worden.

Es war nun äußerst schwierig, frisches Wild für ihre Mahlzeiten zu bekommen. Zunächst waren sie tagelang geradezu über Tiere gestolpert; jetzt aber hatten sich diese in Schlupfwinkeln versteckt, um dort das Ende des Sturms abzuwarten. Nur wenn gelegentlich ein vor Hunger unvorsichtig gewordenes Kaninchen dem Trupp über den Weg lief, konnte ihnen »Rennender Wolf« ein wenig Fleisch für den Bratspieß verschaffen.

Während dieser Zeit trafen sie nur sehr selten auf Siedler, die auch im Schlamm steckengeblieben waren. Immer starrte die ganze Familie durchnäßt und erschöpft aus dem Planwagen, der ihre ganze Habe enthielt. Die drei Männer halfen dann oft, den Wagen aus dem Schlamm zu ziehen; aber sie hielten sich nie lange auf und legten auch sonst tagsüber nur kurze Pausen ein, um die Pferde zu schonen.

Einmal starrten ein paar indianische Krieger vom Stamme der Chickasaw zu ihnen hinüber, als sie einen Bach durchwateten; aber nachdem sie »Rennender Wolfs« schweigenden Gruß erwidert hatten, entfernten sie sich. Sie waren wohl nur aus Gewohnheit ein wenig neugierig, zeigten sich sonst aber nicht interessiert an den Männern oder den Pferden.

Eines Abends, als das Wetter aufgeklart hatte und es so aussah, als ob sie endlich eine trockene Nacht erleben würden, sahen sie zwei Männer aus dem Halbdunkel auf ihre Lagerstelle zukommen.

Hektor packte sein Gewehr fester an, während Robert die sich nähernden Männer mit unauffälliger Wachsamkeit im Auge behielt.

»'n Abend«, sagte einer der beiden rauhen Gesellen. Dabei versuchte er, ein gewinnendes Lächeln aufzusetzen; aber es wollte ihm nicht so ganz gelingen. »Ha'm schon von da hinten gerochen, daß's hier was zu essen gibt! Sin' einfach der Nase nach gegangen.«

Einen Augenblick lang starrte Robert die beiden Fremden schweigend an. Dann sagte er in höflichem Ton: »Dann habt ihr also noch nicht gegessen?«

Sie schüttelten beide den Kopf und starrten mit heißhungrigen Blicken auf das Fleisch, das über dem offenen Feuer brutzelte.

Die Regeln der Gastfreundschaft der Wildnis verlangten es, daß man sie zum Essen einlud.

»Das is' aber mächtig anständig«, sagte einer der beiden, während er sich auf einen Felsbrocken neben das Feuer setzte. »Ich heiß' übrigens Caleb Black, un' mein Partner hier, der nennt sich Squint Hudson. Wir sin' schon so lange unterwegs, wir ha'm keine Vorräte mehr.«

»Seid ihr Jäger?« fragte Hektor.

»Ja, sozusagen. Aber jetz' sin' wir auf 'm Weg nach Calaba, zur Landverteilung«, erklärte Caleb, während sein Partner neugierig den Blick über das Lager schweifen ließ. »Die geb'n da jede Menge Land für umsonst weg, und ich und Squint hier, wir ha'm uns gedacht, wir könnten's ja mal mir der Landwirtschaft versuchen.«

Niemand äußerte sich zu dieser Offenbarung. Sie beobachteten Hudson, der das gerade errichtete Zelt in der Nähe des Feuers anstarrte. »Sieht so aus, als ob ihr's heute nacht ganz schön bequem haben würdet!«

Robert nickte, und konzentrierte seine Aufmerksamkeit von neuem auf den Spießbraten. Als er gar war, dachten alle nur ans Essen, anstatt sich zu unterhalten. Robert teilte den beiden Fremden eine Portion Fleisch zu. Sie rissen große Stücke davon ab und schluckten gierig, ohne sich lange mit Kauen aufzuhalten.

Als sie das Fleisch aufgegessen hatten, wischten Caleb und Squint sich die fettigen Hände an ihren zerlumpten Hemden ab. Dann gab Caleb dem anderen ein Zeichen, sich zu erheben, und stand selbst auch auf.

»Vielen Dank für die Mahlzeit! Schätze, wir geh'n mal lieber und schlagen unser eigenes Lager auf. Vielleicht seh'n wir uns noch mal. Wir zieh'n ja alle in die gleiche Richtung«, meinte der, der sich Caleb nannte.

Robert ging nicht darauf ein, sondern wünschte ihnen nur einen guten Abend. Er stand neben Hektor und sah ihnen nach.

Als sie verschwanden, wandte sich Hektor an seinen Vetter: »Robert, ich trau ...«

Aber Robert hielt warnend den Finger an die Lippen, und Hektor schwieg sofort. Sie standen stockstill.

Immer noch schweigend löschten Robert und der Indianer ein paar Minuten später das Feuer und gingen zu dem Zelt hinüber. Verwundert blieb Hektor neben dem Aschenhaufen sitzen, während die beiden jüngeren Männer Fichtenzweige unter die Decken ihres provisorischen Nachtlagers steckten. Robert nahm seinen Hut ab und legte ihn neben den Sattel auf den Boden.

In der zunehmenden Dunkelheit sah der Buckel unter der Decke aus wie ein Mann, der sich zum Schlafen mit dem Kopf auf dem Sattel ausgestreckt hatte. Hektor ging ein Licht auf, und auch er nahm den Hut ab und legte ihn auf seinen Sattel.

Dann kehrten alle drei dem Zelt den Rücken. »Rennender Wolf« ging zu den Pferden hinüber, um sie zu versorgen und zu bewachen; Hektor und Robert versteckten sich auf der anderen Seite des Lagers im Gebüsch. Alle harrten der Dinge, die da kommen sollten.

Der Mond stand hoch am Himmel, und die Nacht war still. Doch plötzlich konnte man kleine Waldtiere auf der Flucht hören. Dann ein knackender Zweig, ein unterdrückter Fluch ... Jemand bewegte sich im Wald und kam näher.

Plötzlich wurden die Attrappen unter den Wolldecken von Ca'eb und dem anderen Schurken angegriffen. Als die beiden Kerle merkten, daß man sie hereingelegt hatte, stießen sie wütende Flüche aus.

Scharf zeichneten sich Robert und Hektor gegen das Mondlicht ab, als sie mit den Waffen in der Hand den beiden Verbrechern gegenübertraten. Caleb und Squint warfen sich ihnen entgegen.

Gewehrfeuer schallte durch den Wald, und Caleb und Squint gingen rasch zu Boden. Schnell lief Robert zu dem bewegungslosen Caleb hinüber, nahm ihm das Messer aus der Hand und schleuderte es in den Wald.

Hektor beugte sich über Squint und sagte: »Ich glaube, der Kerl lebt noch, Robert.«

Da, ganz überraschend, bewegte sich Squint tatsächlich und stieß mit letzter Kraft Hektor das Messer in den Oberschenkel. Vor Schmerz zog dieser hörbar die Luft ein.

»Was ist?« rief Robert besorgt und lief zu Hektor hinüber. Squint Hudson bewegte sich nicht mehr.

»Ich glaube, ich bin verletzt«, sagte Hektor benommen und versuchte, die blutende Wunde an seinem Bein zuzudrücken.

Wegen Hektors Verwundung zogen sie während der nächsten Tage nur langsam weiter. Der Verletzte war geduldig, nur gelegentlich merkte man ihm an, daß er starke Schmerzen hatte; etwa wenn er das Gesicht leicht verzog, weil der Weg besonders holprig war. Aber das Reiten war natürlich nicht gut für die Wunde. Hektor hatte viel Blut verloren, die Wunde öffnete sich auch immer wieder, und das Blut sickerte durch die Stoffstreifen, mit denen die Kameraden seinen Schenkel umwickelt hatten.

Robert war sehr froh, als sie endlich die Garnison in Arkansas Post erreicht hatten. Daß sie allmählich wieder in zivilisierte Gegend kamen, hatten sie schon an dem zunehmenden Verkehr auf der ausgefahrenen Viehstraße gemerkt und an der Tatsache, daß es überhaupt eine Straße gab. Zwar hatten sie bis dahin manchmal Pfade gesehen, die von Norden nach Süden verliefen; aber sonst waren sie nur auf dem Saumpfad, der nach Westen führte, entlanggeritten. Robert Tabor hatte schon geglaubt, er würde vor seiner Rückkehr nach Charleston nie wieder eine ordentliche Straße zu Gesicht bekommen.

»Zuerst suchen wir jetzt einen Arzt, der dein Bein behandeln kann, Hektor. Dann kannst du dich ausruhen, während ich mich nach Jacques Binet umhöre.«

Im Laufe weniger Stunden geschah nun vielerlei. Sie wurden herzlich von dem Kommandanten des Forts, Major Blount, aufgenommen. Er hatte sie auch zum Essen eingeladen. Hektor war von dem Garnisonsarzt untersucht worden, der über den Zustand des entzündeten, geschwollenen Schenkels recht besorgt war. Robert endlich hatte schlechte Nachrichten über den Trapper mitgebracht: Binet hatte das Fort hinter sich gelassen und fuhr wohl schon den Mississippi hinauf.

Robert war in den vergangenen Wochen so angespannt gewesen, daß es ihm nun schwerfiel, sich zu entspannen, besonders wegen der Enttäuschung, Nathalie verpaßt zu haben. Aber nachdem er gebadet und rasiert war und frische Kleidung angezogen hatte, hoben sich seine Lebensgeister, und er fühlte sich Nathalie näher als je zuvor auf dieser Reise. Es würde nun nicht mehr lange dauern, bis er sie eingeholt hatte; denn er war entschlossen, das Fort so bald wie möglich zu verlassen und stromaufwärts zu fahren.

Aber würde Hektor mitkommen können? Das schmutzige Messer hatte die Wunde gefährlich infiziert, und bei ungenügender Pflege würde der Vetter sein Bein verlieren.

Und wenn er Nathalie nun fände – was dann? Würde sie ihm je verzeihen?

Robert wußte, was für eine Strafe ihm selbst bevorstand. Daß er sie als Sklavin verkauft hatte, verlangte Sühne. Ein Leben lang würde er darunter leiden, sie sehen zu müssen und doch nicht zur Frau haben zu können – nach allem, was geschehen war.

Aber er verdrängte diese Gedanken, während er mit Hektor auf dem Weg zu dem Diner in Major Blounts Haus war. Er wollte nur daran denken, daß er Nathalie unbedingt finden müsse …

Nach dem Essen lehnte sich der Major im Sessel zurück. Sein Leib wölbte sich unter der stramm sitzenden Uniform; seine große Knollennase erinnerte an eine rot gestrichelte Landkarte.

»Das war ein köstliches Essen, Major Blount«, ssgte Robert, während er sich von der Tafel erhob.

»Weit besser als alles, was wir in den letzten Wochen zu uns genommen haben«, fügte Hektor hinzu.

»Hat mir selbst auch geschmeckt«, antwortete der Major.

»Gewöhnlich gibt es gebratenen Biber oder gekochten Elchskopf. Herrlich, zur Abwechslung mal Büffelsteaks zu bekommen!«

Der Garnisonsarzt Dr. Rolfe, der auch zum Essen eingeladen worden war, setzte sich an den Kamin und steckte sich eine Pfeife an.

»Wie lange gedenken Sie, im Fort zu bleiben, meine Herren?« fragte der Major.

Robert zögerte mit der Antwort. Er sah Hektor an, dann antwortete er: »Wenn mein Vetter bei Ihnen im Fort bleiben darf, bis seine Wunde geheilt ist, und er selbst damit einverstanden ist, möchten mein Führer und ich morgen früh aufbrechen. Mir liegt sehr viel daran, Jacques Binet so bald wie möglich einzuholen, weil er etwas bei sich hat, das mir gehört.«

Dr. Rolfe stimmte ihm zu. »Für Mister Tabor wäre es am besten, wenn er eine Weile bleiben könnte. In meinem Hause ist Platz genug. Er wäre mir als Gast wie als Patient willkommen!«

»Das ist äußerst freundlich von Ihnen, Dr. Rolfe«, antwortete Hektor. »Ich möchte es mir überlegen. Genügt es, wenn ich Ihnen morgen früh Bescheid gebe?«

»Selbstverständlich.«

»Es wundert mich gar nicht, daß Sie auf der Suche nach Jacques Binet sind, und auch nicht, daß er Ihnen etwas genommen hat«, fuhr Major Blount fort. »Wenn er nur könnte, würde er seiner sterbenden Mutter noch den Rosenkranz stehlen! Nach der Streiterei wegen der Squaw habe ich ihn vor die Wahl gestellt, entweder das Fort zu verlassen oder eingesperrt zu werden.«

Robert zuckte zusammen. Dann fragte er scheinbar beiläufig: »Sagten Sie – Squaw? Wissen Sie, von welchem Stamm?«

»Nun, sie hätte vom Stamm der Quapaw oder der Osage sein können. Für mich sehen sie alle gleich aus mit ihren schwarzen Haaren und dunklen Augen. Aber, wenn ich jetzt so zurückdenke«, sagte er, mit zusammengekniffenen Augen überlegend, »schien diese besonders hübsch gewesen zu sein, sogar in ihren schmutzigen Kleidern.«

Major Blount bemerkte, daß sowohl Robert als auch Hektor

mit großem Interesse zuhörten, und begann, ausführlicher zu erzählen:

»Es ist hier gar nicht so leicht für mich, Ruhe zu halten bei diesem zusammengewürfelten Häuflein Menschen – Indianer, entlaufene Sklaven, Mischlinge, Geächtete. Da fehlt mir so einer wie Jacques Binet gerade noch! Diese Männer, die sich mit einer Squaw abgeben, sind wie die Wilden, immer betrunken und streitsüchtig. Und weil es hier nicht genug Frauen gibt, stehlen die Männer sie sich gegenseitig, wenn sie betrunken sind.«

Roberts Reaktion hierauf entging Hektor nicht. Hastig versuchte er, abzulenken: »Aber ich habe gehört, daß sich viele Händler, die sich eine Squaw zur Frau genommen haben, später als gute Familienväter entpuppt haben und mit ihren Mischlingskindern ein geordnetes Leben führen.«

»Auf manche mag das zutreffen«, gab Major Blount zu, »aber die meisten sind doch wie dieser üble Trapper Binet. Wenn sie einer Squaw überdrüssig sind, tauschen sie sie gegen eine andere ein.«

Robert schob seinen Stuhl zurück und stand abrupt auf. »Vielen Dank für Ihre Gastfreundschaft, Major Blount! Es wird spät. Wir verabschieden uns besser. Gute Nacht, Dr. Rolfe! Und nochmals: Dank!«

Dr Rolfe stand auf und schüttelte beiden Männern die Hand. Robert hörte, wie Hektor leise mit dem Arzt sprach!... und weil ich ihn nur aufhalten würde, habe ich mich entschlossen, Ihr Angebot anzunehmen, Dr. Rolfe. Wenn es Ihnen paßt, ziehe ich morgen zu Ihnen.«

Robert hörte nur noch mit halbem Ohr, daß Major Blount zu ihm sagte: »... und nehmen Sie ja ein anständiges Kanu aus Birkenrinde! Das eignet sich am besten für die Fahrt flußaufwärts!«

Der Major wartete noch, bis er die beiden Männer auf dem schlammigen Weg nicht mehr sehen konnte. Dann schloß er die Tür hinter sich. Die Nacht war kalt.

5

Am nächsten Morgen machten sich Robert Tabor und »Rennender Wolf« mit einem Boot auf den Weg nach St. Louis. Hektor und die Pferde blieben im Fort zurück.

Robert war enttäuscht, weil es ihm nicht gelungen war, ein Birkenrindenkanu aufzutreiben. Er mußte sich mit einem einfacheren begnügen, das aus einem ausgehöhlten Baumstamm gefertigt worden war. Aber man hatte ihm versichert, daß er in St. Louis mehr Glück haben würde.

Das Boot – es war ein ausgehöhlter Pappelstamm – war schwer zu manövrieren und hatte beträchtlichen Tiefgang. Trotzdem kamen die Männer gut vorwärts, obwohl sie gegen die Strömung ruderten; und je mehr Meilen sie hinter sich brachten, desto hoffnungsvoller wurde Robert.

Er und »Rennender Wolf« strengten sich bis zum äußersten an. Tag für Tag blieben sie bis nach Sonnenuntergang auf dem Wasser. Sie schliefen ständig nur wenige Stunden, standen früh auf und legten beim ersten Sonnenstrahl ab.

Der Fluß sah jetzt ganz merkwürdig aus. Das klare Wasser des Mississippi vermischte sich nicht mit dem roten, schlammigen Wasser, das der Missouri ihm zuführte. Die beiden Flüsse verhielten sich sozusagen wie zwei Menschen, die einander nichts zu sagen haben. Getrennt, aber Seite an Seite, zogen sie dahin. Sie schienen dazu verurteilt, das Flußbett miteinander zu teilen.

Irgendwie kam es Robert wie ein Zeichen vor. Genauso war sein Verhältnis zu Nathalie: so nah und doch so fern, auf demselben Weg, aber nie zusammen, immer getrennt. Er war entschlossen, alles zu tun, was in seiner Macht stände, um Nathalie möglichst bald vor dem Mann zu retten, der sie als Sklavin gekauft hatte.

Schließlich kamen Robert und der Indianer in St. Louis an, aber wieder blieb Nathalies Rettung ein schöner Traum. Binet und seine Begleiterin waren schon nicht mehr in St. Louis.

Robert erwarb ein leichteres Kanu, sie beluden es mit neuen Vorräten, und mit unverminderter Energie machten sich Robert und der Indianer nochmals auf die Suche. Muskelkater war kein Grund, das Tempo zu verlangsamen, dachte Robert. So ruderten sie dahin ...

Die Welt war still. Kein Vogel, kein anderes Tier war zu hören. Nur die Ruder, die rhythmisch das Wasser durchschnitten, bewegten sich, und die Wolken, die an dem dumpf-grauen Himmel über ihnen dahinzogen.

»Die Luft ist kalt geworden, »Rennender Wolf«, sagte Robert zu dem Indianer. »Es würde mich nicht wundern, wenn es im Laufe des Tages schneien würde.«

Der Gefährte nickte, aber seine Aufmerksamkeit war mehr auf das Wasser als auf den Himmel gerichtet.

Robert bemerkte, daß der Indianer aufmerksam auf irgend etwas zu lauschen schien. Endlich fragte er: »Was gibt's denn?«

»Da, vor uns! Feindseligkeiten. Hören Sie es nicht?«

Robert hörte auf zu paddeln und horchte. Eine Schießerei! Der Widerhall des Gewehrfeuers war den ganzen Fluß entlang deutlich zu hören. Robert nahm sein Ruder wieder in die Hand, und gemeinsam paddelten sie schnell weiter.

Als sie zum zweitenmal eine Flußschleife hinter sich hatten, bemerkte Robert das lange Kanu. Es war auf eine Sandbank gelaufen, und vom Ufer aus schossen Indianer auf seine Besatzung.

»Sind das Verwandte von dir?« erkundigte sich Robert vorsichtig, und deutete mit den Augen auf die Rothäute am Ufer.

»Nein«, erwiderte der Indianer. »Feinde.«

Wenn es der Besatzung des langen Bootes nicht gelang, von der Sandbank loszukommen, war sie verloren. Robert und »Rennender Wolf« legten ihre Ruder ins Boot, nahmen ihre Gewehre auf und beteiligten sich an der Schießerei. Ihr Kanu schwankte bei jedem Schuß.

Aus den Augenwinkeln sah Robert die Hand einer Rothaut im Wasser neben dem langen Boot auftauchen. Dann ergriff eine Frauenhand das Ruder, um die Gefahr aus dem Wasser abzuwehren.

Robert stockte das Herz. Konnte die Frau Nathalie sein? Er war zu weit entfernt, um sie klar zu erkennen; aber sie war klein und hatte dunkles Haar.

Als ein zweiter Trupp von Wilden am Waldrand erschien, bekam Robert so viel zu tun, daß er die Frau aus den Augen verlor. Als die Indianer das flußabwärts treibende Kanu entdeckten, feuerten sie auf Robert und »Rennender Wolf«.

Zuerst zischten die Kugeln über Roberts Kopf hinweg und landeten, ohne Schaden anzurichten, hinter dem Boot ins Wasser. Dann wurde das Boot an mehreren Stellen von Kugeln getroffen. Es wurde leck, aber die Schießerei ging weiter. Robert und »Rennender Wolf« schossen einige Indianer nieder, dann verschwanden die übrigen plötzlich im Wald.

Das Kanu sank immer mehr. Die beiden sprangen ins Wasser, um es ans Ufer zu ziehen. Weil er so sehr mit seinem sinkenden Boot beschäftigt war, bemerkte Robert nicht, daß das Boot von der Sandbank losgekommen und nun wieder flott war. Plötzlich rief eine Stimme über das Wasser:

»Freunde, Jacques Binet dankt euch!«

Jacques Binet – endlich hatte er ihn gefunden!

»Nein! Wartet!« schrie Robert. »Warte, Nathalie! Warte!«

Aber das Boot entschwand seinen Blicken, und weder zu Wasser noch zu Lande konnte Robert ihm folgen.

So nah, so nah! Nun ergriff ihn ein Gefühl völliger Hilflosigkeit. Er schlug sich mit der Faust auf die Handfläche und murmelte verzweifelt: »Verdammt! Verdammt!«

Kalt und hungrig hielt Robert dann als erster Wache, während »Rennender Wolf« schlummerte. Später war er dann mit Schlafen an der Reihe.

Als sie am frühen Abend das Kanu reparierten, hatten sie so wenig Geräusch wie möglich gemacht. Das mit Naturlederriemen zusammengehaltene Spantengerüst aus weißem Zedernholz war nicht beschädigt worden. Die kleinen Löcher in der Birkenrinde brauchten nur mit Fichtenharz abgedichtet zu werden, um das Boot wieder flottzumachen. Vorher mußte das Fichtenharz allerdings weich gekaut werden, und Robert taten lange danach noch die Kinnbacken davon weh. Es wäre viel leichter gewesen, das Harz zu erhitzen; aber wegen der im Wald lauernden kriegerischen Indianer wagten sie nicht, ein Feuer anzuzünden.

Eine dünne, weiche Schneeschicht lag inzwischen auf der Decke, die Robert sich um die Schultern gelegt hatte, und er fröstelte. Um seinen Hunger zu stillen, holte er noch ein Stück Dörrfleisch aus der Tasche – ein himmelweiter Unterschied zu dem lukullischen Mahl mit Hektor vor ein paar Tagen in Arkansas Post!

Die beiden Männer waren natürlich immer noch darauf bedacht, Jacques Binet einzuholen. Sie paddelten weiter flußaufwärts, vorbei an den Kreidefelsen, die hier die Ufer des Mississippi bildeten, aber das Boot mit Jacques Binet und seiner Begleitung war verschwunden. Schließlich erkannte Robert, was passiert sein mußte: Kurz nach der Schießerei war Binet vom Mississippi auf den Missouri übergewechselt!

Jetzt waren Robert und »Rennender Wolf« aber schon so weit nach Norden vorgedrungen, daß sie nicht mehr einfach wenden und die Verfolgung wiederaufnehmen konnten. Der Fluß war zugefroren, und für den Winter lagen sie fest.

In der Trapperhütte herrschte eine schwache Wärme, aber draußen heulte der Schneesturm, wie zu unbändiger Wut angestachelt. Der Wind steckte seine eisigen Finger durch die Ritzen der Blockhütte, um dem Feuer die letzte Wärme zu nehmen. »Rennender Wolf« nahm noch ein Stück Holz vom riesigen Stoß in der Ecke. Als er es aufs Feuer legte, flammte die Asche wieder auf.

Robert Tabor lag auf einem Strohsack in einer anderen Ecke. Seine Augen glänzten vor Fieber, er wälzte sich unruhig hin und her. Ein erneuter Hustenanfall verursachte Atemnot. Er wehrte sich gegen einen Alptraum ...

»Lalie! Lalie?« rief er im Delirium. »Warte doch! Verlaß mich nicht!«

Von dem Heulen der Wölfe draußen kam er schließlich zu sich. Mühsam setzte er sich auf.

»Rennender Wolf«, flüsterte er, als er seinen Freund erkannte, der sich gerade über den Kochtopf beugte, »wie lange ... wie lange bin ich schon ... in diesem Zustand?«

»Sechs Tage, mein Freund.«

Er fiel auf den Strohsack zurück und horchte weiter auf das Heulen der Wölfe, Ihm fiel allmählich ein, daß er und »Rennender Wolf«, weil der zugefrorene Fluß ihrer Suche ein vorläufiges Ende bereitet hatte, vor dem Winter Schutz gesucht hatten in einer verlassenen Trapperhütte, nicht weit vom Flußufer. Um überleben zu können, waren sie selber zu Trappern geworden. Von dem Fleisch ernährten sie sich und hängten die Felle vor der Hütte an langen Pfählen auf. Später bündelten sie die Felle und umwickelten sie mit Baumrinde, um sie nicht dem Regen und dem Schnee auszusetzen.

Nun standen die Wölfe vor diesen unerreichbaren Bündeln. Ihr ohnmächtiges Geheul klang wie eine unheimliche Symphonie der Wildnis, durchdringend in der kalten Luft.

Robert hob den Kopf, während er dem anschwellenden und danach wieder abklingenden Geheul lauschte. Er empfand eine ähnliche Qual. Stumm und schmerzhaft rührte die Verzweiflung an die Saiten seinen leeren Herzens. Nathalie …

Langsam ging seine Genesung voran; aber es dauerte noch viele Tage, bis Robert aufstehen und hinausgehen konnte. Der Winter verging für die beiden mit Fallenstellen und dem Bemühen, am Leben zu bleiben.

Endlich kam das Frühlingswetter in die gefrorene Wildnis; der Fluß verlor seine Eisdecke und wurde zu einem reißenden Strom, der geschäftig zu den Handelsplätzen eilte. Das mit Fellen beladene Boot wurde zu Wasser gelassen. Nach dem strengen Winter abgemagert, aber gestählt, begannen »Rennender Wolf« und Robert ihre Fahrt nach Süden.

Ihre Vorräte waren aufgezehrt, und so mußten sie Tag für Tag entweder im Fluß fischen oder erneut Tiere jagen. Ihr Vorrat an Munition war dahingeschmolzen, und so wagten sie nicht, die wenigen restlichen Schuß auf der Jagd zu verschwenden. Sie befanden sich auf gefährlichem Gebiet, und ein Panther, eine Bande von plündernden Indianern oder anderen Räubern konnten viel gefährlicher für sie werden als der Hunger.

Robert hatte von Trappern gehört, die es im Winter auf eine große Anzahl von Fellen gebracht hatten. Aber sie wurden ausgeplündert von Leuten, die nicht gewillt, den kalten Winter in der Wildnis zu verbringen, aber mehr als gewillt waren, den Trappern die Früchte der Arbeit eines ganzen Winters abzunehmen! Ein gut gezielter Schuß, die Leiche in den Fluß oder in eine tiefe Schlucht gestoßen –, und schon waren gierige Männer die Besitzer eines Vermögens, für dessen Erwerb sie wenig Energie verschwendet hatten.

Deshalb hatten Robert und »Rennender Wolf« es sich zur Gewohnheit gemacht, am frühen Nachmittag anzuhalten und ihre warme Mahlzeit zuzubereiten. Denn nachmittags würde ihr Feuer nicht so auffallen wie in der Abenddämmerung. Danach paddelten sie weiter flußabwärts, von der Kochstelle weg, um die Nacht irgendwo unbemerkt und in relativer Sicherheit zu verbringen.

Am vierten Tag ihrer Reise flußabwärts hielten Robert und der Indianer wie gewöhnlich an, um ein Feuer zu entfachen und die beiden großen Fische zu braten, die sie zum Abendbrot gefangen hatten. Nachdem sie das weiße, geschuppte Fleisch aufgegessen hatten und nur noch die Gräten übrig waren, saßen die beiden Männer schweigend in freundschaftlicher Atmosphäre beisammen. Robert dachte wieder an sein altes Problem ...

Schon über ein halbes Jahr – und immer noch hatte er Nathalie nicht gefunden! Nun hieß es, zurück nach Arkansas Post, dort Hektor abzuholen, und dann wieder ganz von vorn anzufangen und sich überall umzuhören. Nur so konnten sie die Suche fortsetzen. Eines Tages würde er Nathalie Jacques Binets Händen entreißen, dessen war Robert Tabor sicher.

Wo mochte sie sein, seine dunkeläugige Frau, deren Bild er nicht vergessen konnte? Nach so vielen Monaten hätte seine Sehnsucht nach ihr doch eigentlich nachlassen müssen, aber diese Gnade blieb Robert versagt.

Während er sich vorbeugte, um wie alltäglich das Feuer der Kochstelle zu ersticken, war er in Gedanken so sehr mit seiner Frau beschäftigt, daß er des Indianers plötzliche Bewegung kaum wahrnahm.

Jedoch ein plötzliches Brüllen riß ihn jäh aus seiner Träumerei. Keine zehn Schritte von ihm entfernt stand ein rötlich-brauner

Grislybär! Den Bruchteil einer Sekunde lang starrten er und der Bär einander an. Und dann kam der Bär auf ihn zu!

Es blieb Robert keine Zeit, sorgfältig zu zielen. Schnell ergriff er das Gewehr und feuerte es ab. Der Bär aber kam bedrohlich näher, der Schuß hatte ihn lediglich verwundet. Mit einem wütenden Brummen schlug er mit seiner riesigen Pranke nach Robert, stieß ihn zu Boden und hinterließ eine blutige Spur auf seiner zerfetzten Brust.

Benommen blieb Robert liegen. Sein Gewehr war außer Reichweite.

Als »Rennender Wolf« sah, was passiert war, schrie er dem Bären etwas zu und ging auf ihn los. Er versuchte, die Aufmerksamkeit des Bären von der bewegungslosen, blutigen Gestalt am Boden abzulenken. Gleichzeitig nahm »Rennender Wolf« sein eigenes Gewehr auf, das neben dem Felsbrocken gelegen hatte.

Mit einem Brüllen, das in den Wäldern widerhallte, ging der Bär jetzt tolpatschig auf »Rennender Wolf« zu. Ruhig zielte dieser auf die Kehle des Bären. Gelassen betätigte er den Abzug, aber der Schuß ging nicht los.

»Rennender Wolf« sprang zurück, aber es war zu spät. Der Bär hob ihn hoch und schleuderte ihn durch die Luft. Der Körper schlug auf einer Gruppe von Feldbrocken auf, nicht weit vom Ufer. Dort blieb der Indianer leblos liegen.

Seine Wunde mit der Tatze bedeckend und vor Schmerz brüllend, ging nun der Grislybär von neuem auf Robert los. Dieser setzte sich auf, tastete nach seinem Messer und schüttelte den Kopf, um besser sehen zu können. Er war auf den plötzlichen Satz des Bären vorbereitet. Er stieß ihm das Messer ins Fleisch, und der Bär ging zu Boden. Aber er fiel mit seinem vollen Gewicht auf Robert und quetschte ihm die Lungen, so daß er kaum noch atmen konnte. Er spürte den Schmerz wie Feuer im ganzen Körper. Dann verlor er das Bewußtsein.

Als er wieder zu sich kam, wurde Robert von brennenden Schmerzen gepeinigt. Er brachte es nicht fertig, seine Augen zu öffnen.

Ein namenloses Gefühl völliger Gleichgültigkeit hatte von ihm Besitz ergriffen, und er verspürte nur den einen Wunsch, möglichst rasch zu sterben.

Warum war er überhaupt wieder zu sich gekommen?

Lieber tot, als so mühsam atmen zu müssen, denn bei jedem Atemzug fuhr ihm ein grausam stechender Schmerz durch die Brust. Der Rücken tat ihm weh, und der Schmerz in seinem linken Bein war beinahe unerträglich.

Jemand stieß ihn mit einem Stock in die Seite. Er zuckte zusammen und öffnete nun langsam die Augen.

Er befand sich in einem dunklen Raum; nur durch einen schmalen Spalt fiel etwas Licht herein. Von seiner Brust her stieg ihm ein übler Gestank nach ranzigem Bärenfett und scharfen Kräutern in Roberts Nase. Das war im ersten Augenblick so ekelerregend, daß er sich übergeben mußte.

In einer Ecke des Zeltes hockte ein maskierter Indianer mit groteskem Kopfschmuck. Langsam zog er jetzt den langen Stock zurück, mit dem er Robert Tabor gestoßen hatte. Dann stand er auf, rasselte mit einem getrockneten Kürbis, den er in der Hand hielt, murmelte irgendeine Beschwörungsformel und verließ den Raum.

Wenige Minuten später versammelte sich eine ganze Gruppe von Indianern in dem Zelt. Alle starrten den Weißen an, wobei sie sich in einer seltsamen, kehligen Sprache miteinander unterhielten.

Warum hatten sie ihn hierhergebracht? Warum hatten sie ihn nicht getötet, als sie ihn gefunden hatten? Wollten sie vielleicht das Vergnügen haben, ihn zu quälen, bevor sie seinem Leben ein Ende machten? Er hatte gehört, daß einige Indianerstämme die Gewohnheit hatten, ihre Gefangenen auf die grausamste Weise zu foltern, ehe sie sie töteten. In diesem Augenblick war es Robert ganz gleich, was sie mit ihm vorhatten, wenn sie es nur bald hinter sich brächten.

Aber nichts geschah ihm. Er wurde gefüttert und gepflegt. Während er tagelang hilflos in dem Zelt lag, kamen zwar die Indianer von Zeit zu Zeit, standen da und beobachteten ihn, aber ihre Augen waren immer völlig ausdruckslos.

Dann kam eines Morgens, als ihm das Atmen schon viel leichter fiel, ein hochgewachsener Indianer in sein Zelt. Vier weitere folgten ihm.

Sie murmelten irgend etwas, aber er konnte nichts verstehen. Plötzlich gingen die vier in die Hocke, ergriffen seine Arme und Beine, während der größte Indianer ihm eine Lederschlinge um den Hals zog.

Robert glaubte zu ersticken und wehrte sich. Aber in seinem geschwächten Zustand war er den fünf Indianern natürlich nicht gewachsen. Sie ließen ihn los, und er konnte wieder atmen.

Erleichtert erkannte Robert, daß sie ihn nicht hatten töten wollen, aber er erkannte, daß sie ihn gefangenhalten würden.

Die Schlinge um seinen Hals war das Ende eines geflochtenen Lederriemens, der vor dem Zelt an einem Baum befestigt war. Das Flechten hatte eine ganze Weile gedauert, und Robert hatte schließlich gehört, wie ein Metallpflock in den Baum gerammt wurde, um die Enden tief in eine Spalte zu klemmen. Die Indianer wollten ihm die Flucht unmöglich machen.

Diese Vorsichtsmaßnahme war zwar noch völlig überflüssig, denn wenn Robert sich nur aufsetzte, fühlte er sich schon vollkommen geschwächt. Es würde noch lange dauern, bis er wieder stehen, geschweige denn gehen könnte.

Als es wärmer wurde, brachten sie Robert vor das Zelt und er sog die Sonnenstrahlen tief in sich hinein. Wo der große Bär ihm die Brust zerfetzt hatte, waren jetzt nur noch wunde Narben zu sehen; aber die Rippen taten ihm noch immer weh. Wenn er Gehversuche machte, soweit der Lederriemen das erlaubte, mußte er hinken und sich nach wenigen Schritten ausruhen.

Die Indianerfrauen und die Kinder zeigten sich oft am Rand der Lichtung, um ihn neugierig anzustarren. Manchmal brachten sie ihm etwas zu essen, eine Handvoll Beeren oder Nüsse. Eine ganz alte Squaw, zahnlos und mit einem schüchternen Lächeln, brachte ihm sogar ein Paar Mokassins. Sie berührte vorsichtig seinen Bart wie einen Talismann und zog sich dann schnell zurück.

Robert war sich der Ironie der Situation bewußt. Sie behandelten ihn ehrfürchtig, beinahe wie einen Heiligen, als ob er, der den Grislybären getötet hatte, für ihr Leben eine überwältigend wichtige Rolle spielte. Und doch war er ihr Gefangener. Ihre Ehrfurcht vor ihm würde nie so weit gehen, daß sie ihn freigelassen hätten.

Gehörten sie vielleicht zu denjenigen Indianerstämmen, die einen Bärengott verehrten? Und hatte er mit eigenen Händen ihre Gottheit umgebracht? Dann wäre es kein Wunder, daß sie glaubten, ihm wohne ein mächtiger Zauber inne, der mit Riemen und Pflock festgehalten werden müßte.

Robert hatte kein Gefühl für Zeit mehr; aber er spürte, daß er mit jedem Tag kräftiger wurde. Er fing an, Fluchtpläne zu schmieden; aber er war klug genug, immer zu hinken, wenn er sich draußen bewegte, und sich schwächer zu stellen als er in Wirklichkeit war. Die Indianer durften um keinen Preis merken, daß er kräftiger wurde. Deshalb machte er seine Ertüchtigungsübungen immer nachts im Zelt, wenn es niemand beobachten konnte.

Von Zeit und Zeit sah er sich den eisernen Pflock im Baum genauer an, um festzustellen, wie fest das Leder in den Spalt geklemmt war. Er versuchte öfters, wenn ihn niemand beobachtete, es herauszuziehen; aber bisher hatte seine Kraft nicht ausgereicht.

Die Indianer hatten sorgfältig alle scharfen Gegenstände von ihm ferngehalten, sogar einen Stein, den er auf der Lichtung gefunden hatte, nahmen sie ihm wieder weg. Aber selbst wenn sie ihm den nicht abgenommen hätten, hätte es doch sehr lange gedauert, den Lederriemen mit einem stumpfen kleinen Stein durchzuscheuern. Auch untersuchten sie den Riemen immer wieder – auf Rißspuren hin, wie er vermutete. Als ob er sich den Weg in die Freiheit ernagen könnte!

Das Sommergewitter brach ganz plötzlich los. Unter Donnergrollen öffnete sich der Himmel, um kühle Regentropfen auf die Erde zu schicken. Bald war es dunkel, und die Indianer liefen schnell in ihre Zelte. Dann zuckten die Blitze, laut und betäubend, und da wurde es Robert klar, daß der Augenblick der Flucht gekommen war.

Leise kroch er aus dem Zelt zu dem Baum, der ihn gefangenhielt. Er setzte sich auf die nasse Erde und stemmte die Füße gegen den Baum. Dann wand er sich den Lederriemen um beide Hände und begann zu ziehen.

Er zog und zog, aber das vom Regen aufgeweichte Ende des Riemens gab nicht nach. Robert versuchte es immer wieder: er zog und ließ locker, zog und ließ locker ... Aber der Pflock in der Spalte rührte sich nicht. Robert taten Hände und Arme von der Anstrengung weh. Das Leder grub sich in seine Haut und hinterließ rote Striemen.

Die Donnerschläge kamen jetzt in immer kürzeren Abständen, der Himmel wurde in gelbes fahles Licht getaucht. Robert blieb ganz still sitzen und horchte. Er fürchtete, jemand könnte ihn gesehen haben; aber niemand zeigte sich. Dann fing er systematisch wieder von vorn an.

Seine Hände waren nun schon wund und blutig, auch das Leder hatte sich rot gefärbt; aber er machte weiter.

Bald würde er mit seiner Kraft am Ende sein, und noch immer war er gefangen.

Beim nächsten Blitz sah er zwei Indianer, die die Köpfe aus dem Zelt gesteckt hatten. Als sie in seine Richtung blickten, kauerte sich Robert gegen den Baum, bis das zuckende Licht am schwarzen Himmel wieder verlöschte.

Robert wartete; aber keiner seiner Bewacher kam, um ihm Einhalt zu gebieten. Als er schon aufgeben wollte, fühlte Robert, daß sich der Pflock etwas bewegte. Wäre es möglich ...?

Mit neuem Mut verlangte er seinen Muskeln das letzte ab und zog mit einem kräftigen Ruck. Pötzlich schoß er hintenüber. Er war frei!

Vergessen waren die Beeren und Nüsse, die er in seinem Zelt gehortet hatte. Vergessen waren seine blutenden Hände. Mit der Schlinge um den Hals und dem Metallpflock in der Hand rannte er aus dem Lager.

Blitze erleuchteten ihm den Weg. Er rannte und rannte, um das Lager möglichst weit hinter sich zu lassen, bevor er sich erschöpft in ein Gebüsch fallen ließ.

Tagsüber schlief Robert, und nachts folgte er dem Flußlauf, bis er soweit gekommen war, daß er vor seinen Verfolgern sicher war. Jetzt war es Zeit, ein Boot aufzutreiben, mit dem er flußabwärts fahren konnte.

Er fragte sich, ob Hektor wohl noch immer in Arkansas Post auf ihn wartete oder ob er aufgegeben hatte und nach Hause zurückgekehrt war, weil Robert und »Rennender Wolf« nicht wiedergekommen waren.

Der Gedanke an des Indianerfreundes Tod erfüllte ihn mit tiefer Traurigkeit. Er fühlte nun doppelte Trauer: um ihn und um Nathalie.

Drei Tage lang begegnete Robert keinem Boot auf dem Fluß. Niemand fuhr flußauf- oder flußabwärts, daher war er überglücklich, als er endlich ein altes Floß fand, das ans Ufer getrieben war. Mit Hilfe des Lederriemens, seiner ehemaligen Fessel, machte er es wieder flott. Dann setzte er ab. Eine lange Stange, um sich abstoßen zu können, hatte er sich besorgt.

Der Metallpflock erwies sich auch als nützlich. Rasch lernte es Robert, damit Fische aufzuspießen. So verhalf er ihm zu einem wohlschmeckenden Abendessen.

Robert wußte, daß er grausig anzusehen sein mußte: Sein blondes Haar und sein Bart waren wild und zerzaust, seine Kleidung zerfetzt. Die indianischen Mokassins waren sein einzigstes heiles Kleidungsstück. Hoffentlich würde er nicht für einen gefährlichen Wilden gehalten, wenn ihm endlich jemand über den Weg liefe! Bei dem Gedanken mußte er laut lachen.

Es war sein erstes Lachen seit Monaten.

Was ihm nach weiteren vier Tagen auf dem Fluß entgegenkam, sah höchst seltsam aus. Beim Näherkommen stellte sich heraus, daß es sich um einen flachen Kahn handelte, der mittels einer Stange von einem Neger vorangetrieben wurde. Unter einem Sonnensegel aus gelbem Segeltuch saß ein weißer Mann in einer Sänfte, was sehr exotisch wirkte. Eine andere Gestalt, die Robert nicht genau erkennen konnte, saß auf dem Rand des Kahns und angelte.

Die seltsame Fuhre kam langsam näher, und Robert behielt sie im Auge. Plötzlich aber brüllte er vor Lachen: Der Mann in der Sänfte war nämlich sein Vetter Hektor!

Robert rief ihn beim Namen; Hektor sprang auf, hielt sich die Hand zum Schutz gegen die Sonne über die Augen und starrte auf den Mann auf dem Floß.

»Robert!« schrie Hektor. »Bist du's Robert?«

In wenigen Augenblicken hatten sie einander erreicht und Robert sprang von seinem Floß in den flachen Kahn.

»Vorsichtig!« sagte Hektor; denn sein Fahrzeug schwankte nach diesem plötzlichen Sprung. »Sonst ertrinken wir noch alle!. Und wir hatten doch solche Mühe, dich zu finden!«

Da erst sah Robert den schwarzen Mann genauer an, und er erkannte Moses, seinen entlaufenen Sklaven. Und die andere lächelnde Gestalt war seine Frau Feena, die damals gleichzeitig mit Moses verschwunden war.

»Sieht ganz so aus, als ob alles an mir hängenbliebe, während du dich einen ganzen Winter lang in der Wildnis verkriechst, und sogar noch länger wegbleibst« neckte Hektor lachend. Aber ich habe eine gute Nachricht für dich, mein Alter!«

»Gute Nachricht? Meinst du etwa …«

»Nathalie ist in Sicherheit«, unterbrach ihn Hektor. »Anscheinend konnte sie ihren Trapper dazu überreden, sie in dem Kloster von New Orleans zu lassen, bevor er selbst flußaufwärts weiterfuhr. Hat ihm wohl gesagt, sie sei Nonne und er würde im ewigen Fegefeuer brennen, wenn er sie behielte; wenn er sie aber freiließe, würde sie jeden Tag für ihn beten! Unser Glück, daß Binet ein abergläubischer Katholik ist, der nur in den Himmel kommen kann, wenn jemand für ihn betet! Anscheinend mußte ich auch noch deine eigenen Leute für dich finden. Die waren übrigens auch auf der Suche nach Nathalie.« Und er deutete auf das strahlende Negerpaar.

Moses wendete und stieß das Boot mit der Stange vom Ufer ab.

Robert und Hektor hatten einander viel zu erzählen. Hektor berichtete, wie er auf Moses und Feena gestoßen war, die beide auch nach Arkansas Post gekommen waren. Auch sie wollten flußaufwärts fahren, um nach Nathalie zu suchen. Im Frühling waren sie dann mit ihm nach St. Louis gereist, wo sie auch Jacques Binet gefunden hatten. Dann hatten sie beschlossen, sich auf die Suche nach Robert zu machen, als er nicht auftauchte.

Robert seinerseits erzählte Hektor von dem strengen Winter, er schilderte, wie sie Fallen gestellt hatten, um zu Fellen zu kommen, und er berichtete endlich von »Rennender Wolfs« Tod und wie er selbst von den Indianern gefangengenommen worden war.

»Die Felle sind weg«, schloß Robert bedauernd, »so daß die Arbeit eines ganzen Winters umsonst war.«

Hektor zwinkerte ihm zu. »Na, für mich dagegen war der Winter sehr ertragreich! An den langen, kalten Winterabenden in Arkansas Post wollte anscheinend jeder beim Kartenspiel sein Geld an mich loswerden! Ich habe auch die Pferde verkauft. Wir haben also genug Geld, um standesgemäß nach New Orleans zu reisen. Dann brauchen wir nur noch Nathalie abzuholen und nach Hause zu fahren.«

6

Am letzten Tag des Monats Juli kamen sie in New Orleans an. Auf dem Mississippi hatte reger Verkehr geherrscht. Sie hatten Abenteurer jeder Schattierung, in ungewöhnlicher Kleidung und auf unglaublichen Schiffen getroffen: Deutsche, Franzosen, Italiener und Engländer. Hektor nannte diesen regen Flußverkehr eine »verrückte Sommerkrankheit«, denn seit die Regierung den Franzosen das Land abgekauft hatte, brannten die Leute darauf, es zu erforschen.

In der Stadt selbst war es heiß wie im Backofen, und die Luftfeuchtigkeit war sehr hoch. Ein Fieber war ausgebrochen, und Robert wollte Nathalie schnellstmöglich abholen und nach Hause bringen. Er betete, daß er sie gesund antreffen möge.

Die Kutsche hielt vor der Klosterpforte an. Robert stieg aus, um die Glocke an der Pforte zu läuten! Er trug prächtige neue Kleidung: eine Leinenjacke mit gelb-brauner Hose, eine schneeweiße Krawatte, ein schneeweißes Hemd und blankgeputzte Stiefel.

»Mein Name ist Robert Tabor. Ich möchte bitte die Äbtissin sprechen«, sagte Robert zu der schwarzgekleideten Gestalt, die an der Tür erschienen war.

»Schwester Agnes ist krank und kann niemanden empfangen.«

»Aber es ist dringend! Es handelt sich um meine Frau!«

»Dann kann Schwester Louise Ihnen vielleicht behilflich sein.«

Die Nonne schloß die Pforte auf, und Robert folgte der kleinen, vermummten Gestalt in den Kreuzgang.

»Würden Sie bitte im Garten warten?« sagte die Nonne. »Ich werde Schwester Louise Bescheid sagen.«

Robert setzte sich auf eine steinerne Bank, die im Schatten eines Mimosenbaumes stand, und wartete. Korallenrotblühende Pflanzen rankten sich an den Mauern hoch, und in der friedlichen Stille vergaß man völlig die lebhafte Stadt außerhalb der Klostermauern.

Robert hatte ein wenig Angst. Auf diesen Tag hatte er so lange gewartet! Manchmal hatte er geglaubt, er werde ihn nie mehr erleben. Nun würde Nathalie endlich wieder ihm gehören …

Aber wenn sie ihm nicht verzeihen würde? Wenn sie nun lieber im Kloster bliebe, anstatt mit ihm nach Carolina zurückzugehen? Natürlich würde sie mitkommen! Er war ihr Mann, und sie hatte ihm zu gehorchen. Er würde ihr nicht erlauben, auch nur einen Tag länger hinter diesen Klostermauern zu bleiben.

Robert stand auf, als eine Gestalt sich näherte.

»Es tut mir leid, daß Schwester Agnes krank ist und Sie nicht empfangen kann, Monsieur Tabor«, erklärte Schwester Louise. »Aber wenn es um etwas Dringendes geht, kann ich Ihnen vielleicht behilflich sein.«

»Schwester, ich bin gekommen, um meine Frau abzuholen.«

Robert vergaß die Sätze, die er sich so sorgsam zurechtgelegt hatte, und bekam nichts weiter heraus als diesen einen, entscheidenden Satz.

»Ihre Frau, Monsieur?« fragte sie.

»Ja, Nathalie Boisfeulet Tabor. Sie ist schon seit einigen Monaten hier, aber ich habe es erst kürzlich erfahren. Würden Sie mich bitte zu ihr führen?«

Schwester Louise kniff die Lippen zusammen. Ihr Blick wurde ablehnend. »Dafür ist es wohl zu spät, Monsieur. Aber, kommen Sie. Ich führe Sie zu ihr.«

Sie öffnete eine andere Pforte, und Robert folgte ihr in eine größere, gartenähnliche Einfriedung. Robert erkannte Grabsteine und Mausoleen und runzelte die Stirn. Warum führte sie ihn auf einen Friedhof?

Sie zeigte auf ein Grab und sagte unsicher: »Das wußten Sie wohl nicht, Monsieur.«

Die Grabplatte war aus Metall. Sie glänzte und war offensichtlich noch nicht alt. Robert trat näher und entzifferte den Namen: *Nathalie Boisfeulet Tabor.* Verständnislos starrte er lange auf die Inschrift. Dann erfaßte ihn kalte Gewißheit.

»Nein! Das ist nicht wahr!« schrie er und schüttelte zornig den Kopf. Dann sah er Schwester Louise drohend an. »Sagen Sie, daß es nicht wahr ist! Nathalie ist nicht tot!« rief er und schluchzte auf.

Die Nonne bekam Angst vor diesem gewalttätigen Mann und trat einen Schritt zurück. »Es tut mir leid, Monsieur. Sie ist vor knapp drei Wochen gestorben. Wir konnten sie nicht retten.«

Robert wandte sich von neuem der Grabplatte zu und streckte die Hand nach den Buchstaben aus, die den Namen seiner Frau bildeten. Die Nonne neben sich vergaß er völlig. Endlich hörte er wie durch den Nebel eine Stimme:

»Sie möchten allein sein, Monsieur? Ich komme wieder.«

Robert nickte. Als er allein war, fiel er auf die Knie und legte beide Hände auf die kalte Steinplatte, unter der seine verlorene Geliebte begraben war. Den Tränen, die über seine gebräunten Wangen liefen, ließ er freien Lauf.

»Nathalie«, flüsterte er. »Nathalie! Geliebte!«

Dann wurde er ganz still. Nur sein zuckendes Gesicht und seine nassen Wangen verrieten seinen Schmerz.

Monatelang hatte ihn ihr Bild verfolgt – die sanften braunen Augen und das unsichere Lächeln auf ihren süßen Lippen. Und er hatte von der Hoffnung gelebt, Nathalie wiederzufinden und sie für all das Schlimme, das ihr durch ihn widerfahren war, zu entschädigen. Und nun traf ihn dieser grausame Schicksalsschlag! Nun konnte er nie mehr Sühne leisten für die Sünde, sie als Sklavin verkauft zu haben. All seine Hoffnung war zunichte gemacht, sein Herz war voller Verzweiflung ...

Gramgebeugt und schweigend blieb er auf den Knien liegen, bis das sanfte Rascheln eines Ordenskleides Schwester Louises Rückkehr verriet.

»Sie sind doch ... nicht krank? Monsieur?« fragte sie. Ihre Gefühle waren ihrer Stimme nicht anzumerken.

Robert war sich nur seiner schmerzlichen Trauer bewußt. Wie benommen stand er auf.

»Monsieur Tabor, was wollen sie mit ... dem Kind machen?«

Er verstand nicht.

»Mit dem Kind?« wiederholte er.

»Ja, Mit Ihrem Sohn, Monsieur. Er kann nicht für immer im Kloster bleiben. Das ist nicht der rechte Ort für einen heranwachsenden Jungen.«

Ein Kind! Dann war Nathalie also im Kindbett gestorben?

War es sein eigener Sohn oder Jacques Binets? Die Frage war nicht zu beantworten.

»Bringen Sie ihn mir!« verlangte Robert. »Bitte, ich muß ihn sehen.«

Das Baby wurde in den Garten gebracht. Die Nonne hielt es auf dem Arm, und Robert starrte es an. Der Flaum auf dem Kopf des Kindes war schwarz wie Nathalies Haar. Aber sonst konnte Robert nicht feststllen, daß das hilflose, winzige Bündel irgend jemandem ähnlich sah. Es wand sich und wimmerte aus Protest gegen die helle Mittagssonne.

Das also sollte seine Sühne sein! Für Nathalies Kind zu sorgen und nie zu erfahren, ob er selbst oder Jacques Binet der Vater sei.

Brüsk wandte er sich von dem Baby ab und sah Schwester

Louise an. »Ich werde meine Vorkehrungen treffen und das Kind morgen abholen lassen, Schwester.«

»Möchten Sie auch seine Amme übernehmen, Monsieur?«

Daran hatte Robert gar nicht gedacht. Er hatte keinerlei Erfahrung in dieser Beziehung.

»Wer ist denn seine Amme?«

»Eine unglückliche junge weiße Frau, die ihr Baby einen Tag vor Jasons Geburt verloren hat«, erwiderte die Nonne.

»Jason ...« wiederholte er langsam.

»So hat ihn Ihre Frau gleich nach der Geburt genannt. Aber um auf die Amme zurückzukommen ... Ihr Mann, der sich nur besuchsweise in der Stadt aufhielt, wurde im Duell getötet. Sie wußte sich nicht zu helfen und kam hierher ins Kloster. Sie hat kein Vermögen, und deshalb wäre es ein gutes Werk Ihrerseits, wenn Sie sie übernehmen könnten und für sich arbeiten ließen.«

»Wie heißt die Frau?«

»Florilla. Florilla Hines.«

»Wäre sie denn gewillt, mit nach Carolina zu kommen?«

»Ganz bestimmt. Monsieur, wenn sie dort auch nur für ein Jahr Arbeit fände. Möchten Sie mir ihr sprechen?«

»Nein,. Sagen Sie ihr, sie möchte sich bereithalten, wenn ich das Kind morgen abhole.«

Er drehte sich auf dem Absatz um. öffnete das Tor, ohne sich umzusehen, trat auf die Straße hinaus und stieg in die wartende Kutsche. Das Geklingel der Klosterglocke hatte er noch lange im Ohr.

Feena mochte Florilla, die Amme, nicht. Es gefiel ihr auch nicht, wie Florilla Robert ansah. Ihre blauen Augen waren zu herausfordernd, wenn auch ihr weizenblondes Haar so streng frisiert war, wie es sich für eine Witwe gehörte.

Tieftraurig über den Tod ihrer geliebten Lalie behütete und versorgte sie Jason genauso, wie sie es früher mit seiner Mutter getan hatte. Nur widerwillig übergab sie den Kleinen der Amme Florilla, wenn er vor Hunger schrie.

Auf dem Rückweg an Bord des Schiffes kümmerte sich Robert

Tabor weder um das Baby noch um Florilla. Entweder leistete er Hektor Gesellschaft, oder er ging ruhelos an Deck auf und ab.

Die Reise verlief ohne Zwischenfälle, und nach einer Woche landeten sie in Charleston.

Da man sich gerade mitten in der Malariazeit befand, reiste Robert nicht sofort nach Midgard weiter. Der gefährliche Sumpf, von dem die Plantage Midgard umgeben war, war nämlich von Mai bis Ende Oktober eine Quelle dieser tückischen Krankheit. Midgard war ein zu ungesunder Ort für das Baby und seine Amme.

Robert Tabor mietete also ein Haus in Charleston und brachte Jason und Florilla darin unter. Dort machten kühle Brisen, die vom Atlantischen Ozean herüberwehten, die sommerliche Hitze etwas erträglicher. Seinem neuen Aufseher, Gil Jordan, gab er einen großen Vorrat von der heilkräftigen Rinde des Chinarindenbaums gegen die Malaria mit und überließ es ihm, die Plantage zu verwalten und sich um Ackerbau und Viehzucht zu kümmern.

Robert selbst ging in der Stadt tausend Vergnügungen und Beschäftigungen nach. Um das Kind kümmerte er sich nicht. Er wurde Mitglied im Montagabendclub, im Freitagabendclub, in der Literarischen Gesellschaft und im Musikverein; auch nahm er häufig an tollkühnen Pferderennen teil.

Zu Beginn der kälteren Jahreszeit gab Robert das Haus in der Stadt auf und zog nach Midgard zurück.

Seinem Gesicht war der Kummer immer noch anzusehen; aber seine anfängliche Verzweiflung hatte sich etwas gelegt. Er gab sich nun auch mit Politik ab. Er unterstützte Jeffersons Republikaner – sehr zum Kummer seiner Freunde, die größtenteils stramme Föderalisten waren.

Arthur Metcalfe, der ihn seinerzeit bei seiner Rückkehr aus Frankreich willkommen geheißen hatte, wurde ins Parlament von Carolina gewählt, und während der Parlamentsferien unterhielten er und Robert sich stundenlang über Tagespolitik.

Wieder wurde es Sommer, und wieder zog Robert in die Stadt, bis die Malariagefahr vorüber war. Dann reiste er erneut über Biffers Road zu der Plantage zurück. Jason, Florilla und Feena machten die Reise in einer Kutsche, aber Robert setzte sich lieber auf sein Pferd.

Jason war nun zwei Jahre alt. Sein ursprünglich schwarzes Haar war goldbraun geworden, und seine Augen hatten allmählich die merkwürdige Topasfarbe angenommen, die auch Löwenaugen haben.

Er war ein stämmiger Junge und brauchte längst keine Amme mehr. Florilla blieb als Gouvernante im Haus.

Eines Nachmittags, Anfang November, als Jason von seinem Mittagsschlaf aufgewacht war und Feena ihn angezogen hatte, führte sie ihn die Treppe hinunter auf die Veranda, um ihn im Garten spielen zu lassen.

Für Robert war es ungewöhnlich, zu dieser Tageszeit zu Hause zu sein; aber an diesem Tage saß er auf der Veranda. Als er die beiden näherkommen sah, rief er Feena an: »Der Junge – macht er sich gut?«

Feena nahm das Kind an die Hand und führte es zu Robert. Der kleine Junge starrte den großen Mann ernsthaft an.

»Er kommt gut voran, Monsieur, und sieht seinem Vater jeden Tag ähnlicher.«

Robert runzelte die Stirn. »Glaubst du denn, ich sei der Vater, Feena?«

Sie sah ihm unerschrocken in die Augen. »Wenn Monsieur ihn nur richtig ansehen wollte, brauchte er diese Frage gar nicht zu stellen. Jasons Augen würden ihm die Frage schon beantworten.«

Robert sah sich das Gesicht des Jungen so genau an, als ob er es zum erstenmal sähe. Die topasfarbenen Augen des Kindes blickten in die topasfarbenen Augen des Mannes, der jetzt neben ihm kniete.

Ein freudiges Lächeln erhellte Roberts Gesicht, und impulsiv umarmte er den kleinen Jungen.

»Vorsicht, Monsieur! Ihre Arme sind stark. Sie werden Ihren Sohn erdrücken, wenn Sie nicht aufpassen!«

Er ließ den Jungen los und stand auf.

»Kann er schon sprechen?« fragte er.

»Ein paar Wörter, Monsieur.«

»Hotte, Hotte!« sagte das Kind und zeigte auf ein Pferd, das der Stallbursche gerade vorführte.

Robert nahm Jason auf den Arm. »Möchtest du mal reiten, Jason?«

Der kleine Kerl quietschte vor Vergnügen, als Robert ihn hochhob und vor sich auf das Pferd setzte.

Feena blickte ihnen nach, während Mann und Kind langsam die Magnolienallee entlangritten.

»Endlich«, sagte sie leise, »endlich hat Jason einen Vater.«

Das Mädchen legte die Blumen auf das Grab – neben die Platte mit der Inschrift *Nathalie Boisfeulet Tabor*.

So ein großes Grab für einen so kleinen Körper! dachte sie.

Sie setzte sich auf die von steinernen Engelsflügeln getragene kleine Steinbank und versuchte voll Trauer, sich daran zu erinnern, wie es zwei Jahre zuvor gewesen war, als ihr Baby starb. Aber weil sie damals so hohes Fieber gehabt hatte, konnte sie sich immer noch nicht genau an alles erinnern.

Schwester Agnes und sie selbst waren gleichzeitig krank geworden, und Schwester Louise hatte sie beide gesund gepflegt.

»Das kommt vom Fieber, mein Kind«, hatte Schwester Louise sie beruhigt, »davon kann man schon sehr verwirrt werden.«

»Aber ich wußte genau, daß ich einen Sohn bekommen hatte«, protestierte die junge Frau. »Ich fühle ihn noch in meinen Armen.«

»Es war eine Tochter, Nathalie«, berichtigte die Nonne. »Ihre Seele ist jetzt bei den Engeln im Himmel.«

Schwester Louise war so gut zu ihr gewesen, als sie wieder ins Kloster zurügekommen war.

»Er darf nicht wissen, daß ich hier bin! Bitte, versprechen Sie mir, daß Sie mich verstecken werden, wenn Robert Tabor je kommen sollte, um mich zu holen!« Ihre Lippen hatten vor Angst gezittert.

»Still, mein Kleines! Hab keine Angst! Bei uns bist du sicher.«

Nathalie konnte sich noch gut daran erinnern, was für ein

Schock es für sie gewesen war, als sie festgestellt hatte, daß sie ein Kind erwartete – Roberts Kind! Das war kurz nach ihrer Ankunft im Kloster gewesen. Sie war von all dem, was sie erlebt hatte, so verwirrt gewesen, daß sie die Anzeichen zunächst nicht bemerkt hatte. Sie hatte geglaubt, daß sie ihre Seekrankheit noch nicht überwunden habe.

Sie hatte sich bemüht, nicht mehr daran zu denken, wie demütigend es gewesen war, an den Trapper verkauft zu werden, und sie hatte die erste Nacht zu vergessen versucht, als Jacques Binet sich so sinnlos betrunken hatte. Das war ihre Rettung gewesen, seine Trunkenheit und ihre Seekrankheit, unter der sie vom ersten Augenblick an Bord der »Jasmine Star« gelitten hatte.

Wie angewidert der Trapper gewesen war, als er feststellen mußte, daß sie seekrank war! Er brauchte sich ihr nur zu nähern, und schon mußte sie Gebrauch machen von dem Eimer, der neben dem Strohsack ihrer Kabine stand.

Als sie geschworen hatte, sie sei eine Nonne, die versehentlich als Sklavin verkauft worden sei, war er wütend geworden.

»Bringen Sie mich ins Kloster zurück, Monsieur!« hatte sie immer wieder gebeten, sobald sie nur den Kopf heben konnte. »Die Schwestern werden Ihnen Ihr Geld zurückgeben.«

»Ich will nicht das Geld«, hatte er erwidert, »ich will dich als meine Frau! Nein, ich gebe dich nicht zurück!«

»Wollen Sie denn ... ewige Verdammnis, Monsieur?« fragte Nathalie ernsthaft.

Da stand ihm plötzlich die Furcht in den Augen, und das machte Nathalie sich zunutze. »Die ist Ihnen nämlich sicher, wenn Sie eine Braut des Himmels zu Ihrem eigenen ... Nutzen verwenden.«

Er mußte sich geschlagen geben, und sie wußte das. Um es ihm leichter zu machen, versprach ihm Nathalie: »Ich werde jeden Tag für Sie beten, Monsieur Jacques.«

Als er sie im Kloster abgeliefert hatte, hatte er gesagt: »Vergiß dein Versprechen nicht, kleine Nonne!«

»Ich werde es halten, Monsieur«, erwiderte Nathalie.

Er hatte sie bedauernd angesehen. »Solch eine Schönheit – an ein Kloster verschwendet? Schade, daß du seekrank bist! Sonst wäre ich doch noch versucht gewesen, die ewige Verdammnis zu riskieren.«

Er hatte mit den Schultern gezuckt und war gegangen.

»Aber ich habe ihn belogen, Pater«, beichtete Nathalie dem Priester. »Ich war keine Nonne, sondern eine verheiratete Frau.«

Der Priester hatte ihr die Beichte abgenommen und ihr eine Buße auferlegt: Sie mußte jeden Tag für den Mann beten, wie sie es ihm versprochen hatte.

Eigentlich hätte es Nathalie nun besser gehen müssen, aber sie mußte sich immer wieder übergeben, genau wie auf dem Schiff. Bald war es Schwester Agnes und den anderen klar, warum: Nathalie war schwanger.

Die Wehen und das Fieber hatten fast gleichzeitig eingesetzt. Die geduldige und tüchtige Schwester Louise hatte sie wieder gesund gepflegt; aber das Baby konnte sie nicht retten.

Als Schwester Louise später bemerkte, daß Nathalie sich für Krankenpflege interessierte, hatte sie sie unter ihre Fittiche genommen und unterrichtet.

Trotzdem hatte Nathalie nicht die Klostergelübde abgelegt und den Schleier genommen. Nathalie hätte selbst nicht sagen können, warum. Sowohl Schwester Agnes als auch Schwester Louise hatten gehofft, daß sie nun, wo dem nichts mehr im Wege stand, der Welt entsagen und ihr Leben ganz Gott weihen würde.

War sie denn wirklich für immer an Robert Tabor gebunden trotz allem, was er ihr angetan hatte? Und hatte sie etwa immer noch einen Funken Hoffnung, daß er sie suchen und schließlich hier im Kloster finden würde? Nein, das durfte nicht sein.

Inzwischen schrieb man schon das Jahr 1812. Es war schon drei Jahre her, daß Jacques Binet sie im Kloster abgeliefert hatte. Nein, sie war Robert nicht wichtig genug gewesen. Wenn er gewollt hätte, daß sie als seine Frau zu ihm zurückkäme, wäre er gekommen.

Sie mußte ihn vergessen. Sie mußte sich mit aller Kraft bemühen, Robert Tabor aus ihrem Gedächtnis auszulöschen.

Aber hatte sie das nicht schon die ganze Zeit versucht, indem sie vom frühen Morgen bis zum späten Abend tagtäglich schwer arbeitete? Denn die Ordensschwestern führten kein Leben in Abgeschiedenheit, Meditation und Gebet. Es war ein dienender Orden. Unterricht und Krankenpflege waren die Aufgaben der Nonnen. Der Kloster waren eine Schule für Mädchen und junge Frauen und ein Krankenhaus angeschlossen.

Aber obwohl sie ständig zu tun hatte, konnte Nathalie Robert nicht vergessen. Es war, als ob seine goldbraunen Augen, die sie einst so gefesselt hatten, sie immer noch anblickten, sie immer noch in Ekstase erzittern ließen, ihr immer noch Angst einflößten ...

Die Steinbank war hart, und feuchte Kühle breitete sich über dem Friedhof aus. Nathalie schob ihr Erinnerungen beiseite, stand auf und ging in die Kapelle, um dort niederzuknien und für Jacques Binet zu beten.

Früh am nächsten Morgen meldete sich Nathalie wie gewohnt bei Schwester Louise, um mit ihr im Krankenhaus zu arbeiten. Sie entledigte sich ihrer Aufgaben mit großer Freundlichkeit und mit einem Lächeln auf den Lippen. Schwester Louise versuchte, sich ihren Stolz auf Nathalie nicht anmerken zu lassen, und sagte betont nüchtern: »Gott hat dir die Gabe des Heilens verliehen, mein Kind. Mögest du nie falschen Gebrauch davon machen, sondern immer diese Gabe zu Gottes Ehre einsetzen.«

»Das will ich ... versuchen, Schwester Louise«, antwortete Nathalie.

»Hast du schon mit Schwester Agnes gesprochen ... über deine Gelübde?« fragte Schwester Louise.

»Nein, in letzter Zeit nicht mehr«, sagte Nathalie. »Ich – ich habe mir überlegt –«

»Nichts steht dem im Wege, Kind«, unterbrach Schwester Louise.

»Ich habe Schwester Agnes von deinen guten Fortschritten erzählt. Ich weiß, sie wird sich sehr freuen, wenn du endlich voll und ganz einer der Unseren wirst.«

Den ganzen Tag über mußte Nathalie über die Worte der Schwester nachdenken. Während sie auf Knien den Fußboden der Ambulanz schrubbte, wurde es Nathalie klar, daß sie die

Entscheidung nicht länger hinausschieben konnte.

Sie hatte den Schwester so viel zu verdanken. Hatten sie sie nicht vor Jacques Binet bewahrt? Ihr schauderte bei dem Gedanken, was passiert wäre, wenn sie es nicht getan hätten. Die Geliebte des Trappers zu sein – oder ganz irgendwo in der Wildnis neben ihrem toten Kind begraben zu sein …

Nein, sie hatte lange genug gewartet. Nichts konnte sie zurückhalten. Nathalie würde Schwester Agnes mitteilen, daß sie nunmehr bereit sei, ihre Gelübde abzulegen.

Bei diesem Entschluß überkam sie ein Gefühl des Friedens. Sie würde von jetzt an immer behütet sein; niemand und nichts würden ihr etwas anhaben können.

Die Tür der Ambulanz öffnete sich mit einen lauten Quietschen. Nathalie blickte auf und sah Schwester Therese. Sie war außer Atem von ihrem Lauf zur Ambulanz. »Nathalie, Schwester Agnes möchte dich sofort sprechen!«

Nathalie stand vom Steinboden auf und lächelte. Wie sich Schwester Agnes freuen wird! dachte sie. Sie band sich die lange Schürze ab und folgte der rundlichen älteren Nonne. Sie gingen den vertrauten Flur entlang, und Schwester Therese klopfte an Schwester Agnes' Tür.

»Ja, bitte!« antwortete eine Stimme auf das Klopfen. Schnell traten die beiden ein, und Nathalie kniete vor der schwarz gekleideten Gestalt nieder.

»Bitte, setze dich hierher!« befahl die Äbtissin Nathalie und deutete auf einen Stuhl neben sich, während sie Schwester Therese aus dem Zimmer schickte.

Die Abenddämmerung hatte das Zimmer in Halbschatten getaucht, aber Schwester Agnes machte keine Anstalten, die Kerze auf dem Tisch anzuzünden. Anscheinend wollte sie lieber im Halbdunkel sitzen.

Nathalie wartete darauf, daß die Äbtissin das Wort an sie richtete. Das tat sie schließlich in gebieterischer Stimme.

»Nathalie, du wirst morgen mit Pater Ambrosius nach Carolina reisen!«

Als Schwester Agnes Nathalies betroffenen Gesichtausdruck bemerkte, fügte sie einige erklärende Sätze hinzu: »Unser

Schwesterkloster in Columbia hat uns um dringende Hilfe gebeten. Die halbe Stadt ist krank, und die Ambulanz hat nicht genügend Arbeitskräfte, um mit der Epidemie fertig zu werden.«

Nathalies gefaltete Hände ballten sich zur Faust. Sie konnte nicht nach Carolina gehen! Das war einfach zu viel verlangt ...

»Ich ... ich kann nicht, Schwester Agnes. Bitte, bitte, zwingen Sie mich nicht!«

Mit sanfter Stimme erwiderte Schwester Agnes: »Wenn ich könnte, würde ich jemand anderes schicken, aber Schwester Louise wird hier gebraucht. Wenn das Schlimmste überstanden ist, Nathalie, fügte sie hinzu, »kommst du wieder zu uns.«

»Aber mein Gelübde, Schwester Agnes! Ich möchte doch hierbleiben und meine Gelübde ablegen.«

Ein Lächeln huschte über das Gesicht der Äbtissin. »Ich freue mich, daß du dich endlich dazu entschlossen hast, mein Kind; aber das hat keine Eile. Du hast über zwei Jahre gewartet«, erinnerte sie, »jetzt kommt es auf ein paar Monate auch nicht mehr an.«

Nathalie schwieg, aber innerlich rebellierte sie. Sie wollte die Geborgenheit dieses Klosters nicht aufgeben. Dann unterbrach eine tiefe Stimme, die aus der Ecke des Zimmers kam, die Stille.

»Auch unser Herr kam immer, wenn man ihn rief, mein Kind. Willst du die Kranken und Hilflosen im Stich lassen, wenn es in deiner Macht steht, für Ihn zu arbeiten?«

Erschrocken drehte sich Nathalie um und sah den Priester in der dunklen Ecke. Er sah sie durchdringend an. Nathalie wußte, daß sie Schwester Agnes und dem Priester nicht gewachsen war. Sie ergab sich in ihr Schicksal und sagte mit kaum hörbarer Stimme: »Nein, Pater. Ich komme mit.«

Die Äbtissin erhob sich. »Und nun, Nathalie, darfst du dich zurückziehen, um dich für die Reise vorzubereiten.«

Die Kutsche schwankte und ruckelte über die holprigen Landstraßen, so daß Nathalie blaue Flecken bekam. Sie wußte nicht, wie sie sich hinsetzen sollte.

Ihr gegenüber saß der Priester. Er schien völlig unbeeindruckt von seiner Umgebung. Er saß da, als ob er aus einer anderen Welt stammte, und als ob die Unbilden dieser irdischen Welt ihm nichts anhaben könnten.

Schließlich konnte Nathalie das Schweigen nicht länger ertragen. »Pater Ambrosius«, begann sie zögernd. Als er aufblickte, fragte sie: »Diese Stadt, in die wir fahren – wie sieht sie eigentlich aus?«

Pater Ambrosius klappte das Buch, in dem er gelesen hatte, zu. »Es ist keine gewachsene, sondern eine geplante Stadt, mein Kind, quadratisch angelegt wie das Vieux Carré in New Orleans. Aber die Straßen, die das Quadrat durchschneiden, sind viel breiter als die Kopfsteinpflasterstraßen in New Orleans. Sie sind so breit, daß zwei Kutschen bequem aneinander vorbeifahren können.«

»Wie weit ist es von Columbia bis Charleston?« Diese Frage interessierte Nathalie am meisten.

»Ungefähr drei Tagesreisen. Ich weiß nicht genau, wieviel Meilen es sind«, antwortete der Priester und schlug dann sein Buch wieder auf.

Nathalie mußte sich damit begnügen, durch den Vorhang des kleinen Kutschenfensters zu spähen, um hier und da einen Blick auf die Landschaft zu werfen, die sie durchfuhren.

Es war davon die Rede gewesen, daß gerade jetzt das Reisen gefährlich sei. Die Engländer hatten nicht nur eine Blockade verhängt, sondern auch die Indianer aufgewiegelt. Nathalie war darauf gefaßt, von Indianern in Kriegsbemalung angehalten, aus der Kutsche gezerrt und vielleicht gar massakriert zu werden.

Aber kein Indianer belästigte sie. Nach tagelanger, unbequemer Fahrt auf der Küstenstraße bogen sie ab und fuhren ins Innere des Landes, bis sie endlich eines Tages in der Abenddämmerung in die Stadt kamen, die nach Tod und Krankheit roch: Columbia.

Überall hatte man Feuer im Freien entzündet, und die Schwefeldämpfe benahmen Nathalie den Atem. Sie hielt sich mit dem Taschentuch die Nase zu, roch aber immer noch den Gestank, der von den Straßen in die Kutsche drang. Sie waren am Ziel.

Nathalie war von der Reise so erschöpft, daß sie am ersten Abend sofort einschlief. Vom nächsten Tag an ließ man sie in der Ambulanz arbeiten.

Der Strom der Kranken und Sterbenden riß nicht ab. Nathalie hatte keine Zeit, an etwas anderes zu denken als an die Menschen, die ihrer Hilfe bedurften. Geduldig nahm sie sich ihrer an und fühlte sich reich belohnt, wenn es einem von ihnen besserging und dem Tod ein Opfer abgetrotzt worden war.

Aber diese Anstrengung forderte ihren Tribut. Nathalie wurde dünn und blaß, und ihre braunen Augen verloren jeglichen Glanz.

»Sie können nicht allein die ganze Welt heilen, Schwester Anne«, schalt eine andere Nonne sie sanft. »Sie müssen sich auch Zeit zum Essen und Ausruhen nehmen, sonst werden Sie selbst noch krank.«

Nathalie war von ihrer Anteilnahme gerührt. Innerlich mußte sie über den Namen lächeln: Schwester Anne.

Es hatte eine Weile gedauert, bis sie sich an den Namen gewöhnt hatte, den Schwester Agnes ihr gegeben hatte, um ihre Entdeckung zu erschweren. Aber Robert Tabor war ja meilenweit entfernt. Sie brauchte keine Angst zu haben, ihm zu begegnen, denn sie hatte so viel zu tun, daß sie gar nicht dazu gekommen wäre, das Kloster zu verlassen.

Die Ermahnungen der Nonne nahm sich Nathalie nicht zu Herzen, sondern kümmerte sich weiterhin von morgens bis abends um die Kranken. Es war, als ob ihre Seele besser ruhen könnte, wenn sie die Bedürfnisse ihres Körpers vernachlässigte. Mit jedem Tag wurde sie dünner und blasser, bis schließlich ihr Aussehen der Schwester Oberin auffiel.

»Schwester Anne«, begann diese, »Ihre Hingabe ist lobenswert, aber Sie dürfen Ihre eigene Gesundheit nicht aufs Spiel setzen. Die Epidemie klingt ab, deshalb brauchen Sie nicht mehr so schwer zu arbeiten.«

Sie machte eine Pause und blickte Nathalie an.

»Ich habe gehört, seit Ihrer Ankunft seien Sie noch nie aus dem Kloster herausgekommen. Stimmt das?«

»Ja, Schwester Oberin«, antwortete Nathalie.

»Dann müssen Sie sich zukünftig am Nachmittag Zeit nehmen für einen langen Spaziergang in der frischen Luft! Sie dürfen nicht noch blasser und dünner werden, sonst schwinden Sie uns noch ganz dahin!«

Und weil die Schwester Oberin so eindringlich gesprochen hatte, verließ Nathalie tatsächlich zum erstenmal das Kloster. Der von einer Mauer umgebene Klostergarten an der Straßenseite war zu klein, gerade groß genug, um dort zu sitzen und zu meditieren; aber die Schwester Oberin hatte ausdrücklich auf längeren Spaziergängen bestanden.

Zuerst fühlte sich Nathalie ziemlich unsicher. Sie blickte sich ständig nach etwaigen vertrauten Gesichtern um und horchte auf jeden Schritt; aber kein Bekannter lief ihr über den Weg.

Allmählich ließ ihre Nervosität nach, und sie bekam Freude an ihren Spaziergängen. Sie betrachtete ihre Umgebung näher, diese Stadt, die Unvereinbares zu vereinigen versuchte: die aristokratischen Sklavenhalter der Küste und die Bauern und Kaufleute aus dem Landesinneren, die keine Sklaven hielten.

Nathalie ging an dem Bauplatz vorbei, auf dem das Parlamentsgebäude, das Kapitol, errichtet werden sollte, und versuchte sich vorzustellen, wie das Land wohl ausgesehen haben mochte, als an den Ufern des Congaree nichts stand als eine alte Plantage.

»Die haben hier aus einer prima Plantage eine verdammt mickrige Stadt gemacht«, lautete der Kommentar eines Mannes an der Straßenecke. Er gehörte zu denjenigen, die heftig dagegen protestierten, daß man die Hauptstadt, die früher Charleston gewesen war, hierher, in die Mitte des Staates, verlegt hatte. Nathalie ging schnell an der Gruppe von Männern vorbei, um die rüde Unterhaltung nicht anhören zu müssen.

Die dritte Novemberwoche war angebrochen. Bald würde die Stadt aus allen Nähten platzen, weil die Parlamentsferien zu Ende gingen und die Gesetzgebende Versammlung bald wieder zusammentreten würde. Wegen der Epidemie hatte man den Anfang der Legislaturperiode verschieben wollen; aber da die Erkrankungen abklangen, hatte der Gouverneur das Parlament doch zu dem geplanten Termin einberufen.

Nathalie sah, daß die Sonne den Zenit überschritten hatte. Sie eilte ins Kloster zurück.

Ihre Spaziergänge in frischer Luft und mehr Schlaf hatten die gewünschte Wirkung gebracht: Nathalie sah viel gesünder aus, obwohl sie noch immer zu dünn war. Auch ihre Augen glänzten wieder wie früher.

Nathalie saß in der Ambulanz und wartete. Ein Patient mußte noch behandelt werden, dann könnte sie abschließen. Im Vorraum saßen noch zwei Frauen, die sich laut und mit durchdringender Stimme unterhielten.

»Hier wird's noch ganz schön aufregend!« sagte die eine. »Mein Mann hat gesagt, diese Legislaturperiode in Columbia möchte er sich um alles in der Welt nicht entgehen lassen. Schon allein dieser neue Gouverneur – man sagt ja, er hat für sich selbst gestimmt, sonst wäre er gar nicht Gouverneur geworden. Nur mit einer Stimme Mehrheit! Und dann die beiden Feinde, Alistair Ashe und Robert Tabor! Wie die sich in den Debatten gegenseitig zerfleischen werden über alles und jedes, ob's nun um Erziehungswesen geht oder um Mr. Madisons Krieg! ›Wirklich 'n schönes Schauspiel, kann ich dir sagen!‹ hat mein Mann gestern abend noch gesagt.«

Nathalies Puls schlug schneller. Sie war wie vom Donner gerührt: Robert Tabor, ihr Mann, im Parlament? Und sein Aufseher, Alistair Ashe, gleichfalls? Aber wie konnte der Abgeordneter geworden sein, wo er doch keinerlei Grundbesitz hatte? Und hatte die Frau erzählt, daß er und Robert verfeindet seien?

Nathalie verließ fluchtartig die Ambulanz, holte ihre Reisetasche hervor und packte. Die Zeit zum Reisen war nicht günstig, jetzt kurz vor Ausbruch des Winters. Die See würde stürmisch sein, – wenn sie überhaupt per Schiff nach New Orleans zurückfahren könnte, das heißt, wenn überhaupt ein Kapitän gewillt wäre, die britische Blockade zu brechen. Wenn sie auf dem Landweg reisen müßte, hätte sie mit wolkenbruchartigen Regenfällen und aufgeweichten Straßen zu rechnen. Ob aber per Schiff oder per Kutsche, sie mußte Columbia unbedingt verlassen! Sie durfte es nicht wagen, hier von Robert Tabor oder Alistair Ashe gesehen zu werden.

Morgen! Ich werde um die Erlaubnis bitten, morgen abzureisen. An diesen tröstlichen Gedanken klammerte sich Nathalie, als sie erschöpft auf ihr schmales Lager fiel und einschlief.

»Schwester Anne, Schwester Anne! Wachen Sie auf!« Jemand schüttelte sie mit sanfter Hand. »Die Schwester Oberin braucht Sie!«

Nathalie hatte geträumt. Sie war im Klostergarten, und die Sonne schien warm. Sie war so verwirrt, daß sie zunächst nicht wußte, wo sie war und warum man sie mitten in der Nacht riefe. Sie setzte sich auf, glitt aus dem Bett und fühlte den kalten Boden unter ihren nackten Füßen. Dann erst fiel ihr alles wieder ein. Sie war nicht im sicheren Kreuzgang von New Orleans, bei Schwester Agnes und Schwester Louise. Sie war in derselben Stadt wie ihr Mann, Robert Tabor. Noch etwas verschlafen zog sie sich einen Morgenrock über das lange, weiße Nachthemd und folgte eilends der Aufforderung der Oberin.

»Sie ... Sie haben nach mir geschickt, Schwester Oberin?«

»Ja, Schwester Anne. Sie werden dringend gebraucht. Ein kleiner Junge ist mitten in der Nacht plötzlich sehr krank geworden, und sein Vater bittet um Hilfe. Der Mann hat von Ihrer ausgezeichneten pflegerischen Leistung während der Epidemie gehört, und wenn Sie sein Kind pflegen, wird er dem Kloster eine Menge Geld für die Armenkasse spenden. Ich werde Sie von allen Pflichten hier entbinden, solange Sie in seinem Hause tätig sind.«

»Aber, Schwester Oberin ...«

»Gehen Sie mit Gott, mein Kind! Die Kutsche wartet schon. Packen Sie Ihre Sachen, und verlieren Sie keine Zeit!«

Damit war Nathalie entlassen. Es blieb ihr nichts anderes übrig als zu gehorchen. Und ihre Reisetasche war schon gepackt.

Eine plötzliche Boe riß dem gelben Hickorynußbaum vor dem Kloster die letzten Blätter von den Zweigen. Das trockene, raschelnde Laub wurde die breite Straße entlanggetrieben, bis die Blätter sich schließlich in alle Himmelsrichtungen zerstreuten.

Nathalie stieg in die wartende Kutsche. Ein Blatt war am Saum ihres dunklen Umhangs hängengeblieben. Sie streifte es ab. Bei einem erneuten Windstoß setzte sich die Kutsche in Bewegung. Schwankend holperte sie die breite Straße entlang durch die neue Hauptstadt.

Das Gefährt fuhr an den menschenleeren, hölzernen Gehsteigen vorbei, über die Nathalie noch am Nachmittag spaziert war, vorbei an flackernden Straßenlaternen, bis sie in der nächtlichen Dunkelheit nichts mehr sehen konnte.

Später wurden wieder Häuser sichtbar. Sie hoben sich wie graue und weiße Bilder gegen den dunklen, bewölkten Himmel ab. Die Kutsche fuhr langsamer und hielt schließlich vor einem zweistöckigen weißen Haus, das von einem Eisenzaun umgeben war.

»Wir sind da, Madame«, sagte der Kutscher und stellte ihr zum Aussteigen einen Hocker hin.

Nathalie stand neben der Kutsche und sah zu dem Haus hinüber. Seine Fenster waren erleuchtet, die Nachbarhäuser dagegen lagen im Dunkeln. Der Widerschein eines flackernden Lichts wurde von der gläsernen Haustür vergrößert. Der Wind schlug die Ordenstracht um Nathalies Beine, und sie schauderte.

Während der Kutscher ihre Reisetasche auf der Veranda absetzte, blieb Nathalie zunächst zögernd neben der Kutsche stehen. Dann ging sie langsam die Stufen hinauf.

Sofort wurde die Tür geöffnet, als ob jemand drinnen auf das Geräusch sich nähernder Schritte gewartet hätte. Eine schwarze Dienerin stand an der Tür. Als sie Nathalie sah, schien sie sehr erleichtert. »Sie werden erwartet«, sagte sie und machte die Tür weit auf. »Kommen Sie herein! Ich hole Ihre Reisetasche.«

Aus dem Dunkel der Diele kam noch ein Licht auf sie zu. Die Lampe wurde von einer blonden Frau getragen, die Nathalie mit einer ungeduldigen Handbewegung aufforderte: »Kommen Sie mit, Schwester! Er ist im Kinderzimmer.«

Sie gingen die Treppe hinauf. Die Frau ging vor, und Nathalie folgte ihr. In einem schmalen Flur blieben sie stehen.

Die Frau ließ ihren Blick über das Mädchen in Ordenstracht schweifen und sagte: »Soweit ich es beurteilen kann, war es nicht nötig, nach einer Pflegerin zu schicken. Aber der Vater des Kindes hat darauf bestanden.«

Sofort war es Nathalie klar, daß die Frau sie nicht im Haus haben wollte. Sie gab keine Antwort, sondern wartete darauf, daß die Frau die Tür des Kinderzimmers öffnete.

Ein Feuer brannte im Kamin und verbreitete einen sanften, warmen Schein. Plötzlich entzündete sich Harz, das Feuer flammte auf, Funken sprühten, und ein kleines Bett und eine Wache haltende Dienerin zeichneten sich gegen die Wand ab.

»Steh auf, wenn ich ins Zimmer komme, Effie!« sagte die blonde Frau in scharfem Ton zu der Dienerin. »Und bring die zweite Lampe etwas näher heran, damit die Schwester das Kind sehen kann!«

Die Dienerin machte ein störrisches Gesicht, gehorchte aber augenblicklich und holte für Nathalie eine Lampe vom Tisch.

Nathalie stand da und blickte das gerötete Gesicht des fiebernden Kindes an. Seine blonden Locken waren naß von Schweiß, sein pausbäckiges Gesichtchen war rot gefleckt vom Fieber.

Als Nathalie neben dem Bett niederkniete, wurde das Kind plötzlich von Krämpfen geschüttelt. Schnell steckte sie ihm den Finger in den Mund, um seine Zunge niederzudrücken und befahl:

»Etwas kaltes Wasser und Handtücher – sofort!«

»Steh nicht so rum! Tu, was sie sagt!« fuhr die blonde Frau die schwarze Dienerin an. »Nein, laß die Lampe auf dem Tisch, Effie!« sagte sie gereizt. »Du bist wirklich dümmer, als die Polizei erlaubt!«

Nathalie hörte nicht auf die monotone, harte Stimme, sondern konzentrierte ihre Aufmerksamkeit auf das Kind. Es wurde wieder ruhiger.

»Seit wann hat es Fieber?« fragte Nathalie.

»Seit ungefähr zwei Tagen«, antwortete die Frau.

Als die Dienerin mit einer Schüssel Wasser und Handtüchern zurückkam, zog Nathalie dem Jungen das Nachthemd aus.

»Was machen Sie da?« fragte die Frau mißtrauisch und trat näher an das Bett heran.

»Ich versuche, das Fieber herunterzudrücken, Madame«, antwortete Nathalie, während sie den fiebernden kleinen Körper im kalten Wasser zu baden begann.

Als das Kind sich wie vor Frost schüttelte, sagte die blonde Frau: »Von dem kalten Bad kriegt er nur Lungenentzündung! Hören Sie lieber auf, bevor Sie ihn umbringen!«

»Sind Sie seine Mutter, Madame?« fragte Nathalie, der das Benehmen der Frau seltsam vorkam.

»Das bin ich … bald«, antwortete die Frau trotzig. »Und sobald sein Vater von dem Apotheker zurückkommt, werde ich dafür sorgen, daß er Sie wieder wegschickt. Das weiß doch jeder, daß man ein Fieber mit Hickoryasche und Weinbrand kuriert – und nicht dadurch, daß man den Patienten erfrieren läßt!«

Nathalie war schon müde gewesen nach des langen Tages Arbeit und war nun doppelt müde, weil man sie aus dem Schlaf gerissen hatte. Sie wollte sich nicht streiten, aber wegen der Einmischung dieser Frau konnte sie sich nicht richtig auf das Kind konzentrieren.

»Madame, Sie haben wohl vergessen, daß ich nicht aus freien Stücken hierhergekommen bin. Aber wir dürfen unsere Zeit nicht mit Streiten verschwenden! Wenn Sie wollen, daß das Kind gesund wird, müssen Sie jetzt bitte das Zimmer verlassen!«

Die Augen der Frau blitzten. »Aber nicht für lange! Darauf können Sie sich verlassen!« sagte sie drohend. »Sein Vater hat schließlich auch noch ein Wörtchen mitzureden!«

Nathalie ignorierte diese Bemerkung und wandte sich an die junge schwarze Dienerin. Mit fester Stimme sagte sie: »Effie, setz dich vor die Tür und sorge dafür, daß uns heute nacht niemand mehr stört!«

Auf diesen sanften Befehl reagierte Effie mit einem breiten Lächeln und antwortete: »Jawohl, Madame! Mach' ich!«

Sichtlich verärgert, verließ die blonde Frau das Zimmer und kam – sehr zu Nathalies Überraschung – auch nicht wieder zurück.

Das Gewitter, das sich schon den ganzen Abend lang angekündigt hatte, brach jetzt los, laut und heftig. Der Regen schlug gegen die Fensterscheibe, und der Wind heulte im Schornstein.

Ein plötzlicher Blitz erhellte das Zimmer. In der Ecke stand ein Schaukelpferd. Es bewegte sich etwas, und sein Schatten wurde auf die Wand geworfen: ein einsamer Wachtposten für das fieberkranke Kind.

Die ganze Nacht wachte Nathalie bei dem Kind und badete es immer wieder in kaltem Wasser. Als sie vom unteren Stockwerk her morgendliche Geräusche hörte, schlief das Kind bereits friedlich. Das Fieber war vorübergehend etwas gefallen.

Erschöpft legte Nathalie den Kopf auf das Bett. Der stetige Regen wirkte hypnotisierend. Das Feuer war schon lange ausgegangen, und Nathalie wickelte sich fester in ihre Ordenstracht.

Die Augen wurden ihr schwer. Nur ein paar Minuten, dachte sie. Ein paar Minuten lang würde sie die Augen zumachen. Sie war ja so müde …

Die Nonnenhaube rutschte ihr vom Kopf, und die Haarnadeln, mit denen ihr volles, schwarzes Haar im Nacken zu einem Knoten zusammengehalten wurde, lösten sich, so daß ihr die dunklen Strähnen über die Wangen fielen.

Die Tür des Kinderzimmers öffnete sich, und als sie Schritte hörte, setzte sich Nathalie auf und rieb sich die Augen.

»Geht es meinem Sohn besser?« fragte eine tiefe Männerstimme ängstlich.

Nathalies große, samtweiche Augen richteten sich auf den Mann ein, der vor ihr stand. Diese Stimme! Plötzlich erkannte sie ihn und schrie entsetzt auf. Vor ihr stand Robert Tabor, und seine Augen, topasfarben wie eh und je, blickten sie durchdringend an.

Er starrte sie ungläubig an, ergriff dann ihre Hände und zog sie hoch.

»Nein«, sagte sie flüsternd. Wie gehetzt sah sie sich nach einem Fluchtweg um.

»Du! Was machst du hier?« fragte er mit heiserer Stimme.

»Sie … Sie haben doch nach mir geschickt, um den Jungen zu pflegen.«

Er schüttelte den Kopf. Es ging ihm nicht um die Antwort seiner Frage. »Bist du denn von den Toten auferstanden?«

»Ich ... ich verstehe nicht!«

»Du bist doch tot! Im Kloster hat man mir gesagt, du seiest gestorben!«

»Sie waren ... im Kloster?«

»Ja.«

In schmerzlichem Schweigen starrten die beiden einander an. Nathalie versuchte Robert die Hand zu entziehen, aber er ließ sie nicht los.

Sie konnte es nicht ertragen, wie er seinen harten, erbarmungslosen Blick über sie und ihre Ordenstracht schweifen ließ, die nach der durchwachten Nacht ganz zerknüllt war. Um das peinliche Schweigen zu überbrücken, sah sie wieder auf das schlafende Kind und sagte: »Ich ... ich wußte nicht, daß Sie einen Sohn haben!«

»Ich, Nathalie? Das ist unser Sohn«, berichtete er. »Unser Sohn, den du nicht lieb genug hattest, um ihn bei dir zu behalten.«

Es klang sehr verbittert.

»Das ist nicht wahr«, antwortete Nathalie mit zitternder Stimme. »Ich habe keinen Sohn – und auch keine Tochter. Sie liegt auf dem Friedhof des Klosters begraben.«

»Willst du damit sagen, daß du nichts von ... Jason weißt?«

»Jason?« fragte sie. Der Name kam ihr so bekannt vor ...

»Oder paßte es dir einfach besser ins Konzept, zu vergessen, daß du mir einen Sohn geboren hattest?« Jetzt klang Hohn in seiner Stimme mit.

»Ich ... ich hatte wochenlang schweres Fieber, ich kann mich an nichts erinnern, was damals passiert ist. Schwester Louise hat mir gesagt, meine ... Tochter sei gestorben.«

Die Tränen liefen ihr über das Gesicht. Sie konnte den Mann vor sich nur noch verschwommen sehen. »Ist er wirklich ... unser Sohn?«

»Kannst du dich an nichts erinnern?« Seine Stimme klang nun schon etwas weicher.

Nathalie schüttelte den Kopf, und ihre Lippen versuchten, ein »Nein« zu formen. Aber sie konnte noch nicht sprechen; aus ihren traurigen braunen Augen rannen unentwegt Tränen.

Ihr Kummer war so offensichtlich, daß Robert erkannte: Sie sagte die Wahrheit. Nathalie konnte sich an nichts erinnern.

Ungestüm nahm er sie in die Arme und beugte den Kopf, um ihr Haar mit den Lippen zu berühren. »Verzeih mir, verzeih mir!« murmelte er immer wieder.

Er konnte seiner inneren Bewegung nicht Herr werden. Abrupt ließ er sie endlich los und floh aus dem Zimmer.

7

»Ich habe das Kloster benachrichtigt, daß du nicht zurückkehrst. Man wird verstehen, daß du hier deinen rechtmäßigen Platz einzunehmen wünschst.«

Es klang zurückhaltend und Robert sagte es sehr formell.

Nathalie saß schweigend an Jasons Bett. »Wo ist denn mein rechtmäßiger Platz, Robert?«

Auf diese Frage reagierte er mit unterdrücktem Zorn. Als er endlich antwortete, ließ er Nathalie diesen Zorn mit jedem Wort fühlen:

»Du bist meine Frau Nathalie, von Onkel Ravenal für mich erwählt. Aber hab keine Angst! Nach allem, was geschehen ist, werde ich nicht darauf bestehen, daß du deinen ehelichen Pflichten nachkommst. Ich verlange nur, daß du in meinem Haus bleibst und nach außen hin häusliches Glück vortäuschst.«

Seine Worte trafen sie wie ein Peitschenschlag. Als er sie für eine Sklavin gehalten hatte, war er nicht so wählerisch gewesen, aber als Ehefrau war sie ihm nicht gut genug. Sie verstand: Nur dem Namen nach sollte sie seine Frau sein.

Nathalie fühlte sich tief gedemütigt. Sie erwiderte: »Und wenn ich mich entschlösse, nicht hier zu bleiben ...«

»Du würdest doch wohl deinen eigenen Sohn nicht im Stich lassen, ganz gleich, was du von seinem Vater hältst?« antwortete er mit noch eisigerer Stimme.

»Nein, mein eigenes Kind kann ich nicht im Stich lassen«, gab ihm Nathalie traurig recht.

Die Sonne war untergegangen. Die Lampe im Kinderzimmer flackerte und warf tanzende Schattenmuster auf die Vorhänge. Aus dem Erdgeschoß war der Ton einer Glocke zu hören.

»Es ist Zeit zum Essen, Nathalie«, sagte Robert und stand auf. »Komm mit!«

»Ich ... ich hätte es lieber, wenn man mir mein Essen ins Kinderzimmer brächte, Robert. Jason kann jeden Augenblick aufwachen, und er hat noch immer Fieber.«

Robert betrachtete dies als eine Ausrede, die er nicht gelten lassen wollte. »Mrs. Hines kann bei ihm wachen, während du unten bist«, sagte er.

»Ich bin aber zu müde für eine Unterhaltung.«

Zum erstenmal bemerkte Robert die Ringe unter ihren Augen. Er starrte ihr müdes Gesicht an und sagte, mit etwas mehr Mitgefühl in der Stimme:

»Dann will ich dich nicht zwingen, Nathalie.«

Er war schon auf dem Weg zur Tür, als er sich noch einmal umdrehte: »Brauchst du noch etwas für die Nacht?«

Zögernd fragte sie: »Ist vielleicht ein Feldbett im Haus, das man hier aufstellen könnte?«

»Ich werde dafür sorgen.«

Er drehte sich um und schloß die Tür hinter sich.

Nathalie war den ganzen Tag über schon sehr erregt gewesen nach der schicksalhaften Begegnung am Morgen. Und nun dies! Noch einen Streit mit ihrem Mann würde sie nicht ertragen ...

Die ganze Zeit über hatte sie sich davor gefürchtet, Robert zu begegnen. Nun, wo sie einander wieder gegenübergestanden hatten, fürchtete sie sich immer noch. Aber damit mußte sie sich abfinden: Sie war in seinem Haus, sie aß an seiner Tafel, sie sorgte für sein Kind – und für ihr eigenes auch, dachte sie. Das Baby hatte man ihr genommen, um es Robert zu geben.

Nathalie machte Schwester Louise keinen Vorwurf. Hatte sie nicht darum gefleht, sie vor Robert zu beschützen? Sie zu verstecken, wenn er je kommen und nach ihr fragen sollte?

Doch der Preis für ihren Wunsch war grausam gewesen: beinahe drei verlorene Jahre! Jahre, ohne ihr Kind in den Armen halten, ohne es selbst stillen zu dürfen ...

Nathalies Blick ruhte auf dem schlafenden Jungen. Sie war überwältigt von der Vollkommenheit seiner Glieder und der Schönheit seines Gesichtchens. Heftige Muttergefühle waren nun erwacht, und sie berührte liebevoll sein dunkelblondes Haar.

»Jason«, flüsterte sie sanft. »Jason!« Sie freute sich an dem Klang seines Namens und lächelte.

Wenn sie nur weggehen und Jason mitnehmen könnte! Aber wohin? Zurück ins Kloster nach New Orleans konnte sie nicht gehen. Irgendwo anders müßte sie wohnen – mit Jason, aber ohne Robert ...

Nathalies Augen wurden traurig. Robert würde seinen Sohn niemals gehen lassen. Auch sie selbst könnte nicht ohne das Kind gehen ..

»Du würdest doch deinen eigenen Sohn nicht im Stich lassen!« In Gedanken hörte sie wieder Roberts Worte. Er hatte recht. Vorläufig war sie an dieses Haus gefesselt. Jasons wegen würde sie bleiben müssen. Aber später vielleicht ...?

Am vierten Tag trat die Krise ein, und das Fieber fiel. Es war nun schwierig, Jason ruhig im Bett zu halten. Gegen Abend wurde er müde und gereizt. Da fütterte ihn Nathalie mit Brei und wiegte ihn in den Schlaf. Dabei sang sie ein Lied, das ihre eigene Mutter ihr früher vorgesungen hatte: »*Au clair de la lune, mon ami, Pierrot ...*«

Jason fielen die Augen zu. Er blinzelte noch ein paarmal, ehe er endgültig einschlief. Nathalie saß da und blickte sein rotgeflecktes Gesichtchen an. Das Schlimmste war überstanden!

Vorsichtig, um ihn nicht zu wecken, deckte Nathalie das Kind mit der weichen Steppdecke zu. Es bewegte sich, wimmerte noch einmal leise, schlief dann aber fest ein.

Nathalie hatte Hunger. Bald würde Effie kommen und ihr das Tablett mit dem Abendessen bringen. Nathalie war müde, und ihre Ordenstracht war von dem stundenlangen Sitzen ganz zerknautscht. Sie zog sich aus und wusch sich das Gesicht mit Wasser aus der Karaffe. Dann legte sie ein frisches Ordensgewand an. Eine der jungen Dienerinnen hatte es am Morgen für sie gewaschen und gebügelt.

Sie saß am Frisiertisch und bürstete sich das Haar, als es klopfte.

»Ja, bitte!« sagte Nathalie leise.

Die Tür ging auf, und Nathalie, die mit dem Rücken zur Tür saß, sagte: »Stell das Tablett auf den Tisch?« sie fuhr fort, sich das glänzende schwarze Haar zu bürsten.

»Heute gibt's kein Tablett«, ließ sich eine tiefe Stimme vernehmen.

Überrascht blickte Nathalie sich um und erkannte Robert im Türrahmen. »Wie ich höre, ist Jasons Fieber gefallen. Du hast also keinen Grund mehr, allein hier oben zu essen. Heute abend wirst du unten speisen.«

»Aber er kann nicht allein bleiben!« protestierte Nathalie. Schnell steckte sie sich das lange Haar zu einem strengen Knoten.

»Eine der Dienerinnen kann bei ihm bleiben«, bestimmte Robert und kam ins Zimmer.

Es machte Nathalie nervös, daß Robert sie anstarrte. Sie nahm ihre Haube und befestigte sie über dem aufgesteckten Haar.

Robert stand jetzt dicht neben ihr und betrachtete sie mit zusammengekniffenen Augen. »Hast du nicht anderes anzuziehen, Nathalie?« fragte er.

»Ist dir meine Kleidung unangenehm, Robert?«

Diese betont artige Antwort entlockte Robert ein Lächeln.

»Heute abend kommt es nur darauf an, daß du das Abendessen mit mir einnimmst. Aber ich sehe, daß ich mich nicht genügend um deine Kleidung gekümmert habe. Morgen werde ich das Versäumte nachholen.«

Robert nahm ihren Arm und führte sie zur Tür. Nathalie seufzte. Sie konnte ihm nicht mehr aus dem Weg gehen. Dafür hatte er gesorgt.

Die Frau, die sie am ersten Abend in Empfang genommen hatte, saß schon wartend am Tisch.

»Du kennst Mrs. Hines schon, glaube ich«, sagte Robert.

Die Frau starrte sie mit kalten Augen an, aber Nathalie neigte grüßend den Kopf und kümmerte sich nicht um ihre feindseligen Blicke. Irgendwie kam sie ihr bekannt vor. Hatte sie sie vielleicht schon einmal gesehen, bevor sie nach Columbia gekommen war? Sie versuchte sich zu erinnern, aber es fiel ihr nicht ein.

»Mrs. Hines ist mit Jason aus dem Kloster zu uns gekommen. Sie war uns eine große Hilfe in diesen beiden Jahren«, erklärte Robert.

»Dann bin ich Ihnen dankbar, Mrs. Hines, daß Sie sich um meinen Sohn gekümmert haben«, sagte Nathalie.

»Um unseren Sohn, Nathalie«, berichtigte Robert.

Florilla lenkte die Aufmerksamkeit wieder auf sich, indem sie mit gespielter Bescheidenheit sagte: »Ich habe Jason gern versorgt.« Aber der feindselige Blick, den sie Nathalie zuwarf, widerlegte diese sanfte Antwort.

Nach Beendigung der Mahlzeit erhob sich Nathalie, um in das Kinderzimmer zurückzugehen. Robert ließ sich seine Enttäuschung nicht anmerken, während er mit ihr auf die Treppe zuging.

Sie blieb stehen und wandte sich ihm zu. »Robert, geht es … Feena gut?«

»Ja, sehr gut«, antwortete er.

»Ich … ich hätte gedacht, sie würde hier sein, bei Jason.«

»Florilla, das heißt, Mrs. Hines, fand, daß sie einen schlechten Einfluß auf Jason ausübe. ›Sie behandelt ihn immer noch wie ein Baby‹, sagte sie. Deshalb haben wir sie lieber auf Midgard gelassen.«

»Ich möchte Feena gern bei mir haben«, sagte Nathalie leise.

Robert runzelte die Stirn, aber versprach: »Ich werde morgen nach ihr schicken, wenn du es möchtest.«

»Danke«, sagte sie, merklich erleichtert.

Er ergriff ihre Hand und hielt sie fest. Nathalies Puls schlug schneller. Hastig entzog sie ihm die Hand. »Gute Nacht, Robert.«

Er sah ihr nach, während sie die Treppe hinaufstieg. Er blieb in der Diele, bis er hörte, wie die Tür des Kinderzimmers auf- und wieder zugemacht wurde. Dann ging er durch die Diele auf die Bibliothek zu und stand plötzlich Florilla Hines gegenüber.

Sie hatte die ganze Zeit vor der Eßzimmertür gestanden und die Unterhaltung zwischen Robert und Nathalie schweigend mit angehört.

Am nächsten Morgen hörte man Pferdegeschirr klirren und Pferde vor dem Haus ungeduldig schnaufen. Robert war im Begriff, das Haus zu verlassen – früher als gewöhnlich.

Nach einer Stunde war er wieder da. Nathalie hörte unten Stimmen, die das stetige Summen und Singen der Diener bei der Hausarbeit unterbrachen, dann das Geräusch einer Kutsche, die sich in Bewegung setzte, und sie wußte: Robert war gegangen, und sie hatte das Haus wieder für sich allein.

Wenige Minuten später kam Effie ins Kinderzimmer und brachte mehrere, mit breiten rosa Bändern verschnürte Schachteln.

»Miß Tabor, Mister Robert hat Ihnen diese Kleider gekauft. Sie möchten sie sofort anziehen, hat er gesagt, weil Sie gleich Besuch bekommen. Und ich soll Ihnen dabei helfen, hat er gesagt.«

Also war ihm die Ordenstracht unangenehm, dachte Nathalie. Und wenn Besucher kämen, würde man ihnen schlecht erklären können, warum Robert Tabors Frau ausgerechnet eine Ordenstracht trüge!

»Und Mister Robert hat auch gesagt, Sie möchten in das grüne Schlafzimmer umziehen. Dann bringe ich wohl am besten diese Schachteln gleich hinüber.«

Nathalie warf einen Blick auf den schlafenden Jungen und ging dann widerspruchslos hinter Effie her in das ihr zugewiesene Schlafzimmer.

Nathalie öffnete die größte Schachtel. Sie enthielt ein knöchellanges, blaues Seidenkleid mit Rüschen am Saum. Nathalie nahm er heraus und befühlte den weichen Stoff. Was für ein Unterschied zu dem rauhen Gewebe der schwarzen Tracht, die sie jetzt trug!

Nathalie hätte am liebsten das elegante Kleid in die Schachtel gepackt; aber sie wußte, Robert würde sehr ungehalten sein, wenn sie ihm nicht gehorchte und die schmucklose Nonnen-tracht, die er so verachtete, ablegte.

Unaufgefordert brachte Effie dann heißes Wasser und nach-dem Nathalie gebadet hatte, kleidete sie sich an und kämmte sich das Haar zu einer neuen Frisur, da der strenge Knoten nicht zu dem Kleid gepaßt hätte, das Robert für sie ausgesucht hatte. Dann schlüpfte sie in die flachen, weichen Schuhe und war gerade fertig, als sie den schweren Türklopfer an die Tür pochen hörte.

Wer konnte das sein, der so früh zu Besuch kam?

Sie sollte es bald erfahren, und es handelte sich auch nicht eigentlich um eine Besucherin, wie sie zunächst angenommen hatte. Es war Maggie, die vollschlanke Eigentümerin des exklu-sivsten Bekleidungsgeschäftes von Columbia. Sie gestikulierte lebhaft mit den Händen und sprach mit leichtem Akzent, als sie sich vorstellte.

Als diskrete Reklame für ihr Geschäft trug sie ein geschmack-volles, dunkles Kleid. Der gute Eindruck wurde allerdings im Laufe der nächsten Stunde ein wenig dadurch geschmälert, daß sich, da Maggie ständig in Bewegung war, immer größer wer-dende Schweißringe unter ihren Achseln bildeten.

Ein schwarzer Junge, der einen roten Samtanzug trug, half ihr, zahlreiche Schachteln aus der Kutsche nach oben zu tragen. Das Sofa in dem Wohnzimmer neben dem grünen Schlafzimmer war bald mit Gardarobe bedeckt.

Als der Junge seine Arbeit getan hatte, setzte er sich ungeniert auf ein Kissen auf dem Fußboden und sah zu.

»Stören Sie sich nicht an ihm!« sagte Maggie zu Nathalie, als diese in seine Richtung blickte. »Er ist an so etwas gewöhnt, und er sieht gar nicht mehr hin!«

Aber Nathalie selbst war nicht daran gewöhnt, sich in Gegen-wart anderer zu entkleiden und anzuziehen. Schon bald aber gelang es Maggie, Nathalies Aufmerksamkeit auf die Gardarobe und sich zu lenken, und Nathalie vergaß den Jungen ganz, während Maggie die Kleider anpries, die sie mitgebracht hatte.

Während sie Nathalie ein glitzerndes weißes Abendkleid über den Kopf zog, setzt Maggie ihr Geplauder fort:

»Sie und Theodosia Alston werden die beiden schönsten Damen auf dem Ball an diesem Wochenende sein.«

»Auf dem Ball? Wird denn ein Ball veranstaltet? An diesem Wochenende?« Es war Nathalie gar nicht wohl bei dem Gedanken.

»Aber Mrs. Tabor! Sie haben doch wohl nicht das gesellschaftliche Ereignis der Saison vergessen – den Ball im Senat? Die Gattin eines jeden Abgeordneten will doch die andere ausstechen! Na, ich bin doch schon eine Ewigkeit damit beschäftigt, Abendkleider nach den neuesten Pariser Modejournalen zu schneidern! Und Mister Tabor hat mir heute morgen ganz genau erklärt, was Sie zu dem Ball tragen sollen.«

»Ich ... ich war verreist.« Nathalie sagte es mit kaum vernehmbarer Stimme.

Maggie steckte das Kleid in der Taille fest und fing an, die Saumlänge zu messen. »Ich habe gehört, daß Sie zu Besuch bei Bekannten in New Orleans waren. Deshalb sind sie wohl nicht so auf dem laufenden. Und Ihr ganzes Gepäck verloren? Was für ein Jammer! Ihr Gemahl sagte, Sie müßten völlig neu eingekleidet werden.«

Nathalie war das Gespräch peinlich und um die Aufmerksamkeit von sich und ihren fehlenden Kleidern abzulenken, sagte sie schnell: »Die Dame, die Sie erwähnten – Theodosia ... Wer ist das?«

»Das ist die Frau von Gouverneur Alston! Sie hat es ziemlich schwer gehabt, wegen dieses Skandals und so. Sie ist eine geborene Burr, Aaron Burrs Tochter. Aber eine feinere, gütigere Dame gibt es nicht! Es tut uns allen leid, daß sie so traurig aussieht. Sie hat diesen Sommer ihren kleinen Sohn verloren, ihr einziges Kind! Und wie es scheint, kann sie keine Kinder mehr bekommen.«

Maggie hatte jetzt den Mund voller Stecknadeln und konnte vorläufig keine weiteren Auskünfte geben.

Als Maggie schließlich – mit dem kleinen Negerjungen im Schlepptau – fortging, besaß Nathalie drei fertige neue Kleider – außer dem lavendelfarbenen Abendkleid. Und sie hatte versprochen, noch in derselben Woche zu weiteren Anproben in das

Geschäft zu kommen. Wie sie von Maggie erfahren hatte, hatte Robert ganz bestimmte Anweisungen hinsichtlich ihrer Garderobe gegeben.

Und am Abend sollte sie – wieder laut Maggie – mit Robert zum Essen ausgehen. Am Abend vorher, als sie mit ihm die Mahlzeit eingenommen hatte, hatte er nichts davon gesagt. Hatte er den Entschluß erst über Nacht gefaßt? Trotzdem hätte er ihr eine schriftliche Nachricht hinterlassen können, statt es sie aus dem Mund einer Schneiderin erfahren zu lassen!

Obgleich sie lieber zu Hause bei Jason geblieben wäre, wußte Nathalie, daß sie zu gegebener Zeit ausgehbereit sein würde. Es war unnötig, Robert wegen einer solchen Bagatelle wie einer Abendeinladung zu verärgern. Wovor sie wirklich Angst hatte, das war der Ball – besonders vor der Tatsache, daß sie dort ihren ehemaligen Aufseher, Alistair Ashe, wiedertreffen würde.

Den Rest des Vormittags über blieb Nathalie bei Jason. Während der ganzen Woche, in der Nathalie ihn gepflegt hatte, hatte er nur wenig gesprochen, sich aber immer fest an sie geklammert, wenn eine der Dienerinnen oder Florilla sie für eine Stunde ablösen wollten.

Als Florilla an diesem Nachmittag im Kinderzimmer erschien, war Jason besonders störrisch. Er wollte Nathalie einfach nicht loslassen.

»Komm mit, Jason!« befahl Florilla.

Er schob schmollend die Unterlippe vor. »Nein!« widersprach er und klammerte sich an Nathalie.

»Mrs. Tabor, Robert hat mich gebeten, mich heute nachmittag um Jason zu kümmern, weil Sie ruhen sollen, bevor Sie sich zum Diner umkleiden. Aber Sie machen es mir sehr schwer. Natürlich will er bei Ihnen bleiben, weil Sie ihn so verwöhnt haben.«

Hatte sie ihn verwöhnt? Sie hatte ihn doch nur pflegen wollen. Schnell beugte sich Nathalie über ihren Sohn, küßte ihn und sagte: »Geh zu Mrs. Hines, Jason!«

»Nein!« brüllte er. »Will nicht zu Mama!« Er starrte Florilla dabei wütend an.

Bei den Worten ihres Kindes wurde Nathalie blaß. Er hatte Florilla »Mama« genannt! Die blonde Frau besaß immerhin so viel Feingefühl, daß sie errötete; aber sie gab Nathalie keinerlei Erklärung. Statt dessen streckte sie die Hand nach Jason aus, um ihn vor sich herzuschieben.

Mittlerweile hatte das Kind ein ganz rotes Gesicht bekommen und schluchzte: »Jason will bei Na-lie bleiben!«

Sein Kummer zerriß ihr das Herz. Nathalie konnte ihn einfach nicht sich selbst überlassen.

»Er ist noch krank, Florilla. Und es schadet ihm, wenn wir ihn so aufregen. Ich werde ihm in meinem Zimmer zu essen geben und wenn er eingeschlafen ist, bringe ich ihn zurück ins Kinderzimmer.«

»Sehr wohl, Mrs. Tabor«, sagte Florilla mißbilligend; aber Jason hörte sofort auf zu weinen und streckte die Arme nach Nathalie aus.

Sie trug ihn den Flur hinunter in das grüne Schlafzimmer. Als sie ihn gefüttert hatte, zog sie den hellgelben, flauschigen Hausmantel an und legte sich neben Jason aufs Bett.

»O Jason«, sagte sie leise, »verwöhne ich dich wirklich so?«

Aber er war schon eingeschlafen, und bald fielen auch Nathalie die Augen zu.

Sie rührte sich, als sie ein schwaches Klopfen hörte. Aber sie war noch nicht wach genug, um auf das Klopfen zu antworten.

Robert stand an dem Bett und blickte Mutter und Sohn an. Die eine Hand des Kindes lag auf Nathalies Busen, und Jasons kleine Brust hob und senkte sich in friedlichem Schlummer. Nathalie streckte sich und öffnete schläfrig die Augen.

»Du hast nur noch wenig Zeit zum Ankleiden, Nathalie«, sagte Robert mahnend. »Ich bringe unseren Sohn zurück ins Kinderzimmer.«

Sie starrte Robert verständnislos an, während er sich hinunterbeugte, um das schlafende Kind aufzuheben. Sanft zog er Jasons Arm von Nathalies Körper weg und nahm ihn auf den Arm.

Nathalie war jetzt völlig wach. Sie setzte sich auf und strich sich das lange Haar aus dem Gesicht. »Ich bin gleich fertig,

Robert«, versprach sie, gähnte aber doch noch einmal.

Während Robert den Kleinen ins Kinderzimmer trug, war er sehr nachdenklich. Ich bin auf mein eigenes Kind eifersüchtig, gestand er sich selbst ein. Als er daran dachte, wie Jasons Hand auf Nathalies weichem Busen gelegen hatte, flammte das alte Verlangen wieder in ihm auf. Dann sah er im Geist wieder Jacques Binet vor sich.

Würde sie ihm die Wahrheit sagen? fragte sich Robert. Wenn er eine Antwort von ihr forderte, würde sie zugeben, die Geliebte des Trappers gewesen zu sein? Obwohl er die Wahrheit erfahren wollte, wußte Robert, daß er sie noch nicht fragen konnte. Es war noch zu früh ...

Nathalie stand vor dem Spiegel und begutachtete kritisch ihre Figur.

Ihr in der Mitte gescheiteltes, im Nacken zu einem Knoten gestecktes, schwarzes Haar hätte zu streng gewirkt, wenn es nicht von einem ausgesucht schönen Kamm mit violetten und goldenen Verzierungen geschmückt gewesen wäre. Aber die Frisur paßte gut zu dem lavendelfarbenen Samtkleid mit dem ovalen Ausschnitt, zu der kurzen Taille und den kleinen Puffärmeln.

Verschämt legte Nathalie die Hand über ihr tiefes Dekolleté. Maggie hätte den Ausschnitt wirklich etwas weniger tief machen sollen. Nathalie war nicht gewöhnt an die modischen, raffinierten Kleider einer jungen Ehefrau, besonders nachdem sie so lange Ordenstracht getragen hatte.

Nun, sie würde eben den ganzen Abend den Schal um ihre Schultern tragen!

Nathalie wandte dem Spiegel den Rücken zu, ging zum Bett, nahm den zum Kleid passenden Schal und legte ihn sich um die Schultern. Der Schal war wunderschön, gestand Nathalie sich ein, etwas heller als das Kleid und an den Rändern verschwenderisch mit Goldfäden durchzogen.

Eilig ging sie nun aus dem Schlafzimmer, den Flur entlang und die Treppe hinunter. Robert stand am Fuß der Treppe und sah ihr bewundernd entgegen.

»Heute abend wird dich niemand für eine Nonne halten, Nathalie«, sagte er, als sie unten ankam.

Bei seinen Worten zog sie sich den Schal fester um die Schultern. Robert lachte.

»Verstecke deine Schönheit nur nicht so verschämt, Nathalie! Du wirst dich daran gewöhnen müssen, daß man dich anstarrt. Wir haben uns schon verspätet, und man wird vermuten, daß es Absicht war, und daß du eine eitle Person bist, die bewundert werden möchte.«

»Das ist nicht wahr, Robert«, antwortete Nathalie. Ihre Beteuerung klang aufrichtig und ernsthaft. »Und ich möchte auch lieber nicht so ein unanständiges Kleid tragen. Aber ich habe kein anderes Abendkleid, nur die drei Tageskleider.«

»Nathalie, ich habe doch nur einen Scherz gemacht! Und das Abendkleid ist gerade richtig für diesen Anlaß. Geniere dich nur nicht so!« schalt er sie fröhlich aus.

Unterwegs in der Kutsche sagte Nathalie kein Wort. Ihr Ziel war ein Gebäude, im neuklassischen Stil erbaut, das hell erleuchtet war.

Nathalie und Robert kamen mit Verspätung an. Noch während ihr Gastgeber sie begrüßte, wurde die Gesellschaft zu Tisch gebeten, und Nathalie wurde sofort von Robert getrennt.

So viele Leute, – und sie kannte niemanden außer ihrem Mann. Sie saß am entgegengesetzen Ende der Tafel, und ihre Sicht reichte nur bis zum zweiten Tischleuchter. Von Robert konnte sie keine Hilfe erwarten. Sie zwang sich, den älteren Herrn an ihrer Seite anzulächeln und seine aufmerksamen Fragen so gut sie konnte zu beantworten.

»Es freut mich, daß Robert uns heute abend das Vergnügen Ihrer Gesellschaft beschert hat. Ich wußte nicht, daß seine Frau während dieser Legislaturperiode in Columbia sei.«

»Ich bin auch noch nicht lange in Columbia, Monsieur«, antwortete Nathalie mit leichtem Akzent.

»Entzückend!« bemerkte der Mann. »Ihre Aussprache klingt ganz entzückend, Mrs. Tabor! Ich nehme an, Sie sind Französin?«

Nathalie nickte. »Bevor ich nach Carolina kam, habe ich in New Orleans gewohnt.«

»Sagten Sie – New Orleans?« Der Mann zu ihrer Linken beugte sich vor, um an der Unterhaltung teilzunehmen, und im Laufe dieses leichten Geplauders ließ Nathalies Nervosität bald nach.

Sie hörte aufmerksam zu, während die beiden Herren sich über die Probleme, die das Parlament beschäftigten, und über den Krieg gegen die Engländer an der kanadischen Grenze unterhielten.

Aber dann brach der Ältere die Diskussion ab. »Bitte entschuldigen Sie, Mrs. Tabor, daß wir bei Tisch über verbotene Themen gesprochen haben!«

»O nein, das interessiert mich doch! Bitte, fahren Sie fort!« bat Nathalie eindringlich.

»Ich fürchte, wenn wir so weitermachen, wird uns die Dame des Hauses von ihrer üppigen Tafel verweisen.«

Der Herr zu Nathalies Linken stimmte zu: »Wenn ein Mann die Gelegenheit hat, gleichzeitig eine schöne Frau und guten Wein zu genießen, sollte er seine Zeit nicht damit verschwenden, über Politik zu reden.«

Das Mahl bestand aus acht Gängen, und während der ganzen Zeit machten die Herren Nathalie Komplimente. Obwohl der rotblonde junge Mann ihr gegenüber keinen Versuch machte, das Wort an sie zu richten, beobachtete auch er sie ganz genau. Die Damen zu seiner Rechten und Linken waren offensichtlich verärgert, weil er sich nur mit halbem Herzen mit ihnen unterhielt. Sie schmollten und blickten Nathalie feindselig an.

»Mrs. Tabor, darf ich Ihnen Mister Arthur Metcalfe vorstellen? Er ist ein guter Freund Ihres Mannes«, sagte nun der Herr, der rechts von Nathalie saß.

»Es freut mich, einen Freund meines Mannes kennenzulernen«, antwortete sie. Es handelte sich um den jungen Mann, der ihr schon aufgefallen war und der ihr gegenübersaß.

»Wir sind schon seit unserer Schulzeit befreundet. Wir waren beide in Mister Waddells Jungenschule«, erklärte Arthur Metcalfe. »Daß Robert Sie mir verheimlicht hat, enttäuscht mich aber sehr! Darf ich fragen, wie Sie einander kennengelernt haben?«

Nervös spielte Nathalie mit der elfenbeinfarbenen Spitzenkante des Tischtuches. Die Unterhaltung wurde ihr zu persönlich. »Meine Mama war mit Roberts Onkel verheiratet, Monsieur. Das heißt, nach dem Tod meines Vaters natürlich.«

»Dann sind Sie also die Frau, die auf Midgard war, als Robert aus Paris zurückkam?«

»Ja, Monsieur«, antwortete Nathalie mit sehr leiser Stimme.

Wieviel wußte der Mann wohl, wo er doch Roberts bester Freund war? Hatte Robert sich ihm anvertraut? Hilfesuchend blickte Nathalie über das Meer von Gesichtern hinweg zu Robert hinüber in der Hoffnung, daß er sie aus dieser unangenehmen Situation befreien möge. Doch ihr wurde schon ein weiterer Schock versetzt.

Farblose graue Augen mit kleinen Pupillen, die sie nur allzu gut kannte, starrten sie an und ließen sie nicht los.

Sie wurde blaß und hielt sich an den Armstützen ihres Stuhles fest. Alistair Ashe, der Aufseher! Sie saß am selben Tisch mit Alistair Ashe, dem Mann, der sie auf den Sklavenmarkt gezerrt hatte, dem Mann, der sie zu Boden gestoßen und sie so schmählich behandelt hatte!

»Und was ist Ihre Meinung, Mrs. Tabor?« fragte ihr Tischnachbar.

»Ich ... ich bitte um Entschuldigung! Was ... was sagten Sie?«

Arthur Metcalfe, dem ihre Blässe aufgefallen war, beugte sich zu ihr hinüber. Seine blauen Augen und sein jungenhaftes Gesicht drückten Besorgnis aus.

»Ist Ihnen nicht gut, Mrs. Tabor?«

Sie unterdrückte ein Frösteln und antwortete schwach: »Es ... es ist plötzlich so kalt hier.«

Die Gastgeber erhoben sich. Die Mahlzeit war beendet. Noch benommen, hörte Nathalie Arthurs Stimme: »Setzen Sie sich an den Kamin im Salon, Mrs. Tabor! Der Abend ist zu kühl, wenn man wie Sie an das schwüle Klima der Golfküste gewöhnt ist.«

Die Herren blieben bei Weinbrand und Zigarren am Tisch sitzen, während die Damen sich erhoben und der Frau des Hauses in den üppigen Salon folgten. Nathalie zwang sich dazu, langsam zu gehen, obwohl sie am liebsten weggelaufen wäre in das weiße Haus mit dem Eisenzaun, wo sie sich sicher fühlte.

Warum hatte Robert sie hergeführt? Hatte er gewußt, daß sein ehemaliger Aufseher auch zugegen sein würde? Wie lange würde sie anstandshalber noch bleiben müssen?

Während Nathalie den anderen Damen in den Salon folgte, bemerkte sie nicht, wie Alistair Ashe schnell ein paar Worte zu seiner blonden Frau sagte und wie er mit dem Finger auf Nathalie deutete.

Mrs. Kirkland, die Dame des Hauses, sagte: »Ich glaube, außer Mrs. Tabor kennen wir einander alle.«

Sie faßte Nathalie unter und führte sie durch den Salon von einer Gruppe zur anderen.

»Mrs. Ashe, darf ich Ihnen Mrs. Robert Tabor vorstellen? Mrs. Tabor – Mrs. Alistair Ashe – Polly.«

Polly Ashe bedachte Nathalie mit einem kühlen, beleidigenden Lächeln. Als Nathalie am Arm der Gastgeberin weiterging, fing sie sofort an, mit den anderen Frauen zu flüstern.

Irgendwie brachte Nathalie die Vorstellungsrunde hinter sich; aber das Zimmer schien widerzuhallen von Geflüster und Gekicher.

»Mrs. Tabor«, fragte eine der Damen, »Wie kommt es, daß wir sie nicht schon früher kennengelernt haben? Hat Ihr Mann sie versteckt gehalten?«

Die füllige Dame neben ihr unterdrückte ein Lachen mit einem weißen Spitzentaschentuch.

»Ich war verreist«, antwortete Nathalie. »Außerdem war unser Sohn krank.«

»Sie waren in New Orleans, ja?« fragte eine andere. »Sie stammen aus New Orleans, nicht wahr?«

»Ja.«

»Aus einer kreolischen Familie?«

»Ja, das stimmt.«

»Sagen Sie, Mrs. Tabor, stimmt es, daß es in jeder kreolischen Familie ein Tröpfchen Negerblut gibt?«

Wieder war das Zimmer erfüllt von unterdrücktem Gelächter.

Bevor Nathalie antworten konnte, schaltete sich die Gastgeberin ein: »Aber meine Damen! Sie wissen doch genau, daß es sich bei den meisten um vornehme französische Adlige handelt oder um die Nachkommen spanischer Granden.«

Mrs. Kirkland wandte sich an eine der jüngeren Damen: »Anna, würden Sie uns wohl etwas vorspielen und vorsingen, bis die Herren sich zu uns gesellen? Die Noten liegen auf dem Cembalo.«

»Wenn Mrs. Tabor für mich umblättert«, antwortete die Gefragte und lächelte Nathalie freundlich und gütig an.

Dankbar nahm Nathalie neben Anna Platz und lauschte der angenehmen, unausgebildeten Stimme, während Anna sich selbst auf dem Cembalo begleitete. Vorläufig wenigstens hatte die offene Feindseligkeit ein Ende.

Bald kamen auch die Herren in den Salon, und viele versammelten sich um das reichverzierte Cembalo und hörten Anna zu, wobei ihre Blicke häufig auch Nathalie trafen.

Robert stand neben dem Kamin und beobachtete die bewundernden Blicke, die auf die beiden schönen Frauen geworfen wurden – auf die dunkle und auf die blonde, die sich an dem Instrument auf die vorteilhafteste Art gegeneinander abhoben.

»Hast du ... ihn gesehen?« fragte Robert auf dem Heimweg.

»Ja«, erwiderte Nathalie.

»Und ist dir Polly, seine Frau, vorgestellt worden?«

»Ja.«

»Kein Wunder, daß er sie schnell geheiratet hat, nachdem sein Bruder Gregory gestorben war. Jetzt besitzt Alistair nicht nur die Frau, sondern auch die Plantage seines Bruders.«

Auf diese Informationen ging Nathalie nicht ein.

Als sie sich von ihren Gastgebern verabschiedet hatten, war der Ausdruck großer Erleichterung auf Nathalies Gesicht Robert nicht entgangen. Als er jetzt die stille kleine Gestalt neben sich betrachtete, wurde ihm klar, wie sehr sie das Wiedersehen mit dem ehemaligen Aufseher mitgenommen haben mußte.

Nathalie biß sich auf die zitternden Lippen und hielt den Pompadour auf ihrem Schoß fest umklammert, daß ihr die

Finger weh taten. Peinliches Schweigen herrschte zwischen ihnen, bis sie an dem weißen Haus ankamen.

Schließlich hielt die Kutsche vor dem Eisenzaun. Der Kutscher half Nathalie beim Aussteigen. Ohne auf Robert zu warten, lief sie ins Haus, die Treppe hinauf ins grüne Schlafzimmer, wo sie sich geborgen fühlte.

Robert ging langsam den schmalen Korridor entlang, blieb vor ihrer Tür stehen und horchte. Er hörte ein leises Schluchzen. Stirnrunzelnd trat er einen Schritt näher, blieb dann wieder stehen. Schließlich ging er in sein eigenes Schlafzimmer. Im Bett wälzte er sich lange ruhelos hin und her, bis er endlich den Schlaf fand.

Robert war nicht der einzige, dem die Episode an dem Abend Sorge machte. Am nächsten Tag traf er Arthur Metcalfe, der auch sehr besorgt war.

Mit einem Glas Weinbrand in der Hand saß Arthur in der Bibliothek und kam sofort auf das peinliche Thema zu sprechen.

»Robert, in der Stadt gehen allerlei häßliche Gerüchte, deine Frau betreffend, um. Wenn es stimmt, was mir zu Ohren gekommen ist, mußt du sie davor beschützen.«

Robert war überrascht, wie ernst Arthurs Stimme klang. Er fragte: »Was ist dir denn zu Ohren gekommen?«

»Alistair Ashe erzählt überall herum, daß Nathalie ein Mischling und deine Geliebte sei und daß ihr in Wirklichkeit gar nicht miteinander verheiratet wäret. Ich weiß, daß ein Geheimnis vorliegt, und daß du einen Sohn hast. Und doch hast du mir gegenüber nie von einer Ehefrau gesprochen. Wenn du mir nicht alles erzählen willst, verstehe ich das. Ich möchte nur eins klarstellen: Sie *ist* doch die frühere Nathalie Boisfeulet, und sie ist auch deine Frau?«

»Ja, Arthur. Nathalie war die Stieftochter meines Onkels und ist meine rechtmäßige Frau. Aber sprich nur weiter!«

»Ashe hat die Damen mit seinen hämischen Lügen aufgewiegelt. Sie empfinden es als Beleidigung, daß sie mit deiner Geliebten zu Tisch sitzen mußten. Wenn diese Damen es sich einmal in den Kopf gesetzt haben, daß man sie beleidigt hat, würde ich lieber in ein Schlangennest fallen, als auch nur bis auf eine Meile an sie herankommen!«

»Was planen sie?«

»Sie sagen, man müßte sie aus der Stadt jagen. Ich an deiner Stelle würde Nathalie sofort nach Midgard zurückschicken.«

»Nein, Arthur, sie bleibt hier. Und ich werde dafür sorgen, daß ihr nichts geschieht!«

»Gestern abend im Salon konntest du sie auch nicht beschützen, weil du gar nicht dabei warst«, gab Arthur zu bedenken. »Anna deLong sagt, sie hätte die Damen noch nie so gehässig erlebt. Und da Ashe dahintersteckt, wird's noch schlimmer werden. Dir ist wohl klar, daß der alles tun würde, um dir eins auszuwischen und dich lächerlich zu machen.«

»Seine Rachsucht richtet sich doch gegen mich persönlich, Arthur, nicht gegen Nathalie.«

Verärgert über Roberts Antwort, stellte Arthur abrupt sein Glas hin und sagte: »Sag nur später nicht, ich hätte dich nicht gewarnt, Robert!«

8

An den nächsten beiden Tagen blieb Nathalie niedergeschlagen im Haus bei Jason. Ohnehin regnete es – eine gelegene Ausrede, um nicht ausgehen zu müssen. Jetzt, wo es Jason so viel besser ging, mußte man sorgfältig darauf achten, ihn nicht zu ermüden. Nathalie hatte schon oft erlebt, daß während der Genesungszeit größere Komplikationen eintraten als während der ursprünglichen Krankheit. Jason bedurfte also ihrer ganzen Aufmerksamkeit.

Nathalie entging es nicht, daß Florilla diese Besorgnis um ihr Kind nicht recht war. Sie hatte doch Florilla nicht verdrängt, sie nahm nur ihre Rechte als Jasons Mutter wahr. Ihre Rechte? Nathalie seufzte. Robert lehnte sie als Ehefrau ab; und doch umgab er sie mit jeglichem Luxus, den eine verheiratete Frau ihrer Gesellschaftskreise sich nur wünschen konnte.

Sie stand da und betrachtete das raffinierte Abendkleid, das sie anziehen sollte. Maggie hatte es am Morgen abgeliefert. Es war glänzend weiß, der Rock vorn in der Mitte mit silbernen Blättern bestickt und an den Seiten mit mehreren Reihen steifer, silberner Spitzenrüschen verziert. Ein wahrhaft königliches Kleid, wie es da auf der tannengrünen Bettdecke ausgebreitet lag! Und auf dem Boden standen wartend glänzende Silberschuhe.

Nathalie sah sich ihre Hände an und stellte fest, daß Effies Bemühungen, ihre verarbeiteten Hände in die Hände einer Dame zu verwandeln, nicht ohne Erfolg geblieben waren. Sie berührte die Frisur, auf die sie eben noch so stolz gewesen war. Plötzlich überkam sie ein heftiges Schuldgefühl. Wie leicht war es doch, sich von irdischen Dingen verführen zu lassen und zu vergessen, daß sie eigentlich kein Recht darauf hatte!

Ihr Verlangen nach Sühne nahm zu, während sie in Gedanken ihre Sünden aufzählte. Sie war dem angenehmen Gefühl seidener Unterwäsche auf ihrer Haut erlegen und hatte den groben, kratzenden Stoff der Ordenstracht vergessen; sie hatte das Dienen verlernt, das man ihr im Kloster beigebracht hatte, denn weiche Hände waren ihr wichtiger gewesen; aber das Schlimmste war doch, daß sie vergessen hatte, für Jacques Binet zu beten. Ihr Versprechen!

Nathalie faßte impulsiv einen Entschluß: sie würde nicht zu dem Ball gehen? Sie würde nicht, hübsch gekleidet, dort als Roberts Ehefrau auftreten. Er konnte das Kleid an Maggie zurückgeben und auch die mit Saphiren und Brillanten geschmückte Kette zurückschicken, die ihr am Morgen gebracht worden war und die sie so sehr bewundert hatte.

Im Hause würde sie sicher sein vor solchen Demütigungen, wie sie sie zwei Tage zuvor hatte erleiden müssen.

Robert hatte nicht einmal gemerkt, wie schändlich die Frauen sie behandelt hatten. Allein Annas Freundlichkeit hatte den Abend erträglich gemacht, nachdem Ashes farblose graue Augen sie entdeckt und er ihre Demütigung vorangetrieben hatte. Anna war die einzige gewesen, die Mitgefühl gezeigt hatte ...

Nathalie ging zum Kleiderschrank, nahm eines ihrer Ordenskleider heraus, zog es über und kniete auf dem Fußboden nieder.

Robert war ohne anzuklopfen hereingekommen. Sie spürte seine Gegenwart, noch bevor sie die Augen aufmachte.

»Ich wußte gar nicht, Nathalie, daß du deine Gebete so ernst nimmst, daß wir ihretwegen mal wieder zu spät kommen könnten!« Er sah grimmig aus, und seine Augen funkelten vor Wut und Hohn.

Noch immer kniend, sah ihn Nathalie an. »Ich komme nicht mit, Robert.« Ihre Stimme war leise, aber fest.

»Haben sie dir im Kloster nicht beigebracht, Nathalie, daß es oberste Pflicht einer Ehefrau ist, ihrem Mann zu gehorchen?«

»Ich bin nicht deine Frau, Robert. Wenigstens nicht ...«

Sie konnte nicht weitersprechen, als sie sein vor Wut verzerrtes Gesicht sah. Entsetzt bemerkte sie, wie er sich niederbeugte und die Hand nach ihr ausstreckte. Blitzschnell legte er die Arme um sie, hob sie vom Boden auf und setzte sie unsanft aufs Bett. Sie hielt, um sich vor dieser rauhen Behandlung zu schützen, die Arme vor das Gesicht.

»Du brauchst mich nicht daran zu erinnern, daß wir nicht wie Mann und Frau miteinander leben. Aber ich will nicht, daß die Leute das erfahren, daß sie mich bemitleiden, weil meine Frau gar nicht meine Frau ist? Ich bin in fünf Minuten wieder hier, Nathalie! Wenn du dann nicht dabei bist, das häßliche Krähenkleid auszuziehen und das Abendkleid anzulegen, das ich für dich ausgesucht habe, werde ich dich eigenhändig ankleiden! Fünf Minuten, Nathalie! Mehr Zeit gebe ich dir nicht!«

Er knallte die Tür hinter sich zu, und Nathalie sprang eiligst vom Bett hoch. Sie ließ das Ordenskleid zu Boden fallen, nahm das Abendkleid und mühte sich, es anzulegen.

Aber das konnte sie einfach nicht in fünf Minuten schaffen! Die vielen Haken und Ösen waren viel zu kompliziert für sie allein, und ihr Stolz verbot es ihr, Effie um Hilfe zu rufen.

Die Tür öffnete sich wieder. Sie spürte Hände auf ihrem

Rücken. Eine tiefe Stimme sagte spöttisch: »Deine Zeit ist um, Nathalie. Wie ich sehe, brauchst du meine Hilfe.«

Wie von einer Tarantel gestochen, drehte sich Nathalie um und zischte ihn an: »Du hast keine fünf Minuten gewartet, Robert! Du hast mir nicht einmal die kurze Zeit gelassen, die du mir versprochen hattest!«

»Nein?« Seine Stimme klang plötzlich gar nicht mehr wütend, sondern eher amüsiert, und das machte Nathalie noch rasender.

»Würdest du gefälligst mein Schlafzimmer verlassen, Robert! Ich brauche deine Hilfe nicht.«

»Wirklich?« Robert ließ sie nicht aus den Augen. »Kann schon sein. Ich bin ja schließlich keine Zofe! Aber da ich dir nicht traue, Nathalie, bleibe ich, bis du fertig bist.« Und er machte sich weiter an den Haken und Ösen zu schaffen, bis der letzte zugehakt war. Dann ließ er sie los.

Der unbeirrbare feste Blick seiner topasfarbenen Augen machten sie innerlich zittern. Sie ließ die Haarbürste fallen, aber bevor sie sie wieder aufheben konnte, kam er ihr zuvor und hielt sie ihr hin. Seine Hand berührte dabei die ihre, und sie zog sie schnell zurück. Robert lächelte, und legte die Bürste vor sie auf den Tisch.

Es dauerte nicht lange, bis sie ihre Frisur erneut gerichtet hatte. Als das geschehen war, stand sie auf und sagte: »Ich bin fertig, Robert.« Nun gab sie sich sehr hochmütig.

»Ich glaube, nicht.«

Schnell drehte Nathalie sich um und sah in den Spiegel. Was hatte sie vergessen? Stirnrunzelnd betrachtete sie sich in dem großen Ankleidespiegel.

»Die Halskette, Nathalie! Du hast die Halskette vergessen, die ich dir heute morgen geschickt habe. Wo hast du sie verborgen, Nathalie?«

»Auf dem Tisch neben der Tür.«

Mit einem Schritt war Robert bei dem Schmuckkästchen, nahm die Kette heraus und legte sie, bevor Nathalie protestieren konnte, ihr um den langen, weißen Hals.

»Dreh dich um, Nathalie!« befahl Robert schroff. »Damit ich prüfen kann, ob du dich so sehen lassen kannst.«

Dieser hochmütige Befehl, sich quasi zur Inspektion aufzustellen, machte Nathalie noch wütender. Ihre dunkelbraunen Augen blitzten gefährlich, und Robert spürte ihre Auflehnung.

»Jawohl, mein Gebieter«, sagte sie höhnisch und tat so, als ob sie sich unterwürfig vor ihrem Herrn verneigte.

Mit zwei Schritten war er bei ihr und umklammerte ihre Arme mit schmerzhaftem Griff. »Tu das nie wieder, Nathalie!«

Seine Reaktion schockierte sie noch mehr als ihre eigene spontane Geste. Sie schämte sich, ihm in die Augen zu sehen, und schlug den Blick nieder, während sie darauf wartete, daß seine kräftigen Hände sie losließen. Beide atmeten stoßweise, während sich die Sekunden zu einer Ewigkeit dehnten...

Langsam lockerte er den Griff und ließ seine Hände weich an ihren Armen hinuntergleiten. Nathalie erzitterte und trat zurück.

»Eines Tages, Nathalie, wirst du lernen, nicht so impulsiv zu reagieren! Du müßtest doch eigentlich wissen, daß du dir nur Unannehmlichkeiten dadurch einhandeltst!«

Bei diesen Worten stieg ihr eine glühende Röte ins Gesicht. Nun ganz gehorsam, folgte sie ihm. Sie folgte artig dem Mann, der nur dem Namen nach ihr Mann war...

Das Kapitol strahlte im Licht von tausend Kerzen. Im Senatssaal waren riesige Urnen voll roter Kamelien aufgestellt worden, und an den Wänden hingen Girlanden aus Stechpalmen und Efeu. Die Damen der Politiker erschienen im Schmuck ihrer kostbaren Juwelen, von eleganten, vornehmen Partnern begleitet. Eine festliche Stimmung herrschte in dem sonst so feierlich-biederen Senatssaal.

Nathalie hielt sich zurück und suchte den Saal mit den Augen nach Alistair Ashe ab. Zum Glück war er nirgends zu sehen. Sie war sehr erleichtert. Nun bekam sie auch zum erstenmal den Gouverneur und seine Frau, Theodosia Alston, zu Gesicht. Maggie hatte recht gehabt: sie war die schönste Dame im ganzen Saal.

Amüsiert erinnerte sich Nathalie an Maggies Worte: »Sie und

141

Theodosia Alston werden die beiden hübschesten Damen auf dem Ball sein.« Wie gewagt von Maggie, sie in einem Atemzug mit der Dame des Gouverneur zu nennen!

Robert stand neben Nathalie und beobachtete sie. Ihr wechselnder Gesichtsausdruck war ihm nicht entgangen. Hatte sie zunächst nur Abneigung gezeigt, so fand sie jetzt sichtlich Vergnügen an dem Pomp und Geglitzer um sie herum.

»Oh, sieh mal, Robert!« flüsterte sie mit vor Bewunderung weit aufgerissenen Augen. »Ist das nicht ein blendend aussehender Mann?«

Nur ungern wandte Robert seine Blicke von ihr ab um zu sehen, auf wen sie diskret deutete. Dann mußte er lachen. Das, Nathalie, ist Mister Crowley. Er kommt aus dem Landesinneren und ist ein richtiger Dandy – mit seinen Einsfünfundfünfzig! ›Pfau‹ würde besser zu ihm passen als ›Crowley‹!«

Nathalie blickte schon interessiert in eine andere Richtung, sie hatte Mister Crowley schon wieder vergessen.

Mit zusammengekniffenen Augen beobachtete Robert seine schöne Frau. Sie wirkte so unschuldig, so jungfräulich. Man würde nie glauben …

Es lag sicherlich an den Jahren, die sie im Kloster verbrachte, nachdem Jacques Binet sie dort abgeliefert hatte. Robert selbst hätte geschworen, sie sei unberührt, wenn er nicht selbst gewußt hätte, daß dem nicht so war …

Robert wußte: Wenn er an Jacques Binets Stelle gewesen wäre, er hätte sie nie freigegeben und bei den Nonnen gelassen! Er würde sie mitgenommen haben bis ans Ende der Welt. Er hätte dafür gekämpft, sie stets an seiner Seite haben zu dürfen …

Aber er war nicht Jacques Binet. Er war Robert Tabor, ihr Mann, dessen Stolz es nicht zuließ, je zu vergessen, daß ein anderer ihre Reize genossen, ihren weichen Körper berührt hatte …

»Robert, stimmt irgend etwas nicht?«

Schnell glätteten sich Robert verbitterte Züge. »Ja, Nathalie. Wir haben noch nicht miteinander getanzt.«

Er lächelte sie an und führte sie an den Rand der Tanzfläche, wo man sich gerade zur nächsten Quadrille aufstellte. Als der

Tanz zu Ende war, nahm er Nathalie bei der Hand und führte sie durch die Menge zu Joseph Alston, dem Gouverneur, der mit seiner Frau auf einer erhöhten Plattform stand und die einzelnen Gäste begrüßte.

»Na, Robert, wen haben wir denn da?«

Der Gouverneur mit dem gebräunten Gesicht zwinkerte mit den Augen und sah sich die junge Frau an Roberts Seite wohlwollend an.

»Darf ich Ihnen meine Frau vorstellen: Nathalie Boisfeulet Tabor.«

Gouverneur Alston streckte die Hand aus und ergriff Nathalies kleine Hand. Er war nicht groß, aber kräftig gebaut, mit starkem Nacken und einer hohen Stirn, in die seine widerspenstigen dunklen Locken fielen. Man spürte, daß hier ein ganzer Mann stand. Auch Nathalie fühlte das, während seine scharfen Augen sie musterten und er sie bei der Hand nahm, um sie zu seiner Frau zu führen, die ein paar Schritte von ihm entfernt stand.

»Theo!« rief er leise, damit sie sich zu ihnen umdrehen sollte. »Darf ich dir Roberts Frau Nathalie vorstellen? Du mußt diese hübsche kleine Frau unter deine Fittiche nehmen! Ich ahne nämlich, daß sie Unannehmlichkeiten bekommen wird mit den weniger gut aussehenden Damen.«

»Ja, Joseph«, antwortete Theodosia lächelnd. »Sie ist wirklich sehr hübsch!«

»Boisfeulet, Boisfeulet ...« Nachdenklich murmelte der Gouverneur den Namen vor sich hin. »Sind Sie aus New Orleans, meine Liebe?«

»Ja, Herr Gouverneur. Dort bin ich aufgewachsen. Aber mit sechzehn Jahren habe ich die dortige Klosterschule verlassen, um bei meiner Mama sein zu können.«

»Geneviève Boisfeulet! Das ist der Name, der mir nicht einfallen wollte!« rief jetzt der Gouverneur erfreut. »Sind Sie zufällig Geneviève Boisfeulets Tochter?«

»Ja, aber ...«

Er lachte, als er ihr Erstaunen bemerkte. »Woher ich das weiß? Weil Sie ihr so ähnlich sehen! Sie war eine wunderbare Frau.«

Er beugte sich vor und fragte fast verschwörerisch: »Möchten Sie einen Ihrer Verwandten kennenlernen, meine Liebe?«

»Einen Verwandten?« fragte Robert. »Ich dachte, Nathalie hätte nur in Frankreich Verwandte.«

»Dann wird es mir ein Vergnügen sein, sie miteinander bekannt zu machen. Bitte, Robert, hole uns doch einmal Arthur Metcalfes Vetter herüber! Sie kennen ihn ja: Desmond Caldwell, der Abgeordnete für Chester County. Nein, laß deine Frau nur hier! Wir kümmern uns inzwischen schon um sie.«

Der Abend verlief so ganz anders, als Nathalie erwartet hatte. Sie wartete, während Robert sich nach Mister Caldwell umsah. Und sie war gespannt darauf, zu erfahren, wie Joseph Alston ihre Mama kennengelernt hatte.

Der Mann, der mit Robert zu ihnen zurückkam, was fast so groß wie er. Aber er hatte eine dünne und asketische Figur, während Robert sehr muskulös war. Er war mittleren Alters und hatte durchdringende, eisblaue Augen und einen buschigen, dunklen Backenbart, der sein Gesicht fast verdeckte. Fragend blickte er den Gouverneur an.

»Mister Caldwell«, begann der Gouverneur, dem man anmerkte, wie sehr er diesen Augenblick genoß, »sind Sie nicht in zweiter Ehe mit einer Französin aus Santo Domingo verheiratet?«

»Ja, das bin ich, Gouverneur Alston«, erwiderte Caldwell. Er sprach nicht, wie der Gouverneur, mit dem Akzent der Küstenregion. »Bei dem letzten Sklavenaufstand ist sie von der Insel geflohen und mit vielen anderen französischen Flüchtlingen nach Charleston gekommen.«

»Und sie hieß Longchamp?« setzte der Gouverneur seine Befragung fort.

Desmond Caldwell nickte. Er sah genauso verwundert aus wie die anderen Umstehenden.

»Dann ist es mir ein Vergnügen, Sie mit einer entfernten Verwandten Ihrer Frau bekannt zu machen: Nathalie Boisfeulet Tabor, deren Mutter auch eine geborene Longchamp war!«

»Das ist eine Überraschung!« sagte Desmond Caldwell.

»Julie wird sich sehr freuen, wenn ich ihr bei meiner Heimkehr erzähle, daß sie in Columbia eine hübsche junge Kusine hat. Es ist mir eine Ehre und ein Vergnügen, Sie kennenzulernen. Ich hoffe, daß Sie uns einen Besuch im Landesinneren abstatten werden, sobald es meiner Frau wieder bessergeht.«

Alle fingen nun gleichzeitig an zu reden; und Joseph Alston, stieg von der Plattform hinab und führte Theodosia aus der durch ein Seil abgetrennten Empfangsecke auf die Tanzfläche. Robert wünschte Desmond Caldwell einen guten Abend und bat Nathalie um den nächsten Tanz.

Den ganzen Abend über blieb Robert in Nathalies Nähe und ließ sie nicht aus den Augen. Selbst während sie mit anderen Männern tanzte, blieb er am Rande der Tanzfläche stehen und beobachtete sie bei jeder Drehung.

Gegen Ende des Abends huschte Nathalie in einen den Damen vorbehaltenen Raum, um die Silberspitze, die sich vom Saum ihres Kleides gelöst hatte, anzunähen. Dorthin konnte Robert ihr nicht folgen. Er konnte sie auch nicht zurückhalten, weil sie von einer Gruppe von Damen umgeben war, die sich alle auf dem Weg in diese Damengarderobe befanden.

Nathalie wartete, bis die anderen wieder gegangen waren. Dann heftete sie die Spitze an und machte sich auf den Weg zurück in den Senatssaal.

Im Korridor brannten nur wenige Kerzen. Er war ziemlich dunkel. Sie ging etwas schneller auf den Saal zu, aus dem gedämpfte Musik zu hören war. Der lange Korridor war ihr etwas unheimlich.

»Mrs. Tabor!« Aus dem Schatten drang eine leise Stimme an ihr Ohr.

Nathalie erkannte die Stimme sofort und blickte sich suchend um.

Die Frau trat aus dem Dunkel ins Licht.

»Florilla, was machen Sie denn hier?« fragte Nathalie. Plötzlich bekam sie Angst. »Ist es wegen Jason? Ist ihm etwas passiert?«

Florilla trat näher. Ihr Gesicht war halb verdeckt von der

Kapuze ihres Umhangs. »Ja, Er ist leider wieder krank geworden und ruft immerzu nach Ihnen.«

Das hatte sie doch befürchtet! »Ich werde sofort Robert holen«, antwortete Nathalie.

Jedoch Florilla schüttelte den Kopf und meinte: »Nein! Sie müssen sich beeilen! Die Kutsche wartet schon. Ich werde Robert suchen und ihm sagen, daß Sie gegangen sind. Ich komme dann mit ihm zusammen nach Hause.«

Florilla nahm Nathalies Arm und führte sie durch die dunkle Diele zum Hinterausgang des Hauses, vor dem tatsächlich eine Kutsche wartete.

Robert beobachtete die Damen, die in den Saal zurückkamen; aber Nathalie war nicht dabei. Sie blieb ja ungewöhnlich lange. Warum nur?

Der Ball ging dem Ende zu. Joseph Alston und seine Frau Theodosia waren schon gegangen. Es war allgemein bekannt, daß sie am folgenden Tag nach Georgetown reisen würden, wo die »Patriot« vor Anker lag, die trotz der britischen Blockade nach New York fahren würde.

Theodosias Vater, Aaron Burr, war – unter falschem Namen – wieder im Land und erwartete den Besuch seiner Tochter, die ihm ein neu gemaltes Porträt mitbringen sollte.

Ich muß unbedingt Nathalie auch malen lassen, dachte Robert, in diesem glänzend weißen Ballkleid, welches sie heute abend trägt.

Er würde sie aber bitten, das Haar offen und lang zu tragen wie bei ihrer ersten Begegnung. Das Porträt würde nur für ihn bestimmt sein; kein anderer sollte es sehen. Schade, daß Jeremiah Theus nicht mehr am Leben war. Ihm hätte es vielleicht gelingen können, den unbestimmten sanften Blick ihrer braunen Augen und den perligen Schimmer ihrer Haut auf die Leinwand zu bannen ...

Mittlerweile war Robert ernstlich beunruhigt. Er ging auf den Flur. Vielleicht war es Nathalie schlecht geworden und sie brauchte Hilfe? Nachdem sie Jason so unermüdlich gepflegt hatte, durfte sie nun, wo es ihm besser ging, nicht plötzlich selbst krank werden.

Robert erkannte plötzlich Anna deLong und ging auf sie zu.

»Anna«, sagte er, bemüht, sich seine Besorgnis nicht anmerken zu lassen, »würden Sie bitte so freundlich sein und nachsehen, ob Nathalie noch in der Damengarderode ist? Ich möchte jetzt gehen, aber sie ist nicht da.«

»Gern, Robert. Ich will es ihr ausrichten.«

Erleichtert wartete Robert darauf, daß Nathalie zusammen mit Anna zurückkäme, aber als Anna wiederauftauchte, war sie allein.

»Ich habe überall nachgesehen«, sagte sie beunruhigt, »aber ich kann sie nicht finden.«

In dem Augenblick kam Arthur Metcalfe vorbei. Als er Roberts düsteren Gesichtsausdruck bemerkte, blieb er stehen und fragte: »Ist etwas passiert?«

Dann aber blickte er sich unter den Leuten, die zum Ausgang drängten, um und fragte, ohne auf eine Antwort auf seine erste Frage zu warten: »Wo ist Nathalie?«

»Sie scheint verschwunden zu sein«, antwortete Robert mit tonloser Stimme.

»Aber ihr Schal liegt noch in der Damengarderobe«, berichtete Anna.

»Dann muß sie auch noch im Hause sein! Oder ... ist sie entführt worden?« Arthur sah jetzt sehr besorgt aus.

Bei dem Wort »entführt« war Robert blaß geworden. Ihm fiel Arthur frühere Warnung ein. Schnell fingen sie an, das Haus nach Nathalie zu durchsuchen. Außer Robert, Arthur und Anna nahm auch Annas Mann Richard an der Suche teil.

Auch der Portier, mit der Laterne in der Hand, half ihnen. Aber obwohl sie das ganze Haus, jedes Zimmer und jeden Winkel, geradezu durchkämmten, fanden sie von Nathalie keine Spur. Dann begannen sie, draußen nach ihr zu suchen.

In der Nähe des Hinterausgangs sah Robert schließlich etwas Silbernes auf dem schlammigen Boden blitzen. Er beugte sich nieder, um es aufzuheben. Ihm wurde ganz schlecht: Es war ein silberner Schuh! Nathalies Silberschuh, zerdrückt – in einer frischen Wagenspur!

Arthur hatte also recht gehabt mit seiner Warnung. Trotz seiner Wachsamkeit hatte er es nicht verhindern können, daß Nathalie entführt wurde.

Aus der Stadt gejagt! Aus der Stadt gejagt! Der Satz ging ihm pausenlos im Kopf herum. Und er erinnerte sich an eine andere Nacht, in der er diese Wort gehört und eine rüpelhafte Menschenmenge gesehen hatte. Diese alptraumartige Szene zog nun an seinem inneren Auge vorüber, nur war jetzt Nathalie das Opfer. Aber sie würden doch wohl nicht seiner Frau antun, was sie mit einem ertappten Dieb gemacht hatten? Geteert und gefedert wurde der damals an einer Stange aus der Stadt getragen! Niemand könnte so grausam sein gegenüber einer jungen Frau, die nichts Böses getan hatte ...

Ohne auf die anderen zu warten, rannte Robert zu seiner Kutsche. Er ließ den Pferden freien Zügel, und das Gefährt schoß davon. Sein Ziel war eine alte, verlassene Schmiede am südlichen Rand der Stadt.

Roberts Augen waren blutunterlaufen, während er dahinjagte. Einerseits fürchtete er, daß sich sein Verdacht bestätigen und er Nathalie geteert und gefedert vorfinden würde; andererseits hoffte er, daß er sie überhaupt finden würde und nicht die ganze Nacht weiter nach ihr suchen müßte. Mit jeder Minute, die verging, befand sich Nathalie in größerer Gefahr ...

Die trunkene, wogende Menge bestätigte seine Befürchtungen. Schreiend und fluchend – wie bei einer Bärenhatz oder einem Hahnenkampf – stachelten sich die Männer gegenseitig zu dem verbotenen Spektakel an.

Robert sprang aus der Kutsche und warf die Zügel einem Jungen zu, der am Wege stand. Er bahnt sich eine Gasse durch den wüst schreienden Pöbel.

»Teert Sie! Federt das lose Mädchen!« höhnten sie.

Der Teergestank über überwältigend. Noch schlimmer aber war der üble Geruch der ungewaschenen Körper dieser Menschen, für die dies alles eine herrliche Abwechslung von dem täglichen Einerlei war. Die üblen Gerüche hingen schwer in der kalten Nachtluft.

Als die Männer den großen, zornigen Mann auf die Mitte der Schmiede zustreben sah, machte sie Platz und hörte mit dem Hohn- und Spottgeschrei auf.

Dann sah Robert sie: Das Abendkleid hatte man ihr bis zur Taille heruntergrissen, und ihre Brust war schon von einem Gemisch aus Teer und Federn bedeckt.

Robert stieß einen Schrei aus wie ein wildes Tier und faßte die beiden Männer, die Nathalie festhielten. Bevor sie wußten, wie ihnen geschah, fanden sie sich auf dem Boden wieder, ganz benommen von der Wucht, mit denen er ihre Köpfe aufeinandergeschlagen hatte.

Robert nahm den Kessel mit dem Teer, schüttete ihn über sie aus und streute auch die Federn aus der Kiste über sie, so daß sie von Kopf bis Fuß damit bedeckt waren.

Die Menge, nun respektvoll und von Roberts Tat eingeschüchtert, begann sich zu zerstreuen, Die Schuldigen torkelten beiseite und hatten jetzt Angst vor der Strafe.

Robert und Nathalie waren allein. Jetzt, wo Nathalie aus der Gefahr gerettet war, schwankte sie und wäre zu Boden gefallen, wenn Robert sie nicht aufgefangen hätte. Das klebrige Gemisch blieb ihm an den Händen hängen. Er wickelte seinen Samtschal um ihren halbnackten Körper.

Langsam fuhr die Kutsche durch die schlammigen Straßen. Immer wieder wanderten Roberts Augen zu der Frau, die neben ihm, mit dem Kopf auf seiner Brust, zusammengebrochen war. Sein Beschützerinstinkt war voll erwacht. Wilder Zorn stieg in ihm auf: Alistair Ashe – er war der Anstifter!

Und schon sann Robert auf Rache.

Endlich war die Fahrt vorbei. Die Kutsche hielt vor dem Eisenzaun, Robert nahm Nathalie auf den Arm und stieg aus. Er trug sie die Treppe hinauf in sein eigenes Schlafzimmer und legte sie, ohne Rücksicht auf die Steppdecke, auf sein Bett.

»Effie!« rief Robert. »Komm schnell!«

Das junge Negermädchen rannte in das Schlafzimmer ihres Herrn. Als sie Nathalie mit geschlossenen Augen liegen sah und erkannte, in was für einem Zustand sie sich befand, brach sie in Tränen aus.

»Barmherziger Himmel, Mister Robert! Ist sie ... tot? Was haben diese Schufte mit ihr gemacht?«

»Pst, Effie! Sie ist nicht tot, aber sie braucht Hilfe. Geh in den Keller, und hole die große Flasche Terpentin!«

»Aber was soll ich denn den Leuten sagen, die unten in der Stube warten, Mister Robert?«

»Sag ihnen gar nichts, Effie, nur, daß ich gleich käme.«

»Ja, Sir, Mister Robert«, antwortete das Mädchen. »Aber das kommt denen sicher komisch vor, wenn sie mich mit der Flasche Terpentin in der Hand sehen.«

Robert hätte sich die Haare raufen können, aber er sagte geduldig: »Geh zuerst in den Salon, Effie. Richte es ihnen aus, und hole dann das Terpentin!«

Ihr Gesicht leuchtete auf.

»Ja, Sir«, sagte sie und ging.

Als sie die Befehle ausgeführt hatte, rieb sich Robert mit Terpentin den Teer von den Händen, zog sich schnell um und ging hinunter.

Effie würde bei Nathalie bleiben, bis er zurückkäme. »Bleib bei ihr, bis ich wiederkomme! Und sag den anderen Dienern nichts von dem Vorgefallenen.«

Er zwang sich, ruhig zu bleiben, und ging in den Salon. »Nathalie ist in Sicherheit. Ich habe sie nach Hause gebracht«, berichtete er den Anwesenden.

»Gott sei Dank!« sagte Anna deLong, die sich an den Arm ihres Mannes geklammert hatte. »Ist sie ... verletzt, Robert?«

»Nur ganz durcheinander. Vielen Dank für Ihre Hilfe. Ich werde es Ihnen nicht vergessen.«

»Wir ... wir haben ihren Schal mitgebracht. Er liegt auf dem Stuhl am Fenster, Robert«, bemerkte Arthur Metcalfe.

Die drei erhoben sich, um sich zu verabschieden. Sie waren zu wohlerzogen, um Fragen zu stellen. Als sie gingen, wußten sie immer noch nicht, was nun eigentlich passiert war.

Sobald sie gegangen waren, ging Robert wieder hinauf. Die nächste Stunde würde nicht leicht sein.

»Sie ist jetzt wach, Mister Robert«, berichtete Effie. »Soll ich bleiben und Ihnen helfen?«

»Nein, Effie. Bring mir nur heißes Wasser und viele Handtücher! Dann kannst du zu Bett gehen.«

»Jason? Wie geht es Jason?« Nathalies schwache Stimme zitterte, als sie zu sprechen versuchte.

»Es geht ihm gut, Nathalie. Sag nichts! Schone deine Kräfte!«

Seine topasfarbenen Augen waren dunkel vor innerer Bewegung, als er sie anblickte. »Gleich brennt es, Nathalie, aber das läßt sich nicht vermeiden. Ich werde ganz vorsichtig sein. Aber bevor ich anfange, möchte ich, daß die dies trinkst.«

»Ja, Robert.«

Er hoffte, das Laudanum würde ihr guttun, aber er hatte Angst, er könnte ihr zuviel einflößen. Sie war so ergeben, so mutlos. Es wäre besser, wenn sie zornig wäre oder weinen könnte, dachte er. Aber sie lag nur da und ließ die Tortur über sich ergehen. Nur Robert selbst wurde von einer unbändigen Wut erfaßt über die Schande, die man ihr angetan hatte. Aber Nathalie hatte noch Glück gehabt, dass man ihr nicht das Gesicht geteert hatte.

Er arbeitete mit sanfter Hand, wischte immer nur kleine Stücke Teer ab und zog systematisch die Federn aus der gelösten schwarzen Masse. Als er an die letzte Schicht kam, wurde der Schmerz schlimmer. Als er sie schließlich in das warme Seifenwasser in der alten Messingwanne tauchte, konnte Nathalie es nicht mehr aushalten. Sie schrie vor Schmerzen. Es war herzzerreißend.

Ihre durchsichtige Haut war rot und wund, und an manchen Stellen war die Haut sogar abgerissen.

Robert wickelte sie in Handtücher, warf die verschmutze Steppdecke auf den Boden, schlug das Laken zurück und legte Nathalies schmerzenden, erschöpften Körper auf das Bett.

Die ganze Nacht hindurch saß Robert neben dem Kamin und hielt das Feuer in Gang. Nathalie stöhnte und wimmerte, draußen heulte der Wind in den Bäumen. Gegen Morgen ließ der Wind endlich nach.

Als Robert zum Frühstück herunterkam, wartete Florilla schon auf ihn. Sie weinte.

»Robert, ich bin ja so dumm gewesen!« sagte sie und tupfte

sich geziert mit dem Spitzentaschentuch die Tränen aus den Augenwinkeln.

»Das geht Ihnen nicht allein so«, sagte er trocken. »Was haben Sie denn angestellt?«

Sie sah ihn überrascht an und vergaß ganz, noch mehr Tränen zu vergießen. »Hat Nathalie, ich meine, hat Ihre Frau es Ihnen denn nicht gesagt?«

»Was denn, Florilla,« fragte er ungeduldig.

Ihre kornblumenblauen Augen sahen erleichtert aus, und sie fing an zu erzählen. »Mister Ashe kam gestern zu mir und bat mich, ihm zu helfen bei einer Überraschung für Mrs. Tabor.« Bei der Nennung dieses Namens stieg Robert die Zornesröte ins Gesicht.

Schnell sprach sie weiter: »Ich dachte, er sei Ihr Freund. Ich konnte ja nicht wissen ...« Nervös spielte sie mit ihrem Taschentuch.

»Erzählen Sie weiter!«

»Also er sagte, alle Bekannten in Columbia wollten Ihrer Frau ein herzliches Willkommen bereiten, und sie würden alle schon wartend dastehen, wenn ich sie von dem Ball weglocken könnte. Und es wäre eine wunderbare Überraschung für sie, sagte er. Erst viel später habe ich erfahren, was passiert ist und daß ... daß er gar nicht Ihr Freund ist, sondern Ihr schlimmster Feind. Oh, Robert, wenn Sie nur wüßten, was für Vorwürfe ich mir gemacht habe!« Sie brach wieder in Tränen aus. »Wenn ich mir vorstelle, daß ich diesem schrecklichen Menschen in die Hände gearbeitet habe ...!«

Sie zitterte und dreht ihm den Rücken zu, als ob dieses Geständnis zuviel für sie wäre.

»Reißen Sie sich zusammen, Florilla! Wir haben beide schuld, aber Nathalie ist jetzt in Sicherheit.«

»Ich ... ich weiß, nach allem, was geschehen ist ... Wollen Sie mich denn überhaupt noch hierbehalten?«

»Unsinn, Florilla! Sie haben sich über zwei Jahre lang treu um Jason gekümmert. Aber wir alle müssen uns jetzt klüger verhalten und uns intensiver um Mutter und Sohn kümmern.«

»Oh, danke Robert! Sie wissen gar nicht, wieviel es für mich bedeutet, daß Sie mich nicht allein verantwortlich für das Geschehene machen!«

Sie lächelte ihn aus tränenverhangenen Augen an, schluchzte noch einmal auf und verließ in tragischer Haltung das Eßzimmer.

Florillas Geständnis hatte Alistair Ashes Schuld bestätigt. Daß er dies hatte tun können, obwohl Robert ihm unter dem Siegel der Verschwiegenheit anvertraut hatte, was es mit ihm und Nathalie auf sich hatte! Die Schuld traf nur ihn allein. Zum Teufel! Nie hätte er geglaubt, daß er jemanden um einen Gefallen hätte bitten müssen, noch dazu einen Feind, aber seine Sorge um Nathalie hatte ihn seinen Stolz vergessen lassen. Er hatte nicht gewollt, daß sie noch mehr verletzt würde. Und Ashe war nicht so anständig gewesen, es für sich zu behalten. Er war kein Gentleman, das stand für Robert fest, er war ein Verräter.

Es gab nur eins: Ashe mußte sterben für das, was er Nathalie angetan hatte; oder er selbst würde sterben bei dem Versuch, Ashe unschädlich zu machen.

Im Laufe desselben Tages kam Feena von der Plantage angereist. Den ganzen Weg hatte sie sich unbändig gefreut, daß ihre kleine Lalie noch am Leben war.

Es schien seltsam ruhig zu sein in dem ihr fremden weißen Haus. War etwa Lalie krank? Erschien das Haus deswegen so tot?

»Miß Lalie hat nach mir geschickt«, verkündete sie stolz, als das Mädchen ihr die Tür öffnete. »Führe mich bitte zu ihr!«

»Meinen Sie Miß Tabor?« fragte das Mädchen.

»Natürlich! Mrs. Tabor – Miß Lalie! Schnell! Steh nicht so dumm da! Ich habe es eilig.«

Feena ging hinter dem Mädchen her, die Treppe hinauf, den halbdunklen Korridor entlang, bis sie zu der Tür des Schlafzimmers kamen. Sie war verschlossen.

»Mister Robert hat gesagt, hier darf keiner rein, nur Effie«, erklärte das Mädchen.

»Dann ist Lalie krank! Ich werde mich um sie kümmern, wie ich das immer getan habe. Meine kleine Lalie, Feena ist hier!« rief sie und klopfte an die Tür.

Die schwere, mit Schnitzereien verzierte Tür öffnete sich zu einem winzigen Spalt, und Effie ließ Feena ein.

»Mein Gott! Was haben Sie mit Ihnen gemacht, Miß!« rief Feena entrüstet aus. Der Zustand, in dem sich Nathalies Haut befand, schockierte sie zutiefst.

»Es ... es war ein Versehen, Feena«, erwiderte Nathalie. Jede Bewegung verursachte ihr Schmerzen.

»Versehen? Wer das getan hat, hat ein großes Verbrechen begangen! Feena wird's ihm heimzahlen!«

»Nein, Feena, versprich mir, daß du nichts unternimmst! Sie würden dich nur wieder wegschicken, und ich brauche dich doch!«

»Dieses bleichgesichtige Flittchen, Madame Florilla, ist für diese Schande verantwortlich! Das fühle ich doch – hier!«

Und Feena schlug sich mit der Faust auf die Brust. Sie gab Nathalie keine Gelegenheit, es zu bestätigen oder abzustreiten, sondern setzte ihre Tirade fort:

»Die Frau taugt nichts! Das wußte ich vom ersten Augenblick an. Aber jetzt, wo Sie wieder da sind, wird alles anders. Madame ist jetzt nicht mehr Herrin im Haus. Wann werden Sie sie entlassen, meine Süße?«

»Das ... das steht mir nicht zu, Feena. Robert hat sie eingestellt; er müßte sie auch entlassen.«

»Hm! Dann müssen Sie es ihm eben nahelegen! Männer durchschauen solche hinterlistigen Frauen nie! Aber eine Frau weiß Bescheid! Ich weiß genau, die stiftet nur Unfrieden zwischen Ihnen und Ihrem Mann! Aber jetzt müssen Sie ruhen. Ich gehe hinunter und bereite ein Wundpflaster vor. Ihre Haut wird heilen und wieder ganz zart werden. Dafür bürgt Ihnen Feena!«

Nathalie blieb ganz ruhig liegen und wartete auf Feena und das Wundpflaster, aber sie schlief nicht ein. Statt dessen gingen ihr die Ereignisse der vergangenen Nacht noch einmal durch den Kopf. Alles schien ihr unwirklich, alles, außer Robert und seine Reaktion. Robert und sein wilder Blick! Sogar das düstere Gesicht, das ihr auf Midgard damals Angst eingeflößt hatte, als er über den Zaun setzte und sie fast umrannte, war nichts in Vergleich zu dem Ausdruck, zu dem sich sein Gesicht verzerrt hatte, als er erblickte, was die beiden Männer ihr antaten ...

Und mit welch sanfter Hand hatte er den Teer von ihrer Haut gelöst! Als sie aufgeschrien hatte, weil das Terpentin so brannte, hatte er liebevoll auf sie eingeredet in einem Ton, als ob er Jason beruhigen müsse, wenn der quengelte.

Daß seine großen Hände so geschickt sein konnten wie die einer Krankenschwester! Nathalie mußte daran denken, wie sie diese Hände vor langer Zeit auf ihrem Körper gespürt hatte, als Robert sie streichelte, damit sie sich ihm hingäbe. Jetzt hatte sie eine ganz andere Seite an ihm kennengelernt.

Sie legte ihre Hand auf die Wange, auf der sie seine Lippen gespürt hatte. Oder hatte sie es nur geträumt, daß er sich über sie beugte, um sie zu küssen? Sie wußte es nicht mehr ...

»Florilla hat heute morgen mir mir gesprochen und mir erklärt, welche Rolle sie bei der gestrigen Sache gespielt hat.«

Robert stand am Fenster und blickte auf den noch immer aufgeweichten Boden hinunter. Es war jetzt spät am Nachmittag, die Sonne schien, und Nathalie saß, nur mit einem hauchdünnen Nachthemd bekleidet, im Bett. Ihr langes Haar fiel ihr über die Kissen in ihrem Rücken. Sie wartete darauf, daß Robert weiterspräche.

»Ich bin überzeugt, sie wußte nicht, was Ashe vorhatte. Deshalb habe ich ihr gestattet zu bleiben – als Jasons Gouvernante.«

Betroffen von seinen Worten, verfiel Nathalie in Schweigen. Sie überlegte. Robert hatte sich nicht einmal bemüßigt gefühlt, sie zu fragen, was passiert war, sondern hatte sogleich Florilla von jeder Schuld freigesprochen. Ob Florilla nun gewußt hatte oder nicht, was Ashe im Schilde führte, es war auf jeden Fall eine infame Lüge gewesen, zu behaupten, Jason sei von neuem krank geworden. Jetzt war es zu spät, Robert das zu berichten. Er war anscheinend fest entschlossen, Florilla zu glauben, ihr zu vertrauen und sie nicht zu entlassen.

»Aber Jason braucht doch keine Gouvernante, Robert. Von jetzt an kümmere ich mich um ihn.«

»Vorläufig bist du nicht in der Lage, dich um irgend jemanden zu kümmern. Nein; Florilla soll sich nur weiter ihren Unterhalt verdienen. Sie hat genug mit Jason zu tun, weil er nicht einsieht, daß er nicht zu dir gehen kann. Du hast ihn leider verwöhnt, Nathalie, obwohl du ja noch gar nicht lange hier bist.«

»Aber warum darf er nicht zu mir, Robert?«

»Er könnte es nicht begreifen, daß du verletzt bist. Es würde ihn nur verstören. Und ich weiß, du bist zu verwundet, um ihn auch nur für ein paar Minuten auf den Arm zu nehmen. Nein, das beste ist, wenn er dich in den nächsten Tagen überhaupt nicht zu sehen bekommt.«

Es klopfte, und Robert rief:

»Ja? Wer ist da?«

»Feena, Monsieur! Ich will Miß Lalie helfen, wieder in ihr eigenes Zimmer zurückzuziehen.«

Robert ging zur Tür und öffnete sie nur einen Spalt, so daß Feena nicht hereinkommen konnte.

»Das ist nicht nötig, Feena, weil Mrs. Tabor von jetzt ab hier bleibt. Du kannst ihre Garderobe aus dem grünen Zimmer herüberbringen.«

»Ja, Monsieur«, sagte Feena und lachte vor sich hin, während sie die Tür wieder schloß.

Wutentbrannt, weil er ihre Dienerin einfach weggeschickt hatte, stieg Nathalie aus dem Bett. Sie mußte sich an dem dicken Mahagonipfosten festhalten, bis ihr nicht mehr schwindlig war.

»Robert«, sagte sie dann mit vor Wut erstickter Stimme, »du hattest nicht das Recht, Feena diesen Befehl zu geben. Meine Kleider brauchen nicht in dieses Zimmer gebracht zu werden. Ich … ich habe nicht vor, hier zu bleiben.«

»Das mit den Kleidern ist mir gleich, Nathalie«, gab Robert zurück. »In den nächsten Tagen kannst du sowieso keine Kleider anziehen. Aber du bleibst in diesem Schlafzimmer, Nathalie, ob du willst oder nicht.«

Nathalie ließ den Bettpfosten los und machte unsichere Schritte, doch dann mußte sie stehenbleiben. Ihr war so schwindlig, daß sie schwankte. Schnell war Robert an ihrer Seite und faßte nach ihrem Arm, um sie zu stützen. Bei der Berührung schrie sie vor Schmerz laut auf.

»Du kannst noch nicht allein fertig werden. Hör auf, dich zu quälen, und geh wieder ins Bett!« Er sagte es mit seltsam weicher Stimme.

Sie mußte sich geschlagen geben und sich von Robert ins Bett helfen lassen; aber die Tränen strömten über ihr Gesicht.

Von ihren Tränen anscheinend ungerührt, explodierte Robert: »Du benimmst dich genau wie Jason, wie ein verwöhntes Kind, Nathalie! Wie unangenehm es dir auch sein mag, dieses Zimmer mit mir zu teilen, du wirst es tun – und damit basta! Die Diener haben schon genug zu klatschen, als daß wir auch noch getrennte Schlafzimmer haben müßten.«

Nathalie vergrub ihr Gesicht in den Kissen und bemühte sich nicht einmal, ihr wütendes Schluchzen zu unterdrücken. Bald fiel die Tür mit einem lauten Knall ins Schloß. Sie war allein.

»Es ist doch ganz natürlich, meine Kleine, daß ein Mann seine Frau bei sich haben möchte«, sagte Feena, während sie Nathalies Kleidung neben Roberts Anzüge hängte.

»Er hat mich nicht einmal wegen Florilla gefragt! Er hat seine Entschlüsse gefaßt, ohne überhaupt mit mir zu sprechen! Er ... er findet, ich verwöhne Jason, und ... und er hat mich auch nicht gefragt, ob ich überhaupt in diesem Zimmer bleiben will oder nicht.« Nathalie wischte sich mit dem Zipfel des Bettlakens die Tränen aus den Augen.

»So sind doch alle Männer, Miß. Sie halten es nicht für nötig, ihre Frauen zu fragen, bevor sie eine Entscheidung treffen.«

»Aber ich bin ja gar nicht seine Frau, Feena.«

»Aha! Also da liegt das Problem! Na, mach dir keine Sorgen! Meine Heilpflaster machen dich bald gesund. Und dann, wenn deine Haut wieder geheilt ist, werden wir ja sehen ob Monsieur Robert stark genug ist, dir zu widerstehen!«

»Aber ich will doch nicht ...« Nathalie brach ab und errötete vor Scham.

Feena lachte und half ihr aus dem Nachthemd.

»Die Haut sieht schon viel besser aus«, bemerkte sie.

Da ging die Tür auf, und Robert kam herein. »Finden Sie nicht auch, Monsieur?« fragte Feena geistesgegenwärtig.

Robert trat näher an das Bett heran und sah die nackte Nathalie an, die verzweifelt nach dem frischen Nachthemd, das Feena in der Hand hatte, ausstreckte.

»Viel besser, Feena«, bestätigte er lächelnd. »Dein Balsam wirkt Wunder, wie ich sehe.«

Nathalie blickte Feena wütend und vorwurfsvoll an und ignorierte Robert und seine Bemerkungen.

Ganz in Gedanken versunken, nahm Robert kaum wahr, daß sich Nathalie in dem großen Mahagonibett bewegte. Er wollte gerade die Kerzen ausblasen und sich zu ihr drehen, um ihr eine gute Nacht zu wünschen, bevor er sich auf dem Feldbett am Kamin ausstreckte.

»Was machst du denn nun schon wieder, Nathalie?« sagte er verärgert, weil sie aus dem Bett geklettert war.

»Ich bete für Jacques Binet, wie ich es versprochen habe.«

Sie kniete neben dem Bett. Von seiner Seite des Zimmers aus konnte Robert nur wenig von ihrem langen, schwarzen Haar sehen.

Die Kerzen erloschen, und Robert sagte: »Dann tu das bitte im Dunkeln! Es ist mir ja wohl nicht zuzumuten, mit anzusehen, wie meine Frau für so einen Schurken auch noch betet!«

Verärgert hörte er dann im Dunkeln das Geflüster Nathalies. Als sie fertig war, sagte sie leise, aber klar und deutlich: »Gute Nacht, Robert!«

»Gute Nacht, Nathalie. Nun schlaf gut!«

Vor Morgengrauen ging Robert auf Zehenspitzen hinaus, um Nathalie nicht aufzuwecken. Im Nebenzimmer zog er sich an.

Er hatte ihr nichts von dem Duell erzählt, weil er wußte, daß sie sich schrecklich aufregen würde. Wenn er Glück hatte, würde er zurück sein, bevor Nathalie überhaupt merkte, daß er gegangen war. Wenn er kein Glück hatte, und Ashe ihn tötete …

9

Die Sonne ging über dem östlichen Ufer des Congaree auf, aber die dicken, knorrigen Eichen dämpften das Licht. Das fröhliche Zwitschern der Vögel schien so gar nicht zu passen zu diesem unheilvollen Fleckchen Erde, wo der Ehrenkodex über Leben und Tod der Duellanten entschied.

Dort, bei der Eiche am Flußufer, versammelte sich die kleine Gruppe: Robert und sein Sekundant, Arthur; Alistair Ashe und sein Sekundant; und die Ärzte, die im Hintergrund darauf warteten, ihr Urteil über die Schwere der Verletzungen abzugeben; denn Verwundungen würde es mit Sicherheit geben.

Nicht weit von der Gruppe entfernt stampften die Pferde auf dem feuchten Waldboden und schnoben durch die Nüstern. Man hatte sie an Bäume gebunden, und sie zerrten ungeduldig am Geschirr.

Der Geruch des Flusses, die kühle morgendliche Brise und das Gefühl der Rache wirkten gleichermaßen auf Robert ein, während er auf das Zeichen zum Beginn des Duells wartete.

Aus zusammengekniffenen Augen sah er zu Alistair Ashe hinüber, der, keine zwanzig Schritt entfernt, in arroganter Haltung dastand, seine Duellierpistole in Zielposition nahm und seinen Gegner anvisierte. Da er früher Mitglied der berüchtigten Charlestoner Duelliergesellschaft gewesen war, war er ein geübter Schütze. Die ganze Szenerie und vor ihm zitternde Kontrahenten waren ihm nichts Neues.

Aber Robert Tabor zitterte nicht. Er haßte den Mann, der seine Frau so beleidigt hatte, aus tiefstem Herzen. Deshalb stand er auch kühl und ungerührt da und wartete ruhig, wobei seine goldbraunen Augen Ashe beobachteten. Es waren die Augen eines Löwen, der seiner Beute sicher ist.

Nur der Tod würde Robert Satisfaktion geben, und Alistair Ashe wußte das. Zum erstenmal empfand Ashe Furcht, als er sich diesem blonden Riesen gegenübersah. Seine farblosen grauen Augen wurden wachsam, und um das plötzliche Zittern seiner Glieder zu verbergen, wechselte er schnell die Position.

Als die Sonne über den Bäumen hervorbrach, wiederholte Arthur die Anweisungen: »Fünf Schritte und dann das Kommando: Feuer!«

Beide Männer nickten, zum Zeichen, daß sie verstanden hatten.

Nun standen sie Rücken an Rücken. Dann begannen beide, den sandigen Pfad entlangzuschreiten, auf dem der Tod sie ereilen könnte.

Ashes Furcht wurde stärker. Er hielt seine Pistole so fest, daß seine Knöchel weiß wurden. Schweißperlen standen ihm auf der Stirn, und er schluckte, um der Angst Herr zu werden, die seine sonst so ruhige Hand zum Zittern zu bringen drohte.

»Eins ... zwei ... drei ... vier ...« Bevor Arthur zu Ende gezählt hatte, drehte sich Ashe plötzlich um und zielte auf Robert.

Arthur bemerkte diese Verletzung des Kodex und rief: »Foul!«

Sein warnender Ruf veranlaßte Robert, sich umzuwenden. Im selben Augenblick hörte er auch schon den Schuß und fühlte, daß sein Arm wie Freuer brannte.

Blut sprudelte aus der Wunde und färbte ihm den Mantelärmel rot. Robert sah Alistair Ashe, dessen Gesicht ganz weiß geworden war, mit stählernem Blick an, drückte den Arm gegen den Körper, zielte langsam auf seinen Feind und gab den Schuß ab, der Ashe zu Boden sinken ließ.

Sofort rannten die Ärzte zu den Opfern, um deren Wunden zu verbinden, aber für Alistair Ashe kam jede Hilfe zu spät.

Dann saß Robert in der Kutsche, Arthur erleichtert neben ihm, während der Arzt nach der Kugel tastete. Sie saß nicht tief, und nachdem er sie entfernt hatte, bandagierte er Roberts Arm. Dann fuhren sie los.

Die Sonne stand noch nicht hoch am Himmel, als die Kutsche knirschend vor dem weißen Haus hielt, in dem Nathalie friedlich schlief.

Arthur Metcalfe half Robert beim Aussteigen und führte ihn die Stufen bis zur Haustür hinauf. »Robert, laß mich doch mit hereinkommen«, drängte Arthur.

»Nein, Arthur, danke. Ich werde schon alleine fertig. Nathalie könnte aufwachen, und ich will nicht, daß sie etwas erfährt.«

»Glaubst du, du könntest es ihr verheimlichen – bei der Armwunde?«

»Ich werde es jedenfalls versuchen, Arthur. Alles, was du jetzt für mich tun kannst, ist, zu Joseph Alston zu gehen und deine eidesstattliche Erklärung abzugeben, damit jeder weiß, was für ein Feigling Ashe war.«

»Darüber mach dir keine Gedanken, Robert! Du kannst ganz beruhigt sein: Ashes Sekundant will bestätigen, was geschehen ist.« Arthur war es nicht recht, einfach weggeschickt zu werden, deshalb fragte er: »Kann ich dir denn wenigstens heute nachmittag einen Arzt schicken?«

»Nein, Dem fällt ja doch nichts Besseres ein, als mich zur Ader zu lassen. Und ich habe, weiß Gott, schon genug Blut verloren!«

Langsam ging Robert ins Haus und begann, mühsam die Treppe hinaufzusteigen. Er war sehr blaß, weil er so viel Blut verloren hatte. Mit der rechten Hand hielt er sich den linken Arm, wo die Kugel ihn getroffen hatte. Während der holprigen Fahrt hatte die Wunde von neuen zu bluten angefangen. Auf halbem Wege mußte Robert auf der Treppe stehenbleiben und sich ausruhen. Das Atmen bereitete ihm Schwierigkeiten, und seine Beine wollten ihm nicht mehr gehorchen. Ein paar Minuten später langte er oben an und blieb vor der Schlafzimmertür stehen.

Was er brauchte, waren ein frisches Hemd und ein neuer Verband für die Wunde. Wenn Nathalie noch schlief, brauchte sie nichts zu erfahren.

Er drehte den Türknopf, die Tür ging auf, und er ging hinein. Nathalie schlief noch; ein Arm hing ausgestreckt aus dem Bett. Robert mußt sich zwingen, sie nicht anzufassen. Er zog die Schublade einer Kommode auf und nahm ein sauberes Hemd heraus. Nun zum Wäscheschrank im Flur!

Er war schon fast wieder an der Tür, als sich das Zimmer plötzlich um ihn zu drehen begann. Er versuchte, sich an der Wand abzustützen, aber seine Finger fanden keinen Halt und glitten an der weißen Wand hinunter. In einem dumpfen Fall landete er auf dem Fußboden. Ein plötzlicher Luftzug ließ auch noch die halboffene Tür mit lautem Knall zuschlagen.

Von dem Geräusch wachte Nathalie auf. Sie setzte sich auf und rieb sich die Augen. Die eine Wand des Schlafzimmers sah ja ganz verändert aus! Dieser große Fleck – der war doch nicht gewesen, als sie zu Bett ging? Das sah ja fast wie ... Blut aus! Mit zunehmendem Entsetzen starrte sie auf den verwischten Handabdruck. Als sie die rote Spur verfolgte, sah sie darunter Robert liegen. Nathalie schrie vor Entsetzen auf.

»Was ist los, meine Kleine?« ließ sich Feenas Stimme vom Flur her hören. Da sie keine Antwort bekam, riß sie die Tür auf. Effie und Florilla waren bei ihr, und alle drei starrten fassungslos auf die Blutspur, die zu dem bewußtlosen Mann führten, der da am Boden lag.

»Mein Gott!« rief Feena entsetzt aus. »Monsieur Robert hat so viel Blut verloren!«

Außer sich vor Sorge um ihren Mann, beugte sich Nathalie über ihn. »Ich brauche Hilfe, um ihn ins Bett zu heben. Effie, hol Jimbo und Willie! Und Feena, den Verbandkasten und die Schere. Wo hast du die gestern abend hingelegt?«

Die beiden Negerinnen verschwanden. Florilla blieb stehen und starrte den Verwundeten an. Mit zusammengekniffenen Augen zischte sie Nathalie an: »Na, Mrs. Tabor, wie fühlt man sich, wenn man den Tod seines Mannes auf dem Gewissen hat?«

»Er ist nicht tot, Florilla«, sagte Nathalie mit Tränen in den Augen. »Ich wußte von nichts! Hat er sich etwa mit Alistair Ashe duelliert?«

Florilla bestätigte die Vermutung und setzte ihre bittere Anklage fort: »warum mußten Sie auch nach Columbia kommen! Sie hätten in New Orleans bleiben sollen!«

Auch ohne Florillas Vorwürfe war alles schon schlimm genug. Tränen strömten Nathalie über die Wangen, während sie sagte: »Kümmern Sie sich um Jason, Florilla! Er ist von dem Lärm sicher wach geworden. Hier können Sie doch nicht helfen.«

Effie kam mit Willie und Jimbo zurück. Als sie Robert auf das Bett gelegt hatten, schickte Nathalie alle außer Feena hinaus. Diese stand neben ihr und riß ein Laken in Streifen, damit Roberts blutender Arm neu verbunden werden konnte.

Als Robert endlich die Augen aufschlug, fand er sich mit frisch verbundenem Arm im Bett. Er sah Nathalie an, die bei ihm saß. »Ich wollte doch nicht, daß du etwas erführest«, sagte er entschuldigend.

»Aber warum, Robert? Warum hast du das überhaupt getan?« fragte Nathalie erregt.

»Ashe hatte dich beleidigt. Das konnte ich ihm nicht durchgehen lassen!«

»Und ... und ist er ... tot?« fragte sie, unwillkürlich fröstelnd.

»Ja.«

»Aber du hättest auch sterben können!«

»Hätte dir das etwas ausgemacht, Nathalie?«

»Natürlich, Robert! Ich könnte nicht weiterleben in dem Bewußtsein, daß du meinetwegen gestorben wärest!«

»Spricht jetzt dein klösterliches Gewissen aus dir, Nathalie?«

Sie antwortete nicht. Sie mußte plötzlich an die Worte denken, die Feena vor langer, langer Zeit gesprochen hatte:

»Dein zukünftiger Mann muß ein Schwert schwingen können, um dich zu erobern, Kleines!«

Aber die Gegenwart war viel weniger romantisch als ihre damaligen Phantasien. In ihren Träumereien hatte es kein Blut gegeben und keinen Robert; nur eine schattenhafte Figur, von der ein junges Mädchen geträumt hatte ...

Während Robert in den folgenden Tagen ruhte und so tat, als ob er läse, beobachtete er Nathalie genau. Er merkte sehr wohl, daß es ihr unangenehm war, im selben Zimmer wie er zu sein und auf dem Feldbett zu schlafen, das man herübergebracht hatte.

Aber, zum Teufel! Er fühlte sich schließlich auch nicht wohl bei ihrem Anblick, wenn sie jeden Tag zur selben Stunde niederkniete und für den Mann betete, der sie gekauft hatte. Es ging ihm gegen den Strich, und er wußte nicht, wie lange er es noch würde ertragen können. Sollte er sie doch in das grüne Schlafzimmer zurückziehen lassen?

Als er unvermittelt aufblickte, ertappte er Nathalie dabei, wie sie ihn nachdenklich anstarrte. Sie sah schnell zur Seite, aber es war zu spät.

»Woran hast du gerade gedacht, Nathalie?« fragte Robert und setzte sich hoch.

»Ich dachte gerade, ich könnte eine Weile zu Jason hinübergehen, wenn du nichts dagegen hättest, Robert.«

»Also jetzt, wo es mir allmählich besser geht, willst du mich zugunsten unseres Sohnes vernachlässigen?«

Nathalie sah zwar, daß er lächelte, wußte aber nicht, ob es ihm ernst war oder ob er nur Spaß machte.

»Ich möchte dich doch nicht vernachlässigen, Robert. Ich bin ja von Herzen dankbar, daß keine Infektion eingetreten ist. Aber ich habe Jason so vermißt? Und ich dachte, wo ich nun bald wieder richtige Kleider tragen kann …«

Robert unterbrach sie: »Ich habe Jason auch vermißt, Nathalie. Läute, bitte, und sag Florilla, sie möchte ihn zu uns bringen!«

Nathalie ging zum Klingelknopf, läutete und wartete darauf, daß eine Dienerin erschiene. Als es klopfte, war sie schon an der Tür, um ihre Anweisungen zu geben.

Während Jason seine Eltern, die er eine ganze Weile nicht gesehen hatte, zärtlich begrüßte, blieb Florilla an der Tür stehen.

»Florilla, Sie können ihn hier lassen!« befahl Robert. »Wenn Sie ihn wieder übernehmen sollen, lassen wir Sie rufen.«

Florilla verließ das Schlafzimmer.

Jason lief hin und her. Er kletterte zu Robert ins Bett, hüpfte dann wieder hinunter und lief zu Nathalie auf das Feldbett. Er kam nicht zur Ruhe. Wenn er bei dem einen Elternteil war, sah er sich jedesmal nach dem anderen um, bis er schließlich Nathalie bei der Hand nahm, sie zu Roberts Bett führte und verkündete: »Bett, Na-lie!«

Nathalie verstand natürlich, wie er sich die Erfüllung seines Wunsches, bei beiden Elternteilen gleichzeitig zu sein, vorstellte. Noch verschämt rührte sie sich nicht.

»Ich glaube, unser Sohn hat dich aufgefordert, dich zu uns zu gesellen, Nathalie. Und es sieht ganz so aus, als ob du ihm gehorchen müßtest, wenn du nicht seinen Zorn erregen willst!«

Zögernd setzte sich Nathalie auf die Bettkante. Jason lachte erfreut; aber als er sah, daß Nathalie nicht, wie er und sein Vater, ausgestreckt war, versuchte er, ihre Füße aufs Bett zu heben.

»Madame, Sie müssen richtig mitspielen, wie mir scheint!« versetzte Robert lachend.

»Na-lie«, wiederholte Jason, kuschelte sich glücklich an sie und vergrub das Gesicht in ihrem Schoß. Sie beugte sich über ihn und küßte ihn auf den Hinterkopf.

»Weißt du, das können wir ihm nicht durchgehen lassen«, sagte Robert. »Er darf es sich nicht zur Gewohnheit machen, seine Mutter ›Na-lie‹ zu nennen. Das ist doch respektlos, nicht wahr?«

Nathalie lachte und drückte Jason fester an sich.

Vier Tage später kleidete sich Robert mit Jimbos Hilfe an und ging ins Wohnzimmer hinunter. Sein Arm in der Schlinge und seine Blässe waren alles, was an das Duell erinnerte. Man hatte die Sache vertuschen können. Laut Arthur Metcalfe war Polly Ashe, nun zum zweitenmal verwitwet, nach St. John's Parish zurückgezogen.

Während Robert im Bett lag, hatte Arthur ihn oft besucht. Jetzt saß er mit Robert im Wohnzimmer und berichtete ihm die Neuigkeiten aus dem Parlament und über den Krieg.

Als Nathalie zu ihnen hereinkam – Effie folgte ihr mit dem Teebrett –, unterbrachen die Herren fast augenblicklich ihre Unterhaltung. Während Nathalie Tee einschenkte, versuchte sie, von den Gesichtern der beiden abzulesen, wie ernst die Lage war.

»Robert, besteht die Gefahr, daß die Briten uns angreifen?« fragte sie besorgt.

Robert warf ihr einen beruhigenden Blick zu. »Die Briten haben viel zuviel mit Napoleon zu tun, als daß sie sich auf einen Krieg mit uns einlassen könnten. Die Blockade ist nur verflixt unbequem, das ist alles.«

Diese Antwort übte eine beruhigende Wirkung auf Nathalie aus, und Robert, der sie genau beobachtet hatte, atmete auf. Sie sollte nichts von den jüngsten Überfällen auf die Inseln vor Charlestons Küste erfahren. Er wollte es für sich behalten, bis er sich bei Gouverneur Alston melden könnte.

»Und für Columbia besteht ohnehin keine Gefahr, weil es so weit im Landesinneren liegt«, sagte Arthur bestätigend. »Und die Staatsmiliz bewacht den Hafen von Charleston. Midgard ist also vollkommen sicher.«

Aber Nathalie war weiterhin besorgt. »Es war aber nicht sicher – beim letztenmal!« antwortete sie. »Ich kann mich noch gut erinnern, daß Papa Ravenal erzählte, wie die Rotröcke das Familiensilber in Reisfässern abtransportiert haben.«

»Das war etwas anderes«, erwiderte Robert. »Damals hatte Charleston noch keine angemessenen Verteidigungsanlagen. Heutzutage wäre es einem Schiff fast unmöglich, sich durch den Hafen zu schmuggeln und den Fluß hinaufzufahren. Aber – genug vom Krieg!« Robert wechselte das Thema. »Arthur, sagtest du nicht, du hättest Papiere mitgebracht, die ich mir ansehen sollte?«

Nathalie nahm das Tablett und verließ das Wohnzimmer, während die beiden Freunde die Köpfe über die Papiere beugten und Finanzgeschäfte besprachen.

Am nächsten Nachmittag saß Nathalie in Jasons Zimmer und sah zu, wie er mit seinem Schaukelpferd spielte. Er war gerade von seinem Mittagsschlaf erwacht.

Jason wurde seinem Vater immer ähnlicher, seiner Mutter glich er überhaupt nicht. Mit jedem Tag nahm ihre Liebe zu ihm zu. Jetzt leuchteten seine topasfarbenen Augen vor Freude, und Nathalie fühlte, wie aufgeregt und glücklich er war. Ohne die Ablenkung durch das Kind hätte sie diese schwierigen Tage nie überstanden, die sie im selben Zimmer mit Robert verbringen mußte.

Nathalie war unter Roberts Augen immer wieder befangen gewesen. Feena war ihr auch keine Hilfe. So nah waren sie einander gewesen – und doch, wie fern! Wie zwei Gegner ...

Oft hatte Roberts verschleierter Blick herausfordernd auf ihrem flauschigen gelben Hauskleid geruht, um sie aber im nächsten Moment mit unverhülltem Widerwillen zu betrachten, beispielsweise, wenn sie für den Mann betete, den Robert haßte.

Aber sie hatte es versprochen, und ihr Versprechen konnte sie nicht brechen.

Während sie so an Robert dachte, erschien er selbst in der Tür des Kinderzimmers.

»Nathalie, weil das Wetter so schön ist, habe ich beschlossen, mit dir zur letzten Anprobe zu Maggie zu fahren. Wir hatten drei Tageskleider und zwei Abendkleider bestellt – wie schnell kannst du dich jetzt ankleiden?«

»Bist du auch wirklich ...«

»Natürlich! Ich bin ganz gesund bis auf den Arm in der Schlinge! In ein bis zwei Tagen brauche ich sogar die Schlinge nicht mehr. – Also, wieviel Zeit brauchst du?« fragte er noch einmal.

»Ungefähr eine Viertelstunde, Robert.«

»Gut. Ich lasse schon anspannen!«

Derselbe kleine Negerjunge, der Maggie zu Nathalie begleitet hatte, ließ sie ein. Diesmal war er in hellblauen Samt gekleidet und trug einen seidenen Turban.

»Neijee verleiht meinem Geschäft doch ein gewisses Flair, meinen Sie nicht?« sagte Maggie. »Aber er ist ja so eitel! Jetzt will er noch einen lavendelfarbenen Anzug, und er hat sich schon meine besten Federn für einen Kopfschmuck ausgesucht.«

Das Negerkind grinste nur über Maggies nicht ernst gemeinte Klagen über seine Extravaganz und ließ sich auf den Boden fallen, um bei der Anprobe zuzusehen. Aus seiner Jacke zog er ein Stück lavendelfarbenen Samt und streichelte den Stoff.

»Schöööön!« rief er und klatschte, als Nathalie ein Kleid nach dem anderen anprobierte.

Es bereitete Maggie das größte Vergnügen, Nathalie auf und ab stolzieren zu lassen, damit Robert sie begutachtete. Seine interessierten Blicke machten sie ganz verlegen.

»Und das Beste von allem!« verkündete Maggie und führte Nathalie wieder in das Ankleidezimmer.

Mit Erleichterung sah Nathalie das schlichte, hochgeschlossene, mitternachtsblaue Kleid. Das war ja wirklich passender als die tief dekolletierten, die man ihr aufgedrängt hatte!

Als Robert dieses Kleid sah, gab er mit finsterer Miene seinem Mißfallen Ausdruck: »Maggie, ich will nicht, daß meine Frau wie eine No ..., ehm – Vogelscheuche aussieht!«

Nathalie war es klar, daß Robert aus Versehen fast »Nonne« gesagt hätte.

»Warten Sie!« schalt Maggie. »Sie haben ja noch gar nicht gesehen, was dazu gehört! Machen Sie die Augen zu, bis ich fertig bin!«

Wie ein glänzender Schleier lag es über dem dunklen Kleid: weiße, durchsichtige Seide, mit juwelenbesetzten Kolibris und mit granatverzierten Seidenblüten bestickt, die Ärmel und das ganze Gewand weit und fließend. Ein goldenes Nest zu zwei gleichfalls juwelengeschmückten künstlichen Kolibris wurde in Nathalies Haar befestigt.

Zufrieden rief Maggie: »Jetzt können Sie die Augen wieder öffnen!«

Robert starrte die Göttin, die da vor ihm stand, an. Ihre zitternden Lippen und ihre seidig-dunklen Rehaugen waren so verführerisch, und sie war sich dessen nicht einmal bewußt. Der Mond der Erntezeit und die Jahreszeit des Verlangens – wieder verfiel er dem Zauber!

Aber er räusperte sich nur uns sagte: »Sie sind ja nun bald fertig. Ich will mich um die Kutsche kümmern.« Und er stapfte aus dem Atelier.

»Es … es gefällt ihm nicht, Maggie«, meinte Nathalie enttäuscht.

»Da irren Sie sich aber gewaltig, Mrs. Tabor! Ich habe beobachtet, wie er Sie angesehen hat.« Maggie lachte. »Das Kleid hat ihm gefallen, aber er war ganz woanders mit seinen Gedanken, zum Beispiel – im Bett bei seiner Frau! Ich an Ihrer Stelle würde ihn nicht so lange warten lassen!«

Maggie hatte natürlich nicht recht. Er hatte sie voller Abscheu angesehen wie etwas, dem man lieber aus dem Wege ging. Aber sie würde Maggie nicht aufklären, sondern ihre Bemerkung einfach ignorieren, dachte Nathalie.

»Wenn Harvey mich je so ansähe, würde ich den Laden zumachen und den Schlüssel in den Brunnen werfen. Aber das ist sehr unwahrscheinlich!« Die Schneiderin zuckte mit den Schultern und seufzte. »So, das war's! Mittwoch schicke ich Ihnen alle Kleider ins Haus.«

»Danke, Maggie. Das ist sehr freundlich.«

»Keine Ursache! Es macht mir Spaß, eine Dame einzukleiden, die so von ihrem Mann geliebt und verehrt wird.«

Wenn Maggie nur wüßte! dachte Nathalie. Sie hatte es als selbstverständlich angesehen, daß sie und Robert eine echte Liebesehe führten ...

Neijee hielt Nathalie die Tür auf und begleitete sie zu der Kutsche, wo Robert schon wartete.

Sie musterte den Negerjungen, wie er da vor dem Laden stand und auf die Kutsche starrte. Wie viele Jahre war er wohl älter als Jason? Drei? Vier? Wenn sie als Sklavin bei Jacques Binet geblieben wäre, hätte man dann ihr eigenes Kind wohl einer reichen Dame als Spielzeug verkauft? Oder in Samtanzüge gesteckt und ihm einen Turban umgebunden, damit er vornehmer Kundschaft die Türen öffnen könnte?

Schweigend und in Gedanken versunken, saß sie neben Robert, der gleichfalls schwieg. Geschickt kutschierte er mit einer Hand. Er war sehr schlechter Laune, und Nathalie, die das fühlte, rückte von ihm ab und fragte sich, worauf dieser plötzliche Stimmungswechsel zurückzuführen sei.

Als Robert und Nathalie zurückkamen, wartete Desmond Caldwell in der Bibliothek.

»Ich habe gerade von Julie, meiner Frau, Post bekommen. Sie hat sich so über die neu entdeckte Kusine gefreut, daß sie mich gebeten hat, Sie beide einzuladen, Weihnachten bei uns in Cedar Hill zu verbringen.«

Nathalies Gesicht leuchtete auf, und sie wandte sich erwartungsvoll zu ihrem Mann um. »Robert?«

Aber dieser schüttelte den Kopf. »Bitte, richten Sie Ihrer Gattin unser Bedauern darüber aus, daß wir ihrer Einladung nicht Folge leisten können, Desmond. Ich habe noch einiges in Charleston zu erledigen. Zu Weihnachten werden wir nach Midgard zurückgehen.«

»Wie schade! Julie wird sehr enttäuscht sein.« Er zögerte erst noch, aber dann sagte er: »Würden Sie denn Ihre Einwilligung dazu geben, daß Kusine Nathalie allein einen Teil der Weihnachtszeit bei uns verbringt? Arthur kommt auch, und der könnte sie sicher wieder nach Hause bringen.«

Roberts Antwort ließ nicht auf sich warten: »Unmöglich, Desmond! Jason war lange krank, und ein Kind braucht nun einmal seine Mutter.«

»Da haben Sie recht«, sagte Desmond zustimmend. »Ich hatte gar nicht mehr daran gedacht, daß Jason krank war. Ein andermal also!«

Nathalie fühlte sich betrogen, sagte aber nichts, bis Desmond gegangen war. Jason ging es doch wieder gut. Er hätte ohne weiteres mit ihr nach Cedar Hill reisen können, aber Robert wollte offensichtlich nicht, daß sie ihre Kusine besuchte. Sie hatte überhaupt nicht das Verlangen, nach Midgard zurückzufahren. Zu bitter waren ihre Erinnerungen an diesen Ort ...

»Wann fahren wir denn nach Midgard?« fragte sie und unterdrückte ihre Furcht.

»Donnerstag«, sagte Robert einsilbig und verließ die Bibliothek. Mittwoch, am Morgen, kam Maggie, um die Kleider bei Nathalie abzuliefern. Sie war ganz aufgeregt.

»Etwas Unglaubliches ist passiert!« Mit leuchtenden Augen nahm sie ein Kleid aus der Schachtel. »Harvey hat mir endlich einen Heiratsantrag gemacht! Und die Hochzeit soll bald sein, damit wir Weihnachten zusammen sind.«

»Oh, Maggie, das freut mich aber!« erwiderte Nathalie.

»Die Sache hat nur einen Haken.«

»Und das wäre?« fragte Nathalie, als sie Maggies besorgtes Gesicht sah.

»Harvey will keine Sklaven. Er stammt aus dem Landesinneren, wissen Sie. Das bedeutet, daß ich mich von Neijee trennen muß. Möchten Sie ihn nicht kaufen, Mrs. Tabor? Irgendwie bringe ich es nicht übers Herz, ihn einfach bei einer öffentlichen Auktion zu verkaufen. Und er schwärmt geradezu für Sie!«

»Aber ich habe kein eigenes Geld«, erklärte Nathalie.

»Ihr Mann, – er würde ihn Ihnen bestimmt kaufen, wenn Sie ihn darum bäten.«

»Ich weiß nicht, Maggie. Wann ist denn ...« Aber dann fiel Nathalie wieder ein, daß sie ja am folgenden Tag schon nach Midgard reisen würden.

»In fünf Tagen. Montag ist die Hochzeit, und Dienstag verlassen wir Columbia.«

»Suchen Sie lieber jemand anderen, der ihn kaufen möchte, Maggie! Ich glaube nicht, daß Robert seine Zustimmung geben würde.«

»Versuchen Sie's doch, Mrs. Tabor! Wenn Sie ihn bitten, kauft er ihn bestimmt!«

Beim Abendessen war Nathalie ungewöhnlich schweigsam. Sie mußte an Neijee und Maggies Dilemma denken. Den ganzen Tag über hatte sie nicht die richtigen Worte gefunden, um Robert zu fragen.

»Ich hatte gehofft, du würdest heute abend eins von deinen neuen Kleidern anziehen, Nathalie. Gefallen sie dir nicht?«

Nathalie blickte von ihrer Näharbeit auf. Sie hatte sich früh ins Schlafzimmer zurückgezogen, wo Robert nun vor ihr stand.

»Du weißt, daß ich ... dir sehr dankbar bin, Robert!«

»Das meine ich nicht. Ich will deine Dankbarkeit nicht, Nathalie. Ich möchte nur, daß du alles bekommst, worauf du in den letzten drei Jahren verzichten mußtest.« Er sprach mit eifriger Stimme weiter: »Sind sie nicht zu deiner Zufriedenheit ausgefallen? Hättest du gern noch etwas anderes bei Maggie gekauft? Ein Schmuckstück vielleicht oder noch ein Kleid?«

Neijee! Jetzt könnte sie mit ihm darüber sprechen. Schnell gestand sie: »Maggie hat wirklich etwas, was ich gern noch kaufen möchte.«

Dies Geständnis empfand Robert fast als Beleidigung. Er sagte: »Es ist noch nicht zu spät. Du kannst es morgen früh vor unserer Abreise noch kaufen. Du hättest doch etwas sagen können, als wir vor drei Tagen bei Maggie waren!«

»Aber du hast schon so viel für mich gekauft ...«

»Was nützt es, wenn dir das, was ich ausgesucht habe, nicht gefällt?« Doch dann bemühte er sich um einen leichteren Ton und sagte: »Wir können den Kauf ja als Weihnachtsgeschenk für dich ansehen, – zum Trost dafür, daß du Weihnachten nicht bei deiner Kusine feiern kannst.«

Sie sah ihn vorsichtig an. »Aber es würde ... ziemlich viel kosten.«

Davon wollte Robert nichts wissen. »Ich kann es mir schon leisten«, sagte er. Er hatte es plötzlich eilig.

»Willst du nicht wissen, was es ist?«

»Nicht nötig. Kauf es nur! Und sag Maggie, sie soll mir die Rechnung schicken!«

Bevor er die Tür hinter sich zumachte, konnte sie nur schnell sagen: »Ja, Robert. Und – danke!«

Sie hatte es also geschafft! Aber was würde Robert sagen, wenn er entdeckte, was sie gekauft hatte?

Die Kutsche wurde mit Gepäck beladen; ein großer Koffer mußte sogar auf dem Dach festgebunden werden. Prüfend zogen Robert und Jimbo an den Stricken.

Es war noch früher Morgen. Nathalie stand neben der Kutsche und blickte voll ängstlicher Erwartung die Straße hinunter.

Schon gab Robert Jimbo den Befehl, mit Feena, Effie und dem Gepäck vorauszufahren. »Deine Kutsche ist schwerer beladen, Jimbo. Fahr voraus, Wir holen dich schon ein.«

»Ja, Sir«, sagte Jimbo und ließ die Pferde anziehen.

»Ich weiß nicht, warum du so früh herauskommen mußtest, Nathalie!« sagte Robert. »Steig doch wenigstens ein und halt dich warm! Ich sehe noch einmal im Haus nach dem Rechten. Florilla mit Jason schicke ich als letzte heraus.«

Robert stieg gerade die Treppe hinauf, als eine zweite Kutsche an Jimbo vorbeifuhr, der in entgegengesetzter Richtung fuhr.

Es war Maggie, die da in einer leichten, offenen Kutsche die Straße entlang kam. Vor dem Eisenzaun hielt sie an. Neijee sprang aus der Kutsche. Maggie reichte ihm seinen Koffer hinunter und entschuldigte sich bei Nathalie, die trotz Roberts Befehl vor der Kutsche gewartet hatte.

»Es tut mir leid, daß ich so spät komme. Heute morgen ist aber auch alles schiefgegangen! Sie kennen das sicher!«

»Macht nichts, Maggie! Es ist noch früh genug.« Nathalie half Maggie, den kleinen Koffer hinten auf die Kutsche zu heben.

»Sei schön brav bei Mrs. Tabor, Neijee!« sagte Maggie und tätschelte dem Jungen den Kopf.

Der Junge verzog das Gesicht zu einem Grinsen und folgte Nathalie in den geschlossenen Wagen.

Als Robert wieder erschien, klopfte ihr das Herz. Was würde er sagen, wenn er Neijee entdeckte? Aber er hatte keine Zeit, sich um die Reisenden in der Kutsche zu kümmern. Sobald er Florilla und Jason beim Einsteigen behilflich gewesen war, setzte er sich auf den Kutscherbock und fuhr los.

»Wer ist das?« fragte Florilla und zeigte auf den Negerjungen, der neben Nathalie saß.

»Das ist Neijee«, erwiderte Nathalie. »Ein Weihnachtsgeschenk von Robert.«

Diese beiläufige Antwort hielt Florilla davon ab, noch weitere Fragen zu stellen. Florilla konnte ja nicht ahnen, wie Nathalie – bei aller scheinbaren Unbekümmertheit – das Herz klopfte. Ihr graute vor der ersten Ruhepause, wo sie ihrem Mann gegenübertreten müßte. Dann würde es zu spät sein, um das Kind zu Maggie zurückzubringen …

Es war schon früher Nachmittag, als sie die erste Pause einlegten. Robert hatte schon die Kutsche mit Jimbo, Feena und Effie überholt.

»Alles Aussteigen! Zeit und Gelegenheit, sich die Beine zu vertreten!« rief Robert gut gelaunt.

»Nehmen Sie Jason schon mit, Florilla! Ich komme gleich nach.« Nathalie beugte sich zu der kleinen Reisetasche zu ihren Füßen hinunter.

Robert stellte eine Fußbank vor die Kutsche und wartete darauf, daß alle ausstiegen. Zuerst Florilla, dann Jason …

Er stampfte mit den Füßen auf und hauchte die kalten Finger an, während er auf Nathalie wartete.

»Trödel doch nicht so, Nathalie!« rief er ungeduldig. »Du mußt dich am Feuer aufwärmen.«

Während er noch auf seine Frau wartete, sah er den Negerjungen aus Maggies Atelier aus der Kutsche springen und hinter Jason herlaufen.

»Nathalie!« Seine Stimme klang drohend. Nathalie ließ sich von Robert aus der Kutsche helfen. Er machte keine Anstalten, sie loszulassen, als sie ausgestiegen war. »Was macht der Junge in unserer Kutsche, Nathalie?«

»Er ist mein Weihnachtsgeschenk aus Maggies Laden.«

Robert sah seine Frau an, wie sie da artig, aber doch mit störrisch erhobenem Kinn neben ihm stand. Er machte sich nicht die Mühe, seinen Ärger zu verbergen.

»Und du hast dafür gesorgt, daß ich ihn erst entdeckte, als es zu spät war, umzukehren und ihn zurückzubringen.

»Maggie konnte ihn nicht behalten«, erklärte Nathalie, während sie ihre zitternden Hände unter ihrem Umhang versteckte.

»Und deshalb hast du ihn übernommen, ohne mich um Erlaubnis zu fragen!«

»Ja, Robert.« Sie starrte auf ihre Schuhe und fügte leise hinzu: »Du wolltest nicht wissen, was ich noch von Maggie kaufe…«

»Neijee ist kein herrenloses Kätzchen, Nathalie, das du einfach in deiner Schürze nach Hause bringen kannst. Er ist ein teurer Sklave, der sich jahrelang nicht bezahlt machen wird, weil er noch zu jung ist zum Arbeiten. Aber nun komm!« Roberts Zorn hatte sich ein wenig gelegt. »Wir sprechen später noch darüber.«

Bald nachdem sie den Aufenthaltsraum verlassen hatten, verschlechterte sich das Wetter. Schnee und Schneeregen fielen, und das Reisen wurde gefährlich, weil die bis oben hin vollbeladenen Kutschen in den aufgeweichten Landstraßen steckenzubleiben drohten.

Obwohl Jason in eine weiche Decke gewickelt war, wimmerte er vor Kälte. Sogar Neijee, dessen schwarze Augen auch aus den Falten einer Decke hervorlugten, schüttelte sich vor Kälte. Und Robert auf dem Kutschenbock war von dem starken Wind und dem Schneeregen klamm bis in die Knochen.

Wegen des schlechten Wetters erreichten sie das Gasthaus, in dem sie übernachten wollten, viel später als beabsichtigt – naß, kalt und hungrig.

Robert war den ganzen Tag über schlechter Laune gewesen: ärgerlich auf die Pferde, ärgerlich auf Nathalie und jetzt ärgerlich auf den Gastwirt, der nichts zu ihrer Ankunft vorbereitet hatte.

Das Gasthaus, das überfüllt war von Reisenden, die von dem schlechten Wetter überrascht worden waren, hatte wenig Kom-

fort zu bieten – außer dem lodernden Kaminfeuer in der Gaststube.

Sie standen alle um das Feuer herum, um sich aufzuwärmen
und zu trocknen. Als die Wirtsfrau ihnen allen schließlich einen
Becher heißen Apfelweins brachte, tranken alle schnell aus und
wärmten sich an den Bechern die Hände.

Robert mußte ein Zimmer mit zwei anderen Herren teilen,
während Nathalie und Florilla in demselben kleinen Zimmer, in
dem auch Jason schlief, ein Bett teilten. Neijee schlief auf einem
Strohsack neben Jasons Bett, und Feena, Effie und Jimbo waren
neben der Küche untergebracht.

»Verdammt!« nörgelte Robert, übel gelaunt. »Kein Mann
dürfte gezwungen werden, die Nacht mit Fremden im Zimmer
zu verbringen!«

Am nächsten Morgen hatte der Schneeregen aufgehört, und
mit jeder Meile, die sie nach Süden vorankamen, wurde es
milder. Aber das bessere Wetter machte Roberts Laune nicht
besser.

Am Sonntag reisten sie nicht weiter, und so wurde es Dienstag, bis sie schließlich »Emmas Sumpf« und die Auffahrt nach
Midgard erreichten.

Biffers Road, die altbekannte, dunkle Strecke, erschien Nathalie bedrohlich. Sie hielt Jason fest an sich gedrückt, während sie
angstvoll an ihre letzte Fahrt auf dieser Straße dachte, als man sie
nach Charleston auf den Sklavenmarkt gebracht hatte. Aber
Jason wehrte sich gegen diese feste Umarmung, und so ließ
Nathalie ihn los.

Die Kutsche fuhr nun schneller. Bald hatten sie »Emmas
Sumpf« hinter sich und konnten sich am hellen Sonnenschein
erfreuen. Schließlich war die lange, erschöpfende Reise vorbei.

Der alte Butler Bradley war außer sich vor Freude, als er sie
sah.

»Mister Robert, wie schön, Sie wieder zu Hause zu haben!
Und Miß Nathalie auch«, fügte er hinzu. »Jetzt sind sie eine
richtige Familie«, murmelte er vor sich hin, während er davon-
schlurfte, um das Ausladen des Gepäcks zu überwachen.

»Vorsicht, Junge, die Schachtel! Wenn du nicht besser aufpaßt, schicke ich dich als Feldarbeiter zu Moses!«

Feldarbeit war die schlimmste Beleidigung für einen Hausdiener; deshalb nahm sich der Hausjunge sofort zusammen.

Robert machte sich auf die Suche nach seinem Aufseher, während Jason zu Bett gebracht wurde, um einen Mittagsschlaf zu halten.

Dankbar empfand Nathalie die Geborgenheit ihres Schlafzimmers. Sie packte aus und hängte ihre Kleider auf, bevor sie sich hinlegte. Zum Abendessen erschien sie, frisch gebadet, in einem recht züchtigen Kleid – aus blauer Wolle und mit bis zu den Handgelenken geknöpften Ärmeln.

Wildente, Wachteln, Reis, weiches Maisbrot und eingemachte Pfirsiche standen auf dem Tisch, und Bradley brachte noch weitere Köstlichkeiten im Laufe der langen Mahlzeit.

Stirnrunzelnd saß Robert am Kopf des Tisches und blickte auf das gegenüberliegende Ende der Tafel, wo Nathalie stumm saß und aß.

Sie war da, wo sie hingehörte, dachte Robert. Er mußte daran zurückdenken, daß bei seiner Rückkehr aus Paris der Platz leer gewesen und wie entsetzt er gewesen war, als er erfuhr, daß sie sich vor ihm versteckt hatte.

Doch jetzt, wo sie nun am selben Tisch saßen, war sie ihm auch nicht näher als an jenem ersten Abend.

Sie ahnte nicht, wie stark sie ihn reizte, sondern saß da und aß ihre Wachtel. Mit ihren schlanken weißen Fingern brach sie einen Flügel ab und führte ihn zum Mund.

Schon ihre Handbewegungen wirkten provozierend, und sogar in diesem Augenblick begehrte Robert sie. Aber er ignorierte es und ging statt dessen mit übertriebener Aufmerksamkeit auf Florillas seichtes Geplapper ein. Und diese blühte bei seinen übertriebenen Artigkeiten geradezu auf.

Den Weinbrand, den Bradley nach dem Essen servierte, lehnte er ab, erhob sich von der Tafel und verkündete, er werde einen Spaziergang machen. Florilla fühlte sich jetzt so weit ermutigt, daß sie sagte: »Dürfte ich Sie vielleicht begleiten, Robert? Ich muß schon sagen, in den letzten Tagen sind meine Knochen so durcheinandergeschüttelt worden, daß ich jetzt sehr gern spazierengehen würde.«

»Sie dürfen mich gern begleiten«, antwortete Robert.

Gemeinsam verließen die beiden das Eßzimmer, und Nathalie blieb allein zurück.

Sie hörte Jason weinen und ging nach oben. Feena war bei ihm. Neijee, der im Kinderzimmer in einem Gitterbett schlief, hob den Kopf. »Schlaf wieder ein, Neijee. Es ist alles gut«, sagte Nathalie zu ihm; und er legte sich wieder hin.

»Jason ist ganz müde von der langen Reise, Miß«, sagte Feena. »Und er muß sich erst wieder an sein eigenes Bett gewöhnen.«

»Na-lie«, weinte Jason und streckte die Arme nach ihr aus.

Lange saß sie da, hielt ihn im Arm und wiegte ihn, bis er ruhig wurde und den Kopf an ihre Brust sinken ließ.

Sie hörte Schritte und wußte, daß Robert und Florilla zurückgekommen waren. Sie wartete, bis alles wieder ruhig war, und huschte dann in ihr Zimmer zurück.

Sie wollte zu Bett gehen und fing an, sich das blaue Wollkleid beim Schein der flackernden Kerze aufzuknöpfen. Sie suchte den flauschigen gelben Hausmantel und ihr Nachthemd; denn beides hatte sie vor dem Essen auf das Bett gelegt. Nun war beides verschwunden.

Dann sah sie sich nach dem Koffer und den Kleidern um. Nichts war mehr da. Irgendwer hatte alles weggeräumt, als sie zum Essen hintergegangen war.

Das war doch bestimmt nicht Robert gewesen! Er konnte doch nicht von ihr erwarten, daß sie irgendwo anders schliefe! Dies war ihr Zimmer. Es hatte ihr gehört, seit sie zum erstenmal mit Papa Ravenal über Biffers Road hierhergekommen war.

In ihrem Zorn vergaß sie ganz ihre Furcht vor Robert. Sie nahm die Kerze, ging den Flur entlang und klopfte an die Tür des Zimmers, das ihre Mama mit Papa Ravenal geteilt hatte.

»Was ist los?« rief Roberts Stimme.

Nathalie machte die Tür auf und trat ein.

Er saß mit einem Buch in der Hand wachsam in einem Sessel am Kamin, als ob er mit ihr gerechnet hätte.

»Robert, jemand hat meine Kleider aus meinem Schlafzimmer geräumt.«

»Aus deinem Schlafzimmer, Nathalie?« fragte er in demselben gefährlich-ruhigen Ton, in dem er in dem Häuschen am Fluß mit ihr gesprochen hatte. »Ich hatte gar nicht mehr in Erinnerung, daß wir je getrennte Schlafzimmer gehabt hätten.«

Sie blickte auf die beiden wuchtigen Betten und sah, daß ihr flauschiger gelber Hausmantel und das Nachthemd sorgfältig über einen Stuhl neben dem einen Bett ausgebreitet waren.

»Du nimmst doch wohl nicht an ...«

»Ich habe es dir doch genau gesagt, Nathalie: Ich will nicht, daß die Diener etwas zu klatschen haben.«

»Aber das war in Columbia!« protestierte sie. »Jetzt sind wir doch auf Midgard!«

»An meinen Anordnungen hat sich nichts geändert.«

Wütend griff sie nach dem Hausmantel und dem Nachthemd und zog sich in eine Ecke des Zimmers zurück, wo sie sich hinter einer hohen spanischen Wand verbergen konnte. Während sie das blaue Wollkleid aus-, und sich das Nachthemd über den Kopf zog, murmelte sie vor sich hin.

Ihre Haarbürste lag neben der seinen auf dem Frisiertisch. Sie ignorierte Robert, der noch immer im Sessel saß, völlig, und zog sich die Haarnadeln aus dem Haar, so daß ihr das Haar auf die Schultern herabfiel.

Kalt vor Wut, ging sie auf den Teppich am Kamin zu, setzte sich und begann, sich ihr Haar auszukämmen.

Es würde ihr schwer werden, das Zimmer mit Robert zu teilen und ständig seine beunruhigenden Blicke zu spüren. Er tat das ja nur, um sie zu quälen, während er keinen Zweifel daran ließ, daß er Florillas Gesellschaft der ihren vorzog.

Nathalie hob sich wie eine Silhouette gegen das Feuer ab, während sie dasaß und sich das schwarze Haar bürstete, bis es weich und glänzend war. Dann ging sie zum Fenstersitz hinüber, kniete mit dem Rücken zu Robert nieder und bemühte sich, ihrer Verdrießlichkeit Herr zu werden. Sie begann zu beten, aber sie konnte sich nicht auf ihre Worte konzentrieren. Sie mußte an ihren Mann denken; das Gebet für Jacques Binet sprach sie nur automatisch.

Dann wandte sie sich zu dem stirnrunzelnden und düsteren

Robert um und fragte: »Welches Bett hattest du mir denn zuge-dacht, Robert?«

»Wenn du dich vor drei Jahren wie eine richtige Ehefrau benommen hättest, brauchtest du diese Frage heute nicht zu stellen.« Seine Stimme war gefährlich leise.

Bei dieser Antwort, die keine war, wurde sie totenblaß.

»Du kannst wählen«, sagte er und deutete mit dem Arm, den er seit kurzem nicht mehr in der Schlinge trug, auf beide Betten.

Als ob er nicht anders könnte, als ob er seine Enttäuschung nicht länger unterdrücken könnte, redete Robert ohne Unterbre-chung weiter: »Ich möchte nur mal wissen, wie du dich bei Jacques Binet entschieden hast, Nathalie! Hat er dir gestattet, dir auszusuchen, wo du schlafen wolltest? Oder mußtest du ihm das Bett wärmen, so wie du meines in dem Haus am Fluß gewärmt hast?«

Er zwang sie, ihn anzusehen und sich an das Gefühl seiner Lippen und Hände auf ihrem Körper zu erinnern. Mit sich selbst und ihren Gefühlen im Widerstreit, fuhr sie ihn an: »Reden wir doch nicht von Wahl, Robert! Seit meiner Heirat habe ich kaum je die Wahl gehabt!«

In ihrer Aufregung war ihr französischer Akzent viel auffäl-liger.

Wütend über ihre Antwort, ergriff er sie bei den Handgelen-ken und zog sie derb an sich.

»Du hast meine Frage immer noch nicht beantwortet!«

»Ich ... ich gebe dir keine Antwort!«

Da höhnte er: »Wenn der deine Reize kosten durfte, warum sollte ich mir diesen Trost versagen? Mein Gott! Du hast mich wahnsinnig gemacht von dem Augenblick an, als ich dich in Jasons Zimmer sah ... mit deinem Ordenskleid ... in den Abendkleidern, die die sanften Rundungen deiner Brüste sehen ließen ... mit deiner verführerischen Pose vor dem Kamin, als du dir das Hexenhaar kämmtest ...«

Mit nicht zu bezähmender Wut riß er sie an sich. Wild küßte er ihr das Haar, die Lippen und die zarten Ohrläppchen ...

»Lalie, du bist keine Nonne – trotz deiner langen Gebete«, flüsterte er ihr ins Ohr. »Im Grunde deines Herzens bis du eine

Hure, und als solche werde ich dich behandeln!«

Als er sie aufhob und zum Bett trug, schrie sie auf. »Robert!« flehte sie; aber er ließ sich nicht beirren.

Er riß ihr das Nachthemd vom Körper; sie lag nackt auf dem Bett. Aber ihr Körper war nicht kalt. Etwas brannte in ihr und wurde zur lodernden Flamme, als er sie überall zu streicheln begann, als seine Finger, und später seine Zunge über ihren Körper wanderten und sie gegen ihren Willen vor Ekstase erzitten ließen.

Das Feuer flammte auf und erlosch. Die alles verzehrende Hitze ließ nach und erstarb. Nathalie lag da, gebrochen und voller Scham, in Roberts Armen gefangen und ohne Trost für ihre verlorene Seele.

10

Jede Nacht fühlte Nathalie sich von Robert im Bett gedemütigt; aber sie mußte auch gegen ihre eigenen Gefühle ankämpfen – gegen diese Mischung aus Begehren und Haß. Tagsüber war sie ganz die Nonne, aber nachts machte Robert, aufgestachelt durch ihre stille Frömmigkeit, sie zu einer zitternden Hure, die auf jede seiner Launen einging.

»Laß mich gehen, Robert!« flehte sie. »Du hältst mich ja doch nur, um ... um mich zu bestrafen.«

»Wohin würdest du denn gehen, Nathalie?« fragte er. »Wieder ins Kloster?«

»Ja.«

»Wann wirst du endlich einsehen«, sagte er triumphierend, »daß du nie dazu bestimmt warst, hinter Klostermauern zu leben? Dein Körper ist dazu bestimmt, von einem Mann geliebt zu werden. Je eher du aufhörst, dich dagegen zu wehren, desto besser!«

»Macht es dir denn gar nichts aus, Robert«, gab sie zurück, »daß ich lieber in Ruhe gelassen werden möchte?«

»Nein, Nathalie. Dein Widerwille fordert mich geradezu heraus! Widersteh mir nur! Aber ich warne dich: Du kannst nicht gegen mich gewinnen! Ich werde dafür sorgen, daß du eines Tages Jacques Binet und die Gewalt, die er über dich hatte, ganz vergißt.«

Florilla kam die schweigende Feindseligkeit zwischen Robert und Nathalie bei Tisch sehr gelegen, und sie war nur allzu gewillt, die Rolle der Dame des Hauses zu spielen.

Nach den Auseinandersetzungen mit Robert war Nathalie jedesmal erschöpft und einsilbig, so daß sie nichts dagegen hatte, daß Florilla sich diese Rolle anmaßte.

Ein paar Tage nach ihrer Ankunft in Midgard wandte sich Robert, der von Nathalies Gleichgültigkeit ihm gegenüber betroffen war, eines Abends an Florilla.

»Sie waren doch in dem Kloster in New Orleans, als Jason geboren wurde?«

»Ja, Robert«, antwortete Florilla.

»Dann sagen Sie mir doch bitte, – da Nathalie sich ja anscheinend nicht daran erinnern kann – was für ein Kind in dem Grab liegt, auf dem ›Nathalie Boisfeulet Tabor‹ steht.«

»Ach, hat Ihnen Nathalie – ich meine, Mrs. Tabor – nicht gesagt, daß sie Zwillinge bekommen hatte, einen Jungen und ein Mädchen? Das Mädchen war nur ein paar Stunden am Leben. Jason ist zuerst geboren, er war der stärkere.«

Ihr Lächeln konnte den gehässigen Blick ihrer Augen nicht ganz verbergen. »Aber ich könnte wirklich nicht sagen, Robert, wer der Vater des Mädchens war. Ich habe den Mann, der sie im Kloster ablieferte, nur ganz flüchtig gesehen. Er sah höchst zweifelhaft aus! Sie hat ja Glück gehabt, daß ihre Kinder nicht in Afrika geboren wurden. Ich habe gehört, daß man auf dem Schwarzen Kontinent nach der Geburt von Zwillingen Mutter und Kinder ertränkt. Die Eingeborenen glauben nämlich, daß die böse Mutter sich mit zwei verschiedenen Männern eingelassen haben muß.«

Ungläubig starrte Nathalie diese giftverspritzende Florilla an. Entsetzt floh sie von der Tafel, wobei sie in der Eile ihr Weinglas umstieß.

Zufrieden betrachtete Florilla Nathalies leeren Platz.

Nathalie floh aus dem Haus und rannte in die dunkle Nacht hinaus. Wohin könnte sie sich nur wenden, um den ständigen Verdächtigungen und der systematischen Untergrabung ihrer Selbstachtung zu entkommen? Was wollte Robert denn eigentlich von ihr? Ihre Augen füllten sich mit Tränen, sie stolperte über die Wurzel eines Magnolienbaums und fiel zu Boden.

Die Feuchtigkeit des Bodens drang durch ihr Kleid; sie zitterte vor Kälte. Sie stand wieder auf und zwang sich, langsamer zu gehen.

»Nathalie!« rief eine Stimme, aber sie gab keine Antwort. Sie lief schneller auf der Suche nach einem Versteck vor Robert. Das Unrecht, das man ihr angetan hatte, erschien immer größer und drohte sie zu zerstören. Sie mußte sich verbergen ...

»Nathalie, komm zurück!« rief die Stimme noch einmal. Aber Nathalie lief weiter. Sie wollte ein Versteck finden.

Die Kinderkrippe der Sklaven! Die würde jetzt leer sein, weil die Babys nachts bei ihren Müttern waren.

Sie lief den sandigen Pfad zur Kinderkrippe hinunter. Der Mond war zwar hinter Wolken versteckt, aber sie konnte genug sehen. Der weiße Sand war hell genug, um ihr den Weg zu der Geborgenheit der Hütte zu weisen.

Der Schaukelstuhl stand noch immer da, wo sie damals Cassius in den Schlaf gewiegt hatte. Ob er gesund geworden war? Oder gehörte er zu den Unglücklichen, die das Fieber nicht überlebt hatten?

Auch in der Hütte stürmten Erinnerungen auf Nathalie ein. Denn hatte hier nicht alles angefangen? Hatte nicht Robert sie hier entdeckt und für einen Mischling gehalten?

Das Feuer in dem primitiven Kamin war fast ganz heruntergebrannt. Nur noch ein letztes schwaches Aufglühen, und es versank in Asche – wie die Augen eines wilden Tieres, die man flüchtig im Wald aufglühen sieht und die dann verschwinden.

Nathalie wagte es nicht, das Feuer anzufachen. Der Rauch aus dem Schornstein würde sie verraten, außerdem konnte sie ohnehin nichts mehr erwärmen ...

Fröstelnd rollte Nathalie sich zusammen. Das Haar fiel ihr bis zur Taille, weil ihr die Haarnadeln beim Laufen herausgefallen waren.

Im Schlaf wurde sie nur kurz von Stimmen und Fackelschein gestört. Bald entfernten sie sich aber, und alles war wieder ruhig und dunkel.

Erst viel später öffnete sich die Tür mit einem Quietschen. Sie blinzelte im Licht der Fackel und hob sich schützend die Hand an die Augen.

»Nathalie! Gott sei Dank, daß du da bist!«

Roberts Stimme zitterte vor Erleichterung. Er schleuderte die Fackel in den Kamin, und Nathalie wich nicht zurück, als er sie in die Arme nahm und nach Hause brachte.

Er flüsterte mit seltsam zärtlicher, heiserer Stimme: »Ich tue dir nicht weh, Nathalie. Ich werde dir nie wieder so weh tun wie gestern abend. Du bist sicher vor mir, kleine Nonne.«

In Gedanken war Robert in der Vergangenheit. Silbern blitzte der Findling auf der Familiengrabstätte im Mondlicht. *Ravenal Tabor, geboren am 12. Juni 1745, gestorben am 3. Juli 1809. Ruhe in Frieden!*

Robert starrte den Grabstein an und dachte verbittert: Na, Onkel Ravenal, hast du jetzt die Lacher auf deiner Seite?

Er war wieder einundzwanzig und unterhielt sich zum letztenmal vor seiner Abreise von Midgard mit seinem Onkel. Das war vor acht Jahren gewesen ...

›Außer dir, Onkel Ravenal‹, hatte er mit arroganter Stimme zu dem Mann, der Vaterstelle an ihm vertreten hatte, gesagt, ›gibt es für mich im Leben nur zwei Dinge, die meiner Liebe würdig sind: Pferde und Land.‹

Darüber hatte sein Onkel lachen müssen.

›Und eine Frau, Robert? Ist in deinem Leben kein Platz für eine Ehefrau?‹

›Nein! Gut, höchstwahrscheinlich muß ich mich eines Tages verheiraten, aber das werde ich hinausschieben, solange es eben geht. Und sie wird auch nicht viel Platz in meinem Leben einnehmen. Ich lasse mir doch nicht von einem Weibsbild meine Pläne durchkreuzen! Benutze sie, gehe mit ihnen ins Bett, und dann vergiß sie!‹

Wie dumm, wie arrogant er doch gewesen war! Nathalie hatte sein Leben grundlegend verändert. Er hatte sogar ihretwegen einen Menschen getötet. Sie vergessen? Sie hatte sein Herz gestohlen, und er würde sie ebensowenig vergessen können wie seinen eigenen Namen. Sie war ein Teil seiner selbst geworden – aber ein Teil, den er nicht verstehen konnte. Früher hatte er sich immer genommen, was er wollte, ohne sich um die Folgen zu kümmern, aber Nathalie hatte ihn besiegt.

Er hatte sie nicht verletzen wollen. Ihre Gleichgültigkeit hatte ihn nur zur Raserei getrieben und hatte dem Teufel in ihm die Oberhand eingeräumt. So hatte er Gehorsam, ja Unterwerfung gefordert …

Aber das war nun vorbei. Sie war viel zu zerbrechlich für eine solche Behandlung. Von nun an würde er seine Eifersucht auf Jacques Binet unterdrücken müssen, wenigstens durfte er sie sich in Nathalies Gegenwart nicht anmerken lassen.

Sie hatte ein besseres Leben verdient! Zum Glück war sie nicht zerbrochen nach all dem Schrecklichen, was sie erlebt hatte.

Robert mußte lächeln, als er an Neijee dachte und daran, wie Nathalie ihren Willen durchgesetzt hatte.

Die Sache ließ sich übrigens gut an. Neijee könnte Jasons Spielgefährte und persönlicher Diener werden. Die beiden schienen sich gut zu verstehen.

Am nächsten Morgen machte sich Robert auf den Weg nach Charleston, um einen Auftrag Joseph Alstons auszuführen.

Als Nathalie erwachte, sah sie als erstes zu dem anderen Bett hinüber, aber Robert war nicht mehr da.

Sie hatte gefürchtet, sie würde nie wieder warm werden können. Aber jetzt, unter der weichen Decke und bei dem knisternden Kaminfeuer, das wie Musik klang, fühlte sie sich behaglich und geborgen.

In der Nacht war das ganz anders gewesen. Sie hatte vor Kälte und vor Angst vor Robert gezittert, als er sie aus der Kinderkrippe ins Haus trug. Nur allmählich hatten Kälte und Furcht nachgelassen, während Robert ihre abgestorbenen Hände und Füße kräftig rieb, bis sie wieder besser durchblutet waren. Erst dann hatte Robert sie verlassen, um den Rest der Nacht in seinem eigenen Bett zu verbringen.

»Meine Kleine ist also wach!« Feena war da, um ihr heiße Schokolade und Brioches ans Bett zu bringen. »Sie haben uns aber gestern abend einen Schrecken eingejagt, Miß! Monsieur Robert war ganz außer sich vor Angst, Sie könnten sich im Sumpf verirrt haben.«

»Es ... es tut mir leid, Feena, aber ich konnte einfach nicht bleiben und mir Florillas hämische Reden anhören.«

»Ich verstehe, Miß! Die kann doch nur Unheil stiften. Habe ich das nicht schon immer gesagt? Mir wurde ganz schlecht, als sie Monsieur Robert so artig um Entschuldigung bat, als sie merkte, wie verärgert er war.«

»Robert verärgert?«

»Ja. Den Zornausbruch hätten Sie erleben sollen!«

Nathalie trank ihre Schokolade und brach sich Stückchen von dem Gebäck ab.

So? Robert hatte sich aufgeregt über Florillas Beschuldigungen? Oder weil sie verraten hatte, daß sie wußte, daß Jacques Binet Nathalie ins Kloster gebracht hatte? Ihr hatte er verboten, darüber zu sprechen, daß sie als Sklavin verkauft worden und von dem Trapper auf der »Jasmine Star« nach New Orleans gebracht worden war. Der einzige, der davon gewußt hatte, war Alistair Ashe gewesen; und der war tot.

Wie schlau von Florilla, Roberts Zweifel über ihr Verhältnis zu dem Trapper anzuheizen! Es klang wie ein Wunder, aber zwischen ihr und Jacques Binet hatte keinerlei Beziehung bestanden. Am ersten Abend war er zu betrunken gewesen, um sich zu behaupten. Und dann war sie die ganze Reise über so seekrank gewesen, daß er sie in Ruhe gelassen hatte.

Warum hatte sie Robert nicht alles erklärt? Ihr Stolz hatte sie daran gehindert! Heftiger, kalter, unangenehmer Stolz –, und jetzt stand der zwischen ihnen wie ein zweischneidiges Schwert. Hätte er ihr denn überhaupt geglaubt, wenn sie ihm alles erzählt hätte?

So gingen ihre Überlegungen hin und her. Aber er hatte Jason als Sohn akzeptiert. Wenn man die beiden nebeneinander sah, konnte man kaum daran zweifeln, daß Robert der Vater war. Das sah man schon an den topasfarbenen Augen und dem goldblonden Haar. Das erleichterte die Sache. Aber wenn Jason nun schwarzes Haar und ihre schwarzen Augen geerbt hätte? Hätte Robert ihm dann sein rechtmäßiges Erbe verweigert?

Nathalie kleidete sich an und ging auf die Suche nach Jason. Er spielte im Kinderzimmer friedlich mit seinen Bauklötzen, und Neijee lag auf allen vieren daneben und half ihm.

Als es Abend wurde, war Robert immer noch nicht wieder da. Florilla und Nathalie saßen allein im Eßzimmer. Bradley servierte.

»Mister Robert hat gesagt, er käme wahrscheinlich erst spät aus Charleston zurück«, meldete Bradley. »Aber ich halte ihm das Abendessen warm, falls er noch nicht gegessen hat.«

Nathalie war dankbar für Bradleys Anwesenheit, denn sie und Florilla hatten einander nichts zu sagen.

Als Robert schließlich nach Midgard zurückkam, war Nathalie schon zu Bett gegangen. Sie hörte, wie er die Schlafzimmertür leise schloß. Sie hielt die Augen geschlossen, konnte aber den Geräuschen entnehmen, daß er sich für die Nacht vorbereitete.

Sie hörte, wie er die Stiefel auszog, und wenige Minuten später blies er die Kerze aus. Im Dunkeln horchte sie, wie er in das zweite Bett stieg. Daraufhin schlief sie erleichtert ein.

Am nächsten Morgen bekam Nathalie einen Brief von Maggie, den ein Aufseher aus Charleston mitgebracht hatte. Er enthielt auch die Rechnung für Neijee.

Ungläubig starrte sie auf den Betrag: fünfzehnhundert Dollar! Sie hatte keine Ahnung gehabt, daß ein Negerjunge so teuer sein könnte!

Und nun mußte sie Robert die Rechnung zeigen. Kein Wunder, daß er so wütend gewesen war, als er hörte, was sie getan hatte! Aber sie hatte eben impulsiv gehandelt, weil sie das schwarze Kind vor einem grausamen neuen Herrn hatte bewahren wollen.

Robert sah von seinem Schreibtisch auf, als Nathalie eintrat.

»Robert, ich habe die ... die Rechnung für Neijee. Maggie hat sie geschickt.« Schüchtern und blaß stand sie vor ihm.

Er streckte die Hand nach dem Stück Papier aus.

»Ich habe nun Weihnachtsgeschenke für viele Jahre im voraus bekommen«, sagte Nathalie und lächelte unsicher.

Robert ging auf ihren leichten Ton nicht ein, sondern starrte das Papier an. Schließlich sagte er: »Maggie ist also jetzt Mrs. Harvey Crowley!«

Nathalie kam näher, um besser sehen zu können. »Crowley? Meinst du den kleinen Mann, der...«

»Den Pfau, den du auf dem Ball des Gouverneurs so schön fandest.« Robert zwinkerte amüsiert mit den Augen. »Der hat wirklich einen guten Fang gemacht, meinst du nicht auch? Der braucht sich jetzt keine Sorgen mehr zu machen um seine Kleidung, und an Seide und Satin aus Frankreich wird's ihm auch nicht fehlen. Maggie kann übrigens auch mit selbstgewebten Stoffen Wunder wirken.«

Nathalie lachte; die kritische Angelegenheit mit der Rechnung war vergessen. Robert legte die Rechnung unter einen Briefbeschwerer auf den Schreibtisch. Er weigerte sich also nicht, sie zu bezahlen, wie sie fast befürchtet hatte.

»Danke, Robert«, sagte Nathalie und trat vom Schreibtisch zurück, wo er sich wieder in den Bericht vertiefte, den er zu schreiben hatte.

Man hatte schon Mengen von Stechpalmen und Misteln ins Haus gebracht, um die Diele und das Eßzimmer weihnachtlich zu schmücken. Die großen roten Beeren der Stechpalme gaben den Wänden des Backsteinhauses ein festliches Aussehen, während die Misteln mit ihren weißen Beeren unter den Kerzen der Kronleuchter und in jedem Türrahmen hingen.

Feena, Florilla und Nathalie waren damit beschäftigt, Popcorn, Baumwollsamenkapseln und getrocknete Holzäpfel aufzufädeln, als Jimbo den riesigen Weihnachtsbaum ins Haus brachte.

Nathalie legte die Kette, an der sie arbeitete, beiseite, um Jimbo Anweisungen zu geben. Als der Baum schließlich an der richtigen Stelle vor dem Fenster im Salon stand, ging Nathalie zu ihrem Stuhl zurück und nahm die Schmuckkette wieder auf.

Verwundert bemerkte sie, daß sie unvollständig war: das Popcorn fehlte!

»Jason! Neijee!« rief sie zu den beiden hinüber, die sich hinter einem Stuhl versteckt hatten. Verlegen kamen sie aus ihrem Versteck hervor. Sie sahen aus wie zwei Hamster, da sie sich die Backentaschen mit den Leckereien vollgestopft hatten.

Nathalie sah sie streng an und sagte: »Wenn ihr nicht aufhört, das Popcorn aufzuessen, haben wir nicht mehr genug, um den Baum zu schmücken. Seht mal, wie häßlich diese Kette aussieht!«

Sie hielt die dünne Kette hoch. Die beiden Jungen kicherten und liefen aus dem Zimmer.

»Florilla, gehen Sie lieber mit!« sagte Nathalie. »Feena und ich machen hier schon allein weiter.«

Florilla verzog zwar den Mund, stand aber doch auf. »Neijee übt einen schlechten Einfluß auf Jason aus«, bemerkte sie. »In der kurzen Zeit, seit Neijee hier ist, hat Jason schon mehr angestellt als in den ganzen zwei Jahren, die er unter meiner Aufsicht stand.«

Mit verdrießlicher Miene stolzierte Florilla hinter den Knaben her.

»Nehmen Sie das bloß nicht ernst, meine Kleine!« sagte Feena, als Florilla gegangen war. »Sie möchte am liebsten, daß Jason den ganzen Tag hübsch stillsäße, anstatt herumzutollen und zu spielen, damit sie nur ja keinen Handschlag tun müßte!«

Feena und Nathalie nahmen die fertigen Ketten und behängten den Baum damit. Bald sah er sehr festlich aus.

Aber Geschenke, – wo sollten sie nur Geschenke hernehmen? Nathalie hatte kaum Zeit gehabt, etwas zu basteln. Stofftiere für Jason und Neijee und ein rüschenverziertes Hemd für Robert? Das wäre hübsch, aber dafür war es jetzt zu spät. Das würde sie nie bis Weihnachten fertig bekommen. Aber sie könnte, so überlegte sie, schon einmal mit dem Hemd anfangen und es Robert zu einer anderen Gelegenheit schenken, vielleicht zum Geburtstag ...

Da fiel Nathalie plötzlich ein, daß sie weder wußte, wann er Geburtstag hatte, noch, wie alt er eigentlich war.

Am nächsten Tag nahm Robert sie mit nach Charleston und gab ihr Geld, damit sie Geschenke kaufen könnte.

»Soviel brauche ich aber nicht, Robert!« protestierte Nathalie, aber er schüttelte den Kopf und drückte ihr den gesamten Betrag in die Hand.

Obwohl es Brauch war, die Sklaven erst am Neujahrstag zu beschenken, wickelte Nathalie die Geschenke für Neijee, Feena und Bradley in farbiges Papier ein und legte sie unter den Weihnachtsbaum.

Jason freute sich zuerst riesig über einen kleinen Jagdhund mit langen Schlappohren und fettem Wackelbauch. Aber als Nathalie das Pony sah, das Robert für Jason gekauft hatte, war sie sehr erschrocken. »In diesem Alter schon ein Pony?« fragte sie. »Ist er nicht viel zu jung zum Reiten?«

»Als ich so alt war wie er, bin ich auch geritten«, erwiderte Robert; damit war die Diskussion beendet.

Ihr Geschenk für Robert war eine goldene Taschenuhr, mit Filigranarbeit verziert, die sie bei einem Goldschmied entdeckt hatte. Da Robert ihr schon Neijee zu Weihnachten geschenkt hatte, hatte sie nicht damit gerechnet, noch ein Geschenk von ihm unter dem Weihnachtsbaum vorzufinden.

»Pack es aus, Nathalie!« sagte er nur, als er es ihr ein wenig verlegen überreichte.

Er beobachtete sie, während sie das Bändchen löste und das kleine Kästchen auswickelte. Als sie den Deckel öffnete, lag ein funkelnder Ring mit einem großen, rundgeschliffenen Rubin vor ihren Augen.

Robert erklärte ihr: »Das ist ein feiner, geheimnisvoller Stein. Man schätzt ihn nicht – wie den Brillanten – wegen seiner Härte und Leuchtkraft, sondern wegen seiner tiefen roten Farbe. Fast jeder Rubin hat einen kleinen Fehler, aber seine große Schönheit scheint das immer wieder wettzumachen.«

Nathalie fragte sich, was er damit sagen wollte. Ob er vielleicht andeuten wollte, daß er gewillt war, ihr die Affäre mit Jacques Binet zu vergeben, – obwohl ja gar nichts zu vergeben war?

Während sie noch den wunderbaren Ring anstarrte, nahm

Robert ihn und steckte ihn ihr an. Dabei bemerkte er, daß sie keinen Ehering am linken Ringfinger trug. Er runzelte die Stirn.

Der Abend zog sich hin. Geschenke wurden ausgetauscht, Jason bekam die Weihnachtsgeschichte vorgelesen, während Neijee dabeistand, und Bradley servierte ein köstliches Festmahl.

Nathalie ging die Treppe hinauf. Sie spürte den Rubinring am Finger und empfand hautnah Roberts Gegenwart, der absichtlich langsam ging, um sich ihren Schritten anzupassen.

Sie gingen ins Schlafzimmer, wo das Feuer im Kamin loderte und die Kerzen auf den Nachttischen leuchteten.

Robert hielt sich etwas zurück, weil er abwarten wollte, daß Nathalie ihr zweites Geschenk entdeckte.

In der Ecke neben ihrem Bett stand ein wunderschön geschnitzter Betstuhl mit einem weichen, blausamtenen Kniekissen.

»Robert?«

»Für meine kleine Nonne«, sagte er sanft. »Ich kann es doch nicht zulassen, daß du dir weiterhin die Knie auf dem Fußboden durchscheuerst!«

Tränen traten ihr in die Augen, während sie ihm versicherte, wie dankbar sie ihm sei. Aber er hatte ihr schon den Rücken zugedreht und blickte auf die goldene Taschenuhr in seiner Hand. Er ließ das Gehäuse aufschnappen, das noch ganz warm war von seiner Körperwärme. Während er das Seidenfutter streichelte, dachte er an Nathalies seidenweiche Haut. Wieder empfand er ein überwältigendes Verlangen nach seiner Frau ...

Robert Tabor hatte an viele Dinge zu denken. Als Mitglied der Charlestoner Miliz fuhr er in die Stadt, um sich davon zu überzeugen, wie gut die Miliz ihre Aufgabe erfüllte, die Stadt gegen Angriffe von See her zu verteidigen.

Die Bewohner von Charleston und Umgebung erinnerten sich noch gut daran, wie die Stadt während des Unabhängigkeitskrieges von den Briten eingenommen und weitgehend zerstört worden war.

Seltsamerweise hatten die meisten Einwohner sich damals weniger darüber aufgeregt, daß die Indigo- und Reisernte vernichtet und Häuser verbrannt worden waren, als vielmehr darüber, daß ein britischer Offizier ihnen die Glocken von St. Michael weggenommen hatte. Es hatte lange gedauert, diese Glocken wiederzubekommen, und nun wollte niemand, daß das noch einmal passierte.

Zum Schutz der Stadt hatte man einen großen Wall aus Grasplacken mit einem breiten Graben davor angelegt, und nicht nur die Männer hatten dabei geholfen, sondern auch Frauen und Kinder hatten sich an der schweren Arbeit beteiligt.

Nach seinem Hafenrundgang saß Robert mit Hektor und Arthur in der Börse. Hier war es fast leer, da wegen der Blockade nicht viel gehandelt wurde.

»Ich wäre ja viel beruhigter, wenn nicht so viele Milizeinheiten nach Norden gegangen wären, um dort mit der Armee zu kämpfen. Ein Grüppchen Zivilisten kann doch den Hafen nicht annähernd so gut verteidigen wie ausgebildete Soldaten«, erklärte Arthur.

»Dann müssen diese Zivilisten eben besser ausgebildet werden«, erwiderte Robert. »Das Bundesheer hat viel zuviel zu tun, um uns zu Hilfe zu kommen, wenn die Stadt angegriffen würde. Das hat man uns ja klipp und klar gesagt.«

»Ich kann einfach nicht verstehen«, beschwerte sich Hektor, »warum der Miliz nur Männer zwischen achtzehn und fünfundvierzig angehören dürfen! Ich bin viel gesünder als manche von denen; aber wegen meines weißen Haares hält man mich für Methusalem!«

»Schade, daß die dich nicht auf dem Mississippi gesehen haben, Hektor! Dann wüßten sie, daß man deine Kraft nicht auf die leichte Schulter nehmen sollte«, scherzte Robert.

»Wann war denn das, Hektor?« fragte Arthur.

Robert und sein Vetter tauschten einen erschrockenen Blick aus. Aber Hektor antwortete sofort geistesgegenwärtig: »Vor ungefähr drei Jahren. Ich hatte damals plötzlich das Verlangen, dies neue Land kennenzulernen, das wir gekauft hatten. Eine wunderbare Flußlandschaft! Wild, aber schön!«

Bei dieser Antwort atmete Robert erleichtert auf.

»Ich hoffe nur, die Briten haben nicht das Verlangen, unsere beiden Flüsse zu erforschen!« fügte Hektor hinzu und griff damit wieder das frühere Thema auf. »Weiter unten im Süden, habe ich gehört, sind ihre Kutter auf den vielen Wasserwegen vorgedrungen und haben mehrere Plantagen geplündert. Wenn sie auf dem Ashley oder dem Cooper vordringen könnten, würden sie wirklich lohnende Beute finden!«

»Wir müssen eben dafür sorgen, daß der Hafen gut bewacht wird. Wenn uns das gelingt, haben die Briten keine Aussicht, ihre kleineren Schiffe flußaufwärts zu schicken«, meinte Robert.

Hier trat eine Unterhaltungspause ein, die schließlich von Arthurs Frage überbrückt wurde: »Wie geht's Nathalie, Robert?«

»Danke, gut, Arthur.«

»Julie und Desmond waren sehr enttäuscht, daß sie nicht nach Cedar Hill kommen konnte. Wir haben nett gefeiert, wie immer; aber es wäre natürlich noch schöner gewesen, wenn ihr beide auch dagewesen wäret.«

Robert antwortete nicht darauf, und Arthur, der ihn nachdenklich ansah, fragte: »Ist sie über ihr schreckliches Erlebnis hinweggekommen?«

»Ich glaube, es wird länger dauern als diese paar Wochen, bis sie es ganz vergessen kann.«

»Was für ein schreckliches Erlebnis, Robert? Ist Nathalie noch etwas passiert, von dem ich nichts weiß?« Hektor verstand nicht, wovon die beiden sprachen.

»Entschuldige, Robert!« sagte Arthur und stand vom Tisch auf. »Ich habe anscheinend immer noch nicht gelernt, den Mund zu halten. Sehen wir uns morgen wieder?«

»Nein, Arthur. Morgen reite ich nach Taborville, um nach der Fabrik zu sehen.«

Arthur verabschiedete sich und die beiden Vettern blieben allein am Tisch zurück.

Hektor wartete ab, während Robert überlegte, wieviel er Hektor von allem, was in Columbia passiert war, erzählen sollte.

Während Robert am nächsten Tag von der Plantage nach Taborville ritt, dachte er über das hübsche kleine Dorf und seine Fabrikarbeiter nach.

Er hatte sich vor zwei Jahren ziemlich unbeliebt gemacht, als er in den Fichtenwäldern am oberen Flußlauf die Fabrik gebaut und weiße Arbeiter eingestellt hatte.

»Du hast dir da richtiges Gesindel angeheuert, Robert!« beklagte sich einer seiner älteren Nachbarn. »Und mit der guten Bezahlung setzt du unseren Sklaven nur Flausen in den Kopf!«

»Läßt du denn nicht deine eigenen Sklaven bei anderen arbeiten, Reuben?« fragte Robert.

»Na ja, aber …«

»Aber du streichst selbst den größten Teil ihres Lohnes ein!« Robert sprach den Satz für ihn zu Ende und lachte amüsiert auf. »Es stört dich wohl, daß meine Fabrikarbeiter frei sind und ihren ganzen Lohn für sich behalten können?«

Der Mann blickte Robert erschrocken an. Dann verflog sein Ärger, und er lachte fast, als er sagte: »Vielleicht – vielleicht!«

Robert schlug ihm auf die Schulter, und sie trennten sich in aller Freundschaft.

Es lag Robert nicht, der Besitzer eines Menschen zu sein, obwohl er mehrere Sklaven geerbt hatte, aber er konnte nichts machen; denn das ganze Wirtschaftsgefüge des Landes hing von den Arbeitern auf den Baumwoll- und Reisplantagen ab. Jetzt, wo diese Produkte der Sklavenarbeit ohnehin kaum noch exportiert werden konnten, brauchte man Fabrikarbeiter, um die Rohstoffe zu verarbeiten. Es waren arme Weiße, die früher, als die Wirtschaft allein auf reichen Plantagenbesitzern und billiger Sklavenarbeit beruht hatte, am Rande des Existenzminimums gelebt hatten.

Robert hatte eine Anzahl von solchen Weißen angestellt, und seine Fabrik florierte unter dem Vorarbeiter Ebenezer Shaw.

Stolz ritt Robert in das saubere Dörfchen. Rechts und links der Straße, die zur Fabrik führte, standen die winzigen Häuser in geordneter Reihe.

Eine Schule sollte das Dorf auch bekommen, nachdem die allgemeine kostenlose Schulbildung, für die er sich im Parlament so stark eingesetzt hatte, Gesetz geworden war.

Es war Zeit, das Gesetz in seinem eigenen Dorf zu verwirklichen. Nächstes Mal würde er Nathalie mitbringen. Dank ihrer Ausbildung im Kloster würde sie ihm helfen können, die Schule einzurichten und eine Lehrerin zu engagieren.

Mit der warmen Sonne im Rücken ging Nathalie den Pfad hinunter, an den Hütten der Sklaven vorbei, zu den Reisfeldern. Jasons kleine Hand lag in ihrer linken und Neijees molliges schwarzes Händchen in ihrer rechten Hand.

Moses hatte ihr von den bunten Wildenten erzählt, die schon seit Tagen dort beim Reisfressen zu beobachten seien. Sie wollte sie den beiden Jungen gern zeigen, so hatte sie ihnen die Mäntel angezogen und sich mit ihnen auf den Weg gemacht.

Die Reisfelder boten ein ungewöhnliches Bild. Die spitzen Pflanzen schwankten leicht im Wind, um sie herum kräuselte sich das Wasser in immer größeren Kreisen. Einsam ragten die »Sklaventürme« wie riesige Obelisken aus dem Wasser.

Würden die Menschen sich in hundert Jahren, wenn es diese Reisfelder womöglich gar nicht mehr gäbe, fragen, was diese Backsteinbauten mitten in den sumpfigen Feldern wohl zu bedeuten hätten? Würden sie erkennen, daß es sich um Zufluchtsstätten handelte vor den Springfluten, die die Felder innerhalb weniger Minuten überschwemmen konnten? Voller Trauer dachte Nathalie immer noch an einen jungen Sklaven, dem es vor drei Jahren nicht gelungen war, den Turm rechtzeitig zu erreichen, und der in den Wellen sein Grab gefunden hatte.

Es war ein gefährliches Feld, voller Wasserschlangen und manchmal auch Alligatoren, die sich zwischen den gelben Reishalmen versteckten. Aber es war wunderschön anzusehen, wenn die Reisvögel oder die Wildenten angeflogen kamen.

»Sieh mal, Jason! Schau, Neijee! Seht ihr die Enten? Da sind sie!« rief Nathalie und zeigte nach links.

»Enten«, wiederholte Jason.

»Enten mit grünen Köpfen« bestätigte Neijee.

Die drei saßen auf den alten Backsteinstufen, die zum Kanal

hinunterführten, und beobachteten zufrieden die Vögel, bis die Jungen unruhig wurden, weil es ihnen zu langweilig war.

Plötzlich schlugen die Enten mit den Flügeln, als ob sie eine verborgene Gefahr gespürt hätten, erhoben sich in die Lüfte und flogen davon, der Sonne entgegen.

Was hatte sie wohl erschreckt? Nathalie fröstelte ein wenig. Die Sonne lag nun auf dem anderen Ende des Kanals. Ein Wind kam auf, das Wasser bewegte sich stärker, und Nathalie zog sich den Umhang um die Schultern.

Es war Zeit, nach Hause zu gehen. Die trügerische Wärme hatte sich gelegt, und es war wieder Winterwetter. Der Wind raschelte in den nackten Zweigen des Myrtenbaumes.

Nathalie stand wartend da, während die beiden Jungen ihre letzten Kieselsteine ins Wasser warfen. Gerade als Jason mit einem Plumps ins seichte Wasser fiel, fing die große Glocke hinter dem Herrenhaus an zu läuten. Das Geläut war auf der ganzen Plantage zu hören und verbreitete Schrecken.

Irgend etwas war passiert – etwas Schlimmes! Die Glocke durfte nur geläutet werden, wenn Gefahr im Anzug war.

Nathalie nahm die beiden Jungen an die Hände und zog sie eiligst mit sich, so schnell ihre kleinen Beine es nur schaffen konnten. Zurück ins Haus!

War Robert etwas passiert? Hatte vielleicht sein lebhafter Hengst ihn abgeworfen? Gott gebe, daß ihm nichts passiert war ...

Nathalie war so verstört, daß sie kaum auf das Gewimmer der beiden Kinder achtete, denen sie zu schnell lief.

Der Weg von den Reisfeldern zum Haus kam ihr sehr lang vor. Auf dem Hinweg hatten sie es nicht eilig gehabt, waren gemächlich geschlendert und hatten sogar manchmal angehalten, um sich auszuruhen. Nun erschien ihnen der Weg unendlich weit; und Nathalie merkte plötzlich, wie alles sich verändert hatte. Das Land war still und verlassen. Kein Arbeiter besserte Zäune auf den Feldern aus, kein Pferd weidete auf der Wiese hinter dem Haus ...

Nathalie war ganz außer Atem, als das Haus schließlich vor ihnen auftauchte. Es lag einsam und verlassen in der späten

Nachmittagssonne da. Das Schreckensgeläut der Glocke war verstummt. Derjenige, der sie so verzweifelt geläutet hatte, war auch nicht zu sehen …

Nathalie, Jason und Neijee waren die einzigen Menschen weit und breit. Alle anderen waren verschwunden.

Nathalie wollte die beiden müden Kinder nicht mitnehmen, während sie der Sache nachging. Sie ging mit ihnen zum hinteren Kücheneingang, weg von dem Hauptgebäude. Sie setzten sich auf die Stufen, froh, sich ausruhen zu können, während Nathalie in die Küche ging. Auch die Köchinnen waren nicht da.

Der warme Raum roch nach frischgebackenem Brot, aber der Rest der Mahlzeit war noch nicht zubereitet, als ob die Köchinnen alles schnell vom Herd gerissen hätten, bevor sie verschwanden.

Nathalie konnte sich das alles nicht erklären. Sie brach zwei Stückchen von dem Brot für Jason und Neijee ab. Falls das Haus von Indianern überfallen worden wäre, könnten sie sich noch immer im Haus aufhalten. Sie wollte das Leben der Kinder nicht unnötig aufs Spiel setzen. Sie würde sie verstecken und sich dann allein umsehen.

Steinerne Stufen führten zu einer unterirdischen Quelle hinter der Küche. Der Brunnendeckel war fest verankert, so daß keine Gefahr bestand, daß die Kinder in den Brunnen fallen könnten.

Neijee und Jason stiegen willig mit ihr die Stufen hinunter und beäugten das Brot, das sie ihnen versprochen hatte.

»Ihr müßt ganz leise sein«, erklärte sie, »bis ich wiederkomme! Neijee, paß auf, daß Jason nicht hinter mir herläuft!«

»Ja, Madame«, antwortete Neijee mit vollem Mund.

Nathalie stieg die Steinstufen wieder hinauf und ging zu der Rückseite des Hauses. Von der Veranda aus huschte sie in die Diele, wie sie das früher oft getan hatte, und schlich lautlos die Treppe hinauf.

Eine Bodendiele knarrte, Nathalie hielt an und horchte. Aber als das Geräusch sich nicht wiederholte, meinte sie, sie habe es sich nur eingebildet.

Wo konnten sie nur sein? Feena, Florilla, Bradley – alle anderen?

Nathalie ging den Flur im oberen Stockwerk entlang und blieb vor der Tür des Elternschlafzimmers stehen. Sie schalt sich selbst wegen ihrer Ängstlichkeit und streckte die Hand aus, um die Tür zu öffnen. Da bewegte sich der Türknopf langsam von selbst, und Nathalie zog schnell die ausgestreckte Hand zurück. Sie trat beiseite.

Angewurzelt stand sie da und sah, wie die Tür sich langsam öffnete. Ein fremder Mann, mit Roberts Anzügen über dem Arm, stand vor ihr und sah sie überrascht an!

Sie unterdrückte einen Schreckensschrei, drehte sich um und rannte die Treppe hinunter, während der Mann irgend etwas rief. Als sie fast unten war, sah sie zwei weitere Männer aus den vorderen Räumen des Hauses auftauchen. Einer von ihnen trug die gestickte Fußbank, die sie einst Papa Ravenal geschenkt hatte.

»Haltet sie auf!« rief der Mann von oben den beiden zu.

Aber Nathalie, behende wie ein junges Reh, entkam in entgegengesetzter Richtung durch die Diele und lief über die Veranda nach draußen.

Die Engländer! Sie waren flußaufwärts gekommen und waren nun dabei, Midgard systematisch zu plündern.

Von den Sklavenhütten her kam das Geräusch eines rumpelnden Wagens näher. Nathalie beobachtete, wie er auf den Landeplatz am Fluß zufuhr. Also waren noch mehr da! Ihr Kutter hatte höchstwahrscheinlich am Landungssteg festgemacht.

Nathalie hörte Jason weinen, sie rannte die Steinstufen hinunter, um ihn zu beruhigen. Das Brunnenhaus war kein gutes Versteck für die Kinder, wenn die Engländer über die ganze Plantage ausschwärmen würden. Man konnte sie zu leicht hören.

Alle anderen Hausbewohner waren bestimmt im Sumpf versteckt, aber Nathalie konnte sich nicht zu »Emmas Sumpf« durchschlagen. Biffers Road wimmelte sicher von Feinden auf der Suche nach den Kühen und Schweinen, die die Sklaven vor sich her in das Sumpfgebiet getrieben haben würden.

Wohin konnte sie sich wenden?

Nathalie mußte fliehen, aber die beiden Kinder an ihrer Seite kamen nur mühsam mit. Schließlich nahm sie Jason auf den Arm und sagte flüsternd zu Neijee: »Halt dich an meinem Rock fest, Neijee! Wir müssen laufen!«

»Ich bin aber so müde, Madame«, wimmerte Neijee; aber er hielt sich gehorsam fest, während Nathalie, mit dem schweren Jason auf dem Arm, weiterlief.

Nathalie ging wieder in die Richtung, aus der sie gekommen war, wußte aber nicht, wo sie Jason und Neijee verstecken könnte. Wenn doch nur Feena oder Florilla da wären, um ihr zu helfen! Ihr taten die Arme weh vom Tragen ihres Jungen, sie mußte ihn hinstellen und sich einen Augenblick lang ausruhen.

»Enten!« sagte Jason und blickte nach oben, wo die Vögel vorüberflogen.

Das war's! Der Sklaventurm in dem Reisfeld, wo sie die Enten gesehen hatten! Dorthin würde sie die Kinder bringen. Und sie hoffte, daß niemand auf den Gedanken kommen würde, dort nach ihnen zu suchen.

Am Rand des Wassers raffte Nathalie die Röcke hoch und steckte den Saum unter das Gurtband.

Unter jedem Arm ein Kind, ging sie ins Wasser, wo ihre Füße sofort in dem weichen Schlamm versanken. Schon beim ersten Schritt saugten sich ihre Schuhe im Schlamm fest, sie ging barfuß weiter durch das eiskalte Wasser, obwohl sie befürchten mußte, auf etwas Gefährliches zu treten.

Hielten die Wasserschlangen ihren Winterschlaf? Sie trat auf etwas Weiches und stöhnte, als es sich bewegte und sie fast aus dem Gleichgewicht brachte.

Nicht genug damit –, plötzlich trat sie in ein Loch. Das Wasser reichte ihr nun bis zu den Knien, und ihre Röcke wurden naß. Es war bitter kalt, und sie hatte auch keine Möglichkeit, trocken zu werden, wenn sie den Turm schließlich erreicht hatten.

Erst eine gute Stunde später hörte man abermals Glockengeläute; aber diesmal war es ein beruhigender Klang, der allen bedeutete, zurückzukehren. Die Gefahr war vorüber. Aber jetzt war es zu dunkel, entschied Nathalie, um die Kinder aus dem Turm zu schaffen. Sie würden bis zum Morgen bleiben müssen und sie konnte die Kleinen nur weiterhin mit ihrer eigenen

Körperwärme beschützen.

Sie kauerten sich zusammen, und die Kinder schliefen ein.

Nathalie konnte nicht schlafen. Sie fand sich mit der Dunkelheit und der Kälte ab und wartete auf den Morgen.

Ob Robert wohl aus Taborville zurück war? Würde er sich ängstigen, weil sie nicht mit den Kindern zurückgekommen war? Aber sie konnte ihn ja nicht benachrichtigen, daß sein Sohn in Sicherheit war. Eigentlich müßte der Turm auch eine Glocke haben ...

Als Sonnenstrahlen durch die Schlitze im Turm fielen, wußte sie, daß es Tag war. Ihre Arme, die sie die ganze Nacht um die Kinder gelegt hatte, waren total verkrampft. Sie stand auf.

Sie war steif vor Kälte. Sie mußte niesen, und davon wachten Jason und Neijee auf.

»Jetzt ist es Zeit, nach Hause zu gehen, sagte Nathalie, als ob nichts Besonderes vorgefallen wäre.

»Kalt«, sagte Jason und runzelte die Stirn – genau wie Robert.

»Ich weiß, aber bald ist's dir wieder warm.«

Wieder ging Nathalie, mit einem Kind unter jedem Arm, durch das Marschland. Sehr vorsichtig setzte sie einen Fuß nach dem anderen auf. Das Wasser erschien ihr noch kälter, und sie mußte noch oft niesen.

»Mein Gott! Wo sind Sie nur gewesen, meine Kleine? Monsieur Robert hat die ganze Nacht nach Ihnen gesucht!«

Feena kam Nathalie entgegengelaufen und nahm ihr Jason ab.

»Wir haben uns im Turm im Reisfeld versteckt gehalten«, erklärte Nathalie. »Gestern abend war es zu dunkel, um durch das Wasser zurückzugehen. Deshalb mußten wir bis zum Morgen warten. Wo ist Robert denn?« fragte Nathalie.

»Er wollte gerade nach Charleston reiten. Er war überzeugt, daß die Engländer Sie und Jason mitgenommen hätten. – Remus!« rief Feena einem Jungen zu, der am Zaun stand. »Geh und sag deinem Herrn, daß die Herrin in Sicherheit ist! Schnell, Junge, damit er nicht vorher losreitet!«

Der Junge rannte auf die Stallungen zu, während Feena und Nathalie auf das Haus zugingen.

»Haben die Engländer viel mitgenommen?« fragte sie besorgt.

»Ja, aber davon können Sie sich später selbst überzeugen. Ich schicke die Kinder zu Florilla, dann komme ich und helfe Ihnen. Was Sie brauchen, ist ein heißes Bad und trockene Kleider!«

Nathalie wusch sich in der Küche die Füße. Der Hund, den Jason zu Weihnachten bekommen hatte, lag schlafend in der Kiste neben dem Herd. Nathalie ging ins Haus, stieg die Treppe hinauf und fühlte sich bedrückt und schuldig, weil Robert sie und die Jungen die ganze Nacht vergeblich gesucht hatte.

Nathalie strich sich das zerzauste Haar aus der Stirn und ging vorbei an dem Zimmer, das sie mit Robert teilte, in ihr altes Schlafzimmer, wo die Zinkwanne neben dem Feuer stand.

Bald war sie mit heißem Wasser gefüllt, und Nathalie ließ sich hineingleiten, während Feena ihr beim Waschen half und ihr auch das lange Haar wusch.

Die Tür öffnete sich, und Robert stürmte ins Zimmer. Er blieb erst stehen, als er unmittelbar vor der Wanne stand.

»Du kannst gehen, Feena«, befahl Robert. »Ich will mit meiner Frau sprechen.«

»Jawohl, Monsieur Robert«, erwiderte Feena. Interessiert folgte sie Roberts Blicken. Er starrte Nathalie an, die nur teilweise vom Badewasser bedeckt war.

»Ich habe die ganze Nacht nach dir und Jason gesucht«, sagte er stirnrunzelnd, als Feena gegangen war. »Wo habt ihr euch nur versteckt gehalten?«

In dem Sklaventurm im Reisfeld«, antwortete sie schuldbewußt.

»Du bist durch das Wasser gegangen?« fragte er ungläubig. »Mit Jason?«

»Und mit Neijee«, berichtete sie. »Aber ich habe sie beide unterm Arm getragen, Robert. Sie sind nicht naß geworden.«

»Aber du selbst, Nathalie! Du bist doch naß geworden und warst auch die ganze Nacht durch naß.«

Nathalie nieste. »Die andern, die sich im Sumpf versteckt haben, waren bestimmt auch naß.«

»Aber die sind nicht die ganze Nacht dort geblieben. Sie sind zurückgekommen, als die Glocke das Zeichen gab.«

»Wäre es dir denn lieber gewesen, wenn ich versucht hätte,

deinen Sohn im Dunkeln nach Hause zu tragen?« Nathalie sprach vor Empörung lauter. »Ohne eine Laterne hätte ich mich doch in den Reisfeldern verirrt.«

»Ich weiß, Nathalie.« Es klang sofort zerknirscht. »Es war sicherer, die Nacht über dort zu bleiben. Aber für mich war es äußerst beunruhigend!«

»Das tut mir leid, Robert.«

Mit gespielter Besorgnis sah er sie an. »Du gibst mir am besten eine Liste mit deinen Verstecken, Nathalie. Das würde mir manche Sorge und Zeitverschwendung ersparen, wenn ich das nächste Mal nach dir suchen muß.«

Kampfeslustig hob Nathalie den Kopf, ihre Augen wurden dunkler. »Du redest, als ob ich gewohnheitsmäßig ...

Verwirrt hielt sie ein, weil ihr einfiel, daß sie schon zweimal vor ihm davongelaufen war, – zuerst in das Haus am Fluß, dann in die Kinderkrippe. Aber diesmal war sie nicht vor ihm davongelaufen ...

Nathalie fröstelte und streckte nach dem Leinenhandtuch, das neben der Wanne lag, die Hand aus. Robert nahm es und hielt es ihr hin. Befangen stieg sie aus der Wanne, und er wickelte sie in das Handtuch. Nur langsam ließ er sie wieder los.

Mit sanfter Stimme fragte er: »Hattest du Angst, mein Kleines?«

Sie nickte, und ihre Augen füllten sich plötzlich mit Tränen. »Als ich die Glocke hörte, dachte ich ... dir sei etwas passiert.« Ihre Stimme zitterte. »Daß ... dein Pferd dich vielleicht abgeworfen hätte ... Aber als ich ins Haus kam, sah ich die Kerle.«

»Sie sind nicht mehr da, Nathalie. Ich glaube nicht, daß sie noch einmal kommen. Und wenn sie es doch tun, sind wir gewappnet.«

Er nahm sie auf den Arm und ging auf die Tür zu.

»Wohin trägst du mich denn?«

»In dein Schlafzimmer, meine Gnädigste«, antwortete er und trug sie den Flur entlang.

Sie hatte es eilig, aus seinen Armen zu kommen. Dann griff sie nach dem Nachthemd, das über ihrem Bett lag, ging hinter eine spanische Wand und zog es an.

Als sie wieder zum Vorschein kam, zog Robert sich gerade aus. »Was machst du denn?« fragte Nathalie erschrocken.

»Ich bin dabei, ins Bett zu gehen. Ich weiß ja nicht, wie es mit dir ist, aber ich bin die ganze Nacht aufgewesen. Und jetzt habe ich vor, den versäumten Schlaf nachzuholen.«

Mit verschämtem Gesicht stieg Nathalie in das andere Bett. Was mußte Robert nur denken! Daß sie vermutet hätte, Robert wolle mit ihr schlafen? Nein, das hatte er offenbar nicht vorgehabt. Das hatte sie nur angenommen, weil sie noch Roberts Arme um sich fühlte.

Nathalie seufzte, kuschelte sich unter die Decke und war in wenigen Minuten fest eingeschlafen.

11

»Sie haben seinen blauen Samtanzug gestohlen, Miß Tabor, und er hört nicht auf zu weinen.«

»Neijee? Neijees Sachen haben sie auch gestohlen?« fragte Nathalie, während Effie ihr in den Hausmantel half.

»Ja, Miß. Und das hat ihm das Herz gebrochen.«

»Ich mache ihm einen neuen Anzug, wenn der auch nicht genauso ausfällt wie der, den Maggie genäht hatte. Ich muß zu ihm gehen und es ihm sagen.«

»Wirst du auch dafür sorgen, daß ich angemessen eingekleidet werde, Nathalie?«

Beim Klang von Roberts Stimme zuckte Nathalie erschrocken zusammen und blickte sich nach dem Sessel am Kamin um. Dort saß ihr Mann, und seine goldbraunen Augen sahen sie verschmitzt an, während er auf ihre Antwort wartete.

»Dein Schneider kann sich bestimmt besser um deine Kleidung kümmern als ich das könnte, Robert.«

Sofort machte der verschmitzte Gesichtsausdruck einem düsteren Stirnrunzeln Platz. »Wegen des Kindes brauchst du dir aber auch keine Arbeit zu machen. Für seine Rolle hier auf

Midgard war er ohnehin viel zu fein gekleidet. Effie kann ihm etwas Passenderes nähen, nicht wahr, Effie?«

»Ja, Sir«, sagte die Dienerin zustimmend, aber nicht sehr erfreut.

Nathalie funkelte Robert an. Sobald Effie gegangen war, erwiderte die erzürnte Nathalie: »Aber Robert, er hing so an dem Samtanzug! Du weißt gar nicht, wie schlimm es für ein Kind sein kann, einen solchen Schatz zu verlieren!«

»So? Meinst du, Nathalie?« fragte er. »Ich könnte mir vorstellen, daß es sich nicht viel von dem unterscheidet, was ein Mann empfindet, wenn er etwas verloren hat, das er schätzt.«

Sein bedeutungsvoller Blick ließ keinen Zweifel daran, was er meinte. Nathalie errötete. Eilig lief sie aus dem Zimmer, um Neijee zu trösten.

Seltsam, daß die Engländer nur die Kleidungsstücke der Männer und des Kindes mitgenommen hatten. Nathalie wünschte, sie hätten lieber ihre eigenen als Neijees Sachen genommen. Ihr hätte es nicht so viel bedeutet.

Als sie dann dem Negerjungen einen neuen Anzug versprach, beruhigte er sich sofort und hörte auf zu weinen. Nathalie ging ins Schlafzimmer zurück. Sie fühlte sich nicht gut. Sie war ziemlich schlapp und legte sich wieder zu Bett. Sie sehnte sich nach dem Schlaf, der sie das Versprechen an Neijee und damit ihren Ungehorsam gegenüber Robert vergessen lassen würde.

Als sie aufwachte, roch es nach scharf gewürzter Okrasuppe. Der Duft ließ ihr das Wasser im Mund zusammenlaufen.

Das Zimmer war nur schwach beleuchtet. Nathalie setzte sich auf, empfand aber dabei heftige Kopfschmerzen und Halsweh. Sie fühlte sich auch noch immer so müde wie vorher und legte sich schnell wieder hin, damit ihr nicht schwindelig würde.

»O nein, meine Hübsche! Du hast lange genug gefaulenzt! Jetzt mußt du aufstehen und etwas essen.«

Robert streckte die Hand aus, um ihr aus dem Bett zu helfen.

»Ich glaube, ich kann nicht, Robert«, antwortete sie. Sie fuhlte, daß ihr erneut schwindelig wurde.

Er bemerkte, wie gerotet ihr Gesicht war, und legte ihr die Hand auf die Stirn Sie war brennend heiß

»Bist du krank, Nathalie?«

»Wenn ich erst einmal etwas gegessen habe, wird's mir schon besser gehen. Ich bin sicherlich nur schwach vor Hunger.«

Sie machte eine Bewegung, um seine Hand abzuschütteln, daraufhin ließ Robert den Arm sinken und machte auch keine Anstalten, ihr zum Sofa hinüberzuhelfen, wo der kleine Tisch für zwei Personen gedeckt war. Die Suppenterrine war fast so groß wie die Tischplatte, so daß nur noch Platz blieb für zwei Suppenteller und ein paar Scheiben Brot.

Nathalie zitterte von der Anstrengung, die es sie kostete, die paar Schritte zwischen Bett und Sofa zurückzulegen.

Robert beobachtete sie aus zusammengekniffenen Augen. Dann holte er die Steppdecke vom Fußende des Bettes und trug sie zum Sofa hinüber.

»Wir wollen hoffen, daß dein Leichtsinn dir keine Erkältung eingebracht hat«, sagte er unfreundlich und wickelte sie in die Steppdecke.

»Aber mir ist schon zu heiß«, klagte sie. »Ich ersticke ja, Robert. Nimm die Decke weg!«

Jedoch er schüttelte den Kopf und wickelte sie noch fester ein.

Dann nahm er den Deckel von der Terrine ab, tauchte den Schöpflöffel in die dicke, würzige Suppe und füllte ihr den Suppenteller. Dann setzte er sich neben sie und fing an, sie zu füttern.

»Mach den Mund auf, Nathalie!« befahl er, als ob sie ein hilfloses kleines Vögelchen wäre.

»Ich kann allein essen, Robert.«

Aber er ignorierte ihren Protest und fütterte sie weiter. Ihr blieb nichts anderes übrig, als den Mund aufzumachen und zu schlucken.

»Ich kann gut verstehen, warum Jason nicht will, daß ihn jemand füttert«, murmelte sie.

»Fühlst du dich jetzt besser?« fragte er und legte den Löffel neben den leeren Teller.

»Ja«, gab sie zu. »Nur der Kopf tut mir noch weh.«

»Ich hole doch lieber Feena, damit sie sich dich noch einmal ansieht.«

»Das ist wirklich nicht nötig, Robert. Mir wird's schon wieder bessergehen. Und außerdem hast du noch nicht gegessen.«

»Ich esse etwas, wenn ich Feena geholt habe.«

»Wirklich, Robert, du brauchst mich doch nicht wie eine Invalidin zu behandeln! Ich sterbe bestimmt nicht innerhalb der nächsten Viertelstunde! Setz dich doch und iß deine Suppe, bevor sie kalt wird.«

»Deine Zunge, Nathalie, ist heute so spitz wie ein Eiszapfen!« bemerkte Robert. »Ich kann nur hoffen, daß das nicht so bleibt, sondern mit deinen Kopfschmerzen wieder verschwindet.«

Er setzte sich ihr gegenüber und nahm sich von der Suppe.

Nathalie nieste und hustete nun heftiger. Daraufhin legte Robert sofort seinen Löffel hin, stand auf und verließ wortlos das Zimmer.

Bald darauf kam er mit Feena zurück. Sie sah Nathalie besorgt an und schalt: »Das hatte ich mir schon gedacht, Miß, nachdem Sie die ganze Nacht mit nassen Kleidern dagesessen haben. Würden Sie sich bitte um das Feuer kümmern, Monsieur Robert«, bat Feena. »Ich bin gleich wieder zurück mit meinem Kessel und mit Kräutern.«

Robert legte noch ein großes Stück Holz aufs Feuer, und Nathalie, die immer noch, in die Steppdecke gewickelt, auf dem Sofa saß, mußte plötzlich kichern.

Robert konnte sich diesen plötzlichen Ausbruch von Fröhlichkeit nicht erklären und wandte ihr fragend das Gesicht zu. »Was findest du denn so komisch, Nathalie?«

»Ich mußte gerade denken: Wie gut, daß Florilla mich nicht pflegt! Die würde mich nämlich zwingen, Weinbrand mit Hikkoryasche zu trinken!« Nathalie rümpfte die Nase, und Robert lachte.

»Weinbrand ist gar keine schlechte Idee! Aber den mit Hickoryasche zu verderben, – bei dem Gedanken dreht sich einem Mann ja der Magen um!«

»Einer Frau aber auch«, pflichtete Nathalie ihm bei.

Bald war Feena mit dem Kessel zurück. Während sie sich um Nathalie kümmerte und ihr eine Kräutermixtur vorbereitete, verschwand Robert. Es dauerte nicht lange, und das Wasser dampfte, als Robert mit zwei Kognakgläsern in der Hand zurückkam. Heilsame Kräuterdämpfe erfüllten das Zimmer.

»Dies ist für dich, Nathalie«, sagte Robert und hielt ihr das Glas hin, das etwas weniger von der goldenen Flüssigkeit enthielt. Das andere behielt er für sich.

Nathalie nahm es mit mißtrauischem Blick entgegen und wickelte sich fester in die Decke.

»Was hast du vor, Robert? Willst du deine Frau zur Alkoholikerin machen?«

Er lachte. »Dazu brauchte es mehr als dieses Glas!«

Als er merkte, daß sie noch immer zögerte, fragte er: »Hast du noch nie Weinbrand getrunken, Nathalie?«

Sie schüttelte den Kopf. »Die Nonnen waren dagegen! Sie gönnten sich nur ein Gläschen Wein zu den Mahlzeiten.«

Als Robert ›Nonnen‹ hörte, verdüsterte sich sein Gesicht, und Nathalie, der es nicht entging, fügte eilig hinzu: »Und Papa Ravenal hatte es auch nicht gern, wenn jemand anderes von seinem Weinbrand trank. Er verwahrte ihn immer hinter Schloß und Riegel.«

»Daran kann ich mich noch gut erinnern«, erwiderte Robert, und seine Züge glätteten sich wieder. »Ich halte es auch so, und deshalb konnten die Engländer ihn auch gestern nicht mitnehmen – wie alles andere.« Er runzelte wieder die Stirn. »Aber jetzt trink, Nathalie! Was gestern war, ist jetzt vorbei.«

Sie hob das Glas an die Lippen und nippte. Der Alkohol brannte ihr auf der Zunge, und sie mußte nach Luft ringen.

»Was ist los? Schmeckt es dir nicht?«

»Es ... es brennt so in der Kehle«, flüsterte sie. Ihre Augen weiteten sich beim nächsten Schluck.

»Vielleicht würde es dir besser schmecken mit Hickoryasche?«

Sie schüttelte den Kopf und wußte nicht, ob er sie nur aufzog oder ob er es ernst meinte. Sie nahm noch einen Schluck, und der schmeckte schon besser als der erste.

Als sie den Weinbrand ausgetrunken hatte, nahm ein seltsam schwebendes Gefühl von ihr Besitz.

»Gut«, sagte Robert und nahm ihr das Glas ab. »Von Weinbrand schläft man viel besser ein als von Laudanum, und er ist auch weit weniger gefährlich!«

»Aber ich bin gar nicht schläfrig«, meinte Nathalie und ließ die Decke fallen, als sie aufstand.

Robert bückte sich, um die Decke aufzuheben, und Nathalie schwankte auf ihn zu.

»Das Zimmer dreht sich, Robert, nicht wahr?« fragte sie.

Lachend stützte er sie, und ohne Hemmungen streckte sie die Arme aus und legte sie ihm um den Hals.

Zärtlich hielt er sie und sah ihr in die Augen, die schon halb zugefallen waren.

»Ich glaube, der Weinbrand ist dir zu Kopf gestiegen, Nathalie. Und es war doch so wenig! Wer hätte das gedacht!«

»Warum nennst du mich immer ›Nathalie‹ und nie ›Lalie‹?« fragte sie plötzlich.

Unbewußt nahm er sie fester in die Arme. »Für mich existiert Lalie nicht mehr. Du bist jetzt Nathalie, meine Frau.«

Sie schüttelte den Kopf. »Als Kind hieß ich nur Nathalie, wenn Mama mich schalt. Wenn du mich Nathalie nennst, Robert, willst du mich dann bestrafen?«

»Ich – dich bestrafen, Nathalie? Bist nicht du es, die mich ständig straft? Dadurch, daß du weggelaufen bist und dich geweigert hast, meine Frau zu sein? Nein, Nathalie ist der richtige Name für eine kalte Person. Lalie dagegen leidenschaftlich, ist eine Frau, die einen Mann zu reizen weiß.«

»Mein Name ist Lalie«, sagte sie, ohne auf seine Argumente einzugehen.

Als sie so dickköpfig darauf beharrte, nahm er sie und trug sie zum Bett.

»Wenn du unbedingt willst, dann heißt du eben Lalie«, flüsterte er ihr leise ins Ohr und spielte mit der Zunge an ihrem Ohrläppchen.

Ermattet lag sie auf der Decke. Sie hatte nicht die Kraft zu protestieren. Seine Lippen lagen auf den ihren, suchend und fordernd, während er langsam ihren flauschigen Hausmantel aufknöpfte.

Es war Nathalie so heiß, und ihr Gehirn schien nicht mehr richtig zu arbeiten. Freiwillig legte sie die Arme um Roberts nackte Schultern. Sie fühlte sein Fleisch auf ihrem Fleisch. Die wiegenden Bewegungen beruhigten sie zunächst und lullten sie fast friedlich ein.

Doch dann wurde alles anders, die Erregung nahm zu, bis die Leidenschaft ihren Höhepunkt erreichte. Hingerissen stöhnte Robert auf. Dann lag er still mit dem Kopf auf ihrer Brust.

Der Kessel summte. Nathalie fiel das Atmen jetzt leichter, und bis zum Morgen schlief sie in Roberts Armen.

Im Morgenlicht starrte sie auf den behaarten Arm, der über ihrer nackten Brust lag. Sie fühlte ein fremdes Knie neben dem ihren. Sie und Robert im selben Bett? Wie war das passiert? Das letzte, woran sie sich erinnern konnte, war, daß sie den Weinbrand getrunken hatte ...

Robert hatte ihn ihr absichtlich zu trinken gegeben, um ihr alle Hemmungen zu nehmen. Fest drückte sich Nathalie die Hände auf die flammenden Wangen und versuchte, sich das Geschehene zurückzurufen.

Aber es gelang ihr nicht. Sie konnte sich an nichts erinnern. Wie hatte sie sich benommen? Was hatte sie gesagt? Oder getan? O lieber Gott! betete sie. Wie konnte das nur passieren?

Tief bekümmert, schloß sie die Augen. Sie hatte Angst, Roberts Blicken zu begegnen, wenn er erwachte. Ihre Zunge war belegt, der Kopf tat ihr weh, zunächst hinter den Augen, dann auf der Stirn und im Nacken. Langsam wurde ihr ganzer Körper heiß, und kleine Schweißperlen bildeten sich auf ihrer Stirn.

Nathalie hörte, wie die Schlafzimmertür aufging. Der Kessel, der seit einiger Zeit ruhig gewesen war, fing wieder an zu summen. Feena war ins Zimmer gekommen.

Robert bewegte den Arm, aber Nathalie blieb ruhig liegen. Ihr Kopf hämmerte. Wie Meereswellen, die an ein fernes Ufer schlagen, klang es in ihren Ohren.

Dann wurde ihr Körper plötzlich von starker Kälte erfaßt, und sie zitterte und klapperte mit den Zähnen. »So kalt«, murmelte sie und konnte nicht aufhören zu zittern.

Seine starken Arme umfaßten sie und er wickelte sie fester in die Decke. Robert drückte seinen Körper dicht an den ihren, und bei dieser zusätzlichen Wärme ließ die Kälte allmählich nach.

Zufrieden lag sie in seinen Armen, bis seine Hände anfingen, sich zu bewegen und ihren Körper zu streicheln. Zunächst nahm sie es hin, war aber dann plötzlich so schockiert über sich selbst, daß sie ihn von sich stieß. Sie öffnete die Augen, setzte sich auf und begegnete Roberts amüsierten, wissenden Blicken.

Wütend auf sich selbst, starrte sie Robert an und stieß hervor: »Du hast es mit Absicht getan! Du hast mir gestern abend den Alkohol eingeflößt, um mich nachher ausnutzen zu können!«

Robert lachte über diese Anklage.

»Deine Reaktion war aber nicht ... Gleichgültigkeit, Lalie! Mach dir nichts vor! Dir hat es genausoviel Spaß gemacht wie mir. Der Weinbrand hat dir nur geholfen, deine Hemmung zu überwinden.«

Lalie hatte er sie genannt! Warum? Seit damals im Häuschen am Fluß hatte er sie nicht mehr so genannt, – nur immer Nathalie.

Sie runzelte die Stirn. »Warum hast du mich eben Lalie genannt?« fragte sie.

Nun war es an Robert, erstaunt zu sein. »Weil du gestern abend Lalie sein wolltest. Es schien dich zu kränken, daß ich dich Nathalie nannte.«

Eine schwache Erinnerung an das Geschehene überkam sie. »Wenn ich dich gebeten habe, mich Lalie zu nennen, dann habe ich wirklich nicht gewußt, was ich tat.« In nörgelndem Ton fügte sie hinzu: »Ich will aber nicht, daß du mich so nennst!«

»Hast du deine Meinung so schnell geändert?«

Ihre Reaktion amüsierte ihn, und daraufhin wurde Nathalie noch böser auf Robert.

»Würdest du bitte mein Bett verlassen, Robert!«

»O nein, meine Süße! So dumm bin ich nie wieder!«

»Dann muß ich dich hassen, Robert.«

»Aber nur für kurze Zeit«, erwiderte er. »Denn ich werde dafür sorgen, daß du dich so an meine Zärtlichkeiten gewöhnst, daß du ohne sie nicht mehr leben kannst.«

Sie hob die Hand, aber er ergriff sie rasch und hinderte sie daran, ihr Vorhaben auszuführen.

»Muß ich dir schon so bald wieder eine Lektion erteilen, mein Schätzchen?«

Sie schüttelte den Kopf; ihr gerötetes Gesicht sah erschrocken aus.

Wieder lachte er, aber er stand auf und sagte: »Schade, daß ich nicht bei dir bleiben kann! Aber mein Schneider muß sich heute um meine Bedürfnisse kümmern.«

Robert machte sich auf den Weg nach Charleston, und Nathalie sank in die Kissen zurück, erleichtert darüber, daß er gegangen war.

Den ganzen Tag blieb sie im Bett. Sie wälzte sich hin und her und schlief manchmal ein, bis das Summen des Kessels sie wieder weckte.

Ihr Husten löste sich, aber die Augen tränten ihr, und sie bekam eine rote Nase.

Am Abend legte sich Robert trotz ihres Widerspruches neben sie ins Bett.

»Hast du keine Angst vor Ansteckung, mit mir im selben Bett zu schlafen?« fragte Nathalie, als sie wieder niesen mußte.

»Das Risiko nehme ich auf mich«, antwortete Robert. »Außerdem könntest du dich heute nacht vielleicht wieder sehr kalt fühlen. Dann wäre dir doch meine Körperwärme sehr nötig, nicht wahr?«

»Aber es geht mir doch schon besser! Mir wird bestimmt nicht wieder kalt.«

»Das freut mich!« Nachdenklich fügte er hinzu: »Dann ist das Risiko, mich bei dir anzustecken, ja gar nicht so groß.«

Er war ihr offensichtlich überlegen. Er würde nun immer bei ihr schlafen ...

Sobald Nathalie wieder ganz gesund war, fing sie an, über einen neuen Anzug für Neijee nachzudenken, aber sie besaß keinen blauen Samt, und sie wußte, daß sie Robert nicht um Geld für Stoff bitten konnte. Wahrscheinlich würde sie in Charleston auch gar keinen Samt bekommen – wegen der Blockade.

Sie würde Stoff nehmen müssen, den sie im Hause hatte. Vielleicht ein altes Kleid, aber sie besaß kein hellblaues ...

Während sie so über ihre Garderobe nachdachte, fiel ihr ein altes lavendelfarbenes Kleid ein, das in irgendeinem Koffer sein mußte. Es hatte dieselbe Farbe wie das Abendkleid, das Maggie für den unglückseligen Abend bei den Kirklands geschneidert hatte. Sie sah Neijee noch vor sich, wie er das Stückchem Samt streichelte, das bei ihrem Kleid abgefallen war. Ja, über einen lavendelblauen Anzug würde er glücklich sein.

Aber sie mußte darauf achten, daß Robert sie nicht sah, während sie nähte; denn dann würde ihm vielleicht wieder ihre Unterhaltung über Neijees Kleidung einfallen.

Noch nie war Nathalie ungehorsam gewesen. Impulsiv und dickköpfig – ja; aber Robert hatte etwas an sich, das ihren Widerstand herausforderte. Sie hatte die Erfahrung machen müssen, daß sie jedesmal, wenn sie sanft und nachgiebig war, verletzt wurde. Wenn sie sich seinem Charme widersetzte, würde er sie nicht mehr kränken können. Wenn sie nicht auf der Hut war, war sie verloren.

Roberts Aufmerksamkeit war ganz in Anspruch genommen von den Nachrichten, die man über die Kämpfe mit den Engländern im Süden allmählich bekam. Außerdem war er vollauf mit der Leitung der Plantage beschäftigt.

Nach und nach hatte er die Möbel, die die Plünderer mitgenommen hatten, wieder ersetzt, und hatte auch damit begonnen, wieder Vorräte wie Schinken und andere Grundnahrungsmittel anzuschaffen, die nötig waren, um die Familie und die Sklaven durch den Winter zu bringen.

Wachtposten waren am Landeplatz am Fluß und auf der Straße, die zu »Emmas Sumpf« führte, aufgestellt worden. Sie würden Alarm schlagen, falls die Engländer versuchen sollten, die Plantage ein zweites Mal zu überfallen.

Als Robert mit dem dreitägigen Dienst bei der Charlestoner Miliz an der Reihe war, verdoppelte er die Wachtposten am Fluß und auf Biffers Road, bevor er Midgard verließ.

»Du mußt immer in der Nähe des Hauses bleiben, Nathalie«, befahl er, »besonders, wenn Jason bei dir ist. Und Jimbo hat

211

Order, dich und Jason nach Taborville zu schaffen, sobald Alarm geschlagen wird. Bei Ebenezer Shaw dürftest du in Sicherheit sein, bis ich dich abholen würde.«

»Ja, Robert.«

Sobald Robert gegangen war, stöberte Nathalie in den Koffern auf dem Dachboden, bis sie den lavendelblauen Samt gefunden hatte. Nun brauchte sie nicht heimlich an Neijees Anzug zu arbeiten, sie konnte bequem am Kamin im Schlafzimmer sitzen und nähen, während Jason und Neijee im selben Zimmer spielten. Und sie brauchte ihre Näherei auch nicht jeden Abend zu verstecken, sie konnte alles einfach liegen lassen, bis sie fertig war.

Sie kam gut voran mit dem Nähen, und langsam nahm der kleine Anzug Gestalt an. Neijee sah ihr mit sichtlichem Vergnügen zu; aber Jason wollte lieber mit dem Hund spielen, den er zu Weihnachten bekommen hatte.

»Halt still, Neijee! Ich muß noch einmal messen.«

Am dritten Tag war der Anzug fertig. »Er ist nur für besondere Gelegenheiten gedacht, Neijee, nicht für jeden Tag. Hast du verstanden?«

Mit leuchtenden Augen antwortete Neijee: »Ja, Madame.«

»Dann zieh ihn wieder aus, und wir hängen ihn weg.«

»Darf ich ihn zuerst Effie zeigen?«

»Wenn du möchtest«, sagte Nathalie und lächelte über seinen stolzen Gesichtsausdruck.

Der Junge lief aus dem Zimmer. Jason und der Hund blieben zurück.

Nathalie bückte sich nach den Stoffresten und Fäden, die auf dem Boden lagen. Der Teil des Kleides, den sie nicht gebraucht hatte, lag noch auf dem Bett, – ein trauriges Gemisch von Ärmeln, Oberteil und Resten des Rocks.

»Hündchen!« sagte Jason und zeigte auf seinen kleinen Hund.

»Nein, so etwas!« rief Nathalie aufgebracht, als sie die Pfütze bemerkte.

Sie war so sehr mit dem Aufwischen beschäftigt, daß sie die Schritte nicht hörte. Jason quietschte vor Vergnügen und lief dem Eintretenden entgegen.

Robert war wieder zurück, viel früher, als Nathalie ihn erwartet hatte.

»Was ist hier los?« fragte er.

»Jasons Hündchen ist etwas Dummes passiert«, erklärte Nathalie und hoffte, er würde die Samtreste auf dem Fußboden nicht bemerken. »Vielleicht könntest du mit Jason den Hund in die Küche bringen, während ich hier aufwische?«

»Komm mit, junger Mann!« sagte Robert sofort zu seinem Sohn. »Dein Hund muß jetzt in der Küche bleiben, bis er sich besser benehmen kann.«

Schnell wollte Nathalie die Stoffreste zusammenrollen und verstecken, als Robert schon wieder das Zimmer betrat.

»Du bist aber rasch zurückgekommen«, sagte sie.

»Ja. Der Dienst hat diesmal nicht so lange gedauert.«

Robert stand in der Türöffnung und beobachtete seine Frau. Er versuchte herauszubekommen, warum seine unerwartete Rückkehr sie so aus der Fassung gebracht hatte.

»Madame«, sagte Neijee, der durch die offene Tür hereingelaufen kam, »Effie sagt, mein neuer Anzug sei wunderbar!«

Zu spät bemerkte der Junge den Herrn, der ihn finster anblickte. Er lief verschüchtert aus dem Zimmer und floh die Treppe hinunter. Und Robert entdeckte jetzt das Kleid auf dem Bett, ging hin und hob die traurigen Reste auf.

Sein Gesicht wurde rot vor Zorn. »So viel liegt dir also an dem Kleid, das ich dir gekauft habe, Nathalie! Du mußtest es zerschneiden, um einem Sklaven einen Anzug daraus zu machen!«

»Aber, Robert ...«

»Bemühe dich nicht, dich zu entschuldigen, Nathalie! Schweig! Wie konnte mein Onkel Ravenal mir nur so eine Frau aufhalsen! Absichtlich gegen meine Wünsche zu verstoßen! Das Geschenk eines Ehemanns nicht mehr zu achten als ...!«

Er schüttelte den Kopf und weigerte sich, auf ihre Entschuldigung zu hören.

Er verließ rasch das Zimmer und schlug die Tür mit lautem Knall hinter sich zu. Nathalie blieb zitternd zurück, niedergeschmettert von seinem Zornausbruch.

Es gab nur einen Weg, um ihm zu beweisen, daß sie nicht das

Kleid zerschnitten hatte, das er ihr gekauft hatte: Sie würde es am Abend anziehen, obwohl es viel zu prächtig für ein Abendessen im Familienkreis war.

Den Rest des Tages verbrachte Nathalie mit Jason und Neijee. Robert sah sie erst wieder, als er abends ins Schlafzimmer kam, um sich zum Essen umzukleiden.

Es war früh dunkel geworden, und Nathalie saß bei Kerzenschein vor dem Frisiertisch. Das Licht fiel auf ihr Haar, das sie zu einem glatten Knoten im Nacken kämmte. Sie hörte Roberts laute Schritte, legte die Haarbürste auf den Frisiertisch und zog sich den flauschigen Hausmantel enger um die Schultern, gleichsam um sich vor dem Zorn zu schützen, den man Robert immer noch anmerkte.

»Ich hoffe, du trödelst nicht, Nathalie«, sagte Robert, während er sich das Jackett anzog. »Es war ein langer Tag, und ich habe Riesenhunger.«

»Ich brauche nicht mehr lange, Robert«, antwortete sie und nahm die Haarbürste wieder in die Hand. »Nur noch ein paar Minuten.«

Sobald er gegangen war, lief Nathalie zum Kleiderschrank und nahm das lavendelblaue Abendkleid heraus, das sie seit dem Abend, an dem sie zum erstenmal mit Robert in Columbia ausgegangen war, nicht mehr getragen hatte. Für sie waren traurige Erinnerungen damit verbunden, und als sie es schließlich zugeknöpft und sich den Schal um die Schultern gelegt hatte, war ihr, als ob der alte Schmerz in das Kleid verwoben wäre.

Aber das alles mußte sie nun vergessen.

Die große Mahagoniuhr mit der Einlegearbeit aus Zypressenholz schlug sieben. Mit der Zeit war das Geläut ein wenig verstimmt. Beim letzten Ton betrat Nathalie den Salon, wo Robert und Florilla warteten.

Florilla warf einen neidischen Blick auf die elegante Nathalie und sagte: »Ich wußte gar nicht, daß heute ein besonderer Tag ist!« Mit einem Blick auf ihr eigenes graues Kleid fuhr sie fort: »Aber natürlich hätte ich ohnehin nichts so Prächtiges anzuziehen.«

»Sie sehen sehr gut aus, Florilla«, versicherte Robert. Er hatte seine gute Laune wiedergefunden »Ich glaube, meine Frau wollte mir heute abend nur etwas beweisen.«

Robert sah Nathalie lächelnd an und sagte mit leiser, vertraulicher Stimme: »Wartest du auf meine Entschuldigung, Nathalie?«

Doch ihre Augen waren traurig, und seine Frage entlockte ihr kein Lächeln.

Obwohl kein Blumenstrauß im Zimmer stand, lag für Nathalie Jasminduft in der Luft. Vor ihren Augen stand jener Schreibtisch, an dem sie das Schriftstück, das sie zu Robert Tabors Braut gemacht hatte, unterzeichnet hatte.

Nun stand sie in diesem Zimmer, in dem die Geister der Vergangenheit lebten; und ihr Mann wartete auf Antwort.

»Entschuldigung? Nein, Robert, ich verlange keine Entschuldigung.«

Ihr Lebensfunke schien erloschen, und Robert konnte sich ihr so plötzlich verändertes Gebaren nicht erklären. Während des Essens beobachtete er die schweigende Nathalie.

Warum war sie nur so verändert? War er am Morgen zu streng mit ihr gewesen in seinem Zorn? Oder erinnerte sie das Kleid an etwas Unangenehmes? Er konnte das leise Schluchzen nicht vergessen, das er hinter der verschlossenen Tür gehört hatte an dem Abend, als sie Alistair Ashe wiedergesehen hatte.

Woran dachte sie, als sie ihm nun am Tisch gegenübersaß? Durchlebte sie noch einmal die schrecklichen Augenblicke bei den Kirklands oder, noch schlimmer, den Ballabend?

Verdammt! Hatte er nicht auch gelitten? Und doch saß sie nun hier bei Tisch, als ob sie zu keiner Arglist fähig wäre. Sie hatte ihm einfach nicht gehorcht! Und er war nun bereit, für sein Verhalten um Entschuldigung zu bitten, wo sie doch die Schuldige war – eine eigensinnige kleine Hexe, die immer in Schwierigkeiten kam, wenn man sie sich selbst überließ. Nathalie brauchte eine feste Hand und so viel zu arbeiten – so viele Pflichten, daß sie keine Zeit hatte, ihm ungehorsam zu sein oder etwas anzustellen.

Morgen würde Robert nach Taborville reisen und Nathalie mitnehmen. Dann wäre sie wenigstens einen Tag lang sicher vor ihrem eigenen Ungestüm.

Als er ins Schlafzimmer kam, kniete sie auf dem Kissen des Betstuhls. Das wellige Haar fiel ihr über die Schultern, und in ihrem braven Nachthemd sah sie aus wie ein Schulmädchen, das ins Gebet vertieft war. Aber als Robert auf das Bett zuging, sah er, daß sie die Figur einer Frau hatte. Ihre Lippen bewegten sich im Gebet.

Er würde dafür sorgen, daß eines Tages nur sein Name auf ihren Lippen liegen würde. Eifersucht packte ihn wieder, und er wartete darauf, daß sie zu Bett ginge.

Nathalie stand auf, blies die letzte Kerze aus und fand den Weg ins Bett, in dem Robert bereits lag, beim Schein der glühenden Kohlen im Kamin.

Drei Tage lang war er fern von ihr gewesen und hatte sie schmerzlich vermißt. Jetzt sehnte er sich nach ihr ...

»Robert«, flüsterte sie, als sie seine tastenden Hände auf ihrem Körper spürte, »heute bitte nicht! Kannst du bis morgen. warten?«

»Dann bist du nicht schwanger?«

»Nein, Robert.«

Er zog die Hände zurück und drehte Nathalie den Rücken zu. Verflixt! Diese Tage der Frauen, dachte er. Er versuchte, an etwas anderes als an sein Verlangen zu denken und wäre gern eingeschlafen; aber es glückte ihm nicht.

Es waren nun schon drei Jahre seit ihrer ersten Schwangerschaft vergangen, und immer noch erwartete sie kein zweites Kind. Wenn ein zweites Baby unterwegs wäre, auf das sie sich freuen und für das sie planen könnte, würde sie nicht mehr so viel an Jacques Binet denken und nicht dauernd für ihn beten.

Vorläufig aber müßte er sich etwas anderes überlegen, um seine Frau zu beschäftigen. Er dachte weiter über die geplante Schule in Taborville nach und schlief unbefriedigt ein.

Als Nathalie erwachte, spürte sie, wie Roberts goldbraune Augen sie musterten. Dabei hatte sie ein ungutes Gefühl. Sein rücksichtsvolles Verhalten am Vorabend war ihr verdächtig. Er führte irgend etwas im Schilde; das sah sie ihm an. Sie kannte diesen Blick und war auf der Hut.

Gleich nach dem Frühstück saßen sie in der Bibliothek, wo das Kaminfeuer knisterte. Als ob Robert ihr nicht trauen könnte, wenn er sie aus den Augen ließe, hatte er darauf bestanden, daß sie mit ihm hinunterginge. Schnell hatte sie nach ihrer Stickerei gegriffen, um etwas zu tun zu haben. Diese Art von häuslicher Arbeit war ihr im Kloster beigebracht worden.

Sie hatte nichts gegen die Bibliothek selbst als vielmehr gegen die Art und Weise, in der Robert ihr bedeutet hatte, sie solle diesen Raum mit ihm teilen, während er und sein Aufseher Gil Jordan Geschäftspapiere durchgingen. Im Schlafzimmer hatte man kein Feuer gemacht, obwohl sie lieber dort geblieben wäre.

Auf Roberts »Herein!« betrat Gil Jordan die Bibliothek – den Hut in der Hand. Kein Vergleich zu dem arroganten Alistair Ashe! Jordan erwartete nicht, daß sein Arbeitgeber ihn zu Tisch bitten würde. Ihm genügte es, ein Dach über dem Kopf und genügend zu essen zu haben, und für seine harte, ehrliche Arbeit angemessen bezahlt zu werden.

Fast gegen ihren Willen hörte Nathalie der Diskussion mit Interesse zu und verstand auch langsam, warum Robert es nicht erlaubt hatte, daß auch Jason in die Bibliothek käme. Er hätte wirklich nur gestört.

Aber Nathalie hatte immer noch im Ohr, wie wütend ihr Sohn gewesen war, als man ihn nicht eingelassen hatte. Zum Glück war Neijee ihr zu Hilfe gekommen und hatte Jason etwas zugeflüstert, was ihn offensichtlich beruhigt hatte. Dann war Florilla erschienen und hatte beide Jungen mitgenommen.

Robert und sein Aufseher sprachen über eine neue Baumwollaussaat und über neu anzulegende Felder nördlich des Sumpfgebietes und über Reparaturen an einigen Sklavenhütten. Damit ging der erste Teil des Vormittags vorbei.

Als der Aufseher gegangen war, sah Robert Nathalie an und sagte: »Ich möchte, daß du heute morgen mit mir nach Taborville fährst. In einer halben Stunde wird die Kutsche vor dem Haus warten. Lege deinen Umhang mit dem Hermelinbesatz an!«

Er gab ihr keine Gelegenheit zu einer Antwort oder gar zu einem Widerspruch, sondern ging aus der Tür. Plötzlich blieb er stehen und fügte hinzu: »Laß die Mädchen in der Küche etwas zu essen für uns einpacken! Ich weiß nämlich nicht genau, wann wir zurück sind.«

»Können wir Jason mitnehmen?« fragte Nathalie, weil sie nicht wollte, daß Roberts Aufmerksamkeit sich während der ganzen Fahrt allein auf sie konzentrieren sollte.

»Nein. Er wäre nur im Wege. Und es ist eine zu lange Reise für ihn. Er soll lieber hier bei Florilla bleiben.«

Er schritt aus der Bibliothek, und das Geräusch seiner Stiefel verlor sich.

Nathalie seufzte, faltete ihre Stickerei zusammen und legte sie ins Handarbeitskörbchen. Widerspruch wäre zwecklos gewesen. Nach seinem Gesichtsausdruck zu schließen, wäre Robert imstande, sie in die Kutsche zu tragen, wenn sie sich geweigert hätte.

Sofort machten sich die Mädchen in der Küche an die Arbeit, um den von Robert gewünschten Reiseproviant zusammenzustellen.

Nathalie ging nach oben ins kalte Schlafzimmer und öffnete die Kleiderschranktür. Im Schrank hingen ihre beiden Umhänge. »Lege den Umhang mit dem Hermelinbesatz an!« Konnte sie denn nicht selbst entscheiden, was sie anziehen wollte?

Trotzig schob sie den eleganteren Umhang, den Robert ihr gekauft hatte, beiseite und nahm den praktischen schwarzen Umhang, den sie noch vom Kloster hatte. Sie zog das mitternachtsblaue, hochgeschlossene Samtkleid an, das ihm auch nicht gefiel, und lief dann zur Auffahrt hinunter, wo Robert schon ungeduldig neben der offenen Kutsche wartete. Wenige Sekunden später brachte Effie den Proviantkorb und reichte ihn Nathalie herauf.

Sie hatten die Magnolienallee schon hinter sich, als Robert sich an Nathalie, die neben ihm saß, wandte:

»Wie ich sehe, hast du nicht den Umhang an, den du anziehen solltest.«

»Der ist viel zu elegant für diese staubige Fahrt, Robert. Dieser hier ist praktischer und warm genug.«

Da er immer noch die Stirne runzelte, sagte Nathalie: »Erzähl mir etwas von Taborville und der Fabrik, Robert!«

Zuerst dachte sie, er würde nicht antworten; dann kam er aber doch ihrem Wunsch nach. »Ich habe ungefähr dreißig Arbeiter und einen Vorarbeiter, von dem du wohl schon gehört hast: Ebenezer Shaw. Er wohnt in dem größten Haus, aber die anderen Dorfbewohner haben auch solide Häuschen – besser als die, in denen sie früher hausen mußten.«

»Was machen die Leute in der Fabrik, Robert?«

»Einige arbeiten an der Maschine, die die Fasern von den Samen trennt. Andere weben die Fasern zu Stoff …« Er begann, ihr die Vorgänge zu erklären, und sie lehnte sich zurück und hörte zu.

»Für dich habe ich auch Arbeit, Nathalie. Du wirst hoffentlich so viel zu tun haben, daß dir keine Zeit bleibt, Dummheiten zu machen.«

Stirnrunzelnd sah sie ihn an. Seine Worte gefielen ihr nicht; sie klangen fast wie eine Drohung. Aber sie wartete auf weitere Erklärungen.

Als er schwieg, fragte sie schließlich: »Was soll ich denn tun, Robert?«

»Das wirst du schon sehen, wenn wir da sind«, gab er zurück.

Also wollte er es ihr nicht sofort sagen, sondern sie warten lassen. Schön, dann würde sie eben keine Fragen.mehr stellen.

Gekränkt ob seiner Geheimnistuerei, saß Nathalie schweigend in der offenen Kutsche. Aber sie dachte angestrengt über seine Worte nach. Erwartete er etwa von ihr, daß sie sich mit den Webstühlen befaßte und damit, wie die Baumwollfasern von den Samen getrennt wurden? Oder verfolgte er einen anderen Zweck?

Sie zog sich den schwarzen Umhang fester um die Schultern und legte sich die Kutschdecke über die Knie, aber ihr war immer noch kalt. Robert ließ einen Augenblick lang die Straße aus dem Auge und sah statt dessen ihrem Treiben zu, sagte aber nichts.

Als sie in Taborville ankamen, war es gerade Mittagszeit, und alle, außer dem Vorarbeiter, waren zum Essen nach Hause gegangen. Ebenezer Shaw saß in seinem Büro und verzehrte sein Mittagsbrot, als Robert hereinkam.

Nathalie, die mit dem Proviantkorb in der Hand in der Eingangstür wartete, sah Robert auf sich zukommen. »Wir gehen zu Shaws Haus, um dort zu essen. Er kommt etwas später nach. Er meinte, für dich sei es dort angenehmer als in der Fabrik, weil die Arbeiter in ein paar Minuten von der Mittagspause zurückkommen.«

»Das ist aber sehr rücksichtsvoll von ihm«, sagte Nathalie und stieg wieder in die Kutsche.

Die Kutsche hielt vor einem Haus, neben dem ein weißgetünchter Brunnen stand. Der Vorplatz war von einer ebenfalls weiß getünchten Mauer umgeben, und ein kahler junger Apfelbaum wuchs einsam neben der Haustür.

Drinnen war Nathalie nicht nur von der Sauberkeit überrascht, sondern auch von mehreren wirklich geschmackvollen Möbelstücken.

»Ein Mädchen aus dem Dorf kommt regelmäßig zum Putzen«, erklärte Robert, »Shaws Frau ist nämlich schon seit mehreren Jahren tot.«

Nathalie nahm Robert den Korb ab und trug ihn zum Küchentisch. Aber Robert, der schon dabei war, im Wohnzimmer das Feuer zu schüren, hatte andere Pläne.

»Wir essen hier am Kamin«, schlug er vor. Also nahm Nathalie den Korb wieder vom Küchentisch und kam damit ins Wohnzimmer. Hier war aber kein passender Tisch, und während Nathalie sich noch umsah, zog Robert eine kleine, grobgewebte Baumwollbrücke vor den Kamin und machte ihr ein Zeichen, sich darauf zu setzen.

»Du hast doch nichts gegen ein Picknick am Kamin?« fragte er. Ihr zweifelnder Blick amüsierte ihn sichtlich. »Oder bist du zu vornehm für solch ländliche Sitten?«

Sie schüttelte den Kopf und kniete nieder, um das Tischtuch auszubreiten, das Effie eingepackt hatte. Robert legte noch ein Stück Holz aufs Feuer und wartete dann im Schneidersitz darauf, daß Nathalie servierte.

Robert war hungrig, und das Essen schmeckte ihm sehr gut. Bald war sein Teller leer; er blieb sitzen und beobachtete seine dunkelhaarige Frau.

Nathalie wurde ganz verwirrt, als sie bemerkte, wie Roberts Blicke über ihr dunkles Kleid wanderten. Den Umhang hatte sie abgelegt.

Er erkannte das Kleid sofort – auch ohne den prächtigen, glänzenden Seidenumhang, der dazugehörte. Sie hatte es und den Nonnenumhang absichtlich angezogen, und doch regte ihn ihre strenge Anmut auf, während er sich noch über ihre Dickköpfigkeit lustig machte.

Fast ohne es zu wollen, streckte er die Hand nach ihr aus, ließ seine Finger über ihren Nacken gleiten und streichelte ihr das Ohrläppchen.

Möchtest du noch ein Stück Hähnchen, Robert?« fragte sie und berührte versehentlich seine Wange, als sie den Kopf drehte.

»Nein, danke, Liebes. Mein Hunger nach Nahrung ist gestillt. Bist du fertig?« fragte er und blickte auf ihren Teller.

»Ja«, sagte sie. »Ich räume jetzt am besten auf und packe den restlichen Proviant wieder in den Korb.« Sie machte Anstalten, aufzustehen.

Aber weiter kam sie nicht. Verkrampft und ängstlich, fühlte sie, wie er ihren Körper an seine Seite zog.

»Wir haben es nicht eilig«, flüsterte er. Er streckte die Hände nach den Haken und Ösen ihres Kleides aus.

»Robert«, rief sie mit aufgerissenen Augen, »der Vorarbeiter kommt doch bald! Du willst doch sicher nicht …«

»Nein? Hast du mir gestern abend nicht geraten, bis heute zu warten, Nathalie?«

»Aber doch nicht hier, wo jederzeit jemand kommen kann!«

»Shaw kommt nicht hier herein, ohne vorher anzuklopfen.« Sanft stieß er sie zu Boden. Sein brennendes Begehren verlangte Erfüllung …

Auf ihrem Körper lag der warme Schein der glühenden Holzstücke, während der Fußboden unter der dünnen Baumwoll-

brücke kalt war. Sie hatte ein seltsam zwiespältiges Empfinden –
heiß und kalt: Sie wollte und wollte doch nicht von diesem
starken, arroganten Mann geliebt werden.

»Nein, Robert«, protestierte sie zum zweiten Mal. »Ich bin
doch kein Küchenmädchen, das man zu Boden stoßen und ...
und einfach so nehmen könnte!«

»Das stimmt, Nathalie«, antwortete Robert. »Ein Küchenmädchen wehrt sich gewöhnlich nicht so«, scherzte er.

Diese Antwort machte sie noch zorniger, und sie versuchte,
sich von ihm zu befreien. Sie fühlte sich beleidigt von der Art
und Weise, wie er sie behandelte. Robert spürte ihre Widerbor-
stigkeit, nahm abrupt seine Hand weg und sprang auf. Er drehte
ihr den Rücken zu, ging zum Kamin hinüber, schob den Kamin-
schirm beiseite und schürte das Feuer, daß die Funken stoben.

Erleichtert setzte Nathalie sich auf, strich sich das Haar glatt
und hakte das Kleid wieder zu.

Der Vorarbeiter klopfte, machte sich geräuschvoll am Türknopf zu schaffen, stampfte laut mit den Füßen auf und kam
dann herein.

»Ich hoffe, Ihre Mittagsmahlzeit war appetitlich, Mister
Tabor!« sagte er, herzhaft lachend.

»Sie war köstlich, Shaw«, antwortete Robert. »Vielen Dank
dafür, daß Sie uns Ihr Haus zur Verfügung gestellt haben!«

»Es war mir ein Vergnügen, Mister Tabor.« Der Vorarbeiter
starrte Nathalie abschätzend, mit sichtlichem Wohlgefallen an.

»Ich glaube, Sie kennen meine Frau noch nicht. Nathalie, dies
ist Mister Ebenezer Shaw, mein Vorarbeiter.«

»Es freut mich, Ihre Bekanntschaft zu machen, Mister Shaw«,
sagte sie leise und würdevoll, soweit ihre hockende Stellung das
zuließ.

Als er sie immer noch anstarrte, senkte Nathalie den Blick.
»Mal wieder typisch für Sie, Mister Tabor, sich das hübscheste
Fohlen auf der Weide auszusuchen, was?«

»Genau, Mister Shaw«, sagte Robert zustimmend. Er streckte
die Hand aus, um Nathalie aufzuhelfen. »Und sie wird mir auch
dabei behilflich sein, in Taborville eine Schule für die Kinder der
Arbeiter einzurichten.«

Über diese Ankündigung war Ebenezer Shaw sichtlich erschrocken. Er sagte: »Aber die älteren Kinder arbeiten doch schon in der Fabrik!«

»Trotzdem müssen sie zur Schule gehen, genau wie die jüngeren«, erwiderte Robert mit fester Stimme. »Vielleicht nur zwei Stunden pro Tag, aber wir werden ja sehen.«

»Was soll ich denn tun, Mister Tabor?« fragte der Vorarbeiter.

»Nathalie braucht Hilfe, eine junge Frau, die wenigstens etwas gebildet sein müßte. Später kann man sie dann durch eine besser ausgebildete Lehrerin ersetzen; aber jetzt geht es erst einmal darum, überhaupt anzufangen. Kennen Sie vielleicht in Taborville eine geeignete Person?«

Er dachte angestrengt nach, mit tief zerfurchter Stirn. Es war nicht seine Aufgabe, über Wert oder Unwert einer Schule zu entscheiden. Nur die Arbeit in der Fabrik mußte ungestört weitergehen!

»Hier wohnt ein junges Mädchen, Jessi Tilbaugh; ihr Vater arbeitet seit kurzem hier. Er ist eigentlich etwas Besseres, verstehen Sie, nur geht es ihm im Augenblick finanziell nicht besonders gut.«

»Und das Mädchen?« fragte Robert, den die Familiengeschichte nicht interessierte.

»Ich glaube schon, daß sie geeignet wäre. Soll ich nach ihr schicken?«

»Ja«, antwortete Robert. »Mrs Tabor kann sich mit ihr unterhalten, während ich mit Ihnen zur Fabrik zurückgehe und geschäftliche Dinge bespreche.«

Dann wandte sich Robert zu Nathalie, um ihr Anweisungen zu geben: »Wenn du glaubst, daß das Mädchen intelligent genug ist, stelle sie ein! Und fertige eine Liste an mit allen Dingen, die Mister Shaw für die Schule besorgen muß!«

Also das war's, was Robert im Sinn gehabt hatte, um sie sinnvoll zu beschäftigen! Sie sollte nach Taborville geschickt werden, um die Kinder der Fabrikarbeiter zu unterrichten.

Ganz erschüttert von seinem Beschluß, sie loszuwerden, saß sie da, zerknüllte nervös ihr Taschentuch und wartete darauf, daß ihr das Herz wieder langsamer schlüge.

Was war mit Jason? Würde sie ihn mitnehmen dürfen? Sie könnte es nicht ertragen, noch einmal von ihm getrennt zu werden.

Sie kämpfte mit den Tränen, während sie zur Tür ging, um das Mädchen Jessie Tilbaugh einzulassen.

»Kommen Sie herein, Jessie!« sagte Nathalie und verbarg ihren Kummer hinter einem Lächeln. »Ich bin Mrs. Tabor. Mein Mann meint, Sie könnten uns vielleicht helfen.«

Bei diesen Worten erhellte sich Jessies Gesicht. Sie nahm Platz und hörte aufmerksam allem zu, was Nathalie ihr zu sagen hatte.

Diese war davon überzeugt, daß Jessie recht geeignet sei, und fragte: »Wären Sie interessiert, Jessie?«

»O ja, Madame«, antwortete das dünne, rothaarige Mädchen mit leuchtenden Augen. »Ich wollte schon immer Lehrerin werden.«

Im Laufe der folgenden Stunde legten die beiden fest, wie viele Kinder in die Schule gehen sollten, stellten Listen auf von allen Materialien, die sie in den nächsten Monaten brauchen würden. Als Robert mit der Kutsche vorfuhr, waren sie fertig.

Aber als Nathalie anfing, ihm von den Ergebnissen der Besprechung zu berichten, unterbrach er sie und sagte nur: »Das kannst du mir später erzählen! Im Moment gibt's was viel Wichtigeres: Einer der Arbeiter hat einen Unfall gehabt. Sein Arm hat sich in einer Maschine verfangen. Ich möchte, daß du dir die Verwundung ansiehst.«

Nathalie vergaß ihre eigenen Sorgen, legte schnell den schwarzen Umhang um und ging mit.

Der Verletzte lag auf einer roh gezimmerten Bank. Sein Arm hing schlaff herab. Er blutete nicht mehr, aber man sah, daß er anfing anzuschwellen.

Als Robert mit Nathalie hereinkamen, traten die Männer, die ihre Arbeit unterbrochen und sich um den Verletzten gekümmert hatten, zurück.

»Haben Sie etwas Weinbrand?« fragte Nathalie.

»Ich kann Ihnen etwas holen«, erbot sich einer der Arbeiter und verließ schnell den Raum.

»Ich brauche zwei glatte Holzlatten, so lang wie sein Unterarm, und ein paar Streifen Baumwollstoff«, verlangte Nathalie, zu Robert gewandt.

Er sah den Mann an, der neben ihm stand.

»Wir kümmern uns drum«, sagte der gebückte, weißhaarige Mann und verschwand gleichfalls.

Als der erste Mann mit dem Weinbrand zurückkam, nahm Nathalie die Flasche und hielt sie dem Verletzten an die Lippen. »Das hilft gegen die Schmerzen«, sagte sie mit sanfter Stimme.

Nathalie schiente nun den Arm, der immer mehr anschwoll, legte geschickt einen Verband darum und legte den Arm in eine Schlinge, die sie um den Hals des Mannes knüpfte. Das alles hatte sie ja an Schwester Louises Seite bei der Arbeit in der Ambulanz des Klosters geübt.

»Mehr kann ich nicht tun«, sagte sie zu dem Verletzten. »Halten Sie den Arm warm! Und halten Sie ihn möglichst ein paar Wochen lang ruhig!«

»Danke, Miß«, sagte der Mann. Dann half man ihm auf, um ihn nach Hause zu bringen.

Als Nathalie später in der Kutsche wartete, hörte sie, wie Ebenezer Shaw zu ihrem Mann sagte: »Ihre Frau ist aber gut, Mister Tabor! Nicht nur schön, sondern auch nützlich! Ich kenne einen Burschen, der sich voriges Jahr bei einer Schlägerei den Arm gebrochen hat und der immer noch nicht in Ordnung ist. Was für ein Glück für unseren Arbeiter, daß Ihre Frau gerade hier war!«

Nathalie, erschöpft von der Reise nach Taborville, hatte keinen anderen Wunsch, als am warmen Kaminfeuer zu sitzen und in Ruhe gelassen zu werden, wenn sie erst wieder auf Midgard wären. Aber Florilla wartete schon auf sie und sorgte dafür, daß ihr Wunsch nicht sofort in Erfüllung ging.

»Ich habe die beiden schließlich in dem Häuschen am Fluß gefunden, Robert. Sie hatten in einer Truhe alte Kleider aufgestöbert und sich verkleidet. Es war bestimmt Neijees Schuld! Der hat Jason dazu angestiftet, wegzulaufen. Er hätte ja im Fluß ertrinken können, wenn ich sie nicht gefunden hätte! Robert, ich finde, Sie sollten Neijee verkaufen, bevor es zu spät ist.«

Die beiden Kinder wußten genau, daß sie gescholten wurden,

und ließen verschämt die Köpfe hängen, während Florilla sie fest an den Händen hielt.

Jason, der schmollend die Unterlippe vorgeschoben hatte, versuchte plötzlich, sich von Florilla loszureißen, und rief jammernd: »Lalie ...«

Nathalie wollte zu ihm gehen, aber Robert streckte die Hand aus, um sie zurückzuhalten.

»Nein, Nathalie. Bleib, wo du bist!«

Neijees dunkle Augen hatten sich mit Tränen gefüllt, und Nathalie, voller Mitleid mit den beiden ungezogenen Jungen, blickte zu Roberts strengem, steinernem Gesicht auf.

»Bitte, Robert, sei nicht so streng mit ihnen!« flehte sie und bemühte sich, das Zittern in ihrer Stimme zu unterdrücken.

Weil Robert sich nicht von ihrem flehentlichen Blick beeinflussen lassen wollte, antwortete er in viel schärferem Ton als beabsichtigt:

»Misch dich nicht ein, Nathalie! Florilla und ich kümmern uns schon um diese Angelegenheit. Geh schon ins Schlafzimmer! Ich komme später nach.«

Damit war sie entlassen, und die beiden Jungen hatten keine Fürsprecherin mehr. Nathalies dunklen Augen war anzusehen, wie verletzt sie sich fühlte, während sie langsam durch die Diele ging und die Treppe hinaufstieg.

Nathalie saß allein im Schlafzimmer. Sie hatte ein Tablett mit Speisen vor sich, aß aber nur wenig davon. Sie war zu müde gewesen, um im Eßzimmer zu speisen, und hatte darum gebeten, ihr das Essen heraufzuschicken.

Wahrscheinlich saßen Robert und Florilla jetzt am Eßtisch und besprachen, was mit Neijee geschehen sollte. Er hatte ihr nicht gestattet, an der Diskussion teilzunehmen, genausowenig, wie sie darüber zu bestimmen hatte, ob sie nach Taborville geschickt würde, um dort die Kinder zu unterrichten ...

Wie würde sie das alles nur ertragen? Ohne Jason und Neijee? Sie wußte nun, daß Robert ihr nicht erlauben würde, Jason mitzunehmen. Die Kinder der Fabrikarbeiter würden sie jeden

Tag an ihren Sohn erinnern ...

Müde zog sie das Nachthemd über und ging zu Bett. Als Robert kam, schlief sie schon.

Er ging zum Bett und leuchtete Nathalie mit der Kerze ins Gesicht. Es war tränenverschmiert, die langen dunklen Wimpern beschatteten ihre Wangen, und eine Hand hatte sie wie flehentlich ausgestreckt.

Wie schön und verletzlich sie aussah! Es benahm ihm den Atem. Die Knie waren ihm weich geworden, als sie ihn angesehen und um Mitleid gebeten hatte, nicht für sich selbst, sondern für die beiden Kinder, die sie liebte. Er hatte sich zwingen müssen, ihr nicht nachzugeben und jeglichen Wunsch zu erfüllen ...

Nach diesem langen, anstrengenden Tag wollte Robert sie nicht mehr stören. Er blies die Kerze aus und stieg in sein einsames Bett.

12

»Gehört der dir?« Robert hielt Nathalie einen schmalen Goldreif hin.

Sie erkannte ihren Trauring, den sie drei Jahre zuvor in einer Reisetasche versteckt hatte. »Ja! Wo hast du den gefunden?«

Jason spielte damit. Ich nehme an, er hat ihn im Häuschen am Fluß gefunden«, erwiderte Robert, »gestern, als er mit Neijee dorthin ausgerissen ist. Du solltest ihn lieber anstecken, bevor er ganz verlorengeht«, fügte er hinzu.

Sie streckte die Hand nach dem Ring aus; aber anstatt ihn ihr zu geben, hielt er ihre Hand fest, zog den Rubinring vom Ringfinger der linken Hand und steckte ihr den Trauring an. Er gehörte an diesen Finger. Dann steckte er den Rubinring an ihre rechte Hand.

Sein Blick hielt sie wie in Hypnose fest. Sie sah, wie sich seine topasfarbenen Augen verschleierten.

Und doch – sie konnte es noch nicht vergessen, wie Robert sie damals behandelt hatte. Diese Ferntrauung! Sie wollte nicht daran denken, wie es dazu gekommen war, daß ein Fremder ihr bei der Trauung den Ring hatte anstecken müssen!»

Hastig zog sie die Hand zurück und blickte zu Boden.

Sie war nun einmal keine zärtlich geliebte Ehefrau, die von ihrem Mann hoch geschätzt wurde. In dem Haus des Vorarbeiters in Taborville war es genauso gewesen wie in dem Häuschen am Fluß: Robert hatte sie wie eine Sklavin behandelt, eine Sklavin der Liebe, der er Befehle erteilen konnte, ohne Rücksicht auf ihre Gefühle zu nehmen, ohne ihre Scham über diese Behandlung zu erkennen.

Ein Mann, der seine Frau wahrhaft liebte, würde doch nie zu ihr sagen: ›Madame, im Grunde bist du eine Hure, und als solche werde ich dich behandeln‹, wie Robert das an jenem ersten Abend auf Midgard nach ihrer Rückkehr aus Columbia fertiggebracht und ausgesprochen hatte!

Nathalies Augen füllten sich jetzt mit Tränen, tief betrübt von dem Gedanken, daß sie jederzeit abgeschoben werden könnte wie ein überflüssiges Gepäckstück, das er nicht mehr haben wollte.

Robert sah ihre Tränen, erkannte aber ihre Bedeutung nicht. Abrupt verließ er das Zimmer.

Immer wieder fuhr Robert nach Taborville, um den Bau der Schule zu überwachen. An dem Tag, da sie fertiggestellt wurde und man die Schulbänke aufstellte, nahm er Nathalie mit.

Der Holzapfelbaum vor dem Haus des Vorarbeiters war über und über mit rosa Blüten bedeckt. Er blühte früher als gewöhnlich.

Ob wohl auch bei der Schule Bäume stehen würden? fragte sich Nathalie. Und wo würde sie wohnen? Vielleicht in einem der kleinen Häuschen in der Nähe der Schule?

Man war gerade dabei, die Schulglocke anzubringen, als Nathalie und Robert die Straße entlangfuhren.

»Wie gefällt es dir?« fragte Robert, zu ihr gewandt.

»Sehr hübsch, Robert«, sagte sie und versuchte, ein wenig Begeisterung anklingen zu lassen.

Im Schulgebäude ging sie zwischen den Bankreihen auf und ab. Vorn standen die kleineren, hinten die größeren Bänke.

»Möchtest du auch den Wohntrakt sehen?« fragte Robert.

Sie nickte stumm.

»Ich hielt es für besser, eine Wohnung im Schulgebäude selbst zu haben, statt die Lehrerin in einem separaten Haus unterzubringen. Das erleichtert die Aufsicht, und es kann auch jeden Morgen Feuer gemacht werden, bevor die Schüler kommen.«

Robert öffnete eine Seitentür des Klassenzimmers und ließ Nathalie in das Nebenzimmer vorangehen.

Es enthielt ein Bett, einen Schrank und einen Waschtisch mit Karaffe. Am Fenster stand ein kleiner Schaukelstuhl, unter dem Bett ein weißer Nachttopf aus Porzellan.

»Findest du, daß es gemütlich aussieht, Nathalie?« fragte er und beobachtete ihre Reaktion.

»Ja, Robert«, brachte sie heraus.

»Das klingt aber nicht sehr begeistert. Habe ich etwas vergessen?«

»Ein Vorhang wäre schön, damit nicht jeder zum Fenster hineinschauen kann«, meinte sie zögernd.

»Natürlich! Eine Frau sieht doch so etwas sofort! Ich werde dafür sorgen, daß Shaw sich darum kümmert. Und jetzt möchtest du sicher überprüfen, ob auch alles da ist, was du brauchst, wenn die Schule anfängt.«

»Wann soll die Schule denn eröffnet werden, Robert?« fragte sie und dachte daran, wie lange sie wohl noch bei Jason würde bleiben können.

»In ungefähr einer Woche! Dann haben sie einen guten Start vor den Sommerferien.«

Nathalie packte die Schiefertafeln, die Kreide und die Lesefibeln aus und legte sie auf das Lehrerpult, während Robert aus einer anderen Schachtel einen Globus nahm und aufstellte.

»Jessie kommt in ein paar Minuten. Die überlasse ich dir, Nathalie; du kannst sie unterweisen. Sie hat schon die Schülerliste; und du möchtest vielleicht ihre Namen in die Bücher

schreiben und mit Jessie das Pensum der ersten Wochen besprechen ...«

Robert ging und fuhr in der offenen Kutsche davon. Nathalie
ging zurück in die Lehrerwohnung. Das kahle Zimmerchen
erinnerte sie an ihre Klosterzelle.

Als Jessie kam, berührte sie liebevoll alle Schiefertafeln und
Lesefibeln. »Ich weiß gar nicht, wer aufgeregter ist, Mrs. Tabor,
die Kinder oder ich! Wenn wir daran denken, daß die Schule
nächste Woche anfangen soll ...«

»Am Sonnabend vor dem ersten Schultag fahren wir wieder
nach Taborville, Nathalie. Dann können wir uns davon überzeugen, ob alles in Ordnung ist«, sagte Robert auf dem Heimweg zu
ihr. »Nimm dir also bitte für den Tag nichts anderes vor!«

Am Freitag packte Nathalie den Koffer. Die meisten schönen
Kleider, die Robert für sie hatte anfertigen lassen, ließ sie im
Kleiderschrank. Sie nahm nur den schwarzen Umhang aus ihrer
Klosterzeit, vier praktische Kleider, Hausschuhe und zwei weiße
Nachthemden mit.

Als sie fertig war, machte sie sich auf die Suche nach Jason,
um den letzten Nachmittag mit ihm zu verbringen.

Robert schien die Woche nur langsam zu vergehen. Er konnte
sich Nathalies Zurückhaltung nicht erklären. Es hatte ihn die
ganze Woche bedrückt.

Wann hatte sie nur angefangen, sich so zurückzuziehen? Nach
ihrem ersten Besuch in Taborville? Vielleicht war es ein Fehler
gewesen, sie für die Schule zu interessieren?

Sie hatte sich nicht gerade begeistert gezeigt, was ihn überrascht hatte. Aber trotzdem hatte sie alles getan, was er ihr
aufgetragen hatte. Sie hatte dafür gesorgt, daß Jessie gut vorbereitet war, und hatte sich auch um die Bücher und die anderen
Lehrmittel gekümmert.

Aber irgend etwas bedrückte sie; er wußte nur nicht, was.
Neijee? Machte sie sich immer noch Sorgen um Neijees
Zukunft? Daß Florilla dafür sorgen würde, den Negerjungen
wieder zu verkaufen?

230

Sie glaubte doch wohl nicht, er werde Neijee weggeben, weil er mit Jason zu dem Häuschen am Fluß gelaufen war? Nein, es mußte noch ein anderer Grund vorliegen ...

Aber welcher?

Daß der Trauring wieder aufgetaucht war? Als er ihn ihr angesteckt hatte, hatte sie sehr verletzt ausgesehen. Vielleicht hatte der Ring Erinnerungen wachgerufen – daran, daß sie nicht seine Frau hatte werden wollen oder an die drei Jahre, als sie wie eine verkaufte Sklavin leben mußte? Oder beides zusammen?

Gelegentlich, besonders bei trübem Himmel, tat ihm das Bein weh und erinnerte ihn an die gefährliche Fahrt auf dem Mississippi und an seine Gefangennahme durch die Indianer. Dann stellte er jedesmal fest, daß er ungehalten wurde. Wieviel mehr mußte also wohl eine junge Frau unter solchen Erinnerungen leiden, sie, die jetzt für immer an den Mann gefesselt war, der sie verkauft und sie ihrem Schicksal überlassen hatte! Nein, nach allem, was Nathalie durchgemacht hatte, hatte sie sicherlich ein Recht darauf, bedrückt oder launisch zu sein.

Robert ließ anspannen und ging zu dem Aufseher hinüber, um letzte Anweisungen zu geben, bevor er Feierabend machte.

Als er zurückkam, sah er, daß Nathalie und Jimbo schon damit beschäftigt waren, die Riemen, mit denen ihr kleiner Koffer hinten auf der Kutsche aufgeschnallt war, anzuziehen.

Was hatte sie vor? Robert runzelte die Stirn, aber stellte keine Fragen. Da er sich wegen Neijees Anzug und mit der Annahme, Nathalie habe das Kleid zerschnitten, das Maggie für sie angefertigt hatte, schon einmal blamiert hatte, lag Robert nichts daran, wieder einen ähnlichen Fehler zu machen. Sie würde ihm schon früh genug erzählen, was sie nach Taborville mitgenommen hatte.

Während der Fahrt redete Nathalie nicht viel; sie sprach nur, wenn er sie etwas fragte. Je näher sie ihrem Ziel kamen, desto bedrückter sah sie aus.

Zu seinen Füßen, neben der Kiste mit den Büchern, die er der Schulbücherei zur Verfügung stellen wollte, hatte Robert ein Gewehr versteckt. Er hatte eine zweite Decke darübergeworfen. Robert hatte Nathalie nichts von einem Massaker erzählt, das sich bei Raisin River abgespielt hatte. Es ging um verwundete Gefangene, die die Engländer gemacht hatten. Und er hoffte, daß auch Arthur nichts davon erwähnen würde, wenn er das nächste Mal zu Besuch käme. Aber Tecumseh war nun schon Brigadegeneral bei den Engländern, und wenn es ihm gelänge, die Indianerstämme im Süden dazu zu bringen, sich mit den Engländern zu verbünden, dann würde niemand mehr vor Terror sicher sein.

Hauptsächlich richtete Robert seine Aufmerksamkeit auf die Straße, blickte aber gelegentlich auch zu den Wäldern hinüber, damit ihm dort keine Bewegung entginge.

Als das Dorf vor ihnen auftauchte, lockerte Robert die Zügel. Er durfte nicht zu lange bleiben, sondern mußte Nathalies wegen vor Einbruch der Dunkelheit zu Hause sein.

Ebenezer Shaw erwartete sie zur Begrüßung bei der Fabrik und folgte ihnen dann in der eigenen Kutsche bis zu seinem Haus. Dort öffnete Jessie ihnen die Tür; der Duft von Speisen schlug ihnen entgegen.

Obwohl Nathalie nur wenig zum Frühstück gegessen hatte, war sie nicht hungrig, aber sie lächelte und ließ sich von Jessie den Teller füllen.

»Ist in der Schule alles in Ordnung, Jessie?« fragte Robert.

»O ja, Sir«, antwortete sie. »Einer von den älteren Jungen hat sich schon erboten, jeden Morgen etwas früher zu kommen, um Feuer zu machen und die Glocke zu läuten.«

»Gut!« sagte Robert. »Ich habe ein paar Bücher mitgebracht, die noch aus meiner Schulzeit stammen. Vielleicht können sie ein paar davon später gebrauchen.«

»Vielen Dank, Mister Tabor.«

»Nach dem Essen bringe ich sie zur Schule«, sagte er, und, zu seiner schweigenden Frau gewandt: »Kommst du mit, Nathalie, oder möchtest du lieber hierbleiben und dich ausruhen?«

»Ich komme mit, Robert.«

»Jessie und ich holen noch die letzte Kiste mit Lehrmitteln aus der Fabrik«, sagte Ebenezer Shaw. »Wir sehen uns dann in der Schule. Wir müssen auch noch die Gardine aufhängen«, fügte er hinzu.

Nathalies Gesichtsausdruck machte Robert Kummer. Sie hatte in der letzten Woche sehr abgenommen, weil sie so wenig gegessen hatte, und doch hatte sie sich nicht beklagt. Robert hatte darauf gewartet, daß sie ihm von ihrem Kummer erzählen würde; aber bis jetzt hatte sie nichts gesagt. Wenn sie wieder in Midgard wären und sie ihm immer noch nichts gestanden hätte, würde er es nicht länger hinnehmen. Sie machte sich ja krank!

»Soll der Koffer in die Schule gebracht werden, Nathalie?« fragte Robert, als die Kutsche vor der Eingangstür hielt.

»Ja, Robert. Trägst du ihn bitte in die Lehrerwohnung?«

Das also war's! Sie hatte wahrscheinlich ein paar alte Kleider für Jessie herausgesucht, die diese beim Unterricht tragen könnte.

Kurz nachdem Robert den Koffer hereingetragen hatte, kam auch Ebenezer Shaw an. Während er mit Jessies Hilfe die Gardine aufhängte, trug Robert die Bücherkiste herein, um sie am Pult auszupacken.

»Ich spreche gleich noch mit Ihnen in der Fabrik, Shaw«, rief Robert aus dem Klassenzimmer und machte dem Vorarbeiter ein Zeichen, schon vorauszufahren.

Nathalie fühlte sich einsam und verlassen. Sie saß im Schaukelstuhl in dem kleinen Zimmer neben dem Schulzimmer. Ihr Koffer stand am Fußende des Bettes. Sie hörte Roberts Schritte. Schnell stand sie auf und schaute aus dem Fenster.

»Nathalie?«

»Lebwohl, Robert«, brachte sie schließlich hervor. Sie konnte ihre Trauer nicht länger verbergen.

Er legte ihr die Hände auf die Schulter und drehte sie zu sich herum.

»Wie meinst du das: Lebwohl?« fragte er. Eine Träne rollte ihr über die Wange.

»Mach' es mir doch nicht noch schwerer, Robert! Geh bitte!« Und sie drehte ihm den Rücken zu.

»Ohne dich, Nathalie? Wohin sollte ich denn ohne dich gehen?«

»Zurück nach Midgard!«

Plötzlich wurde ihm alles klar! Hatte sie ihn wirklich so völlig mißverstanden? Dachte sie, er würde sie hier lassen, damit sie die Kinder der Fabrikarbeiter unterrichte? Was hatte er denn gesagt, um dieses Mißverständnis herbeizuführen? Da ging es ihm auf! ›Für dich habe ich auch Arbeit, – damit dir keine Zeit bleibt, wieder etwas anzustellen.‹

Er stöhnte und zog sie von neuem an sich. »Hast du gedacht, ich würde dich hier lassen, Kleines? Ich könnte so grausam sein, dich von Jason zu trennen?«

Sie schluchzte an seiner Brust, und damit war seine Frage beantwortet. Er war bekümmert, als ihm klar wurde, wie wenig Vertrauen sie zu ihm hatte.

Er streichelte ihr das Haar und redete sanft auf sie ein: »Ich wollte doch nur, daß du Jessie vor dem Beginn etwas helfen solltest! Ich hatte doch nie etwas anderes im Sinn.« Und er flüsterte ihr ins Ohr: »Jason ist nicht der einzige, der ohne dich nicht auskommen könnte. Ich könnte dich nie fortschicken, Nathalie.«

Er tröstete sie, sanft und bestimmt, bis ihr Schluchzen aufhörte. Er nahm sein Taschentuch und wischte ihr liebevoll die Tränen ab. »Soll ich den Koffer wieder in die Kutsche bringen, oder willst du ihn lieber für Jessie hier lassen?«

»Für Jessie«, murmelte sie, nahm das Taschentuch und schneuzte sich.

Sie war unter dem Verdeck der Kutsche verborgen, als Robert bei der Fabrik hielt. »Ich bin in ein paar Minuten wieder da«, sagte er, stieg aus und band die Zügel um einen Pfahl.

Wie versprochen, erschien er nach kurzer Zeit wieder, stieg ein und lenkte die Kutsche gen Süden, heim nach Midgard.

Sie fuhren dahin, und die Sonne ging langsam hinter den Fichten, die die Straße säumten, unter. Schließlich verschwand sie ganz, und die Schatten der Abenddämmerung breiteten sich aus.

In der kalten Luft war jeder Laut aus den Wäldern besonders deutlich zu hören. Robert hatte plötzlich das Gefühl, daß sie beobachtet würden. Er schob seinen Fuß näher an das Gewehr, das vor ihm unter der Decke versteckt war.

Nathalie war eingeschlummert, und er wollte sie nicht aufwecken. Deshalb ließ er die beiden Braunen gleichmäßig weitertraben, ohne sie anzutreiben oder zurückzuhalten. Wenn Nathalie das nächste Mal mit ihm reiste, würde er zwei Reiter zu ihrem Schutz mitnehmen ...

Plötzlich hörte er im Wald eine Art Pfeifen; von der anderen Seite der Straße her wurde mit ähnlichem Pfeifen geantwortet.

Roberts Reiseroute wurde also genau zur Kenntnis genommen; aber bisher hatte sich niemand gezeigt oder ihn gar angehalten. Nun durfte er Nathalie nicht länger schlafen lassen. Es war zu gefährlich, weil jeden Augenblick etwas passieren konnte.

»Nathalie«, sagte er leise. Sie bewegte sich, öffnete aber nicht die Augen. »Wach auf, Nathalie!« drängte er.

»Was ... was ist los?« fragte sie und bemühte sich, die Augen offen zu halten.

»Man beobachtet uns«, antwortete er. »Noch kein Grund zur Aufregung, aber du solltest lieber nicht schlafen.«

Seine Worte wirkten wie ein Aufputschmittel; sie richtete sich sofort auf. »Wahrscheinlich nur ein paar Indianer, die von der Jagd heimgehen.«

»Glaubst du, sie wollen uns etwas zuleide tun?« flüsterte sie.

Er schüttelte den Kopf. »Nein. Es sei denn ...« Robert sprach den Satz nicht zu Ende.

»Es sei denn – was, Robert?« fragte Nathalie und bekam plötzlich Angst.

Er gab keine Antwort. Statt dessen fragte er leise: »Kannst du die Pferde lenken?«

»Ja.«

So übergab er Nathalie die Zügel und bückte sich nach dem Gewehr, das immer noch unter der Decke lag. Er ließ seinen Blick von einer Seite der Straße zur anderen wandern, bis sie den dichten Fichtenwald hinter sich hatten und in ein Laubwaldgebiet kamen, wo die Bäume zu dieser Jahreszeit natürlich kahl waren.

Noch einmal hörten sie das Pfeifen, aber jetzt von hinten. Als das Pfeifen unbeantwortet blieb, nahm Robert ein paar Minuten später selbst die Zügel.

Während der Weiterfahrt blieben sie beide stumm. Als Nathalie endlich das Herrenhaus wie einen riesigen Schatten vor sich auftauchen sah, atmete sie tief auf. Als sie am Morgen das Haus verlassen hatte, war sie wegen der Trennung von Jason tief bekümmert gewesen, aber nun konnte sie wieder bei ihrem Jungen sein. Es war noch einmal gut gegangen, und sie war aus tiefstem Herzen dankbar.

Die Schule von Taborville gedieh prächtig in Jessie Tilbaughs Händen; Robert aber konzentrierte seine ganze Aufmerksamkeit auf die Verteidigung des Hafens von Charleston.

Nach den Überfällen der Engländer am oberen Flußlauf hatten die Bürger den Hafen gut bewacht; jedoch jetzt, wo die britische Flotte nicht mehr da lag und sie gehört hatten, daß man sie weiter nach Norden, nach Chesapeake Bay, getrieben hatte, wurden die Bürger lasch und kümmerten sich mehr um andere Dinge.

Aber Robert, Arthur und Hektor wußten, daß es gefährlich war, sich zu sehr daran zu gewöhnen, daß das Blockadeschiff ständig vor der Küste kreuzte. Fort Moultrie reichte nicht aus zur Verteidigung. Wenn es nicht gelänge, ein Kommunikationssystem zwischen dem Hafen und der äußeren Inselkette einzurichten, könnte sich die britische Flotte leicht unbemerkt erneut in den Hafen einschmuggeln. Und Robert hatte durchaus keine Lust, seine Plantage abermals plündern zu lassen.

Er war überzeugt, daß man dringend etwas gegen diese nachlassende Wachsamkeit unternehmen müßte. Deshalb setzte er sich mit Arthur und Hektor in der Börse zusammen, um über mögliche Lösungen dieses Problems zu diskutieren.

»Wie steht's mit dem alten Leuchtturm an der Spitze von Tabor Island?« fragte Hektor, nachdem sie an einem Tisch Platz genommen hatten. »Funktioniert der noch? Oder, wenn nicht, könnte man ihn wieder funktionsfähig machen?«

»Er befindet sich in ebenso schlechtem Zustand wie Onkel Ravenals Sommerhaus auf derselben Insel«, antwortete Robert. »Kaum zu gebrauchen, so wie es zur Zeit aussieht. Bei meinem letzten Besuch dort habe ich festgestellt, daß die Prismen kaputt waren, und wir können jetzt unmöglich Ersatz beschaffen.«

»Aber könnte man ihn nicht ohne Prismen benutzen«, entgegnete Arthur, »und Signale mit Laternen geben?«

»Meinst du, man könnte die Laternen von Fort Moultrie aus sehen?« fragte Robert.

Arthur, der das Fort gut kannte, antwortete: »Ja, ganz bestimmt, besonders wenn wir eine Wache auf der Brüstung postierten.«

Robert nickte und brachte dann eine zweite Frage vor: »Die Laternen wären ja nur nachts zu sehen. Was würden wir denn tagsüber machen?«

»Spiegel«, schlug Hektor vor. »Ich wette meine Kutsche gegen deine, daß es mit Spiegeln funktionieren würde.«

Arthur war ganz begeistert von Hektors Vorschlag. »Wir müßten's eben einfach versuchen! Das Fort selbst bietet ja wegen seiner Lage keine guten Verteidigungsmöglichkeiten.«

»Nein«, stimmte Robert lachend zu. »Ich habe gehört, daß neulich Mister Langfords Kuh über den Sand zu den Mauern getrottet und in das Fort gefallen sein soll. Der arme Teufel, der gerade Wache schob, war zu Tode erschrocken. Der dachte, die Engländer hätten angegriffen – dabei war's eine Kuh!«

Hektor und Arthur mußten auch lachen; dann fingen alle drei an, eifrigst das Verständigungssystem zwischen den Inseln und dem Fort zu planen. Sie würden einfach ausprobieren, welche Methode die beste sei, damit Charleston und sein Hafen gegen einen Überraschungsangriff gewappnet wären. Alle drei waren erbittert darüber, daß die Engländer sozusagen durch ihre eigene Hintertür – Spanisch Florida – hereinkommen und von da aus Plünderungsangriffe auf die Dörfer entlang der Küste unternehmen könnten.

Als Robert drei Tage später nach Tabor Island fuhr, erschien ihm die Insel ein wenig unheimlich, und das verlassene Haus schien von alten Zeiten und von Geheimnissen in seinen drei Fuß dicken Wänden aus Kalkstein und Austernschalen zu erzählen.

Während Robert vor den schon lange nicht mehr beschnittenen Orangen- und Myrtenbäumen stand, fiel ihm wieder ein, wie spannend er alles gefunden hatte, was Onkel Ravenal ihm damals erzählt hatte von den Franziskanern, die vor fast dreihundert Jahren aus Santo Domingo gekommen waren, um die Indianer zu bekehren, die aber dann von den Indianern getötet worden waren.

Auf dem Fundament des alten Missionshauses hatte Onkel Ravenal sein Sommerhaus errichtet. Er hatte dieselben Baumaterialien wie die Franziskaner benutzt.

Robert fuhr mehrmals zu der Insel hinüber und nahm auch Arbeiter mit, die das Haus instand setzen und das dichteste Unterholz abhauen sollten. Auch einige Wildschweine mußten erschossen werden; die Treppe des Leuchtturm war ausbesserungsbedürftig.

Während alle diese Renovierungsarbeiten vonstatten gingen, erhielt Nathalie, die auf Midgard geblieben war, abermals eine Einladung nach Cedar Hill zu ihrer Kusine Julie. Robert konnte schlecht absagen, denn gefährlich war es nicht in den nördlicheren Regionen von Carolina, da die Catawbas und Waxhaws den Amerikanern weiterhin freundlich gesonnen waren. Gefährlich war es nur weiter im Süden, nach Georgia und Alabama zu.

Robert las den Brief und blickte dann Nathalie an, die darauf wartete, ob er ihr diesmal gestatten würde, die Einladung zu den Caldwells anzunehmen.

Er hatte noch ein schlechtes Gewissen, weil er sie zu Weihnachten nicht zu den einzigen Verwandten, die sie besaß, hatte fahren lassen.

Es war noch ein trauriges Ereignis eingetreten: Theodosia Alston, die Gattin des Gouverneurs, war bei einer Seereise mit der »Patriot« in einem Unwetter vor Cap Hatteras untergegangen.

Nathalie trauerte tief.

Also fragte Robert jetzt sanft: »Möchtest du sie denn gern besuchen, Nathalie?«

»O ja, Robert!« Aber dann fügte sie betrübt hinzu: »Aber du hast ja soviel auf der Insel zu tun ...«

»Das braucht nicht zu bedeuten, daß du und Jason nicht hinfahren könntet. Wenn ich genügend Vorkehrungen für eure Sicherheit auf der Reise treffen könnte, sehe ich nicht ein, warum du diesmal ablehnen müßtest.«

»Danke, Robert«, sagte sie und sah gleich wieder fröhlicher aus. »Wann, meinst du wohl, könnten wir fahren?«

Er fühlte sich verletzt, weil sie es so eilig zu haben schien. »In ein paar Tagen. Du kannst noch vorher deinen Verwandten schreiben.«

Er ging zu ihr hinüber und sah ihr in die Augen, die vor Vorfreude leuchteten. »Eine Seereise würde ich nie zulassen, Nathalie. Ein Glück, daß man den ganzen Weg zu Lande zurücklegen kann!«

So kam es, daß zwei Wochen später Nathalie und Florilla ihre Sachen packten und sich mit Jason in Arthur Metcalfes gutgefederter Kutsche auf die Reise begaben.

Robert versuchte, jegliche Eifersuchtsregung zu unterdrücken; denn während des ganzen folgenden Monats würde sein bester Freund Nathalies ständiger Begleiter sein, während er selbst ohne Frau und Kind auskommen müßte.

Aber was war ihm anders übriggeblieben, als Arthur, der ohnehin Desmond Caldwell besuchen wollte, sich erboten hatte, Nathalie und Jason sicher nach Cedar Hill zu bringen?

Hätte er ihm sagen sollen, daß er ihm nicht traute? Daß er seine Frau lieber Fremden als seinem besten Freund anvertrauen würde? Wenigstens würde Florilla als Anstandsdame dabeisein; und vielleicht würde Nathalie nach der Reise gesünder und weniger blaß aussehen.

Nathalie, die den mit Hermelin besetzten Umhang trug, saß neben Jason in der Kutsche. Endlich würde sie ihre Kusine kennenlernen! Ihre freudige Aufregung griff auf Arthur über. Er saß ihr gegenüber und blickte sie freundlich an, während die Kutsche Midgard hinter sich ließ.

Robert sah ihnen stirnrunzelnd nach, bis die Kutsche seinen Blicken entschwunden war.

Als Arthur bemerkte, wie Florilla ihn aus zusammengekniffenen Augen beobachtete, zog er sich hastig die Krawatte zurecht. Danach schaute er nur noch widerstrebend zu Nathalie hin, sondern mehr aus dem Fenster, als ob er sich plötzlich für die Aussicht interessiere.

Es dauerte nicht lange, und Jason war bei·dem rhythmischen Schwanken der Kutsche eingeschlafen. ·Sein kleiner Körper lag zwischen Nathalie und Florilla, während er den Kopf in Nathalies Schoß gelegt hatte. Sie deckte ihn mit der Reisedecke zu und streichelte ihm die blonden Locken, während er schlief.

Drei Tage würde die Reise allein bis Columbia dauern; danach würden sie in nördlicher Richtung, über die Hochebene bis an den Fuß der Berge, weiterreisen. Bei gutem Wetter würde die ganze Reise fünf Tage dauern.

»Wenn Sie nicht mehr sitzen können, Nathalie«, sagte Arthur, »sagen Sie bitte Bescheid! Dann kann Enoch eine Weile an-· halten.«

»Danke, Arthur; aber wir halten schon durch, bis Sie eine Rast für nötig halten.«

Nathalie hatte dieselbe Strecke im Dezember zurückgelegt, aber in umgekehrter Richtung, von Charleston nach Columbia, sah das Land ganz anders aus. Jetzt, wo die sandige Straße nicht vom eisigen Regen oder Schnee aufgeweicht war, war das Reisen viel angenehmer als im Dezember, und das Gasthaus, in dem sie damals übernachtet hatten, erschien heute fast verlassen, als die Kutsche in den Vorhof einbog.

Es war schon fast dunkel, als Arthur mit dem schlafenden Jason auf dem Arm die Stufen zum Eingang hinaufstieg und von dem Gastwirt überschwenglich begrüßt wurde.

»Für Sie und Ihre Frau habe ich zwei nebeneinanderliegende Zimmer reserviert, Mister Metcalfe«, sagte er übertrieben zuvor-· kommend, »und für das Kind und die Gouvernante ein Zimmer gegenüber.«

Erschrocken über diese Mitteilung, antwortete Arthur mit leiser Stimme: »Ich nehme das gegenüberliegende Zimmer, die beiden anderen können die Damen benutzen.«

»Wie Sie wünschen«, sagte der Gastwirt. Er hatte sich damit

abgefunden, daß reiche Leute sich auf Reisen oft seltsam benehmen.

Derselbe Irrtum wiederholte sich in jedem Gasthof: immer hielten die Gastwirte Nathalie für Arthurs Frau. Zuerst war Arthur das peinlich, und er bemühte sich, den Sachverhalt richtigzustellen; bis zum dritten Abend hatte er sich daran gewöhnt und empfand es sogar als komisch.

»Ich hoffe, es macht Ihnen nicht allzuviel aus, für meine Frau gehalten zu werden!«

Amüsiert blickte er Nathalie, die in einem Nebenzimmer der Gaststube ihm gegenüber saß, mit seinen blauen Augen an. Die Mahlzeit, die ihnen die Tochter des Gastwirts serviert hatte, war fast beendet, und Arthur schenkte Nathalie noch etwas Wein ein.

»Ich glaube, die einzige, der das peinlich ist, ist Florilla«, entgegnete Nathalie. »Sie findet es nicht richtig, daß wir zusammen reisen und daß wir hier in einem Nebenzimmer speisen.«

Arthur hob eine Hand. »Ich will nicht, daß die anderen Gäste Sie anstarren. Und Florilla mag ich ohnehin nicht. Ein Wunder, daß Sie die Frau überhaupt um sich dulden. Warum haben Sie sie eigentlich eingestellt, Nathalie?«

»Robert hat sie eingestellt«, antwortete sie, ohne zu überlegen, »als er Jason im Kloster gefunden hatte.«

»Jason gefunden? Wie meinen Sie das, Nathalie? Was für ein Kloster? Ist Jason denn ein Findelkind?«

»O nein!« antwortete Nathalie auf die letzte Frage, ohne die erste zu beantworten.

Er sah sie nachdenklich an und fragte dann noch einmal: »Was für ein Kloster, Nathalie?«

»Arthur ...«

»Bitte, versuchen Sie mir nichts zu verheimlichen, Nathalie!« Er blickte in ihre bekümmerten Augen und fuhr dann eindringlich fort: »Gehören wir nicht zu einer Familie, Sie, Julie, Desmond und ich? Ich verspreche Ihnen, daß nichts, was Sie mir heute abend im Vertrauen erzählen, von mir verraten wird.«

»Es war in New Orleans«, berichtete Nathalie, leise und verschämt. »Als Jason geboren wurde, war ich krank und fieberte.«

»Und als Robert mit Jason nach Carolina zurückfuhr, waren Sie nicht dabei?«

»Nein.«

»Warum, Nathalie? Robert hätte doch sicherlich Ihre Genesung abgewartet!«

»Schwester Louise hatte ihm gesagt, ich sei tot.«

Ungläubig sah Arthur sie an. Ihm fiel wieder ein, daß Hektor von einer Fahrt auf dem Mississippi gesprochen hatte, und er fragte: »Nathalie, was hatte Hektor eigentlich auf dem Mississippi zu tun? War er etwa auf der Suche nach Ihnen und Jason? Waren Sie etwa ... Robert davongelaufen?«

Verwirrt von seinen Fragen, schluckte Nathalie nervös und schob das Weinglas von sich. Und Arthur, der der Wahrheit so nahe gekommen war, setzte seine wortreiche Attacke fort, bis Nathalie es aufgab und ihm, fast gezwungenermaßen, die ganze Geschichte erzählte.

»Bitte! Sie hätten mich nie zwingen dürfen, Ihnen alles zu erzählen, Arthur!« sagte Nathalie, als sie bemerkte, wie sich sein sonst so sanftes Gesicht vor Zorn rötete. »Versprechen Sie mir, alles zu vergessen!«

»Seine eigene Frau zu verkaufen ...!« stieß Arthur hervor und hörte gar nicht auf ihren Einwand.

»Aber er wußte doch nicht, daß ich seine Frau war! Ich war selbst schuld, weil ich solche Angst bekommen hatte ... Ich hätte mich nie vor ihm verstecken dürfen, dann wäre alles nicht passiert.«

»Sie brauchen nicht gegen Ihren Willen bei Robert zu bleiben, Nathalie. Julie und Desmond würden Sie bestimmt gern bei sich aufnehmen. Sie und den Jungen auch.«

»Aber Arthur, Sie verstehen nicht ...«

Die Tür ging auf, Florilla kam herein und unterbrach so Nathalies Antwort.

»Jason ist endlich eingeschlafen«, verkündete sie. »Deshalb bin ich gekommen, um das Glas Wein zu trinken, das Sie mir vorhin angeboten haben.«

Am vierten Tag ließen sie den Sandboden hinter sich und kamen zu der roten Erde am Fuß des Gebirges und bei diesem Anblick nahm Nathalies freudige Erregung zu. Rechts und links der Straße blitzten Glimmersplitter in der Nachmittagssonne auf, der Boden wurde dunkelrot, als ob man eine riesigen Pinsel in Blut getaucht und die Erde damit angestrichen hätte.

Die Landschaft schien wild und ungebändigt. Die Kutsche kam langsamer voran, während die Pferde dahinstapften und nur mühsam einen Halt auf dem schlüpfrigen, roten Schlamm fanden.

»Ich habe noch nie Erde von dieser Farbe gesehen«, sagte Nathalie.

»Das ist ein reiches Land, Nathalie, nicht nur für den Ackerbau, sondern auch wegen seiner wertvollen Bodenschätze. Sie wissen doch sicher, daß Desmond eine Goldmine besitzt, nicht wahr?«

An Arthurs Erklärungen entfachte sich Nathalies Phantasie. Und Florilla blickte bei dem Wort »Gold« auf. »Sagten Sie – Gold?«

Arthur nickte. »Desmond hat seinen ersten Goldklumpen am Ufer eines Baches bei den Wasserfällen gefunden. Seitdem sucht er nach der Hauptader, hat sie aber bisher nicht entdeckt. Er gräbt nun weiter an den erodierten Ufern – mit Hilfe der Indianer.«

»Wohnen Indianer auf seinem Grundstück?« Florillas Frage klang ängstlich.

»Ja, Florilla, aber Sie brauchen keine Angst zu haben. Sie sind friedfertig, und außerdem werden Sie sie gar nicht zu Gesicht bekommen. Die Goldmine ist ziemlich weit vom Haus entfernt.«

Am fünften Tag begann Arthur, Ausschau nach dem Bach zu halten, der die Grenze von Desmond Caldwells Land markierte. Als er ihn entdeckt hatte, rief er erfreut: »Wir sind bald da, Nathalie!«

Da beugte sich Nathalie vor, um durch das Fenster der geschlossenen Kutsche einen ersten Blick auf das Haus auf dem Zedernhügel – Cedar Hill – zu werfen.

Die Kutsche fuhr den Hügel hinauf. Oben angekommen,

machte sie eine Wendung und fuhr eine ebene Straße entlang, die von riesigen Zedern gesäumt wurde – Desmond Caldwells private Auffahrt. Hinter den Zedern sah man das Haus: groß, weitläufig, aus Holz gebaut und auf drei Seiten von einer überdachten Veranda umgeben, zu der Treppen hinaufführten. Ein Magnolienbaum beschattete die Veranda an der Vorderseite, und von seiner Wurzel aus wucherte Efeu über das Haus.

Die Kutsche hielt am Seiteneingang, bei der zweiten Treppe. Die Kellertür unter der Treppe war halb geöffnet. Vielleicht war jemand in den kühlen Keller gegangen, um einen der dort aufgehängten Schinken zu holen, und hatte vergessen, die Tür zu schließen. Weitere Gebäude – ein Maisschuppen und eine Scheune – waren in der Ferne zu erkennen; auch eine Weide, auf der Pferde und Maultiere gemächlich grasten.

Die Kutschpferde schnaubten durch die Nüstern und drehten die Köpfe zu der Weide und dem Hafer, der dort auf sie wartete.

Enoch, der Kutscher, lachte über ihre Ungeduld und hielt sie zurück, bis Arthur ausgestiegen war und den Damen und Jason aus der Kutsche geholfen hatte.

»Ich werde Jason tragen!« sagte Arthur, als Nathalie sich vorbeugte, um das schlafende Kind von der Bank zu heben.

Nathalie warf noch einen schnellen Blick zurück, um sich zu vergewissern, daß Jason nicht herunterfallen würde, und stieg dann aus. Florilla folgte.

Desmond, der die Geräusche im Seitenhof gehört hatte, kam über die Veranda gelaufen, um sie zu begrüßen. Julie, Nathalies Kusine, war noch nirgendwo zu sehen.

Das weitläufige Holzhaus war so ganz anders als die eleganten Häuser der Plantagenbesitzer in der Küstenregion, aber es war doch von eleganter Schlichtheit und so gemütlich, daß sich die müden Reisenden gleich wohl fühlten.

»Ich bin froh, daß ihr endlich gekommen seid! Wir haben schon den ganzen Tag nach euch Ausschau gehalten«, sagte Desmond zu Arthur. Arthur sah zu, wie Enoch die Koffer vom Dach der Kutsche hinunterhob und sie dem wartenden Diener reichte.

»Wir wären ja schon eher hier gewesen«, scherzte Arthur,

244

»aber eure roten Hügel, Desmond, haben die Pferde unglaublich aufgehalten.«

»Ach ja, – Küstenpferde!« gab Desmond zurück. »Die können es natürlich nicht mit unserem Terrain aufnehmen!«

Die beiden Männer sahen einander voller Zuneigung an. Dann sagte Desmond, zu Nathalie gewandt: »Aber, nun kommen Sie! Julie wartet schon eine ganze Woche darauf, Sie zu Gesicht zu bekommen. Sie ist im Wohnzimmer.«

»Florilla, kommen Sie mit?« fragte Nathalie, aber Florilla schüttelte den Kopf und spielte ihre Gouvernantenrolle.

»Ich bringe lieber Jason in sein Zimmer, wenn mir bitte jemand den Weg zeigen würde!«

Auf Desmonds Geheiß kam ein junges weißes Mädchen, das an der Tür gestanden hatte, heraus und führte Florilla und Arthur, der immer noch das schlafende Kind auf dem Arm hatte, die Treppe hinauf ins obere Stockwerk.

Nathalie ging mit Desmond durch die Diele in die entgegengesetzte Richtung, um endlich ihre Kusine von Angesicht zu Angesicht zu sehen.

Am Kamin im Wohnzimmer saß eine dunkelhaarige Frau mit heiterem Gesicht. Als sie Nathalie sah, streckte sie ihr grüßend die Arme entgegen, und Nathalie – erfreut, ihre Verwandte endlich zu sehen – lief auf sie zu und umarmte sie liebevoll.

Desmond stand daneben und hörte amüsiert zu, als die beiden Frauen ins Französische verfielen. Erst als sie Arthurs Schritte hörten, nahmen Nathalie und Julie die beiden Männer wahr und hörten auf, sich in ihrer Muttersprache zu unterhalten.

»Ich sehe schon, Arthur, daß die beiden nicht viel mit uns im Sinn haben«, meinte Desmond. »Sie werden genug damit zu tun haben, einander kennenzulernen. Damit wir nicht einfach abgeschoben werden, habe ich dir zu Ehren eine Wachteljagd arrangiert. Die Jagdhunde wenigstens werden auf uns hören!«

Julie sah ihren Mann lächelnd an und sagte dann in ernsthafterem Ton: »Ich fürchte, ich habe schon meine Pflichten als Gastgeberin vernachlässigt, weil ich Nathalie hier festgehalten habe, wo sie doch sicher recht müde von der Reise ist. Tanna, führen Sie Mrs. Tabor in ihr Zimmer«, sagte sie zu dem Mädchen, das neben ihr stand. Und wieder zu Nathalie gewandt: »Nach dem Essen haben wir genügend Zeit, miteinander vertraut zu werden. Aber jetzt möchtest du dich doch sicher frisch machen und ein wenig ruhen nach der langen Reise.« Dann sah sie Arthur an und sagte: »Arthur, du kriegst wieder dasselbe Zimmer wie letztes Mal. Du findest es allein, nicht wahr?«

»Ja, Julie. Mach dir keine Sorgen um mich! Ich könnte es mit geschlossenen Augen finden.«

Zufrieden, daß Nathalie und Arthur versorgt waren, sagte Julie leise zu ihrem Mann: »Wenn es dir recht ist, Desmond, möchte ich jetzt auch hinaufgehen.«

Desmond beugte sich hinab und nahm seine Frau auf den Arm. Erst da wurde es Nathalie klar, daß ihre Kusine Julie nicht gehen konnte.

»Wie kommt das, Arthur? Warum kann Julie nicht laufen?« flüsterte Nathalie, als Desmond und seine Frau verschwunden waren.

»Sie hatte einen Unfall mit der Kutsche«, antwortete Arthur. »Aber sie haben noch nicht alle Hoffnung aufgegeben. Vielleicht kann sie eines Tages doch wieder laufen.«

13

Am nächsten Tag, als Arthur und Desmond auf Wachteljagd waren, vertraute Julie sich Nathalie an und erzählte ihr, wie sie nur mit Mühe und Not während des Slavenaufstands von Santo Domingo hatte entkommen können.

»Ich habe Glück gehabt, daß ich überhaupt bis auf das Schiff gekommen bin«, sagte Julie, und ihre Stimme war die Erinnerung an den Schmerz noch anzumerken. »Wenn Mama Noire nicht gewesen wäre, hätte man mich, genau wie alle anderen aus meiner Familie, ermordet. Aber sie hat mich versteckt, bis die Schwarzen das Haus geplündert hatten und wieder gegangen waren. Und dann hat sie mich mitten in der Nacht zum Hafen durchgeschmuggelt.«

»Hattest du damals den Unfall?« fragte Nathalie, nun auch ganz vertraulich.

Julie schüttelte den Kopf. »Nein, das war ein paar Jahre später, als ich schon Desmond kennengelernt und geheiratet hatte. Welche Ironie des Schicksals, das Massaker zu überleben und dann aus einer Kutsche zu fallen!«

Nathalie saß und hörte zu, während Julie ihr erzählte, wie es zu dem Unfall gekommen war.

»Desmond und ich waren auf dem Weg nach Chester. Er hatte geschäftlich dort zu tun, ich wollte Einkäufe machen. Wir brauchen ziemlich spät auf, aber das machte nichts, weil wir bei Bekannten übernachten wollten. Kurz bevor wir in die Stadt kamen, sahen wir eine Menschenmenge und einen kleinen Mann, der auf allen vieren kroch und die Menschen um Hilfe anflehte. Sie lachten ihn aus. – Desmond brachte die Kutsche zum Stehen, weil er den Mann erkannt hatte. Es war Aaron Burr, den man nach Baltimore bringen wollte, weil er dort wegen Landesverrats vor Gericht gestellt werden sollte. Er war seinen Häschern entkommen, aber als man ihn wieder erwischt hatte, wandte er sich an die Menge und hoffte auf Gnade.«

Wie seltsam, dachte Nathalie, dies von dem Vater der stolzen, zerbrechlichen Theodosia zu hören. Wie seine Schande sie getroffen haben mußte! Nun würde er sie nie wiedersehen. Voller Trauer wartete Nathalie auf das Ende von Julies Erzählung.

»Weil Desmond Joseph Alston so sehr schätzte, wollte er die schreckliche Demütigung seines Schwiegervaters von der Menschenmenge nicht hinnehmen. Also gab er mir die Zügel und eilte Burr zu Hilfe. Er brachte ihn in ein nahe gelegenes Haus, damit er sich dort erholen könne.

Bei dieser Aufregung nun scheuten die Pferde, und ich konnte sie nicht halten. Bevor Desmond wieder zurück war, um die Zügel zu übernehmen, gingen die Pferde durch und rasten wie wild davon. Ich kann mich nur an ein schreckliches Wiehern erinnern und daran, wie wir plötzlich das Gleichgewicht verloren, bevor die Kutsche sich ganz überschlug.«

Nathalie saß still da und war erschüttert. Plötzlich drang Jasons aufgeregte Stimme zu ihnen ins Zimmer. Nathalie hörte ihn kommen.

»La-lie!« rief er aufgeregt. »La-lie, schau mal!«

Auf dem Arm hatte er ein kleines, schwarzes Kätzchen, das die Augen noch nicht offen hatte. Florilla, die hinter ihm hergelaufen war, war sichtlich ungehalten.

Nathalie nahm Jason das Kätzchen ab und hörte auf sein leises Miauen, während sie es an sich gedrückt hielt.

»Was für ein hübsches Kätzchen, mein Kleiner!« sagte Nathalie. »Zeig es mal Tante Julie! Aber dann mußt du es zurück zu seiner Mama bringen. Es weint ja schon, weil es Hunger hat.«

Feierlich zeigte Jason Julie das Kätzchen und ging dann widerstrebend zu der wartenden Florilla zurück.

Abends, nachdem die Herren von der Wachteljagd zurückgekommen waren, saßen Julie, Nathalie und Florilla am Eßtisch und hörten zu, wie die Jäger begeistert von ihren Erfolgen berichteten.

Nathalie trug ein rosa Seidenkleid, und Arthur sah sie bewundernd an, während er sagte: »Ich hoffe, Sie essen gern Wachteln, Nathalie! Wir haben nämlich genug für einen richtigen Festschmaus.«

»Wenn ich sie nicht selbst zubereiten muß«, sagte sie keck.

Er lachte, beugte sich näher zu ihr hinüber und erwiderte: »Ich kann mir nicht vorstellen, daß man einer so schönen Frau überhaupt erlaubt, in der Küche zu arbeiten.«

Das mit leiser Stimme vorgebrachte Kompliment ließ sie erröten, und Julie machte alles nur noch schlimmer, als sie der ganzen Tafelrunde verkündete: »Meine Kusine ist doch wirklich schön, nicht wahr, Arthur?«

»Ja, Julie. Das liegt wohl in der Familie, dieses dunkle Haar und die alabastergleiche Haut«, verkündete er galant und sah Julie dabei an, die sichtlich erfreut war.

»Oh, Entschuldigung!« rief Florilla, deren Löffel mit lautem Klirren zu Boden gefallen war.

»Tanna wird Ihnen einen neuen Löffel bringen«, sagte Julie und gab der jungen Dienerin ein Zeichen.

»Und womit haben Sie sich heute den ganzen Tag beschäftigt, Mrs. Hines?« erkundigte sich Desmond höflich.

»Oh, Jason und ich sind auf Entdeckungen gegangen! Er hat Kätzchen entdeckt, und später hat er in den unteren Ästen eines alten, knorrigen Apfelbaumes gespielt.« Sie schenkte dem Hausherrn am Kopf der Tafel ein süßes Lächeln.

»Dann hat er also den Baum auch entdeckt!« meinte Desmond. »Du erinnerst dich doch sicher daran, Arthur? Du bist doch auch immer darauf herumgeturnt, wenn du bei uns früher im Sommer zu Besuch warst.«

»Ich kann mich gut daran erinnern«, sagte Arthur. »Die Ursache mancher sommerlicher Magenverstimmung – diese grünen Äpfel! Warum fühlen sich wohl alle Jungen magnetisch von einem Apfelbaum angezogen?«

»Ich glaube, an den Äpfeln allein liegt es nicht«, antwortete Desmond. »Bei diesem Baum liegt es daran, daß man ihn so bequem erklettern kann. Ich weiß noch, Arthur, was für einen Schrecken du deiner Mutter eines Tages einjagtest, als du bis zum Wipfel geklettert warst. Ein Ausrutscher – und du hättest nicht mit ihr nach Charleston zurückfahren können!«

Arthur lachte. »Ich kann mich vor allem an die Prügel erinnern! Von dem Tag an habe ich dann nur noch auf den unteren Ästen gespielt!«

Für Nathalie verging die Zeit nur allzu schnell. Nachmittags kamen oft Nachbarn zu Besuch, gelegentlich blieben sie auch zum Abendessen. Tagsüber waren Desmond und Arthur entweder bei der Goldmine, oder sie ritten über die Felder, wo gerade Mais ausgesät und Baumwolle gepflanzt worden war. Einmal ritt Arthur auch mit Desmond nach Chester, aber bis zum Abend waren sie zurück.

Für Nathalie war es schön, bei Julie zu sein, und die Freude darüber war ihr anzusehen.

»Am liebsten möchte ich nicht wieder fort von hier, Julie«, sagte Nathalie. »Ich fühle mich so wohl bei dir, und Jason hat so viel Spaß hier...«

»Ich möchte dich auch am liebsten hierbehalten, meine Liebe«, antwortete Julie. »Aber ich weiß, daß dein Mann schon voller Ungeduld auf eure Rückkehr wartet.« Sie ergriff Nathalies Hand und fuhr fort: »Aber du bist uns immer willkommen, wenn du wiederkommen möchtest!«

»Ich wünschte, du könntest mit uns nach Midgard kommen!« sagte Nathalie sehnsüchtig.

»Das Reisen bekommt mir nicht gut«, erklärte Julie. »Und Desmond möchte auch, daß ich mich bald einer neuen Behandlung unterziehe. Deshalb soll ich jeden Nachmittag ruhen.« Sie blickte zu ihrem Mann auf, der in der Tür erschienen war. »Siehst du, er will mich schon holen. Und mir bleibt nichts anderes übrig als zu gehorchen.«

Bei dem liebevollen Blick, den die beiden austauschten, tat Nathalie das Herz weh. Nicht, daß sie neidisch auf ihre Kusine gewesen wäre, – sie freute sich für sie. Es war nur so, daß sie ihr Leben lang davon geträumt hatte, ebensolche liebevolle Blicke mit einem Ehemann auszutauschen, der sie anbetete. Aber Robert betete sie nicht an.

Da sie sich plötzlich einsam fühlte, machte sie sich auf die Suche nach Jason. Sie würde ihn unschwer finden können, denn er war wahrscheinlich beim Apfelbaum, während Florilla auf ihn aufpaßte.

Sie ging die Treppe an der Seitenveranda hinunter, vorbei an einem Steinhaufen am Ende des Hofes, ging über die Auffahrt hinweg und an der Pferdeweide vorbei zu der Wiese hinunter, wo der riesige Ampfelbaum seine knorrigen Äste ausstreckte.

Florilla saß mit der Sonne im Rücken auf einem Baumstamm. Sie hörte Nathalies leise Schritte nicht, als sie rief: »Sehr gut, Jason! Du bist schon fast oben.«

Erschrocken starrte Nathalie den Baum an und versuchte, Jason zu entdecken. Dann sah sie ihn. Er hielt sich an einem Ast ganz oben im Baum fest!

›Ein Ausrutscher – und du hättest nicht mit deiner Mutter nach Charleston zurückfahren können!‹ Die Unterhaltung bei Tisch kam ihr nun gar nicht mehr komisch vor, als sie ihren eigenen Sohn hoch oben an einen Ast geklammert entdeckte:

Ohne ein Wort zu sagen, lief Nathalie an Florilla vorbei und rief Jason zu: »Halt ganz still, mein Kleiner! Ich komme und helfe dir!«

Sie steckte sich die Röcke ganz unschicklich hoch und fing an, den alten Baum hinaufzuklettern – zu ihrem Kind. Es ging nur langsam voran, einmal rutschte sie sogar aus und schlug mit dem Kinn auf einem Ast auf, aber sie wagte nicht, Jason aus den Augen zu lassen. Als ob sie damit erzwingen könnte, daß ihm nichts passierte, bis sie bei ihm wäre, wandte sie keinen Blick von ihm, während sie hochkletterte.

»La-lie«, jammerte er. Jetzt bekam er Angst, weil er so hoch oben war.

»Halt dich fest, Jason! Ich bin gleich da!«

Sie redete ihm gut zu, während sie langsam höher kletterte, bis er schließlich in Reichweite war.

Da ließ das Kind in seiner Angst plötzlich los und warf sich Nathalie entgegen. Es schlang ihr die dicken Ärmchen um den Hals, vergrub den blonden Kopf an ihrer Brust und weinte.

Durch sein Ungestüm geriet Nathalie aus dem Gleichgewicht. Während noch der Ast unter dem Gewicht von Mutter und Kind durchhing und knarrte, streckte Nathalie schon verzweifelt die Hand nach dem nächstuntersten Ast aus. Es war ihr, als ob ihr die Arme aus den Schultergelenken gerissen würden, aber sie klammerte sich geistesgegenwärtig um das Holz, das ihren unerwarteten Fall gebremst hatte.

Ein kleiner Zweig an dem Ast über ihnen zerkratzte ihr die Wange. Jason blieb an sie geklammert mit dem Überlebensinstinkt eines Jungtieres.

Nathalie keuchte und mußte anhalten, bis das Zittern ihrer Beine sich gelegt hatte. Dann stieg sie mühsam hinab, immer mit dem Fuß nach dem unteren Ast tastend, bis sie und Jason wieder festen Boden unter den Füßen hatten.

Nathalie richtete ihre Röcke, die an einigen Stellen zerrissen waren, und strich sich das zerzauste Haar glatt. Der Kratzer auf ihrer Wange war feuerrot. Sie nahm Jason an die Hand und ging zu Florilla hinüber. Die hatte die ganze Zeit neben dem Baumstamm gestanden und den Abstieg von Mutter und Kind schweigend beobachtet.

Nathalie versuchte gar nicht, sich nicht anmerken zu lassen, wie zornig sie war: »Sobald wir wieder in Charleston sind, werde ich dafür sorgen, daß Robert Sie entläßt!«

Florilla aber lächelte nur über Nathalies Drohung. »Robert wird doch nicht die Frau entlassen, die er einmal heiraten wollte!« entgegnete sie.

Nathalie wurde totenblaß, und Florilla, die sich im Vorteil fühlte, fügte schnell hinzu: »Er hat Sie doch nur Jasons wegen wiederaufgenommen! Wenn Jason nicht mehr... da wäre, hätte er keinen Grund mehr, Sie bei sich zu behalten. Er würde keinen Moment zögern, Sie wegzuschicken.«

»Das... das ist nicht wahr«, keuchte Nathalie abwehrend.

»Er wäre höchstwahrscheinlich sogar ganz erleichtert, wenn Sie auf Mister Metcalfes Vorschlag eingingen. Ganz bestimmt würde Ihre Kusine Sie aufnehmen. Und Robert wäre Sie mit einem Schlag los! Sie wissen doch genau, daß er Sie eigentlich nie heiraten wollte.«

Nathalie konnte das nicht mehr mit anhören. Da sie keine Gegenargumente vorbringen konnte, lief sie davon. Jason kam kaum mit.

»Nathalie! Was um alles in der Welt ist denn nur passiert?« Nach einem Blick auf die zerzauste Nathalie mit ihren zerrissenen Röcken sah Arthur sehr besorgt aus. »Und wo ist Florilla?« fragte er mit einem Blick auf Jason.

Sie hatte einen Kloß im Hals und konnte einfach nicht antworten. Arthur sah, wie verstört sie war, nahm Jason bei der Hand und sagte: »Ich bringe den Jungen zu Tanna.«

Nathalie lief ins Haus, die Treppe hinauf in ihr Schlafzimmer und warf sich weinend aufs Bett. Sie konnte Florillas Sticheleien nicht vergessen. Die bestätigten ihr nur, was sie selbst befürchtet hatte. Robert liebte sie nicht.

Aber Florilla – hatte Robert wirklich vorgehabt, sie zu heiraten? Hatte sie ihn deswegen immer mit »Robert« angeredet und nie mit »Mister Tabor«, wie es einer Gouvernante zukam? Weil sie einander so eng verbunden waren? Dann hatte Jason auch Florilla »Mama« genannt damals, als Nathalie ins Haus gekommen war, um ihn zu pflegen. War das kein Beweis dafür, daß Florilla schon überzeugt war, sie würde Jasons Mutter und Roberts Frau werden?

Es klopfte, und Nathalie hob den Kopf und horchte. Wenn sie nicht antwortete, würde derjenige, der geklopft hatte, schon wieder gehen.

Aber Arthur, der an der Tür stand, wollte Nathalie nicht gestatten, sich abzukapseln. Er rief und klopfte mit einer Hartnäckigkeit, daß Nathalie gezwungen war, ihm zu öffnen.

»Sie werden sich mir anvertrauen müssen, Nathalie. Ich kann es einfach nicht ertragen, Sie so unglücklich zu sehen!« Er kam ins Zimmer und machte die Tür hinter sich zu.

»Arthur, es schickt sich nicht, daß Sie in mein Schlafzimmer kommen!« protestierte sie.

»Wohin sollen wir denn gehen, Nathalie, mit Ihrem tränenverschmierten Gesicht? Ins Wohnzimmer, damit auch Julie und Desmond, womöglich auch die Diener noch Sie so sehen?«

»N-nein«, mußte Nathalie zugeben.

»Es ist viel wichtiger, daß Sie mir erzählen, was passiert ist. Machen Sie sich keine Gedanken darüber, daß es unschicklich ist, daß ich bei Ihnen im Zimmer bin!«

Sie ging von ihm weg und stellte sich ans Fenster. Nie würde sie jemandem erzählen können, was Florilla gesagt und getan hatte!

»Ich möchte nicht nach Midgard zurückkehren«, sagte sie und unterdrückte ihr Schluchzen.

»Wenn das alles ist, was Sie bedrückt, dann weinen Sie nicht mehr!« Er klang erleichtert. »Ich habe Ihnen doch gesagt, daß Sie auf Cedar Hill immer willkommen sind. Sie brauchen nicht zu Robert zurückzugehen, wenn Ihnen das so zuwider ist.«

Arthur ging zum Fenster hinüber und nahm Nathalies Hand in die seine. »Möchten Sie, daß ich mit Desmond und Julie darüber spreche?«

»Ja.«

»Dann wischen Sie sich die Tränen ab, Nathalie! Und warten Sie ein paar Minuten, bevor Sie hinuntergehen. Dann ist alles geregelt.«

Er ließ ihre Hand los, und Nathalie, die am Fenster stehengeblieben war, hörte die Schlafzimmertür ins Schloß fallen. Dann folgte sie Arthurs Vorschlag: sie ging zum Waschtisch, schüttete Wasser aus der Karaffe in die Waschschüssel und wischte sich die Tränen damit ab.

Dann zog sie sich um, kämmte sich das Haar und ging zögernd hinunter ins Wohnzimmer.

»Meine Liebe, wir sind ja so froh, daß du dich entschlossen hast, länger bei uns zu bleiben«, sagte Julie.

Drei Tage später machte Enoch die Kutsche fahrbereit. Statt Nathalies Koffer schnallte er einen großen, schwarzen oben auf der Kutsche fest. Er gehörte einer älteren Witwe, einer Nachbarin von Caldwells, die erfreut war über die Einladung, mit nach Columbia zu reisen, wo ihre Schwester wohnte.

Florilla und die Witwe saßen schon in der Kutsche, während Arthur sich verabschiedete.

Der Blick seiner freundlichen blauen Augen ruhte auf Nathalie. »Es ist seltsam, daß Florilla nach Midgard zurück will, wo Jason doch hierbleibt. Werden Sie sich auch allein um Jason kümmern können?«

»Ja, Arthur, es ist mir sogar lieber so«, antwortete Nathalie leise.

Arthur rührte sich nicht von ihrer Seite. Er schien noch etwas auf dem Herzen zu haben. Plötzlich trat er näher und flüsterte ihr zu: »Wenn Sie sich... von Robert scheiden lassen möchten, – ich habe Freunde in Augusta, die Ihnen behilflich sein würden. In South Carolina würden die Gerichte niemals eine Scheidung aussprechen, besonders, da Robert doch Parlamentsabgeordneter ist.«

Nathalie war zu schockiert, um zu antworten. Sie trat zurück, und Arthur, der befürchtete, zu viel gesagt zu haben, ging eiligst zur Kutsche hinüber.

Die beiden nächsten Wochen schleppten sich dahin; das Unbehagen wollte nicht weichen. Nathalie, die nicht wußte, ob Robert ihr gestatten würde, so lange auf Cedar Hill zu bleiben, –

besonders auch, weil sie Jason dabehalten hatte, – wartete täglich auf einen Brief von ihm, aber bisher war keiner angekommen.

Arthurs Abschiedsworte bereiteten ihr zusätzlichen Kummer. Scheidung – warum hatte Arthur so etwas überhaupt erwähnt? Das verstieß doch gegen die Prinzipien ihrer Kirche! Für sie war es unmöglich, von Robert freizukommen.

Aber wenn Robert nun von ihr frei zu sein wünschte, um Florilla heiraten zu können?

Nathalie saß auf dem Baumstamm auf der Wiese und drückte die Hände gegen die Stirn, um die quälenden Gedanken loszuwerden.

Da hörte sie hinter sich eine Stimme: »Desmond hat mir gesagt, du seist wahrscheinlich hier zu finden, Nathalie. Dein Koffer ist gepackt; wir reisen im Lauf der nächsten Stunde ab.«

Sie stand schnell auf und drehte sich zu dem unerwarteten Eindringling um. Sie blickte in Roberts goldbraune Augen, die sie unangenehm intensiv ansahen.

»Robert…« Mit zitternder Stimme sprach sie seinen Namen aus. Hastig trat sie zurück, um ihm aus dem Weg zu gehen.

»Du hast ganz recht damit, vor mir zurückzuweichen, Nathalie. Denn im Augenblick habe ich nur den einen Wunsch, dich zu schütteln, bis du wieder zur Vernunft kommst!«

Er trat einen Schritt auf sie zu; da lief Nathalie zu Jason hinüber, der auf einem der unteren Äste des Apfelbaums schaukelte.

»Jason!« rief sie. »Es ist Zeit, ins Haus zu gehen. Komm, wir gehen zu Tanna! Die gibt dir Milch und Kekse.«

Gehorsam kletterte Jason vom Baum, aber als er Robert sah, lief er an Nathalie vorbei, um seinen Vater zu begrüßen. Er schlang ihm die Arme um ein gestiefeltes Bein.

Robert hob ihn schnell auf, schwenkte ihn durch die Luft, und Jason lachte vor Vergnügen.

»Du wenigstens freust dich, daß ich da bin!« sagte er und fuhr ihm mit der Hand durchs Haar.

»Apfelbaum«, sagte Jason als Antwort und zeigte auf den geliebten Baum. »Jason hoch geklettert!«

Robert nickte und stellte Jason wieder auf die Füße. »Aber für heute ist's aus mit dem Klettern, mein Kleiner. Nun lauf zu deiner Milch und den Keksen. Ich muß mit deiner Mutter sprechen.« Er gab dem Jungen einen Klaps auf den Hosenboden, und Jason lief auf seinen pummeligen Beinchen über die Wiese auf das Haus zu.

Nathalie machte Miene, ihm zu folgen; aber Robert verstellte ihr den Weg. »Er findet schon allein zurück, Nathalie. Bevor wir beide ins Haus gehen, möchte ich dir noch etwas sagen, etwas, was nicht für fremde Ohren bestimmt ist.«

»War... war deine Reise angenehm, Robert?« fragte Nathalie in der trügerischen Hoffnung, die Auseinandersetzung hinausschieben zu können.

»Nein, Nathalie. Sie kam mir höchst ungelegen, wie du nur allzugut weißt. Aber wenn du meinst, du könntest...«

»Bist du allein gekommen?«

Mit drei Schritten war er bei ihr und hielt sie fest. Die Maske der Höflichkeit fiel ihm vom Gesicht. Er machte keinen Versuch mehr, seine Wut zu verbergen. Mit scharfer Stimme schrie er sie an: »Hast du geglaubt, ich wäre wirklich so dumm, dich freizugeben, damit du Arthur heiraten könntest? Oder ich würde dir gestatten, dich hier mit Jason auf ewig zu verstecken? Nein! Ob du nun willst oder nicht, dein Platz ist auf Midgard. Und es war töricht von mir, dir überhaupt zu erlauben, hierherzufahren. Von jetzt an, Nathalie, werden mich deine traurigen dunklen Rehaugen nicht mehr beeinflussen...«

»Robert, mein Arm!«

Als er die Druckstelle sah, die allmählich größer wurde, ließ er sie sofort los.

Während Nathalie sich den Arm rieb, redete er weiter, hielt dabei aber die Hände auf dem Rücken:

»Arthur weiß, was passiert, wenn er versuchen sollte, dir zu helfen, von mir freizukommen! Ich würde persönlich dafür sorgen, daß er es teuer bezahlen müßte!«

Mit der Reisetasche in der Hand ging Nathalie in das Wohnzimmer, um sich von Julie zu verabschieden.

»Ich hatte schon befürchtet, daß es Robert nicht recht sei, daß du so lange bei uns geblieben bist, Nathalie.« Bekümmert blickte Julie ihre Kusine an, während sie die Hand nach Nathalie ausstreckte.

Sie gab ihr zu Nathalies größtem Erstaunen einen kleinen Lederbeutel.

»Desmond und ich möchten dir dies schenken, meine Liebe.«

Als ihr klarwurde, worum es sich handelte – nämlich Goldklümpchen aus Desmonds Mine –, schüttelte Nathalie den Kopf und wollte es zurückgeben. Aber Julie drückte es ihr wieder in die Hand.

»Nimm es, Nathalie, und verwahre es gut! Desmond und ich möchten gern, daß du etwas eigenes Geld hast, falls du es einmal brauchen solltest.«

Nathalie sah Julies Gesichtsausdruck an, daß Robert ins Zimmer gekommen war. Sie bückte sich rasch und steckte den Beutel in ihre Reisetasche.

»Bist du bereit, Nathalie?«

»Ja, Robert, ich bin bereit.«

Robert machte keinen Versuch, die Rückreise besonders angenehm zu gestalten. Nur auf Schnelligkeit kam es ihm an. Er war noch immer sichtlich erzürnt, trieb die Pferde an und legte nur selten eine Ruhepause ein. Und es war, als ob Jason die Spannungen zwischen seinen Eltern spürte: er war recht quengelig –, als ob Nathalies Nerven nicht schon genug strapaziert wären!

Jedesmal, wenn sie in scharfem Tempo um eine Biegung fuhren, wurde es Nathalie schlecht, aber das war ja nichts Neues: sie war immer leicht reisekrank gewesen. Jetzt war es natürlich besonders schlimm, wo die Kutsche nur so über die Straßen jagte und Robert auch in den Kurven das Tempo nicht verlangsamte.

Während der wenigen Male, die sie anhielten, versuchte Nathalie erst gar nicht, Robert nach Neijee zu fragen, obwohl ihr dessen Schicksal sehr am Herzen lag. Sie würde einfach abwarten müssen, ob der Negerknabe noch auf Midgard sei, wenn sie dort ankamen. Wenn es nach Florilla ginge, wäre er bestimmt schon verkauft.

Florilla – Robert hatte sie mit keinem Wort erwähnt. Doch

hatte sie ganz offensichtlich alles, worüber Nathalie und Arthur sich unterhalten hatten, weitererzählt, denn Robert schien Bescheid zu wissen über alles, was Arthur zu ihr gesagt hatte – des Abends im Gasthof bei einem Glas Wein und auch bei seinem Abschied von Cedar Hill, als er nur hastig geflüstert hatte.

Nathalie seufzte. Jason war zum Glück endlich eingeschlafen; deshalb kuschelte auch sie sich neben ihn, machte die Augen zu und schlief ein.

Plötzlich wachte sie auf. Die Kutsche stand still. Nathalie setzte sich auf und streckte die Hand nach Jason aus; aber sie war allein.

Erschrocken zog sie sich den Umhang fester um die Schultern und wollte gerade aussteigen, als die Tür sich öffnete und Robert erschien.

»Du bist also wach!«

»Jason –«

»Die Tochter des Gastwirts kümmert sich um ihn. Du brauchst dir keine Sorgen seinetwegen zu machen.«

Sie war sichtlich erleichtert, und Roberts Stimme klang plötzlick ganz sanft, als er sagte: »Du schliefst so fest, daß ich dich nicht wecken mochte und Jason einfach in den Gasthof getragen habe. Es tut mir leid, wenn du deshalb einen Schreck bekommen hast, Nathalie.«

»Hauptsache, es ist ihm nichts passiert«, war alles, was sie herausbringen konnte. Sie war seltsam erregt, weil Robert inzwischen die Arme um sie gelegt hatte und sie langsam aus der Kutsche hob.

Er hielt Nathalie auch dann noch umschlungen, als sie schon auf ihren Füßen stand, sich schließlich aus seiner Umarmung befreite und sie die Stufen zum Gasthof hinaufeilte.

Später, bei Tisch, saß sie ihm gegenüber, als ob sie vor ihm auf der Hut sein müßte. Sie behielt ihn genau im Auge, während er ihr aus Schüsseln, die genug Essen für zehn Menschen enthielten, vorlegte.

»Wolltest du gerade etwas sagen, Nathalie?« fragte Robert und hielt in der Bewegung inne.

Sie zog sich den Hausmantel fester um die Schulter. Dies intime Mahl mit Robert mochte sie nicht, weil sie so wenig anhatte. Jedoch, sie waren so spät bei dem Gasthof angekommen, daß die Zeit nicht ausreichte, um sich zum Essen umzukleiden. Nathalie hatte rasch gebadet, um ihren schmerzenden Körper von dem Schmutz der staubigen Landstraßen zu reinigen.

»Nein... Du legst mir zuviel auf den Teller, Robert«, sagte sie zögernd. Er sah sie unverwandt mit seinen topasfarbenen Augen an. Dann antwortete er: »Du bist ja schnell zufrieden, Nathalie, wenn du nicht mehr brauchst! Wahrscheinlich, weil du so viele Jahre im Kloster gelebt hast, bist so so enthaltsam geworden! Nun, ich selbst habe vor, diese Mahlzeit ausgiebig zu genießen! Es ist meine erste anständige seit Tagen!«

Er reichte ihren Teller hinüber und nahm sich selbst große Portionen von allen Speisen.

Nathalie nippte nur von ihrem Essen, während Robert mit großem Appetit aß und sich sogar noch ein zweitesmal von all den leckeren Dingen nahm, die vor ihnen standen. Sie speisten an einem Eichentisch, ganz allein in ihrem Zimmer.

»Ein wenig Wein, Nathalie?« fragte Robert aufmerksam.

Sie schüttelte schnell den Kopf, weil sie sich noch sehr genau an das letzte Mal erinnerte, als sie und Robert abends miteinander getrunken hatten und was danach geschehen **war**... Wie sehr hatte sie diesen Wein büßen müssen...

Fast als ob er Gedanken lesen könnte, lachte Robert. »Richtig! Ich habe gar nicht mehr daran gedacht! Du reagierst ja in ganz ungewöhnlicher Weise auf Wein, nicht wahr, meine Liebe?«

»Ich weiß nicht, was du meinst...«

Roberts Lächeln verschwand. »Na, komm schon! Vor mir brauchst du dich nicht zu genieren. Wir wissen ja nun beide, daß du Alkohol nicht gut vertragen kannst. Und mir war es sogar ganz lieb – ich fand es wunderbar! Hast du nun Angst, daß der Wein dich dazu bringen könnte, wieder einmal eine liebende Frau zu werden, die gern das Bett mit mir teilen möchte?«

»Es ist nicht nett von dir, Robert, mich an meine... Schwäche zu erinnern.«

»Deine Schwäche? Hältst du es für Schwäche, mit deinem Mann ins Bett zu gehen?« Er beugte sich zu ihr hinüber, und sie wich sofort zurück. »Weigerst du dich deshalb, ein Glas Wein mit mir zu trinken, wo du doch Arthur gegenüber keinerlei Hemmungen hattest?«

Sein Gesicht sah nun gar nicht mehr freundlich aus. »Du hattest überhaupt keine Gewissensbisse, dich für Arthurs Frau ansehen zu lassen und mit ihm Wein zu trinken. Und doch weigerst du dich, mit deinem Mann auch nur anzustoßen!«

Nathalie hob das Kinn, und ihre dunklen Augen funkelten gefährlich. »Vielleicht war es mit Arthur zusammen netter! Wenigstens hat er sich nicht wie ein gefühlloser Tölpel benommen, wie du auf dieser ganzen Reise getan hast!«

Diese Worte brachten Robert in Wut. Er stand auf. »Nathalie, ich warne dich...«

Auch sie stand vom Tisch auf und sah ihn trotzig an, obwohl ihre Beine bebten. »Ich habe keine Angst vor dir, Robert! Und wenn du mich schlügest, würde ich nicht weiter mit dir an diesem Tisch essen! Ich habe es satt, befohlen zu bekommen, was ich essen und was ich trinken soll! Ich bin erledigt von den schlechten Straßen und der rumpeligen Kutsche und habe es satt, daß du auf meine Bequemlichkeit keinerlei Rücksicht nimmst! Deshalb werde ich jetzt mit deiner gütigen Erlaubnis zu Bett gehen und es wenigstens dort bequem haben. Denn morgen wird's ja wohl genausowenig angenehm zugehen wie heute!«

Aber er faßte sie schon nach wenigen Schritten. »Welcher Teufel reitet dich nur, Nathalie? Hoffst du etwa, ich würde dich tatsächlich schlagen, damit das gegen mich verwendet werden kann, wenn du die Scheidung einreichst? Aber in der Hoffnung täuschst du dich, meine Liebe«, stieß Robert sarkastisch hervor. »Das Gesetz verbietet es einem Ehemann nämlich nicht, seine Frau zu schlagen, wenn sie es verdient hat. Aber es gibt noch einen anderen Weg, eine widerspenstige Frau gefügig zu machen – und der Weg ist für einen Mann viel angenehmer!«

Ihre Füße berührten den Boden nicht mehr. Mit ihrem Gesicht dicht vor dem seinen, wehrte sich Nathalie gegen ihn. »Du willst doch nicht ...«

»Aber gewiß will ich Nathalie!« unterbrach Robert ihren Einwand. »Du bist meine Frau, auch wenn du dich noch so sehr dagegen sträubst. Und ich habe lange genug im Zölibat gelebt!«

»Aber ich bin müde, Robert. Könntest du nicht wenigstens heute Mitleid mit mir haben?«

Er sah ihr in die dunklen Augen, aber sie entdeckte keinen Funken Mitleid in den seinen. »Nein, Nathalie. Du hältst mich ja für einen gefühllosen Tölpel, also – da will ich dich nicht enttäuschen!«

»Aber Jason...«

»Ist gut aufgehoben wie ich dir schon gesagt habe.«

Das fremde Bett mit der Federmatratze knarrte unter dem plötzlichen Gewicht. Roberts Lippen waren fordernd, und Nathalie war entschlossen, nicht nachzugeben. Sie mußte daran denken, was Florilla gesagt hatte. Robert liebte sie gar nicht. Er wollte ihr nur beweisen, wer der Herr im Hause war...

Nathalie drehte den Kopf zur Seite, aber sie war Robert nicht gewachsen. Er stachelte sie mit seinen lockenden Lippen an, und sie erzitterte unter seinen fordernden Händen.

Ich denke einfach an etwas anderes, sagte sich Nathalie, während sie versuchte, den Empfindungen, die Robert in ihr erweckte, nicht nachzugeben. Neijee – Schwester Louise – Feena und Jason – dachte sie krampfhaft, um nicht an Robert oder ihren eigenen Körper denken zu müssen.

Er streichelte langsam ihre Brüste, und dann bewegten sich seine Finger sinnlich ihren Körper hinunter, bis sie nicht mehr gleichgültig bleiben konnte.

Sie konnte nun an nichts anderes mehr denken als an Robert – und was er mit ihr tat. Sie stöhnte, schon ganz in seiner Gewalt. Ihre schlaffen Arme wurden lebendig und legten sich um seinen Hals. Sie zog ihn ganz fest an sich...

Es war schon so lange her, und ihr Körper schmerzte sie – nicht von der anstrengenden Reise, sondern vor Verlangen, das befriedigt werden wollte und das nur Robert befriedigen konnte.

Als sie schon dachte, sie könne es nicht mehr ertragen, begann es – das langsame Pochen. Sie konnte die Worte, die Robert ihr ins Ohr flüsterte, nicht verstehen, aber sein Tun bedurfte keiner Worte. Er hatte erreicht, was er vorgehabt hatte – sie völlig gefügig zu machen. Und diesmal gab es keine Entschuldigung für ihr Verhalten...

Der Sturm draußen fing ganz allmählich an. Zuerst flüsterte nur der Wind in den Bäumen, der Regen fiel sanft auf das Dach des Gasthofs und gegen die Fenster. Nathalie hörte nur schläfrig auf diese Geräusche, die wie Musik klangen und sie in tiefen Schlaf lullten.

Aber das Gefühl der Geborgenheit wurde jäh erschüttert durch einen Blitz, der durch das Zimmer zuckte. Als wenig später der Donner in ihre Ohren dröhnte, fuhr Nathalie erschreckt zusammen.

Neben ihr bewegte sich Robert ein wenig, und Nathalie flüchtete in seine Arme, die ihr tröstlich Schutz boten.

»Das Gewitter geht vorüber, Nathalie. Hab keine Angst!« murmelte er, schläfrig und mit dunkler Stimme.

Nathalie entspannte sich in seinen Armen und schloß die Augen. Langsam glitt sie in eine Traumwelt hinüber. In der Ferne grollte der Donner; und kaum nahm sie das Geräusch von sich öffnenden und wieder schließenden Türen wahr.

Robert war nun ganz wach geworden. In seinen starken, muskulösen Armen hielt er seine zierliche, dunkelhaarige Frau. Wie rätselhaft Nathalie doch war! Mit Klauen und Zähnen hatte sie sich am Abend vorher gegen ihn gewehrt; nun lag sie hier in seinen Armen wie ein Kätzchen, voller Vertrauen. Das konnte einen Mann schon zum Wahnsinn treiben, nie zu wissen, wie sie auf ihn reagieren würde!

Er war nicht zufrieden mit sich und seinem Verhalten ihr gegenüber. Aber da sie Arthurs Gesellschaft so offensichtlich den Vorzug gegeben hatte, war er in Wut geraten.

Trotzdem hatte er nicht die Absicht, Arthur nachzuahmen. Nathalie würde sich einfach an ihn gewöhnen und ihn nehmen müssen, wie er war. Für einen gefühllosen Tölpel hielt sie ihn also...?

Konnte sie sich wirklich nicht vorstellen, was in ihm vorgegangen sein mußte, als Arthur nur mit Florilla nach Midgard zurückgekommen war? Konnte sie ihm nicht seine Enttäuschung nachfühlen und seinen Zorn nach Florillas Andeutungen über Arthur und Nathalie?

Eins hatte Robert seinem Freund Arthur ganz klar gesagt: Gleich, wie Nathalie darüber dachte, – er würde sie nie freigeben! Sie war seine Frau und würde es auch bleiben, und sie war die Mutter seines Sohnes. Und wenn er gescheit wäre, würde er sich mit allen Kräften dafür einsetzen, daß sie ihn nicht verließe.

Robert wurde sich wieder des süßen Sanftheit Nathalies bewußt, und sein Verlangen erfaßte ihn von neuem während seine Hände nach ihrem Körper tasteten.

Das Herz schlug ihm schneller; sein Atem ging stoßweise. Und Nathalie, sicher und geborgen vor dem Gewitter, murmelte schläfrig und kam seinem Verlangen nach…

Ein Kuß weckte sie. Nathalie, darauf gefaßt, Roberts Gesicht zu erblicken, machte die Augen auf und blickte in die runden, goldbraunen Kinderaugen ihres Sohnes.

»Jason!« sagte sie überrascht. »Wie kommst du in dieses Bett?«

Jason lachte glücklich und ließ sich zwischen seine Eltern auf das Kopfkissen fallen.

»Er ist dem Mädchen entwischt, als sie nach seinem Frühstück aufräumte«, er klärte Robert.

»Weiß das Mädchen, daß er jetzt bei uns ist?« erkundigte sich Nathalie.

»Ja, und sie war sehr erleichtert, daß ich mich nicht bei ihrem Vater beschweren wollte. Aber wenn er etwas früher gekommen wäre, hätte ich mich vielleicht beschwert…«

Nathalie konnte sich nur schwach daran erinnern, was sich in den frühen Morgenstunden abgespielt hatte, aber sie errötete und sagte nichts. In der allgemeinen Stille bemerkte sie erst, wie grau es draußen war und daß es regnete. Obwohl die Vorhänge aufgezogen waren, war es noch ziemlich dunkel im Zimmer.

Ihr graute vor der Reise. Es war schon bei schönem Wetter unbequem genug gewesen, aber nach diesem Gewitter würden die Straßen unmöglich sein.

»Wann wollen wir abfahren?« fragte sie und glättete sich das Haar.

»Kannst du es denn gar nicht erwarten, bis auf die Haut naß zu werden?« fragte Robert spöttisch, mit hochgezogener Augenbraue.

»Nein, ich würde viel lieber…« Nathalie sprach nicht weiter. Es war Robert ja doch gleich, was sie viel lieber hätte. Aber da sie sich nur allzugut daran erinnern konnte, was für Folgen ihr Wutausbruch am Abend vorher gehabt hatte, bemühte sie sich, ihre Zunge im Zaum zu halten. »Ich wollte nur wissen, wieviel Zeit mir zum Ankleiden bleibt.«

Robert lehnte sich in die Kissen zurück. Mit einem Arm über den Kopf gelegt, starrte er die Zimmerdecke an und sagte, seltsam abwesend: »Mit dem Anziehen brauchst du dich nicht zu beeilen. Ich habe mir gedacht, wir bleiben heute hier und legen eine Ruhepause ein. Bei dem Straßenzustand würden wir ohnehin nur sehr langsam vorwärtskommen.«

Er blickte Nathalie von der Seite her an, um zu sehen, wie sie seine Eröffnung aufnehmen würde. Als sie überhaupt nicht reagierte, fügte er hinzu: »Oder soll ich mich abermals wie ein gefühlloser Tölpel benehmen und dich und Jason aus dem warmen Bett treiben und den Regengüssen aussetzen?«

Nathalie zuckte zusammen, als er wiederholte, was sie ihm entgegengeschleudert hatte. Aber sie ging nicht darauf ein und sagte nur: »Ich nahm an, du hättest es sehr eilig, nach Hause zu kommen.«

»Es tut den Pferden nicht gut«, sagte er sachlich, wenn man sie zu sehr antreibt. Ich glaube, ich schone sie heute.«

Sie war schon milde gestimmt gewesen, aber das hörte nun sofort auf. Nur der Pferde wegen wollte er einen Ruhetag einlegen, nicht aus Rücksichtnahme ihr gegenüber!

Es klopfte, und als Robert antwortete, zog Nathalie sich schnell die Bettdecke über.

Man brachte ihnen das Frühstück. Bei dem appetitlichen Duft der heißen Speisen wurde sich Nathalie bewußt, wie hungrig sie war.

Man hatte ihnen den Tisch ans Bett geschoben, und Robert reichte Nathalie einen Teller, auf den er ein mit Butter bestrichenes Stück Brot gelegt hatte. Sie aßen Eier und Würstchen, Schinken und heißes Apfelkompott.

Nathalie bemerkte es nicht gleich, wie eine kleine Hand etwas Brot von ihrem Teller stiebitzte.

Jason hielt sein Brot fest, und ein paar Krümel fielen auf die Bettdecke.

Robert hatte inzwischen gesehen, was passiert war, und mußte lachen. Er beugte sich zu Jason hinüber und strich ihm Traubenmarmelade auf das Brot, das er von Nathalies Teller genommen hatte.

»Schinken!« forderte Jason und zeigte auf Roberts Teller.

»Nicht so schnell, du kleiner Vielfraß!« antwortete Robert. »Iß erst einmal auf!« Er nahm eine Serviette und wischte Jason die rote Marmelade von Kinn und Wange.

Jason hatte den Mund voll Brot, und dabei fiel Nathalie ein, wie er und Neijee an dem Tag, an dem die Engländer die Plantage plünderten in dem Brunnenhaus das frische Brot gegessen hatten. Nun konnte sie nicht länger schweigen. Sie mußte erfahren, was mit Neijee geschehen war.

»Robert, ist Neijee noch auf Midgard?«

»Wo denn sonst, Nathalie?«

Da war sie plötzlich sehr glücklich. »Ich meinte nur so«, sagte sie mit einer Stimme, die den Klang eines Schulmädchens hatte.

Robert räusperte sich und gab Jason nur eine Scheibe Schinken.

Nathalie lächelte still und begann nun zu essen, als ob sie nachholen wollte, was sie am Abend vorher versäumt hatte.

14

Es war schon fast dunkel, als die Kutsche schließlich auf Midgard ankam. Die Haustür wurde aufgestoßen, und Feena und Bradley, die wahrscheinlich das Pferdetrappeln gehört hatten, kamen die Stufen hinab, um Nathalie und Robert beim Aussteigen behilflich zu sein. Diesmal war Jason hellwach. Er hüpfte aus der Kutsche und lief ins Haus.

Nathalie sah Neijee aus der Tür lugen; aber er kam nicht heraus, um sie zu begrüßen, sondern verschwand wieder. Wahrscheinlich freute er sich, daß Jason wieder da war, dachte Nathalie.

Sie wandte ihre Aufmerksamkeit Feena zu. »Wie schön, daß Sie wieder zu Hause sind, meine Kleine! Ich habe mir große Sorgen gemacht, als Monsieur Arthur ohne Sie zurückkam.«

Über die Schulter warf sie einen Blick auf Robert, der mit Nathalies Reisetasche in der Hand dastand, und fügte leise hinzu: »Aber jetzt, wo Sie wieder da sind, wird Monsieur Roberts Laune sich hoffentlich bessern und das Leben auf der Plantage wird wieder fröhlicher sein.«

Die beiden gingen zusammen ins Haus.

»Hat Florilla etwas gesagt, Feena, als sie von Cedar Hill zurückkam?«

»Nicht zu mir, Miß, nur zu Monsieur Robert. Dem hatte sie viel zu erzählen – viel zuviel!«

»Wir dürfen sie nicht mit Jason allein lassen«, sagte Nathalie plötzlich.

Feena hielt mitten im Treppensteigen inne. Sie warf Nathalie einen undurchdringlichen Blick zu und nickte schließlich verstehend. »Wir werden darauf achten, daß sie ihm nichts Böses antut.«

Als Nathalie hörte, daß die Männer ihren Koffer ins Haus brachten, lief sie eilig in ihr Schlafzimmer.

In ihrem rosa Seidenkleid, das Haar glatt zurückgekämmt und zu einem Knoten gesteckt, saß Nathalie Robert dann am Eßtisch gegenüber.

Die Kerzen flackerten, als sich die Tür zu dem Servierzimmer des Butlers öffnete.

Aber es war nicht Bradley, der hereinkam, sondern ein Negerjunge, der sich mit dem schweren Silbertablett abmühte. Nathalie sah, wer da auf sie zukam. Seine seidige schwarze Haut hob sich gegen den elfenbeinfarbenen Turban ab, seine Augen leuchteten in dem runden Gesicht. Er trug den lavendelblauen Samtanzug, den Nathalie genäht hatte.

»Neijee!« rief sie überrascht. »Du hast ja deinen neuen Samtanzug an!«

»Ja, Madame. Sie haben doch gesagt, zu besonderen Anlässen dürfte ich ihn tragen.«

»Aber heute ist doch gar kein besonderer Tag, Neijee.«

»Für ihn aber doch, glaube ich«, meinte Robert. »Bist du nicht nach Hause gekommen? Ja, ich glaube, das ist ein besonderer Tag, nicht wahr, Neijee?«

»Ja, Mister Tabor«, gestand der Junge.

Während der Mahlzeit half Neijee Bradley beim Servieren. Nathalie saß schweigend da und aß.

Eigentlich hätte sie glücklich sein müssen. Sie war wieder daheim bei Robert, Jason, Feena und Neijee! Aber ihr war nicht ganz wohl, weil sie an Florilla denken mußte und an das, was der nächste Tag wohl bringen würde ...

Nach Tisch ging Nathalie sofort nach oben. Es war ein langer Tag gewesen, sie war erschöpft und sehnte sich nach Ruhe und dem Bett in dem Zimmer, das sie als das ihre betrachtete, obwohl sie es mit Robert teilte.

Sie zog ihr Seidenkleid aus, hängte es in den Kleiderschrank und setzte sich dann vor den Frisiertisch, um die Haarnadeln aus dem Knoten zu ziehen.

Automatisch streckte sie die Hand nach der Haarbürste aus, die sie jeden Abend benutzte, aber die lag nicht auf dem Frisiertisch. Dort lag nur die silberne, die sie vor dem Abendessen benutzt hatte.

Die andere Bürste war natürlich noch in ihrer Reisetasche! Sie fühlte danach, konnte sie aber nicht finden. Hastig schüttete sie den Inhalt der Tasche auf dem Bett aus und bemerkte erleichtert, daß die Bürste dazwischen war. Sie hatte sie also nicht aus Versehen im letzten Gasthof gelassen.

Aber in dem ganzen Durcheinander auf der Bettdecke suchte Nathalie vergeblich nach dem kleinen Lederbeutel mit den Goldklümpchen, den Julie ihr zugesteckt hatte. Er war nicht da!

Erregt griff sie die Reisetasche, stülpte sie um und schüttelte sie; aber sie war leer. Der Lederbeutel war verschwunden.

»Suchst du etwas Bestimmtes, Nathalie?«

»Ja, Robert. Ein … ein Geschenk von Julie. Es war in meiner Reisetasche, aber jetzt ist es weg.« Er ging auf das Bett zu.

Meinst du den Lederbeutel mit den Goldklümpchen, Nathalie?«

»Woher weißt du davon?« fragte sie und sah nicht mehr ängstlich, sondern recht schuldbewußt aus.

»Du vergißt wohl, daß ich dabei war, als Julie ihn dir übergab.«

Ihr blieb der Mund offen. Robert hatte es also doch gesehen!

»Mach dir keine Sorgen, Nathalie! Ich war so frei, ihn gleich nach unserer Ankunft in das Safe in der Bibliothek zu legen. So viel Gold kann man doch nicht einfach herumliegen lassen! Sonst könnte noch jemand in Versuchung kommen, es zu stehlen.«

»Du hast es in dein Safe gelegt?«

»Ja, Nathalie.«

Sie dankte ihm nicht, sondern sagte verärgert: »Robert, du hattest nicht das Recht, es mir wegzunehmen!«

Nun war es an ihm, verärgert zu sein. »Ich habe es nur in Sicherheit gebracht. Ich habe es dir nicht weggenommen, Nathalie. Wenn du es brauchst, steht es jederzeit zu deiner Verfügung.«

Aber das war kein Trost. Wenn sie je fort von ihm wollte, müßte Robert es als erster erfahren. Denn ohne das Gold würde sie nicht gehen können … Während sie das Nachthemd überzog, murmelte sie vor sich hin.

»Hast du etwas gesagt, Nathalie?«

»Nein, Robert.«

Wieder hatte Robert sie besiegt – und nicht nur, weil er das Gold aus der Reisetasche genommen hatte.

Sie hatte ihm noch nicht gesagt, was sie schon vor ihrer Abreise aus Cedar Hill vermutet hatte, nämlich, daß sie wieder schwanger war. Ihre allmorgendliche Übelkeit und die Tatsache, daß es ihr jedesmal schlecht geworden war, wenn die Kutsche in einer Kurve schwankte, ließen keinen Zweifel daran: Sie würde Robert ein zweites Kind gebären.

Nun war sie mehr denn je an ihn gekettet, sie würde auf Midgard bleiben müssen – im selben Haus wie Florilla, die Frau, der Robert den Vorzug gab.

Vorläufig, bevor sie feste Pläne fassen konnte, mußte Feena und sie Jason sorgsam bewachen, damit Florilla ihm nichts anhaben konnte. Schade, daß Florilla nicht wußte, daß ein zweites Baby unterwegs war ... Natürlich! Warum war ihr das nur nicht eher eingefallen! Wenn Florilla Bescheid wüßte, wäre nicht mehr Jason in Gefahr, sondern sie, Nathalie, selbst! Jason wäre dann sicher.

Am nächsten Morgen machte sich Nathalie auf die Suche nach Florilla. Jasons wegen würde sie in ihrer Gegenwart äußerlich die Ruhe bewahren müssen. sie durfte sich nicht anmerken lassen, wie sehr sie sich ihre Sticheleien auf Cedar Hill zu Herzen genommen hatte.

Als Nathalie den Flur entlangging, sah sie Florilla aus ihrem Schlafzimmer neben dem Kinderzimmer kommen.

Als Florilla Nathalie bemerkte, blieb sie abrupt stehen und starrte sie erstaunt an. Nathalie beachtete den überraschten Gesichtsausdruck nicht, sondern sagte ruhig: »Florilla, ich brauche Ihre Hilfe.«

Florilla schaute schnell auf die geschlossene Tür des Kinderzimmers, dann zurück zu Nathalie und sagte: »Ich wußte gar nicht, daß Sie wieder hier seien! Jason auch?«

Nathalie runzelte die Stirn. Hatte Florilla denn nicht gewußt, daß Robert nach Cedar Hill gefahren war, um sie wiederzuholen? Bestimmt hatte er es doch Florilla gesagt! Was für ein Spiel spielte sie nur? Vorzutäuschen, daß sie von Roberts Plänen nichts wußte!

Nathalies Stirn glättete sich, und sie nickte. »Ja, Jason ist auch hier. Als wir gestern abend zurückkamen, hat Feena sich um ihn gekümmert. Nach der langen Reise ist er heute morgen sicherlich noch schläfrig.«

So ganz nebenbei brachte Nathalie nun ihr eigentliches Anliegen vor: »Ich suche Jasons Babysachen, die wir aus dem Kloster mitbrachten. Wo sind die, Florilla?«

»Auf dem Boden, glaube ich, in einem Koffer. Marcey hat sie damals gewaschen und weggepackt, als sie Jason zu klein geworden waren. Möchten Sie sie sehen?«

»Ich brauche sie wieder«, antwortete Nathalie. »würden Sie dafür sorgen, daß man sie vom Boden holt?«

Florilla war sprachlos. Ihre Antwort kam nur zögernd: »Auf dem Boden sind ... so viele Koffer. Da Marcey nicht mehr hier ist, finde ich vielleicht nicht den richtigen. Möchten Sie vielleicht mitgehen?«

Bei dem Gedanken an die schmale, gefährliche Treppe, die zum obersten Stockwerk führte, schüttelte Nathalie den Kopf. »Nehmen Sie eine von den Dienerinnen mit, Florilla! Es ist mir zu gewagt, in meinem Zustand die steile Treppe hinaufzusteigen.«

»Weiß Robert schon Bescheid?« fragte Florilla vorsichtig.

Nathalie zwang sich zu einem Lächeln. »Noch nicht. Es ist noch ein bißchen zu früh, um es ihm zu sagen. Schweigen wir also noch ...«

Nathalie drehte sich um und wollte ins Schlafzimmer zurückgehen, doch sie blieb noch einmal stehen. »Ach, übrigens«, sagte sie, »wenn Sie den Koffer gefunden haben, lassen Sie ihn bitte in den anderen Flügel hinüberbringen, in mein altes Schlafzimmer!«

Sie zitterte, während sie die Tür des Schlafzimmers hinter sich schloß. Als ihr Blick auf den tröstlichen Betstuhl in der Ecke fiel, ging sie dorthin und kniete auf dem weichen blauen Kissen nieder.

Sie hatte es also geschafft! Vielleicht wäre Jason nun eine Zeitlang sicher und sie selbst statt seiner in Gefahr ...

Ihre Lippen bewegten sich im Gebet. Sie hatte die Hände gegen ihre Brust gedrückt. Langsam entkrampften sie sich, und auch das Zittern ihres Körpers ließ allmählich nach.

Robert beobachtete Nathalie genau. Er hoffte auf die ersten Anzeichen einer neuen Schwangerschaft. Aber bis jetzt deutete noch nichts darauf hin – höchstens gelegentliches Aufbrausen, besonders, wenn Florillas Name fiel.

Ihm war aufgefallen, daß Nathalie Florilla nach Möglichkeit mied. Wahrscheinlich hatte sie es ihr immer noch nicht verziehen, daß sie ihm von Arthurs Benehmen erzählt hatte. Aber er war Florilla dankbar dafür. Wenn sie nicht gewesen wäre, hätte er wahrscheinlich nie gemerkt, was sich da zwischen Nathalie und Arthur anspann. Wenn er endlich Wind von der Sache bekommen hätte, wäre es womöglich zu spät gewesen ...

Nathalie würde sich einfach damit abfinden müssen, Florilla um sich zu haben. Denn nach Roberts Plänen sollte Florilla auch weiterhin viel zu tun haben – mit seinen nächsten Kindern. Und Nathalie würde die Erkenntnis ganz guttun, daß sie nicht immer ihm gegenüber ihren Kopf durchsetzen könnte, daß nicht ein Blick von ihr genügte, auf jede ihrer Launen zu reagieren –, ja, dazu bereit zu sein, Jasons Gouvernante zu entlassen, nur weil sie über Nathalies Verhalten Arthur gegenüber geplaudert hatte.

Nein, Florilla war schon in Ordnung. Und wenn sie Nathalie manches abnahm, würde diese mehr Zeit für ihren eigenen Mann haben ...

Robert war dabei, alles Notwendige für eine Reise nach Tabor Island zusammenzupacken. Plötzlich hielt er inne. Nichts sprach dagegen, diesmal Nathalie mitzunehmen. Er selbst war bei jedem Besuch hingerissen gewesen von der wilden, ungezähmten Schönheit der Insel. Und er wußte, auch Nathalie würde Gefallen daran finden – an dem Strand, dem Leuchtturm und an den Verbesserungen, die er an dem alten Besitz vorgenommen hatte. Es bestand auch kaum die Gefahr, daß das Blockadeschiff vor der Insel aufkreuzen könnte ...

Abrupt hörte Robert auf zu packen und machte sich auf die Suche nach seiner Frau. »Nathalie!« rief er, als er die Treppe zum westlichen Flügel des Hauses hinaufstieg.

Nathalie saß allein in ihrem Jungmädchenzimmer und war dabei, Jasons alte Babysachen auszubessern. Die winzigen Hemdchen und Jäckchen, die die Nonnen so liebevoll angefertigt hatten, erinnerten sie wieder an die schmerzlichen Monate vor Jasons Geburt.

Durch die geschlossene Tür hörte sie Roberts Stimme. Schnell legte sie ihre Näharbeit aus der Hand und öffnete die Tür.

Robert sah sie stirnrunzelnd an. Was machte Nathalie in ihrem alten Zimmer? Ihr schuldbewußter Gesichtsausdruck verriet ihm, daß sie ihm etwas verheimlichte. Das bestärkte ihn nur in seinem Vorsatz, sie mit auf die Insel zu nehmen.

»Was ist los, Robert?« fragte Nathalie, während sie die Tür hinter sich zumachte und auf den Flur hinaustrat.

»Ich fahre morgen nach Tabor Island und möchte, daß du mich begleitest.«

»Auf wie lange?« fragte sie. »Ich habe zur Zeit sehr viel zu tun.«

Sie hatte keine Lust, wieder mit ihm allein zu sein, ohne Feena und Jason. Sie war ihm auch immer noch böse, weil er die Goldklümpchen an sich genommen hatte, außerdem fürchtete sie, bei der Schiffreise könnte ihr gehütetes Geheimnis an Licht kommen.

»Nur ein paar Tage. Das Wetter scheint schön zu bleiben, eine kurze Seereise dürfte eigentlich ganz angenehm sein«, erwiderte Robert. »Du hast doch keine Angst vor einem Sturm – wegen Josephs Frau?«

»Natürlich nicht, Robert. Ich habe keine Angst vor der See. Wann willst du abreisen?«

»Morgen früh.«

»Ich werde bereit sein.«

»Gut.«

»Aber ich werde leicht seekrank«, warnte sie.

Das glitzernde, blaue Wasser mit der weißen Schaumkrone schlug in sanften Wellen gegen das Boot.

Ein Windstoß wehte Nathalie die Kapuze vom Kopf, die luftigen Finger des Windes lösten ihren braven Haarknoten auf, so daß ihre langen, welligen, schwarzen Haare wie die Schwingen eines Vogels aussahen, der zum Flug ansetzt.

»Du siehst aus wie die Galionsfigur an einem stolzen Wikingerschiff!« rief Robert ihr über das Geräusch der See hinweg zu.

272

Gerade in diesem Augenblick spülte eine Welle über sie hinweg, und Nathalie fühlte das Salzwasser in ihrem Gesicht. Sie wich zurück und wischte sich schnell mit dem Taschentuch das Gesicht ab. Mürrisch antwortete sie: »Aber fühlen tue ich mich wie ein armes Mädchen, das völlig durchnäßt ist!«

»Heute ist die See aber ruhig«, sagte Robert.

»Wenn das ruhig ist, möchte ich nicht auf See sein, wenn sie deiner Meinung nach rauh ist!«

Das Schaukeln war unangenehm, und Nathalie wurde es, wie gewohnt, schlecht.

»Robert«, rief sie. »Ich ... ich habe dich gestern gewarnt. Ich werde so leicht seekrank. Ich glaube, ich muß ...« Sie schaffte es kaum bis an die Reling. Während sie darüberhing, hörte sie Robert lachen.

Dann war er an ihrer Seite und hielt ihr den Kopf. Ein paar Minuten später, beschämt und bleich, versuchte Nathalie, sich aus seiner Umarmung zu befreien, aber er hielt sie mit seinen starken Armen fest. Da sie nicht von ihm loskam, vergrub sie das Gesicht an seiner Brust.

»Geht dir das immer so, Nathalie?« fragte er sanft.

»Nur wenn ich ...« Sie sprach nicht weiter, sondern seufzte auf. Fast hätte sie sich verraten.

»Es dauert nicht mehr lange. Bald sind wir auf der Insel.«

In seinen Armen hörte sie auf das laute Klopfen seines Herzens. Dann wurde sie hochgehoben und erst auf dem Landungssteg wieder auf die Füße gestellt.

»Schaffst du's jetzt wohl, wo du an Land bist?«

»Natürlich, mir fehlt doch nichts«, antwortete sie hochnäsig und sah Robert zum erstenmal wieder an.

»Warum siehst du denn noch so grün aus, mein Schatz?« fragte er mit einem amüsierten Augenzwinkern.

Sein neckender Ton machte sie wütend. »Wenn ich grün aussehe, ist das allein deine Schuld! Du hast ja schließlich darauf bestanden, daß ich mitkäme!«

»Stimmt«, gab Robert zu, »aber wenn du erst einmal festen Boden unter den Füßen hast, wird dir die Insel bestimmt gefallen.«

»Das möchte ich bezweifeln, Monsieur«, sagte sie und machte sich unsicher auf die Beine.

Gegen ihren Willen wurde sie dann von der Schönheit der Insel ganz gefangengenommen. Nathalie folgte dem Pfad, den man sorgfältig vom Pier aus angelegt hatte. Während sie weiterschritt, fielen ihr das ungewohnte grüne Gebüsch und die sorgfältig beschnittenen Pflanzen rechts und links auf.

Dann gabelte sich der Weg, und Nathalie, die nicht wußte, in welche Richtung sie gehen sollte, sah über die Schulter zurück. Robert war nicht zu sehen.

Sie zögerte kurz und schlug dann den Weg, der nach links führte, ein. Plötzlich stand das alte Haus in einsamer Pracht vor ihr.

Bei dem Anblick warf Nathalie ihren Umhang von sich und lief auf das Haus zu. Sie stieg die Treppe zu der offenen Veranda hinauf. Sie streckte die Hand nach dem Türknopf aus, er drehte sich mit lautem Geräusch. Sie war so darauf bedacht, das Haus von innen zu sehen, daß sie kaum merkte, daß es nicht verschlossen war.

Langsam und fast andachtsvoll stieß sie die Tür auf und ging in die verlassene Eingangsdiele. Dann blieb sie stehen, denn ein seltsames Gefühl überkam sie: Sie war nicht zum erstenmal hier!

Aber das war doch unmöglich? Papa Ravenal hatte sie doch nie auf die Insel mitgenommen; er hatte ihr nur davon erzählt. Ja, so mußte es sein! Sie hatte das Haus nach seiner Beschreibung erkannt!

Nathalie lief von einem Zimmer ins andere. Sie bemerkte, wo überall Robert Verbesserungen vorgenommen hatte. Dann war sie oben, in einem großen Raum. Als sie aus dem Fenster blickte, konnte sie das hellblaue Wasser sehen. Aus dieser Entfernung sah es glatt und ruhig aus.

»Wie ich sehe, hast du es ohne Mühe gefunden.«

Sie zuckte zusammen, als sie Roberts Stimme so plötzlich hinter sich hörte. Sie war so in ihre eigenen Gedanken vertieft gewesen, daß sie ihn nicht hatte kommen hören.

Sie wandte sich um und fragte: »Robert, ist ... ist noch jemand im Haus?«

»Im Augenblick nicht. Hektor ist noch im Leuchtturm, aber zum Abendessen kommt er hierher.«

»Muß ich etwa kochen?« fragte sie, da sie nicht wußte, aus welchem Grund Robert sie mitgenommen hatte.

Amüsiert erwiderte er: »Nein, Nathalie. Ich habe dich zur Erholung mitgenommen, nicht zum Arbeiten. Ich glaube, der Koch hätte es gar nicht gern, wenn du ihm die Arbeit abnähmest.«

Erleichtert fragte Nathalie: »Wie lange bleibt Hektor denn hier?«

»Noch drei Tage, bis Arthur kommt und ihn ablöst, aber dann sind wir natürlich schon nicht mehr hier.«

»Du bleibst nur drei Tage?«

»Zwei Tage«, berichtigte er. »Du glaubst doch wohl nicht, ich wäre so dumm, dich und Arthur von neuem zusammenzubringen?«

»Zusammenzubringen?« wiederholte Nathalie und merkte, wie der Zorn in ihr aufstieg.

»Jawohl! Es wird keine intimen Diners zu zwei für euch geben, während ich im Leuchtturm Wache halte ... Wohin gehst du, Nathalie?«

»Zum Strand«, antwortete sie, »falls mir das nicht auch verboten ist!«

Er ging nicht auf ihre Stichelei ein. Statt dessen fragte er: »Geht es dir denn besser?«

Aber Nathalie war wieder einmal beleidigt. Sie ging, ohne Robert einer Antwort zu würdigen. Sie ging denselben Weg, auf dem sie gekommen war, zurück, bis sie zu der Gabelung kam. Zum Landungssteg wollte sie nicht zurückgehen. Deshalb ging sie in die andere Richtung – nur weg wollte sie. Florillas Saat hatte Früchte getragen ...

Robert entdeckte sie später am Strand. Barfuß die feuchten Röcke gerafft, stand sie da.

Offensichtlich war sie durch das Wasser gewatet. Nun hielt sie eine Muschel ans Ohr und lauschte.

Ihr zerzaustes Haar glänzte in der Sonne. Wieder fühlte sich Robert an eine schöne, anmutige Ricke erinnert, die schweigend und unbewegt dasteht und nicht merkt, daß man sie beobachtet.

Robert mochte sie nicht stören; deshalb blieb er stehen und starrte zu ihr hinüber. Nathalie, in sich selbst versunken, drehte, immer noch mit der Muschel am Ohr, eine Pirouette.

Aber nun zog sie hörbar die Luft ein und runzelte flüchtig die Stirn: Sie hatte ihn gesehen. Robert tat es leid, daß sie in dieser Weise auf ihn reagierte.

Unnötig streng schalt er: »Es ist doch nicht Sommer, Nathalie. Zieh die Schuhe wieder an, sonst erkältest du dich!«

Als ob es ihr peinlich sei, so unerwartet entdeckt und dann auch noch getadelt zu werden, sah sie auf ihre Schuhe hinunter, die auf einem großen, grauen Felsen abgestellt waren, und schüttelte die Röcke zurecht, während sie die Muschel mit einer Hand festhielt.

Er war vor ihr bei dem Felsbrocken. Seine starken Arme halfen ihr hinauf und setzte sie neben den Schuhen ab.

Sie sah ihn aus unergründlichen Augen an, während er ihr den Sand von den Fußsohlen wischte und dann die weichen Lederschuhe zuknöpfte.

Vom Meer her kam ein Wind auf und machte der idyllischen Stille, die Nathalie vor Roberts Erscheinen genossen hatte, ein Ende. Sie sprang von dem Felsbrocken hinunter und fühlte sich von der steifen Brise ergriffen. Der Wind wehte ihr die Röcke um die Beine. Robert war schon vorausgegangen und kümmerte sich nicht mehr um sie.

Er war ihr schon weit voraus, als er sich schließlich umblickte. Eine plötzliche Böe blies ihr die Röcke wie ein Segel auf, als sie sich bemühte, sie festzuhalten, fiel ihr die Muschel aus der Hand. Auf dem harten Sand zersprang sie in kleine Stücke.

Schnell lief Robert zu Nathalie zurück.

»Meine Muschel, meine schöne Muschel!« rief sie klagend. Ihre dunkelbraunen Augen sahen sehr bekümmert aus. »Ich wollte sie Jason mitbringen; nun ist sie zerbrochen.« Traurig blickte sie auf die Scherben zu ihren Füßen.

Roberts Gesicht nahm einen sanften Ausdruck an. »Morgen suchen wir eine neue, Nathalie.«

»Bestimmt?« fragte sie eifrig und sah ihn an. »Glaubst du, wir finden eine ebenso schöne?«

»Eine noch schönere«, versprach Robert. »Ich nehme dich morgen mit zum Leuchtturm, und auf dem ganzen Weg kannst du Muscheln sammeln.«

Er zog sie an sich, um sie vor dem Wind zu schützen, und Nathalie sträubte sich nicht.

Als Nathalie sich abends zum Diner ankleidete, wählte sie das gelbe Moirékleid mit der hoch angesetzten Taille, das Maggie für sie angefertigt hatte. In dem Kleid sah man ihr nicht an, daß sie schon etwas dicker geworden war. Um ganz sicher zu gehen, daß man ihr die veränderte Figur nicht anmerkte, legte sie einen passenden gelben Fransenschal über die Schultern und knüpfte ihn lose über der Brust zusammen. Sie warf noch einen letzten Blick in den Spiegel, bevor sie die Treppe hinunterging.

Vor dem Haus hörte sie Männerstimmen, sie ging ihnen nach.

Das letzte Licht des schwindenden Tages fiel auf sie, während sie in der Türöffnung stand, und Robert, der sie so sah, konnte kaum glauben, daß es dieselbe war, die am Strand wie ein zerzaustes Kind ausgesehen hatte. Vor ihm stand eine elegant gekleidete Frau mit streng zurückgekämmten Haar.

Als Hektor Nathalie sah, ging er auf sie zu, um sie zu begrüßen. »Meine Liebe, was für eine angenehme Überraschung!«

Der dritte Mann war auch Mitglied der Miliz. Er wartete darauf, Roberts Frau vorgestellt zu werden. Bald waren die vier um den Eßtisch versammelt.

»Hat Robert dich angeheuert, um im Leuchtturm Dienst zu tun?« fragte Hektor Nathalie, während er von dem Fleisch nahm.

Nathalie rümpfte die Nase und lachte über seine Frage. Aber Robert antwortete an ihrer Stelle:

»Nein, Hektor. Nathalie wäre nur ein Schaden für die gesamte Miliz.«

Ungehalten blickte sie Robert an. »Obwohl ich nicht den geringsten Wunsch verspüre, auch Wache zu schieben, Robert, sehe ich nicht ein, warum die Insel oder der Hafen weniger sicher sein sollten, wenn ich es übernähme, nach britischen Schiffen Ausschau zu halten.«

Vielleicht könnten manche Frauen das übernehmen«, gestand

Robert ihr in neckendem Ton zu, »aber was würdest du tun, Nathalie, wenn ein britisches Schiff hier vor Anker ginge? Könntest du zur Waffe greifen und den Feind besiegen?«

Der jüngere Soldat griff galant vermittelnd ein: »Wenn die Briten auf eine so schöne Frau wie Mrs. Tabor stießen, würden sie bestimmt die Waffen niederlegen und sich willig ergeben.«

Hektor lachte schallend. »Dann kann sie ja heute nacht an deiner Stelle die Wache übernehmen, Robert, da wir ja nur so wenig sind.«

»Du mußt heute nacht Wache halten?« Nathalie beugte sich zu Robert hinüber, während sie die Frage stellte.

»Nur für ein paar Stunden. Nur lange genug, um Tom Zeit zum Essen und den anderen ein bißchen Zeit zum Ausruhen zu lassen.«

Als Robert schließlich vom Leuchtturm zurückkam, war es schon fast elf Uhr. Nathalie war noch wach und horchte auf alle Geräusche im Haus. Sie fühlte sich unbehaglich, solange Robert nicht da war, obwohl sie wußte, daß Hektor und die beiden anderen in der Nähe waren.

Als die Schlafzimmertür sich leise öffnete, flackerte die Kerze auf dem Nachttisch, und Nathalie setzte sich im Bett hoch.

»Ich habe angenommen, du wärest längst eingeschlafen«, sagte Robert überrascht.

»Ich konnte nicht schlafen«, antwortete Nathalie. »In einem alten Haus hört man so viele Geräusche!«

Plötzlich grinste Robert. »Dann kannst du ja aufstehen und mir helfen, etwas zu essen zu finden. Ich habe nämlich einen Bärenhunger!«

»Du hast doch gesagt, ich brauchte nicht zu kochen«, erinnerte sie ihn.

»Ich habe es mir eben anders überlegt! Wenn der Schrank leer ist, mußt du etwas herbeizaubern.«

»Vielleicht kann ich einen alten Knochen finden, um deinen Hunger zu befriedigen!« Nathalie lachte, während sie aus dem Bett stieg.

Er half ihr in den Hausmantel und zog sie an den Bändern näher an sich.

»Es wird mehr als einen Knochen brauchen, um heute nacht meinen Hunger zu befriedigen«, antwortete er zweideutig.

Sie sah zu ihm auf, aber der scherzende Blick seiner Augen verriet ihr nichts. Mit der Kerze in der Hand ging sie voraus, zögerte aber, als sie in der Diele im Erdgeschoß angekommen war. Wo war nur die Küche? So weit war sie am Tag nicht vorgedrungen.

»Nach rechts, Nathalie«, sagte Robert, der ihr Zögern bemerkt hatte.

Sie fand das Fleisch, das vom Abendessen übriggeblieben war, und schnitt ein großes Stück davon ab. Robert holte sich noch Brot, Honig und ein Glas Wein und nahm dann zum Essen Platz.

Nathalie saß mit Robert an dem alten Refektoriumstisch und blickte ihn an. Die Kerze, die vor ihnen auf dem Tisch stand, flackerte; Nathalie hielt schützend die Hand vor die Flamme, weil es im Zimmer zog.

Sie fröstelte und zog sich den Hausmantel fester um.

»Hast du auch das Gefühl, daß noch jemand im Haus ist?«

»Du meinst außer Hektor und Tom?«

»Ja.«

Robert lachte. »Vielleicht der Geist eines Franziskaners! Onkel Robert behauptete immer, ihn mehrmals gehört zu haben. Vielleicht hat der Mönch heute nacht auch Hunger.«

»Du machst dich lustig über mich«, beklagte sich Nathalie.

»Das wäre doch gar nicht so erstaunlich«, fuhr Robert, ihren Einwurf nicht beachtend, fort. »Schließlich befinden wir uns im ältesten Teil des Hauses, dem einzigen, der noch aus der Zeit der Franziskaner stammt. Vielleicht war der Geist nicht hungrig sondern durstig, und ist zum Trinken in den Brunnenraum gegangen.« Er zeigt auf die geschlossene Tür am anderen Ende der Küche, die mit einem schweren Holzbalken gesichert war.

Nathalie gefiel dieser Scherz nicht. Sie stand auf, aber da streckte er die Hand nach ihr aus und zog sie zu sich auf den Schoß. Sie versuchte, ihn von sich zu schieben, aber Robert ließ sie nicht los. Er hielt sie an sich gezogen, während er sein zweites Glas Wein austrank. Als es leer war, widmete er seine ganze Aufmerksamkeit Nathalie. Er strich ihr über das dunkle Haar, während sein Blick ihren Körper begehrlich musterte.

Sie fühlte sich wie ein Hase in der Schlinge und konnte sich kaum wehren, während seine Hände ihren Körper abtasteten.

»Du bist etwas rundlicher geworden, Nathalie«, stellte er fest. »Hat das ... einen besonderen Grund?«

Schnell schüttelte sie den Kopf. »Nein, ich habe wohl in letzter Zeit mehr gegessen.«

Bei dieser Antwort sah sie ihm nicht in die Augen, sondern spielte mit den Bändern ihres Hausmantels und hoffte, daß er der Sache nicht weiter nachgehen würde.

Robert hörte auf, sie zu streicheln. Sie stand schnell auf. Seine Augen waren unergründlich. Woran dachte er? Ahnte er vielleicht schon etwas ...

Während sie zusammen die Treppe hinaufgingen, sagte Robert nichts, sondern achtete nur darauf, daß die Kerze nicht ausging.

»Bist du satt geworden, Robert?« fragte Nathalie, weil sie das Gefühl hatte, das Schweigen brechen zu müssen.

»Ja, jedenfalls vorläufig«, erwiderte er; aber dann fügte er hinzu: »Jedoch verspüre ich noch eine andere Art von Hunger, der befriedigt werden will!«

Wenn er sie so ansah, gab es keinen Zweifel daran, was er meinte. Sie wußte, daß sie eine leidenschaftliche Liebesnacht vor sich hatte. Diesmal würde sie sich in einem fremden Haus abspielen, das von dem Echo früherer Zeiten wiederhallte ...

Am nächsten Tag löste Robert sein Versprechen ein und nahm Nathalie mit zum Strand und zum Leuchtturm. Bevor sie zum Ende der Insel kamen, wo sich der Leuchtturm gegen den grünblauen Himmel abhob, zeigte er Nathalie, wo die Muscheln zu finden waren, die die Wellen angeschwemmt hatten und die nun in der Sonne trockneten.

Nathalie war begeistert. Wie viele es waren! Sie hob eine nach der anderen auf, und wenn die Muschel nicht ganz vollkommen war, warf sie sie weg und suchte eine neue. Bald hatte sie eine ganze Sammlung vollkommener Muscheln, die sie mit nach Midgard nehmen würde, – große, kannelierte, deren rosa Innenseite von einer dünnen Sandschicht überzogen war. Nathalie rieb den Sand mit den Fingern ab, da schimmerten sie innen wie Perlen.

Die Stille wurde unterbrochen vom Geschrei der Möven, die sich gegenseitig zum Fliegen aufzufordern schienen. Fasziniert sah Nathalie zu, wie sie dann in einer Formation in Richtung auf das Meer zu flogen, sich dann wieder trennten, um zum Land zurückzukehren.

Obwohl fern am Horizont das Blockadeschiff auszumachen war, empfand Nathalie die Insel als friedlich und sicher. Schade, daß Jason und Neijee nicht mit ihr am Strand spielen konnten! Aber sie würden sich über die Muscheln freuen, die sie sorgsam in eine Kiste legte, die Robert ihr zu diesem Zweck besorgt hatte.

Nathalie wäre am liebsten noch lange auf der Insel geblieben. Sie packte jedoch gehorsam ihre Reisetasche und hütete die sorgfältig eingewickelten Muscheln in der Kiste.

Matthew wartete schon am Pier. Nathalie verabschiedete sich von Hektor und kletterte ins Boot, und die Seereise begann.

Robert stand am Bug und blickte über das Wasser. Dann wandte er sich zu Nathalie um: »Bevor wir nach Midgard zurückgehen, Nathalie, möchte ich einen oder zwei Tage in Charleston Station machen. Möchtest du dort gern ins Theater gehen?«

Bei diesem Vorschlag leuchteten Nathalies Augen auf. Sie erinnerte sich immer noch gern an die wenigen Theateraufführungen, die sie in New Orleans gesehen hatte. In Charleston war sie noch nie im Theater gewesen.

»O ja, Robert, das fände ich sehr schön!« Doch dann verdüsterte sich ihre Miene. »Aber ich habe ja nichts Passendes anzuziehen! Ich müßte schon Kleider aus Midgard kommen lassen, wenn die Zeit dazu reicht.«

»Das ist nicht nötig«, erwiderte Robert. »In Charleston gibt es genug Geschäfte.«

»Aber das wäre doch verschwenderisch, ein Kleid zu kaufen,

das man nur einmal anzieht. Ich brauche eigentlich kein neues Kleid.«

»Eine Frau kann nie genug schöne Kleider haben, Nathalie! Und seit wir nicht mehr in Columbia wohnen, habe ich dir überhaupt noch keine neuen Kleider gekauft.«

»Wo werden wir denn übernachten?« fragte Nathalie, die jetzt langsam neugierig wurde.

»Im Stadthaus«, antwortete Robert.

»Du besitzt ein Stadthaus?«

»Wir besitzen eins, an der Tradd-Straße. Vor ein paar Jahren habe ich es gekauft, als ich Jason aus New Orleans holte.«

Sie stellte keine weiteren Fragen; Robert behielt sie aufmerksam und liebevoll im Auge, weil er nicht wußte, ob sie so still war, weil sie wieder seekrank wurde. Aber diesmal überstand Nathalie die Reise gut.

Die See war sehr ruhig und wirkte wie dünnes Glas, das Blau von weißen Streifen unterbrochen. Obwohl der Wind Nathalie durch Haar und Röcke blies, verlief die Fahrt ohne Zwischenfall.

Schon bald machten sie am Kai fest, bei den Lagerschuppen, in denen Baumwolle und Reis darauf warteten, durch die Blokkade geschmuggelt zu werden.

Während Robert zum Droschkenstand hinüberging, um ein Gefährt zu mieten, das sie zum Stadthaus bringen würde, blieb Nathalie allein am Kai zurück.

»Nathalie! – Nathalie!«

Sie erkannte Arthurs Stimme sofort. Lächelnd drehte sie sich zu dem Mann um, der mit schnellen Schritten auf sie zukam.

»Arthur! Wie schön, Sie wiederzusehen!« Voller Freude sah sie ihn an, aber er erwiderte ihr Lächeln nicht. Ernst streckte er die Hand nach der ihren aus und hob sie an die Lippen. Da überkam Nathalie plötzlich ein Gefühl der Schuld; auch glaubte sie Roberts Drohungen wieder zu hören. Schnell zog sie ihre Hand zurück.

»Robert und ich sind gerade von der Insel gekommen. Sie ist wunderschön! Aber das wissen Sie ja, weil Sie schon vor mir dort waren.«

»Er ist nach Cedar Hill gefahren, um Sie zurückzuholen, nicht wahr?« fragte Arthur und es klang wie eine Anklage. Auf ihre Begeisterung über die Insel ging er gar nicht ein.

Nathalies Gesicht nahm einen traurigen Ausdruck an. »Arthur!« sagte sie warnend, aber weiter kam sie nicht. Sie hörte Räderrollen auf dem Kai und wußte, daß Robert mit der Droschke kam, um sie abzuholen.

Arthur wich nicht von der Stelle, als er Robert auf sie zukommen sah. Nathalie, die gleich gesehen hatte, wie zornig Robert aussah, trat einen Schritt zurück.

Es war ihr unbehaglich bei dem Gedanken, die Ursache dieser Feindschaft zwischen zwei alten Freunden zu sein. Glaubte Robert etwa, sie hätte dieses zufällige Treffen mit Arthur arrangiert? Nein! Wenn Robert die Sache aufbauschen wollte, so sollte er es nur versuchen! Sie war unschuldig! Und doch hielt sie den Atem an, während sie darauf wartete, daß Robert etwas sagte.

»Bist du auf dem Weg zur Insel, Arthur?«

Seine Stimme klang normal und freundlich, und Nathalie atmete erleichtert auf.

»Ja, Robert. Nathalie hat mir erzählt, daß ihr gerade von dort kommt. Ist noch etwas zu berichten, bevor ich verschwinde?«

»Nein. Hektor wird dir alles erzählen, was inzwischen vorgefallen ist. Sir George ist immer noch damit beschäftigt, den armen Leuten in Hampton Roads das Leben schwer zu machen mit seinen Schiffen und seinen Raketen, so daß er bestimmt nicht so bald hier vorbeikommt! Dein Dienst im Leuchtturm wird sicher nicht aufregend.«

Eilig nahm Robert Nathalies Arm und geleitete sie zur Kutsche. Er winkte Arthur noch einmal zu, half Nathalie beim Einsteigen und gab dem Kutscher das Zeichen zur Abfahrt.

15

»Wer ist Sir George?« fragte Nathalie unterwegs.

»Sir George Cockburn, die Pest der Küste«, erklärte Robert. »Er führt das Kommando über die britischen Kampfschiffe. Er hat es sich zur Gewohnheit gemacht, die schlecht ausgebildete Miliz mit seinen Raketen gehörig zu erschrecken und dann Plündertrupps ins Land zu schicken, die Bauernhäuser in Brand stecken und sich mit dem Vieh aus dem Staube machen.«

Seine Stimme war beim Erzählen rauher geworden, und Nathalie stellte fest, daß auch sein Gesichtsausdruck sich verändert hatte.

»Waren es denn seine Truppen, die Midgard überfallen haben?«

»Höchstwahrscheinlich!«

Insgeheim verzehrte sich Robert vor Wut, weil er daran denken mußte, daß Sir George damals sein Schiff gekapert hatte. Das war schon demütigend genug gewesen, und dann hatte er auch noch seine Plantage geplündert! Ob er wohl gewußt hatte, um wessen Ländereien es sich handelte? Oder war es Zufall, daß der Mann, der ihn auf der »Carolana« in Ketten gelegt hatte, auch für die Plünderung von Midgard verantwortlich war?

»Dieser Mann war auch für unsere Heirat verantwortlich, Nathalie.«

Überrascht blickte sie zu ihm auf und wartete darauf, daß er sich näher erklären würde.

»Wie ... wie kam das denn?« fragte sie endlich und konnte ein Zittern der Stimme nicht unterdrücken.

»Er hat mein Schiff konfisziert, die ›Carolana‹.«

»Dann muß er dir ja gründlich zuwider sein.«

»Das ist er auch«, bestätigte Robert.

Die Schönheit des Tages war Nathalie gleichgültig geworden. Die Zeit mit Robert auf der Insel war wie ein Traum, der der Wirklichkeit nicht standhielt: Sie lag gleichsam in Scherben zu ihren Füßen – wie die schöne Muschel auf der Insel.

Kein Wunder, daß Robert so sehr darauf bedacht war, den

Leuchtturm instand zu setzen und Wachen einzuteilen, die nach britischen Schiffen Ausschau halten sollten. Robert wollte mit diesem Mann abrechnen!

Von Roberts Worten sehr beeindruckt, drückte Nathalie sich in eine Ecke der Kutsche und schloß die Augen, damit ihr Mann nicht sah, daß ihr die Tränen kamen. ›Sie wissen doch genau, daß er Sie eigentlich nie heiraten wollte!‹ Florillas Worte gingen ihr nicht aus dem Kopf. Hatte Robert sie nicht bestätigt?

Nun erwartete sie wieder ein Kind von ihm – in einer Ehe ohne Liebe! Einer Ehe, zu der er gezwungen worden war. Und sie mußte ihm ihre eigene Liebe verschweigen! Sie hatte versucht, ihn nicht zu lieben, nicht den ganzen Tag lang an ihn zu denken. Aber überall wurde sie an ihn erinnert. Wenn sie Jason ansah, war er da. Wenn sie für Jacques Binet zu beten versuchte, sah sie nur Roberts Gesicht vor sich ...

Wenn sie Florilla traf, sah sie die Frau vor sich, die Robert geheiratet hätte, wenn man sie selbst nicht zu Jasons Pflege aus dem Kloster geholt hätte. Und am schlimmsten war aber, daß sie nicht vergessen konnte, wie sie in dem Häuschen am Fluß in Roberts Armen gelegen hatte, während er die ganze Zeit vorgehabt hatte, sie zu verkaufen ...

Die Kutsche hielt an. Robert tippte Nathalie an die Schulter. »Schläfst du?«

Sie blickte zur Seite, richtete sich auf und wischte sich mit der Hand über die Augen.

»Nein, Robert«, flüsterte sie leise, »ich bin nur müde.«

Robert blickte sie an. Warum war sie in der kurzen Zeit seit ihrer Landung so bedrückt gewesen? Dachte sie etwa an Arthur, den sie auf dem Kai getroffen hatte?

Er sah grimmig aus, als er den Kutscher bezahlte und mit Nathalie zur Tür ging.

Die beiden Diener, die Robert von ihrer Ankunft in Kenntnis gesetzt hatte, hatten eiligst die Schonbezüge von den Möbeln genommen und waren nun dabei, frische Bettwäsche ins Schlafzimmer zu tragen.

»Wenn du dich ein wenig ausgeruht hast, gehe ich mit dir in die Stadt.«

»Würde es dir etwas ausmachen, Robert, wenn ich heute abend nicht mit ins Theater ginge?«

»Natürlich würde mir das etwas ausmachen, Nathalie!« Er blickte sie durchdringend an, aber ihr Gesicht war wie eine Maske; es verriet ihm nichts. »Warum dieser plötzliche Sinneswandel? Du warst doch zunächst ganz begeistert!« Robert stand bedrohlich vor ihr und fragte mit einschüchternder Stimme: »Hast du es dir anders überlegt, weil du Arthur gesehen hast? Gestehe es mir, Nathalie! Sehnst du dich so nach seiner Gesellschaft, daß du keine Lust hast, einen Abend mit deinem Mann zu verbringen?«

Mit einem schnellen Kopfschütteln wies sie diese Verdächtigung zurück.

»Dann wollen wir kein Wort mehr darüber verlieren. In einer Stunde bin ich da, um dich abzuholen.«

Er drehte sich auf dem Absatz um und ging aus der Tür. Er überließ es ihr, sich allein in dem Stadthaus zurechtzufinden.

Das Haus gefiel ihr nicht; so viel sah sie sofort. Es stand zwischen zwei ähnlichen Häusern in einer schmalen Straße, so daß man das Gefühl hatte, eingeschlossen zu sein.

Aus dem Fenster konnte man nur bis zum gegenüberliegenden Haus blicken. Außer einem Stück Rasen und ein paar grünen Pflanzen hatte die Aussicht nichts zu bieten.

Als sie die Treppe hinaufgestiegen war, um das Schlafzimmer zu suchen, blieb sie zögernd an der ersten geöffneten Zimmertür stehen. Sie führte in den oberen Salon mit steifen, zerbrechlichen Möbeln. Wie anders als die bequemen, alten blauen Plüschsessel im Wohnzimmer auf Midgard!

Nathalie ging weiter und blieb im Schlafzimmer stehen; aber ihre Reisetasche war nirgends zu erblicken. In dem Augenblick erschien die schwarze Dienerin. Als sie Nathalies Zögern bemerkte, sagte sie: »Dies ist Miß Florillas Zimmer, Madame. Mister Roberts ist da drüben, den Flur entlang. Ich führe Sie hin, Madame, wenn Sie es wünschen.«

»Ja, bitte«, antwortete Nathalie und fühlte sich wie eine Fremde in Roberts Stadthaus.

Nach einer Stunde hatte sich Nathalie umgezogen und war

ausgehbereit, als sie hörte, wie die Haustür geöffnet wurde.

Die Pferde warteten schon. Robert verlor keine Zeit, sondern geleitete Nathalie zur Kutsche, ohne ein Wort zu verlieren. Es war ihm offenbar nicht in den Sinn gekommen, daß sie vielleicht nicht fertig gewesen wäre zu dem Zeitpunkt, den er festgesetzt hatte ...

Es war Spätnachmittag, und die Straßen waren ruhig. Die Gullahneger, die sonst ihre Waren – Garnelen, Fisch und Frühgemüse – laut anpriesen, waren verstummt. Sie schoben schon ihre leeren Karren über das Kopfsteinpflaster, schweigend, sich auf den Feierabend freuend. Morgen früh, gleich nach Sonnenaufgang, würde man sie wieder hören, wenn sie frische Ware für den neuen Tag anpriesen.

Die Kutsche hielt vor einem Bekleidungsgeschäft in einer Seitenstraße, und Robert überließ Nathalie Mrs. Windom.

»Sie weiß, was du brauchst, Nathalie. Und sie hat versprochen, das Kleid bis heute abend fertig zu haben.«

Robert zog die Uhr, die ihm Nathalie zu Weihnachten geschenkt hatte, aus der Tasche, sah nach der Zeit und ließ sie wieder zuschnappen. »Ich bin bis fünf Uhr in der Börse. Wenn du früher als erwartet fertig bist, schick einen Jungen nach mir!«

»Du bleibst nicht?« fragte sie.

»Nein, Nathalie. Mrs. Windom hat es nicht gern, wenn Ehemänner zusehen, während ihre Frauen Kleider anprobieren.«

Nathalie betrat das Geschäft und sah sich den interessierten Augen einer grauhaarigen Frau gegenüber. Sie folgte ihr in das hintere Anprobezimmer, wo ein blaßgrünes, glänzendes Abendkleid hing.

»Kommen Sie, meine Liebe! Ich habe gerade das richtige für Sie – ein wunderschönes Abendkleid!«

Sie zeigte auf das Kleid und nahm es vom Bügel.

»Bei Ihren Farben dürfte Ihnen dieses Kleid besonders gut stehen. Ein passender Turban gehört auch dazu.« Dann blickte sie Nathalie aufmerksam an und fragte: »Sind Sie kürzlich in der Sonne gewesen?«

»Ja«, gab Nathalie zu. »Mein Mann und ich waren in den letzten Tagen auf Tabor Island.«

Mrs. Windom war sichtlich entsetzt. »Das dürfen Sie keinesfalls! Sie müssen Ihr Gesicht immer gegen die Sonne schützen. Es geht nicht, daß sie sich den Teint verderben lassen. Zum Glück ist es diesmal noch gutgegangen, aber bevor Sie gehen, muß ich Ihnen mein Gurken-und-Sahne-Rezept mitgeben. Erinnern Sie mich bitte daran. So – und jetzt wollen wir uns das Kleid ansehen.«

Die Ladenglocke klingelte.

Mrs. Windom half Nathalie, das Kleid überzuziehen, und sagte dann: »Ich bin gleich wieder da. Ich sehe nur mal nach, wer das ist, dann komme ich zu Ihnen zur Anprobe zurück.«

Mrs. Windom ging, und Nathalie sah sich das blaßgrüne Kleid im Spiegel an. Im Rücken hatte es einen rüschenbesetzten Ausschnitt, der unterhalb der Schulterblätter endete, aber Nathalie konnte nicht feststellen, wie es ihr stand, da sie darauf warten mußte, daß Mrs. Windom zurückkäme und es ihr zuknöpfte.

»Oh, Mrs. Ashe, wie schön, Sie zu sehen! Ich hatte Sie erst morgen erwartet.«

»Ich konnte einfach nicht widerstehen, Mrs. Windom! Ist mein Kleid vielleicht schon fertig?«

Als Nathalie den Namen hörte, wurde sie blaß. Sie hatte sich nicht verhört, und auch die Stimme ... Polly Ashe! Es war Alistair Ashes Frau, im selben Laden mit ihr!

»Würden Sie bitte Platz nehmen! Ich bin gleich wieder da. Ich bin heute nachmittag nämlich allein im Laden, und ich habe Mister Tabor versprochen, das Kleid seiner Frau so zu richten, daß sie es heute abend im Theater anziehen kann. Aber das dürfte nicht lange dauern.«

»Robert Tabor? Seine Frau?« Polly Ashe lachte häßlich. »Sie meinen wohl seine Sklavin, Mrs. Windom!«

»Ich verstehe nicht, Mrs. Ashe. Was meinten Sie?« antwortete Mrs. Windom verwundert.

»Hat sie dunkles Haar und seidig-braune Augen?«

»Ja. Und sie ist sehr zierlich.«

»Dann ist sie's! Haben Sie denn nichts von der Geschichte gehört, Mrs. Windom? Robert Tabor lebt doch mit einer Sklavin zusammen!«

»Sie müssen sich irren, Mrs. Ashe! Er hat mir die Dame doch als seine Frau angekündigt.«

»Ich weiß doch, wovon ich spreche! Ihretwegen hat Robert Tabor doch meinen Mann getötet!«

Nathalie war bestürzt und wollte nichts mehr hören. Sie ließ das blaßgrüne Kleid fallen und zog hastig ihr altes Kleid wieder an. Als die Stimmen sich entfernten, schlüpfte sie aus dem Ankleidezimmer und eilte auf die Straße. Die Glocke klingelte, als sie die Ladentür hinter sich zuzog.

Robert hatte gesagt, er ginge zur Börse. Nathalie blickte nach rechts und nach links. Sie hatte keine Ahnung, wo die Börse war.

Sie ging die Straße hinunter und versuchte sich zu erinnern, auf welchem Weg sie gekommen war. Drei Straßen weiter und dann nach rechts – nein, nach links! Sie ging eilig weiter, aber die Gegend war ihr völlig unbekannt. Verwirrt blieb sie stehen, drehte sich um und ging denselben Weg zurück.

Sie kam wieder an die Straßenkreuzung. Diesmal ging sie nach rechts, und endlich sah sie ein Straßenschild, auf dem ›Tradd-Street‹ stand. Sie fühlte sich unbeschreiblich erleichtert. Jetzt konnte sie wieder in das Stadthaus zurückgehen; dort würde sie sicher sein.

Sie atmete stoßweise, aber sie lief weiter und achtete nicht auf die Kutsche hinter sich, bis sie vor den Steinstufen mit dem schmiedeeisernen Geländer vor Roberts Haus stand.

Sie streckte die Hand aus, um sich am Geländer festzuhalten, aber die Stufen, die sie hinaufsteigen wollte, bewegten sich wie Wellen. Das Haus wich vor ihr zurück wie im Nebel. Schließlich legte sich ein grauer Nebel wie ein Mantel um sie und hüllte sie völlig ein.

»Nathalie!«

»Es ist nichts Ungewöhnliches, daß eine Frau in ihrem Zustand in Ohnmacht fällt. Kein Grund zur Besorgnis, Mister Tabor!«

Die Männerstimme erschreckte Nathalie, denn sie wußte nicht, wo sie war. Sie konnte sich nur daran erinnern, daß sie vor irgend etwas davongelaufen war. Dann hörte sie, wie aus weiter Ferne, Roberts vertraute Stimme. Da wußte sie, wo sie war: im Stadthaus! Ihr müder Körper lag in einem weichen Bett.

»Ich hatte es schon vermutet«, sagte Robert. »Aber sie hat mir nichts davon gesagt.«

»Eine Frau behält das gern eine Zeitlang für sich. Man läßt sich nicht gerne volle neun Monate ängstlich umsorgen ... Sie haben schon Kinder, Mister Tabor?«

»Einen Sohn, Jason.«

»Und die Geburt war unkompliziert?«

Robert antwortete nicht gleich. »Fast unmittelbar nach der Geburt bekam meine Frau hohes Fieber.«

»Aber sie hat es überstanden. Wahrscheinlich hat sie eine gute Konstitution. Nein, ich glaube, Sie machen sich unnötig Gedanken. Aber wenn Sie gern möchten, daß ich sie mir in den nächsten Monaten mal ansehe, werde ich das jederzeit gern tun. Ah! Ich sehe, sie kommt wieder zu sich.«

Nathalie schlug die Augen auf und sah zwei Männer auf sich herabblicken. Einer von ihnen war Robert, und er sah sehr besorgt aus.

»Na, meine Liebe, Sie haben Ihrem Mann aber einen gehörigen Schrecken eingejagt mit dieser Ohnmacht!« sagte der Arzt. »Aber ich habe ihm versichert, daß das ganz normal ist, wenn man ein Kind erwartet. Nur ruhen Sie sich bitte ein paar Tage aus! Überanstrengen Sie sich nicht! Tun Sie nur, wozu Sie Lust haben, aber sonst nichts!«

Der Arzt ging auf die Tür zu, und Robert, der ihm gefolgt war, versicherte ihm: »Ich werde dafür sorgen, daß sie sich schont.«

Nathalie lag ganz still, und Robert blickte sie schweigend und prüfend an. Zärtlichkeit kam in ihm auf – und ein Gefühl des Triumphs. Nun war sie ihm noch enger verbunden. Darauf hatte er gehofft, – daß sie außer Arthur nicht etwas hatte, woran sie denken und wofür sie Pläne machen konnte.

Aber er würde ihren Launen und Wünschen gegenüber nachsichtiger sein müssen, beschloß Robert. Er lächelte sie an und sagte: »Du scheinst deinen Kopf durchgesetzt zu haben, Nathalie. Im Theater müssen sie heute abend ohne uns spielen!«

»Aber Robert, wenn du gehen möchtest ...«

»Nicht ohne meine Frau, Nathalie. Nein, wir bleiben beide heute abend zu Hause. Ich schon deswegen, damit ich darauf achten kann, daß du dich wirklich ausruhst.«

Also blieben sie an dem Abend zu Hause, und Robert umsorgte Nathalie. Er stellte ihr keine Fragen darüber, warum sie aus dem Geschäft von Mrs. Windom weggelaufen war. Offensichtlich hatte etwas sie aus der Fassung gebracht, und für das Kind wäre es nicht gut, wenn man sie noch mehr bedrängte. Nein, er würde schon später herausbekommen, was passiert war ...

»Ich nehme an, du möchtest dich bald um Babysachen kümmern und was du sonst noch brauchst?«

»Ja. Ich habe schon damit angefangen, Jasons Sachen auszubessern, die die Nonnen für ihn genäht hatten.« Sie biß sich nervös auf die Lippe und wartete darauf, wie er auf ihr Geständnis reagieren würde.

»In deinem früheren Zimmer? Damit warst du also im Westflügel beschäftigt?« Er grinste fröhlich.

»Ja.«

»Du brauchst doch nicht Jasons abgetragene Sachen zu benutzen!« sagte er in ernsthaftem Ton. »Wenn du möchtest, kannst du gleich hier in der Stadt eine neue Ausstattung für das Baby kaufen, wenn es dir wieder besser geht.«

Sie schüttelte nachdrücklich den Kopf. »Daran liegt mir überhaupt nichts, hier einzukaufen. Jasons Sachen genügen vollauf.«

Robert konnte sich ihre Reaktion zwar nicht erklären, ging der Sache aber nicht weiter nach. Eines Tages würde er schon herausbekommen, warum sie die Geschäfte in Charleston meiden wollte ...

Zwei Tage später brachte Robert seine Frau nach Midgard zurück. Und Nathalie war glücklich, wieder bei Jason und Neijee zu sein. Sie packte die Muschelkiste für die beiden Kinder aus.

Robert, das glückliche Gezwitscher der Jungen noch im Ohr, verließ die Plantage bald wieder, um in der Baumwollspinnerei in Taborville nach dem Rechten zu sehen. Diesmal lud er Nathalie nicht zum Mitfahren ein. Das Reisen auf der holprigen Straße war jetzt nichts für sie.

Bis zum Sommer würde Jessie Tilbaugh allein fertigwerden, und zum Herbst wollte Robert eine ausgebildete Lehrerin einstellen. Jetzt brauchte sich Nathalie nicht mehr um die Schule zu kümmern; das neue Baby würde sie ausreichend beschäftigen!

Er war sehr stolz auf diese Aussicht, ein Baby geschenkt zu bekommen. Während der Fahrt machte er nun neue Sommerpläne für seine Familie. Er hatte vorgehabt, mit ihnen nach Flat Rock zu fahren, bevor die Malariazeit wieder einsetzte; aber das war nun nicht möglich, weil Nathalie in ihrem Zustand nicht so weit reisen durfte.

Sie würden den Sommer in ihrem Stadthaus in Charleston verbringen, beschloß Robert. Das wäre das beste, weil auch der Arzt dann, wenn nötig, nach Nathalie sehen könnte.

Den ganzen Nachmittag konnte Robert sich nur schwer auf die Baumwollspinnerei und Ebenezer Shaws Bericht konzentrieren. Er konnte es kaum erwarten, die Inspektion zu beenden und nach Midgard zu Nathalie zurückzukommen.

Der Tag war lang gewesen, und Robert war rechtschaffen müde, als er auf Biffers Road das letzte Stück Wegs zurücklegte. Er freute sich auf ein gutes Abendessen und auf ein Glas Weinbrand, mit dem er den Reisestaub aus seiner Kehle spülen würde.

Da sah er plötzlich, wie sich im Sumpf etwas bewegte. Er hielt an und versuchte herauszubekommen, was es war. Vielleicht ein Alligator, der nach dem Winterschlaf nach Nahrung suchte? Oder ein Sklave, der sich verstohlen durch den Sumpf schlich?

Robert lauschte, und dann hörte er es: Trommeln! Zauberei, Hokuspokus. Das war's! Während seiner Abwesenheit war das also wieder eingerissen. War Feena wohl dafür verantwortlich? Er würde der Sache ein Ende machen müssen, bevor der Hokuspokus überhand nahm.

Den Rest des Weges legte er im Galopp zurück. Vor den Ställen übergab er sein Pferd dem wartenden Stallburschen und lief eiligst ins Haus.

An der Tür zur Veranda stand Florilla und bestätigte seinen Verdacht. Feena hatte die Sklaven zusammengerufen. Sie waren aus ihren Hütten geschlüpft und hielten nun bei Mondschein eine Versammlung im Sumpf ab.

Mit finsterer Miene schritt Robert durch die Diele zu dem Alkoven neben der Bibliothek, wo die hohen Schaftstiefel standen, in denen er durch schlangenverseuchtes Wasser stapfen konnte.

Als Nathalie die Geräusche hörte, ging sie aus dem Kinderzimmer, wo Jason schon schlief. Mit einem Knall fiel die Haustür zu, und Nathalie, die Robert erwartet hatte, sah sich statt dessen Florilla gegenüber.

»Ich dachte, ich hätte Robert gehört«, sagte Nathalie. »Ist er denn nicht nach Hause gekommen?«

»Ja, und er ist auch wieder gegangen«, antwortete Florilla. »Er hat die Zaubertrommeln gehört und ist zum Sumpf gegangen, um der Sache ein Ende zu machen. Diesmal geht's Feena aber wirklich an den Kragen!« sagte sie triumphierend.

»Ist er zu Fuß gegangen?«

»Ja.«

Nathalie hatte plötzlich Angst um Feena. Warum konnte sie es auch nicht lassen? Sie wußte doch genau, daß Robert sie ohne weiteres verkaufen würde, wenn sie ihm zum zweitenmal nicht gehorchte.

Nathalie ließ Florilla stehen und lief die Treppe hinauf. Hastig stöberte sie in ihrer Garderobe und zog schließlich den praktischen Umhang hervor, den sie noch aus dem Kloster hatte. Wenn sie Feena warnen könnte, bevor Robert sie fand ...

Zu Fuß würde sie nie vor Robert bei Feena sein können. Die einzige Aussicht auf Erfolg bestand darin, ein Pferd aus dem Stall zu holen und durch den Sumpf zu reiten.

Der schwarze Umhang schlug ihr um die Beine, als sie zu den Ställen hinüberlief. Thunderbolt, das Pferd, auf dem Robert nach Taborville geritten war, stand noch angebunden da, weil der Bursche es noch nicht abgerieben hatte. Nathalie ergriff schnell eine Laterne, die an der Wand hing, saß auf und ritt vom Hof.

Sie ritt am nördlichen Rand des Sumpfgebietes entlang. Die

schwankende Laterne kam ihrem Umhang gefährlich nahe. Dann ritt sie ins Wasser, über ihr wölbten sich die Bäume und verdeckten den Mond.

Das Trommeln klang laut über das Wasser, und sie ritt dem Geräusch nach. Das gleichmäßige Trommeln wirkte wie hypnotisierend, und Nathalie ritt tiefer und tiefer in das Sumpfgebiet hinein, Das Pferd sank manchmal bis zu den Knien in den schwarzen Schlamm.

Moos hing von den grotesken Zypressen herab und berührte Nathalies Gesicht; aber sie war so darauf bedacht, zu Feena zu kommen, daß sie es kaum wahrnahm und es sich nur ungeduldig aus dem Gesicht strich, während sie das Pferd antrieb. Unten am Strand hatten die Zypressen Auswüchse, die wie Wächter des Sumpfes, gruselig, schrecklich wirkten.

Hier war es erheblich kühler; Nebel bildete sich über dem Sumpf und stieg in Schwaden aufschwebende Sumpfgeister, von unsichtbaren Mächten angelockt. Die Schwaden flossen zusammen, teilten sich wieder, und da sah Nathalie in der Ferne ein Feuer glühen.

Das Pferd watete jetzt auf höher gelegenes Gelände zu, aber die Nebelschwaden umgaben sie noch immer. Nathalie wußte: Wenn sie sich nicht hoffnungslos im Sumpf verirren wollte, mußte sie das Feuer im Auge behalten und dem Klang der Trommeln nachreiten auf Feena zu!

Plötzlich lichtete sich der Nebel, und da, als Silhouette gegen das Feuer abgehoben, erschien vor Nathalie der Kreis der Sklaven.

Das Pferd wieherte. Bei dem Geräusch blickten die Sklaven auf. Ihre Augen waren schreckensweit, als sie den unerwarteten Eindringling erkannten. Sofort liefen sie in alle Himmelsrichtungen davon; Nathalie blieb allein bei dem Feuer zurück.

»Feena!« rief Nathalie. »Robert kommt! Lauf schnell ins Haus zurück, bevor er dich erwischt!«

Aber nur Schweigen antwortete ihr, und nichts bewegte sich in der Dunkelheit.

Wieder rief sie, diesmal lauter: »Feena, mach schnell! Robert kommt gleich!«

Alles blieb still. Nathalie runzelte die Stirn. Wenn Feena in der Nähe wäre, hätte sie doch bestimmt geantwortet. War sie vielleicht gar nicht im Sumpf gewesen?

Langsam wurde es Nathalie klar, was sie angerichtet hatte, und sie hatte plötzlich den dringenden Wunsch, zu fliehen wie die Sklaven – vor Robert!

Aber sie konnte das Feuer nicht einfach weiterbrennen lassen. Sie würde es löschen müssen, damit es sich nicht ausbreitete. Es hatte lange nicht geregnet, und ein Funke konnte leicht einen Höllenbrand anrichten und die gesamte Plantage vernichten.

Nathalie saß mit der Laterne in der Hand ab. Dann stellte sie sie auf den Boden, führte Thunderbolt zum nächsten Baum und wickelte die Zügel darum. Das Pferd schnaubte durch die Nüstern und stampfte nervös.

Eine blutbeschmierte Schüssel lag verlassen neben dem Feuer. Schaudernd hob Nathalie sie auf, denn sie brauchte sie, um Wasser herbeizuschaffen, damit sie das Feuer löschen könnte.

Sie ging zum Rande der Erhöhung, beugte sich zu dem tiefer liegenden Sumpfland hinunter, schöpfte das faulige, stehende Wasser in die Schüssel und trug es zur Feuerstelle zurück. Fünfmal ging sie so hin und her und schüttete das Wasser auf das Holz, das dann jedesmal zischte.

Das Feuer war nun fast gelöscht. Noch eine Schüssel voll, dann würde sie heimreiten können. In dem schwachen Licht der verglühenden Asche zog Nathalie sich den Umhang fester um die Schultern. Ihr schauderte vor der unheimlichen Stille des Sumpfes.

Sie durfte nicht an den einsamen Heimweg durch die schwarzen Wasser denken. Mit der Schüssel in der Hand stand Nathalie vor dem Aschenhaufen, als plötzlich aus dem Nichts starke Arme sie umfingen und sie mit eisernem Griff festhielten. Nathalie schrie vor Schrecken und ließ die Schüssel fallen.

»Auf frischer Tat ertappt! Diesmal kommst du mir nicht so billig davon!«

Seine zornige Stimme schallte über dem Sumpf, und obwohl er sie wie einen Dieb festhielt, fühlte sich Nathalie in seinen Armen doch beschützt und geborgen.

»Robert«, konnte sie nur flüstern.

Überrascht lockerte Robert den Griff und drehte sie zu sich herum. Er hob die Laterne vom Boden auf und leuchtete ihr ins Gesicht.

»Nathalie!« rief er aus, als er seine Frau erkannte. »In Gottes Namen, wie kommst du denn hierher?«

»Auf ... auf Thunderbolt.«

Das Pferd wieherte ungeduldig, und Robert starrte durch die Dunkelheit in die Richtung, aus der das Wiehern gekommen war.

»Wer hat dir gesagt, daß ich hinter Feena her war? Oder hast du etwa beschlossen, dich auch mit Zauberei zu befassen?«

Er erwartete keine Antwort und sie sagte auch nichts. Mit grimmigem Gesicht stellte er die Laterne hin und ging zu dem Pferd hinüber. »Na. wenigstens brauche ich jetzt nicht zu Fuß durch den Sumpf zu traben!«

Er band das Pferd los, schwang sich in den Sattel, und Thunderbolt bewegte sich. Ohne ein Wort zu sagen, ritt Robert auf Nathalie zu, beugte sich zu ihr herunter, hob sie mit kräftigen Armen auf und setzte sie vor sich aufs Pferd.

»Halt die Laterne gut fest, Nathalie! Wir brauchen Licht, um aus ›Emmas Sumpf‹ herauszufinden!«

Robert lenkte Thunderbolt durch den dichten Nebel, ohne ein Wort zu sagen. Um sich herum hörte er die leisen Geräusche des lebenden Sumpfes – eine Erinnerung an seine Schönheit, in der der Tod lauert.

Nathalie saß in Roberts Arm und lehnte sich an ihn an, während er die Zügel in der anderen Hand hielt. Bei jedem vorsichtigen Schritt, den das Pferd tat, schwankte die Laterne auf und ab.

Plötzlich flog eine Eule aus einem hohlen Baum, und Thunderbolt, der schon wegen der unheimlichen Laute um sich herum die Ohren gspitzt hatte, schnaubte vor Angst und drückte sich abrupt zur Seite.

»Sachte, sachte!« rief Robert dem Pferd zu und hielt die Zügel fest in der Hand.

Die Eule flog an ihnen vorüber und setzte sich auf einen

anderen Baum. Dort plusterte sie sich auf und stieß einen unheimlichen Ruf aus, während ihre gelben Augen dem Pferd nachblickten. Die Sklaven hielten den Ruf dieses Vogels, den sie »Hiddle-diddle-dee« nannten, für ein böses Omen.

Thunderbolt beruhigte sich. Die Laterne schwankte in Nathalies Hand wieder langsam und rythmisch hin und her.

Robert war hungrig und müde, und er ärgerte sich, weil er durch den Sumpf reiten mußte, statt sich zu einem guten Essen an den Tisch zu setzen. Und dann hatte er auch noch statt Feena seine Frau gefunden? Eigentlich war es natürlich ein Glück, daß er auf sie gestoßen war, bevor sie sich allein auf den Rückweg gemacht hatte. Ohne ein Feuer, das ihr den Weg wies, hätte sie sich wahrscheinlich hoffnungslos verirrt. Wer hatte ihr wohl verraten, wohin er gegangen war?

Robert sah einem Gespräch mit Nathalie nicht gerade mit Freuden entgegen; aber es war unumgänglich. Er mußte ihr, ohne sie unnötig aufzuregen, klarmachen, daß sie in Zukunfft nicht mehr alle möglichen Leute auf der Plantage vor ihm schützen könne.

Das schwarze Wasser und die seltsamen Geräusche um sie herum ließen Nathalie alles wie ein Traum erscheinen. Die Stunden im Sumpf erschienen ganz unwirklich. Nur Roberts Arme, in denen sie vor aller Gefahr sicher war, waren wirklich. Und sein Zorn, den sie, wenn er auch seiner Stimme nicht anzuhören war, genau spürte.

Thunderbolt, mit dem doppelten Gewicht auf dem Rücken, stieg schließlich das lehmige Ufer hinan und landete auf der schmalen Straße, die nach Midgard führte. Robert lockerte die Zügel, denn das Pferd war so sicher und so eifrig darauf bedachte, zum Stall zurückzukommen, daß es nicht mehr gelenkt zu werden brauchte.

Robert ritt die Auffahrt hinauf, setzte Nathalie an den Stufen, die zum Haus hinaufführten, ab und nahm ihr die Laterne ab.

Einen Augenblick lang sah sie ihm nach, während er sich entfernte. Jetzt, wo alles vorbei war, hatte Nathalie gar keine Lust, ins Haus zu gehen.

Die Haustür öffnete sich, und Florilla war sehr enttäuscht, als sie Nathalie in ihrem schwarzen Umhang erkannte.

»Er hat sie doch erwischt, nicht wahr?« fragte Florilla.

»Meinen Sie Feena?«

»Natürlich. Wen denn sonst?«

»Nein, Florilla. Feena war gar nicht im Sumpf.«

Nathalie ging an Florilla vorbei, aber Florillas beunruhigende Worte erreichten sie noch.

»Feena wird nicht immer solches Glück haben wie heute abend, Mrs. Tabor! Letzten Endes wird Robert sie doch erwischen und sie gehörig bestrafen.«

Nathalie ging ins Schlafzimmer und legte den beschmutzten schwarzen Umhang ab.

Das Wasser in der Wasserkaraffe war kalt; trotzdem wusch Nathalie sich Gesicht und Hände und auch flüchtig den Körper, ehe sie ihr Nachthemd anzog.

Dann stieg sie ins Bett und bürstete sich beim Schein der Lampe das Haar, aber Robert kam nicht.

Von unten drangen Stimmen zu ihr herauf; also war er im Haus. Vielleicht nahm er zum Essen Platz?

Nathalie wartete angespannt. Sie konnte nur an die Schelte denken, die ihr sicher war, und sie bürstete sich das Haar, bis ihr die Arme weh taten und die Bürste ihr aus der Hand fiel. Da legte sie sich seufzend in die Kissen zurück und schloß die Augen.

»Nathalie –«, flüsterte plötzlich eine sanfte Stimme an ihrem Ohr. Und sie hatte sich vor einer rauhen Stimme und einem bösen Gesichtsausdruck gefürchtet!

Robert berührte ihren Arm. »Ich wecke dich ungern, aber wir müssen uns unbedingt heute noch miteinander unterhalten.«

Verschlafen bemühte sich Nathalie, die Augen zu öffnen. Robert war über sie gebeugt, um ihr zu helfen, sich aufzurichten.

»Bist du wach?«

Sie nickte, lehnte sich an ihn und murmelte: »Feena war nicht da, Robert. Sie war nicht im Sumpf.«

»Du weißt, daß es nicht recht war, sie zu warnen. Ich möchte, daß du mir versprichst, nie wieder in ›Emmas Sumpf‹ zu gehen!«

»Das fällt mir gar nicht schwer. Ich ... hatte solche Angst! Bist du sehr böse?«

Sie schauderte und Robert zog sie schnell an sich, um sie zu wärmen. Ihr Kopf sank an seine Brust, und ihr dunkles Haar breitete sich über die Arme. Die Augen fielen ihr zu.

»Wie kann ich denn böse mit dir sein, wenn du nicht einmal wach bleibst, Nathalie?«

Er war ärgerlich über seine eigene Milde. Er ließ sie sanft auf die Kopfkissen gleiten und deckte sie zu.

»Aber Miß Lalie, ich war doch gar nicht im Sumpf!« protestierte Feena, als Nathalie sie am nächsten Morgen zur Rede stellte.

»Wo warst du denn aber?« fragte Nathalie.

Feenas Gesicht wurde plötzlich ganz ausdruckslos. »Bei Moses, Miß.«

Nach diesem Geständnis stellte Nathalie schnell die nächste Frage: »Warum meinte Florilla dann, daß du nach ›Emmas Sumpf‹ gegangen seist?«

Feena verengte die Augen zu argwöhnischen Schlitzen. »Miß Florilla weiß ganz genau, daß es ihr kaum gelingen würde, Ihnen etwas Böses anzutun, solange ich hier bin. Wahrscheinlich versucht sie nur, Unheil zu stiften, damit ich gehen muß.«

Nathalie nickte. Daran hatte sie nicht gedacht, aber möglich war es ...

»Dann mußt du dich aber bemühen, Feena, Robert keine Veranlassung zu geben, dich zu ... entlassen.«

»Verkaufen, meinen Sie wohl!« Feena zog verächtlich ihren Atem durch die Nase ein. »Aber machen Sie sich keine Sorgen! Ich habe nicht die Absicht, mich von Ihnen trennen zu lassen. Nur – machen Sie sich nie wieder auf die Suche nach mir, wenn dieses Flittchen Ihnen einen Floh ins Ohr setzt!«

Nathalie war geknickt. Das Erlebnis im Sumpf hatte Spuren hinterlassen; sie fühlte sich wie ausgelaugt. Was mochte Robert von ihrem Verhalten denken! Würde er sie tadeln, daß sie keine Träne vergossen und keine Reue gezeigt hatte?

Es war schon längst Zeit fürs Mittagessen. Nathalie saß im

Wohnzimmer und wartete darauf, daß Robert mit seiner Arbeit in der Bibliothek fertig wurde. Sie bekam allmählich Hunger und hoffte, es würde nicht mehr allzulange dauern.

Florilla hatte schon mit Jason zu Mittag gegessen und war nun dabei, ihn zum Mittagsschlaf ins Bett zu bringen. Also würde Robert sich ganz auf sie konzentrieren können.

Nathalie hörte Schritte in der Diele und blickte zur Tür. Robert erschien, und sah sie ohne ein Wort von oben bis unten an. Sie wurde verlegen, zog sich die Spitze an ihrem Ärmel zurecht und zupfte dann an einem Faden, der sich gelöst hatte.

»Hast du gut geschlafen, Nathalie?«

Da blickte sie auf und sah seinen Augen an, daß er sich lustig über sie machte. Sie errötete.

»Ja, Robert. Und du?«

Er nickte, während er auf sie zuging. »Laß uns ins Eßzimmer gehen, wenn du bereit bist.«

Jetzt, wo sie das Essen vor sich stehen hatte, verspürte sie plötzlich keinen Hunger mehr. Lustlos stocherte sie auf ihrem Teller herum, während Robert schweigend und nachdenklich aß.

»Ich habe beschlossen, mit dir und Jason am ersten Mai in das Stadthaus zu ziehen.«

Robert sprach mit tiefer Stimme, und Nathalie ließ erschrokken die Gabel fallen. Langsam wurde ihr die Bedeutung seiner Worte klar: Er plante, den Sommer in Charleston zu verbringen!

»Eigentlich wollte ich ja in die Berge gehen«, fuhr Robert fort, »aber ich möchte dir nicht in deinem Zustand eine so lange Reise zumuten. In Charleston wird es zwar nicht so kühl sein wie in den Bergen, aber das Haus wird doch relativ angenehm sein, weil vom späten Nachmittag an immer eine leichte Brise von der See her weht und alles abkühlt.«

»Müssen wir unbedingt nach Charleston gehen, Robert?«

Er war ungehalten über ihre Frage. »Ja, hier auf Midgard kannst du nicht bleiben. Hier ist es viel zu ungesund.«

»Aber in dem Sommer nach Papa Ravenals Tod war ich doch auch auf Midgard und bin nicht krank geworden.«

»Ich kann es nicht gestatten, daß du dich der Malariagefahr aussetzt, besonders jetzt, wo du unser zweites Kind erwartest.

Nein, ich bin fest entschlossen. Nun wollen wir nicht mehr darüber reden.«

Nathalie sah seinen bedrohlichen Gesichtsausdruck und wagte nicht zu protestieren. Sie blickte wieder auf ihren Teller und schob geistesabwesend das Essen mit der Gabel hin und her, während sie sich den Sommer in Charleston vorstellte.

Es würde wieder so wie in Columbia sein, und auch dieselben Frauen würden dort sein. Fast hatte sie die schmerzliche Episode in der Landeshauptstadt vergessen, aber Polly Ashe hatte sie wieder daran erinnert. Welch häßliche Gerüchte würde sie über Nathalie verbreiten! Nein, sie konnte sich durchaus nicht darauf freuen, den Sommer in Charleston zu verbringen.

Nathalie dachte an Tabor Island und an das schöne alte Haus, an den weißen Sandstrand. Wieviel Spaß könnten Jason und Neijee dort haben! Sie könnten Muscheln sammeln und den ganzen Tag spielen. Man könnte sogar das Pony und einen Wagen mitnehmen, und den Hund Rags, den Jason zu Weihnachten bekommen hatte ...

Wenn Robert es sich doch nur anders überlegen wollte und sie die Malariazeit auf der Insel verbringen lassen würde!

Robert schaute Nathalie beim Nähen zu. Während der beiden letzten Wochen war sie ungewöhnlich gefügig gewesen und hatte sich so benommen, wie es einer Ehefrau zukam. Aber er wußte nicht, ob das ein gutes Zeichen war ...

Jetzt saß sie am Fenster und biß mit ihren ebenmäßigen, weißen Zähnen einen Faden ab.

Robert sah ihr gern beim Nähen zu, weil ihre Hände die Nadel so geschickt und anmutig führten. Er saß in der Bibliothek und hatte die Rechnungsbücher, die Gil Jordan ihm zur Prüfung vorgelegt hatte, beiseite gelegt, um seiner Frau zuzusehen.

Nathalie seufzte, und Robert, der ihren bekümmerten Gesichtsausdruck bemerkte, fragte: »Woran denkst du gerade, Nathalie, daß du so hörbar seufzen mußt?«

»Ich dachte gerade an die Insel«, gestand sie, »und wie schön es wäre, wenn wir den Sommer dort verbringen könnten!«

»Das haben wir doch alles schon besprochen, Nathalie. Wenn die Geburt näherrückt, muß ein Arzt in der Nähe sein.«

»Aber das ist doch erst Ende Oktober, Robert! Bis dahin sind wir doch längst wieder zu Hause!«

»Und wenn das Baby nun früher käme?«

»Dann könnte sich Feena als Hebamme betätigen. Sie hat große Erfahrung, und wenn sie bei mir wäre, hätte ich überhaupt keine Bedenken.«

»Das mag schon sein, aber du mußt auch bedenken, daß die britische Flotte jederzeit wieder aufkreuzen kann.«

Sie sah ihn verschmitzt von der Seite her an: »Hast du mir nicht gesagt, die Wächter im Leuchtturm würden uns früh genug warnen?«

Robert lachte über ihr Argument, brachte aber ein Gegenargument vor: »Und was würde aus Jason? Wir müßten sogar eine Kuh mitnehmen, damit wir Milch für ihn hätten.«

Nathalie lächelte und antwortete ganz aufgeregt: »Und wir könnten auch ein Pony und ein Wägelchen für ihn mitnehmen. Und Rags könnte natürlich auch mitkommen. Es wäre doch wunderbar für Jason, wenn er am Strand spielen könnte!«

»Nun mal sachte, Nathalie! Laß dich nur nicht zu sehr hinreißen!« warnte Robert.

Sie stand von ihrem Sitz am Fenster auf und ging mit unverhohlener Vorfreude in den Augen auf Robert zu.

Robert nahm ihre Hand, blickte sie an und fragte in ernsthafterem Ton: »Du würdest wohl nicht gern nach Charleston gehen, nicht wahr?«

»Nein, Robert«, gab sie bereitwillig zu.

Er blickte in die dunklen, flehenden Augen, die ihn so vertrauensvoll ansahen. Sie wußte sie gut zu gebrauchen, dachte er amüsiert, um ihren Willen durchzusetzen. Robert legte nun den Arm um sie und sagte sanft: »Du hast gute Argumente, Nathalie. Und, weiß der Himmel, in dem Haus auf der Insel wäre es wesentlich kühler als in der Stadt!«

»Heißt das, daß wir auf die Insel dürfen? Oh, danke Robert!« Nathalie stellte sich auf Zehenspitzen und küßte ihn impulsiv auf die Wange.

»Ich habe meine Zustimmung noch nicht gegeben, Nathalie.«

Unsicherheit kam in ihren braunen Rehaugen auf, aber sie blickte Robert weiterhin unverwandt an. Sie fühlte, wie seine Hand die ihre fester faßte.

»Ich wäre deinem Vorschlag vielleicht etwas mehr geneigt, wenn du ein wenig mehr Leidenschaft zeigtest. Was für eine Dankbarkeit war denn das – ein schwesterliches Küßchen auf die Wange? Kannst du nicht etwas mehr Begeisterung an den Tag legen bei der Aussicht, daß dein Wunsch in Erfüllung geht?«

»Oh, Robert!« schrie sie glücklich und schlang ihm die Arme um den Hals.

Er hob sie auf und küßte sie lange und heiß.

Die einzige, die nicht begeistert war von den neuen Plänen, war Florilla. Sie wäre im Sommer viel lieber in Charleston gewesen. Sie hatte keine Lust, sich von der Inselsonne den Teint ruinieren zu lassen. Außerdem gefiel ihr das bessere Verhältnis zwischen Nathalie und Robert nicht. Sie war schon so nahe daran gewesen, Robert dazu zu bringen, sie zu heiraten. Aber als Nathalie so plötzlich in Columbia aufgetaucht war, hatte das ihren Plänen ein vorläufiges Ende bereitet.

… Und dabei hatte sie sich so sorgsam gehütet, verlauten zu lassen, daß Nathalie noch lebte und im Kloster war. Für sie war es ein Glück gewesen, daß Nathalie dem Kind, das gestorben war, ihren eigenen Namen gegeben hatte, und daß die alte Nonne, Schwester Louise, sie so hartnäckig vor Robert geschützt hatte.

Arme alte Nonne! Sie hatte tatsächlich geglaubt, Florilla hätte um ihr Kind getrauert. Sie hatte es doch gar nicht gewollt! Sie hatte es gehaßt, daß ihre Figur monatelang so unförmig gewesen war, aber das Kloster war ihr sehr gelegen gekommen, nachdem Clem sie zuerst schwanger gemacht und sie dann hatte sitzen lassen.

Florilla sah in den Spiegel und zog sich den Ausschnitt ihres Kleides etwas tiefer. »Robert hätte mich geheiratet«, sagte sie zu ihrem Spiegelbild, »wenn Nathalie nicht zurückgekommen wäre.«

Sie runzelte die Stirn, aber gleich darauf glättete sie die Falten mit den Fingern. Nathalie war nun einmal da, und Florilla mußte überlegen, was sie nun machen würde. Zu schade, daß der Handel, den sie mit Alistair Ashe abgemacht hatte, nicht funktioniert hatte, oder daß Nathalie in »Emmas Sumpf« nichts passiert war!

Aber es war ja noch früh genug. Vielleicht wäre es auf der Insel sogar leichter als in der Stadt ...

16

Es war der erste Mai und damit der Beginn der Malariazeit. Manche Leute meinten, es läge an den ungesunden Dämpfen, die aus den Sümpfen aufstiegen, andere hielten die Moskitos für schuldig. Aber ob die Krankheit nun durch die Luft übertragen wurde oder durch die stechenden Insekten, die immer gleich nach Sonnenuntergang schwärmten –, das war Robert im Grunde gleichgültig. Die Krankheit vertrieb ihn aus seinem Haus, und das ärgerte ihn.

Eigentlich hatte er sich nie daran gewöhnt, daß er jahraus, jahrein sechs Monate lang sein schönes Land entbehren mußte, das so friedlich aussah. Aber das Land der Baumwolle war eben gefährlich und forderte Tribut für die Reichtümer, die es schenkte.

Es war, als ob die Götter das so eingerichtet hätten, als ob sie sagen wollten: »Wir geben euch Menschen dieses schöne Land, diesen fruchtbaren Boden zwischen zwei Flüssen, das reiche Ernten bringen und euch wohlhabend machen wird. Aber wir werden euch auch jedes Jahr eine Plage schicken, damit ihr nicht zu übermütig werdet!«»

Robert überblickte die schöne Plantage, die er geerbt hatte, und sah, daß alles in Ordnung war. Die Milchkuh, Pony, Wagen, Bettwäsche, Proviant und Gepäck waren schon zum Kai vorausgeschickt worden, um auf das große Boot geladen zu werden, das sie nach Tabor Island bringen sollte.

Nun brauchte Robert seinem Aufsehen nur noch letzte Anweisungen zu geben, bevor auch er sich mit Frau und Kind und Dienerschaft auf den Weg machen würde.

»Es sieht so aus, als ob wir auswandern wollten«, sagte Robert zu Nathalie, als er sich auf dem Kai zu ihr gesellte.

Nathalie senkte den Sonnenschirm und lächelte. »Aber es ist doch ein herrliches Auswanderwetter, nicht wahr, Robert?«

Er erwiderte ihr Lächeln, geleitete sie auf die Planke und hob sie dann ins Boot. Sie sah zu, während er auch den anderen ins Boot half – Jason, Florilla, Neijee und Feena. Schon bald war der Kai nur noch ein kleiner Punkt in der Ferne, statt der Hafengeräusche hörte man schon das Rauschen der See.

Nathalie blickte auf die weißen Ränder der sanften Wellen, auf die das Sonnenlicht fiel. Es war alles friedlich und schön, aber darunter schlummerte doch eine Naturgewalt, die der Wind jederzeit wecken und die verheerende Ausmaße annehmen konnte.

Genau wie Robert, dachte sie. Sein Gesicht wirkte so ruhig, aber sie wußte, daß diese ruhige Oberfläche täuschte. Darunter verbarg sich eine Kraft wie die Gewalt des Meeres.

Während Nathalie über das Wasser blickte und an Robert dachte, nahm sie den Aufruhr am anderen Ende des Bootes nicht wahr.

Rags, der junge Jagdhund, bellte die Guernseykuh an, und der schwarze Diener hatte Mühe, die Kuh am Strick festzuhalten. Robert kam schnell und trug den bellenden Hund ans andere Endes des Bootes.

»Jason! Neijee!« rief er zornig. »Hört auf, herumzurennen, und setzt euch auf eure Plätze!«

Dann wandte er sich an Nathalie: »Du achtest jetzt besser auf Jason«, sagte er. »Zum Träumen hast du später noch genug Zeit.«

Bei Roberts Ton zuckte sie zusammen und zog Jason neben sich. Florilla stand schnell auf und sagte: »Ich hole einen Strick, Robert, und binde Rags an die Reling.«

»Das wäre eine große Hilfe, Florilla«, sagte Robert anerkennend. Florilla gegenüber schlug er einen viel milderen Ton an ...

Der Unterschied entging Nathalie nicht, und sie war nicht erfreut darüber, vor Florilla getadelt zu werden. War diese nicht schließlich die Gouvernante, die sich um Jason zu kümmern hatte? Warum schalt Robert nicht auch sie, weil sie ihre Aufsichtspflicht vernachlässigt hatte?

Es wurde ein anstrengender Nachmittag, weil das ganze Boot entladen werden mußte. Mehrmals mußten Robert und die Diener den Weg vom Pier zum Haus zurücklegen – mit Bettwäsche, Geschirr, Kleidung und Lebensmitteln.

Nathalie stand im Hauseingang und gab den Dienern Anweisungen, wo sie alles hinzustellen hatten. Sie war müde nach diesem ereignisreichen Tag, aber sie konnte sich nicht beklagen. Ihr Wunsch, den Sommer auf Tabor Island zu verbringen, war in Erfüllung gegangen!

Effie schwankte unter dem Wäschestapel, den sie auf dem Arm trug. Nathalie kam ihr zu Hilfe, nahm ihr die Hälfte der Bettwäsche ab und wollte sie hinauftragen. Sofort war Robert zur Stelle, hielt sie zurück und nahm ihr die Last ab.

»Du sollst hier nicht arbeiten, Nathalie!« rief er. »Überlaß das den Dienern!«

»Aber Robert, ich wollte nur...«

»Nur leichtsinnig sein«, führte er den Satz zu Ende, und runzelte die Stirn.

Er legte den Wäschestapel auf einen Stuhl nahm einen zweiten Stuhl und stellte ihn mitten in die Eingangsdiele. Er zeigte darauf und befahl: »So, Nathalie, setze dich bitte auf diesen Stuhl, bis das Boot entladen ist. Von hier aus kannst du den Dienern gut Anweisungen geben. Du darfst auf keinen Fall selbst etwas tragen!«

»Ja, Robert.«

Er drehte Nathalie den Rücken zu und rief: »Florilla, halten Sie uns Jason und Neijee vom Hals und gehen Sie mit ihnen spazieren! Und nehmen Sie diesen verflixten Hund aus dem Weg, bevor wir alle über ihn stolpern!«

Obwohl Robert so schroff mit ihr geredet hatte, schenkte ihm Florilla ein süßes Lächeln. Doch als er außer Sichtweite war, zog sie Jason so unsanft an der Hand, daß dieser erschrak.

Nathalie hatte diesen Zwischenfall nicht bemerkt, aber Neijee war er nicht entgangen. Der Negerjunge speicherte ihn in seinem Gedächtnis zusammen mit anderen Begebenheiten, die Florilla sich schon geleistet hatte.

Sittsam saß Nathalie auf dem Stuhl, den Robert ihr zugewiesen hatte. Sie strich sich das blaue Musselinkleid glatt, während sie daran dachte, wie Robert Florilla angefahren hatte. Als die Küchenutensilien alle hergebracht worden waren, schickte Nathalie Feena in die Küche, um sie einzuräumen. Jetzt nur noch ein paar Sachen, und sie würde aufstehen können, dachte sie.

Interessiert sah sie zu, als der Betstuhl in die Diele gebracht wurde. Robert hatte nichts gesagt, als sie ihn im Schlafzimmer auf Midgard zu den Koffern gestellt hatte, die hinuntergetragen werden sollten.

»Das ist alles, Miß Tabor«, verkündete Effie. »Alles ist jetzt abgeladen.«

»Gut!« antwortete Nathalie und stand auf.

»Was soll ich jetzt tun?« Effie wartete auf weitere Anweisungen.

»Ruh dich jetzt ein bißchen aus, Effie, und dann kannst du beim Bettenmachen helfen.«

»Ja, Miß.«

Effie verschwand, und Nathalie blieb allein in der Diele zurück. Sie ging auf die Treppe zu, doch dann drehte sie sich wieder um, weil ihr der Betstuhl eingefallen war. Er war nicht schwer, und Nathalie beschloß, ihn hinaufzutragen.

Auf halbem Weg löste sich das blaue Kniekissen und rollte die Treppe hinunter, aber Nathalie blieb nicht stehen. Sie würde es später aufheben.

Robert, ganz bleich, kam plötzlich die Treppe hinaus gerannt und riß ihr den Stuhl aus der Hand. Seine Stimme zitterte vor Zorn, und Nathalie, überrascht von seiner übertriebenen Reaktion, wich furchtsam gegen das Geländer zurück.

»Du hast meinem Befehl zuwidergehandelt, Nathalie!«

»Es war doch nur eine Kleinigkeit, Robert.«

Oben an der Treppe setzte er den Betstuhl ab. Er streckte die

Arme nach Nathalie aus und zog sie heftig an sich. »Eine Kleinigkeit!« wiederholte er. »Mein Gott! Als ich das blaue Kissen sah, dachte ich, du seiest die Treppe hinuntergefallen. Jage mir bitte nie wieder so einen Schrecken ein!« Er drückte die Lippen auf ihr dunkles, welliges Haar.

Ein paar Tage später, als sie sich schon eingewöhnt hatten, machte Nathalie mit Jason einen langen Strandspaziergang. Florilla und Neijee waren auch dabei. Und an dem Nachmittag sah Nathalie ein Gespenst.

Es erschien aus dem Nichts und stand im Dämmerlicht da in einem weiten Gewand, das wie aus dichtem grauem Nebel gemacht schien.

»Schauen Sie, Florilla! Sehen Sie den Mann auch?«

Florilla blickte in die Richtung, in die Nathalie gezeigt hatte; aber das Gespenst war so schnell verschwunden, wie es aufgetaucht war. Nathalie war unsicher. Hatte sie den Mann wirklich gesehen? Oder war es nur ein Schattenspiel in den letzten Strahlen der untergehenden Sonne gewesen?

»Was für ein Mann? Ich sehe niemanden.«

»Er ... er ist weg!« antwortete Nathalie und starrte in die Ferne.

Florilla lachte. »Wenn das so weitergeht, zittern wir noch alle vor Angst! Sie haben jemanden gesehen, der gar nicht da ist! Aber schwangere Frauen haben ja oft die seltsamsten Erscheinungen.«

Am Abend tat es Nathalie leid, daß sie die Gestalt Florilla gegenüber überhaupt erwähnt hatte.

Sie saßen im Eßzimmer. Als eine Gesprächspause eintrat, wandte sich Florilla an Robert: »Wußten Sie schon, Robert, daß Ihre Frau heute nachmittag ein Gespenst gesehen hat?«

»Ein Gespenst?« wiederholte er mit hochgezogenen Augenbrauen. Bevor Florilla antworten konnte, sagte Nathalie: »Es war wohl ein Licht- und Schattenspiel am Strand, Robert. Der graue Nebel bildete so seltsame Schwaden. Es sah wie ein Gewand aus. Und einen Augenblick lang sah es auch wirklich aus wie ein

Mann, der über das Wasser blickt.«

»Haben Sie ihn auch gesehen, Florilla?« fragte Robert.

»Wo er doch gar nicht da war?« antwortete Florilla lachend. »Ihre Frau hat wohl mehr Phantasie als ich.«

»Vielleicht war es einer der Franziskaner von der alten Missionsstation«, sagte Robert neckend zu Nathalie. »Es ist ja noch gar nicht so lange her, daß du meintest, hier sei außer uns noch jemand im Haus.«

»Sie jagt uns noch allen Angst ein! Ich hoffe nur, daß die Diener nicht so viel Angst bekommen, daß sie weglaufen!« meinte Florilla. »Die haben mehr Angst vor Gespenstern als vor englischen Soldaten!«

»Dann wäre es vielleicht das beste«, mahnte Nathalie, »Stillschweigen darüber zu bewahren.«

Florilla sagte nichts mehr. Schweigend saß sie da, löffelte mit gezierten Bewegungen ihren Nachtisch und überlegte, wie sie die Sache mit dem Gespenst zu ihrem eigenen Vorteil nutzen könnte.

Robert sah Nathalie an. Er zögerte noch, als ob er sich nicht entscheiden könnte, etwas zu sagen oder nicht; brach aber schließlich das Schweigen:

»Ich möchte zwar nicht, Nathalie, daß sich deine Phantasie noch mehr am Gespenstersehen entzündet, aber wenn dich die Geschichte der Franziskaner, die hier einmal gelebt haben, interessiert, dann solltest du dir mal die Kassette anschauen, die Onkel Ravenal ausgegraben hat, als er dies Haus baute. In der Kassette war ein altes, in Leder gebundenes Buch. Es enthielt auch die Namenslisten der Indianer, die hier von den Mönchen getauft wurden.«

Nathalie zeigte sofort Interesse. Mit leuchtenden Augen sagte sie: »O ja, Robert! Das täte ich sehr gern! Ist das Buch im Hause?«

»Ja. Nach dem Essen hole ich es dir. Die Tinte ist verblaßt, und das Papier ist schon brüchig.«

Spät am Abend, als Nathalie schon bereit war, ins Bett zu gehen, kam Robert mit der Metallkassette ins Schlafzimmer. Sie wies ungewöhnliche Verzierungen mit komplizierten Mustern auf und war mit eisernen Nägeln beschlagen. Nathalie hörte auf, sich das Haar zu bürsten, und sah zu, wie Robert die Kassette auf den Tisch am Fenster stellte. Er hob den Deckel und nahm das Buch heraus.

Jetzt war Nathalie neben ihm, streckte die Hand aus und berührte den alten Ledereinband. Sie betastete sorgsam die dreieckigen Metallstücke, mit denen die Ecken des Buches beschlagen waren.

Das Buch war muffig und zerbrechlich und die Tinte kaum zu sehen; es zerfiel ihr fast unter den Händen.

»Es ist so alt!« sagte Nathalie ehrfürchtig.

Er lächelte sie an. »Ja, und leider wirst du es auch erst bei Tageslicht entziffern können. Vielleicht kannst du es selbst gar nicht lesen, weil es nicht auf englisch geschrieben ist. Aber – ich habe ganz vergessen, das macht dir ja nichts aus, Nathalie.«»

»Sprachen verändern sich. Vielleicht kann ich es nicht verstehen, außer wenn es in klassischem Kirchenlatein geschrieben ist.« Sie blickte auf die verblichene Schrift und schüttelte den Kopf. »Bei Kerzenlicht ist es zu dunkel. Ich muß bis morgen abwarten. Vielen Dank, Robert, daß du es mir gezeigt hast!«

Am letzten Tag im Mai stand Florilla am Pier und wartete auf Robert. In der Hand hatte sie eine kleine Reisetasche. Als sie gehört hatte, daß er vorhatte, nach Charleston zu fahren, hatte sie darum gebeten, sie mitzunehmen, da sie Einkäufe machen wollte. Während sie am Pier wartete, suchte Robert Nathalie.

Er fand sie auf einem Felsbrocken am Strand. Sie saß da und sah aufs Meer hinaus. Jason und Neijee spielten unter Feenas Aufsicht in der Nähe am Strand.

»Willst du auch bestimmt nicht mitkommen, Nathalie?« fragte Robert, der neben dem Felsen stehengeblieben war, und blickte sie an.

Sie wandte sich zu ihm und hielt sich schützend die Hand über die Augen. »Bestimmt nicht, Robert«, antwortete sie. »Ich habe alles, was ich brauche.«

»Ich bleibe ein paar Tage in Charleston. Und mir ist es gar

nicht recht, daß du allein auf der Insel bleibst.«

»Aber es macht mir nichts aus, Robert. Wirklich nicht! Feena ist doch hier und kümmert sich mit um Jason.«

»Das meine ich auch nicht. Ich dachte an die Engländer«, erklärte er.

»Wenn die wirklich kommen, werden Tom und Rufus mich schon warnen. Dann können wir ohne weiteres in dem anderen Boot wegkommen.«

Robert schüttelte den Kopf. »Macht es dir denn gar nichts aus, mein Täubchen, daß ich dich vermissen werde?« Er legte ihr leicht die Hand auf den gerundeten Leib.

Sie war entsetzt von dieser Geste und sprang von dem Felsbrocken herunter. Mit einem Blick auf Jason und Neijee rief sie protestierend: »Robert, die Kinder!«

Er legte die Arme um sie und zog sie an sich. »Macht es dir etwas aus, wenn die Kinder sehen, daß ich dich liebevoll berühre, Nathalie?«

»Ja!« sagte sie laut. »Laß mich los, Robert!«

Robert sah zu den beiden Jungen hinüber, die die Vorgänge interessiert beobachteten. Widerstrebend gehorchte er ihr. »Wenn ich Zeit hätte, würde ich dich ihren neugierigen Blicken entziehen und dorthin bringen, wo ich dich richtig lieben könnte.«

»Aber du hast keine Zeit«, erinnerte sie ihn. »Wartet Matthew nicht schon?«

Er nickte. »Matthew und Florilla auch.«

Bei der Erwähnung dieses Namens ging Nathalie zu dem Felsbrocken zurück. »Auf Wiedersehen, Robert! Und ... gute Reise!«

Er streckte die Hand nach ihr aus. »Was ist denn das für ein Abschied, Nathalie? Komm, du mußt bekümmert aussehen, vielleicht sogar ein paar Tränen vergießen, sonst denke ich noch, du wolltest mich loswerden!«

Nathalie lachte, hob das Gesicht und wartete auf seinen Kuß.

Langsam ging er den Pfad zum Pier hinab. Die Zeit auf der Insel hat Nathalie gutgetan, dachte er. Sie war gesund und schien auch glücklich zu sein. Darüber war Robert froh. Aber sie war so gar nicht eitel; es machte ihr überhaupt nichts aus, daß ihre Haut nun einen goldbraunen Farbton angenommen hatte. Sie hatte einfach ohne Sonnenhut oder Sonnenschirm in der Sonne gesessen, – ganz im Gegensatz zu der blonden Florilla, die sich immer in so viele Schichten Stoff hüllte, daß es fast für eine ägyptische Mumie gereicht hätte.

Als Robert auf sie zukam, lächelte Florilla, und nachdem er ihr ins Boot geholfen hatte, legte Matthew ab und hielt Kurs auf den Hafen von Charleston.

Robert war schweigsam. Er dachte an Gouverneur Alstons Befehl an die Miliz, die Pulvermagazine am Hafen zu bewachen. Generalmajof Thomas Pinckney, der das Kommando im Südosten führte, war wohl beunruhigt über die britischen Flottenbewegungen, besonders da die Bundesregierung gerade wieder verkündet hatte, daß der Staat Süd-Carolina sich im Fall eines britischen Angriffs selbst zu verteidigen habe.

Robert hatte festgestellt, daß die Staatsmiliz leider sehr unzuverlässig war und sich bei den ersten Schüssen oder Raketen gleich zerstreute und in Deckung begab. Er hoffte, daß sie nie wirklich gefordert werden würde ...

Dann wandte er sich in Gedanken Florilla zu. Der Gedanke, sie in dem Stadthaus zu haben, während er selbst dort auch wohnte, besonders ohne Jason und seine Frau, war nicht angenehm. Aber er mußte zugeben, daß der Gouvernante auch ein kurzer Urlaub zustand, neben dem einen freien Nachmittag in der Woche. Er selbst würde sich nur selten im Stadthaus aufhalten und die meiste Zeit auf Wache beim Pulvermagazin verbringen.

Während Robert in Charleston war, hatte Nathalie auf der Insel viel zu tun. Sie versuchte, nicht daran zu denken, daß Robert und Florilla zusammen waren, und konzentrierte sich ganz auf Jason und Neijee und die Haushaltsführung.

Die Kinder hatten Mengen von Muscheln gesammelt und verbrachten viel Zeit damit, sie auf das Wägelchen zu laden, das das Pony zum Haus ziehen mußte, und sie dort im Gebüsch neben der Veranda wieder abzuladen. Sie stapelten sie sorgfältig und schnatterten fröhlich bei dieser umständlichen Beschäftigung.

Robert war schon zwei Tage und Nächte in Charleston gewesen, als Nathalie am Spätnachmittag von einem Schläfchen erwachte.

Sie hatte gar nicht einschlafen wollen; aber sie war lange auf den Beinen gewesen und müde geworden. Im Hause war es still – zu still –, und als Nathalie nach Jason suchte, war er nicht zu finden.

Zusammen mit Feena ging sie zum Strand hinunter, weil sie mit Sicherheit annahm, daß er dorthin gegangen war, um wieder Muscheln zu sammeln. Als sie dort ankamen, war weder Jason noch Neijee zu sehen.

»Feena, wo können sie nur stecken?« fragte Nathalie, die sich nun Sorgen machte. »Meinst du, sie sind vielleicht zum Bach gegangen?«

Ihr schauderte bei der bloßen Vorstellung. Erst wenige Abende zuvor hatte sie das Fauchen eines Alligators gehört.

»Jason wird ein richtiger Taugenichts«, sagte Feena, »aber er hat überhaupt keine Angst. Gestern abend hat er mich gefragt, ob er Monsieur Alligator vielleicht im Ponywägelchen mit nach Hause bringen dürfe!«

Als Feena merkte, wie bestürzt Nathalie über diese Mitteilung war, sagte sie schnell: »Aber höchstwahrscheinlich ist er zu seinen Freunden im Leuchtturm gegangen.«

Nathalie sah nach der Sonne und stellte fest, daß ihnen nicht mehr viel Zeit blieb. »Schnell, Feena! Geh' du zum Leuchtturm, während ich das Bachufer absuche.«

»Miß Lalie«, protestierte Feena, »lassen Sie mich doch lieber zum Bach gehen!«

»Nein, Feena.« Nathalie lief schon in Richtung Bach, und Feena blieb nichts anderes übrig als zu gehorchen.

Der Weg war schwierig, da es keinen getretenen Pfad gab. Vorsichtig bahnte Nathalie sich einen Weg durch das Gebüsch und versuchte, nicht an den Dornbüschen hängenzubleiben, die reichlich hier wuchsen.

Wenn Neijee und Jason wirklich an den Bach gelaufen waren, müßten sie ordentlich ausgeschimpft werden. Sie konnte es nicht zulassen, daß sie so etwas noch einmal täten. Es war viel zu gefährlich, denn auf diesem Gebiet war die Insel von Pflanzen überwuchert, und die verschiedensten Tiere lebten hier. Sie dachte daran, daß Robert ihr erzählt hatte, daß früher eine ganze Schweinekolonie auf der Insel war.

Nathalie horchte auf, als plötzlich Rags bellte. Das Gebell kam von jenseits des Schilfs neben dem Bach.

»Jason! Neijee!« rief Nathalie. »Wo seid ihr?« Sie bahnte sich einen Weg durch die Pflanzenbarriere, indem sie das Schilf auseinanderbog, und kam so dem Gebell etwas näher.

Und dann sah sie die beiden Jungen. Nathalie wollte schon etwas rufen, aber dann bemerkte sie den faszinierten Gesichtsausdruck der Kinder und blickte in dieselbe Richtung, in die sie so unbewegt starrten: auf das große, häßliche Tier, das auf sie zukam.

Es hatte gefährlich gebogene Stoßzähne. Das braune, kurzhaarige Tier entfernte sich langsam von einem Wasserloch. Es war ein Wildeber – eines der gefährlichsten Tiere der ganzen Küstenregion. Und es war schon am Ufer – den Kindern viel zu nahe.

Nathalie blieb stehen, weil sie kein Geräusch machen wollte. Wenn sie so blieben, wie sie waren, ruhig und still, würde das Tier vielleicht weggehen, und sie könnten heil nach Hause kommen.

Aber als Jason Nathalie sah, bewegte er sich, und das Tier trabte langsam auf das Kind zu.

»Jason! Neijee! Lauft! Lauft zurück ins Haus!« Nathalie trat einen Schritt vor, als ob sie sich schützend vor die Kinder stellen wollte. Als der Eber diesen neuen Menschen wahrnahm, änderte er die Richtung und zögerte. Wen würde er angreifen? Die Frau oder die schreiend flüchtenden Kinder?

Nathalie blieb stehen und das kampfeslustige Tier hielt sie einen Augenblick lang in seinem Bann, aber als der Eber sich umdrehte, um Jason zu verfolgen, rührte Nathalie sich wieder. Sie hob ein paar Steine auf und schleuderte sie nach dem Tier. Einer traf es auf die Schnauze, und das lenkte das Tier von dem

Kind ab. Der Eber kam nun auf Nathalie zu, da wandte auch sie sich zur Flucht.

Die Vegetation am Bachufer war üppig; gelegentlich staken morsche Baumstämme aus dem dschungelartigen Geranke am Boden. Sie trat auf einen dieser Baumstämme, verlor sofort das Gleichgewicht und fiel zu Boden. Dabei verdrehte sich ihr Fuß unter ihr.

Neijee blickte sich um. Als er Nathalie am Boden liegen sah, blieb er stehen. »Lauf weiter!« befahl sie. »Bring Jason ins Haus zurück! Schnell!«

Er sah sie unsicher an, bis sie rief: »Hol' Feena!« Da nahm er Jason bei der Hand, und die beiden entschwanden Nathalies Blicken.

Sie wußte, daß sie nicht liegenbleiben dürfte – als Zielscheibe für den Wildeber. Wenn er sie mit seinen gefährlichen Stoßzähnen angriffe, könnte sie in Stücke zerrissen werden.

Nathalie versuchte aufzustehen, aber ihr Fuß war zwischen dem Baumstamm und den verfilzten Ranken eingeklemmt. Sie kam nicht los. Als sie den Fuß herausziehen wollte, durchfuhr sie ein solch stechender Schmerz, daß sie wußte, sie hatte sich den Knöchel verletzt.

Der Eber hatte sie fast erreicht. Rags, der Hund, rannte zu Nathalie zurück, als ob er darauf wartete, daß sie aufstände. Als sie das nicht tat, lief er bellend auf der kurzen Strecke zwischen Nathalie und dem Wildeber hin und her. Da blieb der Eber stehen, um sich neu zu orientieren. Mit zunehmender Wut grunzte er laut und riß große Büschel von Pflanzen mit seinen Stoßzähnen aus.

Da bewegte sich etwas hinter dem Eber, schnell und geräuschlos. Es war der Alligator! Mit zunehmendem Entsetzen sah Nathalie zu, wie das sechs Fuß lange Reptil, das fast wie ein Baumstamm auf dem Ufer aussah, einen schnellen, gleitenden Abstieg begann. Und der Eber, der es einzig auf Nathalie abgesehen hatte, merkte nicht, daß auch er von einem Feind angepirscht wurde. Ein schriller Aufschrei zerriß die Stille, als der Alligator seine mächtigen Kiefer aufklappte und den Wildeber ins Wasser zog. Während die Tiere im Wasser um sich schlugen, zerrte Nathalie verzweifelt an ihrem Fuß; Rags, total verängstigt von dem Geschehen und all dem Lärm, lief am Ufer hin und her.

Das Wasser, das sich rot gefärbt hatte, kräuselte sich in großen, konzentrischen Kreisen und glättete sich schließlich. Keine Spur von dem Wildeber – keine Spur von dem Alligator. Alles war ruhig.

Sie schauderte bei dem Gedanken an die urwaldhafte Szene, deren Zeugin sie geworden war und die die Insel plötzlich zu einem fremden und finsteren Ort gemacht hatte.

Nathalie, die immer noch festsaß, betete, daß der Alligator nun genug zu fressen hätte und nicht noch einmal am Ufer erscheinen würde.

Wie lange würde es wohl dauern, bis Feena sich auf die Suche nach ihr machte? Würde sie, nachdem sie Jason und Neijee vergeblich am Leuchtturm gesucht hatte, zum Haus zurückgehen? Ob Jason und Neijee dann wohl schon dort wären und ihr von dem Wildeber erzählen würden ...?

Nathalies Knöchel pochte jetzt vor Schmerz; ihr schwindelte. Selbst wenn sie loskäme, wäre sie nicht imstande, zum Haus zurückzugehen. Sie würde warten müssen, bis Feena zu ihrer Rettung erschiene.

In der Ferne hörte sie Möwen schreien und wußte, daß der Tag sich neigte. Der Abendhimmel war dunkelrot und violett, hinter ihr begann die Sonne langsam zu sinken.

Das Wasser, das vom Grunde her aufgewühlt gewesen war, wurde langsam wieder klarer, als Sand und Schlamm sich legten. Obwohl Nathalie eigentlich Angst hatte, das Wasser anzusehen, blickte sie doch immer wieder zurück. Und dann geschah das Entsetzliche, das sie befürchtet hatte ...

Das Wasser kräuselte sich, und das schlitzäugige Monster mit dem riesigen Maul und dem hin- und herschlagenden Schwanz glitt erneut aus dem Wasser aufs Ufer.

Nathalie hielt den Atem an. Konnten Alligatoren gut sehen? Oder nahmen sie ihre Beute mit dem Gehör- und Geruchssinn wahr?

»Nathalie!« Die aufgeregte Männerstimme zerriß die frühabendliche Stille. »Nathalie! Wo sind Sie?«

Sie erkannte die Stimme. Es war Arthur; er suchte nach ihr. Hoffnung auf Rettung überkam sie, aber sie hatte Angst zu antworten. Wenn der Alligator sie schon vergessen hätte, würde ihre Stimme ihn wieder auf sie aufmerksam machen.

Der Alligator machte eine Bewegung, und Nathalie entschied sich. »Arthur! Ich bin hier!« rief sie. »Ganz nahe am Ufer! Arthur, machen Sie schnell!«

»Rufen Sie weiter, Nathalie! Ich komme!«

»Arthur! Der Alligator!« Vor Entsetzen schrie sie lauter. »Er kommt auf mich zu!«

»Dann laufen Sie, Nathalie! So schnell Sie können!«

»Ich kann nicht! Mein Fuß ist eingeklemmt!«

Rags aufgeregtes Bellen übertönte alle anderen Laute. Nathalie horchte, aber Arthurs Stimme war verstummt. Suchte er etwa in der falschen Richtung?

Bei dem Gebell verdoppelte der Alligator sein Tempo. Und Nathalie, die seine Schlitzaugen und das riesige Maul jetzt immer näher vor sich sah, spürte, daß sie sein nächstes Opfer sein würde.

»Arthur!« schrie sie. Dann schloß sie die Augen, weil sie den Anblick nicht mehr ertragen konnte.

Da ertönte ein Schuß! Noch einer! Alarmiert von dem ohrenbetäubenden Lärm ganz in ihrer Nähe, riß Nathalie die Augen auf. Wenige Schritte von ihr entfernt, schlug der Alligator verzweifelt mit dem Schwanz um sich und lag dann still.

Hände hoben den Baumstamm auf, unter dem ihr Fuß eingeklemmt war.

»Es ist alles gut, Nathalie! Sie sind in Sicherheit! Nichts kann Ihnen jetzt mehr passieren.« Er sprach mit sanfter Stimme, aber Nathalie war zu benommen, um zu antworten. Sie blieb einfach sitzen; Arthur setzte sich neben sie und streichelte ihr mitfühlend die Hand.

»Wo sind Sie, Miß?« ertönte jetzt Feenas Stimme in der Ferne. Nathalie hob den Kopf, aber die Stimme versagte ihr.

Arthur antwortete für sie: »Hier, Feena! Ganz nahe am Ufer!«

Als Feena kam, hatte Arthur Nathalie schon aufgeholfen. Aber als er sie tragen wollte, protestierte Nathalie.

»Jetzt geht's schon wieder! Ich kann gehen«, versicherte sie.
Auf Arthur gestützt, versuchte sie, den verletzten Fuß zu benutzen. Aber es tat zu weh, das Gewicht auf den Fuß zu verlagern.
Als Feena diesen Versuch, ein paar Schritte weit zu humpeln,
sah, sagte sie: »Sie sind verletzt, meine Kleine!« Dann erst nahm
sie den Alligator wahr, der ein paar Schritte entfernt am Ufer lag
und den Rags schnuppernd umlief.

»Mein Gott!« sagte sie, und der furchtbare Schrecken, den sie
empfand, war ihr im Gesicht geschrieben. »Wie gut, daß Mister
Arthur gerade da war!«

»Sind die Kinder im Haus, Feena?«

»Ja, Miß. Effie ist bei ihnen. Sie haben beide schreckliche
Angst.«

Auf Arthur gestützt, hinkte Nathalie nun weiter; aber schon
nach wenigen Schritten mußte sie anhalten, um sich auszuruhen. Feena beugte sich hinunter und untersuchte den Fuß. »Sie
haben vor, den ganzen Weg zurückzulaufen, meine Kleine?«
fragte sie vorwurfsvoll.

Nathalie nickte.

»Sind Sie nun bereit aufzugeben, Nathalie, und sich von mir
tragen zu lassen?« fragte Arthur, der ihr ansah, daß sie Schmerzen hatte.

»Ja, Arthur.« Sie sagte es leise und ergeben. Nach diesem
Geständnis schob Arthur sich das Gewehr über die Schulter und
nahm Nathalie auf den Arm.

Rufus, ein Milizsoldat, kam ihnen mit dem Gewehr in der
Hand entgegengelaufen. Als er Arthur erkannte, blieb er stehen.

»Ich habe Schüsse gehört. Was ist passiert? Ist Mrs. Tabor
etwas zugestoßen?«

»Sie hat sich den Fuß verletzt«, erklärte Arthur.

»Und die Schüsse?«

»Im Bach gibt es einen Alligator weniger.«

»Du meinst ...«

Arthur schnitt ihm das Wort ab. »Das erzähle ich dir später,
Rufus. Würdest du bitte mein Gewehr mit in den Leuchtturm
nehmen? Ich komme nach, sobald Mrs. Tabor sicher im Haus
ist.«

Feena ging voraus, um Kräuterkompressen für Nathalies Fuß vorzubereiten. Bei zunehmender Dunkelheit schritt Arthur den Pfad entlang mit Nathalie auf dem Arm. Erschöpft von dem schrecklichen Erlebnis, ließ sie den Kopf auf seine Schulter sinken und schloß die Augen.

Robert und Florilla befanden sich gerade auf dem Heimweg vom Pier zu dem Haus auf der Insel. Drei langweilige Tage hatte Robert hinter sich, und er war froh, wieder auf der Insel zu sein.

Als sein Dienst im Hafen beendet war, war es schon spät; aber er wollte nicht noch eine Nacht von Nathalie getrennt sein.

Schon leuchteten am Himmel die Sterne, und der Mond warf sein Bild verzerrt auf das Wasser, während die Sonne noch im Westen den Horizont rot färbte.

Robert und Florilla waren an der Gabelung des Pfades angelangt, als Florilla den Mann mit Nathalie auf dem Arm sah. Sie wandte sich zu Robert um und sagte: »Was für ein Liebespaar das wohl sein mag?«

Da blickte Robert auf, und beobachtete bei dem schwachen Licht angestrengt die sich nähernden Gestalten. Dann erkannte er sie: sein Freund Arthur und auf seinem Arm – Nathalie, seine Frau! Ihr langes, schwarzes Haar hing dem blonden Mann über die Brust.

Robert preßte die Lippen zusammen und grüßte sie mit strenger Stimme: »Ein schöner Anblick! Ich möchte dir nahelegen, meine Frau sofort auf die Füße zu stellen, Arthur!«

Gedemütigt lag Nathalie auf dem Bett. Der Schmerz in ihrem Fuß war ebenso stark wie der Zorn in ihrem Innern.

»Ich hätte dich mit nach Charleston nehmen sollen, Nathalie«, sagte Robert. »Du kommst ja anscheinend sofort in Schwierigkeiten, wenn ich dich allein lasse.«

Sie ging auf seine Bemerkung nicht ein, sondern sagte leise, mit vor Bewegung zitternder Stimme: »Du hättest Arthur gegenüber nicht so kurz angebunden zu sein brauchen, Robert.«

»Was meinst du denn, Nathalie, was ich denken mußte, als ich euch beide zusammen sah? Du konntest es ja kaum erwarten, daß ich nach Charleston fuhr! Hätte ich mich etwa darüber freuen sollen, dich in den Armen eines anderen zu sehen?«

»Aber ich habe dir doch alles erklärt, Robert! Ich konnte nicht laufen, und wenn Arthur mich nicht gerettet hätte, wäre ich von dem Alligator gefressen worden!«

Bei der Erwähnung dieses Namens wurde Robert sofort erneut mißtrauisch. »Was hattest du überhaupt am Bach zu suchen? Hattest du dich etwa dort mit Arthur verabredet?«

»Mit Arthur verabredet? Glaubst du das wirklich?« Nathalie mußte lachen. »Robert, Robert! Dein Sohn war ausgerissen, Feena und ich haben ihn gesucht. Es war schon spät, deshalb haben wir getrennt gesucht: Feena beim Leuchtturm und ich am Bach. Jason und Neijee waren am Bach, und ein Wildeber ging auf sie los. Es handelte sich um Jason, Robert, und nicht um ... um eine Verabredung mit einem Liebhaber!«

Voller Bitterkeit sprach sie weiter: »Sieh mich doch an, Robert! Dachtest du wirklich, ich würde mit Arthur durchbrennen, wo man mir doch schon ansieht, daß ich ein Kind von dir erwarte?«

Robert mußte nun auch lachen und Nathalie errötete.

»Es ist richtig, daß du nicht gerade eine sehr tugendhaft aussehende Geliebte abgeben würdest, Nathalie. Aber denk nur nicht, du wärest nicht begehrenswert, mein Schatz! Du wirst immer im Herzen eines Mannes die Flamme der Leidenschaft entfachen können, ungeachtet deiner ... Fruchtbarkeit.«

Er sah sie prüfend von oben bis unten an, bis zu ihrem geschwollenen Fuß, der nun mit Kompressen umwickelt war.

»Da du den Fuß vorerst nicht benutzen kannst, bin ich deiner ja wenigstens für eine Weile sicher. Wenn ich wieder weg muß, werde ich dafür sorgen, daß eine zuverlässige Person ein Auge auf dich hält.«

Bei dieser Ankündigung verdunkelten sich ihre Augen. »Soll das eine Drohung sein?«

»Ich betrachte es eher als ein Versprechen.«

Nathalie wollte nicht länger mit Robert die Klinge kreuzen. Verstohlen hielt sie sich die Hand vor den Mund; sie fröstelte, obwohl es sehr heiß im Zimmer war. Die schreckliche Angst, die sie bei ihrem gefährlichen Erlebnis empfunden hatte, hatte sie eine Zeitlang unterdrückt, aber nun überkam sie sie wieder und drohte, sie zu überwältigen.

Robert sah sie einen Augenblick lang kritisch an. Dann drehte er sich auf dem Absatz um und verließ das Zimmer.

Sie war dem Tod so nahe gewesen, aber Robert benahm sich, als ob ihm das ganz gleichgültig sei. Er hatte keinerlei Mitgefühl für sie gezeigt, sondern nur seinem Zorn über Arthur Ausdruck verliehen, obwohl der sie doch gerettet hatte ...

Da nistete sich ein schrecklicher Gedanke in ihrem Herzen ein: Wenn ihr etwas passiert wäre, hätte Robert Florilla heiraten können!

Als Robert wieder ins Zimmer kam, hockte sie da mit dem Kopf auf den Knien, die Arme um die Unterschenkel geschlungen, das wellige Haar fiel ihr über das brave weiße Nachthemd. Ihr Körper wurde von einem unwillkürlichen Zittern erschüttert.

Das Haar wurde ihr aus dem Gesicht gestrichen und der Kopf von ihren Knien gehoben. Nathalie blickte in die goldbraunen Augen ihres Mannes.

»Hier, Nathalie! Trink!« befahl er.

»Was ist das?«

»Weinbrand. Wehre dich nicht dagegen! Du brauchst das jetzt.«

Ohne auf eine Antwort zu warten, hielt Robert ihr das Glas an die Lippen, und Nathalie trank gehorsam.

Als sie ausgetrunken hatte, blieb Robert bei ihr sitzen. Als es sie wieder schüttelte, nahm er sie in die Arme und strich ihr sanft übers Haar.

»Ich hatte mir ja nicht klargemacht, wieviel Angst du ausgestanden haben mußt.« Es klang wie eine Abbitte.

Dieser Anflug von Mitgefühl in seiner Stimme erreichte, was sein Zorn nie erreicht hätte: Es löste die aufgestauten Emotionen des Tages, und Nathalie ließ ihren Tränen freien Lauf.

Robert hielt sie lange Zeit fest, tröstete sie und wiegte sie in den Armen, bis ihre Tränen versiegten. Erschöpft von ihrem Gefühlsausbruch, blieb Nathalie still liegen, immer noch geborgen in den Armen ihres Mannes.

Warum mußte sie Robert so sehr lieben – unter Qualen?

Warum konnte sie ihn nicht einfach hassen, diesen starken Mann, der ihr allen Stolz, den sie je besessen, genommen hatte, der sie zwang, ihm zu gehorchen, dem ihre Kapitulation so sichtbares Vergnügen bereitete?

Nathalie fand keine Antwort auf diese Frage. Seufzend schlief sie endlich ein.

17

Am nächsten Tag hatte Robert Wachtdienst im Leuchtturm. Es regnete heftig, und die Sicht war schlecht. Während er zum Horizont blickte, fühlte er, wie einsam und isoliert diese fast menschenleere Insel doch war. Es war, als ob sie in der Zeit schwebte, als ob hier Vergangenheit und Gegenwart eins seien.

Fast glaubte Robert, die Anwesenheit der Indianer zu spüren, die zwischen den Inseln in ihren Kanus hin und her paddelten, wie sie das getan hatten, schon Jahre bevor der erste weiße Mann das Land betreten hatte, um es für eine fremde Macht zu okkupieren.

Kein Wunder, daß Nathalie ein Gespenst gesehen hatte, – den Franziskaner aus vergangenen Zeiten. Wenn man ein feines Gespür für alles Vergangene hatte konnte einem so etwas auf dieser Insel schon passieren. Es war ihr anzusehen gewesen, als er ihr die Klosterchronik gebracht hatte. Und jetzt dachte Robert an Onkel Ravenal und fragte sich, ob er ihn wohl auch gespürt hatte: diesen magischen Einfluß der Vergangenheit.

Onkel Ravenal hatte sich nie darüber geäußert, warum er so plötzlich aufgehört hatte, zu der Insel hinüberzufahren. Oder warum er die Klosterchronik unangetastet im Haus gelassen hatte. Offenbar hatte er sich als Eindringling auf seinem eigenen Besitz gefühlt, so als ob die Insel in Wirklichkeit jemand anderem gehörte.

Robert war innerlich genauso aufgewühlt wie das Meer um ihn herum. Als er Nathalie in Arthurs Armen gesehen hatte, war die alte Furcht wieder in ihm aufgestiegen, daß sie ihn bei der ersten sich bietenden Gelegenheit verlassen könne. Nach ihrer

Rückkehr von Cedar Hill hatte er schnell Vorsorge getroffen, indem er das Gold im Safe versteckt hatte. Als er dann erfahren hatte, daß sie ein zweites Kind erwartete, hatte er aufgeatmet, weil sie nun bestimmt auf Midgard würde bleiben müssen.

Aber wenn ein Mann einmal der Eifersucht ausgeliefert war, reagierte er mit dem Herzen, nicht mit dem Kopf. Und jede eifersüchtige Handlung sorgte dafür, daß Nathalie sich noch mehr von ihm entfernte. Würde er es denn nie lernen, seinen Jähzorn zu bezähmen?

Es war nicht recht von ihm gewesen, so vorschnell zu urteilen, als Florilla von einem »Liebespaar« gesprochen hatte. Und er wußte, daß er die zornigen Worte wohl verdient hatte, die ihm Nathalie zurief, weil er Arthur so schäbig behandelt hatte. Konnte er nicht im tiefsten Innern beschwören, daß Arthur viel zu ehrenhaft sei, als daß er je versuchen würde, ihm Nathalie abspenstig zu machen? Besonders jetzt, wo sie ihr zweites Kind erwartete!

Robert würde das Verhältnis zu seinem Freund wieder in Ordnung bringen müssen. Er wollte nicht, daß sie sich einander noch mehr entfremdeten. Er brauchte Arthur auf der Insel für den Wachtdienst im Leuchtturm, und nach dem Dienst konnte er doch nur in dem einzigen Haus auf der Insel bleiben – wo denn sonst?

Nein, er würde Arthur danken müssen und wollte versuchen, den Bruch zwischen ihnen, an dem seine Eifersucht schuld war, so bald wie möglich zu beseitigen. Arthur sollte Nathalie ruhig ansehen, sooft er wollte! Robert würde es schon ertragen können, weil er schließlich ihr Mann war und das Recht hatte, das Bett mit ihr zu teilen. Es war doch ein großes Glück gewesen, daß Arthur früher als erwartet gekommen war und Nathalie hatte retten können. Mein Gott! Wie leicht hätte sie dabei umkommen können!

Bei dem heftigen Dauerregen wurde es Nathalie sehr langweilig. Sie konnte ja nicht hinuntergehen; konnte nichts tun, als im Schlafzimmer zu sitzen und auf ihr Essen zu warten, an dem

Hemd für Robert zu sticken oder zu schlafen. Bis zum Nachmittag hatte sie das alles gründlich über ...

Auf einem Bein humpelte sie zum Fenster und blickte auf das Meer hinaus. Da die Fensterscheibe beschlagen war, mußte sie sie abwischen, um klar sehen zu können. Aus ihren dunklen Augen blickte sie prüfend über das Wasser. Vor ihr lag eine große, graue Weite; die Trennung zwischen Wasser und Himmel bestand nicht mehr. Konnte Robert von seinem Leuchtturm aus wohl besser sehen? Warteten etwa auch Schiffe auf das Ende des Sturms, damit sie wieder auf Plünderfahrt gehen könnten?

Da das Fenster wegen des Regens geschlossen bleiben mußte, war die Luft im Zimmer feucht-warm und stickig. Der Leuchter auf dem kleinen Tisch war so aufgestellt, daß möglichst viel Licht auf ihre Handarbeit fiel. Die brennenden Kerzen warfen Schatten in die Ecken des Zimmers und machten das Zimmer noch heißer, so daß Nathalie allmählich ungemütlich wurde. Sie schob ihr langes Haar aus dem Nacken. Vielleicht würde sie sich ein wenig besser fühlen, wenn sie sich das Gesicht befeuchtete.

Immer noch auf einem Bein ging Nathalie zu Waschschüssel und Wasserkaraffe hinüber. Sie stützte sich auf den marmornen Waschtisch, goß Wasser in die Schüssel, tauchte einen Waschlappen in das lauwarme Wasser und betupfte sich Gesicht und Nacken damit.

Die Klosterchronik lag noch auf dem Tisch, wo sie sie am Tag zuvor hingelegt hatte. Die Schrift war nur sehr schwer zu entziffern, und Nathalie war mit ihrer Übersetzung noch nicht weit gekommen. Aber ein Name hatte ihr Interesse geweckt. Mehr als einmal war er auf den Seiten erschienen, die sie durchblättert hatte. »Morning Tears« – Tränen des Morgens. Was für ein trauriger Name für ein Indianermädchen! Was war wohl aus ihr geworden, fragte Nathalie sich, nachdem die Mönche verschwunden waren? Ob sie wohl die Sitten und Bräuche der Eingeborenen wieder angenommen und alles vergessen hatte, das man sie gelehrt hatte?

Nathalies Blick fiel auf den Betstuhl in der Ecke, und beschämt gestand sie sich, daß sie lange nicht mehr gebetet hatte. Sie hatte viel zu sehr an Robert, Jason und das Haus gedacht. Ja, es war leider recht einfach, das Beten zu vergessen.

Sie schlug das Buch zu und humpelte zum Betstuhl hinüber; und dort fand Robert sie, als er vom Dienst im Leuchtturm zurückkam.

Er war vom Regen völlig durchnäßt. Ohne ein Wort zu sagen, zog er die nasse Kleidung aus und trocknete sich ab. Dann zog er ein sauberes weißes Hemd und eine trockene Hose an. Alle paar Minuten sah er zu Nathalie hinüber, aber sie schien seine Anwesenheit nicht zu bemerken.

Also wartete er darauf, daß sie mit Beten fertig wäre, und versuchte, sich nicht anmerken zu lassen, daß er sich gekränkt fühlte, weil sie ihn nicht beachtete. Betete sie etwa immer noch für Jacques Binet?

Da blickte Nathalie auf, und als sie Robert sah, lächelte sie. Auf dieses Lächeln zu warten hat sich gelohnt, dachte Robert.

»Du hast anscheinend in der Klosterchronik gelesen«, sagte Robert. »Hast du schon mehr entziffern können?«

»Ein wenig. Gegen Ende des Buches ist die Tinte nicht mehr so verblaßt. Der Mönch erzählt die Geschichte der Missionsstation, aber es klingt alles so traurig, Robert. Als ob sich am Ende eine große Tragödie ereignen würde.«

»Du weißt doch, Nathalie, daß die meisten Mönche von den Indianern ermordet wurden«, erinnerte er sie. »Das kann man wohl als Tragödie bezeichnen, nicht wahr?«

Bei diesen Worten zuckte sie zusammen und sagte mit trauriger Stimme: »Das könnte auch der Grund sein für das Gespenst am Strand.«

»Hast du es wieder gesehen?«

»Ja. Und ich weiß auch, glaube ich, um welchen Mönch es sich dabei handelt.«

»Um welchen denn, Nathalie?«

»Frater Roberto de Ore«, antwortete sie. »Seltsam, nicht wahr, daß ihr beide den gleichen Namen habt?«

Er sah sie vorsichtig an und brach dann in Gelächter aus. »Und kommt in den Memoiren des Mönchs auch eine Nathalie vor?«

»Sie hieß Morning Tears«, erwiderte sie. »Ich glaube, sie war in einen der Mönche verliebt.«

»Du darfst dich nicht allzusehr von dem Buch gefangennehmen lassen, Nathalie! Ich dachte, es würde dich zerstreuen, aber wenn es dich nur traurig macht, dann will ich es lieber wieder an seinen alten Platz zurückbringen.«

»Nein, bitte nicht, Robert! Ich muß doch noch lesen, wie alles zu Ende ging!«

Ihre Antwort erleichterte ihn. Weibliche Neugier also! »Vergiß nur nicht, Nathalie, daß das alles schon weit zurückliegt und mit uns und unserem Leben auf der Insel nichts zu tun hat! Und nimm auch das Gespenst nicht zu ernst!« warnte er. »Hier an der Küste hat doch jedes Haus sein eigenes Gespenst. Aber um der Dienerschaft willen hoffe ich, daß unseres ein gutmütiges ist!«

»Das ist es bestimmt«, sagte Nathalie, auf Roberts leichten Ton eingehend. »Und auch ein armes. Schließlich hatten die Mönche ja Armut, Keuschheit und Gehorsam gelobt.«

Robert blickte sie zärtlich an und half ihr ins Bett. Er hatte die Arme immer noch um sie geschlungen, als er flüsterte: »Und was für ein Gelübde hast du abgelegt, meine kleine Nonne?»«

»Ich ... ich hatte mein Gelübde noch gar nicht abgelegt«, antwortete sie ernst.

»Das ist ein Glück! Denn keusch bist du ja nicht, wie dein gewölbter Leib beweist. Und Gehorsam ist auch gerade nicht deine stärkste Seite.«

Er streichelte ihr den Hals und beugte sich über sie, um ihr das Ohr zu küssen.

»Aber du hast dafür gesorgt, daß ich arm geblieben bin«, antwortete Nathalie.

Er hob den Kopf und sah sie an. Sie zwinkerte jetzt vergnügt mit den Augen. Robert lachte und dachte an den Beutel mit dem Gold. Er drückte sie an sich, und seine Lippen machten sie nachgiebig.

Nathalies Fuß heilte allmählich, aber sie konnte immer noch nicht wieder richtig laufen. Das Schlafzimmer konnte sie nur verlassen, wenn Robert sie zum Abendessen hinuntertrug. Sie fühlte sich eingeengt und mußte an ihre Kusine Julie auf Cedar Hill denken, die überhaupt nicht laufen konnte, und sie empfand großes Mitgefühl für sie. Jeden Tag betete sie darum, daß die neue Behandlung für Julie erfolgreich sein möge.

Von der Klosterchronik war Nathalie fasziniert. Sie war nun überzeugt, daß Morning Tears sich in den Mönch Roberto verliebt hatte. Das Buch erzählte auch von den Feindseligkeiten einiger Indianer, und Nathalie konnte, während sie in den brüchigen und vergilbten Seiten blätterte, Trauer und Mitleid der Menschen aus der längst vergangenen Zeit gut nachempfinden. An den Frater Roberto de Ore mußte sie immer denken ...

Sie war nun schon fast am Ende des Buches angelangt, und es überkam sie eine unbeschreibliche Traurigkeit. Sie erfuhr von der Tragödie, die sich abgespielt hatte: Die Indianer ermordeten Roberto und warfen seinen Leichnam ins Meer. Und Morning Tears, die alles tatenlos mit ansehen mußte, war dem jungen Mönch in den Tod gefolgt ...

Der Schreiber hatte die letzte Seite in größter Eile niedergeschrieben, nach der ungleichmäßigen Handschrift zu schließen. Nathalie schlug das Buch zu.

Als Nathalie an dem Abend zu Bett ging, hatte sie Tränen in den Augen. Der Platz an ihrer Seite war leer. Robert hatte Dienst im Leuchtturm.

Lange lag sie im Dunkeln und konnte nicht einschlafen. Die Geschichte, die sie gelesen hatte, ging ihr nicht aus dem Sinn. Nathalie konnte sich gut vorstellen, was Morning Tears durchgemacht haben mußte wegen ihrer Liebe zu einem Mann, der für sie unerreichbar war. Erging es ihr mit Robert nicht ähnlich? Sie war zwar dem Gesetz nach an ihn gebunden, aber doch nicht imstande, den Abgrund, der sie trennte, zu überbrücken.

Seufzend schloß Nathalie die Augen. Das Kind in ihr bewegte sich, mit einer mütterlichen Geste legte sie wie beschützend eine Hand auf den Leib.

Das Kind beruhigte sich, und Nathalie schlief ein. Aber sie war unruhig und wurde von wirren Träumen geplagt. Sie stand barfuß am Strand und blickte aufs Meer hinaus, während der graue Nebel dichter wurde und sich allmählich zu einer Gestalt verdichtete, die ein Leichentuch mit Kapuze trug. Die Gestalt kam auf sie zu und war bei jedem Schritt besser zu erkennen. Unfähig, eine Bewegung zu machen, wartete Nathalie, bis die vermummte Gestalt vor ihr hielt: Die goldbraunen Augen ihres Mannes Robert blickten sie an!

Ganz plötzlich aber wickelte sich das Leichentuch um Nathalie und nahm ihr den Atem. Jemand wollte sie ersticken!

Sie wehrte sich und versuchte, sich aus dem Stoff zu befreien. Mit plötzlicher Kraft gelang es ihr, den Stoff aus dem Gesicht zu streifen und tief Atem zu holen. Dann schrie sie.

In dem in helles Mondlicht getauchten Zimmer geschah eine plötzliche Bewegung, als die Erscheinung durch die Tür verschwand.

Nathalie wußte nicht, ob alles Traum oder Wirklichkeit gewesen war. Sie verspürte eine entsetzliche Angst. Sie richtete sich auf und stieß noch einmal einen Schrei aus. Und nach diesem verzweifelten Ruf regte es sich endlich im Haus.

»Miß Lalie – was ist denn los?«

Feena, die noch dabei war, sich ihren baumwollenen Morgenrock überzuziehen, kam ins Zimmer gerannt.

Nathalie erkannte sie an der Stimme und rief: »Hier war jemand und wollte mich ersticken!«

Feena entzündete die Kerzen und trug den Leuchter zu Nathalies Bett hinüber. Mit großer Besorgnis blickte sie Nathalie in die vor Schreck geweiteten Augen.

Feena sah sehr nachdenklich aus, während sie sich an das Bett hockte, aber sie sagte nichts. Im Türrahmen war nun noch jemand erschienen: Robert, der vom Dienst im Leuchtturm zurückgekommen war.

Es war ungewöhnlich, Feena zu so später Stunde noch im Schlafzimmer vorzufinden. Er fragte sofort: »Was ist geschehen?«

Er sah zuerst Feena an und dann Nathalie, deren Gesicht immer noch von dem schrecklichen Erlebnis gezeichnet war.

»Es ... es war ein Gespenst«, flüsterte Nathalie. »Es hat versucht, mich zu ersticken!«

»Du hattest offensichtlich einen Alptraum«, sagte Robert, nun ganz ernst geworden. »Ich hab's ja gewußt, daß es in deinem Zustand nicht richtig war, in der Klosterchronik zu lesen.«

»Das war wirklich nicht der Grund«, beteuerte Nathalie. »Jemand hat versucht, mich zu ersticken!«

Aber Robert schüttelte nur den Kopf. Er schickte Feena ins Bett und versuchte, Nathalie, so gut er konnte, zu beruhigen.

»Du glaubst mir nicht, Robert, nicht wahr?«

Es war am nächsten Morgen. Nathalie saß im Schlafzimmer am Tisch und trank Tee, der aus den Blättern von Sträuchern, die in der Nähe des Hauses wuchsen, gebraut war.

»Nein, Nathalie. Ich glaube, du hast zuviel Phantasie. Deshalb habe ich auch die Klosterchronik weggeräumt. Weiter darin zu lesen würde dir nur schaden.«

»Ich habe das Buch gestern abend zu Ende gelesen«, gestand sie.

»Das habe ich mir schon gedacht«, erwiderte Robert.

Die Sache mit dem Gespenst hatte Robert bald vergessen, weil er in seinen Gedanken viel zu sehr mit dem Krieg beschäftigt war. Mit Arthur hatte er sich versöhnt und war froh darüber.

Hektor, Rufus, Tom und Arthur taten reihum Wachdienst und fuhren zwischen Charleston und der Insel hin und her. Nathalie war sehr erleichtert darüber, daß Robert und Arthur wieder Freunde waren und genoß es jedesmal, wenn sie abends eine Weile beieinandersitzen konnten.

Was man über die britischen Operationen erfahren hatte, klang nicht gut. Die englischen Kutter drangen beständig auf den Flüssen und Kanälen südlich und nördlich von Charleston vor, und die Männer befürchteten – wenn sie sich auch bemühten, sich nichts anmerken zu lassen –, daß demnächst auch Charleston selbst an der Reihe sei.

Politisch ging es drunter und drüber. Briefe wurden zwischen Robert und John Calhoun, einem Abgeordneten für Süd-Carolina in Washington gewechselt. Calhoun gehörte zu denjenigen, die von Anfang an für den Krieg gegen die Engländer gewesen waren. Er hatte auch Madisons Kriegserklärung dem Kongreß unterbreitet. John Calhoun war ein ebenso erbitterter Feind der Engländer wie Robert. Anfang des Jahres hätte er beinahe sein Abgeordnetenmandat verloren, genau wie Cheves und Langdon, wegen Joseph Alstons Widerstand. Der Gouverneur war immer unbeliebter geworden und lag nun sogar in Fehde mit der Staatsmiliz, was dem Staat sehr zum Schaden gereichte.

Jedesmal, wenn ein Brief von Calhoun ankam, zogen Robert und Arthur sich zurück, um gemeinsam den Inhalt zu besprechen. Nathalie fühlte sich dann immer ausgeschlossen. Jetzt, wo ihr Fuß geheilt war, konnte sie wenigstens wieder mit Jason und Neijee an den Strand gehen. Das Erlebnis mit dem Wildschwein hatte den Wagemut der Kinder aber doch gedämpft, sie spielten jetzt gern in der Nähe des Hauses.

Aber die friedliche Stimmung, in der Nathalie sich befand, wurde schon bald durch das ständige Gezänk zwischen Feena und Florilla gestört. Die Feindschaft zwischen den beiden nahm immer mehr zu.

Sie waren nie gut miteinander ausgekommen; aber nach ihrer Reise nach Charleston und nach Nathalies Begegnung mit dem Gespenst gab Florilla immer deutlicher zu verstehen, daß sie Feena nicht ausstehen konnte.

Eines Nachmittags wandte sich Florilla, offensichtlich erregt und empört, an Robert: »Wenn Sie ein paar Minuten Zeit hätten, würde ich gern mit Ihnen sprechen.«

Er hatte in der Nacht zuvor nicht geschlafen, weil er Dienst im Leuchtturm gehabt hatte, und seine Müdigkeit war seiner Stimme anzuhören. »Worum geht's denn, Florilla?«

Sie lachte verlegen und antwortete: »Ich weiß zwar, daß alles Unsinn ist, aber es beunruhigt mich doch.«

»Ja?«

»Heute morgen habe ich einen Fetisch unter meinem Kopfkissen gefunden. Ich glaube zwar nicht an solchen Hokuspokus, aber es erschreckt mich doch, daß jemand hier im Haus mir nicht wohl will.«

Robert runzelte die Stirn. Er mußte sofort an Feena denken. Er wußte, daß die beiden sich nicht leiden konnten, und hatte auch gemerkt, daß ihre Feindseligkeit intensiver geworden war.

»Wissen Sie bestimmt, daß es sich nicht um einen Liebestrunk handelt, Florilla?« fragte er neckend. »Den könnte Ihnen jemand unters Kissen gelegt haben, damit sie sich verlieben?«

»Nein, es ist schwarze Magie«, sagte Florilla bestimmt. »Mit Liebe hat das nichts zu tun.«

Er sah sie durchdringend an und fragte: »Und haben Sie einen bestimmten Verdacht?«

»Ja, natürlich. Neulich habe ich gehört, wie Effie sie um ein Amulett bat, um das Gespenst fernzuhalten.«

»Ich werde mit ihr sprechen, Florilla«, versprach Robert.

»Danke, Robert. Ich wußte ja, daß Sie mir helfen würden.«

Sie drehte sich um und ging durch die Diele zurück. Dabei lächelte sie. Die Bänder ihres Hutes hatte sie sich um den Arm gewickelt, und bevor sie die Haustür aufmachte, blieb sie stehen und setzte sich den riesigen Hut auf, obwohl die Sonne sich hinter Wolken versteckt hatte.

Als Robert Feena später zur Rede stellte, bestritt diese, irgend etwas mit dem Fetisch zu tun zu haben.

»Ich warne dich, Feena! Wegen eines Hokuspokus bist du schon einmal in Schwierigkeiten gekommen. Ich hatte gedacht, das sei dir eine Lehre gewesen. Wenn das so weitergeht mit deinen heidnischen Bräuchen, wird etwas passieren!«

Feenas Augen wurden ganz schmal; sie verzog den Mund, sagte aber nichts. Sie traute es Florilla schon zu, daß sie selbst die Urheberin war, nur damit sie, Feena, Unannehmlichkeiten bekäme ...

Zwei Tage später klagte Florilla über Halsschmerzen und blieb auf ihrem Zimmer. Das Essen wurde ihr ins Zimmer gebracht, und außer Effie bekam sie niemand zu sehen. Nathalie mußte sich den ganzen Tag um Jason kümmern und kam erst abends dazu, nach Florilla zu sehen. Sie sah sehr blaß und schwach aus und antwortete Nathalie mit heiserer Stimme. Deshalb glaubte Nathalie, daß Florilla wahrscheinlich eine Sommergrippe hätte.

»Möchten Sie vielleicht einen Breiumschlag um Ihren Hals?« fragte Nathalie.

»Nein, Mrs. Tabor«, antwortete Florilla schnell. »Ich traue Feena und ihren Breiumschlägen nicht.«

»Effie kann Ihnen ebensogut einen machen«, versicherte ihr Nathalie; und schon bald drang der Geruch des Kräuterbreis aus der im Untergeschoß gelegenen Küche.

Ein Wetterwechsel war eingetreten. Die Fensterscheiben klirrten von Regen und Wind. Jason und Neijee spielten lärmend auf der Treppe, bis Feena mit ihnen in die Küche ging, wo sie ihr helfen durften, Lebkuchenmänner auszustechen, die dann in dem alten, in die Wand eingelassenen Backofen gebacken wurden.

Im Wohnzimmer holte Robert die Schachfiguren aus dem Schrank und stellte sie auf dem Schachtisch auf.

Nathalie war dabei, Kindersachen zu nähen. Sie beobachtete, wie Robert die alten Figuren aus geschnitztem Elfenbein und Onyx ansah. Sie legte ihre Näharbeit auf einen Stuhl am Fenster, stand auf und ging zum Spieltisch hinüber. Sie hob einen der Bauern auf.

Robert bemerkte, wie interessiert sie aussah, und fragte: »Du spielst auch Schach?«

Er sah sie so jungenhaft dabei an, daß Nathalie lächeln mußte. Sie antwortete: »Ich habe schon lange nicht mehr gespielt; aber ich glaube, ich kann es noch.«

»Würdest du dann eine Partie mit mir spielen?«

Er stand auf, schob ihr einen Stuhl zurecht und fragte, nachdem sie Platz genommen hatte: »Schwarz oder Weiß?«

»Schwarz«, antwortete sie, und sofort drehte er das Schachbrett so um, daß die von ihr gewünschten schwarzen Figuren vor ihr standen.

»Du spielst aber sehr gut!« sagte Robert nach einiger Zeit ganz überrascht. »Wer hat es dir denn beigebracht?«

»Mein Großvater Boisfeulet«, antwortete sie. »Aber damals war ich noch ein Kind. Später habe ich dann oft gegen Papa Ravenal gespielt.«

»Die Taktik kam mir auch schon bekannt vor – genau wie mein Onkel!« Robert lachte.

Sie spielten bis zum Nachmittag. Nathalie mußte an so vieles denken, daß sie sich nicht so stark konzentrieren konnte. Plötzlich sah sie das Unheil kommen: ihre Dame war in Gefahr.

Robert dachte über seinen nächsten Zug nach. Da streckte er unversehens die Hand aus und umklammerte ihre Dame. Er lachte triumphierend, als er die Figur vom Brett nahm.

»Ein bißchen mehr Übung –«

Er konnte den Satz nicht zu Ende sprechen, weil Florilla plötzlich ins Zimmer stürzte.

Sie trug ein blaues Negligé und hatte etwas in der Hand.

»Ich ... ich habe es gefunden!« rief sie dramatisch.

»Was haben Sie denn gefunden, Florilla?« entgegnete Robert stirnrunzelnd.

»Das Wachspüppchen!« antwortete sie und hielt den beiden eine Figur entgegen, die einen Fetzen von der Farbe ihres Negligés trug und an deren Kopf eine blonde Haarsträhne befestigt war. »Ich habe der Puppe schon eine Nadel aus dem Hals gezogen.«

Als Robert die Puppe sah, verdüsterte sich sein Gesicht. Er stand auf und fegte bei dieser abrupten Bewegung einige Schachfiguren zu Boden.

»Wer ist denn Ihrer Meinung nach dafür verantwortlich?« fragte er Florilla, aber er wußte schon, wie Florillas Antwort lauten würde.

»Feena natürlich! Die Figur trägt doch ihre Handschrift!«

Als Nathalie diese Anklage hörte, legte sie eine Hand auf die Brust, um das unruhige Klopfen ihres Herzens zu besänftigen.

»Nein, Nathalie! Du verläßt das Zimmer nicht!«

Nathalie, die schon fast draußen war, blieb stehen, als sie Roberts Worte hörte.

»Ich möchte, daß du hierbleibst, während ich nach Feena schicke.« Er zog an der Klingelschnur, und Nathalie ging langsam an der schadenfrohen Florilla vorbei zu ihrem Platz am Fenster zurück.

Robert nahm Florilla die Wachspuppe ab und sagte: »Da Sie

sich in letzter Zeit nicht wohlgefühlt haben, brauchen Sie nicht hierzubleiben.«

Florilla war es nicht recht, einfach aus dem Zimmer geschickt zu werden, aber ihre Verärgerung darüber war ihr nur einen Augenblick lang anzumerken; dann unterdrückte sie ihre Enttäuschung, hüstelte und stolzierte davon, wobei das dünne blaue Negligé hinter ihr herflatterte.

Die Atmosphäre war gespannt, während Robert und Nathalie schweigend warteten. Die Atmosphäre des gemeinsamen Schachspiels war dahin. Auf dem Spieltisch lag eine häßliche Wachspuppe, die den Nachmittag verdorben hatte.

Feena kam auf leisen Sohlen, so daß Nathalie, die doch so gespannt auf ihr Erscheinen gewartet hatte, sie kaum kommen hörte.

»Sie haben nach mir geschickt, Monsieur Robert?« fragte Feena von der Türschwelle aus. Sie war auf der Hut.

»Ja, Feena.« Robert nahm die Wachspuppe vom Tisch und machte der Farbigen ein Zeichen, näherzukommen. »Mrs. Hines sagt, daß dies dir gehört. Erkennst du die Figur?«

Sie trat näher und sah sich die Puppe genau an. »Woher hat sie die?« wollte Feena wissen.

»Das hat sie nicht gesagt. Gehört sie dir, Feena?« fragte er noch einmal.

Feena zögerte. »Die Puppe gehört mir, das stimmt. Aber ich weiß nicht, wie sie in Madame Florillas Hände kommen konnte.«

Bei Feenas Eingeständnis schloß Nathalie die Augen und hielt sich am Stuhl fest. Sie wartete auf die Stimme ihres Mannes.

»Pack deine Sachen, Feena! Du wirst nach Midgard zurückkehren.»»

»Aber Monsieur Robert ...«

Mit erhobener Hand bedeutete er ihr zu schweigen. »Widerspruch ist zwecklos, Feena!«

Feena bekam Angst und ging zu Nathalie hinüber. »Ich habe der Puppe nicht das blaue Kleid angezogen und ihr auch nicht das blonde Haar angesteckt. Glauben Sie mir das, Miß Lalie?«

Bevor Nathalie antworten konnte, sagte Robert: »Auch das

kann ich nicht länger gestatten. Du wirst meine Frau von jetzt an nicht mehr mit ›Lalie‹ oder ›Miß‹ anreden! Nathalie ist eine verheiratete Frau. Sie ist nicht mehr das junge Mädchen, das du jahrelang umsorgt hast. Vergiß das in Zukunft nicht!«

»Ja, Monsieur Robert.«

Traurig stand Nathalie auf und ging auf Feena zu. »Ich komme mit, Feena, während du packst.«

»Danke, Mi ...« Sie unterbrach sich. »Danke, meine Kleine!«

Robert hielt Nathalie nicht zurück, als sie mit Feena aus dem Zimmer ging. Er blieb allein neben dem Tisch stehen. Plötzlich hob er die unheimliche Puppe auf und zerquetschte sie.

Nathalie kam nicht zum Abendessen hinunter. Sie blieb in ihrem Zimmer, aß nichts und gab sich ihrem Kummer über die Trennung von Feena hin, die Florilla bewerkstelligt hatte. Als sie später Roberts Schritte vor dem Schlafzimmer hörte, drehte sie ihm den Rücken zu und starrte aus dem Fenster in die dunkle Nacht.

»Du brauchst wirklich deinem Mißvergnügen nicht so sichtbaren Ausdruck zu verleihen, Nathalie! Ich weiß, daß du wütend auf mich bist, aber du mußt verstehen, daß ich unter diesen Umständen keine Wahl hatte.«

»Aber ich brauche Feena doch!« jammerte Nathalie.

»Ich habe Befehl gegeben, daß man Tassy von der Plantage herüberschickt. Effie kann sich auch um Jason kümmern.«

»Aber Tassy ist nicht Feena.«

Bei dieser Dickköpfigkeit riß Robert die Geduld. »Freu dich doch, daß ich sie nur nach Midgard geschickt habe und nicht zur Auktion!«

»Es muß doch ein erhebendes Gefühl sein, so mächtig zu sein, daß jeder, der dir mißfällt, weggeschickt und verkauft werden kann!« Sie sah ihn vorwurfsvoll an.

Er streckte die Hände nach ihr aus, hielt aber inne, als sie vor ihm zurückwich.

»Mußt du mich immer wieder daran erinnern, was ich dir einmal angetan habe, Nathalie?« fragte er und ballte die Hände zu Fäusten. »Und mußt du mich dabei immer so vorwurfsvoll mit deinen dunklen Rehaugen anstarren? Was vorbei ist, ist vorbei! Und es wäre für uns beide viel besser, die Gegenwart angenehmer zu machen, als immer nur an Vergangenes zu denken.«

»Ist das ein Befehl, Robert? Und wenn ich nun dein Mißfallen errege? Schickst du mich dann auch wieder fort, genau wie Feena?«

Sein Gesicht hellte sich plötzlich auf, und seine Augen blickten amüsiert. »Reizt du mich etwa absichtlich so, in der Hoffnung, daß ich dich dann wirklich fortschicke? Nein, Nathalie! Ganz gleich, wie widerspenstig du dich auch aufführst, du kriegst mich nicht klein. Du bleibst bei mir!«

Während der Nächte, in denen Robert Wache hielt, verschloß Nathalie jetzt immer die Schlafzimmertür. Noch zweimal war ihr das Gespenst im Schlafzimmer erschienen, aber Roberts wegen hatte sie nichts davon gesagt. Seltsam, daß das Gespenst immer nur dann auftauchte, wenn Robert Dienst im Leuchtturm hatte! Aber jetzt, wo Jimbo das Türschloß repariert hatte, wurde Nathalie nicht mehr belästigt.

Sie und Jason vermißten Feena sehr, aber Effie war gut zu dem Kind. Sie ließ es im Ponywagen fahren und half bei seiner Muschelsammlung, wenn Florilla frei hatte.

Später saß Nathalie mit Jason am Strand und half ihm beim Burgenbauen. Neijee arbeitete in einiger Entfernung an seiner eigenen Sandburg. Er hatte auch einen Burggraben angelegt und sah zu, wie das Wasser hineinfloß.

»Feena unartig«, plapperte Jason plötzlich. »Deshalb weggeschickt.« Er grub weiter im Sand. »La-lie, wenn Jason auch unartig, Papa Jason auch wegschicken?«

»Nein, mein Schatz. Du bleibst immer bei uns, ob du nun artig bist oder unartig«, sagte Nathalie tröstend.

»Flo'illa sagt, Jason weggeschickt«, antwortete er.

»Das ist nicht wahr, Jason. Dein Papa und ich haben dich sehr lieb. Wir schicken dich nie weg!«

Ganz erleichtert, fing Jason wieder an, im Sand zu graben. Nachdenklich blieb Nathalie neben ihm sitzen. Sie würde mit Florilla sprechen müssen, die Gouvernante durfte dem Kind nicht eine solche Angst einjagen.

»Jason«, sagte Nathalie, »kannst du mich jetzt nicht ›Mama‹ nennen?«

Er schüttelte den Kopf und antwortete sofort: »Nein. Du Lalie.«

Jason grub weiter mit seiner Muschel im Sand herum, und Nathalie sah ihm zu, seufzte und sagte nichts mehr.

»Madame!« rief Neijee. »Schauen Sie mal! Meine Burg ist fertig!«

Sie stand auf und wischte sich den Sand von den Händen. »Die ist aber schön, Neijee! Und der Graben gefällt mir besonders gut!« sagte sie. Sie blieb neben ihm stehen und bewunderte das Werk seiner Hände.

Erfreut lächelte er sie an, und sie erwiderte sein Lächeln.

Robert befand sich auf dem Weg zum Strand, und manches ging ihm im Kopf herum. Es war der letzte Tag im Juli. Es war genau zwei Wochen her, daß der Streit zwischen Joseph Alston und der Staatsmiliz seinen Höhepunkt erreicht hatte. Das Ergebnis war gewesen, daß der Gouverneur die Miliz aufgelöst hatte.

Zwei Einheiten hatten sich geweigert, den Hafen zu bewachen. Als Alston daraufhin die betreffenden vierzig Bürger vor ein Kriegsgericht stellen wollte, hatte Richter Bay sich eingeschaltet und den Prozeß verhindert. Das Gesetz sah nämlich keine Strafe für Bürger vor, die sich weigerten, die Stadt zu verteidigen, obwohl es für geringfügigere Vergehen schon Strafen gab. In seiner Wut hatte der Gouverneur dann einfach die Miliz aufgelöst.

Robert konnte sich nicht erklären, wie der Gouverneur es hatte dahin kommen lassen, daß der Hafen unbewacht blieb. Vielleicht war er verbittert darüber, daß er in einem Jahr seinen Sohn und seine Frau verloren hatte, vielleicht hatte ihm das sogar den Verstand geraubt. Aber nur war Alston dazu gezwungen worden, seinen Beschluß rückgängig zu machen.

Robert blickte auf und sah Nathalie neben Neijee stehen. Und dann bemerkte er auch Jason, der fröhlich im Sand spielte.

Ja, wenn ein Mann Frau und Kind verlor, konnte er schon wahnsinnig werden! Wie gut konnte sich Robert noch daran erinnern, wie es gewesen war, als er Nathalie tot geglaubt hatte, und an die Hölle, die er durchlebt hatte.

»Hier seid ihr also den ganzen Nachmittag gewesen!« rief Robert, als er bei den dreien angekommen war.

»Papa, komm, schau mal!« quietschte Jason. Er lief auf ihn zu und zupfte ihn am Hosenbein.

Robert nahm sein Kind bei der Hand und ging mit ihm zu der Burg im weißen Sand. Obwohl er sich zu Jasons Zufriedenheit über die Burg äußerte, war er mit den Gedanken nicht bei der Sache.

»Nathalie, geh doch ein wenig mit mir spazieren!« bat Robert. »Und Jason, du gehst jetzt mit Neijee inzwischen ins Haus!«

Als die Kinder außer Hörweite waren, wandte Nathalie ihre Aufmerksamkeit Robert zu. Sein geliebtes Gesicht sah so ernst aus, daß sie fragte: »Schlechte Nachrichten?«

»Leider ja, Nathalie. Die Engländer sind bei St. Helena gelandet. Das bedeutet, daß Joseph wegen der Miliz etwas unternehmen muß.«

Nathalie bemühte sich, mit Robert Schritt zu halten, aber es gelang ihr nicht. Sie blieb zurück, als Robert das merkte, ging er sofort langsamer.

»Er hat seinen Befehl, die Miliz aufzulösen, rückgängig gemacht. Aber ihm fehlt noch die Befugnis, sie rechtlich dem Bundesheer im Krieg gleichzustellen. Nathalie, Joseph Alston hat das Parlament zu einer Sondersitzung einberufen, damit es ihm diese Befugnis erteilt. Ich muß morgen nach Columbia abreisen.«

Sie war sehr erschrocken. Würden Sie auf der Insel bleiben dürfen, oder würde Robert sie alle zwingen, mit ihm abzureisen?

»Ich habe mir überlegt, was ich mit dir und Jason machen soll – ob ich euch vielleicht in das Stadthaus in Charleston bringen sollte? Aber dort wäret ihr genauso in Gefahr. Vielleicht sogar noch mehr, falls Granaten auf die Stadt abgefeuert würden. Ich habe mich deshalb entschlossen, euch hier zu lassen. Ich habe nach Hektor geschickt, damit er bei euch sein kann, solange ich nicht da bin.«

»Also wird Hektor diesmal mein Hüter sein«, sagte Nathalie leise.

Robert blieb stehen und ergriff ihre Hand. »Bitte, sei nicht beleidigt! Es ist doch nur zu deinem Besten!«

»Genau wie du Feena weggeschickt hast, – zu ihrem Besten?«

Da ballte Robert die Faust. »Mein Gott! Warum kannst du nicht wie Florilla sein! Die versteht es wenigstens, einem Mann zu gefallen! Die hackt nicht immer wieder auf einem Thema herum, wenn es schon abgeschlossen ist.«

Er sah Nathalie an, deren Kleid am Saum durchnäßt war. »Florilla würde auch nie ihr Kleid so verhunzen.«

Nathalie fühlte sich von seinen Worten verletzt. Sie blickte schnell zu Boden und schüttelte den Sand aus den Kleidern.

»Und ihren hellen Teint bewunderst du wohl auch?«

»Jawohl! Und sie vergißt auch nie, daß sie eine Frau ist. Sie besitzt sowohl Würde als auch Zurückhaltung. Sie schreit nie laut wie ein widerspenstiger Wildfang!«

»Und außerdem ist sie schlank geblieben«, stimmte Nathalie artig ein, »weil ihr kein anstrengender Ehemann die Figur verdorben hat.«

Robert sah sich ihre Gestalt mit dem vorstehenden Leib an. Sein plötzliches Gelächter schallte über das Wasser, so daß eine Möwe, die ruhig auf einem Stück Treibholz gesessen hatte, aufgeschreckt davonflog.

»Du bist eine richtige kleine Hexe!« sagte Robert nun mit weicherer Stimme, »die mein Onkel Ravenal mir hinterlassen hat, damit sie mich zum Wahnsinn treibt!«

Nathalie wußte nicht, wie sie das auffassen sollte, und machte sich auf den Weg zurück zum Haus. Robert blieb am Strand stehen und sah ihr nach. Unwillkürlich fühlte er sich an die Zeit erinnert, als sich Nathalie vor ihm in dem Häuschen am Fluß versteckt und ihn verrückt gemacht hatte – vor Verlangen nach ihr!

18

Der erste Tag nach Roberts Abreise kam Nathalie unerträglich lang vor. Als die Sonne untergegangen und es schon dämmrig war, ging sie allein zum Strand. Sie wußte nicht, warum sie sich so zu der Stelle hingezogen fühlte, wo Robert sie entdeckt hatte, als sie zum erstenmal mit ihm auf der Insel gewesen war.

Sie setzte sich auf den Felsbrocken und sah den Wellen zu, wie sich die ohrenbetäubenden Brecher in einen sanft schwappenden Teppich aus Schaum verwandelten, der sich über den weißen Sandstrand breitete.

Dann schloß sie die Augen und dachte nur noch daran, was sie damals empfunden hatte, als Robert ihr die Schuhe angezogen und sie in die Arme genommen hatte, um sie von dem Felsbrocken herunterzuheben.

Ihre Träumereien wurden plötzlich von Möwengeschrei gestört. Nathalie öffnete die Augen. Sie war nicht mehr das verspielte schlanke Mädchen, das, mit einer Muschel am Ohr, eine Pirouette gedreht und dem Meeresrauschen gelauscht hatte. Sie war nun hochschwanger und konnte sich nur noch mühsam bewegen.

Nathalie betrachtete ihre bloßen, sonnengebräunten Arme und ihr Musselinkleid, dessen Nähte ausgelassen waren. Es war zerknautscht und am Saum von Meerwasser durchnäßt.

Kein Wunder, daß Robert sie so mißbilligend angeblickt hatte! Mit schneidenden Worten hatte er es ihr klargemacht: Er gab der ewig lächelnden Florilla den Vorzug, die nichts anderes im Kopf hatte, als den Zustand ihres Teints oder ihrer Kleider zu überwachen.

»Also gut, Robert Tabor!« sagte Nathalie laut. »Wenn du es denn so willst, können auch zwei diese Rolle spielen.« Sie würde es ihm schon zeigen!

Nathalie kam zu einem Entschluß: von jetzt an würde sie sich nie mehr in die Sonne setzen. Das würde ihr auch gar nicht schwerfallen, weil sie leicht von der Sonne Kopfweh bekam.

Und Florilla war auch nicht die einzige, die kosmetische

Mittelchen benutzen konnte, um ihre Haut weich und weiß zu machen, dachte sie. Effie würde sicher gern die Buttermilch-Gurkenmixtur zubereiten, mit der sie in Columbia Nathalies verarbeitete Hände so oft geschmeidig gemacht hatte.

»Wenn du so etwas bewunderst, Robert«, sprach sie weiter, als ob er vor ihr stünde, »dann werde ich ein Muster an Eleganz sein – mit untadeliger Frisur und einem fleckenlosen, unzerknautschten Kleid!«

Nathalie wand sich eine Haarsträhne um den Finger und überlegte, daß die Sache nur einen Haken hatte: ihren hochschwangeren Zustand konnte sie nicht verbergen. Wie konnte man eine elegante Figur zeigen, wenn man aussah wie eine reife Melone?

Seufzend stieg Nathalie von ihrem Felsensitz herab und ging zum Haus zurück.

Auf dem Pfad kam ihr Hektor entgegen. »Ich wollte dich gerade suchen, meine Liebe. Robert würde es mir nie verzeihen, wenn ich dich nicht treu behütete.«

Da bekam Nathalie Gewissensbisse. »Es tut mir leid, daß du dir schon Sorgen gemacht hast, Hektor. Ich war am Strand und habe gar nicht bemerkt, wie dunkel es inzwischen geworden ist.«

»Du brauchst dich nicht zu entschuldigen, Nathalie. Ich dachte mir schon, daß du dort seist. Ich wäre auch schon eher gekommen, wenn mich Mrs. Hines nicht aufgehalten hätte.«

Nathalie lächelte über diese höflichen Worte. Florilla war ganz offensichtlich darauf bedacht, Hektor zu umgarnen. Armer Hektor! dachte Nathalie. Von dem Augenblick an, als er die Insel betreten hatte, hatte Florilla ihn mit ihrem ewigen Lächeln verfolgt.

Und diese Frau hatte Robert ihr als Muster vorgehalten!

Zehn Tage blieben ihr bis zu Roberts Rückkehr ...

»Ja, Madame, ich will gern eine Schüssel voll für Sie anrühren«, sagte Effie, als Nathalie mit ihr wegen des Buttermilch-Gurken-Rezeptes sprach. »Aber es wird Ihnen nicht viel nützen, wenn Sie immer in der Sonne sitzen.«

»Ich habe schon festgestellt, daß es jetzt für mich während des

Tages viel zu heiß am Strand ist.«

Effie stimmte ihr zu: »Bei diesem Wetter bekommt man auch leicht einen Hitzschlag. In Ihrem Zustand ist ein kühles Plätzchen im Schatten angebracht.«

»Das finde ich auch, Effie.«

Dann blickte Nathalie Effie fragend an und sagte: »Wie lange brauchst du denn für das Rezept?«

»Wenn Jimbo morgen früh die Milch bringt, will ich sie sofort zentrifugieren. Dann püriere ich die Gurken, während die Milch dick wird. Einen Tag später dürfte alles fertig sein.«

Jason und Neijee konnten nicht verstehen, warum Nathalie plötzlich nicht mehr mit ihnen am Strand spielen wollte. Aber Hektor kümmerte sich um sie, und das fanden die Jungen wunderschön. Jason hatte den weißhaarigen Hektor schon immer gern gehabt, bald lief er ihm überallhin nach. Hektor seinerseits schien den kleinen Jungen und seinen kleinen schwarzen Freund auch sehr gern um sich zu haben.

Während Robert und Arthur in Columbia waren, übernahmen andere Freiwillige den Wachtdienst im Leuchtturm. Es war lebenswichtig, ständig Ausschau nach Schiffen südlich der Insel zu halten.

Nathalie bekam die Männer nicht zu sehen. Sie schliefen im Leuchtturm, man brachte ihnen ihr Essen dorthin. Um den Eßtisch versammelten sich abends nur Hektor, Nathalie und Florilla.

Effie hielt Wort und brachte ihrer Herrin die Mixtur für ihre Haut. Am folgenden Nachmittag saß Nathalie vor dem Frisiertisch im Schlafzimmer und sah zu, wie Effie ihr den dicken Brei auf Gesicht, Hals und Arme klatschte.

Nathalie saß im Hemd da und klagte: »Aber, das riecht ja fürchterlich, Effie!« Sie starrte auf ihr Spiegelbild: zwei braune Augen starrten ihr aus einer dicken weißen Breischicht entgegen!

»Bald haben Sie sich an den Geruch gewöhnt«, antwortete Effie. »Mister Robert aber wird Augen machen, wenn er sieht, wie Sie sich verändert haben!«

»Vielleicht bemerkt er es nicht einmal!«

»Mister Robert bemerkt alles, was mit Ihnen zu tun hat«, behauptete Effie.

Nach dieser Bemerkung der Dienerin überlegte sich Nathalie, daß ihre Kleider sich nicht im besten Zustand befanden. Seit sie aus Mrs. Windoms Laden weggelaufen war, hatte Robert sich nie mehr erboten, neue Garderobe für seine Frau zu kaufen.

Sie würde ihre Kleider noch mehr auslassen oder vorn sogar eine Bahn einsetzen müssen ...

Jeden Nachmittag während Roberts Abwesenheit spielte sich nun das Auflegen der Schönheitsmaske ab, aber Nathalie konnte sich nicht an den Geruch der Gurken und der dicken Milch gewöhnen. Sie rümpfte immer noch angewidert die Nase; was Effie sichtlich amüsierte.

»Bald haben wir's geschafft«, sagte diese. »Fühlt sich schon ganz seidig an. Bald ist Ihre Haut so weiß wie eine Magnolienblüte.«

Tassy war am nächsten Morgen damit beschäftigt, mit Effie das Frühstück zuzubereiten, als Nathalie in der Küche erschien.

»Ich kann einfach nicht mehr warten«, gestand sie. »Ich bin richtig ausgehungert!«

Tassy und Effie mußten lachen. »Sie müssen jetzt ja auch für zwei essen«, meinte Effie. »Kein Wunder, daß Sie Hunger haben!«

Nathalie nahm sich eine Scheibe frisches Brot und schenkte sich aus dem Krug, der auf dem Tisch stand, ein Glas Milch ein.

Mit einem Blick auf Nathalies Figur bemerkte Tassy: »Sieht mir fast so aus, als ob Sie für drei essen müßte ...«

»Das ist doch nicht möglich!« sagte Nathalie und nippte an der Milch. »Jason war zwar ein Zwilling; aber glaubt ihr denn, ich könnte noch einmal Zwillinge bekommen?«

»Würd' mich gar nicht wundern – so, wie Sie in den letzten Monaten auseinandergegangen sind. Genau wie Miß Weekes auf Midland Hall. Die arme Miß Weekes!« Mitleidig schüttelte Tassy den Kopf.

Nathalie stellte ihr Glas auf den Tisch. Plötzlich war ihr der Appetit vergangen. »Tassy, wie vielen Babys hast du schon ans Licht der Welt verholfen?«

Tassy legte ihre Arbeit nieder, damit sie besser an den Fingern abzählen konnte. Konzentriert blickte sie nach oben. »Elf oder zwölf, glaub' ich«, antwortete sie, »im letzten Jahr.«

Neun Tage vergingen, und am zehnten war Nathalie schon beim Erwachen aufgeregt: Robert würde heimkommen!

Den ganzen Tag lang horchte sie auf seine Schritte, aber das einzige Geräusch, das sie hörte, kam von den Kindern, die lärmend durchs Haus liefen. Der Nachmittag verging, die Sonne ging unter. Robert war immer noch nicht da.

Nathalie ordnete an, daß das Abendessen eine Stunde später als gewöhnlich serviert werden sollte, und sie blickte aus dem Fenster, bis es dunkel wurde. Enttäuscht ließ sie Tassy doch das Essen auftragen. Offenbar war Robert aufgehalten worden.

Mechanisch nahm sie die Mahlzeit zu sich, sah noch einmal nach Jason und zog sich dann in ihr Schlafzimmer zurück. Bevor sie zu Bett ging, vergewisserte sie sich, daß die Tür verschlossen war.

Ihre Musselinkleider hingen alle hübsch ordentlich im Kleiderschrank; ihre Haut sah schon viel heller aus als bei Roberts Abreise. Aber Robert würde bestimmt noch nichts davon auffallen, höchstens ihre Stimme. Sie war entschlossen, nach seiner Rückkehr immer nur leise und mit bescheidenem Ausdruck zu sprechen, um so süß und scheu zu erscheinen, wie er es gern hatte. Das heißt, wenn sie das lange aushalten könnte!

Sie wachte auf, als jemand laut an die Tür hämmerte. »Nathalie! Um Himmels willen, mach doch auf!«

Es war Robert, der da im Flur stand und rief. Warum war er erst mitten in der Nacht nach Hause gekommen?

Hastig stieg Nathalie aus dem Bett. Wie lange hatte Robert wohl schon vor der Tür gestanden und geklopft?

Sie ging zur Tür, tastete nach dem Schnappschloß, drehte an dem Knopf und hörte das Klicken; und Robert, der es auch gehört hatte, stieß die Tür auf. Er hielt eine Kerze in der Hand und blickte sie finster an. Er war sehr übler Laune.

»Ich bin es nicht gewöhnt, aus meinem eigenen Schlafzimmer ausgesperrt zu werden!«

»Ich wollte doch nicht dich aussperren, Robert«, sagte Natha-

lie immer noch schlaftrunken. »Ich wollte doch jemand an ...«
Sie schwieg abrupt.

»Wen wolltest du aussperren?«

»Niemanden, Robert«, antwortete sie. »Ich staune, daß du erst
so spät kommst«, sagte sie schläfrig und taumelte zum Bett
zurück, während er die Kerze auf den Tisch stellte.

»Du mußt bedenken, Nathalie, daß ich als Seemann daran
gewöhnt bin, mich an den Sternen zu orientieren. Nun sprich
deinen Satz zu Ende!« befahl er und ließ sich neben ihr auf der
Bettkante nieder.

Sie war schläfrig und recht gereizt von der Art, in der er sie
nach zehntägiger Abwesenheit begrüßt hatte. »Aber es ist doch
mitten in der Nacht!« protestierte sie.

»Es ist nicht mitten in der Nacht!« widersprach er. »Das
kommt dir nur so vor.«

»Hat es nicht bis morgen Zeit? Ich bin so schläfrig.« Sie sagte
es mit kläglicher Stimme; aber Robert ließ sich dadurch nicht
abbringen.

»Nein! Bis morgen hast du dir wieder eine lächerliche
Geschichte ausgedacht, die überhaupt nichts mit dem zu tun
hat, was du gerade gestehen wolltest. Ich weiß nur allzugut, daß
das, was am Abend ungesagt bleibt, am folgenden Tag nie
geklärt wird.«

Bei diesem anklägerischen Ton wurde sie hellwach. Sie setzte
sich auf und sah ihn mit vor Ärger funkelnden Augen an. »Na
schön, Robert. Ich wollte sagen, daß ich das Gespenst aussperren
wollte.«

Einen Augenblick lang sah er sie sprachlos an. »Ich wußte gar
nicht, daß man die Tür überhaupt absperren kann«, sagte er
schließlich und blickte sie unverwandt an.

»Das konnte man auch nicht, bis Jimbo das Schloß repariert
hatte.«

»Wann war denn das?«

»Nachdem ... nachdem das Gespenst mir mehrmals erschienen war, immer wenn du gerade Dienst im Leuchtturm hattest.«

»Und du hast es nicht für nötig befunden, mir davon zu
berichten?«

»Du hattest ja beim erstenmal gesagt, ich hätte mir alles nur eingebildet. Wenn du mir damals nicht glauben wolltest, mußte ich annnehmen, daß du mir wieder nicht glauben würdest, als es noch einmal passierte.«

Als Robert bemerkte, wie ihr Mund zitterte, stand er auf. »Wir wollen es doch lieber morgen besprechen. Ich bin nämlich auch müde.«

Sie legte sich in die Kissen zurück und schloß die Augen, jetzt war sie aber hellwach. Große Enttäuschung überkam sie. Sie wollte so zurückhaltend und bescheiden auftreten, wenn er heimkäme, aber von dem Augenblick an, als er ins Schlafzimmer gekommen war, hatte sie sich wieder zänkisch und widerspenstig gezeigt. Würde das nie anders werden zwischen ihnen?

Am nächsten Morgen schlüpfte Nathalie aus dem Schlafzimmer, als Robert noch schlief. Sie hatte nämlich nicht das Bedürfnis, die angefangene Unterhaltung fortzuführen.

Als sie unten ankam, fand sie zu ihrem Erstaunen schon Hektor am Frühstückstisch. »Guten Morgen, Nathalie«, begrüßte er sie. »Wie fühlst du dich denn heute?«

»Mir geht's gut!« antwortete sie. In Gedanken war sie noch immer mit Robert und den Ereignissen der Nacht beschäftigt.

»Und dir?«

»Hab' schon alles gepackt.«

»Mußt du denn schon gehen?« fragte Nathalie und war enttäuscht.

»Jetzt, wo Robert wieder da ist, werde ich ja nicht mehr gebraucht. Obwohl ich sehr gern hier war«, fügte er hinzu.

»Es war sehr freundlich von dir, zu uns zu kommen, Hektor.«

Das Frühstück stand auf der Anrichte bereit, und Nathalie und Hektor nahmen sich von dem frischen Obst, der Milch, Butter, Marmelade und den Schinkenscheiben. Eine Zeitlang aßen sie schweigend. Dann sagte Hektor:

»Wenn ihr Jason mal los sein wollt, könnt ihr ihn gerne zu mir schicken, Nathalie! Er ist ein netter Junge.«

Da kam Robert dazu und sagte: »Warum sollten wir das wohl

tun, wo du doch wieder heiraten und selbst Kinder haben könntest, Hektor!«

Hektor grinste Robert freundlich an. »Dafür ist's zu spät, wie du genau weißt, lieber Robert. Aber vielen Dank für das Kompliment! Außerdem«, fuhr er schalkhaft fort, »hat die einzige, die mich wirklich interessiert hätte, ja schon dich geheiratet!«

Der bedeutungsvolle Blick, den er Nathalie zuwarf, brachte Robert zum Lachen. »Schau meine Frau nicht so lüstern an, Hektor! Ich dachte, ich könnte dir vertrauen!«

»Nur bis zu einem gewissen Grade!« antwortete ihm gleichfalls neckend Hektor.

Nach dem Frühstück begleiteten Nathalie und Robert Hektor zum Pier. Matthew wartete schon darauf, ihn nach Charleston zurückzubringen. Hektor nahm im Boot zwischen seinen Gepäckstücken Platz und winkte dem Paar auf dem hölzernen Landungssteg zu. Als das Boot ihren Blicken entschwunden war, wandten sich Robert und Nathalie um und gingen den Pfad zum Haus zurück.

Robert bemerkte, wie adrett Nathalie aussah. Als er ihr die Hand auf den Arm legte, war er überrascht, wie glatt und weich sich ihre Haut anfühlte.

»Bist du gut zurechtgekommen, während ich nicht da war?« fragte er.

»Ja, Robert! Jason hat sich sofort an Hektor gehängt. Das war ein Glück, weil ich unserem Sohn nicht mehr so ganz gewachsen bin ... Und wie ist's dir ergangen«, fragte sie schnell, »hast du Erfolg gehabt?«

»Ja! Es ist jetzt alles geregelt. Das Parlament hat Joseph mit den nötigen Vollmachten ausgestattet. Die Miliz wird sich jetzt kaum mehr weigern, ihren Wachtdienst zu tun.«

»Ich hatte dich gestern eigentlich früher erwartet«, fing Nathalie noch einmal an.

»Ich wollte auch früher zurück sein, aber dann mußte ich noch bei Mrs. Windom vorbeigehen, um die bestellten Sachen abzuholen. Ein Kleid war noch nicht ganz fertig; deshalb mußte ich warten.«

Sie waren schon fast wieder bei dem Haus angekommen, als

Robert stehenblieb. »Na, bist du gar nicht neugierig? Ich hoffe, daß dir gefällt, was ich mitgebracht habe. Mrs. Windom wird die Kleider wieder enger machen, wenn das Baby da ist. Falls du sie nicht für das nächste Mal aufheben willst ...

Die Dankesworte erstarben ihr auf den Lippen. »Das nächstemal?« rief sie und starrte Robert ungläubig an.

Er streckte die Hand nach ihr aus und zog sie an sich. »Ich habe vor, mir viele Kinder anzuschaffen, Nathalie, um die Dynastie der Tabor in Carolina zu etablieren.« Er sah sie schelmisch an, aber Nathalie funkelte ihn an und stieß ihn zurück.

»Und ich habe dabei gar nichts zu sagen?«

»Natürlich hast du auch was zu sagen! Du kannst dir die Namen für die Kinder aussuchen. Aber einen Sohn möchte ich gern nach meinem Onkel Ravenal nennen.«

»Dann planst du wohl am besten eine andere Frau mit ein, Robert, wo du einmal beim Planen bist! Eine, die sich darum reißt, dir ein Kind nach dem anderen zu gebären.«

» Ich bin zufrieden mit der Frau, die ich habe«, sagte er; und es klang nicht mehr scherzhaft.

Jetzt wußte sie also, was für eine Rolle ihr Robert zugedacht hatte: Sie sollte ihm Kinder gebären! Diese Stellung war ja kaum besser als die der Zuchtstute, die Papa Ravenal noch kurz vor seinem Tod gekauft hatte!

Da sie das nun wußte, glaubte sie auch zu wissen: zu dieser Rolle brauchte es keine Liebe. Die konnte Robert anderswo finden, während sie, Nathalie Boisfeulet Tabor, zu Hause bleiben konnte, immer schwanger und den Blicken der Umwelt Jahr für Jahr entzogen. Und Florilla, die Robert bewunderte, konnte schlank bleiben und seiner Liebe sicher sein.

»Willst du denn deine neuen Kleider gar nicht sehen?« fragte Robert, als sie zögernd vor der Schlafzimmertür stehenblieb.

Eine heiße Träne rollte ihr über die Wange und fiel ihr auf die Brust. »Wenn es dir recht ist, Robert, werde ich sie mir später ansehen«, brachte Nathalie heraus. Dann lief sie den Flur entlang, um Roberts wachsamen Augen zu entkommen.

Verwundert starrte Robert auf die Tür des Kinderzimmers, die hinter Nathalie zuschlug. Was hatte er denn nun schon wieder verbrochen, daß sie vor ihm davonlaufen mußte?

War es ihr denn so zuwider, ihm Kinder gebären zu sollen? War sie davongelaufen, um nicht in seiner Gegenwart weinen zu müssen? Oder war ihr klargeworden, daß er sie nie freigeben würde?

Robert mußte an das Rehkitz denken, das er als Kind gezähmt hatte. Wie verzweifelt sich das Tier zuerst gegen ihn gewehrt hatte! Schließlich hatte er mit Geduld und Sanftmut Erfolg gehabt, und das Kitz kam freiwillig und beschnupperte ihn und erwies ihm Zuneigung.

Nathalie war wie das Kitz: leicht zu erschrecken von jedem ungewöhnlichen Geräusch oder jeder ungeschickten Bewegung und sofort bereit, zu fliehen. Wie lange würde es wohl noch dauern, bis sie lernte, ihm zu vertrauen und freiwillig zu ihm zu kommen, um seine Zuneigung zu suchen?

Seufzend gestand Robert sich ein, daß er die Kleider für Nathalie, sein Geschenk, einfach hinlegen müßte, genauso wie er das Futter für das Kitz auf die Lichtung am Waldrand hatte hinstellen müssen. So breitete er die sechs schönen Kleider auf dem Bett aus, ging dann aus dem Schlafzimmer und verschwand auf dem Pfad zum Leuchtturm.

Als Nathalie hörte, daß Robert gegangen war, wischte sie sich die Tränen aus den Augen und ging langsam ins Schlafzimmer zurück. Sie schämte sich ihres Verhaltens und ihrer Unfähigkeit, ihre Gefühle zu verbergen. Aber hatte nicht schon Papa Ravenal sie immer deswegen gehänselt? Sie hatte es immer noch im Ohr: »Meine liebe Lalie – deine Augen werden dich immer verraten!«

Die Kleider lagen auf dem Bett, so, wie Robert sie ausgebreitet hatte. Sie waren aus zarten, bedruckten Baumwollstoffen und Musselin, gerade richtig für das heiße Klima. Auf dem Kopfkissen lag ein großer, breitkrempliger Sonnenhut, der mit Blumen und bunten Bändern verziert war.

Nathalie konnte nicht widerstehen, sie befühlte das hauchdünne Gewebe. Sie mußte einfach ein Kleid anprobieren! Sie zog sich das leichte weiße Kattunkleid über.

Es fühlte sich weich und angenehm an. Mit raschen Schritten lief Nathalie vor den Spiegel. Sie lächelte ihrem Spiegelbild zu. Die Falten vorn verbargen ihre unförmige Figur so geschickt, wie ihre alten Kleider das nie getan hatten. Sie freute sich sehr und kam sich äußerst elegant vor. Und sie war auch dankbar, daß Robert, wenn er sie auch nicht liebte, doch bemerkt hatte, was ihr fehlte, und es ihr besorgt hatte. Sie selbst hätte nie den Mut aufgebracht, noch einmal in Mrs. Windoms Laden zu gehen, nachdem sie die Unterhaltung zwischen ihr und Polly Ashe hatte hören müssen ...

Robert war fast den ganzen Tag im Leuchtturm gewesen, hatte dort sogar mit den Freiwilligen zu Mittag gegessen. Aber jetzt befand er sich auf dem beschwerlichen Weg zum Haus zurück. Auf dem Pfad traf er Jason und Neijee, in Florillas Begleitung.

Florilla schien außergewöhnlich froh über das Wiedersehen mit ihm zu sein. Schade, dachte Robert, daß Nathalie nicht die gleiche Freude an den Tag legen konnte bei seiner Rückkehr! Robert hatte Jason an der Hand und paßte seine Schritte denen des Kindes an. Florilla ging munter plaudernd neben ihm her.

Als Nathalie lachende Stimmen hörte, wußte sie, daß Robert zurück war. Sie saß am offenen Fenster im Wohnzimmer. Sofort begannen ihre Finger zu zittern, die bis dahin so geschickt an dem weichen weißen Stoff genäht hatten.

»La-lie!« rief eine Kinderstimme. »Wo bist du?«

»Hier drinnen, Jason, im Wohnzimmer!«

Jason und Neijee kamen ins Zimmer gerannt. Ihre Gesichter waren beim Spielen etwas schmutzig geworden.

»Madame, halten Sie Ihre Hände auf!« forderte Neijee sie auf.

»Und mach die Augen zu, La-lie!« rief Jason.

Nathalie gehorchte den beiden lächelnd. Sie fühlte, wie ihr etwas in jede Hand gedrückt wurde.

»Darf ich die Augen wieder aufmachen?« fragte sie.

»Ja!« riefen die beiden Kinder aufgeregt gleichzeitig.

Langsam öffnete Nathalie die Augen und blickte auf die beiden Mitbringsel: einen Seestern und eine sehr hübsche, kleine rosa Muschel.

»Das sind aber schöne Geschenke!« sagte Nathalie strahlend.

»Vielen, vielen Dank!«

»Wir haben sie am Strand gefunden«, berichtete Neijee stolz.

Sie hörte ein Geräusch von der Tür her und schaute auf. Da stand Robert in der offenen Tür und betrachtete die Szene.

»Ich glaube, Effie sucht euch beide schon, Jason«, sagte Robert. »Jetzt lauft, und laßt euch säubern!«

Widerspruchslos liefen die beiden Jungen aus dem Zimmer, um nach Effie zu suchen. Nathalie trug den Seestern und die Muschel zur Fensterbank.

»Liebesgaben, Nathalie?« fragte Robert und kam näher.

Sie nickte. »Die beiden bringen mir immer irgend etwas vom Strand mit. Im voraus weiß ich nie, was es sein wird. Aber es läuft immer nach demselben Schema ab: Ich muß die Augen zumachen und die Hände aufhalten.« Während sie das sagte, lächelte sie. »Und jedesmal habe ich Angst, sie könnten etwas … Lebendiges mitgebracht haben!«

Robert lachte. »Jason hat dieser Sommer auf der Insel wirklich gutgetan. Und dir scheint er auch bekommen zu sein.«

Ihre Blicke kreuzten sich, und Nathalie wurde ganz nervös, weil Robert sie so prüfend ansah.

»Die Kleider sind sehr schön, Robert. Danke!« Nathalie war jetzt ganz ernst.

»Dreh dich mal um, und laß dich ansehen, Nathalie!«

Ganz befangen, weil er immer noch so prüfend blickte, drehte sie sich um. Nachmittags hatte sie wieder Effies Creme benutzt und sich das Haar gebürstet, bis es glänzte. Und jetzt in dem schönen weißen Kattunkleid …

»Irgendwie siehst du anders aus, Nathalie. Ich kann schlecht beschreiben, wie ich das meine. Woran liegt es wohl?«

»Ich weiß nicht«, sagte sie. »Vielleicht an dem neuen Kleid?«

»Nein, das ist es nicht, obwohl es deine Erscheinung sehr gut kaschiert. Ich mache mir allmählich doch Sorgen über die Geburt. Was meinst du, ob wir in das Stadthaus nach Charleston ziehen sollten, weil dort ein Arzt in erreichbarer Nähe wäre?«

Nathalies dunkle Augen sahen plötzlich aus wie die eines gehetzten Tieres. »Robert, in Charleston ist die Kindbettfiebergefahr zu groß! Ich möchte keinen Arzt in einer übervölkerten Stadt bei der Entbindung. Hier ist es viel ungefährlicher für mich.«

»Und wer könnte dir beistehen, wenn irgend etwas passierte? Wenn das Baby beispielsweise zu früh käme?«

»Tassy hat Feena schon oft geholfen, und einige Mütter hat sie auch schon allein entbunden. Wenn das Kind also zu früh geboren würde, könnten wir uns auf Tassy verlassen und im übrigen beten, daß alles gutgehen möge!«

Robert schwieg, in Gedanken versunken. Nathalie ging zu ihrem Platz am Fenster zurück und nahm ihre Näharbeit wieder auf. Sie konzentrierte sich auf jeden Stich und blickte erst wieder hoch, als sie allein im Zimmer war.

Beim Abendessen wirkte Robert ungewöhnlich grüblerisch. Er beobachtete Nathalie aber während der ganzen Mahlzeit, so daß es ihr unbehaglich wurde. Sie war froh, als die Mahlzeit vorüber war und sie wieder im Wohnzimmer saßen.

Es war nun zu dunkel zum Nähen, und Nathalie wurde unruhig. Ein paar Minuten lang blieb sie in ihrem Sessel sitzen, aber da sie nicht bequem sitzen konnte, stand sie wieder auf und blickte aus dem Fenster auf die Schatten, die die Büsche vor dem Haus auf die offene Veranda warfen.

Robert holte die Schachfiguren aus ihrem Fach und war ganz in sich versunken, während er sie aufstellte. Nathalie warf nur einen flüchtigen Blick zu ihm hinüber und sah dann erneut aus dem Fenster auf die Landschaft hinaus. Der Anblick des Schachbretts war ihr zuwider.

Seit dem Tag, an dem Feena nach Midgard zurückgeschickt worden war, hatten sie die Schachfiguren nie wieder berührt. Nathalie konnte sich nur allzugut an die Wachspuppe erinnern mit der blonden Haarsträhne und dem Fetzen Stoff, der wie Florillas Negligé aussah. Im Geist sah sie immer noch, wie die Puppe neben ihrer Dame lag, die Robert erobert hatte.

»Hättest du Lust zu einer Partie Schach, Nathalie?« fragte Robert, so daß Nathalie gezwungen war, sich zu ihm umzuwenden.

»Nein, danke, Robert. Ich kann jetzt nicht länger sitzen, entschuldige. Es ist zu unbequem.«

Florilla tat so, als ob sie mit Nathalie mitfühlte, und bemerkte: »Schade, daß eine Schwangerschaft eine Frau immer so rastlos macht und außerdem unansehnlich. Manchmal erlangt eine Frau auch nach der Schwangerschaft nie wieder ihre ursprüngliche Schönheit! Aber das ist nun einmal Frauenlos«, schloß Florilla, mit nur schwach unterdrückter Schadenfreude.

»Meine Frau ist jetzt sogar noch schöner als an dem Tag, als ich sie zum erstenmal gesehen habe«, erwiderte Robert leise.

Für Nathalie schwächten seine nächsten Worte das Kompliment aber leider wieder ab. Er sagte nämlich: »Florilla, da Nathalie anscheinend nicht geneigt ist, – hätten Sie vielleicht Lust?«

»Ich habe Schachspielen nie gelernt, Robert«, erwiderte sie. »Es hat sich nie jemand die Zeit genommen, es mir beizubringen.« Allerdings hatte sie in der Kneipe mit Clem oft Blackjack – Siebzehn-und-Vier – gespielt; aber daran wollte sie jetzt nicht denken.

»Wenn Sie es gern lernen möchten, – ich habe heute abend viel Zeit.«

Florilla erhob sich aus ihrem Sessel und ging zum Spieltisch hinüber. Während Robert Florilla geduldig die Stellung der einzelnen Schachfiguren erklärte, huschte Nathalie aus dem Zimmer. Sie wollte nicht den ganzen Abend mit ansehen, wie die beiden, vertraulich über das Schachbrett gebeugt, zusammensaßen.

Nathalie stieg die Treppe zum Schlafzimmer hinauf. Da bemerkte sie, wie sich auf dem Treppenabsatz etwas bewegte.

Die Wände lagen im Schatten, aber davor bewegte sich huschend ein graues Tuch, und ein kalkweißes Gesicht starrte zu ihr hinunter. Es war das Inselgespenst, aber es sah ganz anders aus als die Gestalt, die sie im Traum gesehen hatte, ganz anders auch als die schillernde Gestalt bei dem Felsen am Strand.

Sie blickte nicht näher hin. Mit einem Aufschrei drehte sie sich um und flüchtete die Treppe hinunter.

Als Robert Nathalies Schreckensschrei hörte, stand er vom Spieltisch auf und lief zur Diele. Nathalie stürzte auf ihn zu. Er streckte die Arme aus, um sie zu stützen.

»Nathalie! Was ist los? Wovor hast du solche Angst?«

Zitternd vor Angst, brachte sie schließlich heraus: »Das Gespenst! Das Gespenst war da! Oben auf dem Treppenabsatz!«

Robert ging auf die Treppe zu. Nathalie klammerte sich noch immer an ihn. Seine tiefe Stimme hallte durch die Diele, als er rief: »Komm herunter! Wer du auch sein magst, komm sofort herunter!«

Florilla stand hinter ihnen und wartete auch, was sich zeigen würde.

Langsam erschien nun die graue Gestalt und schwebte die Treppe hinunter, eine graue Schleppe hinter sich herziehend.

Nathalie starrte die Erscheinung unverwandt an und drückte sich dichter an Robert. Die Treppenstufen knarrten, als das Gespenst stolperte und sich dann wieder fing. Aber Gespenster durften doch eigentlich nur schweben! dachte Nathalie. Sie müßten doch so leicht und dünn sein wie der Nebel am Strand ...

Jetzt trat die graue Gestalt aus dem Schatten hervor, kam unten an und blieb stehen. Unter dem Tuch sah man zwei Gesichtchen, die mit Buttermilch und Gurkenbrei beschmiert waren.

Nathalie erkannte die beiden und rief ungläubig: »Jason! Neijee!«

Robert mußte herzlich lachen. »Das ist also dein Gespenst, Nathalie! Zwei harmlose Kinder, die sich einen Spaß machen wollen!«

Jason mit seinen goldbraunen und Neijee mit seinen kohlschwarzen Augen starrten die drei Erwachsenen an.

»Neijee, wo habt ihr denn das graue Tuch her?« fragte Robert.

»Vom Speicher, Mister Robert«, antwortete der Junge betreten.

»Und was habt ihr euch da ins Gesicht geschmiert?«

Neijee sah Jason an. »Es ist Effies Mixtur aus Buttermilch und Gurken«, gestand Nathalie.

»Buttermilch und Gurken?« wiederholte Robert fragend.

Florilla, die immer noch hinter Robert stand, erklärte: »Das ist ein Schönheitspräparat, Robert, das Frauenhaut weich und ...

begehrenswert machen soll.«

»Gehört das Ihnen, Florilla?« fragte Robert, immer noch amüsiert.

Als Florilla den Kopf schüttelte, antwortete Nathalie: »Es gehört mir, Robert.« Nathalie hatte es ganz leise gesagt, weil sie sich schämte, daß sie es ihm nun doch hatte gestehen müssen.

»Dir, Nathalie?« fragte Robert ungläubig.

Nathalie errötete, während er sich ihren Teint genau ansah. Sie schloß die Augen, als er ihr mit der Hand über die Wange strich und ihr den Nacken streichelte, wo sie die Locken zusammengebunden hatte.

Da merkte Robert, daß ihn die anderen beobachteten, und sagte brüsk: »Florilla, kümmern Sie sich um die Kinder! Wenn Sie ihnen das Gesicht gewaschen haben, sorgen Sie dafür, daß sie im Bett bleiben!«

Eiligst gehorchend, rauschte Florilla an Nathalie vorbei. Nathalie wollte sich aus Roberts Armen befreien, aber er hielt sie fest.

Sie stand in der plötzlich so stillen Diele und starrte auf die Knöpfe an Roberts weißem Hemd. Er hob ihr das Kinn an und zwang sie so, ihm in die Augen zu sehen. Genauso hatte er es gemacht, damals in der Kinderkrippe, als das Fieber ausgebrochen war ...

Schließlich flüsterte Robert: »Bist du dir plötzlich dessen bewußt geworden, daß du eine Frau bist? Darf ich etwa hoffen, daß du die Creme benutzt hast, um begehrenswerter zu sein – für mich?«

Nathalie nahm es ihm noch übel, daß er sich so über das Gespenst lustig gemacht hatte und schüttelte den Kopf. »Effie wollte, daß ich die Creme benutzte.«

Er hielt sie nicht länger gegen ihren Willen fest. Er ließ die Arme sinken, um sie freizulassen.

Während Nathalie würdevoll nach oben ging, blieb Robert, dem seine Enttäuschung anzusehen war, noch eine Weile stehen. Dann ging er langsam ins Wohnzimmer zurück und nahm am Spieltisch Platz.

Durch das Schlafzimmerfenster fiel nur wenig Licht. Nathalie schien nur darauf bedacht, zu dem Betstuhl in der Ecke zu kommen. Sie fiel auf die Knie und neigte den Kopf, um Vergebung zu erflehen.

Sie hatte die Schönheitsmixtur ja wirklich benutzt, um in Roberts Augen begehrenswerter zu erscheinen, ganz wie er vermutet hatte! Aber ihr Stolz verbot ihr, ihm die Wahrheit zu sagen.

19

Es war September geworden. Für die Küstengegend von Carolina war das der Hurrikanmonat. Es war sehr heiß, abwechselnd trocken und glühend oder feucht-heiß und stürmisch.

Robert, Arthur, Florilla und Nathalie saßen schweigend im Wohnzimmer des Sommerhauses. Sie waren so bedrückt, weil sie von einem Massaker bei Fort Mims gehört hatten. Aber keiner von ihnen sprach darüber, was sie alle so beschäftigte. Die Atmosphäre war düster und drückend; die Stille wurde nur von dem leichten Knarren des Schaukelstuhls, in dem Nathalie saß, unterbrochen.

Es war früher Abend. Nathalie trug ein blaßblaues Musselinkleid mit weißen Röschen. Sie hatte sich eigentlich nicht zu den anderen setzen wollen, weil sie sich wegen ihres Umfangs genierte. Aber Robert hatte ihr nicht gestattet, sich während Arthurs Anwesenheit im Schlafzimmer zu verstecken. Es war, als ob er Nathalie voller Stolz zur Schau stellen und damit nicht nur sein Anrecht auf sie, sondern auch seine Männlichkeit unterstreichen wollte.

»Warum treten diese Hurrikane nur immer im September auf?« fragte Nathalie, während sie sich mit dem Fächer aus Elfenbein, den sie von ihrer Mama geerbt hatte, Kühlung zufächelte.

»Das hat etwas mit dem Bermudahoch zu tun«, erklärte Robert. »Charleston liegt an dessen Rand und ist schon mehrmals von diesen unberechenbaren Wirbelstürmen verwüstet worden. Weißt du noch, Arthur?« wandte er sich seinem Freund zu. »Als wir noch Kinder waren, lagen sogar einmal in den Straßen von Charleston Schiffsteile herum, die die Flut und die Stürme angetrieben hatten.«

»Ich weiß nur noch, daß die Leute davon sprachen«, erwiderte Arthur. »Ich war in dem Sommer auf Cedar Hill und war zu dem Zeitpunkt noch nicht wieder nach Charleston zurückgekommen. Als ich dann heimkam, war die ganze Plantage verwüstet. Die Reisfelder waren völlig ruiniert.«

Robert nickte. »Auf Midgard sind damals viele Bäume abgeknickt. Und eine Menge Vieh haben wir auch verloren.« Zu Florilla gewandt, fragte er: »Haben Sie schon einmal einen Hurrikan erlebt, Florilla?«

»Nein, Robert, und ich hoffe auch, daß mir das erspart bleibt. Ich habe nämlich furchtbare Angst vor Stürmen, besonders auf See«, gestand Florilla.

Nathalie saß schweigend da und dachte über Florilla nach. Sie hatte ihr so viele Rätsel aufgegeben, seit sie gemeinsam auf der Insel lebten. Nathalie hatte auch den Verdacht gehabt, daß Florilla hinter den Geistererscheinungen in ihrem Schlafzimmer steckte; aber sie hatte keine Beweise. Nach Jasons und Neijees Maskerade war das Gespenst nie wieder erschienen; Robert hatte den Kindern das große graue Tuch weggenommen.

Traf Roberts Vorwurf etwa zu, daß sie sich das alles nur eingebildet hatte, weil sich ihre Phantasie an der alten Klosterchronik entzündet hatte? Und daß die Kinder, nachdem sie das graue Tuch auf dem Speicher entdeckt hatten, ihre Phantasie ausgenutzt hatten? Aber sie wußte, daß jemand versucht hatte, sie zu ersticken! Sie konnte das schreckliche Gefühl niemals vergessen. Und die beiden kleinen Jungen würden ihr nie etwas Böses antun ...

Cedar Hill, Florillas Sticheleien und die Gefahr, in der Jason sich befunden hatte, – das alles schien so weit zurückzuliegen. Aber wenigstens hatte sie sich das alles nicht eingebildet! Nathalie wußte, daß die Szene am Apfelbaum Wirklichkeit gewesen war, und doch saß Florilla ihr hier wie ein wahres

Muster an Nettigkeit und Fraulichkeit gegenüber!

»Ist irgend etwas an meiner Kleidung nicht in Ordnung, Mrs. Tabor?« fragte Florilla, weil Nathalie sie immer noch anblickte.

Nathalie zuckte zusammen und setzte sich gerade. »Nein, Florilla, ich wollte Sie auch gar nicht anstarren. Ich habe nur an das Massaker von Fort Mims denken müssen.«

Damit hatte Nathalie in Worte gefaßt, womit sie sich alle in Gedanken beschäftigt, worüber sie aber den ganzen Abend nicht ein einziges Mal gesprochen hatten. Ihr Schweigen und das höfliche Gespräch über das Wetter waren nur wie eine Maske gewesen, hinter der sie alle ihre wahren Gedanken verborgen hatten.

Der Landkrieg, so fern in Kanada und im Norden der Staaten, war plötzlich mit dem Indianer Tecumseh nach Süden gekommen; daher auch die Tragödie am Zusammenfluß von Alabama und Tombigee.

In Gegenwart der Frauen hatten die Männer nicht über das Massaker sprechen wollen; aber Nathalies Worte machten dem jetzt ein Ende. Robert sah zu Nathalie hinüber, die scheinbar so ruhig in ihrem Schaukelstuhl saß. Sie hatte ihr Mitgefühl mit den Bewohnern der Küstenregion geäußert, als sie davon erfahren hatte, daß Sir George Cockburn die Stahlwerke und die Kanonengießerei zerstört und St. Helena geplündert hatte. Aber sie war nicht vor Angst gelähmt gewesen, wie das bei vielen Frauen der Fall gewesen wäre. Und hatte sie nicht von sich aus entschieden, das Risiko auf sich nehmen zu wollen, den heißen Sommer auf Tabor Island zu verbringen? Das erforderte Mut! Robert war deswegen stolz auf sie.

»Tecumseh war schuld daran! Wenn er nicht gewesen wäre, hätte Red Stick diese hilflosen Menschen bestimmt nicht massakriert.« In seinem Zorn sprach Arthur ganz laut und lenkte damit Roberts Aufmerksamkeit erneut auf das Thema Massaker.

»Sicher hat Tecumseh Red Stick für seine Zwecke benutzt; aber er ist nicht allein schuld«, argumentierte Robert. »Die Skalpe der fünfhundert Männer, Frauen und Kinder von Fort Mims waren nur der Preis für die Verbindung von Tecumseh mit den Engländern. Aber ich habe das Gefühl, daß das Ehebett für die Engländer nicht sehr bequem sein wird. Sie müssen sich fragen, ob Tecumseh und die Indianervölker sich nicht eines Tages gegen sie wenden und sie im Schlaf ermorden werden. Aber wer auch immer schuld hat«, fuhr Robert fort, »es muß etwas getan werden! Wir können hier im Süden keinen zweiten Creek-Aufstand zulassen! Die Leute haben mehr Angst vor den Indianern als vor den Engländern!«

»Ich habe heute in Charleston gehört, daß man Andy Jackson von der Tennessee-Miliz beauftragt hat, gegen Red Stick vorzu-rücken«, berichtete Arthur Robert.

Überrascht fragte Robert: »Geht es ihm denn schon wieder gut genug nach seinem Duell?«

»Er hatte nur eine Fleischwunde am Arm, genau wie du damals, Robert. Die wird schon heilen. Aber ich habe gehört, daß es seinem Kontrahenten nicht so glimpflich ergangen ist.«

Nathalie stand abrupt auf. »Wenn ihr mich bitte entschuldi-gen würdet ...« Sie hielt sich die Hand an den Kopf, weil ihr plötzlich schwindelig wurde.

Augenblicklich war Robert an ihrer Seite. Arthur stand auch auf und sah ganz verstört aus; während Robert seine Frau aus dem Zimmer führte und sie die Treppe hinauf begleitete.

»Du brauchst nicht bei mir zu bleiben, Robert«, sagte Natha-lie, während er ihr eine kalte Kompresse auf die Stirn legte. »Du mußt Arthur ...«

»Arthur ist kein Gast, sondern ein Freund. Er versteht es schon, wenn ich nicht wieder hinuntergehe. Außerdem ist Flo-rilla da und kann ihn unterhalten.«

»Aber er kann Florilla nicht ...« Nathalie sprach den Satz nicht zu Ende, aber Robert ahnte schon, was sie hatte sagen wollen.

»Ich weiß, daß Florilla keine Chance hat, Arthur genauso zu fesseln wie du. Aber wenn er erst merkt, daß du nicht wieder-kommst, wird ihm schon eine Entschuldigung einfallen, um zum Leuchtturm zurückzugehen.«

Robert hatte in schärferem Ton als gewöhnlich gesprochen. Doch seine nächsten Worte klangen bereits wieder weich und zerknirscht: »Ich muß daran denken, Nathalie, in deiner Gegen-wart nicht von so unangenehmen Dingen zu sprechen. Arthur und ich haben uns hinreißen lassen, aber ich verspreche dir, daß das nicht wieder vorkommen soll.«

»Fühlst du dich jetzt besser?«

Robert stellte die Frage, als Nathalie am nächsten Morgen erwachte. Sie lächelte ihren Mann an, der ihr die zerbrechliche kleine Tasse mit heißem Tee unter die Nase hielt.

»Ja, Robert«, sagte sie und setzte sich auf. »Aber ich habe Hunger – wie immer!«

Dankbar nahm sie die Tasse Tee entgegen und nippte daran. Sie vermißte die heiße Schokolade, an die sie gewöhnt war; aber da war nichts zu machen. Eines Tages, wenn der Krieg vorüber war, würde sie wieder soviel Schokolade trinken können, wie sie wollte oder sich leisten könnte.

»Tassy meint, es sei besser, wenn du heute im Bett bliebest.«

Nathalie stellte die Tasse ab. »Aber es geht mir doch gut! Nur weil mir gestern abend schwindelig geworden ist, brauche ich doch heute nicht den ganzen Tag zu faulenzen!«

»Nathalie«, sagte Robert geduldig, »in der Baumwollspinnerei ist etwas nicht in Ordnung. Ich muß nach Taborville fahren und bleibe wahrscheinlich die Nacht über dort. Und ich hätte ein besseres Gefühl, wenn du heute im Bett bliebst und dich schontest. Ich lasse dich nicht gern allein, aber es sieht so aus, als ob ich keine Wahl hätte.«

»Wann fährst du denn?«

»In ein paar Minuten. Matthew macht schon das Boot klar.«

»Hat Jessie schon mit dem neuen Schuljahr angefangen?« fragte Nathalie. Sie sah wieder Taborville vor sich, mit seinen sauberen Häusern und der kleinen weißen Schule am Ende der Dorfstraße.

»Ich habe eine andere Lehrerin eingestellt, eine ausgebildete, wie ich vorgehabt hatte«, antwortete Robert. »Jessie ist also nicht mehr für die Schule verantwortlich.«

Nathalies Gesicht verdüsterte sich. »Willst du damit sagen, daß du Jessie entlassen hast, nach allem, was sie für die Schule getan hat? Robert, das kannst du doch nicht tun! Sie war so stolz und wollte so gern unterrichten! Wie konntest du nur so grausam sein!« sagte Nathalie ganz betrübt.

»Dann laß dir sagen, Nathalie, daß es Ebenezer Shaw war, der Jessie nicht mehr unterrichten lassen wollte.« Sein Ton war kühler.

»Ebenezer Shaw? Was hat der denn gegen Jessie? Er hatte sie dir doch selbst empfohlen!«

»Er will nicht, daß seine Frau als Lehrerin arbeitet.«

»Was hat das denn mit Jessie zu tun?« fragte Nathalie, aber dann hielt sie inne. Ihre Züge glätteten sich, und sie sah plötzlich ganz vergnügt aus. »Ist Jessie etwa jetzt Shaws Frau?«

»Noch nicht. Die Hochzeit soll in ungefähr zwei Wochen stattfinden.«

Nathalie lachte und strich sich das Haar aus dem Gesicht. »Ich kann mir gar nicht vorstellen, daß Jessie und der Vorarbeiter ...« Sie sah Robert verlegen an. »Oh, Robert, es tut mir leid, daß ich dich falsch verdächtigt habe. Bitte, verzeih mir!«

»Wenn du mir versprichst, heute im Bett zu bleiben«, antwortete er. Der leichte Ton wollte ihm nicht so recht gelingen.

»Ich verspreche es«, sagte Nathalie widerstrebend.

Robert beugte sich über sie und küßte sie auf die Stirn. Er stellte die leere Teetasse auf den Nachttisch und ging.

Es stimmte, daß seine Anwesenheit in der Baumwollspinnerei nötig geworden war. Aber einer der Hauptgründe, warum er von der Insel wegkommen wollte, war der, daß er Feena zurückholen wollte. Die Frau war zwar nicht die gehorsamste Dienerin, aber sie war es, die am besten für Nathalie sorgen konnte. Und für Nathalies Wohlergehen wollte Robert nichts versäumen – wollte er kein Risiko eingehen.

Die See war ungewöhnlich ruhig, und obwohl sich fern am Himmel Wolken gebildet hatten, herrschte fast gar kein Wind. Die Möwen, die sonst immer schreiend auf Nahrungssuche hin- und herflogen, waren heute nicht zu sehen, was Robert beunruhigte. Wenn sich irgendwo draußen im Atlantik ein Sturm zusammenbraute, würde er schnellstens zur Insel zurückfahren müssen, ohne sich lange in Taborville aufhalten zu können.

Er wollte auf Midgard anhalten, um Feena aufzufordern zu packen, dann zur Fabrik reiten, dort übernachten und am nächsten Nachmittag, bevor die Moskitos zu schwärmen begannen, Feena abholen. Ja, er würde nur so lange wie unbedingt nötig wegbleiben – und inzwischen hoffen, daß die britische Flotte im Pamlico-Sund nicht die Anker lichtete.

Nathalie hatte Robert zwar das Versprechen gegeben, aber es fiel ihr doch schwer, den ganzen Tag im Bett zu bleiben.

Sie hatte gar nichts zu tun. Die neuen Babysachen waren fertig. Sie lagen nun, schön zusammengefaltet, in der kleinen Truhe am Fenster im Schlafzimmer, wie auch Jasons alte Babysachen. Und das Hemd für Robert war auch fertig.

Nathalie setzte sich auf, lehnte sich in die Kissen zurück und las noch einmal den Brief von Julie, der in der vergangenen Woche gekommen war. Sie hatte ihn schon so oft in der Hand gehabt, daß das Papier am Rande schon eingerissen war, und ein kleiner Teefleck hatte ein Wort unleserlich gemacht.

Nathalie wußte gar nicht, warum sie sich die Mühe machte, den Brief in die Hand zu nehmen; denn sie kannte ihn inzwischen auswendig. Julie hatte von der neuen Kur und von ihren Hoffnungen auf Besserung geschrieben. Und dann die erstaunliche Neuigkeit: Desmond und sie wollten ein Waisenkind adoptieren, das schon acht Jahre alt war.

Das Gold, das Julie Nathalie geschenkt hatte, wurde mit keinem Wort erwähnt. Wahrscheinlich dachte Julie, daß jetzt, wo das Baby unterwegs war, zwischen Robert und Nathalie wieder alles in bester Ordnung sei. Was würde Julie wohl sagen, wenn sie wüßte, daß Robert ihr den Beutel abgenommen hatte? Und daß sie nicht einmal daran kommen konnte?

Nathalie hörte Hundegebell, da wußte sie, daß die Jungen bei den Büschen neben der Veranda spielten. Dann hörte sie auch ihre hohen Stimmen. Nathalie lächelte. Der Muschelhaufen hatte Jason und Neijee während des Sommers zu ungezählten vergnüglichen Stunden verholfen.

Bald würden sie alle die Insel verlassen und nach Midgard zurückkehren müssen. Sie hatten schon Glück gehabt, überhaupt so lange auf Tabor Island bleiben zu können, ohne wegen der Engländer gezwungen zu sein, die Insel zu verlassen.

Als die Kinderstimmen im Hintergrund leiser wurden, schloß Nathalie die Augen. Julies Brief flatterte zu Boden, als Nathalie sich entspannte.

»Madame, strecken Sie die Hand aus!« Die Kinderstimme weckte Nathalie, sie schlug die Augen auf.

»Jason! Neijee!« flüsterte Effie hörbar. »Kommt wieder heraus! Ihr dürft Miß Tabor nicht aufwecken!«

Aber es war zu spät. »Ist schon gut, Effie!« sagte Nathalie und gähnte. »Ich bin schon wach.«

»Mach die Augen zu, La-lie!« befahl Jason, der Effies Mahnung gar nicht beachtet hatte.

Sie gehorchte ihnen. Das Spiel hatten sie ja schon den ganzen Sommer über mit ihr gespielt.

Eine kleine Margerite, die mit der Wurzel ausgerissen worden war, wurde ihr in die Hand gedrückt. Als Nathalie die Augen aufmachte, sah sie, daß die Blume den Kopf hängen ließ und die Blätter schon welkten.

»Am besten stellen wir sie gleich ins Wasser«, empfahl Nathalie.

Als sie schon dabei war, aus dem Bett zu steigen, hielt Effie sie zurück. »Sie brauchen nicht aufzustehen, Miß Tabor! Ich nehme sie und pflanze sie in einen Topf mit Erde. ... Wollt ihr mir helfen, Jungens?« fragte sie dann.

»Ja!« antwortete Jason und hüpfte fröhlich auf einem Bein zu Effie, und Neijee hüpfte hinterher. Die beiden verschwanden mit Effie, und Nathalie legte sich lächelnd in die Kissen zurück. Nichts auf der Insel war vor den beiden sicher, weil sie jeden Tag nach neuen Schätzen suchten, die sie ihr bringen konnten.

Abends, viel später, schlug Nathalie das Buch zu, in dem sie gelesen hatte. Die Augen taten ihr weh, deshalb blies sie die Kerze auf dem Nachttisch aus und legte sich zum Schlafen zurecht.

Der Mond schien ins Zimmer, und sein Licht fiel auch auf den

Blumentopf vor dem Fenster. Die Blätter der Margerite hatten sich schon erholt, nachdem Effie die Blume eingepflanzt hatte. Der Jungen wegen hoffte Nathalie, daß die Pflanze nicht eingehen würde.

Nachts wurde sie vom Wind geweckt. Die Läden schlugen gegen die Fenster, so daß Nathalie wußte: Vom Meer her wehte ein starker Wind. Es gibt wahrscheinlich wieder Regen und Sturm, dachte Nathalie, und stand auf, um den Blumentopf mit der Margerite von der Fensterbank zu nehmen. Ein starker Windstoß könnte den Topf leicht umwerfen.

Nathalie war unruhig. Das Kind bewegte sich in ihrem Leib, und eine Zeitlang lag sie wach und horchte auf den Wind. Sie konnte nicht wieder einschlafen.

Plötzlich überkam sie ein Gefühl der Verlassenheit, das noch verstärkt wurde, weil Robert nicht neben ihr lag. Sie streckte die Hand aus nach dem unbenutzten Kopfkissen, auf dem in der Nacht zuvor Roberts Kopf gelegen hatte. Allmählich wurde sie von lähmender Furcht ergriffen. Sie fühlte sich wie von einer Flut der Angst überschwemmt, gleichsam wie die Wellen am Strand, die Jasons Sandburg zerstört hatten.

Aber diese Angst war doch unnötig. Robert würde doch wiederkommen. Er war doch nicht für immer gegangen! Und hatte sie nicht Effie und Tassy und die Kinder, die sie bis zu seiner Rückkehr trösten konnten?

Es lag nur an dem plötzlichen Wetterumschwung, daß sie dieses seltsame Gefühl hatte, daß ihr die Haut prickelte und sie sich trübe Gedanken machte.

Sie würde einfach langsam zählen, und wenn sie davon nicht einschliefe, würde sie systematisch an alle angenehmen Erlebnisse denken, die sie je gehabt hatte. Bald würde es dann Morgen sein, und sie wäre wieder sicher ...

Der Türknopf bewegte sich sacht, und Nathalie hob den Kopf und lauschte. Versuchte jemand, zur Tür hereinzukommen? In dem Augenblick wehte der Wind die Stühle gegen die Außenwand der offenen Veranda, und Nathalie atmete auf. Es war nur der Wind, der durch das Haus fuhr. Der hatte auch an der Tür gerüttelt.

Damit tröstete sie sich. Sie streckte sich wieder aus, suchte eine bequeme Stellung, legte sich schließlich auf die Seite und schlief ein.

Es war Morgen. Die Atmosphäre schien bleiern, und auch Nathalies Körper erschien ihr schwer wie Blei. Sie lauschte; aber im ganzen Haus schien noch niemand aufgestanden zu sein. Sie konnte keinen Augenblick länger im Bett bleiben. Ein ganzer Tag und eine ganze Nacht reichten ihr. Und sie hatte Robert ja nur den einen Tag versprochen. Er konnte doch sicherlich nichts dagegen haben, daß sie an dem Tag aufstand, an dem er zurückerwartet wurde.

Nathalie schlüpfte in ihren baumwollenen weißen Morgenrock und trat ans Fenster, um auf das Meer hinauszublicken. Ganz plötzlich kam vom Meer her ein Wind auf, zunächst noch nicht heftig, so daß nur die Palmwedel sanft in der Brise schwankten; aber dann wurde er stärker, so daß Jasons Muschelschalen klapperten.

Die Gardinen wurden ins Zimmer geweht und schlugen gegen die Wand. Hastig machte Nathalie das Fenster zu, hob den tönernen Blumentopf vom Fußboden auf und stellte ihn auf die Fensterbank.

Das Geräusch des Windes war viel beruhigender als die tödliche Stille. Ein bevorstehender Wolkenbruch kündigte sich an. Würde der Regen Robert die Rückreise erschweren? Das war ihre einzige Sorge, nicht der Regen selbst.

Mit ihren dunklen Augen blickte Nathalie auf die stürmische See hinaus, aber es bestand noch kein Anlaß zur Besorgnis. Die Wellen waren nur wenig höher als gewöhnlich. Während des Sommers hatte sie es so oft beobachtet: Für kurze Zeit wurde die glatte Wasserfläche vom Winde aufgewühlt, wurde dann aber rasch wieder ruhiger, und die Sonne brach hinter den schnell dahinziehenden Wolken hervor.

Die Blume auf der Fensterbank ließ noch den Kopf hängen; sie hatte sich nach dem Umpflanzen doch nicht erholt. Sie brauchte noch mehr Wasser; deshalb ging Nathalie zum Waschtisch hinüber, um welches zu holen. Es war aber kein Wasser mehr da, sie hatte es am Abend zuvor verbraucht.

Froh, nun etwas zu tun zu haben, nahm sie die Wasserkaraffe, schloß die Schlafzimmertür auf und machte sich auf den Weg in die Küche und den daneben gelegenen Brunnenraum.

In der Küche war niemand, im Kamin brannte noch kein Feuer. Selbst für die Diener war es noch zu früh. Nathalie ging zu der Tür, die zum Brunnenraum führte, schob den Holzbalken, mit dem diese Tür gesichert war, beiseite und trat in den dunklen Raum mit dem feuchten Lehmboden. Die Tür ließ sie hinter sich offen.

Wie praktisch, dachte Nathalie, daß der Quell, der am entgegengesetzten Ende der Insel sprudelte, unterirdisch durch Lehm- und Gesteinsschichten weiterfloß, um unter dem Haus hervorzusprudeln! Wahrscheinlich war die Missionsstation auch deswegen an dieser Stelle errichtet worden.

Mit einem ausgehöhlten Kürbis schöpfte Nathalie frisches Wasser in die Karaffe. Aus dieser Quelle hatten Menschen schon vor Hunderten, vielleicht sogar vor Tausenden von Jahren Wasser geschöpft, – zuerst die Indianer, dann die Spanier ... Wie viele hatten wohl sonst noch vor ihr davon getrunken?

Ein Wunder, daß die Engländer, die doch ständig frisches Wasser brauchten, sich nicht die Quelle am anderen Ende der Insel zunutze gemacht und damit das abgestandene Wasser in den Holzfässern auf ihren Schiffen ergänzt hatten!

Plötzlich schlug die Tür zu, und Nathalie stand im Dunkeln. Bei dem unerwarteten Knall fuhr Nathalie zusammen. Warum nur waren alle alten Häuser so zugig!

Durch die Dunkelheit tastete Nathalie sich zur Tür vor. Mit aller Kraft drückte sie dagegen, aber sie ließ sich nicht öffnen. Die Tür schien verklemmt.

Nathalie, die sich einen Moment lang still verhalten hatte, meinte ein Rascheln neben der Tür zu hören. Hatte vielleicht jemand den Balken wieder vorgelegt, ohne zu wissen, daß sie drinnen sei?

»Tassy?« rief Nathalie, die jetzt sicher war, daß jemand in der Küche war. »Bist du's? Nimm den Balken wieder weg! Du hast mich hier eingeschlossen!«

In der Küche blieb jemand stehen. Sie atmete auf und wartete darauf, daß der Balken abgenommen würde und sie hinaus könnte. Aber als sie die Schritte wieder hörte, klangen sie schwächer. Sie entfernten sich von ihr, anstatt in ihre Richtung zu kommen. Hatte die betreffende Person ihren Hilferuf denn nicht gehört?

»Tassy! Effie!« rief Nathalie nun lauter nach beiden Dienerinnen. »Kommt und macht die Tür auf!«

Niemand kam ihr zu Hilfe. Die Schritte entfernten sich, und sie blieb allein und gefangen zurück.

Welche Ironie des Schicksals! Sie selbst hatte darauf bestanden, die Tür mit einem Balken zu sichern, damit Jason und Neijee nicht in den Brunnen fallen konnten. Und nun war eben dieser Balken schuld daran, daß sie im Dunkeln gefangen war!

Sie konnte es kaum erwarten, wieder freizukommen. Wie lange würde es wohl noch dauern, bis Jimbo mit einem Armvoll Holz für den Kamin in die Küche käme? Wann würden endlich Tassy und Effie auftauchen, um das Herdfeuer zu schüren und das Frühstück zu bereiten?

Nathalie legte den Kopf gegen die rauhe Holzwand und fröstelte. Der Raum war fast vollständig dunkel; nur unter der Tür konnte man einen schwachen Lichtschimmer wahrnehmen. Es war ihr unheimlich, dieses dunkle, feuchte Gefängnis.

Es war sehr unbequem, sich nicht setzen zu können. Nathalie verlagerte das Gewicht von einem Fuß auf den anderen, dabei stieß sie die Wasserkaraffe um. Das Wasser lief ihr über die Füße und durchnäßte ihre Schuhe. Schnell beugte sie sich hinunter, tastete nach der Karaffe und stellte sie, als sie sie gefunden hatte, wieder auf.

Warum war sie nur nicht im Schlafzimmer geblieben, bis alle anderen aufgestanden waren! Dann hätte sie jetzt nicht diese lange Wartezeit ertragen müssen, bis jemand ihr zu Hilfe käme.

Über sich hörte sie Geräusche. Jemand war also aufgestanden. Gut! Dann würde es nicht mehr lange dauern.

Von draußen hörte sie plötzlich Jimbos Stimme etwas rufen. Sie konnte nicht verstehen, was er sagte; aber es klang so, als ob irgend etwas nicht in Ordnung wäre. Was war denn nur passiert, daß Jimbo so aufgeregt war?

Mit dem Ohr an der Tür versuchte Nathalie, mehr zu verstehen. Eine Tür schlug zu, die Stimme drang jetzt lauter und deutlicher zu ihr. Jimbos Stimme schallte durch den langen Hausflur bis ins Untergeschoß hinunter.

»Sie kommen!« schrie er. »Sie sind auf der Insel gelandet!«

Wer denn? Wer war auf Tabor Island gelandet? Robert? Nein, Jimbo wäre nicht so bestürzt ... Waren es etwa ... die Engländer?

Aber bei dem drohenden Sturm würden die Engländer doch damit beschäftigt sein, in ihren Schiffen vom Land weg auf die offene See zu gelangen, um dort den Sturm abzuwarten, sagte sich Nathalie. Sonst könnten die Schiffe doch viel zu leicht von den heftigen Winden erfaßt und ans Ufer geschleudert werden. Außerdem hatten die Männer im Leuchtturm auch nicht Alarm geschlagen.

Aber wer nun auch immer gekommen sein mochte, nach Jimbos Worten setzte im Haus eine fieberhafte Tätigkeit ein. Nathalie horchte auf die hin- und hereilenden Schritte, dann zerriß ein solch lauter Schrei die Stille, daß Nathalie noch mehr Angst bekam. Nun gab es keinen Zweifel mehr: Das mußten die Engländer sein, die sie überrascht hatten trotz der Leuchtturmwacht.

Nach dem lauten Schrei schrie auch Nathalie auf. Sie fürchtete um Jasons Sicherheit, aber ihre Stimme drang nicht bis in die oberen Stockwerke. Verzweifelt darüber, daß sie sich nicht selbst befreien konnte, brach sie in Tränen aus. Sie rüttelte wieder an der Tür, und als die nicht nachgab, sank sie zu Boden und rief: »Jason – Jason!«

Über ihr rannten die anderen noch immer treppauf, treppab. Einmal glaubte Nathalie, Effies Stimme zu erkennen. Dann wurde es ganz still im Haus. Jetzt war nichts mehr zu hören als der Wind draußen, der so laut geworden war, daß er das sanfte Gemurmel der Quelle übertönte. Niemand war jetzt in dem Sommerhaus als Nathalie, und sie saß in der Falle.

Sie versuchte nicht daran zu denken, was auf den anderen

Inseln passiert war, wie dort geplündert worden war und wie man sogar die schwarzen Diener gestohlen hatte, um sie auf den Westindischen Inseln zu verkaufen. Arme Tassy und Effie! Armer Jimbo und alle anderen! Würde sie das gleiche Schicksal ereilen? Und was würde mit Jason geschehen – und Neijee? Ihr brachen die Tränen aus, als sie an die beiden Kinder dachte, die so große Angst haben mußten. Und sie war nicht bei ihnen, um sie zu trösten ...

Es roch nach brennendem Holz. Der Brandgeruch wurde immer stärker und erfüllte schließlich das ganze Untergeschoß, auch die Küche. Nathalie wurde von wahnsinniger Angst erfaßt. Die Engländer mußten das Haus in Brand gesteckt haben, bevor sie sich zurückzogen! Und Nathalie, eingeschlossen in dem alten Brunnenraum, hatte keine Möglichkeit, sich und das ungeborene Kind zu retten.

Draußen fing es an zu regnen. Es regnete und stürmte. Das Heulen der See wurde immer lauter, als das Wasser sich über das flache Land mit seinem Sandboden und den Palmettos ergoß.

Nun wäre es vergeblich, nach menschlicher Hilfe zu rufen. Nathalie kniete auf dem Lehmboden nieder und betete. Sie konnte nur abwarten, was wohl schneller wäre, das Feuer oder die See. Während sie noch kniete, sickerte Wasser von der Küche her durch den Spalt unter der Tür. Jetzt wußte sie es also: die See hatte gesiegt.

»Robert«, flüsterte sie, »es ... es tut mir leid, daß ich deine Kinder nicht retten konnte.« Nathalie stand auf, und das Wasser reichte ihr schon bis zu den Knöcheln.

Ihre hartnäckigen Kreuzschmerzen störten sie wenig. Überwältigend dagegen war der Schmerz in ihrem Herzen: daß sie Jason nie wiedersehen, nie wieder in Roberts Armen liegen sollte! Ihre salzigen Tränen vermischten sich mit dem salzigen Meerwasser, das ihren Morgenrock schon durchtränkt hatte.

»Madame! Madame!« rief plötzlich ein hohes, dünnes Stimmchen.

Nathalie nahm es kaum wahr. Müde, am Ende ihrer Kräfte, ließ sie den Kopf hängen und wischte sich mit dem Ärmel die Tränen ab.

»Madame! Wo sind Sie?«

Nathalie hob lauschend den Kopf. Neijee? War Neije etwa noch im Haus?

»Neijee!« rief Nathalie und wußte nicht, ob sie sich die rufende Stimme nur eingebildet hatte. Aber sie schöpfte wieder Hoffnung und rief deshalb lauter: »Neijee! Ich bin hier – in der Küche! Ich bin im Brunnenraum eingesperrt!«

»Madame, ich komme!«

»Sei vorsichtig, Neijee! Das Wasser ...«

Er war ja noch so klein! Würde er überhaupt durch das Wasser waten und den Balken noch wegschieben können?

Jenseits der Tür hörte sie etwas plätschern. Nathalie wartete.

»Der Balken ist zu hoch, Madame!« rief das Kind. Die Angst war ihm anzuhören.

»Hol dir einen Stuhl, Neijee! Schnell, bevor das Wasser noch höher steigt! Mit einem Stuhl kannst du den Balken erreichen!«

In dem Getöse des Wassers gingen ihre Worte fast unter, und nach einer neuen Sturzflut reichte ihr das Wasser bis zur Taille. Jenseits der Tür hörte sie es platschen, dann einen Schrei, dann war es still.

»Neijee! Was ist mit dir?« rief Nathalie, aber sie bekam keine Antwort mehr.

Die Ruhe, die Nathalie bis dahin bewahrt hatte, verließ sie nun. »Neijee!« schrie sie. Sie war überzeugt, daß der Junge untergegangen war.

Sie konnte es nicht ertragen. Hysterie überfiel sie, sie schrie und schrie und hämmerte gegen die Tür. Schon bevor die Wassermassen sie umspült hatten, hatte sie nichts gegen die verbarrikadierte Tür ausrichten können, nun war sie vollends hilflos. Ihre Anstrengungen hatten nur zur Folge, daß sie ausrutschte, das Gleichgewicht verlor und untertauchte. Ihr unförmiger Körper machte alles nur noch schlimmer.

Aber noch immer wehrte sie sich instinktiv gegen den Strudel und kam wieder auf die Beine. Sie war völlig erschöpft. Ihr Atem ging stoßweise, das Salz brannte ihr in den Augen. Um sie herum herrschte schwarze Nacht, und als sie nach den Holzplanken der Tür tastete, fühlte sie nichts. Sie hatte ihren früheren

Standort verloren und wußte nicht, wo sie nun stand. Sie hatte Angst, sich zu bewegen und in den Brunnen zu fallen ...

»Nathalie!« rief eine andere Stimme, diesmal eine tiefe, kehlige Männerstimme, aber Nathalie fühlte sich wie in einem Alptraum gefangen und antwortete nicht. Es überkam sie eine tiefe Gleichgültigkeit, Bald würde alles vorbei sein ...

»Nathalie! Gib doch Antwort!« forderte die Stimme. »Wo bist du?«

»Im ... im Brunnenraum, Robert.« Ihre Stimme klang leise und hoffnungslos, denn sie konnte es einfach nicht glauben, daß ihr Mann im Haus sei und nach ihr riefe. Außerdem hatte sie keine Kraft mehr. Sie streckte den Arm in die Luft und ging dann langsam unter.

Da war ein neues Geräusch zu hören, ein Kratzen, und die Tür wurde gegen den Druck des Wassers aufgezogen, von der Küche her fiel ein wenig Licht in den Raum. Nathalie fühlte sich von einer starken Hand ergriffen und mit einem Ruck aus den tödlichen Wassern gezogen.

»Ich bin viel zu müde«, wimmerte sie. »Laß mich doch ruhen!«

Aber die starke Hand ließ sie nicht los. »Robert?« flüsterte sie und war sich ganz sicher, ob der Mann nur ein Hirngespinst war, genau wie das Gespenst, das sie am Strand gesehen hatte. Aber sein Griff tat ihr weh. Fühlte ein Gespenst sich wohl genauso an wie ein Mann – mit Fleisch und Knochen und einem schnell schlagenden Herzen?

»Neijee ist weg. Er wollte mich retten«, murmelte sie.

»Wo ist er, Nathalie?« fragte die tiefe Stimme. »Wohin ist er gegangen?«

»Er ist ... ertrunken, ... erst vor einer Minute, hier in der Küche.«

Es war gar nicht ihre Stimme, die da sprach. Es war eine Stimme von außen, die sich nur ihrer Lippen bediente, um die Wörter zu formen.

»Matthew«, sagte die tiefe Stimme zu der Schattengestalt neben sich, »such ihn! Er muß noch im Wasser sein.«

Der Schatten bewegte sich und tauchte, während Robert

gegen den Strom watete und gegen die Flut ankämpfte, die von allen Seiten in die Küche eindrang.

Nathalie blickte zurück dahin, wo der Mann ins Wasser getaucht war. Er kam mit leeren Händen an die Oberfläche. Wieder tauchte er, und als er diesmal wieder hochkam, trug er einen schlaffen kleinen Körper auf dem Arm. Nathalie schrie auf und verbarg das Gesicht an Roberts nasser Brust.

Sie lag oben im Schlafzimmer auf dem Bett. Feena beugte sich über sie, so daß ihr die Sicht auf die welkende Margerite versperrt war.

Sie hatte jetzt stärkere Schmerzen, im Rücken, im Leib … Nathalie klammerte sich keuchend an Feenas Hände, bis der Schmerz nachließ.

»Versuchen Sie zu schlafen, meine Kleine, zwischen den Wehen zu schlafen«, riet Feena ihr.

»Das Baby –«, flüsterte Nathalie.

»Ja, das Baby kommt – viel zu früh zwar; aber das Wichtigste ist, daß Monsieur Robert Sie gerettet hat.«

»Jason«, flüsterte Nathalie.

»Pst! Jason ist in Sicherheit, Miß. Machen Sie sich keine Sorgen um ihn!«

Nach diesen beruhigenden Worten entspannte sich Nathalie und schlief ein, bis die Wehen erneut einsetzten und ihr den Atem benahmen. Sie riß die Augen auf und wollte nach Feenas Hand greifen, aber statt ihrer saß nun Robert neben ihr. Sie klammerte sich an ihn, während er angstvoll auf sie hinabblickte.

Bei jedem neuen Krampf meinte er den Schmerz mitzufühlen. Warum war er nur so selbstsüchtig gewesen, entschlossen, sie auf Biegen oder Brechen an sich zu binden? Er wünschte, er könnte noch einmal von vorn anfangen, alles ungeschehen machen … Lieber sollte sie mit einem anderen Menschen glücklich sein, als bei der Geburt seines Kindes zu sterben.

Mit einem feuchten Waschlappen wischte Robert ihr den Schweiß von der Stirn. Es war wenig Wasser im Haus, nur das, was noch in dem oberen Stockwerk des Hauses in den Karaffen gewesen war. Und keine Lebensmittel. Wenn sie Glück hätten und der Wind sich nicht wieder drehte, würden sie kurz nach der Geburt des Kindes von der Insel wegkommen können.

Unbändiger Zorn wütete in Roberts Brust. Irgend jemand hatte Nathalie in dem Brunnenraum eingeschlossen. Wer war verantwortlich für diese schändliche Handlung, die bei der Überschwemmung der Insel ihren sicheren Tod bedeuten mußte? Robert schwor sich, nicht zu rasten und zu ruhen, bis er den Schuldigen gefunden und bestraft hätte.

»Ich bleibe jetzt wieder bei ihr, Monsieur Robert«, sagte Feena. »Versuchen Sie doch, ein wenig zu schlafen! Es sieht nämlich so aus, als ob es sich noch lange hinziehen könnte. Ich rufe Sie, wenn ich Sie brauche.«

Er wandte Feena sein angstvolles Gesicht zu. »Glaubst du, es wird alles … gut verlaufen?«

»Sie ist sehr schwach«, antwortete Feena. »Und ich weiß nicht, wie es mit dem Baby wird. Es kommt ja viel zu früh!«

»Denken Sie nicht an das Baby! Meine einzige Sorge ist Nathalie. Sie darf nicht sterben – hörst du – sie darf nicht …« Die Stimme versagte ihm. Damit Feena seine innere Bewegung nicht sah, drehte er ihr den Rücken zu und verließ das Zimmer.

Weit ging er nicht, nur nebenan ins Kinderzimmer, damit er in der Nähe wäre, wenn Feena ihn brauchte.

Aus dem Fenster beobachtete er, wie der Wind der Insel zusetzte. Das Haus ächzte und stöhnte; die Palmettos bogen sich unter der Gewalt des Windes. Der Sturm fing jetzt erst richtig an, und die Windrichtung war hin zu der Insel, nicht weg von ihr, wie Robert gehofft hatte. Dann ging ein Wolkenbruch nieder, und der Regen prasselte gegen die Fenster, so daß Robert nichts mehr sehen konnte.

Wieder ging ein Ächzen durch das Gebälk. Robert wurde es unbehaglich. Würde das Haus trotz seiner meterdicken Grundmauern dem Angriff von Sturm und Regen standhalten können? Und das Boot, in dem er mit Feena zurückgekommen war –, würde das in Stücke zerschmettert werden, so daß sie auf der Insel festsäßen?

Robert trat vom Fenster zurück und setzte sich auf das Kinderbett. Er stützte den Kopf in die Hände. Man konnte nicht voraussehen, ob der Sturm während der Nacht noch zunehmen würde.

Im Leuchtturm wären sie alle viel sicherer, aber konnte er es wagen, Nathalie in ihrem Zustand aus dem Bett zu holen? Wenn sie doch nur auf seinem Schiff sein könnten statt an Land! Auf der »Carolana« hatte Robert so manchem Sturm getrotzt, aber an Land war es ihm unbehaglich, weil er das alte Haus nicht steuern konnte. Verglichen mit einem Schiff war das Haus ein lebloses Objekt, das auf Handgriffe nicht reagierte ...

Ein Hüsteln an der Tür unterbrach seine Gedankengänge. Als Robert den Kopf hob, erblickte er Neijee, dem das Erlebnis im Wasser offenbar nicht geschadet hatte.

»Verzeihung, Mister Robert! Ich wußte nicht, daß Sie hier sind ...«

»Komm ruhig herein, Neijee!« sagte Robert mild.

Als der Junge noch zögerte, stand Robert auf. »Ich wollte ohnehin gerade gehen.« Er sah Neijee prüfend an und fragte: »Wie geht's dir denn jetzt, nachdem du den halben Atlantik geschluckt hast?«

Neijee runzelte die Stirn. »Dieser Matthew! Ich glaube, der hat mir die Rippen gebrochen, so oft hat er mich über das Faß gerollt!«

Mit einem bitteren Lächeln meinte Robert: »Beklag dich lieber nicht darüber, Neijee! Nur deshalb bist du nämlich überhaupt noch am Leben. Sei dankbar, daß Matthew dich retten konnte!«

»Ich bin auch dankbar, Mister Robert, dankbar und noch ganz wund!«

»Wenn du dich ein wenig ausgeruht hast, wirst du dich schon besser fühlen«, antwortete Robert. Er blieb in der Türöffnung stehen. »Wo ist Matthew denn jetzt?«

»In der Küche. Er wollte sehen, ob noch Lebensmittel zu retten sind«, erzählte Neijee.

Robert überlegte immer noch, ob es nicht besser sei, das Haus zu verlassen. Er ging hinunter und rief nach Matthew. Wenn der Ponywagen noch in der Nähe war, könnten er und Matthew

Nathalie darin zum Leuchtturm ziehen. Das Pony wäre sicherlich nicht mehr zu finden, aber der Wagen hatte sich vielleicht irgendwo verfangen und war nicht gleich bei der ersten Flutwelle weggeschwemmt worden.

»Matthew!« rief Robert noch einmal. Er stand nun schon dicht bei der Küchentür.

Gerade als Matthew, völlig durchnäßt, aus der Küche kam, ächzte und schwankte das Haus wieder. Da faßte Robert seinen Entschluß.

»Der Sturm wird immer schlimmer, Matthew. Und es klingt so, als ob das Haus ihn nicht überstehen würde.«

»Ja. Bis Sonnenaufgang ist das hin«, sagte Matthew zustimmend.

»Wir müssen im Leuchtturm Schutz suchen, Matthew. Und je eher wir uns aufmachen, desto mehr Aussichten haben wir, ihn noch zu erreichen. Sieh doch mal nach, ob der Ponywagen noch da ist! Ich kümmere mich inzwischen um meine Frau und um Feena.«

Matthew tat, wie ihm geheißen, und Robert ging nach oben, um Feena mitzuteilen, daß man das Haus verlassen müßte.

»Aber Monsieur Robert, das ist doch bei Mrs. Tabors Zustand viel zu gefährlich!«

»Aber das Haus bricht bald zusammen, Feena. Mir bleibt keine andere Wahl. Pack alles zusammen, was du brauchst. Wenn Matthew den Ponywagen findet, nehmen wir Nathalie darin mit und den kleinen Koffer auch. Wenn nicht, müssen wir alles tragen.«

Robert trug den kleinen Koffer, der am Fenster stand, nach unten und stellte ihn auf den schweren Mahagonitisch in der Diele, so daß er vor der Überschwemmung sicher war. Dann ging er zurück und holte aus den Schlafzimmern so viele Steppdecken, wie er nur tragen konnte.

Matthew hatte Glück: Er fand den unbeschädigten Ponywagen zwischen zwei umgestürzten Bäumen in der Nähe des Hauses. Als Robert das erfuhr, ging er wieder ins Haus, während Matthew den Wagen an die Seitenveranda zog, wo es geschützter war.

»Nathalie, wir müssen in den Leuchtturm umziehen«, flüsterte Robert mit sanfter Stimme, während er sie in eine Steppdecke wickelte. »Du wirst mit Neijee im Ponywagen sitzen. Es tut mir leid, daß es unbequem für dich sein wird.«

»Neijee?« fragte Nathalie mit schwacher Stimme. »Ist Neijee denn nicht tot?«

»Nein, Liebling. Er ist quicklebendig! Matthew hat ihn noch rechtzeitig gefunden.«

Ihr Gesicht wurde von einem Lächeln erhellt, verzog sich aber sofort wieder schmerzhaft. Robert wurde das Herz schwer, während er sie nach unten trug.

Matthew nahm Neijee auf den Arm. Er mußte gegen den Wind ankämpfen. Er setzte Neijee neben Nathalie in den Wagen. Beide waren in Steppdecken gewickelt.

Es goß noch immer in Strömen, und sie wurden sofort bis auf die Haut naß. Während Robert und Matthew den Wagen langsam über die Insel zogen, hielt Feena sich außen daran fest. Der Sturm wehte ihr die Röcke um die Beine.

Das Wasser reichte ihnen bis zu den Knöcheln. Der Wind heulte, und der Regen stürzte prasselnd hernieder. Himmel und Meer ergossen ihre Wassermassen über die Insel, aber Matthew und Robert gaben nicht auf, sondern zogen trotzig weiter auf den Leuchtturm zu.

Feena stolperte über einen Baumstamm, konnte sich aber noch am Wagen festhalten und kam wieder auf die Beine. Von Zeit zu Zeit mußte der rollende Wagen anhalten, weil abgeknickte Bäume und Strandgut den Weg versperrten.

Der Leuchtturm war schon in Sicht, als Robert sie plötzlich wahrnahm: eine riesenhohe Welle, furchterregend, groß wie ein Schiff! Der Lärm war ohrenbetäubend, so daß Roberts warnender Zuruf unterging, aber Matthew sah die Welle auch kommen und blickte fragend zu Robert hinüber.

Die nassen Kleider klebten Robert am Körper. Er warf das Joch ab und riß Nathalie aus dem Wagen. Matthew schnappte Neijee. Robert rief Feena etwas zu. Sie lief so schnell sie konnte …

Und dann lief er um die Wette mit der Riesenwelle, die das Leben seiner Frau und seines ungeborenen Kindes bedrohte.

20

Als Feena einen Blick zurückwarf, weiteten sich ihre Augen vor Furcht. Sie rannte, so schnell wie noch nie in ihrem Leben.

Sie zwängte sich durch die Tür in den Leuchtturm, wenige Augenblicke, bevor die Welle auf die Tür prallte. Dicht hinter Robert, der Nathalie auf dem Arm trug, stieg sie die Treppe hinauf. Die untersten Treppenstufen wurden schon vom Wasser umspült.

Robert hielt erst an, als er ganz oben war. In dem Zimmer standen die beiden Feldbetten, auf denen die Milizsoldaten geschlafen hatten. Auf eines legte er Nathalie und kniete sich daneben nieder. Sein Atem ging stoßweise, seine breite Brust hob und senkte sich. Er hatte den Wettlauf gewonnen, nun mußte sie der Leuchtturm vor dem Sturm schützen.

»Robert«, flüsterte Nathalie und streckte die Hand nach ihm aus. »Robert!«

Er nahm ihre Hand und legte sie an seine Wange, wobei seine eigene Hand zitterte. Als die Schmerzen wieder einsetzten, klammerte sie sich an ihn.

»Feena! Wo bist du?« rief sie.

»Hier an Ihrer Seite, meine Kleine.«

»Ich habe solche Angst, Feena!«

»Der liebe Gott wird nicht zulassen, daß Ihnen etwas zustößt, meine Kleine. Hat er Ihnen nicht Monsieur Robert zu Ihrer Rettung geschickt, – nun schon zum zweitenmal? Sie brauchen keine Angst zu haben. Deshalb wollen wir jetzt in Ruhe weitermachen mit der Geburt, ja?«

»Ja, Feena.«

Neijee und Matthew blieben während der Geburt des Babys in dem Nachbarzimmer.

Robert blieb an Nathalies Seite, und Feena erhob keine Einwendungen dagegen. Er hielt ihre kleinen Hände fest, die sich andauernd vor Schmerzen verkrampften.

Robert blickte auf sie hinunter, voller Mitleid und Zorn. Sie war so hilflos, und es war alles seine Schuld! Es war seine Schuld, daß sie hier ohne einen Arzt auf der Insel festsaßen. Er hätte nie auf sie hören dürfen ... Er hätte sie schon lange vorher nach Charleston bringen sollen.

Die dunklen Rehaugen öffneten sich und blickten zu Robert empor; aber sie schien ihn nicht zu erkennen.

»Versteh doch«, sagte Nathalie jetzt mit schwacher Stimme, »Arthur – Arthur, ich ... ich liebe ihn!«

Robert wurde totenblaß. War das die Strafe für seine Schuld? Den Namen eines anderen aus ihrem Munde zu hören, während sie ihm ein Kind gebar?

Außer Mitleid und Zorn empfand Robert nun auch noch tiefe Traurigkeit. Was blieb ihm anderes übrig, als dazusitzen und abzuwarten, ob die einzige Frau, die er je geliebt hatte, am Leben bleiben würde? Das war sein einziger Wunsch: Daß Nathalie am Leben bleiben sollte, auch wenn sie einen anderen liebte!

Nathalie stöhnte laut; Roberts Gesicht war naß von Schweiß. Er schloß die Augen. Nathalie klammerte sich nicht mehr an seine Hand.

Ein leiser Schrei rüttelte Robert auf. Überrascht blickte er hoch. Feena hielt ein sich windendes Baby an den Fersen hoch! Noch ein Klaps, und das Baby schrie lauter. Sein Kind war geboren.

Feena wickelte das Baby sorgfältig in ein Stück Leinen, das sie von dem Laken des zweiten Bettes abgerissen hatte.

»Es ist ein Mädchen, Monsieur, – sehr winzig, aber es lebt. Das ist gut.«

Robert streckte die Hand aus nach dem kleinen Bündel. Sein Herz schmolz, als er das goldblonde Haar sah und den kleinen Mund, der sich kläglich verzog, weil man es so rauh ans Licht der Welt befördert hatte.

»Sie ist ... so schön, Feena! Und ich bin dankbar, daß alles vorbei ist.« Er gab Feena das Baby zurück und eilte an Nathalies Seite.

»Nathalie«, flüsterte er seiner aschfahlen Frau zu, »wir haben eine Tochter, Liebling! Ich will sie lieben und hüten, weil du sie mir geschenkt hast.« Er beugte sich über sie, um sie auf die Stirn zu küssen; aber so weit kam er nicht, denn Nathalie stieß abermals einen Schrei aus.

Feena legte das Baby auf das zweite Feldbett und lief eilends zu Nathalie zurück.

»Mein Gott!« rief Feena. »Ist etwa noch eins unterwegs?«

Feena und Robert vergaßen das Baby, das sich auf dem Feldbett bewegte.

Abermals setzten Wehen ein, und wieder stand Robert Ängste aus. Er ergriff nochmals Nathalies Hände, und wie in einem Alptraum durchlebte er noch einmal die angstvollen Minuten. Er mußte an Tassy denken, die ja Zwillinge prophezeit hatte. Schließlich war auch diese Todesangst ausgestanden.

Aber diesmal hörte man keinen Laut, als Feena den neugeborenen Zwilling an den Fersen hochhielt und ihm einen Klaps versetzte. Immer wieder versuchte sie es, aber der Erfolg blieb aus.

Traurig sagte sie: »Ich glaube, es ist zwecklos, Monsieur.«

Wie beim erstenmal wickelte Feena auch dieses wachsbleiche Baby in ein Stück Leinen. »Auch ein Mädchen, aber es war nicht dazu bestimmt, am Leben zu bleiben. Sehen Sie nur die ebenmäßig geformten Gliedmaßen!«

Kohlschwarzes Haar – magnolienweiße Haut – Nathalies Ebenbild! Robert starrte auf die leblose kleine Gestalt. Dann nahm er Feena das Baby ab. Er legte es neben das andere auf das Bett und begann mit der Mund-zu-Mund-Beatmung. Bei jedem seiner Atemzüge dehnte sich die Brust des Babys nur geringfügig aus. Nach einer Weile hielt er inne, um abzuwarten, ob das Baby von selbst weiteratmen würde. Aber die winzige Brust blieb unbewegt ...

Da machte Robert einen letzten, verzweifelten Versuch. Er steckte dem Baby einen Finger in den Mund, wie er es einmal mit einem Matrosen, der über Bord gegangen war, gemacht hatte. Er entfernte den Schleim aus dem Mund des Babys. Dann bedeckte er abermals den kleinen Mund und die Nase mit seinem eigenen Mund und atmete gleichmäßig ein und aus, auf diese Weise Luft in die kleine Lunge pumpend.

Da bewegte sich das Kind! Es stieß einen schwachen Schrei aus, gleichsam als Antwort auf das Schreien des erstgeborenen Babys.

Für Robert und Feena schien der ganze Leuchtturm von dem Schrei widerzuhallen, sie sahen einander triumphierend an.

Auf unsicheren Beinen ging Robert zu Nathalie hinüber und kniete neben dem Bett nieder. Während sie schlief, streichelte Robert das lange, dunkle Haar, das noch immer vom Regen naß war. Schließlich schlief auch er ein.

Im Lauf der Nacht legte sich der Sturm, und die Flut ging zurück. Das Schweigen der Nacht wurde nur von dem Schreien der hungrigen Babys gestört; und Nathalie nahm sie, ungeachtet ihrer Schwäche, an die Brust. Bald war alles ruhig.

Die anderen konnten ihren Hunger und Durst nicht stillen, denn die wenigen Lebensmittel und das Wasser, die sie im Ponywagen mitgenommen hatten, waren verlorengegangen, genau wie die Babysachen. Man hatte keine Zeit gehabt, etwas zu retten, bevor die Flutwelle die Insel erreicht hatte.

Robert wachte beim ersten Morgengrauen auf. Vorsichtig, um niemanden zu stören, kletterte er auf den obersten Boden des Leuchtturms und blickte über Meer und Land. Die Flut war noch hoch, aber zwischen den Wolken sah man schon kleine Flecken blauen Himmels. Der Sturm hatte schlimme Verwüstungen angerichtet; am Strand lagen umgestürzte Palmettos und Holzstücke, wahrscheinlich von den Hütten der Sklaven, die die Flut weggespült hatte. Im Sand lag ein Tierkadaver, ein stummer Zeuge früheren Lebens ...

Dann hörte Robert Möwengeschrei und wurde wieder froher. Als Robert die Leiter hinabstieg, sah er, daß in dem Zimmer, in dem er die Nacht verbracht hatte, Nathalie schon wach war und die Babys stillte. Als Robert näherkam, wandte sie sich zu ihm um. Ihre Augen waren zwei unergründliche schwarze Seen, die in dem bleichen Gesicht besonders groß wirkten. Als Feena ihr die Babys abnahm, bemerkte Robert ein stolzes Funkeln in diesen Augen und eine selbstbewußtere Kopfhaltung. Er war überwältigt von ihrer Schönheit.

Wortlos kniete er neben ihr nieder, nahm ihre Hand in die seine und berührte sie mit den Lippen, und Nathalie legte ihm schüchtern die Hand an die Wange. »Ich danke dir, Robert, daß du mich und die Babys gerettet hast.«

Robert war zerknirscht. Noch fester hielt er ihre Hand an seine Brust, aber seine Worte klangen schroff.

»Ich verdiene deinen Dank nicht. Ich war schuld daran, daß du in Lebensgefahr gekommen bist. Aber von jetzt an werde ich dafür sorgen, Nathalie, daß du nicht mehr unter meiner Selbstsucht leiden mußt.«

Nathalie fand keine Erklärung für diese schroffe Selbstanklage. Als sie ihn überrascht ansah, fuhr Robert in sanfterem Ton fort: »Matthew und ich wollen jetzt nach Lebensmitteln und Wasser suchen – auch nach dem Boot.«

»Wie lange wird das denn dauern, Robert?«

»Mindestens eine Stunde, wenn nicht länger.«

»Du bist vorsichtig, nicht wahr, Robert?«

Da huschte ein Grinsen über sein Gesicht. »Ja, Nathalie. Mach dir keine Sorgen! Ich schicke dir Neijee, damit er dir Gesellschaft leistet. Er wird dich ablenken, während ich nicht da bin.«

Robert gab sich nicht der Hoffnung hin, das Boot unbeschädigt vorzufinden, der Sturm war zu heftig gewesen. Ein Wunder blieb es, daß sie alle überlebt hatten! Wenn sie nur genug Lebensmittel und Wasser für einen Tag auftreiben könnten ...

Er hatte um Hilfe signalisiert, in spätestens einem Tag würde sich auch die See beruhigt haben. Dann könnte das versprochene Boot vom Charlestoner Hafen auslaufen.

Während Matthew und Robert dahinstapften, dachte Robert an Jason. Nathalie hatte seinen Namen überhaupt nicht erwähnt. Es war fast, als ob sie Angst hätte, nach ihm zu fragen. Robert wußte, daß Feena Nathalie absichtlich belogen hatte, denn um die Wahrheit zu ertragen, war Nathalie zu schwach gewesen. Niemand wußte, wohin Florilla und Jason gebracht worden waren. Robert war entschlossen, die Suche nach Jason aufzunehmen, sobald er Nathalie und die Zwillinge nach Charleston in Sicherheit gebracht hätte.

Der Sturm hatte das alte Sommerhaus völlig zerstört. Ein Teil des Daches war eingestürzt. Robert wußte, er würde nie wieder auf diese Insel zurückkehren. Er würde zufrieden sein, das alte Haus mitsamt seinen Erinnerungen sich selbst zu überlassen.

Matthew und Robert gingen in der Ruine umher, wobei sie es sorgfältig vermieden, die Lage der herumliegenden Holzbalken zu verändern. In einer Stunde hatten sie ihre Suchaktion beendet. Was sie gebrauchen konnten, hatten sie auf der Außentreppe aufgetürmt: einen Schinken, eine leere Schüssel, zwei Holzfässer, ein paar Küchenutensilien und einige Kleidungsstücke. Im Brunnen stand noch immer das Salzwasser aus dem Meer. Vielleicht würden sie mehr Glück haben mit der zweiten Quelle, am anderen Ende der Insel, weil die höher gelegen war.

Außer den beiden Holzfässern ließen Matthew und Robert alles liegen und kamen auf ihrem Weg zu der Quelle an der kleinen Hafenbucht vorbei.

Der Landungssteg war verschwunden, das Boot war nirgends zu sehen. Nur an ein paar Pfählen, die aus dem Wasser ragten, konnte man erkennen, wo der Landungssteg gewesen war.

Als sie bei der Quelle ankamen, beugte Robert sich hinunter und schöpfte mit der hohlen Hand etwas Wasser. Er kostete es und lächelte: Es war nicht salzig! Auch Matthew kniete nieder und trank von der Quelle. Als beide ihren Durst gestillt hatten, füllten sie die Fässer mit Wasser und trugen sie zum Leuchtturm, damit auch die anderen davon trinken könnten.

Die beiden Männer mußten mehrmals zwischen dem alten Sommerhaus und dem Leuchtturm hin- und hergehen, bis sie alles, was sie auf der Treppe gestapelt hatten, abgeholt hatten. Dann brieten sie den Schinken über einem kleinen, offenen Feuer auf dem Sand vor dem Leuchtturm. Schon bald war die Luft von Bratenduft erfüllt. Neijee stand neben Matthew und sah begeistert zu, wie das Fett ins Feuer tropfte und Stichflammen aufsteigen ließ.

Am späten Nachmittag wurde vom Land aus signalisiert, daß ein Boot zu ihrer Rettung unterwegs sei. Matthew und Robert standen am Strand, um nach dem Boot Ausschau zu halten.

Robert beschattete die Augen mit den Händen, während er auf See hinausblickte. Als er in der Ferne den sich langsam nähernden Punkt bemerkte, schickte er Matthew zum Leuchtturm, um Feena und Nathalie auf die bevorstehende Ankunft des Bootes vorzubereiten.

Ein kleines Beiboot wurde losgemacht, und Arthur Metcalfe selbst paddelte es neben den ehemaligen Landungssteg. Robert watete ins Wasser, um das kleine Boot auf den Strand zu ziehen.

»Ich habe es ja schon immer gesagt, Robert«, begrüßte Arthur den Freund, »du bist ein Glückspilz! Aber das weißt du ja. Eigentlich müßtest du jetzt nämlich am Meeresboden liegen!«

Robert grinste. »Fast wäre es auch so weit gekommen! Du kannst dir nicht vorstellen, wie nahe wir alle daran waren!«

»Nathalie – wie geht es ihr?« fragte Arthur und versuchte, sich seine Besorgnis nicht allzusehr anmerken zu lassen.

Robert sah ebenso ernst aus wie Arthur. »Sie ist ziemlich schwach. Unter den gegebenen Umständen kein Wunder – bei Zwillingen. Deswegen möchte ich sie möglichst schnell nach Charleston bringen.«

»Sagtest du ›Zwillinge‹? Meinst du ...«

»Zwei Mädchen, Arthur. Als der Sturm wütete, hat Nathalie Zwillingsmädchen zur Welt gebracht.«

»Mein Gott!« Arthur verschlug es die Sprache. Er blinzelte und bewegte die Lippen, aber er brachte kein Wort hervor.

Langsam bewegte sich nun die Prozession auf die Landungsbucht zu: Neijee hüpfte fröhlich neben Matthew her, Robert trug Nathalie, und Feena und Arthur hatten je ein Baby im Arm.

Das Beiboot mußte mehrmals hin- und herfahren, bis schließlich alle sicher im Boot untergebracht waren und die Fahrt nach Charleston beginnen konnte. Nathalie warf noch einen letzten Blick über Roberts Schulter auf die Insel, wo der schöne Sommer so grausam geendet hatte.

Dann schloß sie die Augen, legte den Kopf an Roberts Brust und trauerte schweigend um Jason. Robert würde ihr sicher erzählen, was ihm zugestoßen war, sobald er sie für stark genug hielt, die Nachricht zu ertragen. Bis dahin würde ihr nichts anderes übrigbleiben, als zu warten und zu beten ...

Auch in Charleston hatte der Sturm große Schäden angerichtet. Im Hafen waren zahlreiche Lagerhäuser und Schuppen dem Erdboden gleichgemacht, viele Schiffe waren schwer beschädigt worden. Zwischen der Granville-Bastei und dem Lloyd-Kai war der starke Befestigungswall zusammengebrochen, im Hof neben der Gouverneursbrücke war ein Lotsenboot gestrandet. Die Straßen standen noch unter Wasser; alle die Stadt durchfließenden Bäche und Kanäle waren über die Ufer getreten.

Schon waren überall Männer mit Aufräumungsarbeiten beschäftigt: bei den Lagerhäusern stapelten sie Holz und Schiffsbedarf auf, von den Straßen, die die Bucht säumten, beseitigten sie heruntergefallene Schornsteine, Ziegel und Schiefer, die von den Dächern der Häuser geweht worden waren.

Glücklicherweise war das Stadthaus in der Tradd-Straße nicht beschädigt worden. Robert war froh, als er durch das Kutschenfenster ansah, daß es so hoch gelegen war, um vom Wasser nicht erreicht zu werden.

Robert nahm Nathalie auf den Arm und trug sie die hohen Stufen hinauf ins Haus, durch die Diele und dann ins Schlafzimmer.

Von dem Augenblick an herrschte im Haus ein fieberhaftes Treiben. Robert gab nach allen Seiten hin Befehle. Er veranlaßte, daß Wasser heißgemacht wurde, Lebensmittel eingekauft und Kleidung hergerichtet wurde. Er brachte Nathalie zu Bett und befahl ihr, liegenzubleiben. Hinter der verschlossenen Tür fühlte sie sich am nächsten Morgen abgeschnitten von all dem geschäftigen Treiben im Hause.

Feena brachte Nathalie das Badewasser und ein grobes, weißes Nachthemd, das sie von irgendeinem Hausbewohner ausgeliehen hatte, wahrscheinlich von einer Dienerin. Sobald Feena ihr beim Baden geholfen und ihr das Haar getrocknet hatte, erschien der Arzt, den Nathalie flüchtig kennengelernt hatte, als sie damals im Stadthaus in Ohnmacht gefallen war.

Er blickte sie aus zusammengekniffenen Augen an, stellte fest, wie bleich und erschöpft sie aussah, dann wandte er sich den winzigen Babys zu, die jetzt in zwei Schubladen der hohen

Mahagonikommode lagen, die man nebeneinander auf den Fußboden gestellt hatte.

Robert und der Arzt sprachen über Nathalie, als ob sie gar nicht anwesend sei. Ohne sie um ihre Meinung zu fragen, beschlossen die beiden, eine Amme zum Stillen kommen zu lassen. Um Nathalies Proteste kümmerten sie sich nicht.

Sie war wütend und bekümmert, und Tränen traten ihr in die dunklen Augen. Als Robert allein zurückkam, sprach Nathalie ihn mit zitternden Lippen an:

»Ich möchte die Babys selbst stillen, Robert! Ich will keine Amme!«

»Du wirst tun, was ich dir befehle, Nathalie! Es ist Unsinn, nur wegen einer Marotte deine letzten Kräfte zu verschwenden.«

»Marotte? Das nennst du Marotte, daß ich meine eigenen Töchter selbst ernähren will?«

»Unsere Töchter, Nathalie! Ich werde dafür sorgen, daß meine Befehle ausgeführt werden. Ich lasse mich nicht mehr von deinen Wünschen leiten, denn du selbst bist es, die unter den Folgen zu leiden hätte. Je eher die Babys ins Kinderzimmer gebracht werden, desto mehr Gelegenheit wirst du haben, dich auszuruhen und zu erholen.«

Robert bemerkte zwar den flehentlichen Ausdruck in Nathalies Augen, aber er sah grimmig entschlossen aus, und seine goldbraunen Augen blickten unerbittlich.

»Heute bleiben sie bei dir, bis Jetta mit der Amme aus Midgard kommt. Arthur ist schon unterwegs, um sie zu holen. Wenn du erst wieder bei Kräften bist, kannst du dich, so oft du willst, im Kinderzimmer aufhalten.«

»Es ist also wieder dasselbe, nicht wahr?« Ihre schwache Stimme klang verzweifelt: »Die Zwillinge werden mir weggenommen, genau wie Jason!«

Bei der Erwähnung dieses Namens wurde Robert sehr blaß. Er trat einen Schritt näher.

Sie blickte zu ihm auf und flüsterte mit angstvoller Stimme: »Feena hat doch gelogen, nicht wahr, als sie mir sagte, Jason sei in Sicherheit? Warum hast du mir nicht die Wahrheit gesagt? Robert, wo ist Jason?«

Robert setzte sich neben Nathalie und nahm ihre Hand in die seine. »Du warst zu schwach, Nathalie, um die Wahrheit zu ertragen«, begann er. »Aber ich sehe ein, daß ich sie dir nicht länger vorenthalten darf. Neijee hat uns erzählt, daß die Engländer Jason, Florilla und die Dienerinnen mitgenommen haben. Höchstwahrscheinlich befinden sie sich auf einem der Schiffe, die nach St. Augustine unterwegs sind.« Er sprach schnell weiter, als er bemerkte, wie verzweifelt sie aussah: »Aber mach dir keine Sorgen, Nathalie! Die Engländer werden einem Kind nichts zuleide tun! Ich verspreche dir, daß ich nicht ruhen noch rasten werde, bis ich Jason gefunden habe und ihn dir zurückbringen kann!«

Er hielt sie in den Armen und fühlte, wie ihr Körper von Schluchzen geschüttelt wurde. Robert konnte sie kaum in ihrer Verzweiflung trösten. Er hielt sie an sich gedrückt und streichelte ihr das Haar.

Da fing eines der Babys an zu weinen, und das lenkte Nathalies Aufmerksamkeit wieder auf die Kinder. Es war der blonde Zwilling, der weinte. Nathalie trocknete ihre Tränen, und Robert hob das zappelnde Baby auf und brachte es ihr. Als Nathalie es sich an die Brust legte, hörte es sofort auf zu weinen.

»Hast du dir schon Namen für die beiden überlegt?« fragte Robert in der Hoffnung, Nathalie von der Erinnerung an Jason abzulenken. Er saß auf der Bettkante und schaute Mutter und Kind zu.

»Nur für die Dunkelhaarige. Sie ist so sanft und ruhig. ›Maranta‹, finde ich, wäre ein guter Name für sie. Findest du das auch, Robert?«

Er schaute auf das kleinere Baby hinunter, das vom Weinen des anderen nicht aufgewacht war, sondern ungestört weiterschlief. Seine Augen nahmen einen weicheren Ausdruck an und sagte: »Ja, das ist ein sehr passender Name für sie, der Name der ›Gebetspflanze‹ in unserem Garten. Mit ihrem Engelsgesicht sieht sie schon jetzt wie eine kleine Nonne aus, nicht wahr?«

»Ja.«

Das Kind in ihren Armen wand sich und stieß Grunzlaute aus, dann saugte es kräftig. Nathalie lächelte.

»Diese hier sieht dir so ähnlich, mit ihrem goldblonden Haar. Und ihre Augenfarbe wird wahrscheinlich später auch wie deine. Es sieht so aus, als ob ihre Augen schon die Farbe wechselten. Ich könnte sie ja nach dir benennen, Robert; aber du hättest es sicher lieber, daß ein Sohn deinen Namen trüge.«

Robert stand plötzlich auf und ging zum Fenster hinüber. »Wir werden keine Kinder mehr bekommen, Nathalie. Deswegen brauchen wir uns auch keinen Namen für später aufzusparen.«

»Keine Kinder mehr, Robert? Du hast doch gesagt, du wolltest eine Tabor-Dynastie begründen! Und du wolltest doch auch einen Sohn, der ›Ravenal‹ heißen sollte?« Sie fragte es halb neckend, halb erschrocken und wartete auf seine Antwort.

»Ich habe es mir anders überlegt, Nathalie.«

Robert blieb noch ein paar Minuten lang am Fenster stehen, bevor er wieder zum Bett zurückging. »Wenn du das Baby genug gestillt hast, will ich Feena rufen, damit sie es versorgt.«

»Ja, Robert, ich bin fertig.«

Er ging, und Nathalie blieb verwundert zurück.

Als Feena ins Zimmer kam, schlenderte auch Neijee hinter ihr her. Er war immer wieder fasziniert von den Zwillingen. Er setzte sich auf den Fußboden und sah zu, wie Feena sie badete und sie dann wieder in die Schubladen legte, die als provisorische Bettchen dienten.

Als Nathalie von unten Geräusche hörte, fragte sie: »Wer kann das sein? Robert hat zwar gesagt, heute nachmittag kämen Jetta und eine zweite Dienerin von Midgard herüber; aber so früh können die noch nicht hier sein!«

»Vielleicht ist es die Näherin, die Monsieur Robert bestellt hat?« erwiderte Feena.

»Aber wir brauchen doch gar keine Näherin, Feena!«

Feena schaute auf das Kleid, das die Köchin ihr geliehen hatte, und auf die Schuhe, die ihr viel zu groß waren. »Glauben Sie, Monsieur Robert würde es gestatten, daß Sie und die Babys wie die Vogelscheuchen aussehen? Die Diener von nebenan klatschen schon über uns, weil wir wie Flüchtlinge angekommen sind, ohne einen roten Heller.«

»Das hatte ich gar nicht bemerkt«, sagte Nathalie und seufzte.

»Na, aber die haben uns genau gesehen! Darauf können Sie sich verlassen!«

Robert saß in dem kleinen Wohnzimmer, als er den Lärm an der Haustür hörte. Er stand von seinem Sessel auf und ging zur Tür.

Aber es war nicht die Näherin, die davor stand, sondern ... Es waren Jason und Florilla! Als Jason seinen Vater erspähte, rannte er sofort auf ihn los, während Robert, mit einem breiten Grinsen im Gesicht, mit großen, schnellen Schritten auf ihn zuging, ihn hochhob und durch die Luft schwenkte. Jason quietschte vor Vergnügen, und Robert war die Erleichterung darüber anzusehen, daß er seinen Sohn unversehrt zurück hatte.

In tragischer Pose stand Florilla daneben und wartete darauf, daß Robert von ihr Notiz nähme. Schließlich tat er das auch und fragte: »Florilla, wie sind Sie und Jason denn hierhergekommen?«

»Oh, Robert! Es ist ja so etwas Schreckliches passiert auf der Insel, kurz vor dem Sturm! Die Engländer sind gekommen und ... und haben uns mitgenommen auf ihr Schiff. Ein furchtbares Erlebnis – mit diesen ungehobelten Matrosen! Aber der Kapitän wenigstens war ein echter Gentleman. Er hat sich entschuldigt und wollte uns auch zurückschicken. Aber dann brach der Sturm aus, und wir mußten warten. Wir sind den ganzen Weg von der Bucht her zu Fuß gegangen. Ich mußte Sie doch endlich finden, um Ihnen alles zu erzählen, was passiert war!«

»Dann setzen Sie sich doch, Florilla, und ruhen Sie sich aus!« Sie sah ganz zerzaust aus. Er starrte sie an und fuhr mit seinen Fragen fort: »Und die anderen? Sind Sie und Jason denn die einzigen, die die Engländer freigelassen haben?«

Florilla warf Robert einen schmerzlichen Blick zu. »Ja, leider. Die Diener – Jimbo und Effie und die anderen – hat man auf ein anderes Schiff gebracht. Das ist jetzt unterwegs zu den Westindischen Inseln. Wir werden sie wohl nie wiedersehen. Aber ... wollen Sie denn nichts von Ihrer Frau hören?«

»Von meiner Frau? Wie meinen Sie das, Florilla?«

»Nathalie – Mrs. Tabor – hatte sich auf der Insel versteckt. Sie war nicht dabei, als man uns wegschleppte, und ... und ...« Sie blickte zu Jason hinüber, und Robert verstand, daß das Kind nicht hören sollte, was sie zu berichten hatte.

Deshalb stellte er Jason auf die Beine und sagte: »Lauf nach oben, Jason! Zu ... zu irgendeinem von den Dienern!«

»La-lie. Wo ist La-lie?« fragte Jason.

»Ich habe dir doch gesagt, du sollst nach oben laufen, Jason! Ich spreche später mit dir.«

Zögernd gehorchte das Kind und ging langsam die Treppe hinauf. »Nathalie!« rief er laut. »La-lie, wo bist du?«

»Armer Kerl!« sagte Florilla mitleidig, als Jason außer Hörweite war. »Er kann nicht wissen, daß seine Mutter tot ist.«

»Wie meinen Sie das, Florilla?«

»Ihre Frau hat den Sturm bestimmt nicht überlebt, Robert. Es tut mir ja so leid.« Ihre blauen Augen füllten sich mit Tränen, das Kinn zitterte vor Trauer.

Er warf ihr einen seltsamen Blick zu, als ob er sie zum erstenmal sähe. »Vielleicht ist sie ja nicht tot, Florilla. Wenn sie sich in den Leuchtturm hat retten können —«

»O, aber das konnte sie nicht!« Mehr sagte Florilla nicht ...

Allmählich ungehalten, fragte Robert: »Wie können Sie das sagen, Florilla? Wissen Sie etwas, was ich nicht weiß?«

»Nein, Robert. Ich dachte nur – in ihrem Zustand – sie hätte es nie allein zum Leuchtturm geschafft aus ihrem Versteck.«

»Dann will ich Sie beruhigen, Florilla: Nathalie ist in Sicherheit.«

»Aber das ist doch unmöglich! Wie kann sie in Sicherheit sein, wenn ...«

»Ich kam zum Glück so früh auf der Insel an, daß ich sie noch retten konnte.«

Florilla setzte sich ruckartig gerade. Mit nervös flatternden Händen strich sie sich das Haar zurecht. Ihr Gesicht drückte Ungläubigkeit aus, es überkam sie ein plötzliches Zittern. »Das Haus war nicht abgebrannt?« fragte sie.

»Nein. Nur ein paar angebrannte Möbelstücke waren beim Eingang aufgestapelt. Das war alles.«

Robert war schon auf dem Weg nach oben. »Kommen Sie nur

mit, Florilla! Ich werde Ihnen beweisen, daß Nathalie noch lebt.«

Florilla folgte ihm, die Hände fest ineinander gepreßt. Sie bemühte sich nicht, die Enttäuschung in ihren Augen zu verbergen.

Noch bevor sie beide an der Schlafzimmertür angekommen waren, hielt Florilla plötzlich an und legte sich die Hand an die Stirn. »Wenn es Ihnen recht ist, Robert, brauchen Sie es mir nicht zu beweisen. Ich glaube es Ihnen auch so. Der Tag war so anstrengend für mich, und ich würde lieber in mein Zimmer gehen und mich hinlegen. Ich kann Mrs. Tabor ja später begrüßen.«

»Natürlich, Florilla. Wenn Sie sich nicht wohl fühlen, sollten Sie sogleich in Ihr Zimmer gehen.«

Robert blieb im Flur stehen und sah Florilla an sich vorbei in ihr Zimmer eilen. Er runzelte die Stirn, als er daran dachte, wie erschrocken Florilla plötzlich ausgesehen hatte, als er ihr gesagt hatte, daß Nathalie noch lebte ...

Als er ins Schlafzimmer trat, war seine Stirn noch gerunzelt; aber als er die Szene vor sich sah, erhellte sich sein Gesicht, und um seinen Mund spielte ein Lächeln.

Jason und Neijee saßen auf dem Fußboden und sahen wie gebannt den Babys zu. Robert schaute zu Nathalie hinüber; ihre Blicke kreuzten sich, sie sahen einander tief an. Nathalies Augen leuchteten warm und liebevoll. Robert fühlte sich zu ihr hingezogen und setzte sich neben sie auf das Bett.

»Bist du jetzt glücklich, Madame, wo du alle deine Kinder um dich hast?«

»Alle unsere Kinder, Robert«, berichtigte sie. »Ja, ich bin ... unsagbar glücklich.«

»Florilla ist auch hier«, berichtete Robert. »Zum Glück hat der Kapitän des Schiffes sie und Jason zurückgeschickt.« Das Leuchten in ihren Augen erstarb, als Robert Florillas Namen erwähnte.

Auch sein Lächeln verschwand, und ganz ernst sagte er: »Nathalie, bitte erzähl mir doch noch einmal ganz genau, wie das an dem Morgen war, als du in dem Brunnenraum eingesperrt warst!«

»Aber das hast du doch alles schon gehört, Robert! Da gibt es doch nichts mehr zu erzählen.«

»Das zu beurteilen, überlaß nur mir! Vielleicht hast du etwas Wichtiges ausgelassen. Fang jetzt bitte noch einmal an, und erzähle mir alles, von dem Zeitpunkt an, als du morgens aufgestanden bist!«

Er saß am Bett und hörte ihr zu, während sie noch einmal alles durchlebte, von dem Augenblick an, als sie die Schlafzimmertür geöffnet hatte, um etwas Wasser von unten zu holen.

»Und du hast so laut gerufen, daß dich jeder, der gerade in der Küche war, hätte hören müssen?«

»Natürlich, Robert! Ich hatte doch Angst im Dunkeln! Selbstverständlich habe ich geschrieen, so laut ich konnte.«

Robert war immer noch nicht zufrieden, aber er hatte ja Zeit, um zu warten, zu beobachten und zu überlegen. Das wichtigste war jetzt zunächst, daß Nathalie so schnell wie möglich zu Kräften käme. Und dafür zu sorgen, daß sie nie wieder durch die Geburt eines weiteren Kindes in Lebensgefahr käme.

21

Robert kümmerte sich nun um alles, was Nathalie betraf. Er schirmte sie ab und sorgte dafür, daß sie nicht von Jason, Neijee oder von den weinenden Babys gestört würde. Wie eine Todkranke mußte sie das Bett hüten und ihre Mahlzeiten im Schlafzimmer einnehmen, da Robert ihr nicht gestattete, ins Eßzimmer hinunterzugehen.

Es war Nathalie nicht recht, daß man ihr die Babys abnahm und im Kinderzimmer unterbrachte. Aber sie mußte sich, wenn auch ungern, fügen, denn sie sah ein, daß Robert recht hatte. Durch diese Ruhe wurde sie täglich kräftiger. Man hatte ihr die Zwillinge ja auch nicht gänzlich genommen, jeden Nachmittag brachte Jetta sie ihr für mehrere Stunden. Darauf freute sie sich immer: Jason, Neijee und die Babys um sich zu haben. Dem blonden Zwilling hatte sie den Namen »Marigold« gegeben, aber lieber benutzte sie ihren französischen Namen »Souci«. Wenn die Zwillinge quängelig wurden, holte Jetta sie sofort ins Kinderzimmer zurück und die Jungen auch.

Zehn Tage nach der Geburt der Zwillinge fühlte Nathalie sich wieder so wohl, daß sie aufstehen konnte. Sie ging im Zimmer in einem schönen blauen Seidennegligé umher, das zu ihrem tiefausgeschnittenen Nachthemd paßte. Es ließ viel zuviel von ihrer Figur sehen, aber Nathalie war nicht kräftig genug gewesen, um dagegen zu protestieren, als die Kleidungsstücke von der Näherin angefertigt wurden, um die verlorengegangenen zu ersetzen. Viel zu spät bemerkte Nathalie, was passiert war. Jedes Kleid, jedes andere Kleidungsstück, das für sie angefertigt worden war, war so zugeschnitten, daß es einem Mann auffallen mußte. Da Robert ja die Rechnung bezahlte, war alles nach seinem Geschmack und nicht nach dem Nathalies geschneidert worden. So besaß sie nun Kleider, die in den eleganten Pariser Salons am Platz gewesen wären, für das ruhige Landleben auf einer Plantage waren sie aber durchaus ungeeignet.

Als Robert ins Schlafzimmer kam, war er sehr überrascht, daß sie schon aufgestanden war. Er sah zu, wie sich Nathalie vor dem Frisierspiegel das Haar bürstete und war zutiefst bewegt von der Schönheit ihres kaum verhüllten Körpers. Das Negligé war wirklich aufreizend.

Beinahe ohne zu wissen was er tat, nahm er Nathalie die Haarbürste aus der Hand und bürstete ihr die dunklen Locken – mit langsamen sinnlichen Strichen. Wieviel versteckte Erotik lag doch in dieser Handlung!

Nathalies Gefühl für diesen Mann, für ihren Mann, war unendlich stark in diesem Augenblick. Im Spiegel beobachtete sie seinen Gesichtsausdruck, der ihr soviel verriet, und bemerkte, wie seine Augen zärtlich leuchteten.

Lag ihm nun endlich etwas an ihr? Hatte sie, nachdem sie ihm einen Sohn und zwei Töchter geboren hatte, endlich einen festen Platz in seinem Herzen? Wäre es möglich, daß er sie endlich ... mit allen Fasern seines Seins liebte?

Nathalie schloß die Augen, um die in ihrem Herzen aufkeimende Hoffnung nicht zu verraten. So lange hatte sie nun schon ihre kreolischen Träume für sich behalten: die Frau eines starken Mannes zu sein, der bis in den Tod für ihre Ehre kämpfen würde, von dem sie begehrt und immer wieder geliebt würde.

Sie öffnete die Augen, als Robert die Haarbürste weglegte, begegnete seinem sinnlichen Blick und errötete über ihre eigenen Gedanken. Als Robert sah, wie sich ihre alabasterweiße Haut zart rosa färbte, war er amüsiert.

»Was geniert dich denn so, Liebes, daß du wie eine jungfräuliche Braut erröten mußt? Haben meine Aufmerksamkeiten dich vielleicht an ein früheres Ereignis erinnert?« Er flüsterte ihr noch mehr Zärtlichkeiten ins Ohr, und als Nathalie den Kopf wandte, berührte sie seine Wange mit der ihren.

Sofort war sie in seinen Armen, ihre Lippen erzitterten unter seinen fordernden Küssen. Aber dann hörte er abrupt auf und trug sie zum Bett zurück.

»Du kleine Hexe! Fast hätte ich meine guten Vorsätze vergessen!« sagte er, immer noch mit bewegter Stimme.

In die Kissen zurückgelehnt, blickte sie ihm nach, wie er im Türrahmen verschwand.

Robert ... Nun nicht mehr der arrogante Mann, der sich genommen hatte, was er wollte, ohne auf ihre Gefühle Rücksicht zu nehmen. Robert ... Der einzige Mann, bei dessen Berührung sie errötete und erzitterte. Während Nathalie ruhte, dachte sie über ihr Verhältnis zu Robert nach. Sie fühlte sich als Frau fähig, in einem Mann die Flammen der Leidenschaft zu entfachen. Verlangte Robert nicht gerade das? Eine Frau, die ihm rückhaltlos alle ihre Liebe schenken könnte?

Ein aufreizendes Lächeln huschte über ihr Gesicht, und sie seufzte, bevor sie sich zum Schlafen zurechtlegte. Das Bild des jungen Mädchens war verblaßt, war kein Teil ihrer Persönlichkeit mehr. Nathalie hoffte, daß die Frau, zu der sie sich nun entwickelte, bald die Vorstellung des eigensinnigen halben Kindes, die Robert immer noch von ihr gehabt hatte, verdrängen würde.

Nathalie blühte unter Roberts sorgsamer Pflege auf. Sie hatte auch nichts dagegen, daß er keine Besucher zu ihr ließ, um sie nicht zu ermüden. Manchmal konnte sie Arthurs oder Hektors Stimme aus dem Erdgeschoß erkennen, und sie wußte auch, daß einige Nachbarn ihre Visitenkarten abgegeben hatten, aber Robert hatte ihr sanft aber bestimmt versichert, daß sie die Besuche vorläufig nicht zu erwidern brauchten. Zunächst einmal sollte sie ganz gesund werden.

Robert schlief weiterhin auf einem Feldbett am Fenster, um Nathalie in dem Ehebett nicht zu stören. Aber Nathalie wußte, daß sie bald wieder in Roberts Armen schlafen würde, denn er war nicht der Mann, der zu lange wartete.

Mit jedem Tag nahm Nathalie an Gesundheit und Schönheit zu, und Robert war nicht mehr dagegen, daß sie immer mehr Zeit außerhalb ihres Schlafzimmers verbrachte. Eines Nachmittags saß sie im unteren Wohnzimmer und wartete auf den Arzt, der gerade bei den Zwillingen Visite machte. Als sie hörte, wie Robert und der Arzt aus dem Kinderzimmer kamen und die Treppe hintergingen, legte sie ihre Handarbeit neben sich auf das Sofa.

Die beiden kamen ins Wohnzimmer, und der Arzt wünschte ihr lächelnd einen guten Tag. Sie erwiderte den Gruß und das Lächeln und fragte: »Und wie steht's mit den beiden Dämchen?«

»Sie sind beide gesund«, antwortete er. »Zuerst habe ich mir Sorgen gemacht um die Dunkelhaarige, aber jetzt kommt sie gut voran. Natürlich braucht sie noch eine Zeitlang mehr Pflege als die andere; aber bestimmt wird sie ihre Schwester bald eingeholt haben.«

»Danke! Es freut mich so, das zu hören!« sagte Nathalie.

Sie bemerkte, daß er sie prüfend ansah, und wartete ruhig ab, was er ihr zu sagen hatte. »Sie haben sich blendend erholt, nicht wahr?« fragte er schließlich Sie strahlte wirklich vor Gesundheit, und ihre Augen leuchteten vor Glück.

»Das war auch nicht zu umgehen! In den letzten Wochen hat mein Mann nämlich allen Leuten befohlen, mich zu verwöhnen!«

Der Arzt lachte und wandte sich an Robert: »Das war aber

wirklich klug von Ihnen, Mister Tabor! Ihre Frau hat sich sichtlich erholt. Für einen Mann ist es immer schwer, darauf zu
warten, daß seine Frau sich nach einer Entbindung völlig erholt.
Aber das hat Ihre Frau ja nun getan.«

Robert nickte und begleitete den Arzt zur Tür. Nathalie blieb
errötend zurück. Sie hatte die Andeutungen des Arztes verstanden! Bestimmt hatte er diese Unterhaltung geführt, damit sie
wissen sollte, daß Robert sie nun nicht mehr wie ein Porzellan-
püppchen behandeln und allein auf seinem Feldbett schlafen
müßte.

Eilig ging Nathalie die Treppe hinauf. Das Herz schlug ihr
schneller, sie schluckte mehrmals nervös. Später, nachdem sie
sich zum Essen umgekleidet hatte, ging sie wieder hinunter, um
mit Robert und Florilla die Abendmahlzeit einzunehmen.

Nathalie mußte immer wieder zu Robert hinübersehen. Er
trug eine elegante, dunkle Weste, ein mit Rüschen verziertes,
weißes Hemd mit Manschetten, seine Hose saß sehr eng. Sein
blondes Haar glänzte im Schein der Kerzen. Als er sich zu ihr
beugte, streckte Nathalie unwillkürlich die Hand nach ihm aus.
Schnell legte sie aber die Hand wieder in den Schoß, weil sie
sich des plötzlichen Bedürfnisses, ihn zu berühren, schämte.

Robert blickte sie durchdringend an und fragte: »Fühlst du
dich nicht gut, Nathalie? Du siehst aus, als hättest du etwas
Fieber.«

»Nein, Robert«, versicherte sie ihm. »Ich fühle mich sehr gut.«

»Warum ißt du dann nicht?« Stirnrunzelnd betrachtete er sie
und den Teller vor ihr.

»Heute nachmittag haben wir beim Tee ein bißchen gefeiert –
Jason, Neijee und ich! Wahrscheinlich habe ich zu viele Kekse
gegessen, deshalb habe ich jetzt keinen Hunger.«

Er äußerte sich nicht weiter über ihre Appetitlosigkeit, aber
Nathalie zwang sich, ein paar Bissen zu verzehren, bevor der
Teller abgetragen wurde.

Nathalie war nicht die einzige bei Tisch, die nervös war.
Jedesmal, wenn Robert sich Florilla zuwandte, zitterten ihre
Hände und sie antwortete nur stammelnd auf seine Fragen.
Bevor die Engländer die Insel überfallen hatten, war sie immer

so redselig gewesen, aber jetzt sprach sie nur, wenn sie angeredet wurde. Ihre Stimme schien immer eine unbestimmte Angst zu verraten.

Später – im Schlafzimmer – kleidete sich Nathalie aus und zog das mit zarter Spitze und blauen Bändern verzierte, durchsichtige weiße Nachthemd an. Lange saß sie vor dem Spiegel und bürstete sich das Haar, aber Robert kam nicht. Er war gleich nach dem Abendessen ausgegangen und noch nicht zurückgekommen.

Ein Gefühl der Enttäuschung überkam Nathalie, während sie jetzt am Fenster stand und durch den Vorhangschlitz auf die Straße schaute. Robert war nicht zu sehen.

Nathalie gähnte und ließ die Vorhänge wieder fallen. Sie kniete neben dem Bett nieder und sprach ihr Abendgebet. Sie betete noch immer, als die Tür sich öffnete; als sie aufblickte und ihren Mann erkannte, stand sie lächelnd auf.

Robert kniff die Augen zusammen, und ihr verging das Lächeln, als sie seinen angewiderten Gesichtsausdruck bemerkte. Sie hatte ganz vergessen, daß sie ja nur in dem durchsichtigen Nachthemd dastand, so daß nichts der Phantasie überlassen blieb. Sie errötete. Roberts stetiger Blick hatte sie daran erinnert, daß sie fast nackt war. Das schien ihn abzustoßen. Schnell schlüpfte sie ins Bett, um sich unter der Decke zu verbergen.

»Du tust gut daran, dich vor mir zu verbergen, Nathalie«, sagte Robert. »Denn wenn du noch länger dort im Kerzenschein gestanden hättest, hätte ich für nichts garantieren können.«

Ängstlich blickte Nathalie ihren Mann an und überlegte, warum er wohl so wütend sei. Er tat ja gerade so, als ob seine eigene Frau versucht hätte, ihn zu verführen! Diese Einstellung gefiel ihr nicht, aber ihr verwirrter Gesichtsausdruck ärgerte Robert noch mehr.

Mit großen Schritten kam er auf sie zu. »Sieh mich doch nicht mit solchen Unschuldsaugen an, Nathalie! Du hast mich sehr wohl verstanden! Wenn du also nicht willst, daß ich meine guten Vorsätze vergesse, dann stell dich bitte nicht so herausfordernd zur Schau, wenn ich im Zimmer bin!«

»Herausfordernd? Zur Schau?« Nach diesem Vorwurf wurde sie noch wütender als Robert. »Wenn dir meine Kleidung nicht gefällt«, schrie sie unbeherrscht, »hättest du die Näherin beauftragen müssen, züchtigere Nachthemden für mich zu nähen! Denkst du etwa, es macht mir Spaß, das zu tragen? Du tust ja so, als ob ich dieses Nachthemd nur angezogen hätte, um ... um dich zu verführen, mit mir zu schlafen!«

Über ihre Wut mußte Robert lachen. Er streckte die Hand aus und strich ihr eine Haarsträhne aus dem Gesicht, die sich bei ihrer ärgerlichen Kopfbewegung gelöst hatte.

»Das würdest du doch nie tun, nicht wahr, Nathalie? Denn du wärest doch gern eine biedere Ehefrau, der es keinen Spaß machen darf, wenn ihr Mann mit ihr schläft! Nur schade, mein Schatz, daß du die andere Seite deines Charakters verraten hast, als ich noch dachte, du seiest eine Sklavin! Ich werde es nie vergessen, wozu du fähig bist, wenn du es auch am liebsten leugnen würdest!«

Wütend drehte Nathalie Robert den Rücken zu. Er klopfte ihr frech aufs Hinterteil und ging dann auf die andere Seite des Zimmers hinüber, um sich auszukleiden.

Es machte die Sache nicht leichter, daß Nathalie wußte, daß Robert recht hatte. Ihm gegenüber mochte sie es zwar abstreiten, aber innerlich gestand sie sich ein, daß es ihr wirklich Spaß machte, in Roberts Armen zu liegen und von ihm geliebt zu werden. Geliebt? Er hatte ihr nie gesagt, daß er sie liebte; nur immer, daß er sie begehrte. Und für Nathalie war das ein himmelweiter Unterschied! Aber nun sah es so aus, als ob er sie nicht einmal mehr begehrte. Selbst das war ihr versagt, während sie Nacht für Nacht allein im Bett liegen würde.

Das gute Einverständnis zwischen ihnen, seine Sorge um ihr Wohlergehen, – das alles war nun vorbei. Robert sah Nathalie nur immer stirnrunzelnd an, und er ging immer öfter allein aus. Abends ging er erst sehr spät zu Bett.

Eines Abends aber überraschte er Nathalie, weil er früher als gewöhnlich nach Hause kam. Sie kniete noch im Gebet, als er ins Schlafzimmer kam. Sie fühlte seine feindseligen Blicke im Rükken und erhob sich.

»Betest du eigentlich immer noch für Jacques Binets Seelenheil?« fragte er höhnisch.

Bei der unerwarteten Erwähnung dieses Namens war Nathalie vorsichtig. »Ja, Robert«, sagte sie bestätigend und setzte sich auf das Bett, um sich die Hausschuhe auszuziehen.

»Dann ist es vielleicht nicht zu viel verlangt, dich zu bitten, deiner Frömmigkeit zu frönen, wenn ich nicht dabei bin?«

»Das habe ich ja versucht, Robert, aber heute bist du früher als sonst zurückgekommen.«

»Dann muß ich von jetzt an daran denken: Ich darf dich nicht durch eine frühe Heimkehr im Gebet stören!«

»Aber es ist doch genausogut dein Schlafzimmer, Robert. Ich möchte deiner Bequemlichkeit nicht im Wege stehen.«

»Meiner Bequemlichkeit? Der hast du im Wege gestanden von dem Augenblick an, als ich vor Jahren meine eigene Plantage betrat! Warum solltest du denn plötzlich Rücksicht darauf nehmen?« Das war ein böser Vorwurf.

Nathalie biß sich auf die Lippen und verstummte. Allmählich wurde wieder alles zu einem Alptraum. Von dem Augenblick an, als der Arzt ihr bescheinigt hatte, daß sie nun gesund sei, hatte das herzliche Einvernehmen zwischen ihr und ihrem Mann nachgelassen. Nathalie spürte eine Leere in ihrem Herzen – und spürte Roberts Feindseligkeit. Trotz allem konnte sie nicht vergessen, daß sie ihn liebte.

Als Nathalie ins Bett stieg, wischte sie eine stille Träne ab und wandte das Gesicht ab, damit Robert nicht sah, wie verletzt sie sich fühlte. Aber sie horchte auf seine Schritte und spürte, daß er auf sie zukam. Hatte er ihr noch mehr Verletzendes zu sagen?

»Nathalie?« Seine Stimme klang jetzt nicht mehr zornig.

Sie hielt die Augen geschlossen und gab keine Antwort. Aber sie hörte ihn atmen und fühlte, wie er ihren Arm vorsichtig mit der Hand berührte.

»Es tut mir leid –, was ich gerade gesagt habe. Ich bin im Augenblick wie ein Bär, der Kopfschmerzen hat; aber das sollte ich nicht an dir auslassen. Ich werde von nun an versuchen, mich im Zaum zu halten, Nathalie.«

Er nahm die Hand von ihrem Arm und fing an, ihr das wellige

Haar aus dem Gesicht zu streichen. Sie fühlte seinen warmen Atem auf ihrem Ohr, während er ihr zuflüsterte: »Sag, daß du mir verzeihst!«

Seine zerknirschte Stimme ließ ihr das Herz schneller schlagen. Langsam öffnete sie die Augen, so daß man die Tränen an ihren dunklen Wimpern glitzern sah. Sie setzte sich auf, sah ihn an, berührte ihn mit der Hand und sagte:

»Ich habe dir nichts zu verzeihen, Robert. Laß uns beide die Verstimmung ganz rasch vergessen!«

Robert nahm ihre Hand und küßte sie. »Danke, Nathalie«, sagte er. Dann schob er zärtlich ihre Hand unter die Bettdecke und ging zu seinem Feldbett zurück.

Es wurde eine unruhige Nacht.

Nathalie hörte, wie Robert sich bis spät in die Nacht hinein auf seinem Lager herumwälzte. Während sie so im Dunkeln lag, wünschte sie, sie könnte am nächsten Tag mit einem Priester sprechen ...

Robert wußte, daß er Nathalie vernachlässigt hatte.

Jeden Abend war er ausgegangen, und tagsüber war er immer mit seinen Freunden zusammmen gewesen, hatte mit ihnen über Politik geplaudert oder er hatte seine Pferde mit den ihren um die Wette laufen lassen.

Wenn er zu Hause war, war sein Benehmen nicht gerade höflich gewesen – aber es war ja auch schwer, gegen seine eigenen Begierden anzukämpfen – gegen das so natürliche Verlangen, seine ihm angetraute Frau in die Arme zu nehmen und zu lieben.

Einem Besuch Arthurs in ihrem Haus stand eigentlich nichts entgegen – außer seiner Eifersucht; denn von dieser Leidenschaft wurde er jetzt wieder geplagt, und zwar nicht nur in bezug auf seinen Freund Arthur, sondern auch auf Jacques Binet. Er hatte sie oft zu überwinden versucht, aber vergeblich!

Bis vor kurzem hatte ihn die Arbeit im Leuchtturm abgelenkt, jedoch man brauchte Tabor Island nicht mehr, um von dort aus nach britischen Schiffen Ausschau zu halten, weil die Miliz den

Hafen jetzt bestens bewachte.

Robert saß im oberen Salon und las die Zeitung. Nathalie saß auf dem Sofa. Sie sah so ernst aus, daß es ihm weh tat. Sie war schöner als je zuvor, mit ihrem herrlichen Haar, das im Nacken zu einem Knoten zusammengesteckt war, und in dem rubinroten Samtkleid, das die Zartheit ihres Teints so besonders gut zur Geltung brachte.

Mit ihren traurigen, dunklen Rehaugen sah sie zu ihm hinüber und wartete darauf, daß er die Zeitung weglegte, damit sie mit ihm darüber sprechen könnte, wann sie nach Midgard zurückkehren wollten. Die Malariazeit war vorbei, und in dem alten Herrenhaus auf der Plantage war mehr Platz als im Stadthaus. Jason und Neijee brauchten auch Gelegenheiten zum Spielen. Der Garten hinter dem Haus war viel zu klein für Kinder, die an die Weite einer ganzen Insel und an die großen Felder, Wiesen und Gärten einer Plantage gewöhnt waren.

Robert faltete die Zeitung zusammen und wandte sich an Nathalie: »Wolltest du mit mir reden, Nathalie?«

»Ja, Robert. Ich möchte gern wissen, wann wir endlich nach Midgard fahren könnten.«

Er sah sie lange an, bevor er antwortete. »Damit hat es keine Eile, Nathalie. Mein Aufseher ist sehr zuverlässig. Es gibt nichts Dringendes zu erledigen. Ich dachte, wir könnten in Charleston bleiben bis der Empfang vorüber ist, den Joseph Alston für Calhoun und die anderen geben will, bevor sie zurück nach Washington gehen. Danach könnten wir ja für eine Woche nach Midgard gehen, bevor das Parlament wieder in Columbia zusammentritt.«

»Sollen wir denn mit nach Columbia ziehen?«

»Du und Jason, ja! Was die Zwillinge betrifft, so überlasse ich dir die Entscheidung darüber, ob du sie mitnehmen oder sie bei Jetta und der Amme auf Midgard lassen möchtest.«

»Ich würde aber auch lieber auf Midgard bleiben, wenn du nach Columbia mußt.«

Sofort blickten seine Augen zornig. »Das kann ich dir leider nicht gestatten, Nathalie! Du sollst bei mir sein in Columbia.«

»Warum denn, Robert? Es ist doch nicht so, als ob ...«

»Du bist meine Frau. Das ist Grund genug.« Das klang fest und entschlossen. Sein steinerner Gesichtsausdruck verriet ihr, daß es zwecklos wäre, mit ihm zu streiten.

Robert versuchte, sich seine Eifersucht nicht anmerken zu lassen, als Arthur nun immer öfters zu Besuch kam. Er konnte es einfach nicht vergessen, daß Nathalie Arthurs Namen auf den Lippen gehabt hatte in dem Augenblick, als sie die Zwillinge zur Welt brachte. Daran mußte er immer denken, wenn er die beiden zusammen sah; und es kostete ihn große Überwindung, Arthur nicht einfach das Haus zu verbieten.

Schließlich konnte er es eines Nachmittags nicht länger ertragen. Wenn sie weiterhin liebevolle Blicke tauschen wollten, brauchte er ja nicht unbedingt dabeizusein. Robert stürmte aus dem Haus und ließ Nathalie und Arthur im Wohnzimmer sitzen. Nun waren nur noch Jason und Neijee zugegen, die in einer Ecke des Zimmers mit ihren Bauklötzen spielten.

Nathalie schämte sich des schlechten Benehmens ihres Mannes. Sie erhob sich, um Arthur zur Tür zu geleiten. Da Robert versprochen hatte, am Abend mit ihr ins Theater zu gehen, hatte sie sich schon dafür angezogen. Sie trug das mitternachtblaue Kleid und auch den schimmernden, durchsichtigen seidenen Überwurf, der dazugehörte. Und ins Haar hatte sie eine goldene Nadel mit juwelenbesetzten Kolibris gesteckt.

Arthur blieb zögernd an der Tür stehen, als ob er noch etwas sagen wollte. »Was ist, Arthur?« fragte Nathalie. »Haben Sie noch etwas vergessen?«

Arthur antwortete leicht nervös: »Sie wissen vielleicht, daß ich morgen meine besten Schimmel rennen lasse?«

»Ja, Robert hat mir davon erzählt.«

Arthur zögerte zunächst noch, aber dann faßte er sich ein Herz. »Wenn ich das Glück hätte, die Farben meiner Lieblingsdame tragen zu dürfen, hätte ich bestimmt Aussichten, das Rennen zu gewinnen. Nathalie, für mich würde es sehr viel bedeuten, wenn ich etwas, das Ihnen gehört, tragen dürfte – vielleicht ein Tuch oder eine Anstecknadel?«

Er wurde rot. Sie war von seinen Worten gerührt. In Gedanken strich sie sich übers Haar und berührte dabei die Nadel mit den Kolibris. Kurz entschlossen zog sie die Nadel aus dem Haar, überreichte sie Arthur und fragte: »Wäre dies passend?«

Er nahm die Nadel und berührte dabei ihr Hand länger, als es nötig gewesen wäre. Dann steckte er die Nadel rasch in die Westentasche und eilte davon.

Robert war nicht rechtzeitig zum Abendessen zurück. Nachdem Florilla und Nathalie lustlos gespeist hatten, ging Nathalie nach oben, um ihr Kleid abzulegen und ein einfacheres anzuziehen. Robert würde nicht kommen, um sie zum Theater abzuholen.

Nathalie konnte es nicht ertragen, im Hause zu bleiben. Sie ging nach draußen und setzte sich im Dunkeln in dem stillen Garten auf eine Bank, die unter einem Kirschbaum stand.

Ihr Herz war von Traurigkeit erfüllt. Am Himmel stand ein gelblich glühender Schein: der Mond der Erntezeit. Der Jasminduft rief Erinnerungen wach an die Zeit in dem Häuschen am Fluß, als der große blonde Mann, mit dem sie verheiratet war, zum erstenmal die Liebe in ihr geweckt hatte ...

Aber es hätte gar nicht des Mondes oder des süßen Duftes bedurft, um ihr zu sagen, daß sich nichts geändert hatte seit der Zeit! Noch immer war er der Herr und sie die Sklavin, die ihm jetzt noch mehr untertan war, weil sie ihn liebte. Und noch mehr an ihn gebunden durch ihre Kinder, ihr Fleisch und Blut! Sie war das Mittel, mit dem er in den Besitz seines Erbteils gekommen war, und sie mußte ihm Kinder gebären. Und nun, wo sie ihren Zweck erfüllt hatte, gab er sie auf.

Nathalie drehte an dem schweren Goldreif, den sie am Finger trug. Sogar dieses Symbol für die Liebe eines Ehemannes war ihr von jemand anderem angesteckt worden, weil Robert es nicht für wichtig genug erachtet hatte, selbst zu erscheinen ...

Nathalie, von Trauer übermannt, wollte schon vor der schweren Süße des Jasmindufts fliehen, als eine Bewegung am Rande des Gartens sie anhalten ließ.

Es war Florilla, die da auf die Remise zuging und irgend jemandem leise etwas zurief.

Nathalie blieb neugierig auf der Bank sitzen. Plötzlich kam ein großer, breitschultriger blonder Mann aus der Remise und streckte Florilla grüßend die Hände entgegen. Florilla lief den Pfad entlang und dem Mann in die ausgebreiteten Arme! Dann verschwanden beide hinter der Remise.

Nathalie hielt sich die Hand vor den Mund, um den Schrei, der sie zu verraten drohte, zu ersticken, aber ein leises Stöhnen entrang sich ihr doch. Ihr brach das Herz, weil sie jetzt mit eigenen Augen gesehen hatte, was sie schon so lange geahnt und gefürchtet hatte. Robert und Florilla – wie oft hatten sie sich wohl schon nachts im Garten getroffen, während Nathalie einsam im Schlafzimmer gewacht und darauf gewartet hatte, daß Robert zu ihr zurückkehrte?

Es stimmte also! Alles, was Florilla gesagt hatte, war wahr! Nathalie war die Außenseiterin, die Ungeliebte. Obwohl sie ihm Kinder geboren hatte, trotz allem, was sich auf der Insel ereignet hatte, liebte Robert nicht sie sondern Florilla!

Nathalie lief die Hintertreppe hinauf und hatte nur einen Gedanken: sich im Schlafzimmer zu verstecken. Was sollte sie tun? Sie wußte, sie konnte nicht länger in demselben Haus wie Robert und Florilla bleiben. Es wäre unmöglich – jetzt, wo kein Zweifel mehr daran bestand, was die beiden füreinander empfanden!

Ihr Gold! Das lag ja immer noch im Safe auf Midgard. Sie würde mit Feena, Neijee und den Kindern in der Kutsche nach Midgard fahren, irgendwie an das Gold im Safe herankommen und dann Carolina verlassen.

Julie und Desmond brauchte sie nicht einzuweihen. Robert würde ohnehin als erstes auf Cedar Hill nach ihr suchen. Wohin könnte sie fahren? Nach New Orleans! Sie würde die Nonnen bitten, ihr zu helfen, eine Stelle als Lehrerin oder Krankenschwester zu finden. Es war ihr gleich, wie schwer sie arbeiten müßte, solange sie nur von Robert loskäme und die Kinder mitnehmen könnte.

Als sie ihren Entschluß gefaßt hatte, zog sie sich leise aus und ging ins Bett. Ihr Entschluß rief keine Tränen hervor. Sie fühlte sich nur wie abgestorben, das Herz war ihr eiskalt.

Später hörte sie Roberts Schritte nicht und auch nicht sein unterdrücktes Seufzen, als er mit unsicherer Hand eine Kerze hochhob, um seine Frau anzustarren, bevor er sich in sein Bett legte.

22

Am nächsten Morgen machte sich Robert schon früh auf den Weg zu den Ställen, wo seine Pferde und sein Phaetonwagen untergebracht waren. Matthew hatte sie zwei Tage zuvor von Midgard geholt und war bei ihnen geblieben, um sie zu versorgen und für das Rennen vorzubereiten. Robert, der sich in furchtloser, ja leichtsinniger Stimmung befand, freute sich auf das Rennen.

Nathalie stand erst auf, als Robert gegangen war. Sie wußte, er würde den ganzen Tag mit dem Rennen beschäftigt sein. Deshalb würde sie genug Zeit zum Packen und zur Abreise haben.

Sie würde nichts von dem mitnehmen, was Robert ihr gekauft hatte. Florilla konnte die neuen Kleider haben.

Nathalie holte den praktischen alten Umhang aus dem Kloster hervor. Der war gerade richtig für diese Reise. Sie nahm auch den schweren, goldenen Trauring und den Rubinring vom Finger und legte beides auf den Tisch neben dem Bett.

Feena war nicht glücklich über Nathalies Entschluß. »Ich glaube, meine Kleine, Sie begehen einen schweren Fehler! Monsieur Robert wird nie gestatten, daß Sie mit den Kindern weggehen!«

Nathalie runzelte daraufhin zwar die Stirn, aber Feena gelang es nicht, sie umzustimmen. Als sie bemerkte, daß Nathalie wirklich fest entschlossen war, gab sie nach und half ihr beim Packen. Während sie sich so in aller Eile auf die Reise vorbereiteten, war Nathalie sehr froh darüber, daß Florilla sich nicht sehen ließ. Seit der Szene, die sie am Abend zuvor im Garten beobachtet hatte, war sie Florilla noch nicht wieder begegnet.

Als sie fertig waren, fuhr die Familienkutsche vor dem Haus vor, die beiden Koffer wurden hinten aufgeschnallt. Bald saßen Zilpah, die Amme, Feena, Neijee, Jason und die Babys in der Kutsche und warteten darauf, daß sie sich in Bewegung setzte.

Der schwarze Diener hielt die Pferde, bis Nathalie die Zügel übernahm. Dann blickte er kopfschüttelnd der sich entfernenden Kutsche nach.

»Is' nich' recht«, murmelte er, »daß die Herrin selbst kutschiert.« Ganz verwirrt, kratzte er sich am Kopf und ging dann, immer noch brummelnd, ins Haus.

Die Kutsche fuhr vorbei an der Straßenkreuzung, vorbei an den Obstgärten am Rande der Stadt. Dann erreichten sie die sandige Landstraße, die nach Midgard führte.

In ihren schwarzen Umhang versteckt, die Kapuze tief ins Gesicht gezogen, wurde Nathalie nicht von neugierigen Blicken belästigt. Niemand schien zu merken, daß eine Frau die Kutschpferde lenkte und antrieb, damit die Stadt bald hinter ihnen läge.

Nun waren sie wieder auf dem Lande, und Nathalie verlangsamte das Tempo. Die Pferde schnaubten, und eine stetige Brise kam auf.

Es war kurz vor Beginn des Rennens. Roberts Pferde wieherten ungeduldig, und Robert richtete seinen gelb-schwarzen Phaeton aus. Er achtete darauf, daß die Räder nicht die Wagen rechts und links von ihm berührten.

Noch in letzter Minute wurden Wetten plaziert; neugierige Zuschauer hatten sich am Beginn der zwei Meilen langen Strecke, die bei Hanging Oak endete, aufgestellt.

Die Pistole wurde abgefeuert, und die Pferde jagten unter den anfeuernden Rufen der Zuschauer davon.

Robert lag sofort an der Spitze, fuhr dann aber absichtlich langsamer, damit seine Pferde nicht zu früh ermüdeten. Er sah nach links, wo Arthur, der sich auch bald eine Position an der Spitze gesichert hatte, schnell aufholte. Sie waren schon fast Seite an Seite, als Robert, der mit einem Lächeln auf den Lippen zu seinem Freund hinüberschaute, plötzlich die Nadel an Arthurs Hut bemerkte. Er erkannte sie sofort. Es war die Nadel, die Nathalie am Tag zuvor im Haar getragen hatte.

In seinem Zorn ergriff Robert die Zügel fester, das verlangsamte aber die Pferde so sehr, daß Arthur Robert überholen konnte. Als ihm klar wurde, was passiert war, ließ Robert die Zügel wieder locker. Er gab den Pferden die Peitsche, denn er war jetzt darauf bedacht, Arthur in einer Staubwolke hinter sich zu lassen.

Aber Arthur war ebenso darauf bedacht, Roberts Staub nicht zu schlucken. Er behielt sein Tempo bei, ebenso draufgängerisch wie Robert. Und das Rennen, das eigentlich von zehn Teilnehmern bestritten wurde, entwickelte sich schnell zu einem Rennen der beiden Freunde. Beide wollten unbedingt siegen, und beiden war es klar, daß es um mehr ging als um die hohe Siegesprämie, die später ausgezahlt würde.

Roberts Gesicht war angespannt, seine goldbraunen Augen hatte er zusammengekniffen, während die Hufe seiner Pferde eine stetige, rhythmische Kadenz auf die Sandbahn klopften.

Mehrere Grüppchen von Zuschauern standen an der Rennstrecke und jubelten und schrien, als sie Robert und Arthur Seite an Seite vorbeijagen sahen.

Die Pferde waren schweißbedeckt – Arthurs schöne Schimmel und Roberts herrliche Braune. Die gutgeölten Räder der Phaetons drehten sich fast lautlos, die Gesichter der beiden Männer waren ernst.

Einmal hatte der eine Phaeton einen geringen Vorsprung, dann wieder der andere. So ging das Duell ständig weiter, bis das Zielband in der Ferne zu sehen war.

Nase an Nase, Hals an Hals, Rad an Rad, jagten Pferde und Wagen dahin, bis Roberts Pferd sich im Endspurt plötzlich an die Spitze vorkämpfte und das Zielband den Bruchteil einer Sekunde früher durchriß. Danach verfielen die Pferde erst allmählich in Trab, dann in Schritt. Sand wirbelte auf und bedeckte die schweißnassen Tiere, die Wagen und die Kleidung der Männer.

»Ein knapper Sieg, Robert!« sagte Arthur, der immer noch an

Roberts Seite war. »Aber eines Tages werde ich gewinnen!«

Robert blickte ihn nur durchbohrend an und sagte kalt: »Ich glaube, du trägst etwas, was meiner Frau gehört!«

Arthur lächelte und zog die Nadel aus dem Hut. Er hielt sie Robert hin. Der beugte sich schnell hinüber und nahm sie ihm ab. »Du mußt Nathalie dafür danken, daß sie mir gestattet hat, diese Nadel zu tragen«, sagte Arthur. »Wie du siehst, hat sie mir Glück gebracht. Noch nie ist es mir gelungen, nur so knapp von dir geschlagen zu werden.«

Robert lenkte um, weg von Arthur, weg von der Rennbahn, und anstatt zu den Preisrichtern zu fahren und seine Prämie entgegenzunehmen, fuhr er in Richtung Stadt davon. Er berührte Nathalies Taschentuch, das er während des ganzen Rennens auf seiner Brust, unter dem Hemd versteckt, getragen hatte.

Staubbedeckt kam er an. Seine Kehle war rauh und durstig, aber die juwelenbesetzte Nadel in seiner Tasche brannte heißer als der Staub in seiner Kehle. Schnell stieg er die Treppe hinauf und rief nach Nathalie. Das würde er ihr nicht durchgehen lassen – diese öffentliche Demütigung, daß ein anderer Mann ihre Farben tragen durfte!

»Nathalie!« rief er noch einmal.

Da meldete sich Sewell, ein Diener. »Sie ist nicht hier, Mister Robert«, sagte er.

»Wo ist sie denn, Sewell?« fragte er ungeduldig.

»Weiß nich', Sir. Sie hat die Kinder un' Feena un' die andern alle mitgenommen in der Familienkutsche, kurz nachdem Sie heute morgen gegangen waren, Mister Robert.«

Robert blickte den Diener stirnrunzelnd an und fragte: »Was hat sie denn sonst noch mitgenommen, Sewell?«

»Zwei Koffer. Ich hab' noch geholfen, sie an der Kutsche festzuschnallen. Aber es war nich' recht, daß sie selber kutschierte. Aber sie wußte ja wohl, was sie wollte.«

Sie hatte ihn also verlassen, – wahrscheinlich, um sich irgendwo mit Arthur zu treffen. Aber selbst kutschiert?

Robert schälte sich aus den staubigen Kleidern und ließ sich in die Badewanne gleiten. Er mußte warten, bis seine Braunen abgerieben waren, bevor er sie wieder einspannen konnte. Aber sobald sie ein wenig ausgeruht waren, würde er umgehend die Suche nach Nathalie aufnehmen.

Wohin konnte Nathalie nur gefahren sein, wo sie doch kein Geld hatte? Sie besaß doch nur das Gold, das ihr Kusine Julie geschenkt hatte, und das befand sich in sicherem Gewahrsam auf Midgard. Midgard ... Robert lächelte vor sich hin.

Schon bald war er auf dem Weg nach Midgard. Der Phaeton war viel leichter und schneller als die schwerfällige Familienkutsche. Diese Überlegung verschaffte Robert große Zufriedenheit. Er wußte, er würde Nathalie schneller einholen können, als ihr das lieb war.

Nathalie schaute auf das dunkle Wasser rechts und links der Straße und auf das graue Moos. Ein plötzlicher Vogelschrei zerriß die Stille und erschreckte die Pferde.

»Brr! Sachte, ihr Braunen«, rief sie, zog die Zügel an und sprach auf die Pferde ein, bis sie sich beruhigt hatten. Dann lag der Sumpf hinter ihnen, die Sonne schien wieder, aber Nathalie spürte immer noch die Kälte.

Sie zitterte, als sie schließlich vor dem Haus anhielt. Während sie damit beschäftigt gewesen war, die Pferde zu beruhigen, hatte sie selbst nicht sonderlich auf den Schrei des Vogels geachtet. Aber jetzt wurde sie von einem Gefühl schrecklicher Vorahnung erfüllt, das sie zu unterdrücken versucht hatte. Als sie den Vogel das letztemal gehört hatte, war sie mit Alistair Ashe auf dem Weg nach Charleston gewesen, wo er sie zum Sklavenmarkt brachte. Ein schlimmes Vorzeichen! Aber nein, sie würde sich nicht davon beeinflussen lassen. Wahrscheinlich hatten die Pferde den Vogel aufgeschreckt, das war alles.

Feena kümmerte sich um die Reisegesellschaft und sorgte dafür, daß die Babys ins Haus getragen wurden. Sie wurden sogleich ins Kinderzimmer gebracht, denn Maranta und Marigold weinten schon vor Hunger. Bald war Nathalie im Erdgeschoß allein.

Das Haus war ungewöhnlich still. Bradley war nicht zu sehen.

Nathalies Schritte hallten in der Diele wider, wie schlafwandlerisch öffnete sie die Wohnzimmertür. Niemand war in dem Zimmer außer ihren Erinnerungen. Die blauen Plüschsessel standen noch am selben Platz. Dort stand auch der glänzend polierte Sekretär, an dem sie die Heiratsurkunde unterzeichnet hatte.

Nathalie blickte zum leeren Kamin hinüber, und einen Augenblick lang stellte sie sich vor, daß Magnolienzweige und Jasminsträuße davor stünden. Aus dem Wohnzimmer ging Nathalie in die Bibliothek. Dort ließ sie den Blick auf dem Fensterplatz ruhen, wo sie so oft still gesessen hatte, während Robert die Abrechnungen prüfte.

Nathalie fuhr sich mit der Hand über die Augen. Warum hing sie denn ihren Erinnerungen nach? Sie mußte das Leben mit Robert nun vergessen! Das war doch nun aus und vorbei, dachte sie voller Bitterkeit. Er hatte doch jetzt Florilla, und Nathalie war ihm völlig gleichgültig.

Das Gemälde an der Wand hinter Roberts Schreibtisch hing schief. Sie streckte die Hand aus, um es geradezurücken, dabei kam der Safe zum Vorschein. Wie könnte sie ihn nur öffnen? Sie wußte es nicht, aber sie mußte einen Weg finden, um an ihr Eigentum zu kommen.

Als sie die Tür mit der Hand berührte, bewegte sich diese. Als sie überrascht zufaßte, merkte sie, daß die Tür sich ohne weiteres öffnen ließ. Wie war das möglich? War sie immer offen gewesen? Aber nein; sie wußte doch, daß Robert den Safe immer verschlossen hielt.

Auf Zehenspitzen versuchte sie, den Lederbeutel mit den Goldklümpchen zu erreichen, aber sie fühlte nur, daß dort Papiere lagen, sonst nichts. Ihr Gold war nicht da.

»Du kannst also auch Safes knacken, wie ich sehe!«

Nathalie fuhr zusammen und schlug, als sie sich umdrehte, mit dem Kinn gegen die Wand. »R-Robert!« stammelte sie. »Wie ... wie kommst du denn hierher?«

»Genau wie du, Nathalie. Entlang Biffers Road ...« Er kam näher und fragte: »Was suchst du denn, Nathalie?« Seine Augen funkelten gefährlich, und Nathalie bekam Angst vor ihm.

»Nur das Gold, das mir gehört –, sonst nichts!«

»Dazu hättest du aber nicht den Safe aufzubrechen brauchen«, sagte er vorwurfsvoll. »Ich habe dir doch gesagt, du könntest es jederzeit haben. Du hättest mich nur zu fragen brauchen.«

Es war eine richtige Farce, wie Robert so drohend dastand und sich lustig über sie machte, weil das Gold nicht da war. Er hatte es irgendwo anders versteckt. Nathalie wurde wütend, vergaß ihre Angst und fuhr ihn zornig an:

»Das glaube ich dir nicht! Du wolltest mich hereinlegen! Du hast das Gold irgendwo versteckt und nur darauf gewartet, daß ich dir in die Falle ginge. Das lasse ich mir nicht gefallen, Robert! Das Gold gehört mir, und ich verlange, daß du es mir sofort herausgibst!«

Robert streckte die Hand nach ihr aus; aber sie wehrte sich und trommelte mit den Fäusten auf seine Brust. Da ergriff er ihre Hände und zog sie an sich, so daß sie sich nicht mehr bewegen konnte.

»Wovon sprichst du nur, Nathalie?« fragte er. »Ich habe dein Gold nicht irgendwo anders versteckt!«

»Das hast du doch! Es ist ja nicht im Safe.«

Vorsichtig zog er sie nun zum Safe hinüber und sah hinein.

»Wie hast du denn nur den Schlüssel gefunden, Nathalie?«

»Ich habe ihn nicht gefunden! Der Safe war offen!«

Robert ließ Nathalies Hände los und ging zu seinem Schreibtisch hinüber. Er zog eine der unteren Schubladen auf, drückte auf die Unterseite, ein Geheimfach sprang auf: Es war leer.

»Der Schlüssel ist weg! Während unserer Abwesenheit hat sich offenbar jemand anderes hier zu schaffen gemacht«, sagte Robert. »Wo ist Bradley?«

Nathalie zuckte mit den Schultern und antwortete: »Weiß ich nicht! Als wir hier vor ein paar Minuten ankamen, war niemand im Haus.«

Nathalies Zorn hatte sich gelegt, und ihr zitterten die Knie. Sie ging zum Fensterplatz und setzte sich, während Robert nochmals zum Safe zurückging.

»Ich werde dir dein Gold ersetzen, Nathalie«, versprach er. »Aber vorher darf ich doch wissen, wozu du es überhaupt brauchst.« Es klang verdächtig mild, und sofort übermannte Nathalie wieder die Wut. Sie sprang auf und stellte sich mit geballten Fäusten Robert gegenüber.

»Ich verlasse dich, Robert! Ich kann nicht länger mit dir und Florilla im selben Haus wohnen! Das ist einfach – zuviel verlangt!«

Sie merkte sofort, wie dumm es von ihr war, Robert zu verraten, was sie vorhatte. Augenblicklich nahm er sie in die Arme und drückte sie an sich. Ungestüm rief er: »Mich verlassen? Nein, Madame! Du bist das letztemal vor mir davongelaufen! Von mir aus kann Arthur ewig auf dich warten! Aber du wirst nicht zu eurem Stelldichein kommen.«

»Arthur? Was hat denn Arthur mit ...«

Er gestattete ihr nicht, den Satz zu Ende zu sprechen. Er war noch zorniger, und seine Arme hielten sie wie ein stählernes Band umschlungen. Vergeblich versuchte Nathalie, sich zu befreien.

»Für dich gibt es nur einen Weg: zurück nach Charleston, und zwar mit mir! Wir werden rechtzeitig auf dem Empfang erscheinen! Du hast doch wohl nicht ernsthaft geglaubt, du könntest mich heute wieder einmal in aller Öffentlichkeit demütigen? Heute abend wirst du an meiner Seite sein, Nathalie, und wenn ich dich anbinden müßte!«

»Robert, ich kann nicht atmen! Bitte laß mich los!«

Langsam lockerte er den Griff. Ihr Atem ging stoßweise, und auch Roberts Brust hob und senkte sich vor Ärger, während sie einander wütend anstarrten. Nathalies rebellisches Aussehen stand Roberts drohendem Blick in nichts nach.

»Mister Robert! Mister Robert!« Bradleys aufgeregte Stimme machte dem Schweigen in der Bibliothek ein Ende. Widerstrebend wandte Robert seine Aufmerksamkeit dem Mann zu, der hereingerannt kam.

»Was ist los, Bradley?« fragte Robert. Jetzt, wo er nicht mehr mit Nathalie sprach, klang seine Stimme ganz normal.

»Miß Florilla, Sir! Die große Mokassinschlange im Sumpf hat sie erwischt! Ich und Mister Gil, wir wollten sie ja schnappen, als sie das Geld aus dem Safe gestohlen hat. Aber wir haben's nicht geschafft. Sie ist uns entwischt! Stracks in ›Emmas Sumpf‹ gelaufen! Und da hat die große Schlange ...«

Sofort rannte Robert mit Bradley aus der Bibliothek. Als Nathalie mitlaufen wollte, sagte Robert: »Bleib hier, Nathalie! Ich möchte nicht, daß du Florilla siehst. Das wird nämlich kein schöner Anblick!«

»Aber vielleicht könnte ich helfen«, erbot sich Nathalie.

»Nein. Da kannst auch du nichts mehr machen.«

Nathalie gehorchte. Robert und Bradley rannten los, und sie stellte sich ans Fenster und blickte hinaus. In dem Augenblick kam Gil Jordan, der Aufseher, die Auffahrt hinauf. Er trug Florilla auf dem Arm. Ihr Kleid war naß und schmutzig vom Sumpfwasser.

Nathalie schauderte. Sie wußte, was ein Schlangenbiß für einen Menschen bedeutete. Sie konnte sich noch gut an den schwarzen Sklaven erinnern, den eine Schlange auf den Reisfeldern in die Ferse gebissen hatte: Wie sein Körper augenblicklich von dem Schlangengift angeschwollen war und jede Hilfe zu spät kam! Und Nathalie wußte, sie würde Florilla nicht mehr helfen können. »Emmas Sumpf« hatte ein neues Opfer gefordert.

»Legen Sie sie ins Gras, Gil!« sagte Robert. Er zog seine Weste aus, um sie Florilla als Kopfkissen unterzuschieben. Dann kniete er neben ihr nieder und blickte die sterbende Frau an.

Florilla bewegte die Lippen, und ihre Augenlider hoben sich flatternd. »Nathalie ... ist doch Siegerin. Es hat alles nichts genützt. Sie haben es wohl gewußt, Robert?«

»Daß Sie der Geist im Sommerhaus waren? Daß Sie es waren, die Nathalie im Brunnenraum eingeschlossen und ihrem Schicksal überlassen hat?«

»Ja«, gestand sie.

»Den Verdacht hatte ich, Florilla«, knirschte Robert.

»Als dann auch Clem wiederauftauchte ...« Florilla brach ab und leckte sich über die geschwollenen Lippen. »Da wußte ich, es wäre das beste, mit ihm wegzugehen. Sie würden Nathalie ... ja doch nie verlassen.« Florillas Stimme wurde schwächer, und Robert mußte sich über sie beugen, um sie zu verstehen. »Aber ich brauchte das Gold. Und fast ... hätte ich es geschafft. Wenn

412

Clem mich nicht im Stich gelassen hätte, um seine eigene Haut zu retten ...«

Sie erschauerte ein letztes Mal, dann schlossen sich ihre kornblumenblauen Augen. Den Lederbeutel mit Nathalies Gold hielt sie immer noch fest umklammert.

Robert stand auf und sagte etwas zu dem Aufseher. Nathalie stand immer noch am Fenster, wie festgewurzelt. Dann sah sie, wie ihr Mann mit ernstem Gesicht ins Haus zurückging.

Die Frau, die er liebte, war tot ... Hatte er nicht gewollt, daß Nathalie während ihrer letzten Augenblicke zugegen war? Was hatte sie ihm noch gesagt? Hatte sie ihm mit dem letzten Atemzug noch einmal ihre Liebe gestanden?

Bedrückt vom Anblick des Todes horchte Nathalie auf Roberts Schritte. An der Tür blieb er stehen und sagte mit ganz seltsamer Stimme: »Leg deinen schwarzen Umhang um, Nathalie! Wir fahren nach Charleston zurück.«

Nathalie gehorchte. Die Kinder und Feena ließen sie zurück. Im Phaeton fuhren sie auf Biffers Road in den Wagenspuren zurück, durch das dunkle Sumpfgebiet und wieder auf die sandige Landstraße, die zu der Hafenstadt führte. Sie sprachen kein Wort miteinander. Jeder war mit seinen eigenen Gedanken beschäftigt.

Inzwischen hatte Feena erfahren, was passiert war. Sie lächelte vor sich hin, während sie auf dem Pfad, der durch die Reisfelder führte, zu ihrer Hütte lief. Dort öffnete sie eine Schranktür, nahm eine Wachspuppe aus dem Schrank und zerpflückte die Schlangenhaut, in die die Puppe gewickelt war, über den Holzstücken im offenen Kamin. Dann legte sie die Wachspuppe obenauf und zündete das Feuer an.

Das Wachs begann zu schmelzen, und Feena sah zu, wie die Puppe sich langsam auflöste. Das blonde Haar und das Wachs erfüllten die Hütte mit einem sengenden Talggeruch. Endlich löschte Feena das Feuer und verließ die Hütte wieder.

Sie brauchte keine schwarze Magie mehr. Ihre Hexenkünste waren überflüssig geworden. Ihre kleine Lalie war nun vor der bösen Frau sicher.

»Du mußt dich augenblicklich umkleiden, Nathalie!« sagte Robert, während sie die Stufen zum Stadthaus hinaufstiegen. »Wir dürfen Joseph nicht warten lassen, da du heute die Stelle der Gastgeberin an seiner Seite einnehmen sollst.«

Nathalie blieb stehen und blickte Robert ungläubig an. »Ich? Das kann doch nicht stimmen ...«

»Ich versichere dir, daß es so ist! Weil ich deine Einstellung gesellschaftlichen Funktionen gegenüber zu kennen glaube, habe ich es dir nicht früher gesagt ...«

Er führte sie die Treppe hinauf ins Schlafzimmer.

»Da du ja wieder einmal alles schon geplant hast, würdest du mir vielleicht auch freundlicherweise mitteilen, was ich nach deinem Plan anziehen soll?« sagte Nathalie, und es klang höhnisch.

»Dein Kleid, meine Liebe, liegt auf deinem Bett bereit. Und wenn Sewell meine Anweisungen befolgt hat, wird das Badewasser inzwischen heiß sein.«

Bevor Robert sie im Schlafzimmer allein ließ, blickte er sie durchbohrend an. »Ich bin im Nebenzimmer. Wenn du es wagen solltest wegzulaufen, während ich mich ankleide, gibt es eine Katastrophe – darauf kannst du dich verlassen!«

»Du – du brauchst mir wirklich nicht zu drohen, Robert. Ich werde – nach deinem Plan – fertig sein!«

»Das will ich hoffen.«

Ihr Blick traf das Bett, auf dem das Ballkleid lag. Es war blaßgrün und glänzend, noch viel hübscher als das Kleid, das sie in Mrs. Windoms Geschäft anprobiert hatte. Aber sie nahm sich nicht die Zeit, es genau anzusehen, sondern verschwand eiligst hinter der spanischen Wand, wo die alte Messingbadewanne stand.

Sie zog die staubigen Kleider aus, ließ sich ins warme Wasser gleiten und streckte die Hand nach der Seife aus, die nach Jasmin duftete.

Wie konnte Robert nur so herzlos sein? Die Frau, die er liebte, war tot, und nun wollte er, als ob nichts geschehen sei, zu dem Empfang gehen. Hatte er überhaupt kein Herz?

Dann stieg sie aus der Wanne und trocknete sich mit dem

bereitliegenden Badetuch ab. Barfuß ging sie durch das Zimmer und suchte die Unterwäsche zusammen, für die Robert gesorgt hatte. Seidene Strümpfe und zu dem Ballkleid passende, elegante Pumps und schließlich das Ballkleid selbst. Als sie das übergezogen hatte, konnte sie es hinten nicht allein schließen. Sie lief eilig zum Frisiertisch, um sich das Haar aufzustecken.

»Bist du fertig?« fragte Robert, als er ins Zimmer kam.

»Fast, Robert! Du mußt mir nur noch helfen, das Kleid zuzuknöpfen, sobald ich mir das Haar geflochten habe.«

Schnell wand sich Nathalie die Flechten zu einer Krone und steckte sie mit einer einfachen Nadel fest. Es wirkte sehr streng, und sie fragte sich, ob Robert wohl über ihr Aussehen enttäuscht sei.

Noch bevor sie ihrem Spiegelbild den Rücken zuwenden konnte, spürte sie, wie Robert die Hände um ihren Hals legte und in ihrem Nacken ein Verschluß zuschnappte. Überrascht blickte sie in den Spiegel und sah eine Smaragdkette, ein prächtiger Stein hing als Anhänger zwischen ihren Brüsten. Dann zog Robert ihr die einfache Nadel aus dem Haar und ersetzte sie durch eine Smaragdnadel.

»Robert, die Schmuckstücke sind ja wunderschön!« rief Nathalie. »Hast du sie gekauft, weil sie so gut zu dem Kleid passen?«

»Nein, Nathalie. Ich besitze sie schon lange. Sie gehörten meiner Großmutter.« Er zögerte und sagte dann leicht irritiert: »Es gehört noch ein drittes Stück dazu, ein Armband, von dem ich mich dummerweise getrennt habe. Jetzt bemühe ich mich, es wiederzubekommen.«

Nathalie stand auf, Robert knöpfte ihr das Kleid zu und drehte sie zu sich herum. Sie wußte nicht, ob er mit ihrer Erscheinung zufrieden war oder nicht, denn er sagte nichts. Er nahm den zu dem Kleid passenden Schal vom Bett und sagte: »Komm, Nathalie! Es ist schon spät.«

Er wirkte sehr elegant in seinem Abendanzug, und während sie gemeinsam die Treppe hinuntergingen, warf ihm Nathalie einen verstohlenen Blick zu.

Diesmal sollte Sewell kutschieren. Er wartete schon bei dem

Phaeton. Robert half Nathalie beim Einsteigen.

»Wer kommt denn alles zu dem Empfang?« fragte sie und zog sich den Schal enger um die Schultern.

»Da es sich um eine politische Angelegenheit handelt, wirst du viele der Damen, die du schon aus Columbia kennst, antreffen. Außerdem ein paar Großgrundbesitzer und Kaufleute aus der Stadt. Und natürlich Calhoun, Langdon und Cheves.«

Als Nathalie das Wort »Columbia« hörte, blickte sie zu Robert hoch und sagte: »Robert ... ich habe Angst!«

»Du brauchst dich vor niemandem zu fürchten, Nathalie! Als Gastgeberin an Joseph Alstons Seite bist du heute abend die wichtigste Dame.«

»Aber ...«, sagte sie beharrlich.

»Hast du etwa Angst, Nathalie, weil Alistair Ashe Gerüchte verbreitet hat? Der ist lange tot!«

»Aber seine Frau Polly verbreitet diese Gerüchte doch immer noch«, erwiderte Nathalie. »Damals, in Mrs. Windoms Geschäft ... « Nathalie hielt sich die Hand vor den Mund. Sie hatte Robert eigentlich nichts davon erzählen wollen.

»Also deshalb bist du so überstürzt aus dem Laden gelaufen? Ich habe mich immer gefragt, warum.« Plötzlich fragte er: »Nathalie, wer war dein Großvater?«

»Graf Boisfeulet, Robert, das weißt du doch genau«, antwortete sie und konnte sich nicht erklären, warum Robert das jetzt fragte.

»Ja, ich weiß es. Und ich glaube, man muß dich daran erinnern, Nathalie, daß du mehr aristokratisches Blut in deinem kleinen Finger hast als die ganze Gesellschaft zusammen! Willst du dich etwa ducken, nur weil irgend jemand falsche Gerüchte über dich in Umlauf gesetzt hat?«

Nathalie hob das Kinn. Er dachte also, sie würde sich wie ein Feigling benehmen? Gut, nun würde sie es ihm zeigen!

Hocherhobenen Hauptes schritt sie an Roberts Seite über den Colleton-Platz. Der Gouverneurspalast am Ufer des Cooper war ein hohes Gebäude mit einer geschwungenen Freitreppe und vier weißen Säulen vor dem Eingang.

Nathalie und Robert schritten die Treppe hinauf, und sofort

wurde die Eingangstür geöffnet. In der Tür stand Joseph Alston.

»Ich freue mich sehr, Sie wiederzusehen«, sagte er und blickte bewundernd Nathalies grünseidenes Ballkleid und die herrlichen Smaragde an, die beim Kerzenschein der Kronleuchter noch intensiver funkelten. »Ich danke Ihnen, Robert, daß Sie mir Ihr Liebstes leihen«, sagte der Gouverneur augenzwinkernd.

»Nur für ein paar Stunden! Denken Sie bitte daran!«

Joseph lachte und schlug Robert auf die Schulter. Zu Nathalie gewandt, erklärte er: »Meine Liebe, wir halten uns ungefähr eine Stunde lang im Garten auf; wenn die Menge sich zerstreut hat, gehen wir ins Haus zurück. Eine kleinere Gruppe von Gästen ist zum Essen und dem anschließenden Ball geladen.«

Nathalie nickte und schritt zwischen Joseph und ihrem Mann in den Garten. Sie stellten sich am Tor auf. Auf Josephs Zeichen hin öffneten die Diener das Tor, und die Gäste strömten herein.

Robert trat ein wenig zur Seite und beobachtete seine Frau, die sich jetzt wie eine Prinzessin benahm, die ihre königlichen Pflichten wahrnimmt. Anmutig und schön stand sie da, wechselte mit jedem Gast ein paar Worte und achtete darauf, daß alle vorbeidefilierten. Endlich kamen die drei »Kriegsfalken«: Calhoun, Langdon und Cheves, der so groß war, daß er sogar den hünenhaften Robert überragte.

»Es wundert mich, daß du sie nicht einfach schnappst und nach Hause bringst!« Es war Arthurs Stimme, leise und amüsiert, die Robert es zuraunte.

Robert lachte und sagte: »Ich habe nichts dagegen, daß andere sie ansehen. Das ist ja harmlos, solange sie wissen, daß Nathalie mir gehört und ich sie nie freigebe.«

Er sah Arthur bedeutungsvoll an, der lächelte. »Das haben deine Taten bewiesen, Robert! Niemand würde dir diese Frau streitig machen.«

Arthur ging weiter, begrüßte Joseph und blieb dann vor Nathalie stehen. Robert runzelte die Stirn, bis Arthur weiterging und mit Calhoun und seiner Frau Floride sprach.

Immer mehr Gäste kamen, und Robert war es zufrieden, Nathalie zuzusehen. Ihre Augen leuchteten, als sie Anna deLong und ihren Mann sah, und verloren ihr Leuchten, als einige der

Damen, die sie in Columbia geschnitten hatten, vorbeidefilierten. Nathalie geriet nie aus der Fassung und wich auch nicht zurück. Sie blieb gleichmäßig freundlich und anmutig, und Robert war stolz darauf.

Amüsiert erkannte Robert dann Harvey Crowley und seine Frau Maggie, die ehemalige Besitzerin des Modegeschäfts in Columbia. Crowley hatte seine Hand mit Besitzerstolz auf Maggies Arm gelegt und kam sich selbst offensichtlich unglaublich elegant vor. Als sie vor Nathalie anhielten, öffnete Maggie die Arme weit und zog die zierliche Nathalie an sich.

Immer wieder wanderten Roberts Augen zum Eingangstor, während er sich mit den Umstehenden unterhielt. Dann sah er sie: Julie und Desmond Cardwell!

Julie konnte wieder gehen, langsam und unsicher zwar, aber mit der Zeit würde es besser werden. Um dieses Wunder hatte Desmond gebetet.

»Julie!« rief Nathalie überrascht, als die schöne dunkelhaarige Frau bei ihr angekommen war. »Ich wußte gar nicht, daß ich dich hier treffen würde!«

Die beiden Frauen umarmten einander. Plötzlich wurde es Nathalie klar, daß Julie nicht an Desmonds Arm, sondern neben ihm ging, und sie sagte staunend: »Du ... du kannst ja selbst laufen!«

In ihren dunkelbraunen Augen schimmerten Tränen, als Julie das Wunder bestätigte.

»Noch nicht besonders gut, wie du siehst, aber wenigstens bin ich wieder auf den Beinen.«

»Heute in einem Jahr wird sie die ganze Nacht durchtanzen können, wenn sie möchte«, sagte Desmond zärtlich und schaute seine dunkelhaarige Frau liebevoll an.

»Aber ... du hast mir nichts davon geschrieben«, sagte Nathalie ein wenig vorwurfsvoll.

»Als es sich herausstellte, daß wir an diesem Empfang teilnehmen würden, habe ich beschlossen, es nicht in meinen Briefen zu erwähnen. Ich wollte dich überraschen, meine Liebe.«

Mit einem besorgten Blick auf seine Frau sagte Desmond: »Du brauchst das Defilé nicht ganz mitzumachen, Julie. Wenn du dich jetzt lieber ein wenig ausruhen möchtest, wird man dir das sicherlich verzeihen.«

»Wie du siehst, Nathalie, behütet er mich noch immer, und ich habe zu gehorchen. Aber wir können uns später noch unterhalten. Wir sind nämlich auch zum Essen geladen. Unser Sohn ist auch hier, und ich möchte, daß du ihn kennenlernst.«

Immer mehr Gäste strömten in den Garten. Es wurde allmählich kühler. Schließlich bot Joseph Nathalie den Arm und führte sie ins Haus zurück. Der Empfang war zu Ende, das Diner und der Ball konnten beginnen.

Während der Mahlzeit hörte Nathalie höflich nach allen Seiten zu und unterhielt sich, sooft das von ihr erwartet wurde. Aber der Tag war anstrengend gewesen und hatte sie müde gemacht: die Reise nach Midgard mit den Kindern, die erzwungene Rückkehr in Roberts Phaeton, Florillas Unfall ... Das alles stürmte nun wieder auf sie ein, aber als stellvertretende Gastgeberin war sie nach dem Diner gezwungen, keinen Tanz auszulassen.

Ihr Zorn auf Robert war schon lange verraucht, aber sie fühlte sich nun von neuem verletzt, weil er sie den ganzen Abend über vernachlässigt hatte. Er hatte sich nicht einmal bemüßigt gefühlt, seine Frau zu einem Tanz aufzufordern!

Nathalie wollte nach Hause gehen. Ihre Kräfte ließen nach, ihre Müdigkeit drohte sie zu überwältigen.

Als Robert bemerkte, daß Nathalie von Minute zu Minute blasser aussah, beschloß er, nicht länger zu warten.

»Joseph, ich habe mich den ganzen Abend über nicht beklagt«, sagte er. »Aber nun möchte ich doch den letzten Tanz mit meiner Frau tanzen, bevor ich sie heimbringe.«

Joseph verbeugte sich vor Nathalie und sagte: »Wenn Ihre Frau Mutter den Heiratsantrag meines Vetters nicht abgelehnt hätte, wären wir jetzt miteinander verwandt, Nathalie. Dann dürfte ich mich mit einem verwandtschaftlichen Kuß von Ihnen verabschieden, aber weil Ihr Mann zuschaut, muß dies wohl genügen.« Er nahm ihre Hand in die seine und blickte ihr in die braunen Augen. »Ich danke Ihnen, meine Liebe, daß Sie meine geliebte Theodosia so würdig vertreten haben.« Er küßte ihr die

Hand und entfernte sich.

Musik erklang, Robert führte Nathalie auf die Tanzfläche. Die Kerzen in den Kronleuchtern waren schon weit heruntergebrannt. Die tiefgrüne Tapete im Saal gab einen wunderbar passenden Hintergrund ab für Nathalie in ihrem eleganten Kleid und für den Familienschmuck.

Nathalie blieb in Roberts Armen, bis er sie zu der offenen Eingangstür an der Freitreppe führte. Der Diener reichte Robert Nathalies Schal. Er legte ihn ihr um die Schultern und führte sie die Treppe hinunter zu der Kutsche, neben der Sewell schon wartete.

23

»Du hast deine Sache gut gemacht, Nathalie«, sagte Robert im Schlafzimmer des Stadthauses. »Und ich hoffe, du weißt deine Erfolge zu schätzen! Jede der anwesenden Damen hätte nämlich alles dafür gegeben, wenn sie deinen Ehrenplatz an Josephs Seite hätte einnehmen dürfen.« Diese leicht ironisch gesprochenen Worte brachten Nathalie wieder einmal auf.

Überrascht bemerkte Robert, daß ihre Augen zornig funkelten. »Meinst du denn, es käme auf ein schönes Ballkleid an? Oder auf Juwelen?« Sie berührte den Smaragd an ihrer Brust. »Oder darauf, daß die Ehre einer Frau gerettet wird? Das alles bedeutet gar nichts, wenn ihre Liebe zurückgewiesen wird!«

Roberts Augen verdunkelten sich, und sein Blick war verzweifelt. »Arthur liebt dich, Nathalie. Das ist gewiß. Aber ich werde dich nie aufgeben!«

»Arthur? Wovon sprichst du eigentlich, Robert?«

»Ich werde es Arthur nicht gestatten, dich mir zu nehmen.«

Ungläubig schaute sie ihren Mann an. »Glaubst du denn, ich liebte ... Arthur?«

»Du hast doch wohl nicht immer noch deinen schurkischen Liebhaber, diesen Jacques Binet, im Sinne? Es kann sich doch nur um Arthur handeln!«

Nathalie, die aufgebrachter war als je zuvor, konnte ihre Worte einfach nicht mehr klug abwägen. Sie blickte Robert an und antwortete: »Jacques Binet ist nie mein Liebhaber gewesen – außer in deiner Phantasie, Robert! Wie hätte er das überhaupt sein können, wo ich doch während der ganzen Seereise nach New Orleans krank war? Jedesmal, wenn er sich mir näherte, war mir doch todübel.«

»Du erwartest doch wohl nicht von mir, daß ich dir glaube, daß er dich nie angerührt hat?« Er schaute Nathalie angewidert an.

»Es ist mir völlig gleich, was du glaubst, Robert. Der Mann war nie mein Liebhaber! Natürlich hat er den Versuch gemacht, gleich am ersten Abend, nachdem er mich … gekauft hatte. Aber er war doch sinnlos betrunken …«

Nathalies Gesicht war rot vor Zorn, ihre dunklen Augen funkelten bedrohlich. Robert sah es wohl, aber er ließ nicht locker: »Wenn nicht Arthur, nicht Jacques Binet, wer ist es dann?«

Plötzlich riß er sie an sich und hielt sie in seinen Armen gefangen. Seine goldbraunen Augen funkelten. »Wen liebst du, Nathalie? Ich verlange endlich eine Antwort!«

Sie vergaß ihren Stolz und schleuderte ihm entgegen: »Es bereitet dir wohl ein wollüstiges Vergnügen, mich dazu zu zwingen, es dir ins Gesicht zu sagen? Daß –, obwohl du Florilla liebst, obwohl du mich als Sklavin verkauft hast, trotz deines rücksichtslosen Benehmens und der ständigen Demütigungen und obwohl ich weiß, daß du mich nur gezwungenermaßen geheiratet hast … – daß ich trotz allem dich liebe und nur dich ewig lieben werde!«

Ihr Kopf sank an seine Brust, sie kämpfte mit den Tränen. Diese letzte Demütigung – sie zu zwingen, das auszusprechen, was sie doch unter allen Umständen vor ihm verbergen wollte! – auch das war ihm nun gelungen.

Als er sie sanft auf die Stirn küßte, nahm sie an, er habe Mitleid mit ihr, und versuchte, sich seinen Armen zu entwinden. Aber er hielt sie fest und ließ sie nicht los.

Leise flüsterte er ihr ins Ohr: »Wie kommst du denn nur darauf, daß mir etwas an Florilla liegen könnte?«

»Ich habe euch zusammen im Garten gesehen, Robert. Du hast sie geküßt und bist mit ihr hinter der Remise verschwunden.«

»Wann war das, Nathalie?«

»An ... an dem Abend, als du mit mir ins Theater gehen wolltest.«

»Denkst du denn, ich könnte jemanden lieben, der dir Schaden zufügen wollte? Der dich in dem Haus auf der Insel eingeschlossen hat, damit du nicht mehr lebend herauskämst?«

»Aber du wolltest sie doch heiraten, Robert, bevor ich aus dem Kloster kam und ... und alles verdorben habe!«

»Florilla heiraten? Wie bist du nur auf diese Idee gekommen, Nathalie?«

Sie antwortete nicht, und er stellte die Frage noch einmal, diesmal viel dringlicher. Da antwortete Nathalie:

»Sie ... hat es mir selbst gesagt, als wir auf Cedar Hill waren.«

Robert schlug sich mit der flachen Hand gegen die Stirn. »Ich glaube, diese Florilla hat mehr Schaden angerichtet, als ich je für möglich gehalten hätte. Dem allen müssen wir später einmal in Ruhe nachgehen. – Aber eines möchte ich dir jetzt schon klar sagen, Nathalie: Ich habe mich an jenem Abend nicht mit Florilla im Garten getroffen, und ich habe auch nie auch nur im entferntesten daran gedacht, sie zu heiraten. Waren alle meine Handlungen, meine Worte denn so mißverständlich, daß du nicht einmal geahnt hast, was ich durchmachte? Daß ich immer dachte, du haßtest mich und wolltest mich verlassen? Und daß ich die ganze Zeit über verzweifelt versuchte, dich bei mir zu halten?«

Robert blickte Nathalie an und fuhr zärtlich fort: »Seit ich dich das erstemal gesehen habe, hatte ich keinen eigenen Willen mehr! Ich habe dich geliebt, seit der ersten Minute unserer Begegnung – dort, in der Kinderkrippe der Sklaven. Und als mir später klar wurde, was ich meiner eigenen Frau angetan hatte, war es die Hölle für mich! Ich habe so verzweifelt nach dir gesucht! Ich traute meinen Augen nicht, als du in der Ordenstracht in meinem Haus auftauchtest. Daß ich die Möglichkeit erhalten sollte, alles wiedergutzumachen, was ich dir angetan hatte – diese Möglichkeit benahm mir fast den Atem! Doch ich war entschlossen, dich nie wieder zu berühren, weil ich annahm, du seist die Geliebte eines anderen geworden. Wie rasch war aber nun nach einem Blick aus deinen verführerischen braunen Augen mein ganzer verdammter Stolz wie weggeblasen! Ich konnte dich einfach nicht in Ruhe lassen. Mein Stolz war gebrochen. Ich konnte nur immer daran denken, dich zu besitzen ... Ich habe mich gehaßt – ja, gehaßt, weil ich mein Verlangen nach dir nicht mehr bezähmen konnte! Genau wie ich dich jetzt wieder küssen und in meine Arme reißen möchte.« Seine Stimme war heiser geworden und drohte ihm zu versagen. »Und dich wieder und wieder zu meiner Geliebten zu machen ...« Er umarmte sie noch heftiger, und seine fordernden Lippen fanden die ihren.

Nathalie war so verwirrt, daß sie seinen Kuß nicht erwidern konnte. Sie drehte den Kopf weg. Was hatte Robert da eben gesagt? Daß er sie vom ersten Augenblick an geliebt habe? Das war doch ...

Er fand wieder ihre heißen Lippen und endlich konnte Nathalie seine Küsse erwidern. Er liebte sie also! Nun konnte alles gut werden!

Er streichelte ihr Hals und Nacken, dann knöpfte er ihr Kleid auf. Kleid, Untergewand und Hemd glitten gleichzeitig zu Boden, und Nathalie, die jetzt nichts trug als die Smaragdhalskette, klammerte sich an ihren Mann, während er sie zum Bett trug.

Er küßte ihr Gesicht, ihren bebenden Leib, und sie sah das Verlangen in seinen Augen. Sacht zog er ihr, während er sie niederlegte, die Smaragdnadel aus dem Haar, so daß ihre Flechten herabfielen. Dann nahm er ihr die Halskette ab. Nun war sie völlig unbekleidet ...

Mit zitternden Fingern begann sie, Roberts Hemd aufzuknöpfen, um seine Haut auf der ihren zu spüren, und Robert stöhnte tief, als ihre heißen Körper sich berührten.

Plötzlich aber kam er wieder zu Sinnen und brach abrupt ab. Er stand auf, drehte, um seine Männlichkeit zu verbergen,

Nathalie den Rücken zu und knöpfte sein Hemd zu.

»Robert?« fragte Nathalie und hob den Kopf von dem Kissen. »Was hast du?«

Zunächst hörte sie nur sein schnelles Atmen, bis er schließlich mit erstickter Stimme hervorbrachte: »Ich darf nie mehr mit dir schlafen. Heute nicht und nie wieder! Auf der Insel habe ich es mir geschworen.«

Nathalie glitt aus dem Bett und kam auf Robert zu. Sie legte ihm mit scheuer Gebärde die Hand auf den Arm und fragte: »Wovor hast du Angst, Robert?«

Wie gehetzt blickte er sie an. Dann beruhigte er sich und gestand mit festerer Stimme: »Ich wollte, daß du schwanger wurdest, damit du mich nicht verlassen und zu Arthur gehen würdest. Und wegen dieser meiner Selbstsucht wärst du fast gestorben, Liebste! Ich könnte es nicht ertragen, dich zu verlieren, noch einmal solche Stunden zu durchleben, also will ich enthaltsam sein ...«

»Ich habe keine Angst vor deiner Liebe, Robert«, sagte sie sanft und führte den Widerstrebenden zum Bett zurück. »Ich bin kräftig und möchte dir Kinder gebären. Mach es mir bitte nicht unmöglich, Robert!«

»Nathalie!« Die Stimme versagte ihm vor innerer Bewegung. Er hob sie an seine Brust und legte sie auf das Bett.

Sie schlang ihm die Arme um den Hals und zog ihn zu sich hinunter. Es war so lange her, daß sie seinen Körper voll auf dem ihren gespürt hatte. Robert streichelte und küßte sie, zuerst ihre Lippen, dann ihre Brüste, und danach begann die süße Qual, die sie so lange hatte entbehren müssen ...

Die Narbe auf seiner Brust war das einzig Unvollkommene an diesem sonst so vollkommenen Männerkörper, der äußere Beweis seiner langen Suche nach ihr, seiner Frau, und das machte diese Narbe ihr nur noch teurer.

Vergessen wir nun aller Schmerz, jedes Mißverständnis. Nur eines war noch von Bedeutung: Robert liebte sie! Deswegen durfte sie ihm zeigen, wie sehr auch sie ihn liebte, und ihn dazu anstacheln, sie mit aller Kraft zu lieben ...

Die Zeit verging, die Kerze brannte flackernd herunter und

immer noch waren ihre heißen bebenden Körper ineinander verschlungen und wurden eins – ohne Vorbehalt, ohne Reue, aber auch ohne Erbarmen ...

Die Stärke und Heftigkeit seiner Liebe versetzten sie wieder zurück in die Vergangenheit, als Robert in dem Häuschen am Fluß seine Sklavin der Liebe gelehrt hatte, was Liebesekstase bedeuten kann ...

Robert zitterte, und Schauer durchrieselten seinen Körper. Nathalie wurde von heißem Liebesverlangen überwältigt: Mund, Brust und Schenkel, kein Körperteil war davon ausgenommen. Dann kam der Höhepunkt. Gleichzeitig stöhnten sie ... Die Spannung ließ nach.

»Ich ... liebe dich, Robert«, flüsterte sie. Sein Kopf lag an ihrer Brust. Er antwortete ihr mit erneuten Küssen. Aber nun küßte er sie nicht mehr mit der wilden Leidenschaft wie vorher, sondern sanft. Dazwischen murmelte er all die zärtlichen Worte, die er für die einzige Frau, die er je liebte, aufgespart hatte, und die in dem Wort »Lalie ...« gipfelten.

Dann schlief er ein, und Nathalie lag in seinen Armen.

Als sie die Augen öffnete, war Robert schon wach. Auf einen Ellenbogen gestützt, blickte er auf sie hinunter und strich das lange wellige Haar aus ihrem Gesicht. Noch schläfrig bemerkte sie, wie seine topasfarbenen Augen triumphierend funkelten. Augenblicklich schloß sie wieder die Augen.

»Wach auf, Nathalie! Wir haben heute noch viel vor«, sagte er.

»Laß uns erst ausschlafen, Robert!« murmelte sie und drückte sich von neuem tiefer in die Kissen.

»Nein, Nathalie, du hast lange genug geschlafen. Außerdem möchte ich noch etwas wissen. Du hast einmal gesagt, als junges Mädchen hättest du dieselben Träume gehabt wie jedes andere kreolische Mädchen. Ich möchte nun gern wissen, was das für Träume waren.«

»Das ist doch unwichtig, Robert. Ich bin doch längst kein Mädchen mehr, sondern ... eine reife Frau mit drei Kindern! Höchste Zeit, mädchenhafte Träumereien aufzugeben!«

»Nein! Sag's mir doch, Nathalie! Ich bestehe darauf.«

Seufzend sah Nathalie ein, daß er keine Ruhe geben würde,

bis sie es ihm gesagt hätte.

»Es handelte sich hauptsächlich um drei Wünsche«, erzählte sie und setzte sich auf. »Erstens, im Théâtre d'Orléans in die Gesellschaft eingeführt zu werden, dabei ein Pariser Abendkleid zu tragen und von Freiern nur so umschwärmt zu werden!«

Robert runzelte die Stirn. »Ins Theater werde ich dich oft führen, aber leider nicht in New Orleans. Und das Pariser Abendkleid sollst du auch haben. Aber was die Freier angeht, so läßt sich dieser Teil eines Mädchentraums leider nicht mehr verwirklichen ... Und der nächste Wunsch?«

Sie zögerte ein wenig, bevor sie ihm antwortete. Dann sagte sie leise: »Daß Männer sich ihretwegen duellieren möchten!«

Er nickte und sagte schlicht: »Der Wunsch ist ja schon in Erfüllung gegangen. Drittens?«

Nathalie mußte plötzlich kichern. »Kreolische Flitterwochen! Komplett mit Charivari!«

»Charivari? Was ist denn das?« fragte er vorsichtig.

»Kreolen gehen nicht auf Hochzeitsreise, sondern bleiben statt dessen fünf Tage und fünf Nächte lang zusammen im Schlafzimmer. Tagsüber stellt ihnen ein Diener von Zeit zu Zeit etwas Essen vor die Tür.«

Hastig erzählte sie weiter: »Und in der Hochzeitsnacht machen Freunde und Gratulanten großen Lärm unter ihrem Schlafzimmerfenster mit allen möglichen Dingen: Pfeifen, Töpfen, Deckeln und so weiter. Das ist eben Charivari!«

Robert mußte über diese Beschreibung lachen. »Und wo wollen wir unsere kreolische Flitterwoche abhalten, Nathalie?«

»Ich habe dir doch schon gesagt, daß es nicht nötig ist.«

»Oh, ich bestehe aber darauf! Sollen wir unser Haus am Fluß nehmen, Nathalie?« fragte er mit zärtlichem Blick und sanfter Stimme.

»Wenn du es möchtest, Robert.«

»Ich nehme an, wir könnten Jason und Neijee dazu anstellen, unter dem Fenster mit ein paar Töpfen und Deckeln zu klappern«, fügte er lächelnd hinzu.

»O Robert, wenn du so sprichst, klingt alles so ... so unsinnig!«

»Träume sind nie unsinnig, Nathalie. Ich hatte nämlich auch Träume und Wünsche – früher!«

»Und wie sahen die aus, Robert?«

»Meine sind bereits diese Nacht in Erfüllung gegangen, als du mir endlich sagtest, daß du mich liebst.« Neckend fuhr er fort: »Du hast es dir doch nicht etwa anders überlegt, Nathalie?«

Die Liebe zu diesem Mann ließ ihre Augen weich werden. Sie erwiderte: »Nein, Robert. Ich habe es mir nicht anders überlegt ... «

Der Septembermond schien auf das Häuschen am Fluß. Robert lag still da und lauschte auf die Geräusche des Flusses und des Waldes. Nathalie schlief in seinen Armen, und eine Strähne ihres langen Haares fiel ihm über die nackte Brust.

Er dachte an die Zukunft.

Robert würde Midgard bald verlassen müssen. Die Lage im Krieg gegen die Engländer hatte sich zugespitzt; den Aufstand der Indianer im Süden konnte man nicht länger ignorieren.

Robert hatte Nathalie nicht gesagt, daß er gegen die Creeks kämpfen müßte, sobald er aus Columbia zurückkehrte. Dazu war noch genügend Zeit. Vorläufig war er glücklich, seine Frau an seiner Seite zu haben. Er schloß sie fester in die Arme, und sie bewegte sich.

»Robert, ich ... liebe dich«, flüsterte sie verschlafen.

Der goldene Mond verschwand hinter den Bäumen. Die Jahreszeit des »verrückten Mondes« war vorüber, aber keine andere Jahreszeit würde Roberts Liebe vergehen lassen oder seine heiße Leidenschaft abkühlen.

»Lalie ...«, flüsterte er und drückte ihr einen Kuß auf die Lippen. Der sanfte Herbstwind hüllte das Häuschen am Fluß in eine Wolke von Blütenduft.

Ein fesselnder Schicksalsroman

Als Band mit der Bestellnummer 10746 erschien:

Nur mit einem Nachthemd bekleidet flieht Regan, eine reiche Erbin, vor dem für sie bestimmten Mann aus dem Haus. Auf ihrem Irrweg durch die nächtlichen Hafengassen von Liverpool begegnet sie einem Amerikaner namens Travis. Bezaubert von ihrer Unschuld und Hilflosigkeit, erbarmt er sich ihrer, ohne zu ahnen, daß diese schicksalhafte Begegnung sein ganzes Leben verändern wird...

Roman einer schicksalhaften Begegnung

Als Band mit der Bestellnummer 10770 erschien:

Die blutjunge Aleta Wayte flieht aus dem Ballsaal, weil niemand sie zum Tanz auffordert. Tybalt Hampton, ein stellungsloser Offizier, sucht die Einsamkeit, weil er sich Sorgen um seine Zukunft macht. Sie begegnen sich flüchtig im nächtlichen Park, und als der Mann das Mädchen zum Abschied küßt, ertönt in der Nähe der Gesang einer Nachtigall. Der Zauber jenes Augenblicks bleibt den beiden unvergessen. Aber wie sollen sie sich wiederfinden, da keiner auch nur den Namen des andern kennt?

Der große amerikanische Bestseller

Als Band mit der Bestellnummer 10810 erschien:

Im mondänen Palm Beach streben die Reichen und die
Schönen nach Macht, Einfluß und einem zügellosen Leben.
Hier beginnt auch Lisa Starr als Aerobic-Lehrerin ihren Aufstieg in die Geldaristokratie. Ihr Erfolg katapultiert sie in die
höchsten Regionen der High-Society. Doch eines Tages
kommt ein altes Familiengeheimnis ans Licht und droht Lisa
in den Abgrund zu ziehen...

BASTEI
LÜBBE